U0450326

本书属于国家社科基金重大项目
　　——梵文研究及人才队伍建设

梵汉诗学比较

黄宝生 著

中国社会科学出版社

图书在版编目（CIP）数据

梵汉诗学比较 / 黄宝生著. —北京：中国社会科学出版社，2021.6
ISBN 978-7-5203-8192-5

Ⅰ.①梵… Ⅱ.①黄… Ⅲ.①古典诗歌—比较诗学—印度、中国 Ⅳ.①I351.072②I207.22

中国版本图书馆CIP数据核字(2021)第058581号

出 版 人	赵剑英
责任编辑	史慕鸿
责任校对	王　龙
责任印制	戴　宽

出　　版	中国社会科学出版社
社　　址	北京鼓楼西大街甲158号
邮　　编	100720
网　　址	http://www.csspw.cn
发 行 部	010-84083685
门 市 部	010-84029450
经　　销	新华书店及其他书店

印刷装订	北京君升印刷有限公司
版　　次	2021年6月第1版
印　　次	2021年6月第1次印刷

开　　本	710×1000　1/16
印　　张	28.5
字　　数	385千字
定　　价	158.00元

凡购买中国社会科学出版社图书，如有质量问题请与本社营销中心联系调换
电话：010-84083683
版权所有　侵权必究

目 录

绪 言 …………………………………………………（1）

第一章 诗学起源、发展和形态 ……………………（6）

第二章 文学定义 ……………………………………（67）

第三章 文体论 ………………………………………（85）

第四章 戏剧学 ………………………………………（110）

第五章 修辞论 ………………………………………（142）

第六章 风格论 ………………………………………（175）

第七章 味论 …………………………………………（200）

第八章 韵论 …………………………………………（245）

第九章 文学功用论 …………………………………（291）

第十章　作家论……………………………………………（311）

第十一章　读者论…………………………………………（332）

第十二章　借鉴和创新……………………………………（351）

结　语………………………………………………………（370）

附录一　神话和历史
　　　——中印古代文化传统比较之一…………………（374）

附录二　宗教和理性
　　　——中印古代文化传统比较之二…………………（386）

附录三　语言和文学
　　　——中印古代文化传统比较之三…………………（396）

附录四　印度古典诗学和西方现代文论…………………（416）

附录五　在梵语诗学烛照下
　　　——读冯至《十四行集》……………………………（433）

后　记………………………………………………………（449）

绪　　言

　　本书题名为《梵汉诗学比较》，也可以换名为《中印古代文学理论比较》，只是出于书名力求简短，而采用这个书名。

　　文学和文学理论是中国自近代以来，随着西学东渐而出现的概念。在此之前，中国古代虽然存在诗歌、散文、戏剧和小说等各种体裁的文学作品，但没有统称为"文学"。古代使用的"文学"一词通常泛指"文章学术"。实际上，这与西方近代以前的情况相似。英语中的 Literature（文学）一词原来也是泛指一切文字作品，词义相当于文献。而近代以来，开始用于特指文学作品。

　　从二十世纪开始，中国接受西方的文学概念，编写中国文学史。如胡云翼的《中国文学史》在自序中指出："文学向有广狭两义。广义的文学即如章炳麟所说'著于竹帛之谓文，论其法式谓之文学'。即是说一切著作皆文学。""至狭义的文学乃是专指诉之于情绪而能引起美感的作品。"因而，他"认定只有诗歌、辞赋、词曲、小说及一部美的散文和游记等，才是纯粹的文学"。[①]

　　又如，刘经庵的《中国纯文学史纲》在绪论中引用英国学者庞科士（Pan Coast）的说法："文学有二义：一则统包字义，凡由字母发为记载，可以写录，号称书籍者，皆为文学——是为广义。一

[①] 胡云翼：《中国文学史》，北新书局1932年版，第5页。

则专为述作之殊名,惟宗主情感,以娱志为归者,如诗歌、历史、传记、小说、评论,乃足以当之——是为狭义。"他也引用当时国内罗家伦所写的《什么是文学》中的一段话:"文学是人生的表现和批评,从最好的思想里写下来的,有想象,有感情,有体裁,有合于艺术的组织。集此众长,能使人类普遍心理,都觉得他是极明了,极有趣的东西。"①

同样,郑振铎的《插图本中国文学史》在绪论中指出"文学与非文学的区别,其间虽无深崭的渊阱隔离着,却自有其天然的疆界"。"这个疆界的土质是情绪,这个疆界的土色是美。文学是艺术的一种,不美,当然不是文学;文学是产生于人类情绪中的,无情绪当然更不是文学。"②

应该说,对文学的这种看法已经成为二十世纪国内学术界的共识。但这里需要指出的是,考察上述三种中国文学史,前两种存在一个共同的缺陷,即在编写中轻视或忽视了中国古代散文这种文学体裁。唯有郑振铎的《插图本中国文学史》不仅纳入古代散文,也纳入民间文学,堪称中国现代史上第一部内容全面和资料丰富的中国文学史。

在二十世纪二、三十年代,中国文学批评史也伴随中国文学史纷纷问世。如陈钟凡的《中国文学批评史》(1927)、郭绍虞的《中国文学批评史》(1934)、方孝岳的《中国文学批评》(1934)和罗根泽的《中国文学批评史》(1934)等。与当时撰写中国文学史的作者一样,这些批评史的作者也会在著作开篇之初界定文学和文学批评,也就是表明运用现代的文学和文学批评观念对中国古代

---

① 刘经庵:《中国纯文学史纲》,东方出版社1996年版。原著出版于1935年,第1、2页。
② 郑振铎:《插图本中国文学史》,人民文学出版社1982年版。原著出版于1932年,第7页。

批评进行梳理和研究。如罗根泽在他的著作绪言中说："按'文学批评'是英文 Literary Criticism 的译语。Criticism 的原来意思是裁判，后来冠以 Literary 为文学裁判，又由文学裁判引申到文学裁判的理论及文学的理论。文学裁判的理论就是批评原理，或者是批评理论。所以狭义的文学批评就是文学裁判；广义的文学批评，则文学裁判以外，还有批评理论及文学理论。"他认为按照中国古代文学批评实际，"似应名为'文学评论'，以'评'字括示文学裁判，以'论'字括示批评理论及文学理论。但'约定俗成'，一般人既大体都名为'文学批评'，现在也就无从'正名'，只好仍名为'文学批评'了"。[①]

就当时而言，罗根泽的这个看法是深刻的。因为他注意到文学批评和文学理论这两个概念的差异，并认为中国古代文学批评实际上包含文学批评和文学理论这两者。关于这个问题的思考可以说在国内学术界延续至今。这从二十世纪五十年代以来出版的这方面著作使用的书名便可见出，如郭绍虞根据自己的旧著《中国文学批评史》改写的《中国古典文学理论批评史》（上册，1959）、刘大杰主编的《中国文学批评史》（上册，1964；中册，1983；下册，1985）、敏泽著的《中国文学理论批评史》（1981）、蔡仲翔等著的《中国文学理论史》（五卷本，1987）和王运熙和顾易生主编的《中国文学批评通史》（七卷本，1989—1996）。有关中国古代文学理论专著中，书名也常称为古代文学理论或简称古代文论。同时，也有将"诗学"用作诗歌理论的专称，如袁行霈等著的《中国诗学通论》（1994）、汪涌豪和骆玉明主编的《中国诗学》（四卷本，1999）和陈伯海和蒋哲伦主编的《中国诗学史》（七卷本，2002）等。而国内使用的"比较诗学"一词中的"诗学"通常指称文学理论。

[①] 罗根泽：《中国文学批评史》，上海古籍出版社1984年版。原著出版于1934年，第9、10页。

其实，在二十世纪，国际上已渐渐形成 Literary Criticism（"文学批评"）、Literary Theory（"文学理论"）和 Poetics（"诗学"）这三个概念并存通用的情况。如美国卫姆塞特（W. K. Wimsatt）和布鲁克斯（C. Brooks）合著的《文学批评简史》（Literary Criticism：A Short History, 1959）[1]、美国韦勒克（R. Wellek）和沃伦（A. Warren）合著的《文学理论》（Theory of Literature, 1977）[2]、英国塞尔登（R. Selden）编的《文学批评理论——从柏拉图到现在》（The Theory of Criticism From Plato to the Present, 1988）[3]、法国贝西埃（J. Bessiere）等合著的《诗学史》（Histoire des Poétiques, 1997）[4] 和美国哈比布（M. A. R. Habib）的《文学批评史》（A History of Literary Criticism, 2005）[5] 等。

我于1994年出版专著《印度古典诗学》（北京大学出版社），内容即是印度古典梵语文学理论研究。此后，于2005年出版译著《梵语诗学论著汇编》（昆仑出版社），并于2019年出版《梵语诗学论著汇编（增订本）》（中国社会科学出版社）。

这次着手撰写《梵汉诗学比较》，即对印度和中国的古代文学理论进行比较研究。文学作为人类意识的表现形态之一，其本身也是一个有机的整体，而要进行研究，则需要采取分析的方法，也就是将文学这个有机整体的组成部分，分别加以研究，由此形成对文学这个有机整体更加清晰的认识。对不同民族的文学理论进行比较研究，同样需要采取这种方法。各民族文学的原理本质上是一致的或相通的，只是由于各民族社会和历史文化背景的差异，而造成理

---

[1] 此书有颜元叔汉译本，书名为《西洋文学批评史》，中国人民大学出版社1987年版。
[2] 此书有刘象愚等汉译本，生活·读书·新知三联书店1984年版。
[3] 此书有刘象愚等汉译本，北京大学出版社2000年版。
[4] 此书有史忠义汉译本，百花文艺出版社2002年版。
[5] 此书有阎嘉汉译本，南京大学出版社2017年版。

论表现形态的差异。比较诗学的目的就是要打通各民族的文学理论，同时揭示各民族文学理论之间的差异及其原因。

这样，本书的写作方式是设立十二个文学理论命题，逐一对古代印度和中国文学理论的构成因素及其表现形态进行比较研究。考虑到当今国内比较诗学学者大多从事中西诗学比较研究，无暇顾及印度诗学，对印度诗学缺少了解，故而，我对每一个命题的比较都分成两部分，第一部分集中介绍该命题在印度古代文学理论中的表现，第二部分结合该命题在中国古代文学理论中的表现进行比较研究。

第一章

诗学起源、发展和形态

一

印度古代梵语文学历史悠久，大致分为三个时期：吠陀时期（公元前十五世纪至公元前四世纪）、史诗时期（公元前四世纪至公元四世纪）和古典梵语文学时期（一世纪至十二世纪）。在这漫长的两千多年中，产生了印欧语系最古老的诗歌总集《梨俱吠陀》，宏伟的两大史诗《摩诃婆罗多》和《罗摩衍那》，丰富的神话传说和寓言故事，精美的抒情诗、叙事诗、戏剧和小说。在这广袤肥沃的文学土壤上，又产生了独树一帜的梵语文学理论体系。

文学理论体系的产生有一个从不自觉到自觉，从萌芽到成熟的过程。这需要联系文学的发展历史来考察。

吠陀有四部本集：《梨俱吠陀》、《娑摩吠陀》、《夜柔吠陀》和《阿达婆吠陀》。《梨俱吠陀》共有一千多首诗，每首诗长短不一，平均每首十节左右。其内容主要是颂神诗，对由自然现象和社会现象转化而成的诸神表示赞美、恳求或劝说。它反映上古初民对神秘莫测的自然现象和社会现象常常幻想通过崇拜天神的方式予以协调和控制。《娑摩吠陀》是一部歌曲集，其中的歌词内容大多选自《梨俱吠陀》。《夜柔吠陀》主要是祷词，部分是诗体，部分是散文体。《阿达婆吠陀》是一部巫术诗歌集，其主要特点不是抚慰和乞求自然力量或超自然力量,而是命令和劝说。

这四部吠陀是婆罗门祭司为了适应祭祀仪式的需要而加以编订的。在一些重大的祭祀仪式中,劝请者祭司念诵《梨俱吠陀》中的颂诗,赞美诸神,邀请诸神出席祭祀仪式;咏歌者祭司高唱《娑摩吠陀》中的颂诗,向诸神供奉祭品;行祭者祭司低诵《夜柔吠陀》中的祷词和祭祀规则,执行祭祀仪式。《阿达婆吠陀》则为祭司提供咒语。

吠陀诗人通常被称作"仙人"(ṛṣi,即"先知")。在这些仙人创作的颂诗中,时常表露他们具有超凡的视觉,与神相通,受神启示。因此,在吠陀文献中,常常把仙人创作颂诗说成"看见"颂诗,同时把吠陀颂诗称作"耳闻"或"天启"(śruti 或 śruta)。

吠陀诗人也崇拜语言,将语言尊为女神。《梨俱吠陀》中有一首颂诗借语言女神之口,赞美她是神中的王后,神力遍及天国和大地:

> 确实,我亲口说出的言词,
> 天神和凡人都会表示欢迎;
> 我使我钟爱的人强大有力,
> 成为婆罗门、仙人或圣人。(10.125.5)

在吠陀颂诗中可以发现,有些诗人创作颂诗不仅适应巫术和祭祀的实用需要,也兼顾诗歌的艺术性。他们认为"智者精心使用语言,犹如用簸箕筛选谷子","好运就会依附语言",语言女神会向他"呈现自己的形体,犹如一位衣着漂亮的妇女出现在丈夫面前"(10.71.2、4)。有的诗人已经将诗歌视作一门技艺,说道:"我们巧妙地制作新诗,犹如缝制精美的衣裳,犹如制造车辆。"(5.29.15)

但是，印度古人并不将吠陀视为诗，而视为婆罗门教的至高经典，即"天启经"。用作吠陀颂诗的专用名称是"曼多罗"（mantra，赞颂、祷词或经咒），有时也称作"阐陀"（chandas，意为韵律或韵文）。后来在梵语中指称诗的 kāvya 一词，在吠陀诗集中并非指称诗，而是指称智慧或灵感。吠陀诗集中的文学功能依附宗教功能。在整个吠陀时期，文学尚未成为一种独立的意识表现形态。因此，文学理论思辨也就不可能提到日程上来。辅助吠陀的六门传统学科（"吠陀支"）是语音学、礼仪学、语法学、词源学、诗律学和天文学。后来，学科范围扩大，如《歌者奥义书》（7.1.2）中提到十四门学科：语法学、祭祖学、数学、征兆学、年代学、辩论学、政治学、神学、梵学、魔学、军事学、天文学、蛇学和艺术学。其中仍然没有文学理论。

这四部吠陀使用的语言是吠陀语，或称古梵语。印度古代缺乏合适的书写材料，长期采用口耳相传的传承方式。因而，这四部吠陀是通过特殊而严格的记诵方式得以在印度长期传承。但是，语言在实际生活使用中会渐渐发生变化，而婆罗门祭司为了维护吠陀的神圣性，致使吠陀语始终保持不变，则与日常语言越来越脱节。这样，在公元前四世纪，印度产生第一部语法著作《八章书》，作者名为波你尼，故而又称《波你尼经》。波你尼是针对他所处的时代通行的语言，进行分析和归纳，确立语法规范。这种语法有别于吠陀语的语法，而形成有别于吠陀语的梵语，成为此后印度古代长期使用的主流语言。

继吠陀文学之后，在史诗时期产生了两大史诗《摩诃婆罗多》和《罗摩衍那》。《摩诃婆罗多》以列国纷争时代的印度社会为背景，叙述婆罗多族两支后裔俱卢族和般度族争夺王位继承权的斗争。《罗摩衍那》以罗摩和悉多的悲欢离合的故事为主线，描写印度古代宫廷内部和列国之间的斗争。两大史诗和吠陀文学的重要区别在于后者主要产生于婆罗门祭司阶层，而前者主要产生于与刹帝利王族关系密切的"苏多"（sūta）阶层。"苏多"是刹帝利男子和婆罗门女子结婚所生的儿子。他们在王室中享有中等地位，往往担任帝王的御者和歌手。他们经常编制英雄颂歌赞扬古今帝王的业绩，形成一种有别于婆罗门以祭祀为中心的宗教文学的世俗文学传统。《摩诃婆罗多》成书于公元前四世纪至公元四世纪，约有十万颂，《罗摩衍那》成书于公元前三、四世纪至公元二世纪，约有两万四千颂。这两大史诗使用的语言是通俗梵语。它们在古代印度以口头吟诵的方式创作和传播，经由历代宫廷歌手和民间吟游诗人不断加工和扩充，才形成目前的规模和形式。

而这两大史诗本身在内容和形式上也有所不同。《摩诃婆罗多》以婆罗多族大战为故事主线，插入了大量的神话、传说、寓言故事以及宗教、哲学、政治、律法和伦理等成分，成了一部"百科全书"式的作品。由于它特别注重历史传说和宗教，而自称为"第五吠陀"。与《摩诃婆罗多》相比，《罗摩衍那》的故事情节比较集中紧凑，虽然也插入不少神话传说，但不像《摩诃婆罗多》那样枝蔓庞杂。诗律也同样主要采用通俗简易的"输洛迦体"（śloka），但语言在总体上要比《摩诃婆罗多》精致一些，开始出现讲究藻饰的倾向。正因为如此，印度古人将《摩诃婆罗多》称作"历史传说"（itihāsa），而将《罗摩衍那》称作"最初的诗"（ādikāvya）。

与两大史诗同时产生的还有统称为"往世书"的一批神话传说集，也像两大史诗那样使用通俗梵语，采用"输洛迦体"诗律，以口头吟诵的方式创作和传承。这些往世书的定型时期晚于两大史诗，最后形成大小各十八部"往世书"。两大史诗和各种往世书中充满神话传说，由此印度成为世界上古代神话传说最发达的国家。

上面提到《罗摩衍那》被称为"最初的诗"。这里的诗（kāvya）是文学意义上的诗。这种文学的自觉出现在史诗时期的中期，约公元前后一世纪之间。此时，梵语文学从史诗时期步入古典梵语文学时期。梵语文学已经不必完全依附宗教，梵语文学家开始以个人的名义独立创作。古典梵语文学家多数出身婆罗门，因而在宗教思想和神话观念方面受到婆罗门教的深刻影响。但除了往世书神话传说和其他一些颂神作品外，从总体上说，古典梵语文学已经与宗教文献相分离，成为一种独立发展的意识表现形态。

古典梵语文学使用古典梵语，有别于史诗使用的通俗梵语。古典梵语文学的早期作品留存不多，主要有佛教诗人马鸣（一、二世纪）的叙事诗《佛所行赞》和《美难陀传》以及三部戏剧残卷，还有跋娑（二、三世纪）的《惊梦记》等十三部戏剧和首陀罗迦（三世纪）的戏剧《小泥车》。同时，在石刻铭文中，也有古典梵语的散文文体。摩诃刹特罗波·楼陀罗达孟（二世纪）的吉尔那岩石铭文充满冗长的复合词，极少使用动词，并注重谐音。其中也提到诗分成散文体（gadya）和诗体（padya）。三摩答刺笈多（四世纪）的阿拉哈巴德石柱铭文开头有八首诗，结尾有一首诗，中间是散文。而这整篇散文只是一个长句子，里面包含许多冗长的复合词。其中有个复合词长达一百二十多个音节。句中大量使用谐音、比喻、双关、夸张和神话典故等修辞手法。这份铭文的作者是三摩答刺笈多的宫廷诗人诃利犀那。这些都体现古典梵语文学语言的重要特征，即追求语言文字表达的艺术性。

梵语文学成了一种独立的意识表现形态之后，必然引起梵语学者对它的性质和特征进行思考和总结，也就产生了梵语文学理论。现存最早的梵语文学理论著作是婆罗多（Bharata）的《舞论》（Nāṭyaśāstra，也可译作《戏剧论》）。它有两种传本，南传本三十六章，北传本三十七章。这两种传本的内容基本一致，只是在某些章节的编排和内容的细节上有些差异。《舞论》的现存形式含有三种文体：输洛迦诗体、阿利耶诗体和散文体。文体的混杂说明《舞论》有个成书过程。一般认为，《舞论》的原始形式产生于公元前后不久，而现存形式大约定型于四、五世纪。

《舞论》是早期梵语戏剧实践的理论总结，全书约有五千五百节诗和部分散文。在公元前后不久就已产生这样规模的戏剧学著作，在世界戏剧史上是绝无仅有的。它全面论述了戏剧的起源、性质、功能、表演和观赏，既涉及戏剧原理和剧作法，也涉及舞台艺术。而全书尤其重视戏剧表演艺术。它把戏剧表演分为形体、语言、妆饰和真情表演四大类，详细规定各种表演程式。因此，《舞论》既是一部梵语戏剧理论著作，也是一部梵语戏剧艺术百科。

在梵语文学理论发展史上，《舞论》的最大贡献是提出了味论。后来的梵语文学批评家将味论运用于一切文学形式。婆罗多在《舞论》中给"味"下的定义是："味产生于情由、情态和不定情的结合。"按照《舞论》的规定，味有八种：艳情味、滑稽味、悲悯味、暴戾味、英勇味、恐怖味、厌恶味和奇异味。情由是指感情产生的原因，如剧中人物和有关场景；情态是指感情的外在表现，如剧中人物的语言和形体表演；不定情是指辅助常情的三十三种变化不定的感情，如忧郁、疑虑、妒忌、羞愧和傲慢等等，它们也有各自的情由和情态。在戏剧表演中，正是通过这些情由、情态和不定情的结合，产生感染观众的味，也就是说，在观众的心中激起某种伴随有审美快乐的感情。

《舞论》对早期梵语戏剧艺术实践做了全面的理论总结，其中也包括被称为"语言表演"的戏剧语言艺术。《舞论》第十五章和第十六章论述梵语的语音、语法和诗律，第十七章论述诗相、庄严（即修辞）、诗病和诗德，第二十二章论述戏剧风格，这些已经构成梵语诗学的雏形。后来的梵语诗学普遍采用庄严、风格、诗病和诗德这四个文学批评概念。

现存最早的梵语诗学著作是七世纪婆摩诃的《诗庄严论》和檀

丁的《诗镜》。这两部著作涉及的主要诗学概念是庄严、诗病、诗德和风格。这两部诗学著作中都引述了前人的诗学观点。这说明梵语诗学著作的实际存在可能早于七世纪。但是，根据现有的文献资料判断，在公元最初的几个世纪内，梵语诗学主要是依附梵语戏剧学和语法学产生和发展。

梵语语法学早在吠陀后期就已出现。而在梵语语法研究中，必定会逐渐涉及修辞方式。早在公元前四世纪波你尼的梵语语法著作《波你尼经》产生之前，公元前六世纪耶斯迦的吠陀词语注疏著作《尼录多》中已涉及比喻修辞问题。《波你尼经》构建了完备的梵语语法体系，其中有约五十条经文涉及比喻修辞问题。六、七世纪跋底著有《跋底的诗》。这是一部以叙事诗形式介绍梵语语法的著作，其中介绍了三十八种修辞方式。因此，最早脱离戏剧学和语法学而独立出现的梵语诗学著作估计也不会早于五、六世纪。

婆摩诃的《诗庄严论》（Kāvyālaṅkāra）这个书名代表了早期梵语诗学的通用名称。而在梵语诗学的形成过程中，有可能也采用过创作学（kriyākalpa）和诗相（kāvyalakṣaṇa）这两个名称。约四、五世纪筏蹉衍那的《欲经》（Kāmasūtra）中提到六十四种技艺，其中有一种是创作学。十三世纪的《欲经》注者耶索达罗将此词注为"诗创作学"（kāvyakriyākalpa）。约一、二世纪的梵语佛经《神通游戏》提到释迦牟尼掌握的各种技艺中，也包括创作学。而在檀丁的《诗镜》中也有类似的提法："为了教导人们，智者们制定了各种语言风格的创作规则（kriyāvidhi）。"（1.9）

关于"诗相"，檀丁在《诗镜》的开头有这样的说法："综合前人论著，考察实际应用，我们尽自己的能力，写作这部论述诗相的著作。"（1.2）婆摩诃在《诗庄严论》结尾（6.64）也将自己的著作归结为阐明"诗相"（kāvyalakṣma）。九世纪欢增的《韵光》（1.1注疏）中也提到"诗相作者"（kāvyalakṣmavidhāyin）。"诗相"

的概念最早出现在《舞论》中。从《舞论》列举的三十六种"诗相"判断，主要是指诗的各种特殊表达方式，也就是诗的特征。但它们又有别于"庄严"。《舞论》中提到的"庄严"只有四种：明喻、隐喻、明灯和叠声。这说明在当时，作为诗学概念，"诗相"似乎比"庄严"更重要。然而，《舞论》中对这些"诗相"的分类显得有些杂乱，界定也比较模糊。甚至连《舞论》两种主要传本本身对三十六种"诗相"的确定和描述也存在很大差异。因此，在梵语诗学发展过程中，这些"诗相"概念逐渐被淘汰，或者经过改造，纳入了"庄严"之中。《舞论》中只列举了四种庄严，而在婆摩诃的《诗庄严论》中列举了三十九种庄严。这表明后来的梵语诗学家用庄严取代了诗相。或者说，他们认为庄严就是诗相，即诗的特征。这样，庄严论（alaṅkāraśāstra）也就成了梵语诗学的通称。

梵语诗学起源的情况大体如此。现在，我们可以看看印度古人怎样讲述梵语诗学的起源。王顶（九、十世纪）在《诗探》第一章中说道：大神梵天向"从自己的意念中诞生的学生们"传授诗学。"在这些学生中，娑罗私婆蒂（语言女神）之子诗原人最受器重。"于是，"为了生活在地、空和天三界众生的利益"，梵天委托诗原人传播"诗学"（kāvyavidyā）。诗原人向十八位学生讲授了十八门诗学知识。其中"娑诃斯罗刹吟诵诗人的奥秘，乌格底迦尔跋吟诵语言论，苏婆尔纳那跋吟诵风格论，波罗积多吟诵谐音论，阎摩吟诵叠声论，吉多朗迦德吟诵画诗论，谢舍吟诵音双关论，补罗斯底耶吟诵本事论，奥波迦衍那吟诵比喻论，波罗舍罗吟诵夸张论，乌多提耶吟诵义双关论，俱比罗吟诵音庄严论和义庄严论，迦摩提婆吟诵娱乐论，婆罗多吟诵戏剧论，南迪盖希婆罗吟诵味论，提舍纳吟诵诗病论，乌波曼瑜吟诵诗德论，古朱摩罗吟诵奥义论"。然后，由他们分别编著各自的专论。

这里显然是将梵语诗学的起源神话化，正如《舞论》将戏剧的起源神话化,讲述大神梵天创造了戏剧,而委托婆罗多仙人付诸实践。王顶提到的所谓诗原人的十八位学生的人名,除了吟诵戏剧论(即《舞论》)的婆罗多之外,其他都无案可查。而所谓的十八门诗学知识则是成型后的梵语诗学的一些基本诗学概念和批评原则。

王顶不仅将诗学起源神话化,也将诗的起源神话化。《诗探》第三章讲述"诗原人的诞生":娑罗私婆蒂(语言女神)渴望儿子,在雪山修炼苦行。大神梵天心中感到满意,对她说道:"我为你创造儿子。"这样,娑罗私蒂生下儿子诗原人。诗原人起身向母亲行触足礼,出口成诗:

> 世界一切由语言构成,展现事物形象,
> 我是诗原人,妈妈啊!向你行触足礼。

娑罗私婆蒂满怀喜悦,将他抱在膝上,说道:"孩子啊!虽然我是语言之母,你的诗体语言胜过我这位母亲。音和义是你的身体,梵语是你的嘴,俗语是你的双臂,阿波布朗舍语是你的双股,毕舍遮语是你的双脚,混合语是你的胸脯。你有同一、清晰、甜蜜、崇高和壮丽的品质('诗德')。你的语言富有表现力,以味为灵魂,以韵律为汗毛,以问答、隐语等为游戏,以谐音、比喻等为装饰('庄严')。"后来,高利女神(大神湿婆的妻子)创造出"文论新娘"(sāhityavidyāvadhū),将她许配给"诗原人"。娑罗私婆蒂和高利女神祝愿"他俩永远以这种充满威力的形体居住在诗人们的心中"。

在王顶的时代,诗学早已在梵语学术领域中牢牢地确立了自己的地位。因此,王顶在《诗探》第二章中论述"经论类别"时,明确将"语言作品分成经论和诗两类"。他认为,如果说"语音学、礼仪学、语法学、词源学、诗律学和天文学是六吠陀支",那么,"庄严论是第七吠陀支"。如果说"哲学、三吠陀、生计和刑杖政事论是四种知识",那么,"文学知识(sāhityavidyā)是第五种知识"。他甚至推崇说文学知识是"这四种知识的精华",是"知识中的知识"。

王顶在《诗探》第一章中用作诗学的一词是 kāvyavidyā(即诗的知识或诗论),在第二章和第三章中又采用 sāhityavidyā(即文学知识或文论)一词。sāhitya(文学)一词源自梵语诗学最初对诗的定义:"诗(kāvya)是音和义的结合(sahita)。"在梵语诗学中,kāvya一词既指广义的文学,也指狭义的诗。而sāhitya一词更趋向于指广义的文学。因此,在王顶之后,有的梵语诗学著作的书名开始采用sāhitya("文学")一词,如十二世纪鲁耶迦的《文探》(Sāhityamīmamsā)和十四世纪毗首那特的《文镜》(Sāhityadarpaṇa)。

梵语诗学作为有别于梵语戏剧学的独立学科的成立,自然要以梵语诗学的出现为标志。印度现存最早的两部独立的诗学著作是七世纪婆摩诃的《诗庄严论》和檀丁的《诗镜》。

前面已经提到古典梵语时期的一些早期作品。而现存七世纪前的文学作品还有佛教早期巴利语的《法句经》和《本生经》。《法句经》是格言诗集,《本生经》是寓言故事集。二世纪哈拉编选的摩诃剌陀语抒情诗集《七百咏》,主要反映摩诃剌陀地区的乡村生活和自然风光,其中以爱情诗居多。另有一部德富的毕舍遮语故事集《伟大的故事》(或译《故事广记》),原文已经失传,成书年代不明。而七世纪檀丁的《诗镜》以及波那的长篇小说《戒日王传》和《迦丹波利》中都提到这部故事集,说明它的成书年代至晚在七世纪前。这部故事集现存有梵语改写本,从中可以发现古典梵语文学有些作品的题材来源。巴利语、摩诃剌陀语和毕舍遮语是印度古代与梵语同时通行的地方俗语。这能说明古典梵语文学的产生和发展也从印度各地区使用各种俗语的民间文学吸取营养。同时,七世纪前也有一部著名的梵语故事集《五卷书》，成书年代不明，而在六世纪就已经传入波斯，被译成巴列维语（中古波斯语）。

四、五世纪的迦梨陀娑是古典梵语文学中最杰出的诗人和戏剧家，著有抒情短诗集《六季杂咏》、抒情长诗《云使》、叙事诗《鸠摩罗出世》和《罗怙世系》以及戏剧《优哩婆湿》和《沙恭达罗》。五、六世纪的婆罗维著有叙事诗《野人和阿周那》。六世纪的苏般度著有小说《仙赐传》。七世纪上半叶的戒日王著有戏剧《妙容传》、《璎珞传》和《龙喜记》，波那著有长篇小说《戒日王传》和《迦丹波利》。另有一部长篇小说《十王子传》的作者署名檀丁，一般认为他就是《诗镜》的作者檀丁。

下面简单介绍七世纪至十二世纪古典梵语文学的主要作品。七世纪有伐致诃利的抒情诗集《三百咏》和阿摩卢的抒情诗集《阿摩卢百咏》，摩伽的叙事诗《童护伏诛记》，贾吒辛诃南丁的叙事诗《沃兰伽传》。七、八世纪有毗舍佉达多的戏剧《指环印》，薄婆菩提的戏剧《茉莉和青春》、《大雄传》和《罗摩后传》。八世纪有伐格波提罗阇的叙事诗《高达伏诛记》，跋吒·那罗延的戏剧《结髻记》，摩特罗拉贾的戏剧《苦行犊子王》。八、九世纪有鸠摩罗陀娑的叙事诗《悉多被掳记》。九世纪有跋罗吒的讽喻诗集《跋罗吒百咏》，悉陀希的长篇小说《人生寓言》。九、十世纪有王顶的戏剧《小罗摩衍那》、《小婆罗多》和《雕像》，牟罗利的戏剧《无价的罗摩》。十世纪有财护的长篇小说《迪迦罗曼遮丽》，苏摩提婆的占布《耶娑迪罗迦》。十一世纪有月天的故事集《故事海》，毗尔诃纳的叙事诗《遮娄其王传》和抒情诗集《偷情五十咏》，克里希那弥湿罗的戏剧《觉月升起》，索吒罗的占布《优陀耶孙陀利》。十一、十二世纪有维迪耶迦罗编选的抒情诗集《妙语宝库》。十二世纪有牛增的抒情诗集《阿利耶七百咏》，胜天的抒情长诗《牧童歌》，室利诃奢的叙事诗《尼奢陀王传》，迦尔诃纳的叙事诗

《王河》。

由上所述，从一世纪至七世纪，古典梵语文学中的诗歌、戏剧、故事和小说这些体裁已经齐备。因此，自七世纪的《诗庄严论》和《诗镜》起，在梵语诗学中，诗的概念通常指广义的诗，即纯文学或美文学，有别于宗教经典、历史和论著。诗分成韵文体（叙事诗和各种短诗）、散文体（传说和小说）和韵散混合体（戏剧和占卜）。这已成为梵语诗学家的共识。尽管如此，梵语诗学研究的主要对象是诗歌（包括戏剧中的诗歌）。有的梵语诗学家，如伐摩那在《诗庄严经》中论及诗的分类时，认为"在一切作品中，十色（即十种戏剧类型）最优美"。但他在《诗庄严经》中并不论述戏剧学。只有少数梵语诗学著作，如波阇的《艳情光》和毗首那特的《文镜》辟有专章论述戏剧学。因此，梵语戏剧学和梵语诗学是印度古代文学理论在发展过程中形成自然的学术分工。前者产生在先，以戏剧艺术为主要研究对象，后者产生在后，以戏剧之外的文学艺术，尤其是诗歌艺术为主要研究对象，各有侧重，相辅相成。

婆摩诃（Bhāmaha）的《诗庄严论》（Kāvyālaṅkāra），共分六章。第一章论述诗的功能、性质和类别。第二章和第三章论述各种庄严（即修辞方式）。第四章和第五章论述各种诗病。第六章论述词的选择。

婆摩诃认为"优秀的文学作品使人精通正法、利益、爱欲、解脱和技艺，也使人获得快乐和名声"（1.2）。婆摩诃提出这些文学功能，旨在说明从其他经论中能获得的一切，从文学作品中也能获得。进而，他强调文学比经论还要高出一筹。他说："智力迟钝的人也能在老师指导下学习经论，而诗只能产生于天资聪明的人。"（1.5）他还说："如果掺入甜蜜的诗味，经论也便于使用，正如人们先舔舔蜜汁，然后喝下苦涩的药汤。"（5.3）此后的梵语诗学家一般都认可婆摩诃提出的这些文学功能。

早期梵语诗学的理论出发点是梵语语言学。梵语语言学认为语言是"音和义的结合"。婆摩诃在《诗庄严论》中依据这个语言学命题，提出"诗是音和义的结合"。而诗的音和义与一般语言的音和义的区别在于诗的音和义是经过修饰的音和义。由此，他论述了谐音和叠声两种音庄严，隐喻、明喻、夸张、奇想和双关等三十七种义庄严。音庄严是指产生悦耳动听的声音效果的修辞手法，义庄严是指产生曲折动人的意义效果的修辞手法。婆摩诃认为庄严"是词义和词音的曲折表达"（1.36）。"诗人应该努力通过这种、那种乃至一切曲语显示意义。没有曲语，哪有庄严？"（2.85）这说明他认为曲折的语言表达是文学语言和一般语言的区别所在。因此，他强调一切文学作品"都被希望具有曲折的表达方式"（1.30）。

婆摩诃在《诗庄严论》中还指出诗的逻辑不同于一般逻辑。他说："精通正理（逻辑）的人在诗中的运用明显不同"，因为"诗涉及世界，经论涉及真谛"（5.33）。也就是说，诗处理的是具体现象，而经论处理的是抽象真理。同时，诗采用曲折的表达方式，而经论采用逻辑的推理论式。在诗中，一些结论"即使没有说出，也能从意义中得知"（5.45）。显然，婆摩诃对文学语言与一般语言或文学作品与经论作品的区别作了认真思索，并确认"庄严"（即曲折的表达方式）是诗的本质特征。

婆摩诃在《诗庄严论》中也以相当的篇幅论述"诗病"问题，先后论述两组各十种诗病，还论述了七种喻病。他要求诗人在诗中"甚至不要用错一个词，因为劣诗犹如坏儿子，败坏父亲名誉"（1.11）。

婆摩诃的《诗庄严论》与八世纪优婆吒（Udbhaṭa）的《摄庄严论》（Kāvyālaṅkārasaṅgraha）和九世纪楼陀罗吒（Rudraṭa）的《诗庄严论》（Kāvyālaṅkāra）共同形成早期梵语诗学的"庄严论"派。

优婆吒的《摄庄严论》专论庄严，共分六章，介绍了四十一种庄严，其中对不少庄严的界定和分析比婆摩诃更为严密和细致。楼陀罗吒的《诗庄严论》与婆摩诃的著作同名，共分十六章，论述了诗的目的、诗人的条件、诗的风格、音庄严、义庄严、诗病、诗味和体裁等。但全书论述的重点仍是庄严。他提出的庄严比婆摩诃和优婆吒多二十几种，而且对庄严的分类也更为系统。他将音庄严分成五类：曲语、双关、图案、谐音和叠声，将义庄严分成四类：本事（二十三种）、比喻（二十一种）、夸张（十二种）和双关（十二种）。他也像婆摩诃一样重视"诗病"问题，论述了各种诗病和喻病。他将诗病分为音病和义病，又将音病分为词病和句病。

庄严论作为早期梵语诗学，在自觉地探索文学的特性和语言艺术的奥秘方面起了先驱作用。庄严论将有庄严和无诗病视为诗美的基本因素，对庄严和诗病作了深入细微的分析。而"有庄严"相对"无诗病"来说，是更积极的诗美因素。因此，在梵语诗学以后的发展中，有些梵语诗学家继续对庄严进行深入的探讨，庄严的数目由婆摩诃的三十九种、优婆吒的四十一种、楼陀罗吒的六十八种增至鲁耶迦（《庄严论精华》，十二世纪）的八十一种、胜天（《月光》，十三、十四世纪）的一百零八种和阿伯耶·底克希多（《莲喜》，十六世纪）的一百二十五种。

与婆摩诃同时代的檀丁（Daṇḍin）在庄严论的基础上，提出了风格论。他的《诗镜》（Kāvyādarśa）共分三章。第一章论述诗的分类、风格和诗德。第二章论述义庄严。第三章论述音庄严和诗病。檀丁将风格分为两种：维达巴风格和高德风格。风格由诗德构成。檀丁论述了十种诗德：紧密、清晰、同一、甜蜜、柔和、易解、高尚、壮丽、美好和三昧。

从檀丁的具体论述看，紧密、同一和柔和属于词音范畴，甜蜜兼有词音和词义，其他各种则属于词义范畴。由此可见，檀丁所谓的风格是诗的语言风格，由音和义两方面的特征构成。檀丁认为这十种诗德是维达巴风格的特征。而高德风格中的诗德则与这十种诗德有同有异。大体上可以说，维达巴风格是一种清晰、柔和、优美的语言风格，而高德风格是一种繁缛、热烈、富丽的语言风格。檀丁在《诗镜》中，有时也称维达巴风格为南方派，称高德风格为东方派。语言艺术的地方特色，前人也已经注意到，如七世纪上半叶的波那在《戒日王传》的序诗中说道："北方作品充满双关，西方作品注重意义，南方作品喜爱奇想，高德（即东方）作品辞藻华丽。"而檀丁首先提出"风格"的概念，对这种文学现象进行了理论总结。

如果说檀丁是风格论的开创者，那么，八世纪下半叶的伐摩那（Vāmana）是风格论体系完成者。他的《诗庄严经》（Kāvyālaṅkāra-sūtra）以风格论为核心，提出了一套完整的诗学理论。这部著作采用经疏体，共分五章，分别论述诗的身体、诗病、诗德、庄严和运用。伐摩那认为"诗可以通过庄严把握。庄严是美，来自无诗病、有诗德和有庄严"（1.1.1—3）。这里，前两个"庄严"是指广义的庄严即艺术美，后一个"庄严"是指狭义的庄严即修辞方式。他给诗下的定义是："诗是经过诗德和庄严修饰的音和义。"（1.1.1注疏）但这只是诗的身体。因此，他进一步指出："风格是诗的灵魂。"（1.2.6）他给风格下的定义是："风格是词的特殊组合。这种特征性是诗德的灵魂。"（1.2.7—8）他也像檀丁一样提出十种诗德。但他将每种诗德分成音德和义德。这样，实际上有二十种诗德。他将风格分为三种：维达巴、高德和般遮罗，认为"维达巴风格具有所有诗德，高德风格具有壮丽和美好两种诗德，般遮罗风格具有甜蜜和柔和两种诗德"（1.2.11—13）。他指出："诗立足于这三种风格，正如画立足于线条。"（1.2.13注疏）

无论是庄严论，还是风格论，主要是探讨文学语言的形式美。

檀丁和伐摩那所谓的"风格"也主要是语言风格。伐摩那将语言风格视为诗的灵魂，显然难以成立。但他提出的"诗的灵魂"这一概念，能启发后人探索诗歌艺术中更深层次的审美因素。九世纪和十世纪是梵语诗学发展的鼎盛期，产生了两位杰出的梵语诗学家欢增和新护。他俩的诗学以韵论和味论为核心。

欢增（Ānandavardhana，九世纪）的《韵光》（Dhvanyāloka）采用经疏体，共分四章。第一章提出韵论，批驳各种反对韵论的观点，第二章和第三章正面阐述韵论，第四章论述韵论的运用。欢增在《韵光》中给"韵"下的定义是："若诗中的词义或词音将自己的意义作为附属而暗示那种暗含义，智者称这一类诗为韵。"（1.13）"韵"（dhvani）这个词是借用梵语语法术语。诚如欢增本人所说："在学问家中，语法家是先驱，因为语法是一切学问的根基。他们把韵用在听到的音素上。其他学者在阐明诗的本质时，遵循他们的思想，依据共同的暗示性，把表示义和表示者混合的词的灵魂，即通常所谓的诗，也称作韵。"（1.13注疏）

欢增在这里所说的意思是，按照梵语语法理论，一个词由几个音组成，其中个别的音不能传达任何意义，只有这几个音连接在一起发出才能传达某种意义。这种能传达某个原本存在的词义的声音就叫韵。梵语诗学中的韵论正是受此启发，对词的功能作了认真探讨，从而将诗中暗示的因素或暗含的内容称作韵，将具有暗示的因素或暗含的内容的诗称作韵诗。

具体地说，传统的梵语语法学家和哲学家确认词有两种基本功能——表示和转示，由此产生两种词义——表示义和转示义。表示义是指词的本义或字面义。转示义是指词的转义或引申义。而韵论发现词还有第三种功能——暗示，由此产生第三种词义——暗示义或暗含义。由此，韵论认为诗的灵魂，或者说诗的最大魅力就在于这种不同于表示性和转示性的暗示性。

在韵论关于词的功能的论述中，最常用的例子是"恒河上的茅屋"这个短语。在这个短语中，"恒河"一词按照本义不适用，因为茅屋不可能坐落在恒河上。因此，"恒河"一词必须依据词的转示功能引申理解为"恒河岸"。然而，这个短语的意思并不仅止于此。说话者的意图是用这个短语暗示这座茅屋濒临恒河，因而凉爽、圣洁。

发现词的暗示功能和诗的暗示义，是韵论对梵语诗学的创造性贡献。正如欢增所说："韵的性质是所有优秀诗人作品的奥秘，极其可爱。但以往哪怕是思维最精密的诗学家也没有加以揭示。"（1.1注疏）过去的诗学家只注重分析词的表面义，"而在大诗人的语言中，确实存在另一种东西，即领会义。它显然不同于已知的肢体，正如女人的美"（1.4）。也就是说，过去庄严论派主要着眼于字面义的曲折表达，而在优秀的诗篇中，存在一种不同于字面义的领会义（即暗示义）。而这种领会义的魅力高于字面义的美，正如女人的魅力高于肢体的美。

欢增在《韵光》中，从暗示的内容和暗示的因素两个角度对韵作了广泛的探讨和细致的分类。其中主要的三类韵是本事韵、庄严韵和味韵。它们分别暗示诗中的内容、修辞和味。而欢增更重视的是味韵。他提出的味有九种，比《舞论》提出的八种味多一种平静味。他认为味通常是被暗示的。直接表示味和情的词，如艳情、滑稽、悲悯、暴戾、英勇、恐怖、厌恶、奇异和平静，或者，爱、笑、悲、怒、勇、惧、厌、惊和静，既不能刻画味，也不能激发味。诗人必须刻画味所由产生的景况及其表现，即有关的情由、情态和不定情，借以暗示味。这样，味就能作为一种被暗示的意义传达给读者，激起读者内心潜伏的感情，从而真正品尝到味。欢增对味韵的这种阐释，完全可以借用中国诗学的一句名言："不着一字，尽得风流。"（司空图《诗品·含蓄》）

就味韵而言，它本身可以分成许多类，而且各类味韵的情由、情态和不定情也多种多样，这就决定了诗歌内容变化的无限性。欢增指出："即使是诗中的内容古已有之，只要把握住味，就能焕然一新，犹如春季的树木。"（4.4）因此，他强调诗人只要专心于味，在暗示义（即味和情）和暗示者（即音素、词、句和篇）上下功夫，他的作品就会展示新意。他还指出九种味中，有些味是互相冲突的，有些味是互相不冲突的。在同一个人身上，除非有一定的时间间隔，否则应该避免互相冲突的味。同时，在含有多种味的作品中，应该有一个主味贯穿其中，其他的味附属和加强主味，以保持味的统一。

欢增还在《韵光》中，以韵为准则，将诗分成三类：韵诗、以韵为辅的诗和画诗。韵诗是指诗中的暗示义占主要地位。以韵为辅的诗是指诗中的表示义占主要地位，而暗示义占附属地位，或者表示义和暗示义占同等地位。画诗是指诗中缺乏暗示义。此后，韵论派通常将这三类诗分别称作上品诗、中品诗和下品诗。

总之，欢增创立的韵论认为韵是诗的灵魂，味是韵的精髓。庄严属于诗的外在美，而韵和味属于诗的内在美。也就是说，韵论以韵和味为内核，以庄严、诗德和风格为辅助，构成了一个较为完善的梵语诗学体系。

新护（Abhinavagupta，十、十一世纪）著有《韵光注》（Kāvyālokalocana）和《舞论注》（Abhinavabhāratī）。《韵光注》是对欢增的《韵光》的注疏。欢增将韵视为诗的灵魂，并将韵分成本事韵、庄严韵和味韵。而新护唯独将味视为诗的灵魂，并将本事韵和庄严韵也最终归结为味韵。他认为诗中的本事韵和庄严韵总是或多或少与味相结合，全然无味的诗不成其为诗。同时，新护认为灵魂是相对身体而言，因此，味韵与优美的音和义不可分离。也就是说，诗是味韵（灵魂）与装饰有诗德和庄严的音和义（身体）的结合。新护还认为吠陀的教诲犹如主人，历史传说的教诲犹如朋友，唯独诗的教诲犹如爱人，因此，"欢喜"（ānanda，即审美快乐）是诗的主要特征，也是诗的最重要的功能。

《舞论注》是对婆罗多的《舞论》的注疏。其中最重要部分是对《舞论》中味的定义——"味产生于情由、情态和不定情的结合"所作的长篇注疏。新护将味的这个定义称作"味经"，因此，他的这部分注疏通常也被称作"味经注"。新护在"味经注"中对婆罗多的味论作了创造性的阐释。他首先对洛罗吒（九世纪）、商古迦（九世纪）和那耶迦（十世纪）等人的味论观点作了评述。这些作者的论著现已失传，依靠新护的评述，才保存了他们的理论观点。从新护的评述可以看出，自婆罗多在《舞论》中提出味论以来，梵语诗学家对味的理论思辨在九、十世纪达到了前所未有的高度。而新护深知理论发展中继承和创造的关系，在"味经注"中指出："先哲前贤铺设的知识阶梯相互连接，智慧不断地向上攀登，寻求事物真谛。"由此，他一方面强调说："重复前人揭示的真理，会有什么新意？缺乏见解和价值怎会获得世人好评？"另一方面也强调说："继承前人思想遗产，可以获得丰硕成果，因此，我们不否定，而是改善先哲的学说。"

正是这样，新护在"味经注"中批判地吸收前人探讨和思考中的合理成分，对味的本质作了创造性阐发。新护认为味是普遍化的知觉（或感情），诗人描写的是特殊的人物和故事，但传达的是普遍化的知觉。这里关键是诗歌或戏剧中的特殊的人物和故事经过了普遍化的处理。具体地说，当观众观赏戏剧时，演员的妆饰掩盖了演员本人的身份，观众直接将演员视为剧中人物。演员失去此时此地作为演员的时空特殊性。演员运用形体和语言表演剧中的情由、情态和不定情。这种特殊的情由、情态和不定情寓有普遍性，它们在观众的接受中得到普遍化。剧中人物失去彼时彼地的时空特殊性。这样，情由、情态和不定情呈示和暗示的常情，引起观众普遍的心理感应。因为每个观众都具有心理潜印象，这是日常生活经验的心理沉淀。在日常生活中，人们在一定的情境下，会激发某种常情；也能依据一定的情境，判断他人心中的常情。观众在观赏戏剧时，剧中普遍化的情由、情态和不定情，唤醒了观众心中的常情潜印象。观众自我知觉到这种潜印象，也就是品尝到了味。这种味虽由常情转化而成，但又不同于常情。常情有快乐，也有痛苦，而味永远是快乐的，因为它是一种超越世俗束缚的审美体验。新护的味论揭示了艺术创作中特殊和普遍的辩证关系，也揭示了艺术欣赏的心理根源。

可以说，欢增和新护的韵论和味论代表了梵语诗学取得的最高理论成就。在欢增和新护之后，梵语诗学家们的理论探索仍在进行。虽然他们的理论建树都已比不上欢增和新护，但也提供了一些具有独到见解的诗学著作，其中值得一提的是恭多迦的《曲语生命论》、摩希摩跋吒的《韵辨》和安主的《合适论》。

恭多迦（Kuntaka，十、十一世纪）的《曲语生命论》（Vakroktijīvata）采用经疏体，共分四章。第一章是总论，提出曲语的基本原理，后三章具体阐述六类曲语。恭多迦给诗下的定义是："诗是在词句组合中安排音和义的结合，体现诗人的曲折表达能力，令知音喜悦。"（1.7）他对"曲折"一词的解释是："曲折是指与经论等等作品通常使用的音和义不同。"（1.7注疏）也就是说，诗是经过装饰的音和义，而这种装饰就是曲语。他将曲语视为诗的生命，并将曲语分为六类：音素、词干、词缀、句子、章节和整篇作品。他对于修辞的概念和分类做了深入细致的辨析。他认为诗包含自性、味和修辞。其中，事物自性和味是所描写对象即修饰对象，而修辞是修饰者即修饰所描写对象，并据此提出自己的修辞分类法，也对前人的一些修辞分类予以修正。他对章节和作品曲折性的分析在梵语诗学中也别具一格。

从恭多迦对曲语的分类和具体阐述看，正如韵论以韵和味统摄一切文学因素，他试图用曲语统摄一切文学因素。他不仅将庄严论中的音庄严和义庄严纳入曲语范畴，也将韵和味纳入曲语范畴。曲语本是庄严论提出的概念。恭多迦的曲语论显然是在庄严论基础上的创造性发展。尽管恭多迦是一位有气魄的梵语诗学家，创立的曲语论也自成体系，但在后期梵语诗学中，占主流地位的始终是韵论和味论。

恭多迦试图用一个旧概念来解释和囊括一切新观念，自有他的保守之处。但是，在曲语论中，恭多迦强调诗人作为创作主体的重要性，这一观点值得重视。恭多迦认为文学的魅力在于曲语，而曲语的根源在于诗人的创作想象活动。诗人的创造性体现在一切曲语之中。恭多迦明确指出"诗人的技巧是一切味、自性和庄严的生命"（3.4 注疏）。他在论述风格时，紧密联系诗人自身的文化素质特点。在梵语诗学史上，庄严论和风格论重视文学的修辞和风格，味论和韵论重视文学的感情和读者的接受，而恭多迦注意到了诗人创作主体的重要性。

摩希摩跋吒（Mahimabhaṭṭa，十一世纪）的《韵辨》（Vyaktiviveka）采用经疏体，共分三章。这是一部试图以推理论取代韵论的诗学著作。在第一章开头，摩希摩跋吒就明确表示他写这部著作是"为了说明一切韵都包含在推理之中"。他引用了《韵光》中关于韵的定义，从论点和语法上指出这个定义有十条错误。他批驳韵论，否认词有暗示功能。他认为词只有一种表示功能，所谓的转示义或暗示义是由表示义通过推理表达的。因此，按照他的观点，词只有表示义和推理义两种意义，转示义和暗示义都包含在推理中。他认为表示义和暗示义的关系相当于逻辑推理中的"相"（中项）和"有相"（大项）的关系。暗示义不是通过表示义暗示的，而是通过推理展示的。他也否定恭多迦的曲语论，认为如果曲折表达方式传达的意义不同于通常的意义，那么这种曲语也像韵一样包含在推理中。摩希摩跋吒还在第三章中，以《韵光》中引用的四十首诗为例，说明欢增所谓的韵实际上是推理。

《韵辨》显示出摩希摩跋吒具有广博的学识和非凡的论辩能力。但在梵语诗学理论上并无实质性的重大建树。因为他的推理论的核心是以推理取代暗示，除此之外，他与韵论派并无重大理论分歧。他自己就在《韵辨》中说："就味等等是诗的灵魂而言，并不存在分歧。分歧是在名称上。如果不将味称作韵，分歧也就消除。"（1.26）又说"我们只是不同意说暗示是韵的生命，而其他问题略去不谈，因为基本上没有分歧"（3.33）。在后期梵语诗学家中，摩希摩跋吒的推理论没有获得支持者，现存唯一的一部《韵辨注》（十二世纪）也是对推理论持批评态度的。其实，摩希摩跋吒也不是推理论的首倡者。欢增在《韵光》第三章中就已对推理论作过评述，明确指出："在诗的领域，逻辑中的真理和谬误对于暗示义的认知不适用。"（3.33注疏）尽管如此，摩希摩跋吒仍向韵论提出理论挑战，说明这个问题还需要诗学家们进行认真的辨析，作出有说服力的回答。无论如何，这涉及诗学中的一个重要理论问题，即形象思维和逻辑思维的关系。

安主（Kṣemendra，十一世纪）的《合适论》（Aucityavicāracarcā）采用经疏体，不分章。安主在这部著作中企图建立一种以"合适"为"诗的生命"的批评原则。他认为诗歌中的各种因素只有与背景适合，又互相适合，才能发挥它们的功用，达到诗人的目的。他在《合适论》中，罗列了二十七种诗的构成因素，诸如词、句、文义、诗德、庄严、味、动词、词格、词性、词数、前缀、不变词和时态等，从正反两方面举例说明何谓合适，何谓不合适。其实，合适这一批评原则在欢增的《韵光》中已经形成，但只是作为诗歌魅力的辅助因素。而安主把合适看作高于一切的生命，加以详细阐发。从理论总体上，应该说欢增的观点更合理。但和谐和分寸感毕竟也是艺术创作的重要问题，安主细致入微的论述自有它一定的理论意义和实用价值。

在梵语诗学中，还有一类称作"诗人学"的著作，如王顶（九、十世纪）的《诗探》、安主（十一世纪）的《诗人的颈饰》、阿利辛赫和阿摩罗旃陀罗（十三世纪）的《诗如意藤》、代吠希婆罗（十三、十四世纪）的《诗人如意藤》等。这类著作的侧重点不是探讨诗歌创作理论，而是介绍诗人应该具备的各种修养和写作知识，类似"诗人指南"或"诗法教程"。

王顶（Rājaśekhara）的《诗探》（Kāvymīmāṃsā）是这方面的代表作。全书共分十八章，讲述了诗学起源的神话传说、语言作品的分类、"诗原人"诞生的神话传说、诗人的才能、诗人的分类和诗艺成熟的特征、词句及其功能、语言风格、诗的主题来源、诗的描写对象、诗人的行为规范、诗歌创作中的借鉴和诗的各种习惯描写用语，等等。总之，论题相当广泛，提供了许多不见于其他著作的梵语诗学资料。

在梵语戏剧学方面，继《舞论》之后，胜财（Dhanañjaya，十世纪）的《十色》（Daśarūpaka）是另一部重要的梵语戏剧学著作。"十色"指的是十种梵语戏剧类型。这部著作是根据《舞论》编写的，可以说是《舞论》的简写本。全书分为四章。第一章论述情节，第二章论述角色和语言，第三章论述序幕和戏剧类型，第四章论述情味。从内容上看，《十色》侧重于剧作法，删除了《舞论》中有关音乐、舞蹈和表演程式的大量论述。尽管《十色》有关剧作法的大部分论述在观点上与《舞论》一致，但与《舞论》相比，这部著作不仅简明扼要，而且条理清晰。因此，在十世纪后，作为梵语戏剧学手册，《十色》的通行程度远远超过《舞论》。现代学者在十九世纪中叶着手研究梵语戏剧时，以为《舞论》已经失传，当时整理出版的第一部梵语戏剧著作就是《十色》。

与《十色》同时或稍后的梵语戏剧学著作是沙揭罗南丁（Sāgaranandin）的《剧相宝库》（Nāṭakalakṣaṇaratnakośa）。这部著作也侧重于剧作法，但涉及的论题要比《十色》广泛，全书共分十八章，论述戏剧的分类、情节、风格、男女主角、诗德、庄严、味和情。这些论述的主要依据是《舞论》，但内容有所扩充，也引证了不少其他梵语戏剧学家的论点。

其他梵语戏剧学著作有十二世纪罗摩月和德月合著的《舞镜》，共分四章，论述戏剧分类、风格、味、情、表演和戏剧的共同特征。十二世纪或十三世纪沙罗达多那耶的《情光》，共分十章，论述情和味、音和义以及戏剧分类。十四世纪辛格普波罗的《味海月》和十五、十六世纪鲁波·高斯瓦明的《剧月》等也都主要是依据前人的戏剧学编写的著作。其中，鲁波·高斯瓦明还著有《虔诚味甘露河》和《鲜艳青玉》，将味论运用于毗湿奴教的宗教虔诚感情。

从十一世纪开始，梵语诗学进入对前人成果加以综合和阐释的时期。这类综合性和阐释性的梵语诗学著作很多，其中最著名的是波阇（Bhoja，十一世纪）的《辩才天女的颈饰》和《艳情光》、曼摩吒（Mammaṭa，十一世纪）的《诗光》、毗首那特（Viśvanātha，十四世纪）的《文镜》。《辩才天女的颈饰》（Sarasvatīkaṇṭhābharaṇa）共分五章，主要论述诗病、诗德、庄严、风格、味和情等。《艳情光》（Śṛṅgāraprakāśa）共分三十六章，是现存规模最大的一部梵语诗学著作，前八章论述音和义的结合，第九章论述诗病和诗德，第十章论述庄严，第十一章论述味，第十二章论述戏剧，第十三章至第三十六章论述各种艳情味。《诗光》（Kāvyaprakāśa）共分十章，分别论述诗的目的和特点、音和义、暗示、以韵为主的诗、以韵为辅的诗、无韵的诗、诗病、诗德、音庄严和义庄严。《诗光》以韵论为基础，将梵语诗学的所有概念和理论交织成一个有机整体。因而，这部著作十分流行，注本也最多。《文镜》（Sāhityadarpaṇa）共分十章，分别论述诗的特点、词句、味和情、韵、暗示、戏剧、诗病、诗德、风格和庄严。《文镜》的格局与《诗光》相似，但兼论戏剧。同时，在诗的本质问题上，《诗光》侧重韵，而《文镜》侧重味。

自十二世纪开始，随着印度各地方言文学的兴起，古典梵语文学逐渐衰微，失去文学主流地位。因此，梵语诗学著作虽然继续不断产生，但已经缺乏创造性活力，主要是因袭前人诗学成果，加以综合改编或引申发挥。如十二世纪雪月的《诗教》、鲁耶迦的《庄严论精华》、伐格薄吒的《伐格薄吒庄严论》，十三、十四世纪维底耶迦罗的《项链》、维底耶那特的《波罗多楼陀罗名誉装饰》、胜天的《月光》，十四世纪维希吠希婆罗·格维旃陀罗的《魅力月光》，十五世纪的般努达多的《味花簇》，十六世纪格维格尔纳布罗的《庄严宝》、盖瑟沃·密湿罗的《庄严顶》、阿伯耶·底克希多的《莲喜》和《画诗探》等。

十七世纪世主（Jagannātha）的《味海》（Rasagaṅgādhara）是一部综合性诗学著作，仅存第一章和第二章的部分。第一章论述诗的特点、诗的分类、情、味和诗德，第二章论述韵的分类、表示义、转示义和庄严，但在介绍到第七十一种庄严时，未完中断。世主既有理论思辨能力，又有诗歌创作才能，《味海》中使用的例举都是他自己创作的。从《味海》仅存这两章可以看出世主透彻了解梵语诗学遗产，准确把握各家观点的歧异，并能提出自己的一些独到见解。他是梵语诗学史上最后一位重要的理论家。他的《味海》标志梵语诗学的终结。

综上所述，梵语诗学经过漫长的历史发展，形成了世界上独树一帜的文学理论体系。它有自己的一套批评概念或术语，如味、情、庄严、诗德、诗病、风格、韵、曲语和合适等。它对文学自身的特殊规律做了比较全面和细致的探讨。就梵语诗学的最终成就而言，可以说，庄严论和风格论探讨了文学的语言美，味论探讨了文学的感情美，韵论探讨了文学的意蕴美。这是文艺学的三个基本问题。因此，梵语诗学这宗丰富的遗产值得我们重视。如果我们将它放在世界文学理论的范围内进行比较研究，就更能发现和利用它的价值。

二

中国最早出现的文字是殷商时期的甲骨文和金文（青铜器铭文），现存最早的文献是商周春秋时期的"五经"：《诗》、《易》、《书》、《礼》和《春秋》。"五经"表明中国在商周时期已经结束以口传为媒介的神话传说时代，而进入以书写为媒介的历史文明时代。

《诗经》是中国古代最早的诗歌总集，在春秋时期编定，共有三百零五首，简称"诗三百"。《诗经》中的诗歌与音乐和舞蹈关系密切，可以载歌载舞，分为"风"、"雅"和"颂"三部分。"风"包括十五国风，即十五个地区的民间歌谣。"雅"是王畿（即周王朝直接统治的地区）的歌曲。"颂"是用于宗庙祭祀的歌曲。如果将《诗经》与印度古代最早的诗歌总集《梨俱吠陀》相比，便可发现《梨俱吠陀》是颂神诗集，充满神话幻想，而《诗经》完全反映人间现实社会生活。即使其中用于宗庙祭祀的颂诗，也主要是赞颂先王的功德。

《尚书》是中国最古老的散文总集。它是夏商周原始历史文件的汇编，故而文字古奥。但也可以发现其中有些文章运用记叙、描写和议论的笔法，有时叙述中也带有感情，并使用比喻和排比等修辞手法。《春秋》是鲁国编年史，语言简练严谨，是中国古代第一部编年体史书。左丘明为《春秋》作传，原名为《左氏春秋》，简称《左传》。该著作不仅叙事生动，善于塑造人物形象和刻画人物性格，记录外交辞令也富有文采。其他的历史著作还有《国语》和《战国策》等。

这些历史著作都属于历史散文。同时，春秋战国时代学术思想繁荣，诸子百家争鸣，他们的著述统称为诸子散文。

孔子的《论语》是语录体散文，语言简洁，生动活泼，明白晓畅。《孟子》也是语录体散文，具有雄辩的气势，富有感情色彩，善于运用比喻和寓言说理，因而比《论语》更有文学性。《老子》是哲理性散文，语言凝练，或用韵文，或韵散兼用，多有格言和警句。《庄子》不再采用语录体，而是运用"卮言"、"重言"和"寓言"说理，想象丰富，汪洋恣肆，富有文学色彩，标志先秦散文的成熟。其他著名的诸子著作还有《墨子》、《荀子》、《韩非子》和《吕氏春秋》等。

在诗歌领域，继《诗经》之后，战国后期南方楚国屈原开创了一种被后代称为"楚辞"的新诗体。诗体突破《诗经》的四言句，主要使用五言句或六言句，间或也使用七言句，诗句和字数也大幅增长，由此，诗歌描写和抒情能力得到极大拓展。屈原的《离骚》长达三百七十三句，自述家世、生平、才德和政治遭遇，并运用种种象征笔法，展开神话幻想的翅膀，表达自己上下求索、至死不渝的爱国情志，成为中国诗歌艺术中的千古绝唱。屈原还著有《九章》、《九歌》、《招魂》和《天问》。另一位著名楚辞作家是宋玉，著有《九辩》。

在先秦时期，文学批评和理论还处在萌芽状态，而且话题大多围绕《诗经》。《诗经》本身也有表达创作目的的诗句，如"心之忧矣，我歌且谣"（《园有桃》）；"君子作歌，维以告哀"（《四月》);"啸歌伤怀,念彼硕人"(《白华》)等,相当于孔子所说的"诗可以怨"。

《尚书·尧典》中记载有帝舜对乐师夔的指令,其中指出:"诗言志,歌永言,声依永,律和声。八音克谐,无相夺伦,神人以和。"这表明上古诗歌用于咏唱,注重声律,而"诗言志"道出诗的本质,成为后世历代诗学话语的最重要源头。

孔子的《论语》中有不少论诗的言论,如:"诗可以兴,可以观,可以群,可以怨。""诗三百,一言以蔽之,曰:'思无邪。'""《关雎》,乐而不淫,哀而不伤。""子谓《韶》,尽美矣,又尽善也。""质胜文则野,文胜质则史。文质彬彬,然后君子。"《左传》中记载有孔子曰:"言以足志,文以足言。""言之无文,行而不远。"《礼记》也记载有孔子曰:"情欲信,辞欲巧。"孔子诸如此类言论大多成为后世儒家"诗教"立论的经典依据。

《易传》中也有不少与诗艺相通的精辟言论,被后世诗学论者引用和发挥。如:"书不尽言,言不尽意。""圣人立象以尽意,设卦以尽情伪,系辞焉以尽其言,变而通之以尽利,鼓之舞之以尽神。""古者包牺氏之王天下也,仰则观象于天,俯则观法于地,观鸟兽之文与地之宜,近取诸身,远取诸物,于是始作八卦,以通神明之德,以类万物之情。""仁者见之谓之仁,知者见之谓之知。""其称名也小,其取类也大,其旨远,其辞文,其言曲而中,其事肆而隐。"

同样,《孟子》中指出:"说诗者不以文害辞,不以辞害志。以意逆志,是为得之。""颂其诗,读其书,不知其人,可乎?是以论其世也。"《庄子》中指出:"可以言论者,物之粗也;可以意致者,物之精也;言之所不能论,意之所不能致者,不期精粗焉。""筌者所以在鱼,得鱼而忘筌;蹄者所以在兔,得兔而忘蹄;言者所以在意,得意而忘言。"这些精妙言论被后世诗学论者奉为至理名言。

汉代文学领域，在楚辞基础上产生一种介乎诗体和散文体之间的赋体，以铺张描写和词藻华丽为主要特征。如贾谊的《吊屈原赋》和《鵩鸟赋》、枚乘的《七发》、司马相如的《子虚赋》和《上林赋》等。据《汉书·艺文志》记载，赋体作者有七十八家，作品一千零四篇。

在赋体的基础上，又产生骈文体，始于东汉，兴盛于魏晋南北朝，成为文人常用的一种文体。骈文要求篇内词句两两并列，讲究词句对偶和调谐平仄，注重用典和辞采。

在历史著作方面，司马迁的《史记》记叙自黄帝至汉武帝时期的历史，并开创中国古代纪传体史书。《史记》中的人物传记富有文学色彩，叙事生动，情节带有戏剧性，人物形象栩栩如生，性格鲜明，文字简洁晓畅，又宛转多变。《史记》的叙事艺术对后世的叙事文学产生深远影响。班固的《汉书》记叙两汉的历史。它的文学性主要体现在叙事周密，描绘细致，文字典雅。

汉代设有掌管音乐的机构，名为"乐府"，广泛收集民间歌谣，配乐演唱，同时本身也制作用于朝廷典礼的歌辞。这些诗歌后来被统称为"乐府诗"。宋代郭茂倩的《乐府诗集》收录汉魏至隋唐的乐府诗最为完备，分为十二类。其中的"相和曲辞"和"杂曲歌辞"主要是民间歌辞，反映社会下层民众的喜怒哀乐，生活气息浓厚。乐府诗体主要采用五言句，其中还出现篇幅较长的叙事诗，如《陌上桑》和《孔雀东南飞》。

在两汉时期，对后世诗学产生重要影响的著作是《乐记》和《诗大序》。《乐记》虽然是音乐理论著作，但在先秦和两汉时期与诗歌关系密切，艺术原理也贯通一致。如《乐记》中指出："金石丝竹，乐之器也；诗，言其志也；歌，咏其声也；舞，动其容也。三者本于心，然后乐器从之。""凡音者，生人心者也。情动于中，故形于声；声成文，谓之音。是故治世之音安，以乐其政和；乱世之音怨，以怒其政乖；亡国之音哀，以思其民困。声音之道，与政通矣。"

《诗大序》则是一篇阐释《诗经》的序论，其中对"诗言志"作出精深的阐发："诗者，志之所之也。在心为志，发言为诗。情动于中而形于言，言之不足，故嗟叹之；嗟叹之不足，故永歌之；永歌之不足，不知手之舞之，足之蹈之也。"并指出诗的社会功能："正得失，动天地，感鬼神，莫近于诗。先王以是经夫妇，成孝敬，厚人伦，美教化，移风俗。"《诗大序》还提出《诗经》"六义"说："一曰风，二曰赋，三曰比，四曰兴，五曰雅，六曰颂。"

《史记》中的《太史公自序》提出"发愤著书"说："夫《诗》《书》隐约者，欲遂其志之思也。昔西伯拘羑里，演《周易》；孔子厄陈蔡，作《春秋》；屈原放逐，著《离骚》；左丘失明，厥有《国语》；孙子膑脚，而论兵法；不韦迁蜀，世传《吕览》；韩非囚秦，《说难》《孤愤》；《诗》三百篇，大抵贤圣发愤之所为作也。"

班固《汉书·艺文志》中单列"诗赋略"，将诗赋与一般的学术文章作出区分，体现文学意识的朦胧觉醒。班固对"诗言志"的阐释与《乐记》和《诗大序》一致。他也对乐府诗作出肯定的评价："自孝武立乐府而采歌谣，于是有代、赵之讴，秦、楚之风，皆感于哀乐，缘事而发。"而对"小说"抱有轻视的态度："小说家流，盖出于稗官。街谈巷语，道听途说者之所造也。"

王逸的《楚辞章句序》对屈原的楚辞作出高度赞赏："屈原之词，诚博远矣。自终没以来，名儒博达之士著造词赋，莫不拟则其仪表，祖式其模范，取其要妙，窃其华藻。所谓金相玉质，百世无匹，名垂罔极，永不刊灭者矣。"

自汉代乐府诗产生后，文人也仿效这种诗体创作诗歌，渐渐发展成脱离乐曲的五言诗，随之也产生七言诗，成为魏晋南北朝的主流诗体。其间著名的诗人有曹操、曹丕、曹植、阮籍、嵇康、陆机、陶渊明、谢灵运和谢朓等。同时，在魏晋南北朝时期除诗、赋和骈文外，也出现了志怪小说。

这样，自先秦两汉至魏晋南北朝，文学形式已取得长足进步，积累了诗、赋、骈文、历史散文和诸子散文等大量作品，同时也积累了各种日趋成熟的文学见解，促进了文学意识的自觉。正是在这样的历史条件下，在魏晋南北朝时期，出现了曹丕的《典论·论文》、陆机的《文赋》、挚虞的《文章流别论》和萧统的《文选序》，尤其是中国古代第一部文学理论专著即刘勰的《文心雕龙》以及诗歌艺术专著即钟嵘的《诗品》。

曹丕的《典论·论文》中指出各种文体的风格特征："夫文本同而末异。盖奏议宜雅，书论宜理，铭诔尚实，诗赋欲丽。"他也强调文章的社会价值："盖文章，经国之大业，不朽之盛事。""是以古之作者，寄身于翰墨，见意于篇籍，不假良史之辞，不托飞驰之势，而声名自传于后。"

陆机的《文赋》是一篇文学创作论。他自述写作《文赋》的目的是"述先士之盛藻，因论作文之利害所由，他日殆可谓曲尽其妙"。而实际上这也是他本人诗赋创作的经验总结。《文赋》中也指出不同文体的风格特征："诗缘情而绮靡，赋体物而浏亮，碑披文以相质，诔缠绵而凄怆，铭博约而温润，箴顿挫而清壮，颂优游以彬蔚，论精微而朗畅，奏平彻以闲雅，说炜晔而谲诳。"并指出"其为物也多姿，其为体也屡迁，其会意也尚巧，其遣言也贵妍。暨音声之迭代，若五色之相宣"。明显突出强调各种文体含有的文学特征。尤其是他指出"诗缘情"，与"诗言志"相辅相成，对后世诗学产生深远的影响。

挚虞的编选的《文章流别集》是中国古代第一部诗文总集，但已失传。从现存的《文章流别论》可以看出他已经对自先秦至西晋时期各种文体作出细致的分类，对此后萧统编选《文选》和刘勰《文心雕龙》中的文体论具有先导作用。他将诗文的功能概括为"文章者，所以宣上下之象，明人伦之叙，穷理尽性，以究万物之宜者也"。这显然是承袭《易传》中的"立象以尽意"的观点。他对各种文体的特征都作出描述，其中含有不少深刻的见解，例如他认为赋"所以假象尽辞，敷陈其志"。同时，他指出"夫假象过大，则与类相远；逸辞过壮，则与事相违；辩言过理，则与义相失；丽靡过美，则与情相悖。此四过者，所以背大体而害政教"。这表明他了解诗赋作品中除了辞采和情志，还有形象。

由于挚虞的《文章流别集》已经失传，萧统的《文选》是现存中国古代第一部诗文总集，收录先秦至梁代作者一百三十八人，分为赋类（含十五种子目），诗类（含二十二种子目），其他三十七类都是散文类（不含子目）。萧统在《文选序》中指出："若夫姬公之籍，孔父之书，与日月俱悬，鬼神争奥，孝敬之准式，人伦之师友，岂可重以芟夷，加之剪裁？老庄之作，管孟之流，盖以立意为宗，不以能文为本，今之所撰，又以略诸。""至于记事之史，系年之书，所以褒贬是非，纪别异同，方之翰墨，亦已不同。若其赞论之综辑辞采，序述之错比文华，事出于沉思，义归乎翰藻，故与夫篇什，杂而集之。"这表明萧统选择诗文的标准是"以能文为本"，故而强调"辞采"、"文华"、"沉思"和"翰藻"，初步体现了文学的自觉意识。然而，他在运用这个标准时，不免有失之过严之嫌。他将子部和史部著作都排除在外，固然与其选择单篇诗文的体例不无关系，但也不能笼统地认为诸子散文"不以能文为本"，也不能认为历史散文只有其中的"赞论"符合他的入选标准。

这里还应该提及萧绎的《金楼子·立言篇》，其中提到"今人之学者有四"，即"通圣人之经者谓之儒"；"止于辞赋，则谓之文";"博穷子史""谓之学";"善为章奏""谓之笔"。然后，又说"吟咏风谣，流连哀思者，谓之文"。继而说明"至如文者，惟须绮縠纷披，宫徵靡曼，唇吻遒会，情灵摇荡"。其中所说的"文"，作为四学之一，实际上已经可以称为纯文学意义上的"文学"。

刘勰的《文心雕龙》则是这一时期突兀而起的一座文学理论高峰。这部著作结构严密，条分缕析，自成体系。全书共分五十篇，按照刘勰最后一篇《序志》中的说法："盖《文心》之作也，本乎道，师乎圣，体乎经，酌乎纬，变乎骚，文之枢纽，亦云极矣。若乃论文叙笔，则囿别区分；原始以表末，释名以章义，选文以定篇，敷理以举统。上篇以上，纲领明矣。至于剖情析采，笼圈条贯：摛神性，图风势，苞会通，阅声字，崇替于《时序》，褒贬于《才略》，怊怅于《知音》，耿介于《程器》，长怀《序志》，以驭群篇。下篇以下，毛目显矣。位理定名，彰乎大易之数，其为文用，四十九篇而已。"

由此可见，前五篇是"文之枢纽"，全书的总纲。其中，《原道》说明文源于道。"道"指自然之道，"自然"即天地万物，而人是"天地之心"，构成天地人"三才"。这样，"道沿圣以垂文，圣因文而明道"。《征圣》说明"道沿圣以垂文"，因为"夫子文章，可得而闻，则圣人之情，见乎文辞矣"。《宗经》说明"圣因文而明道"，因为"经也者，恒久之至道，不刊之鸿教也。故象天地，效鬼神，参物序，制人纪；洞性灵之奥区，极文章之骨髓者也"。此处所说的"经"指《易》、《书》、《诗》、《礼》和《春秋》五经。刘勰崇尚儒学，将儒家元典"五经"视为为文的最高典范，指出"文能宗经，体有六义：一则情深而不诡，二则风清而不杂，三则事信而不诞，四则义贞而不回，五则体约而不芜，六则文丽而不淫"。《正纬》指明汉代以来流行的谶纬之类著作是伪书，而由于这类著作中含有各种古史传说，故而刘勰认为"若乃羲农轩皞之源，山渎钟律之要，白鱼赤乌之符，黄金紫玉之瑞，事丰奇伟，辞富膏腴，无益经典而有助文章。是以后来辞人，采撷英华"。在《辨骚》中虽然依据儒家正宗思想对屈原略有微词，但对屈原的文学成就推崇备至："其文辞丽雅，为词赋之宗，虽非明哲，可谓妙才。""名儒辞赋，莫不拟其仪表，所谓金相玉质，百世无匹者也。""观其骨鲠所树，肌肤所附，虽取熔经意，亦自铸伟辞。""故能气往轹古，辞来切今，惊采绝艳，难与并能矣。"

继"文之枢纽"五篇之后二十篇"论文叙笔"是文体论。刘勰按照当时的文体术语，将"有韵之文"称为"文"，"无韵之文"称为"笔"，也就是诗体和散文体，各有十类。从这些文体的排列次序也可以看出刘勰论述的侧重点。

论述诗体的前三篇是《明诗》、《乐府》和《诠赋》，其他七篇是《颂赞》、《祝盟》、《铭箴》、《诔碑》、《哀吊》、《杂文》和《谐讔》。《明诗》中对诗的总体看法是"人禀七情，应物斯感，感物吟志，莫非自然"。诗在汉代除沿袭《诗经》的四言体外，还产生了五言体。刘勰认为"若夫四言正体，则雅润为本，五言流调，则清丽居宗"。同时，刘勰指出"俪采百字之偶，争价一句之奇，情必极貌以写物，辞必穷力而追新，此近世之所竞也"。这说明当时诗人重视诗歌艺术性的自觉意识越来越强烈。《乐府》论述乐府诗体。乐府本是汉代官府采集的民间歌谣，可以配乐演唱。后来，文人也模仿这种诗体创作诗歌，统称为乐府诗。刘勰指出"乐体在声，瞽师务调其器；乐心在诗，君子宜正其文"。《诠赋》中指出"赋者铺也；铺采摛文，体物写志也"。赋是继楚辞之后的一种重要文体，盛行于两汉魏晋时期。刘勰为赋确立的艺术规范是"情以物兴，故义必明雅；物以情观，故词必巧丽。丽词雅义，符采相胜，如组织之品朱紫，画绘之著玄黄，文虽新而有质，色虽糅而有本，此立赋之大体也"。

论述散文体的前三篇是《史传》、《诸子》和《论说》，其他七篇是《诏策》、《檄移》、《封禅》、《章表》、《奏启》、《议对》和《书记》。按照现代文学观念，这些散文体不能笼统称为文学作品，然而其中确实也包含文学散文，需要加以鉴别。刘勰在论述这些散文体时也注意到其中的文学性，如《史传》中称赞司马迁是"博雅宏辩之才"，称赞班固的"赞序弘丽，儒雅彬彬，信有遗味"。《诸子》中称赞孟子和荀子"理懿而辞雅"，列子"气伟而采奇"，韩非子"博喻之富"，淮南子"泛采而文丽"。《论说》中称赞"范雎之言事，李斯之止逐客，并顺情入机，动言中务，虽批逆鳞，而功成计合，此上书之善说也"，称赞"邹阳之说吴梁，喻巧而理至，故虽危而无咎也"。又如《书记》中称赞"史迁之《报任安》，东方朔之《难公孙》，杨恽之《酬会宗》，子云之《答刘歆》，志气槃桓，各含殊采，并杼轴乎尺素，抑扬乎寸心"，称赞"嵇康《绝交》，实志高而文伟矣；赵至《叙离》，乃少年之激切也"。

以下二十四篇中，有二十篇以"剖情析采"为主线，包括创作论、风格论和修辞论。另外四篇涉及文学史论、作家论和鉴赏论。

《神思》论述创作中神思、志气和辞令之间的关系："思理为妙，神与物游。神居胸臆，而志气统其关键；物沿耳目，而辞令管其枢机。""神思"也可理解为构思或想象。刘勰认为"此盖驭文之首术，谋篇之大端"。

《通变》论述创作需要通变，即有所继承，有所创新。刘勰指出"设文之体有常，变文之数无方"。"通变无方，数必酌于新声，故能骋无穷之路，饮不竭之源。"

《情采》论述作品中情理和辞采的关系。刘勰指出"情者文之经，辞者理之纬：经正而后纬成，理定而后辞畅，此立文之本源也"。他强调"为情而造文"，指出"心术既形，英华乃赡"；"繁采寡情,味之必厌"。

《熔裁》论述创作中情理和辞采的安排和剪裁。刘勰指出"情理设位,文采行乎其中"。熔裁是"矱栝情理,矫揉文采"。"规范本体谓之熔,剪截浮词谓之裁。裁则芜秽不生,熔则纲领昭畅"。

《养气》要求作者善于养气,在创作中保持精神充沛而顺乎自然,即"从容率情,优柔适会"。刘勰指出"吐纳文艺,务在节宣,清和其心,调顺其气;烦而即舍,勿使壅滞。意得即舒怀以命笔,理伏则投笔以卷怀"。

《附会》指出作品"以情志为神明,事义为骨髓,辞采为肌肤,宫商为声气",因此需要"总文理,统首尾,定与夺,合涯际,弥纶一篇,使杂而不越者也"。所谓"附会"也就是"附辞会义,务总纲领,驱万途于同归,贞百虑于一致"。

《物色》论述作品中情和景的关系。刘勰认为"情以物迁,辞以情发"。情景描写应该"使味飘飘而轻举,情晔晔而更新"。"物色尽而情有余者,晓会通也。"

《总术》是总论写作方法的重要性。刘勰指出:"文场笔苑,有术有门。""执术驭篇,似善弈之穷数。""数逢其极,机入其巧,则义味腾跃而生,辞气丛杂而至。视之则锦绘,听之则丝簧,味之则甘腴,佩之则芬芳,断章之功,于斯盛矣。"

以上八篇可以合称为创作论。

《体性》论述作品风格,归纳为"八体":"一曰典雅,二曰远奥,三曰精约,四曰显附,五曰繁缛,六曰壮丽,七曰新奇,八曰轻靡。"刘勰也说明作品风格与作家学力、才能和情性的关系:"若夫八体屡迁,功以学成,才力居中,肇自血气。气以实志,志以定言,吐纳英华,莫非情性。"

《定势》论述"文章体势",指出"夫情致异区,文变殊术,莫不因情立体,即体成势也"。因此,需要通晓各种文体风格,根据表达感情的需要，加以选择："奇正虽反，必兼解以俱通；刚柔虽殊，必随时而适用。"

《风骨》是刘勰本人提倡一种清新刚健的风格："辞之待骨，如体之树骸，情之含风，犹形之包气。结言端直，则文骨成焉；意气骏爽，则文风清焉。""故练于骨者，析辞必精；深乎风者，述情必显。""若能确乎正式，使文明以健，则风清骨峻，篇体光华。"

以上三篇可以合称为风格论。

《声律》论述平仄和双声叠韵，即"声有飞沉，响有双叠"。刘勰认为善于调适声律，"则声转于吻，玲玲如振玉；辞靡于耳，累累如贯珠矣"。

《章句》论述篇、章、句和字的关系。文章"因字而生句，积句而成章，积章而成篇"。因而，"篇之彪炳，章无疵也；章之明靡，句无玷也；句之清英，字不妄也；振本而末从，知一而万毕矣"。

《丽辞》论述对偶。刘勰认为"造化赋形，支体必双，神理为用，事不孤立。夫心生文辞，运裁百虑，高下相须，自然成对"。

《比兴》论述比喻，分为比和兴两种："比者，附也；兴者，起也。附理者切类以指事，起情者以微以拟议"，并指出"比显而兴隐"。

《夸饰》论述夸张。刘勰认为"因夸以成状，沿饰而得奇"，乃至"可以发蕴而飞滞，披瞽而骇聋矣"。

《事类》论述用典。刘勰认为"明理引乎成辞，征义举乎人事，乃圣贤之鸿谟，经籍之通矩也"。

《练字》论述用字。刘勰认为"缀字属篇，必须拣择：一避诡异，二省联边，三权重出，四调单复"。

《隐秀》论述含蓄和警句。刘勰认为"文之英蕤，有秀有隐。隐也者，文外之重旨也；秀也者，篇中之独拔者也。隐以复意为工，秀以卓绝为巧，斯乃旧章之懿绩，才情之嘉会也"。

《指瑕》论述文章中的瑕疵。刘勰认为"古来文才，异世争驱；或逸才以爽迅，或精思以纤密，而虑动难圆，鲜无瑕病"。因此，应该避免出现各种语病。

以上九篇可以合称为修辞论。

《时序》具体记述从尧舜至宋齐时代的文学演变，即"蔚映十代，辞采九变"，归结为"文变染乎世情，兴废系乎时序，原始以要终，虽百世可知也"。

以上这篇可以称为文学史论。

《才略》论述历代作家的才气及其文学成就，也品评其中的得失。刘勰认为"才难，然乎？性各异禀。一朝综文，千年凝锦。余采徘徊，遗风籍甚。无曰纷杂，皎然可品"。

《程器》论述作家的品德修养。刘勰心目中的理想作家是"君子藏器，待时而动，发挥事业，固宜蓄素以弸中，散采以彪外，楩楠其质，豫章其干。摛文必在纬军国，负重必在任栋梁；穷则独善以垂文，达则奉时以骋绩"。

以上两篇可以合称为作家论。

《知音》论述文学鉴赏和批评。刘勰感叹"音实难知，知实难逢，逢其知音，千载其一乎"。这是因为"人莫圆该"，"各执一隅之解"。他认为"凡操千曲而后晓声，观千剑而后识器，故圆照之象，务先博观"。他要求"无私于轻重，不偏于憎爱，然后能平理若衡，照辞如镜矣"。并提出品评文章的"六观"："一观位体，二观置辞，三观通变，四观奇正，五观事义，六观宫商。斯术既形，则优劣见矣。"

以上这篇可以称为鉴赏论或批评论。

综上所述，《文心雕龙》呈现的文学理论体系完整，论述细密，借用章学诚《文史通义》中的赞语，即"体大而虑周"，"笼罩群言"。现代有些学者认为《文心雕龙》不能称为文学理论著作,而应该称为文章学著作,自然也有道理所在。但是,在现代汉语中,"文章"一词通常指称单篇的散文或论文,并不包括诗歌。有鉴于此,或许可以套用纪昀《四库全书总目》中的"诗文评",称其为诗文学著作。同时,应该看到"剖情析采"是贯穿《文心雕龙》的主线,论述的重点是诗赋,即使论述散文,也注意散文中的文学性,因此,这是一部以文学理论为核心的诗文学著作,在这个意义上,称其为文学理论著作也是当之无愧的。

据清代以来学者们考证,刘勰(约465—521)的《文心雕龙》的写定年代为五世纪末年或六世纪初年。就成书年代而言,现存印度古代文学理论的最早著作《舞论》产生于公元前后,而定型于四世纪,早于《文心雕龙》。但《舞论》是戏剧学著作,不宜与《文心雕龙》相提并论。而现存最早的梵语诗学著作《庄严论》和《诗镜》产生于七世纪,晚于《文心雕龙》。进而从梵语诗学的发展看,《庄严论》主要论述梵语文学修辞,《诗镜》兼论文学修辞和风格。然后,九世纪的《韵光》以韵论为核心,统合修辞、风格和味论。十一世纪的《诗光》是以韵论为核心的综合性诗学著作。十四世纪的《文镜》是以味论为核心的诗学著作。放在这样的背景中,《文心雕龙》作为一部综合性的文学理论著作出现在五、六世纪,无疑是古代文明世界文学理论领域中一株光彩夺目的奇葩。

继《文心雕龙》之后,钟嵘的《诗品》是专论五言诗的诗学著作。《诗品》将五言诗人分为上、中、下三品,总共品评了一百二十二位诗人。不像梵语诗学著作《韵光》明确以韵为标准,将诗分为上、中、下三品,钟嵘没有明确标出品评标准。但是,从《诗品序》中表达的诗学观点以及对诗人的具体品评中,可以体会到他的标准。这里摘取《诗品序》中钟嵘对诗歌的总体评论:"气之动物,物之感人,故摇荡性情,形诸舞咏。""五言居文词之要,是众作之有滋味者也,故云会于流俗。岂不以指事造形,穷情写物,最为详切者耶!"他依据诗之"三义"提出诗歌的理想标准:"一曰兴,二曰比,三曰赋。文已尽而意有余,兴也;因物喻志,比也;直书其事,寓言写物,赋也。宏斯三义,酌而用之,干之以风力,润之以丹彩,使味之者无极,闻之者动心,是诗之至也。"其中的"滋味"和"文已尽而意有余"与梵语诗学中的味和韵不谋而合。

继魏晋南北朝之后,隋唐时期的诗体进一步发展,除了乐府诗、五言和七言古诗外,还广泛使用五言和七言律诗以及五言和七言绝句,题材和内容也得到充分拓展,成为中国古代诗歌发展史上的黄金时代。同时,散文也由骈文转变成古文,即以单行散句为主,既吸收骈文的一些语言艺术特征,又接近口语,在叙事描写和抒发情感方面更加自由灵活,成为此后历代的主要散文形式。

唐代的诗学著作主要是以皎然的《诗式》为代表的诗格类著作。皎然(八世纪)的《诗式》分为五卷。第一卷列出诸多条目论述诗歌艺术。其中,"诗有四深"具体所指是诗的体势、作用、声对和义类。这可以说是诗格类著作普遍关注的论题。"体势"类似风格,如皎然在"辨体有一十九字"中指出高、逸、贞、忠、节、志、气、情、思、德、诫、闲、达、悲、怨、意、力、静和远,这"一十九字,括文章德体风味尽矣"。"作用"[①]可以理解为发挥艺术构思的作用。《诗式序》中说:"其作用也,放意须险,定句须难,虽取由我衷,而得若神授。""声对"指四声和对偶。"义类"指用事。此外,第一卷中有一个条目名为"重意诗例",指出"两重意已上,皆文外之旨,若遇高手如康乐公览而察之,但见性情,不睹文字,盖诣道之极也"。

第一卷末尾以及后四卷以五格品诗,即不用事第一格;作用事

---

① 皎然是诗僧,"作用"一词或采用佛经用语,对应的梵语原词是kriyā或vyāpāra,词义为造作、操作或实施。

第二格；直用事第三格；有事无事第四格；有事无事情格俱下第五格。皎然以用事和不用事为切入点，并引用大量诗例，品评诗歌艺术的情格高下。所谓"情"，皎然重视"含蓄之情"；所谓"格"，皎然重视"体格高逸"。

唐代的这类诗格著作原本很多已经失传，幸运的是，日本入唐求法高僧遍照金刚（774—835）回国后，利用在中国收集的汉文典籍，编有《文镜秘府论》一书，保存了大量在中国本土失传的诗格文献资料。如隋代刘善经的《四声指归》、初唐时期上官仪的《笔札华梁》、元兢的《诗脑髓》和崔融的《唐朝新定诗格》等。

《笔札华梁》所列条目有八阶、六志、属对、七种言句例、文病和笔四病。《诗脑髓》所列条目有调声、对属和文病。《唐朝新定诗格》所列条目有十体、九对、文病和调声。

中唐时期王昌龄的《诗格》散见于《文镜秘府论》和宋陈应行编《吟窗杂录》，含有二十多个条目。其中尤其值得一提的是"诗有三境"这个条目。"三境"指物境、情境和意境。王昌龄指出"物境"是"处身于境，视境于心"，"了然境象，故得形似"；"情境"是"娱乐愁怨，皆张于意而处于身，然后驰思，深得其情"；"意境"是"亦张之于意，而思之于心，则得其真矣"。

还有，白居易的《金针诗格》含有二十多个条目。其中，"诗有内外意"指出"一曰内意，欲尽其理。理，谓义理之理，美、刺、箴、诲之类是也。二曰外意，欲尽其象。象，谓物象之象，日月、山河、虫鱼、草木之类是也。内外意皆有含蓄，方入诗格"。"诗有义例七"指出"一曰说见不得言见，二曰说闻不得言闻，三曰说远不得言远，四曰说静不得言静，五曰说苦不得言苦，六曰说乐不得言乐，七曰说恨不得言恨"。诸如此类精辟的诗学见解散见于这些诗格著作中，往往需要沙里淘金。

晚唐和五代时期的诗格著作有王叡《炙毂子诗格》、李洪宣

《缘情手鉴诗格》、齐己《风骚旨格》、虚中《流类手鉴》、徐衍《风骚要式》、徐寅《雅道机要》、王玄《诗中旨格》、王梦简《诗格要律》和神彧《诗格》等。

诗格作为中国古代文学理论的一种体式，在宋元明清得到传承，诗格著作不断产生。从宋代开始，也有一些著作将诗格称为诗法。同时，也产生仿照诗格的赋格和文格类著作。综观这类诗格或诗法著作，内容涉及诗歌艺术的方方面面，而重点是探讨诗歌写作方法和修辞技巧。书中所列条目经常添加一个数字，也就是确定一个概念，并加以分类。

其中，有些概念比较明确，例如，"文病"通常指沈约提出的声律"八病"，并在此基础上加以扩充，佚名的《文笔式》扩充为十四种，《文镜秘府论》将诸家所论文病归纳为二十八种。还有，"属对"即对偶，《笔札华梁》和《唐朝新定诗格》分别为九种，《文笔式》为十三种，《文镜秘府论》归纳为二十九种。而其他不少概念显得有些含混模糊，例如，"体势"这个概念，《唐朝新定诗格》中有"十体"，王昌龄《诗格》中有"十七势"，皎然《诗式》中"辨体有一十九字"，《风骚旨格》中有"十体"和"十势"。这些体或势，或偏向于风格，或偏向于题材，或偏向于句法。还有，《风骚旨格》中的"诗有二十式"和"诗有四十门"实际上都是诗歌题材或内容分类。

晚唐时期司空图的《诗品》是一部专论诗歌风格的著作。全书分为二十四品，论述二十四种风格：雄浑、冲淡、纤秾、沉着、高古、典雅、洗练、劲健、绮丽、自然、含蓄、豪放、精神、缜密、疏野、清奇、委曲、实境、悲慨、形容、超诣、飘逸、旷达和流动。司空图的论述完全采用诗体，即每品四言十二句，其中也有理论概括，而更多采用比喻和象征手法描述风格特征。

司空图的诗学观念也见于他与友人的书信中，如在《与李生论诗书》中说："文之难，而诗之难尤难。古今之喻多矣，而愚以为辨于味，而后可以言诗也。"又说："近而不浮，远而不尽，然后可以言韵外之致耳。"注重"韵外之致"这一点也可以从《诗品》中得到印证。如《雄浑》中说："超以象外，得其环中。"《含蓄》中说："不着一字，尽得风流。"

司空图《诗品》这种文体优美的诗学著作颇得后人赏识，故而清代出现袁枚的《续诗品》、顾翰的《补诗品》和曾纪泽的《演司空表圣诗品二十四首》，此外还有效仿《诗品》的《文品》、《赋品》、《词品》和《续词品》。

其实，以诗论诗也是中国古代文学理论的一种传统形式。其中最为突出的论诗绝句这种体式，其首创之作是杜甫的《戏为六绝句》。在这组绝句中，杜甫既评论前代作家，也表达自己的诗学见解。《戏为六绝句》中的"不薄今人爱古人"和"转益多师是汝师"这两句已经成为中国古代诗学名句。此后，这类论诗绝句在历代经久不衰。郭绍虞等编《万首论诗绝句》收录自唐至清七百多位作者的近万首论诗绝句，充分表明这也是中国诗学宝库中一份重要的遗产。

这些论诗绝句的内容主要是品评历代作家和作品，同时也表达作者自己的诗学见解。其中，最为著名的论诗绝句是金代元好问的《论诗三十首》。在这组论诗绝句中，元好问品评自魏晋至宋的重要作家或流派，有褒有贬，借以表达自己的诗学见解，如"一语天然万古新，豪华落尽见真淳"；"眼处心生句自神，暗中摸索总非真"；"诗家总爱西崑好，独恨无人作郑笺"，等等。

元好问《论诗三十首》的后世仿效之作极多，其中有些还直接标明"效"或"仿"字，如王士祯《戏效元遗山论诗绝句》（三十五首）、袁枚《仿元遗山论诗》（三十八首）、谢启昆《读全唐诗仿元遗山论诗绝句一百首》和《读全宋诗仿元遗山论诗绝句二百首》、叶绍本《仿元遗山论诗得绝句廿四首》和张晋《仿元遗山论诗绝句六十首》等。

这类论诗绝句的作者本身都是诗人，因此往往能结合自己的创作经验品评历代诗人和作品，或者直接表达自己的诗学见解，其中不乏真知灼见。例如，陆游："法不孤生自古同，痴人乃欲镂虚空。君诗妙处吾能识，正在山程水驿中。"（《题庐陵萧彦毓秀才诗卷后》）"天恐文人未尽才，常教零落在蒿莱。不为千载离骚计，屈子何由泽畔来？"（《读唐人愁诗戏作》）戴复古："意匠如神变化生，笔端有力任纵横。须教自我胸中出，切忌随人脚后行。""诗本无形在窈冥，网罗天地运吟情。有时忽得惊人句，费尽心机做不成。""草就篇章只等闲，作诗容易改诗难。玉经雕琢方成器，句要丰腴字要安。"（《论诗十绝》）袁枚："但肯寻诗便有诗，灵犀一点是吾师。夕阳芳草寻常物，解用都为绝妙词。"（《遣兴》）赵翼："李杜诗篇万口传，至今已觉不新鲜。江山代有才人出，各领风骚五百年。""只眼须凭自主张，纷纷艺苑漫雌黄。矮人看戏何曾见，都是随人说短长。"（《论诗》）

此外，值得一提的是，受禅宗影响，宋代诗坛出现以禅论诗的风尚。最早有吴可写的《学诗三首》，每首起句均为"学诗浑似学参禅"，如第一首："学诗浑似学参禅，竹榻蒲团不计年。直待自家都了得，等闲拈出便超然。"第二首："学诗浑似学参禅，自古圆成有几联？春草池塘一句子，惊天动地至今传。"此后，陆续出现效仿之作，成为论诗绝句中"学诗诗"这种特殊体式，如龚相、赵蕃、都穆、游潜和樊增祥等所写的"学诗诗"。这类"学诗诗"其中也不乏精彩的诗学见解，如龚相《学诗》三首中的第三首："学诗浑似学参禅，几许搜肠觅句联。欲识少陵奇绝处，初无语句与人传。"赵蕃《学诗》三首中的第三首："学诗浑似学参禅，束缚宁论句与联。四海九州何历历，千秋万岁孰传传。"

唐代还出现一种新型的诗学著作，即孟棨的《本事诗》。孟棨在《本事诗序》中说："诗者，情动于中而形于言，故怨思悲愁，常多感慨。舒怀佳作，讽刺雅言，著于群书，虽盈厨溢阁，其间触事兴咏，尤所钟情。不有发挥，孰明厥义？因采为《本事诗》，凡七题，犹四始也。情感、事感、高逸、怨愤、征异、征咎、嘲戏，各以其类聚之。"这是说明其主旨是联系相关之事帮助理解诗义。如"情感"类中有一则记载崔护这首诗："去年今日此门中，人面桃花相映红。人面祇今何处去，桃花依旧笑春风。"所提供的写作缘起读来犹如一则爱情传奇故事，而无论其属实与否，都能拓展读者的想象空间。"事感"类中有一则记载唐玄宗听唱李峤这首诗："富贵荣华能几时，山川满目泪沾衣。不见祇今汾水上，惟有年年秋雁飞。"触动心襟，"凄然泣下"，感叹曰："李峤真才子也。""高逸"类中有一则提及杜甫"逢禄山之难，流离陇蜀，毕陈于诗，推见至隐，殆无遗事，故当时号为'诗史'"。这可能是杜甫号称"诗史"的最早记载。

孟棨的《本事诗》开创了中国古代诗学中这种"以诗系事"的体式。此后有五代处常子的《续本事诗》（已失传）和宋代聂奉先的《续广本事诗》（仅存残篇）。清代徐釚的《续本事诗》辑录明清时代的诗作，以诗系事，并摘录有关资料或评论。

继承和发展这种体式的重要著作是宋代计有功的《唐诗纪事》。计有功在《唐诗纪事序》中讲述自己"闲居寻访，三百年间文集、杂说、传记、遗史、碑志、石刻，下至一联一句，传诵口耳，悉搜采缮录；间捧宦牒，周游四方，名山胜地，残篇遗墨，未尝弃去。老矣无所用心，取自唐初首尾，编次姓氏可纪，近一千一百五十家；篇什之外，其人可考，即略纪大节，庶读其诗，知其人"。因此，《唐诗纪事》中不仅录诗纪事，也附有诗人生平传略。这部著作的规模远超此前的《本事诗》，具有很高的史料价值，有益于后人阅读和研究唐诗。

此后，仿照《唐诗纪事》，有清代厉鹗的《宋诗纪事》、陈衍的《元诗纪事》《辽诗纪事》《金诗纪事》和陈田的《明诗纪事》。

另外，元代辛文房的《唐才子传》是一部为唐代诗人立传的纪传体著作。辛文房在引言中讲述自己"游目简编，宅心史集，或求详累帙，因备先传，撰拟成篇，斑斑有据，以悉全时之盛，用成一家之言"。全书十卷，总共为唐代三百九十八位诗人作了传。而且，不仅为诗人立传，也注重品评诗歌创作的艺术成就，因此，这部著作也相当于一部唐代诗史。与《唐才子传》相仿，还有一部清代钱谦益的《列朝诗集小传》。

还有，中国历代史书中都设有"文苑传"一项，记载每个朝代著名文人的生平和著述。也正是因为中国古代史学发达，才会在诗学领域出现上述"本事"类和"纪事"类著作。因此，我们现在阅读中国古代文学史著作，都能读到相关作家的生平事迹以及结合生平事迹的作品分析。相比之下，印度古代史学不发达，我们阅读印度古代文学史，便会发现许多著名作家的生平事迹几乎近于空白。作家的生卒年代也往往只能推定为某个世纪。因此，完全可以理解，梵语诗学著作基本上不涉及作家的生平事迹。

继唐代诗格类著作之后，宋代开始出现诗话类著作。郭绍虞《宋诗话考》中指出："是则诗话之称，固始于欧阳修，即诗话之体亦可谓创自欧阳氏矣。"欧阳修的《六一诗话》采用笔记体，共有二十八则，品评诗人和作品，同时讨论诗歌创作方法。如其中一则记述他与梅尧臣谈论诗艺，梅尧臣指出："若意新语工，得前人所未道者，斯为善也。必能状难写之景，如在目前，含不尽之意，见于言外，然后为至也。"梅尧臣还举例说："若温庭筠'鸡声茅店月，人迹板桥霜'，贾岛'怪禽啼旷野，落日恐行人'，则道路辛苦，羁愁旅思，岂不见于言外乎？"

欧阳修在《六一诗话》的开首自题曰："居士退居汝阴，而集以资闲谈也。"全书二十八则互相独立，具有漫谈性质。因此，"诗话"这个名称可以理解为诗艺漫谈录。

继欧阳修之后，司马光著有《温公续诗话》，开首自题曰："《诗话》尚有遗者，欧阳公文章名声虽不可及，然记事一也，故敢续书之。"明确表明自己续写欧阳修的《六一诗话》，体例也相同。如其中一则指出："近世诗人，惟杜子美最得诗人之体，如'国破山河在，城春草木深。感时花溅泪，恨别鸟惊心'。山河在，明无余物矣；草木深，明无人矣；花鸟，平时可娱之物，见之而泣，闻之而悲，则时可知矣。"与上述《六一诗话》的一则可谓文意一脉相承。

诗话文体自由活泼，而欧阳修和司马光也是文坛高手，谈诗论艺深中肯綮，涉笔成趣，给人耳目一新的感觉。故而，在文坛受到普遍赏识，效仿之作层出不穷，如北宋刘攽《中山诗话》、陈师道《后山诗话》、魏泰《临汉隐居诗话》、范温《潜溪诗眼》、蔡絛《西清诗话》和叶梦得《石林诗话》等，南宋张戒《岁寒堂诗话》、杨万里《诚斋诗话》、姜夔《白石道人诗说》、严羽《沧浪诗话》、刘克庄《后村诗话》和范晞文《对床夜语》等。据郭绍虞《宋诗话考》一书考证，现存宋诗话共有一百三十九种，可见宋代文人撰写诗话风气之盛。

因此，在宋代也出现一些诗话汇编类著作，其中著名的三部是阮阅的《诗话总龟》、胡仔的《苕溪渔隐丛话》和魏庆之的《诗人玉屑》。

《诗话总龟》前集五十卷，后集五十卷，共一百卷，辑录各种诗话材料，归纳为四十六门。这部著作富有资料价值，并且采用分门别类的辑录方式，也便于后人参阅。《苕溪渔隐丛话》前集六十卷，后集四十卷，共一百卷。《四库全书总目》中评论说："其书继阮阅《诗话总龟》而作，前有自序称，阅所载者皆不录。二书相辅而行，北宋以前之诗话，大抵略备矣。然阅书多录杂事，颇近小说，此则论文考义者居多，去取较为谨严。阅书分类编辑，多立门目，此则惟以作者时代为先后，能成家者列其名，琐闻佚句则或附录之，或类聚之，体例亦较为明晰。阅书惟采摭旧文，无所考正，此则多附辨证之语，尤足以资修订。"这则评论准确概括了《诗话总龟》和《苕溪渔隐丛话》两书的特点和用处。

以上两书中的诗话材料以北宋为主，而《诗人玉屑》则以南宋为主。全书共二十一卷，前十一卷主要论述诗艺，有四十多个条目，如诗辨、诗法、诗评、诗体、句法、命意、造语、下字、用事、压韵、属对、沿袭、点化、托物、含蓄、诗趣、诗思、体用、知音、品藻和诗病等；后十卷主要评论作家和作品。郭绍虞在《宋诗话考》中评论说："是书十一卷以上，分论诗法、诗体、诗格以及学诗宗旨各问题，其体例虽略同于《诗话总龟》之琢句、艺术、用字、押韵、效法、用事、诗病、苦吟诸目而更为严正，不落小说家言。十二卷以下品藻古今人物，其分目以人以时为主，又多与《渔隐丛话》相类，而更加精严，不涉考证，不及琐事。故能兼有二书之长而无其弊。"

宋代之后，金元明清时期，诗话仍是中国古代诗学的主要体式。现已出版的周维德点校《全明诗话》收有九十一种。丁福保编《清诗话》和郭绍虞编《清诗话续编》共收有七十七种。清代是诗话全盛期，郭绍虞在《清诗话续编序》中提到"清人诗话约有三四百种"。而张寅彭《新订清人诗学书目》录有七百种书目。因此，自宋至清，诗话的总数估计有千余种。总之，诗话著作是中国古代诗学宝库中最大的一宗遗产。

综观中国古代诗话著作，内容涉及诗学的方方面面，而考察诗话的发展历程，可以发现不仅诗学著作的规模逐渐扩大，诗学作者的理论意识也逐渐增强。

如南宋姜夔《白石道人诗说》专论诗歌艺术。他强调诗歌要有独创性，体现诗人自己的独特风格："一家之语，自有一家之风味。如乐之二十四调，各有韵声，乃是归宿处。模仿者语虽似之，韵亦无矣。"他提出诗歌艺术的四种"高妙"境界："一曰理高妙，二曰意高妙，三曰想高妙，四曰自然高妙。碍而实通，曰理高妙；出自意外，曰意高妙；写出幽微，如清潭见底，曰想高妙；非奇非怪，剥落文采，知其妙而不知其所以妙，曰自然高妙。"

而南宋严羽的《沧浪诗话》则是一部自成体系的诗学理论著作。全书分为五章：诗辨、诗体、诗法、诗评和考证。严羽的诗学理论核心是兴趣说和妙悟说。他提出"诗之法有五：曰体制，曰格力，曰气象，曰兴趣，曰音节"。他认为"诗有别材，非关书也；诗有别趣，非关理也。然非多读书，多穷理，则不能极其至。所谓不涉理路，不落言筌者，上也。诗者，吟咏情性也。盛唐诸人惟在兴趣，羚羊挂角，无迹可求。故其妙处透彻玲珑，不可凑泊，如空中之音，相中之色，水中之月，镜中之象，言有尽而意无穷"。同时，他以禅喻诗，指出"大抵禅道惟在妙悟，诗道亦在妙悟"，"惟悟乃为当行，乃为本色"。

明清之际王夫之的《薑斋诗话》也是专论诗歌艺术，其中对情景关系的阐发尤为深入。他认为"关情者景，自与情相为珀芥也。情景虽有在心在物之分，而景生情，情生景，哀乐之触，荣悴之迎，互藏其宅"。"情景名为二，而实不可离。神于诗者，妙合无垠。巧者则有情中景，景中情。""含情而能达，会景而生心，体物而得神，则自有灵通之句，参化工之妙。若但于句求巧，则性情先为外荡，生意索然矣。"

清代叶燮的《原诗》也是一部自成体系的诗学理论著作，而且更有思辨色彩，立论严谨周密。全书分为内篇和外篇。内篇上是诗歌发展论，指出"诗之为道，未有一日不相续相禅而或息者也"，理由是"大凡物之踵事增华，以渐而进，以至于极"。内篇下是创作论。首先论述诗人描写和反映的客观对象："曰理、曰事、曰情三语，大而乾坤以之定位、日月以之运行，以至一草一木一飞一走，三者缺一，则不成物。文章者，所以表天地万物之情状也。然具是三者，又有总而持之，条而贯之者，曰气。"然后论述作为创作主体的诗人所必备的条件："曰才，曰胆，曰识，曰力。此四言者所以穷尽此心之神明。凡形形色色，音声状貌，无不待于此而为之发宣昭著。"其中，"识以居乎才之先，识为体而才为用。"同时，"识明则胆张，任其发宣而无所于怯，横说竖说，左宜而右有，直造化在手，无有一之不肖乎物也"。而"立言者，无力则不能自成一家"。"欲成一家言，断宜奋其力矣。"总之，"才、识、胆、力，四者交相为济，苟一有所欠，则不可登作者之坛"。外篇上和下是批评论，品评历代诗人和作品。其中，也贯彻他的诗学观，如说"虞书称'诗言志'"，"然有是志，而以我所云才、识、胆、力四语充之，则其仰观俯察、遇物触景之会，勃然而兴，旁见侧出，才气心思，溢于笔墨之外。志高则其言洁，志大者则其辞弘，志远者则其旨永。如是者，其诗必传，正不必斤斤争工拙于一字一句之间"。

王士禛的《带经堂诗话》有三十卷，分为八门：综论、悬解、总集、众妙、考证、记载、丛谭和外纪，门下又分类，共有六十多类，内容庞杂，而其论诗宗旨是神韵说。王士禛的神韵说与司空图和严羽一脉相承。如卷三要旨类中说："表圣论诗，有二十四品，予最喜'不着一字，尽得风流'八字。"卷二评驳类中说："严沧浪诗话借禅喻诗，归于妙悟。如谓盛唐诸家诗，如镜中之花，水中之月，镜中之象，如羚羊挂角，无迹可求，乃不易之论。"卷三仁兴类中说："唐人五言绝句，往往入禅，有得意忘言之妙，与净名默然，达磨得髓，同一关捩。"微喻类中说："舍筏登岸，禅家以为悟境，诗家以为化境，诗禅一致，等无差别。"

沈德潜的《说诗晬语》分为上下两卷，共二百余则。通常认为沈德潜的诗学宗旨是格调说。"格"指诗的体格，如他指出："诗中高格，入词便苦其腐；词中丽句，入诗便苦其纤，各有规格在也。"这是说明诗和词的体格不同。"调"指声调，如他指出："诗以声为用者也，其微妙在抑扬抗坠之间。"沈德潜论诗注重儒家"诗教"，而他对诗歌艺术多有精辟见解，如他强调"有第一等襟抱，第一等学识，斯有第一等真诗"。阐述比兴精义："事难显陈，理难言罄，每托物连类以形之。郁情欲舒，天机随触，每借物引怀以抒之。比兴互陈，反复唱叹，而中藏之欢愉惨戚，隐跃欲传，其言浅，其情深也。倘质直敷陈，绝无蕴蓄，以无情之言而欲动人之情，难矣。"

袁枚的《随园诗话》正文十六卷，补遗十卷，共二十六卷，类似《带经堂诗话》，内容庞杂，而其论诗宗旨是性灵说。袁枚认为格调"不在情性外"，而神韵"不过诗中一格耳"。他强调抒发情性，而抒发的方式应该灵巧有趣，即"作诗文贵曲"。如补遗卷一中说："诗者，人之性情也，近取诸身而足矣。其言动心，其色夺目，其味适口，其音悦耳，便是佳诗。"卷一中说："味欲其鲜，趣欲其真，人必知此，而后可与论诗。"卷三中说："诗人者，不失其赤子之心者也。"卷五中说："自《三百篇》至今日，凡诗之传者，都是性灵，不关堆垛。惟李义山诗，稍多典故，然皆用才情驱使，不专砌填也。"卷七中说："诗有干无华，是枯木也。有肉无骨，是夏虫也。有人无我，是傀儡也。有声无韵，是瓦缶也。有直无曲，是漏卮也。有格无趣，是土牛也。"卷十四中说："人必先有芬芳悱恻之怀，而后有沉郁顿挫之作。人但知杜少陵每饭不忘君，而不知其于友朋、弟妹、夫妻、儿女间，何在不一往情深耶？"

翁方纲著有《复初斋文集》和《石洲诗话》等，其论诗宗旨是肌理说。他认为"'在心为志，发言为诗'，一衷诸理而已。理者，民之秉也，物之则也，事境之归也，声音律度之矩也"。"义理之理，即文理之理，即肌理之理也。"他并不反对神韵说和格调说，而是通过对神韵说和格调说的阐释，将它们纳入肌理说。故而，他说："昔李何之徒空言格调，至渔洋乃言神韵，格调、神韵皆无可着手也，予故不得不近而指之曰肌理，少陵曰'肌理细腻骨肉匀'，此盖系于骨与肉之间而审乎人与天之合，微乎艰者。"

中国古代诗歌的另一种重要形式是词。词起源于隋唐燕乐歌辞和曲子词，成熟于晚唐和五代，辉煌于宋代。宋词和唐诗是中国古代诗歌史上的两座艺术高峰。随着词的产生，也出现类似诗话的词话著作，如宋代王灼的《碧鸡漫志》、张炎的《词源》、明代杨慎的《词品》和清代陈廷焯的《白雨斋词话》等。唐圭璋编《词话丛编》收有词话八十五种。

中国古代戏剧起始于唐代歌舞戏和参军戏，成熟于宋元杂剧，辉煌于明清戏曲。戏剧学著作也随之渐渐产生。中国戏曲研究院编《中国古典戏曲论著集成》收有中国古代戏剧学主要著作四十八种。

最早在元代出现的戏剧学著作是燕南芝菴的《唱论》，因为元代杂剧的演唱技巧对于演出效果具有决定性作用。中国古代戏剧和印度古代梵语戏剧的台词都采用诗体，故而也可以称为诗剧。而梵语戏剧的台词主要用于念诵，中国古代戏曲的台词则用于歌唱，因此中国古代戏曲又可以称为歌剧。

《唱论》篇幅不大，只有三十一节，主要论述戏曲声乐理论和歌唱方法。另外一部同类性质的著作是周德清的《中原音韵》，分成两部分。第一部分是韵谱；第二部分名为"正语作词起例"，论述辨音、用字和宫调等，并提出"作词十法"，即知韵、造语、用事、用字、入声作平声、阴阳、务头、对偶、末句和定格。

元代还有两部记叙戏曲演员和作家的著作。夏庭芝的《青楼集》记载有六十多位戏曲女演员的演艺生涯片断，并涉及其他男演员和戏曲作家等。夏庭芝在《青楼集志》中说："我朝混一区宇，殆将百年，天下歌舞之妓，何啻亿万，而色艺表表在人耳目者，固不多也。""于心盖有感焉，因集成编，题曰《青楼集》。"

钟嗣成的《录鬼簿》撰有元代一百五十二位戏曲作家的小传，并著录四百余种作品名目。他在《录鬼簿序》中说："圣贤之君臣，忠孝之士子，小善大功，著在方册者"，"是则虽鬼而不鬼者也"。戏曲作家虽然"门第卑微，职位不振"，而"高才博识，俱有可录"。"遂传其本末"，"叙其姓名，述其所作"，"名之曰《录鬼簿》"，"使已死未死之鬼，作不死之鬼，得以传远"。"若夫高尚之士，性理之学，以为得罪于圣门者，吾党且哜蛤蜊，别与知味者道。"

这两部著作在冲破中国古代封建士大夫的传统文艺观，提高戏曲的历史地位方面，功不可没。在印度古代，戏剧艺人同样地位低下，因此，公元前后诞生的梵语戏剧学著作《舞论》为了提高戏剧的地位，利用大神梵天创造戏剧的神话传说，将戏剧抬高为第五吠陀，并强调包括低级种姓首陀罗在内的所有种性都能享受这第五吠陀。从此，梵语戏剧成为梵语文学的重要组成部分。只不过梵语戏剧学中没有出现像中国古代戏剧学中这类记叙剧作家和演员事迹的著作。

明代的戏剧学著作逐渐增多。朱权的《太和正音谱》对戏曲研究的内容有所拓展。他是朱元璋的第十七子，在本书序中自称"余因清宴之余，采摭当代群英词章，及元之老儒所作，依声定调，按名分谱，集为二卷，目之曰《太和正音谱》"。他在这部著作中，将杂剧风格或流派分为十五种，将杂剧题材归纳为十二种，品评元明杂剧作家的艺术风格，著录元明杂剧作家和作品名目，并列出杂剧十二宫调的曲谱。

吕天成的《曲品》是一部品评明代戏曲作家和作品的专著，分为上下两卷。上卷品评戏曲作家一百二十人，下卷品评戏曲作品二百十一种。在上卷前言中，他表示对于明代戏曲作家中的高手，"赏其绝技，则描画世情，或悲或笑；存其古风，则凑泊常语，易晓易闻。有意架虚，不必与实事合；有意近俗，不必作绮丽观。不寻宫数调，而自解其发；不求拍选声，而自鸣其籁。极质朴而不以为俚；极肤浅而不以为疏。商彝周鼎，古色照人；玄酒太羹，真味沁齿"。在下卷前言中，他引用其舅祖孙矿提出的戏曲"十要"，作为准则："凡南剧，第一要事佳，第二要关目好，第三要搬出来好，第四要按宫调，协音律，第五要使人易晓，第六要词采，第七要善敷衍，淡处做得浓，闲处作得热闹，第八要各脚色分得匀妥，第九要脱套，第十要合世情，关风化。持此十要，以衡传奇，靡不当矣。"

祁彪佳的《远山堂曲品》和《远山堂剧品》的体例与吕天成的《曲品》相同。其中，《远山堂曲品》品评明代戏曲达四百六十七种，《远山堂剧品》品评明代杂剧达二百四十二种。

王骥德的《曲律》是中国古代第一部内容比较完备而成体系的戏剧学著作，全书共有四十章，对自宋元杂剧至明清传奇取得的戏曲艺术成就作出全面总结。前两章论述戏曲起源以及北曲和南曲。第三至第十二章论述声律，包括宫调、平仄、阴阳、用韵、腔调和板眼等。第十三至第二十九章论述写作技巧，包括家数、声调、章法、句法、字法、衬字、对偶、用事、套数、小令、咏物和俳谐等。第三十至第三十八章论述剧作法，包括引子、过曲、尾声、宾白、科诨、落诗和部色等。论述深入细致，并且注重戏曲表演和观众接受效果。

清代李渔的《闲情偶寄》是一部杂著，分为八部，其中的《词曲部》和《演习部》通常被合称为《李笠翁曲话》。李渔的这部《曲话》堪称中国古代内容最为完备而自成体系的戏剧学著作。

《词曲部》是戏曲创作论，分为六章：《结构第一》论述戒讽刺、立主脑、脱窠臼、密针线、减头绪、戒荒唐和审虚实。严格说来，其中的立主脑、密针线和减头绪属于戏曲结构问题，而戒讽刺属于创作动机问题，脱窠臼属于创新问题，戒荒唐和审虚实属于题材问题。《词采第二》论述贵显浅、重机趣、戒浮泛和忌填塞。《音律第三》论述恪守词韵、凛遵曲谱、鱼模当分、廉监宜避、拗句难好、合韵易重、慎用上声、少填入韵和别解务头。其中提到的"鱼模"和"廉监"是韵目名称。《宾白第四》论述声务铿锵、语求肖似、词别简繁、字分南北、文贵洁净、意取尖新、少用方言和时防漏孔。《科诨第五》论述戒淫亵、忌俗恶、重关系和贵自然。《格局第六》论述家门、冲场、出脚色、小收煞和大收煞。这里所谓的"格局"实际也属于戏曲结构问题。

《演习部》首先指出"填词之道，专为登场"。因此，《演习部》论述戏曲的导演和教习，分为五章：《选剧第一》论述别古今和剂冷热。《变调第二》论述缩长为短和变旧为新。《授曲第三》论述解明曲意、调熟字音、字忌模糊、曲严分合、锣鼓忌杂和吹合宜低。《教白第四》论述高低抑扬和缓急顿挫。"脱套第五"论述衣冠恶习、声音恶习、语言恶习和科诨恶习。另外，《闲情偶寄》中还有一部名为《声容部》，其中也论及演员的挑选和训练。

李渔这部《曲话》根据自己亲身的戏曲实践经验，并批判地吸收前人的戏曲理论成果，建立了一个囊括创作论、导演论、演员论和表演论的戏曲理论完整体系，堪与梵语戏剧学名著《舞论》相媲美。

黄旛绰的《梨园原》专论戏曲表演艺术。作者本人是资深演员，深得表演艺术真髓，指出"凡男女角色，既妆何等人，即当作何等人自居。喜怒哀乐，离合悲欢，皆须出于己衷，则能使看者触目动情，始为现身说法"。书中主要内容有"艺病十种"：曲踵、白火、错字、讹音、口齿浮、强颈、扛肩、腰硬、大步和面目板。"身段八要"讲述贵者、富者、贫者、贱者、痴者、疯者、病者和醉者的形态，喜者、怒者、哀者和惊者的情态，以及头、步和手的表演动作。他还建议学习表演技巧"宜对大镜演习，自观其得失，自然日有进益也"。

中国古代小说起源于魏晋南北朝志怪小说，成熟于唐代传奇和宋元话本，辉煌于明清长篇小说。然而，中国古代没有出现小说理论专著，有关小说的批评理论散见于各种杂著和小说序文中，如明代袁于令在《隋史遗文》的序中指出小说和历史的区别："正史以纪事；纪事者何，传信也。遗史以搜逸；搜逸者何，传奇也。""传信者贵真"，"传奇者贵幻"。谢肇淛在《五杂俎》中也指出："凡为小说及杂剧戏文，须是虚实相半，方为游戏三昧之笔。亦要情景造极而止，不必问其有无也。"虽然中国古代没有小说理论专著，却另外出现别具一格的小说点评批评体式。如金圣叹点评《水浒传》、毛宗岗点评《三国演义》、张竹坡点评《金瓶梅》和脂砚斋点评《红楼梦》。其批评理论体现在点评者的序言、读法、总评、夹批和眉批中，内容涉及小说作者的创作主旨、情节结构、人物性格、形象塑造和写作技巧等。

其实，这种点评体式早已出现在唐宋以来的诗、词和散文的选集中，最初只是编选者品评作家和作品，后来也采用夹批、眉批和圈点等方式，成为一种常见的批评体式，而在小说点评中发挥得最充分。在清代，还有戏曲点评，如金圣叹点评《西厢记》和毛声山点评《琵琶记》等。

中国古代文学批评还散见于大量的序跋和书信中。单是郭绍虞主编的《中国历代文论选》（三册）中，这类序跋和书信就已经不胜枚举。序跋类如《毛诗序》、王逸《离骚章句序》、萧统《文选序》、殷璠《河岳英灵集序》、杨万里《江西宗派诗序》、高棅《唐诗品汇总序》、钟惺《诗归序》、可一居士《醒世恒言序》和沈德潜《古诗源序》等。书信类如白居易《与元九书》、韩愈《答李翊书》、柳宗元《答韦中立论师道书》、司空图《与李生论诗书》、何景明《与李空同论诗书》、李梦阳《驳何氏论文书》、袁枚《答沈大宗伯论诗书》、姚鼐《复鲁絜非书》和焦循《与王钦莱论文书》等。

晚清刘熙载的《艺概》是中国古代最后一部重要的古代文学理论著作。全书分为《文概》、《诗概》、《赋概》、《词曲概》、《书概》和《经义概》六部分。其中前四部分属于中国古代文学中四种主要文体。刘勰的《文心雕龙》由于时代限制，不可能涉及词曲。但遗憾的是，刘熙载所处时代，小说和戏曲已经取得辉煌成就，却囿于封建士大夫轻视小说和戏曲的传统观念，没有纳入《艺概》。倘若将其中的《书概》和《经义概》换成《小说概》和《戏曲概》，则便是一部完整的中国古代文学分体概论。

这部《艺概》也是采用传统的笔记体，品评历代作家和作品。而刘熙载学问渊博，又博而能约，善于概括，诚如他在《艺概叙》中所说"举此以概乎彼，举少以概乎多"。他的品评文字含有不少精深的文学见解，如《文概》中指出"左氏叙事，纷者整之，孤者辅之，板者活之，直者婉之，俗者雅之，枯者腴之。剪裁运化之方，斯为大备"。"《庄子》寓真于诞，寓实于玄，于此见寓言之妙。""学《离骚》，得其情者为太史公，得其辞者为司马长卿。长卿虽非无得于情，要是辞一边居多。离形得似，当以史公为尚。"《诗概》中指出"常语易，奇语难，此诗之初关也。奇语易，常语难，此诗之重关也。香山用常得奇，此境良非易到"。"无一意一事不可入诗者,唐则子美,宋则苏、黄,要其胸中具有炉锤,不是金银铜铁强令混合也。""大抵文善醒,诗善醉,醉中语亦有醒时道不到者,盖其天机之发,不可思议也。"《赋概》中指出"在外者物色,在我者生意,二者相摩相荡而赋出焉。若与自家生意无相入处,则物色祇成闲事,志士遑问及乎?""赋以象物,按实肖象易,凭虚构象难。能构象,象乃生生不穷矣。"《词曲概》中指出"词之章法不外相摩相荡,如奇正、空实、抑扬、开合、工易、宽紧之类是已"。"词或前景后情,或前情后景,或情景齐到,相间相融,各有其妙。"

综观中国古代文学理论,最终也没有产生综合诗歌、散文、戏剧和小说的文学理论著作。除了刘勰的《文心雕龙》是综合诗歌和散文的文学理论著作,其余都是分体的文学理论,而其中最发达的是诗歌艺术理论,其次是戏剧艺术理论。这些诗歌、戏剧、小说和散文的分体文学理论,无论哪一类,都留下了丰富的文献,其数量之多,在古代文明世界的文学理论领域中首屈一指。

印度古代最早出现的是戏剧艺术理论,此后出现的文学理论从一开始就是综合各种文学体裁的文学理论,但从这些文学理论著作的具体内容来看,始终以诗歌艺术为主。这样,印度古代文学理论的实际情况与中国古代文学理论相似,诗歌和戏剧这两种艺术理论的成就尤为突出。所不同的是印度诗歌理论涉及抒情诗和长篇叙事诗,而中国古代缺乏长篇叙事诗,诗歌理论的主要论述对象是抒情诗。还有,印度古代文学中只有散文体的故事和小说,而没有独立的文学散文文体,也就不可能产生像中国古代文学理论中这样的散文理论。即使是长篇小说这种重要的文学形式,在印度古代文学理论著作中也没有获得充分论述。而中国古代虽然没有产生小说理论著作,但通过各种评论文章和小说点评方式,对长篇小说艺术作出充分的阐发。

印度古代文学理论都采用学术著作的形式，而中国古代文学理论的表现形态多种多样，除了学术著作这种形式，如《文心雕龙》、《原诗》、《曲律》、《李笠翁曲话》和《艺概》等，更多采用笔记体形式，如各种诗格、诗话和词话类著作，也采取以诗论诗的形式，如《诗品》和各种论诗绝句等，还有点评的体式以及大量的序跋和书信等。

然而，印度古代文学理论体现的理论思维明显优于中国古代文学理论。印度古代文学理论确立的主要论题是庄严论、风格论、味论和韵论。论述的方式通常是首先确立概念，并对概念作出明确的界定，然后进行分析归类。而后继者在著述中，也注意遵守和沿用约定俗成的概念。如"庄严"作为修辞方式的概念，首先确立音庄严和义庄严两类，然后将这两大类再细分成各种小类。后继者则在前人确立的概念和分类的基础上，进行研究和辨析，并增添自己新发现和命名的修辞方式。因此，修辞方式由最初提出的三十九种发展成后来的一百多种。对于风格论、味论和韵论，后继者也都是在确认前人对风格、味和韵这些概念的前提下，加以阐发和扩充。正因为如此，印度古代文学理论的发展显得脉络清晰，一以贯之。

而中国古代文学理论中提出的文学概念，常常缺乏明确的界定。同样一个概念，在使用者之间会出现不同程度的差异。中国古代文学理论中的诗格类著作较多采用形式分析方法，这方面类似梵语诗学。然而，诗格类著作并不注意对概念的界定以及互相之间的协调和统一，也就难免存在论者各行其是、论题自由散漫和论述不够严密这样一些缺点。其实，刘勰的《文心雕龙》已经初步形成完整的文学理论体系，倘若后继者能够以《文心雕龙》为基础，对其中提出的各种文学概念加以研究，作出进一步明确的界定，形成文学理论领域共同使用的术语，并依据中国古代文学的发展，不断充实和拓展理论内涵，使这个文学理论体系与时俱进，愈益完善和周密，同时，各种文学分体理论也可以保持独立发展，这样，最后形成的中国古代文学理论局面可能会是另一种模样。

在文学理论著作使用的文体方面，印度和中国也存在差异。印度古代文学理论著作通常采用经疏体，其中经文使用诗体，注疏使用散文体，也有一些著作经文和注疏都使用诗体。然而，这些诗体并非真正意义上的诗，而只是理论表述使用诗体，便于记诵而已。相比之下，中国古代文学理论著作的文体本身大多具有文学性。如陆机的《文赋》使用赋体，刘勰的《文心雕龙》使用骈文体，大量的诗话著作使用的笔记体也或多或少含有文学性。而司空图的《诗品》和大量的论诗绝句则是真正意义上的以诗论诗。

中国古代文学理论著作文体的文学性不仅体现在文体形式上，更体现在普遍使用比喻说理的方式上。钱锺书在《中国固有的文学批评的一个特点》一文中指出："这个特点就是：把文章通盘的人化或生命化（animism）。"换言之，"我们把文章看成我们自己同类的活人。《文心雕龙·风骨篇》云：'词之待骨，如体之树骸，情之含风，犹形之包气……瘠义肥词'；又《附会篇》云：'以情志为神明，事义为骨髓，词采为肌肤，宫商为声气……义脉不流，偏枯文体'；《颜氏家训·文章篇》云：'文章当以理致为心肾，气调为筋骨，事义为皮肤'；宋濂《文源·下篇》云：'四瑕贼文之形，八冥伤文之膏髓，九蠹死文之心'；魏文帝《典论》云：'孔融体气高妙'；钟嵘《诗品》云：'陈思骨气奇高，体被文质'——这种例子哪里举得尽呢？"[①]

中国古代哲人早已在《易传》中留下遗训："近取诸身，远取诸物……以通神明之德，以类万物之情。"这已经成为中国古代文

---

① 本书中引用钱锺书语，均据《钱锺书集》，生活·读书·新知三联书店2016年版。

人习以为常的思维方式。关于将诗拟人化,这里还可以增添一个生动的例子。严羽《沧浪诗话》中说:"诗之法有五:曰体制,曰格力,曰气象,曰兴趣,曰音节。"郭绍虞在《沧浪诗话校释》中引用陶明濬《诗说杂记》中的解释:"此盖以诗章与人体相为比拟,一有所阙,则倚魁不全。体制如人之体干,必须佼壮;格力如人之筋骨,必须劲健;气象如人之仪容,必须庄重;兴趣如人之精神,必须活泼;音节如人之言语,必须清朗。五者既备,然后可以为人。亦惟备五者之长,而后可以为诗。近取诸身,远取诸物,而诗道成焉。"

在中国古代文学理论中,既运用上述"近取诸身"的比喻说理,也运用"远取诸物"的比喻说理,如《文心雕龙·情采》云:"夫水性虚而沦漪结,木体实而花萼振,文附质也。虎豹无文则鞟同犬羊,犀兕有皮而色资丹漆,质待文也";《声律》云:"若夫宫商大和,譬诸吹籥,翻回取均,颇似调瑟";司空图《诗品·劲健》云:"行神如空,行气如虹,巫峡千寻,走云连风";《豪放》云:"天风浪浪,海山苍苍,真力弥满,万象在旁";白居易《与元九书》云:"诗者,根情,苗言,华声,实义";韩愈《答李翊书》云:"气,水也;言,浮物也。水大而物之浮者大小毕浮。气之与言犹是也,气盛则言之短长与声之高下者皆宜";严羽《沧浪诗话》云:"如空中之音,相中之色,水中之月,镜中之象,言有尽而意无穷。"如此等等,不胜枚举。

这也就是说,中国古代文人在论述文学时,言说方式始终保持诗性思维,善于艺术表达,从而形成中国古代文学理论的诗化批评特色。故而,我曾在《外国文学研究方法谈》(《外国文学评论》1994年第4期)一文中总结说:"古代的文学论著,西方倾向哲学化批评,印度倾向形式化批评,中国倾向诗化批评。"

第二章

文学定义

一

文学是什么？这是每个文学理论家都会面对的问题。文学的定义涉及文学作为一种艺术形态的本质特征及其适用范围。从梵语诗学史看，梵语诗学家们并没有形成一种固定统一的文学定义。他们按照各自的诗学观点为文学下定义，或指出文学的本质特征。

婆罗多的《舞论》是最早的梵语戏剧学著作。婆罗多在《舞论》中没有提供关于戏剧的正式定义，而是在论述中指出戏剧的一些本质特征。他指出戏剧是"一种既能看又能听的娱乐"（1.11）。又说："戏剧的要义包括味、情、表演、法式、风格、地方色彩、成功、音调、器乐、歌唱和舞台。"（6.10）这些表述说明戏剧是一种不同于一般文学艺术的表演艺术，或者说，是一种以表演艺术为核心的综合艺术。他又指出"戏剧再现三界的一切情况"（1.104），"模仿世界的活动"（1.109），"模仿世界上天神、仙人、帝王和家主们的行为"（1.118）。而在"再现"或"模仿"中，"具有各种感情，以各种境遇为核心"（1.108）。表演"各种境遇"，传达"各种感情"，构成《舞论》的核心理论——味论。正如婆罗多本人所说："离开了味，任何意义都不起作用。"（6.31以下）这些表述是从戏剧创作的角度说明戏剧艺术的特征。总之，

《舞论》中诸如此类的表述都涉及戏剧艺术的特征，但不是严格的戏剧定义。其中，从戏剧创作角度表述的艺术特征，显然也适用于一般的文学艺术特征。因此，味论后来也成为梵语诗学的一个重要的批评原则。

前面第一章中已经说明，梵语诗学中使用的"诗"（kāvya）这个词指广义的文学，包括诗歌、故事、小说和戏剧。因此，梵语诗学著作中给诗下定义也就是给文学下定义。在最早的梵语诗学著作《诗庄严论》中，婆摩诃给诗下的定义是："诗是音和义的结合。"（1.16）这个定义显然过于宽泛，适用于一切语言作品。但从婆摩诃的具体论述看，他实际上是说：诗是经过修饰的词音和词义的结合。他把修饰词音和词义的手法分别称作"音庄严"和"义庄严"。他认为"庄严"（修饰）是曲折的表达方式，体现文学语言和普通语言的区别。尽管婆摩诃的这个定义具有明显的缺陷，但它扣住文学是语言艺术这个基本命题。因此，他的这个定义成了后来许多梵语诗学家探讨诗的性质和特征的理论出发点。

与婆摩诃同时代的檀丁在《诗镜》中将诗分为"身体"和"庄严"两部分。他给诗的"身体"下的定义是"传达愿望意义的特殊的词的组合"（1.10）。将两部分结合起来理解，也就是说，他认为诗是有庄严的、传达愿望意义的特殊的词的组合。按照檀丁对诗的"身体"下的定义，我们也可以理解婆摩诃对诗下的定义是针对诗的"身体"。但我们可以发现他俩对诗的"身体"的理解略有区别。婆摩诃认为诗的"身体"是"音和义的结合"，也就是说，是词和意义的结合，而檀丁认为是"传达愿望意义的特殊的词的组合"，或者简单地说，是传达意义的词的组合。这说明檀丁更强调"词"或语言本身。正如我们现在通常说文学是语言的艺术，而不说文学是语音和语义的艺术，檀丁对诗的"身体"的这种理解是有一定道理的。

伐摩那在《诗庄严经》给诗下的定义是："诗是经过诗德和庄严修饰的音和义。"（1.1.1 注）对这个定义的另一种说法是："诗可以通过庄严把握。庄严是美，来自无诗病、有诗德和有庄严。"（1.1.1—3）这里的"庄严"在广义上指称艺术美，在狭义上指称修辞手法。按照伐摩那的这些表述，实际上他认为诗是无诗病、有诗德和有庄严的音和义。他把前三者视为装饰诗的身体的诗美因素。然而，伐摩那又强调"风格是诗的灵魂"（1.2.6）。按照他的说法："风格是词的特殊组合。这种特殊性是诗德的灵魂。"（1.2.7—8）这一点与檀丁给诗下的定义相呼应。因而，他俩属于梵语诗学中的风格论派。

欢增在《韵光》中没有给诗下定义，而是着重指出："诗的灵魂是韵"（1.1）。他给"韵"下的定义是："若诗中的词义或词音将自己的意义作为附属而暗示那种暗含义，智者称这一类诗为韵。"（1.13）他也提到人们一般认为诗是"令知音内心喜悦的词音和词义所构成者"（1.1 注疏）。但他认为唯有"韵"是"令知音内心喜悦的诗的真谛"（1.13 注疏）。也就是说，欢增认为"韵"（包括暗示者和暗示义）是诗的本质特征。

恭多迦在《曲语生命论》中给诗下的定义是："诗是在词句组合中安排音和义的结合，体现诗人的曲折表达能力，令知音喜悦。"（1.7）他在前人定义的基础上，突出"诗人的曲折表达"这一点。他认为诗的音和义的结合不是一般的结合，而是特殊的结合。这种特殊性在于"两者的结合带来美"（1.17）。他解释说，诗中的词音和词义"互相竞争，互相适应而迷人，促进各种味"。正是这种特殊的结合，形成"美妙的境界，令知音喜悦"。其中，有形成风格的各种诗德，有各种修辞方式和各种味。这种体现诗人才能的曲折表达方式，使诗的语言成为"曲语"，不同于经论等通常的音和义的结合。按照他的阐释，他将在此之前梵语诗学家们确认的诗美因素音庄严、义庄严、诗德、风格、韵和味都纳入"曲语"的范畴，也就是说，都是诗人的曲折表达方式，由此，他将"曲语"视为诗的生命，即诗的灵魂。

波阇在《艳情光》中认为音和义的结合有十二种，其中八种是语法的结合，其他四种是诗的结合，即无诗病、有诗德、有庄严和有味。因此，他在《辩才天女的颈饰》中给诗下的定义是："无诗病，有诗德，经过庄严修饰，有味。"（1.2）这种定义方式与伐摩那类似。此外，《火神往世书》给诗下的定义是："诗是传达愿望意义的特殊的词的组合，闪耀庄严，有诗德，无诗病。"（336）这是对檀丁的定义的扩充。

曼摩吒的《诗光》是一部以韵论为基础的综合性梵语诗学著作。他给诗下的定义是"音和义无病，有德，有时无庄严"（1.4）。这是沿袭婆摩诃和伐摩那的定义。作为韵论派，他却在诗的定义中没有涉及韵。但这是可以理解的。欢增将诗分为有韵的诗、以韵为辅的诗和无韵的诗三类，曼摩吒分别称之为上品诗、中品诗和下品诗。可见，韵是诗品的标尺，而不是诗和非诗的界限。曼摩吒也没有像有些梵语诗学家那样，将"有味"列入诗的定义中。他在论述庄严和诗的关系时说道，如果诗中"不存在味，庄严只是美妙的表达方式"（8.67 注疏）。这说明味也不是诗和非诗的界限。同时，他把梵语诗学家通常列入诗的定义中的"有庄严"改为"有时无庄严"。因为他认为诗的"音和义通常都有庄严，而有时即使缺乏明显的庄严，也不妨碍诗的特性"（1.4 注疏）。这些表明曼摩吒在给诗下定义时进行过认真的思考，力求严谨。

在曼摩吒之后，许多梵语诗学家基本上沿袭他的定义。例如，雪月的《诗教》中的定义："诗是无诗病、有诗德和有庄严的音和义。"维底亚那特的《波罗多波楼陀罗名誉装饰》中的定义："诗是有诗德、有庄严和无诗病的音和义。"（2.1）伐格薄吒的《诗教》中的定义："诗通常是无诗病、有诗德和有庄严的音和义。"胜天的《月光》中的定义："无诗病，有诗相，有风格，有诗德装饰，有庄严、味和各种词语组合方式，这样的语言称为诗。"（1.7）

毗首那特的《文镜》是一部以味论为核心的综合性梵语诗学著作。他给诗下的定义是："诗是以味为灵魂的句子。"（1.3）为了确立自己的诗的定义，他对曼摩吒的诗的定义作了全面批评。他认为在曼摩吒的诗的定义中，"无诗病"、"有诗德"和"有时无庄严"这三点都不能成立。关于"无诗病"，他指出没有绝对"无诗病"的诗。只要保持诗中有味，即使有些诗病，依然是诗。这正如珠宝即使受到虫蛀，依然是珠宝。关于"有诗德"，他指出诗德是味的属性，是增强诗性的因素，而不是诗性本身。如果诗中无味，也就无诗德。因此，诗的定义中应该说"有味"，而不应该说"有诗德"。关于"有时无庄严"，他指出这种说法的前提是"有庄严"。而庄严也是增强诗性的因素，而不是诗性本身。

毗首那特还认为"曲语"是庄严的一种形式，因此，恭多迦所说的"曲语是诗的生命"也不能成立。同样，伐摩那所说的"风格是诗的灵魂"也不能成立，因为风格是词语组合的特殊方式，即肢体各部分的安排方式，与灵魂有别。毗首那特也对欢增所说的"诗的灵魂是韵"提出异议。按照欢增的观点，韵分成本事韵、庄严韵和味韵。而毗首那特只承认味韵。他认为如果承认本事韵和庄严韵，那也就承认谜语等也是诗，诗的范围未免太宽了。而所谓的本事韵和庄严韵只要称得上是诗，总会有一定的味。

这样，毗首那特得出结论："诗是以味为灵魂的句子。"在这个定义中，他用"句子"取代通常使用的"音和义"。他认为"句子是具有关联性、期望性和邻近性的词的组合"（2.1）。他同意韵论派的观点，认为词具有表示、转示和暗示的功能，从而产生词的表示义、转示义和暗示义。同时，他也赞同弥曼差哲学家中一派的看法，认为还有一种"表达词义联系的功能，称作句义。这种功能产生的意义是句义。句子是这种意义的表达者"（2.20）。而唯有展示味的句子，即以味为灵魂的句子，才是诗。他依据新护的味论观点，认为"由情由、情态和不定情展示的爱等常情，在知音们那里达到味性"（3.1）。换言之，刻画情由、情态和不定情的词语组成句子，产生句义，唤醒读者心中潜伏的常情，读者由此品尝到味。所以，他改变诗的定义中传统的"音和义"的提法，而说成是"以味为灵魂的句子"。在这点上，他与檀丁将诗说成是"传达愿望意义的特殊的词的组合"一脉相承。

盖瑟沃·密湿罗在《庄严顶》中给诗下定义的方式与毗首那特一致："诗是有味等等而听来令人特别欢愉的句子。"他解释说："'等等'一词中包括庄严。因此，诗的特征是这两者（味和庄严）的任何一种。或者说，诗的特征是令人特别欢愉。"

世主在《味海》中给诗下的定义是："诗是传达可爱意义的言词。"（4）他不同意曼摩吒和毗首那特给诗下的定义。他认为曼摩吒将诗德和庄严纳入诗的定义，势必排斥缺乏庄严或诗德而具有暗示义的作品；而毗首那特将味纳入诗的定义，势必排斥以本事和庄严为主的作品。这样的定义都有涵盖面不足的毛病。因此，他在诗的定义中提出"可爱性"概念，用以泛指庄严、诗德、韵和味等一切诗美因素。

他对"可爱性"概念作了具体阐释："可爱性属于产生超俗快感的智慧领域。超俗性是根本的特征。它具有快感，由知觉体验，与魅力（或惊喜）同义。这种快感的原因是想象，以持续不断的思考为特征。'你生了儿子'，'我要给你钱'。领会这类句义而获得的快感缺乏超俗性。因此，在这类句子中缺乏诗性。诗是传达能产生魅力的、想象领域的意义的言词。"（4—5）

同时，世主在定义中也不采用"诗是音和义的结合"的传统说法，而改成"诗是传达可爱意义（'义'）的言词（'音'）"。这一点与檀丁和毗首那特一致。他认为一些日常的说法，诸如"吟读诗歌"，"听了这首诗，意义还不理解"，就足以说明诗首先是"音"，即能指的言词。因为音乐或舞蹈等也能传达可爱的意义或情感，而诗是语言艺术，以语言作为传达可爱的意义的媒介。这样，落脚在"言词"上，更能限定诗的艺术特征。

　　从梵语诗学史看，给文学下定义确实是个难题，许多诗学家，尤其是后期的诗学家为此进行了深入的探讨。定义的涵盖面既不能过于狭窄，也不能过于宽泛。婆摩诃和檀丁以语言修辞为文学的本质特征；伐摩那在此基础上，将风格视为文学的灵魂；欢增将韵视为文学的灵魂；曼摩吒实际上以诗德为文学的本质特征，这些文学定义都显得过于狭窄。而毗首那特以味为文学的本质特征，同时认为庄严和诗德是增强诗性的因素，而以"诗是以味为灵魂的句子"作为定义，同样显得过于狭窄。波阇以诗德、庄严和味为文学的本质特征，相对而言，作为定义，涵盖面更广，但也只是梵语诗学中的一家之言。至于恭多迦和世主分别用"曲语"概念和"可爱性"概念泛指一切诗美因素，而这种概念本身具有模糊性，显得过于宽泛，故而必须进一步对它们加以具体阐释和界定。

　　可以说，梵语诗学家们对文学定义的探讨贯穿整个梵语诗学史。无论如何，这些细致入微的理论思辨无疑加深了对文学艺术的本质特征的认识。只是在表述上，很难形成一种公认的完美的定义。

二

　　中国古代自先秦至魏晋南北朝，文学体裁主要是诗歌和散文。

因而，对文学的最早体验源自诗歌。其实，诗歌是世界各民族文学共同的源头，同时也是文学本质特征的源头。

中国最古老的文献"五经"中，《尚书·尧典》最早提出"诗言志"这个命题。而在先秦文献中，"志"这个字有多种含义。孔子《论语·公冶长》记载："颜渊、季路侍。子曰：'盍各言尔志？'"《论语·为政》中，孔子自称"吾十有五而志于学"。这里使用的"志"均指志向或志愿。《周礼·春官·外史》中说外史"掌四方之志"。庄子《逍遥游》中说："《齐谐》者，志怪者也。"这里使用的"志"均指记载或记录。《左传·襄公二十七年》中说"诗以言志"。而《左传·昭公二十五年》中又说："民有好、恶、喜、怒、哀、乐，生于六气。是故审则宜类，以制六志。"这里使用的"志"则是指人的六种感情。

中国最古老的文献原本有"六经"，即其中还有一部《乐经》。但《乐经》在战国后期失传，故而"六经"变成"五经"。而秦末汉初出现的《礼记·乐记》必定传承有先秦时代的音乐思想。在先秦时代，诗、乐、舞三位一体，因此，《乐记》论述乐器时说："金石丝竹，乐之器也。诗，言其志也；歌，咏其声也；舞，动其容也。三者本于心，然后乐器从之。"《乐记》对音乐下的定义是："乐者，音之所由生也，其本在人心之感于物也。"

在汉代出现的《诗大序》对诗下的定义与《乐记》对音乐下的定义一脉相承："诗者，志之所之也。在心为志，发言为诗。情动于中而形于言。"同时，《诗大序》中提出诗有"六义"，即风、雅、颂和赋、比、兴。而在论述"风"时，指出"吟咏情性，以风其上"，并指出"变风发乎情，止乎礼义"。

由此可见，《诗大序》实际是将情志合一和吟咏情性视为诗的本质特征。但是，我们也应该注意到"志"可以直接理解为"情"，而"志"的含义不必局限于"情"。《诗大序》对《诗经》

中的诗歌进行具体解释时，强调诗歌的美刺作用，以"礼义"为标准，说明诗的主旨。例如，《凯风》这首诗描述七个儿子称赞母亲勤劳辛苦，并表达自责的心情。《毛诗序·凯风》解释说："《凯风》，美孝子也。卫之淫风流行，虽有七子之母，犹不能安其室。故美七子能尽其孝道，以慰其母心而成其志尔。"这里的"志"既可理解为七个儿子的自责心情，也可理解为他们"尽其孝道"。

在魏晋时期，曹丕的《典论·论文》和陆机的《文赋》这两篇文章题目中的"文"指诗文，即诗歌和散文的合称。但这两篇文章都没有给诗文下定义，只是论及各种文体特征。曹丕论及的四种文体中，提到"诗赋欲丽"；陆机论及的十种文体中，提到"诗缘情而绮靡"。显然，陆机对诗的风格特征的描述比曹丕更周全。"诗缘情"是承袭"诗言志"而突出其中的情感内涵，"绮靡"则是强调诗的语言美，即注重藻饰。这涉及诗的两个本质特征。因为单说"诗言志"或"诗缘情"，犹如梵语诗学中毗首那特在《文镜》中说"诗是以味为灵魂的句子"，作为文学定义，显得过于狭窄。

萧统在《文选序》中同样没有给诗文下定义，而他提出诗文入选的准则，强调"辞采"、"文华"、"沉思"和"翰藻"，也是试图将文学性作品与非文学性作品作出区分。而这样的表述显得只注重词藻。

萧子显编撰《南齐书》中有《文学传》。他对诗文的总体概括是："文章者，盖情性之风标，神明之律吕也。蕴思含毫，游心内运；放言落纸，气韵天成。莫不禀以生灵，迁乎爱嗜，机见殊门，赏悟纷杂。""属文之道，事出神思，感召无象，变化不穷。俱五声之音响，而出言异句；等万物之情状，而下笔殊形。"其中的"情性"、"蕴思"、"游心"、"气韵"、"神思"、"音响"和"情状"等用语都涉及文学的特征，然而他对诗文特征的概括是描述性的，而非理论性的，因此，不成其为定义。

刘勰的《文心雕龙》是中国古人自先秦至魏晋时期探索诗文理论的集大成者。《文心雕龙》前五篇论述"文之枢纽"："本乎道，师乎圣，体乎经，酌乎纬，变乎骚，文之枢纽，亦云极也。"这只是表明他探讨诗文理论的依据，并非是诗文的定义。接着的二十篇是"论文叙笔"，即描述各种文体特征，属于文体论。而后有二十篇是"剖情析采"，也就是探讨诗文的文学特征，包括创作论、修辞论、作家论和鉴赏论等。"情"和"采"是诗文文学性的基本特征，贯串于各篇的论述中。其中提出的不少诗学观念对后世产生深远影响，如《情采》中的"繁采寡情，味之必厌"，属于情味论；《隐秀》中的"深文隐蔚，余味曲包"，属于韵味论；《物色》中的"情以物迁，辞以情发"和"诗人感物，联类不穷"，属于感物论或情景论。总之，《文心雕龙》对诗文的文学特征已经作出相当全面的阐发，只是没有提供一个完整而简括的文学定义。

《文心雕龙》之后历代谈诗论文的著述都不费心给诗文下定义。对于诗歌，仿佛觉得《尚书》提出的"诗言志"和《诗大序》提出的"吟咏情性"已经给诗歌下了定义。因此，在他们的诗论中，"诗言志"、"诗道志"、"吟咏情性"、"本于情"、"发于情性"、"诗主情性"、"诗本情性"和"诗道情性"等等，诸如此类的用语比比皆是。他们只是在此基础上，依据自己对诗文的感悟，论述诗文的重要特质，提出自己的诗学主张。

钟嵘在《诗品》中强调"滋味"和"文已尽而意有余"。唐代皎然在《诗式》中提出"但见情性，不睹文字"。司空图在《诗品》中提出"不着一字，尽得风流"，在《与李生论诗书》中强调"韵外之致"。这些论点在宋代严羽的《沧浪诗话》中得到充分发挥。严羽提出"诗有别材"，"诗有别趣"，认为"不涉理路，不落言筌者，上也"，强调"言有尽而意无穷"。清代王士禛在《带经堂诗话》中秉承严羽论旨，提倡神韵说。而沈德潜在《说诗晬语》

中提倡格调说。袁枚在《随园诗话》中提倡性灵说。翁方纲在《复初斋文集》和《石洲诗话》中提倡肌理说。直至刘熙载的《艺概·诗概》，也只是评论历代诗人和各种诗体，也没有给出诗的定义。

这里倒是可以提到钱锺书在《谈艺录》（六）中论述王士禛的神韵说时，不经意间为诗作出一个定义："诗者，艺之取资于文字者也。文字有声，诗得之为调为律；文字有义，诗得之以侔色揣称者，为象为藻，以写心宣志者，为意为情。及夫调有弦外之遗音，语有言表之余味，则神韵盎然出焉。"这个定义不仅周全，而且严密，可以说是对中国古人探索诗歌艺术所取得成就的完整总结。"为调为律"指诗有韵律，"为象为藻"指诗有形象和藻饰，"为意为情"指诗有意涵和感情，"神韵"指诗有"余味"。诗有韵律、藻饰、感情和神韵，与印度古代诗学中的诗律、庄严（即修辞）、味和韵完全一致。而"象"和"意"也是诗歌普遍具有的特征。

关于"象"，汉代王弼在《周易略例·明象》中明确提出"夫象者出意者也，言者明象者也"。因此，中国古代文人对诗和象的关系有清晰的认识。前面已经提及挚虞《文章流别论》对诗文中形象的认知。还有，《文心雕龙》的《神思》中说："神用象通，情变所孕。"《物色》中说："流连万象之际，沉吟视听之区。"唐代白居易《金针诗格》中说"诗有三本"："以声律为窍，以物象为骨，以意格为髓。"清代李重华在《贞一斋诗说》中据此而说："诗有三要，曰：发窍于音，征色于象，运神于意。"唐代虚中《流类手鉴》中说："善诗之人，心含造化，言含万象。""此则诗人之言应于物象，岂可易哉？"明代胡应麟《诗薮》中说："盛唐绝句，兴象玲珑，句意深婉。"清代方东树《昭昧詹言》中说："用意高妙，兴象高妙，文法高妙，而非深解古人则不得。"

同样，中国古代文人对诗和意的关系也有清晰的认识。《国语·鲁语下》中说"诗所以合意，歌所以咏诗也。"司马迁在《太史公自序》中说："诗以达意。"陆机《文赋》中说："其会意也尚巧，其遣言也贵妍。"宋代张表臣《珊瑚钩诗话》中说："诗以意为主，又须篇中炼句，句中炼字，乃得工耳。"刘攽《中山诗话》中说："诗以意为主，文词次之，或意深义高，虽文词平易，自是奇作。"明代李东阳《麓堂诗话》中说："作诗不可以意徇辞，而须以辞达意。辞能达意，可歌可咏，则可以传。"王文禄《诗的》中说："杜诗意在前，诗在后，故能感动人。"清代王夫之《薑斋诗话》（卷二）中说："无论诗歌与长行文字，俱以意为主。意为帅也。无帅之兵，谓之乌合。"王士禛《师友诗传续录》中说：诗"以意为主，以辞辅之，不可先辞后意"。

"意"通常指意义、意愿、意图和意旨。"意"也可以理解为情意，但不能等同于情，正如"志"可以理解为情志，但不能等同于情，因为"志"还有志向和志愿的意思。因此，钱锺书提出"以写心宣志者，为意为情"，更加符合诗歌艺术实际。

同时，钱锺书又指出："而及夫自运谋篇，倘成佳构，无不格调、词藻、情意、风神，兼具各备；虽轻重多寡，配比之分量不同，而缺一不可焉。"这说明上述诗的定义适用于诗中"佳构"。换言之，倘若作为诗的一般定义，并非"缺一不可"。如"神韵"一项，属于诗中"佳构"，未必是诗歌必备条件。正如印度梵语诗学家大多没有将"韵"列入诗的定义。

这里还有必要探讨中国古代文人对散文的理解。散文这种文体在印度梵语文学中用作戏剧中的对白、韵散杂糅的叙事文学的散文部分以及长篇小说，而没有独立的文学散文。而中国古代散文和诗歌同样发达。《文心雕龙》中的文体伦，虽然关注散文中的文学性，但没有明确区分实用散文和文学散文。在中国散文史上，产生较大影响的是唐代的古文和清代的桐城派散文。

先秦散文以散行为主，而自东汉、魏晋南北朝至初唐盛行骈文，讲究对偶、声律和辞藻，虽然属于文学性散文，但也导致华而不实的形式主义文风。韩愈主张恢复先秦文体，即以奇句单行为主的"古文"。韩愈倡导古文，标榜的旗号是"学古道"。他强调"修其辞以明其道"（《争臣论》），自称"愈之志在古道，又甚好其言辞"（《答陈生书》）。"学古道则欲兼通其辞。通其辞者，本志乎古道也。"（《题欧阳生哀辞后》）他所谓的"道"，自然是儒家之道，但他重视社会现实，对"道"的具体阐释涵盖面较广。他提出"不平则鸣"说："大凡物不得其平则鸣"，"人之于言也亦然，有不得已者而后言"（《送孟东野序》）。并指出"夫和平之音淡薄，而愁思之声要妙；欢愉之辞难工，而穷苦之言易好也"（《荆潭唱和诗序》）。对于古文技艺，他强调"沉浸醲郁，含英咀华"（《进学解》），"惟陈言之务去"（《答李翊书》）。并指出"本深而末茂，形大而声宏，行峻而言厉，心醇而气和，昭晰者无疑，优游者有余"（《答尉迟生书》）。他凭自己的古文创作成就确立了古文的文学地位，并带动了一大批作家，形成史称"古文运动"的文学潮流。唐宋古文八大家之一苏轼称韩愈"文起八代之衰"（《潮州韩文公庙碑》），而刘熙载称"韩文起八代之衰，实集八代之成"（《艺概·文概》）。

柳宗元与韩愈同为唐代古文运动领袖，他针对当时盛行的骈文，强调"圣人之言，期以明道"（《报崔黯秀才论为文书》），并自称"始吾幼且少，为文章，以辞为工。及长，乃知文者以明道，是固不苟为炳炳烺烺、务采色、夸声音而以为能也"（《答韦中立论师道书》）。

通常，韩愈和柳宗元的古文理论被归纳为"文以明道"。按韩愈的门生李汉变换的说法，则是"文者，贯道之器也"（《昌黎先生文集序》）。后来，宋代周敦颐又改换一种说法，即"文所以载道也"（《通书·文辞》）。此后，"文以载道"成为通用语。现代学者一般对"文以载道"颇有微词。而钱锺书在《〈中国新文学的源流〉》一文中对此提出不同的看法。他认为"在传统的批评上，我们没有'文学'这个综合的概念，我们所有的只是'诗'、'文'、'词'、'曲'这许多零碎的门类"。"'诗'是'诗'，'文'是'文'，分茅设蕝，各有各的规律和使命。'文以载道'的'文'字，通常只是指'古文'或散文而言，并不是用来涵盖一切近世所谓'文学'。而'道'字无论按照《文心雕龙·原道篇》作为自然的现象解释，或依照唐宋以来的习惯而释为抽象的'理'，'道'这个东西是有客观的存在的。而诗呢，便不同了。……目的仅在乎发表主观的感情——'言志'，没有'文'那样大的使命。所以，我们对于客观的'道'只能'载'，而对于主观的感情便能'诗者持也'地把它'持'（control）起来。这两种态度的分歧，在我看来，不无片面的真理；而且它们在传统的文学批评上，原是并行不背的，无所谓两'派'。"

诗歌可以分为抒情诗和叙事诗，中国古代虽然也有短篇的咏史诗和叙事诗，但以抒情诗为主。散文可以分为论说散文、记叙散文和抒情散文，中国古代虽然也有抒情散文，但以诸子为代表的论说散文和以史传为代表的记叙散文为主。因此，"文以载道"和"诗言志"都是针对自身文体主要特征的理论表述。同时，两者也并非散文和诗的完整定义。

就"文以载道"而言，"道"原本是一个抽象概念，其内涵通常依随时代而变化。"道"也与"理"相通，正如韩愈所说："盖学所以为道，文所以为理耳。"（《送陈秀才彤序》）论说散文自然会宣道说理，而记叙散文中也会含有道理。无疑，论说散文和记叙散文不等同于文学散文，唯有它们具有充分的文学性，才能成为文学散文。如唐代李翱说："义虽深，理虽当，词不工者不成文，宜不能传也。"(《答朱载言书》)又如，宋代张耒说："因其能文也，而言益工；因其言工，而理益明，是以圣人贵之。"(《答李推官书》)。还有，清代黄宗羲甚至说："文以理为主，然而情不至，则亦理之郭廓耳。"(《论文管见》)韩愈、柳宗元连同宋代的欧阳修、苏洵、苏轼、苏辙、王安石和曾巩合称"唐宋八大家"。正是通过他们各自创作的富有文学性的论说散文和记叙散文，而形成中国古代文学史上一座巍峨的散文艺术高峰。

其实，即使是诗歌，中国古代也有不少以说理为主的诗，也属于优秀诗作之列。例如，苏轼的《题西林壁》："横看成岭侧成峰，远近高低不相同。不识庐山真面目，只缘身在此山中。"可以理解为只见局部，不知全体；也可以理解为当局者迷，旁观者清。又如，朱熹《观书有感》："半亩方塘一鉴开，天光云影共徘徊。问渠哪得清如许？为有源头活水来。"可以理解为知识源自多读书，也可以理解为知识源自多接触生活。还可以举出一个特别的例子，汉代的《焦氏易林》将《易经》的六十四卦衍变为四千零九十六卦，为每一卦配有一首整齐押韵的卦诗，本是一部占卜之书。而钱锺书在《管锥编》中专为《焦氏易林》写了三十一则札记，探索其中的诗艺。他也引用历代文人的赞语，或称其"文辞雅淡"，或称其"古雅玄妙"，或称其"以理数立言，文非所重，然其笔力之高、笔意之妙，有数十百言所不能尽，而藏裹回翔于一字一句之中，宽然而余者"。他本人则认为"盖《易林》几与《三百篇》并为四言诗矩矱焉"。

还有，中国古代诗学中有"兴趣"、"机趣"、"情趣"和"理趣"诸说，其中的"理趣"便是指隐埋有理而有趣味的诗。或如清代潘德舆《养一斋诗话》卷一中所说："理语不必入诗中，诗境不可出理外。"钱锺书在《谈艺录》(六九)中提及沈德潜"《国朝诗别裁》，《凡例》云：'诗不能离理，然贵在理趣，不贵下理语'

云云，分剖明白，语意周匝"。文中提供大量诗例说明理趣诗和理语诗的区别。由此也可以说明上述钱锺书提供的诗的定义中，所说"以写心宣志者，为意为情"的合理性，因为诗既可以表达感情，也可以表达意义或道理。

清代出现骈文的复兴，而以方苞、刘大櫆和姚鼐为代表的桐城派继承和发扬唐宋古文传统，开创古文又一个新局面。方苞主要提出古文的"义法说"："《春秋》之制义法，自太史公发之，而后之深于文者亦具焉。义即《易》之所谓'言有物'也；法即《易》之所谓'言有序'也。义以为经而法纬之，然后为成体之文。"（《又书货殖传后》）

而刘大櫆著有《论文偶记》，对古文艺术有较为深入的阐述。他认为"行文之道，神为主，气辅之"。"至专以理为主者，则犹未尽其妙也。""义理、书卷、经济者，行文之实，若行文自另是一事。"如果"不善设施"，"终不可为大匠"。他提出行文的妙处在于"文贵奇"、"文贵高"、"文贵大"、"文贵远"、"文贵简"、"文贵疏"、"文贵变"、"文贵瘦"、"文贵华"、"文贵参差"、"文贵去陈言"和"文贵品藻"，并一一予以举例说明。他也指出"理不可以直指也，故即物以明理；情不可以显出也，故即事以寓情。即物以明理，《庄子》之文也；即事以寓情，《史记》之文也"。

姚鼐承袭方苞和刘大櫆，对古文理论有更完善的阐述。他指出"夫文者，艺也。道与艺合，天与人一，则为文之至"（《敦拙堂诗集序》）。他自述"余尝论学问之事，有三端焉，曰：义理也，考证也，文章也。是三者，苟善用之，则皆足以相济；苟不善用之，则或至于相害"。"世有义理之过者，其辞芜杂俚近，如语录而不文；为考证之过者，至繁碎缴绕，而语不可了。"（《述菴文钞序》）也就是说，古文表达义理，也必须有文采。考据是为了增强说服力，而不能陷入繁琐。总之，文章作为一门艺术，要讲究写作技巧。为此，他提出"所以为文者八：曰神、理、气、味、格、律、声、色。神、理、气、味，文之精也；格、律、声、色，文之粗也。然苟舍弃粗，则精者亦胡以寓焉？学者之于古人，必始而遇其粗，中而遇其精，终则御其精而遗其粗者"（《古文辞类纂序目》）。这可以说是他提出的古文艺术纲领。虽然文章表达义理，但也需要表达得有精神、气势、情味和韵味，再加上格、律、声、色的语言美，才能达到道和艺的完美统一。

以上说明中国古代的诗歌理论和散文理论都已认识到各自的文学特质，只是没有提出完整的诗歌定义和散文定义。而作为文学定义，则需要对诗歌、散文、戏剧和小说予以综合考察，形成一种对各种文学形式普遍适用的定义。我们可以以钱锺书提出的诗的定义为基础加以考察。

就"为调为律"而言，适用于中国古代诗、词、曲和戏曲，不适用于散文和小说。就"神韵"而言，只是对"佳构"的特殊要求，而非对文学作品的普遍要求。此外，戏曲的表演不适用于诗歌、散文和小说。而"为象为藻"和"为意为情"则是各种文学形式共同具有的特征。"象"包括自然形象和人物形象，既可以是现实的形象，也可以是虚构的形象。现实的或虚构的形象无疑是对各种文学形式的普遍要求，而虚构的人物形象和故事情节尤其适用于戏曲、小说和叙事诗，但不是对抒情诗和散文的普遍要求。"藻"指词藻或修辞，这是对各种文学形式的普遍要求。"意"指意义、意愿、意念、义理、道理或思想，也是各种文学形式普遍具有的特征，即使以表达感情为主的抒情诗和抒情散文，其中也会隐含有意愿、义理或思想。"情"指感情，也是各种文学形式普遍具有的特征，即使论说散文和记叙散文，如果能成为文学散文，也必定或多或少会带有感情色彩。最后还应该指出，各种文学形式的创作都体现作者的想象力，这也是文学作品的共同特征。作者的想象力体现在作品的各种艺术表现手法中。因此，上述的虚构和韵（即暗示）不必出现在文学的一般定义中，而实际上也已纳入"想象"这个范畴中。

因此，如果要为文学提出一个普遍适用于各种文学形式的定义，也许只要囊括形象（"象"）、修辞（"藻"）、思想（"意"）、感情（"情"）和想象这五项即可。但究竟如何将这五项融合表达，形成一个完善而准确的文学定义，确实也是一件难事。

第 三 章

文 体 论

一

梵语诗学著作中通常都会论述文学体裁，因为这涉及梵语诗学的研究对象。婆摩诃的《诗庄严论》、檀丁的《诗镜》和伐摩那的《诗庄严经》，这三部早期的梵语诗学著作都在第一章中论述了文学的分类。

婆摩诃对文学的分类是多重的。一、按文体，文学分成"散文体和诗体两类"。二、按语言，文学分成"梵语文学、俗语文学和阿波布朗舍语文学三类"（1.16）。俗语是指在民间使用的方言俗语，主要有摩诃剌陀语、修罗塞纳语和摩揭陀语等。阿波布朗舍也是俗语，产生时间晚于以上俗语。三、按题材，文学分成"叙述天神等等事迹、虚构故事情节、与技艺有关和与经论有关的四类"（1.17）。技艺是指歌舞、音乐、绘画、装饰、游戏、武术和手工艺等，印度古代统称"六十四种技艺"。经论是指各种理论。例如，《跋底的诗》本身是一部叙事诗，描写罗摩的生平故事。但这部叙事诗的目的是介绍梵语语法修辞。四、按体裁，文学分成"分章的（大诗）、表演的（戏剧）、传记、故事和单节（短诗）五类"（1.18）。

关于大诗（mahākāvya，即叙事诗），婆摩诃描述道："大诗是分章的作品，与'大'相关而称为'大'。它不使用粗俗的语言，有意义，有修辞，与善相关。它描写谋略、遣使、进军、战斗和主角的成功，含有五个关节，① 无须详加注释，结局圆满。在描写人生四大目的②时，尤其注重关于利益的教导。它表现人世的真相，含有各种味。前面已经描写主角的世系、勇武和学问等，那就不能为了抬高另一个人物而描写他的毁灭。如果他不在全诗中占据主导地位，不获得成功，那么，开头对他的称颂就失去意义。"(1.19—23)

关于传记（ākhyāyikā），婆摩诃描述道："传记采用散文体，分章，内容高尚，含有与主题协调的、动听的词音、词义和词语组合方式。其中，主角讲述他自己经历的事迹。它含有伐刻多罗和阿波罗伐刻多罗格律的诗句，提供某些预示。作为特征，它也含有某些表达诗人意图的描述，涉及劫女、交战、分离和成功。"(1.25—28)。

关于故事（kathā），婆摩诃描述道："故事不含有伐刻多罗和阿波罗伐刻多罗格律的诗句，也不分章。用梵语撰写的故事是可爱的，用阿波布朗舍语撰写的也同样。其中，主角的事迹由其他人物而不由主角自己叙述。出身高贵的人怎能表白自己的品德？"(1.28—29)

关于戏剧和单节诗，婆摩诃的描述比较简略："戏剧（nāṭaka）包括德维波底、夏密耶、罗萨迦和斯甘达迦等等。它用于表演。详细情况已由别人描述。"(1.24)"单节诗（anibaddha）限于偈颂体和输洛迦体等等。"(1.30)

檀丁对文学的分类与婆摩诃大体相同，但具体论述有些差异。

---

① 婆罗多在《舞论》中提出情节有五个关节：开头、展现、胎藏、停顿和结束。
② 人生四大目的指正法、利益、爱欲和解脱。

他按文体将文学分成诗体、散文体和混合体三类。诗体分成单节诗（muktaka）、组诗（kulaka，五至十四节的组诗）、库藏诗（kośa，多位诗人的合集）、结集诗（saṅghāta，单个诗人的结集）和分章诗（sargabandha，大诗）。散文体分成传记和故事。混合体分成戏剧（nāṭaka）和占布（campū，诗和散文混合的叙事作品）。

关于大诗，檀丁的描述比婆摩诃稍为详细一些："作品开头有祝福和致敬，或直接叙事。它依据历史传说和故事或其他真实事件，展现人生四大目的的果实，主角聪明而高尚。它描写城市、海洋、山岭、季节、月亮或太阳的升起、在园中或水中的游戏、饮酒和欢爱。它描写相思、结婚、儿子出世、谋略、遣使、进军、胜利和主角的成功。有修辞，不简略，充满味和情，诗章不冗长，诗律和连声悦耳动听。每章结束变换诗律。这种精心修饰的诗令人喜爱，可以流传到另一劫。"（1.14—19）它可以"先描写主角的品德，后描写敌人的失败，这是天然可爱的手法"，也可以"先描写敌人的世系、勇武和学问等，然后描写主角战胜敌人，更胜一筹，也令我们喜欢"（1.21—22）。

关于传记和故事，檀丁认为这两者只是"同一体裁的两种名称"（1.28）。因为根据他的观察，传记和故事的一些特征，在实际创作中是互相通用的。例如，传记和故事都可以分章，都可以含有伐刻多罗和阿波罗伐刻多罗格律的诗句，也都可以由主角或其他人物叙述。而且，他认为主角"依据实际情况表白自己的品德，不是缺点"（1.24）。

檀丁对传记和故事的描述可能符合当时这两种文学体裁混淆不清的实际情况。但七世纪的梵语辞书家长寿师子在他编纂的《长寿字库》中，抓住了这两种叙事文学体裁的根本区别，点明传记（ākhyāyikā）的内容是真实的，而故事（kathā）的内容是想象的。

关于戏剧，檀丁也像婆摩诃那样没有具体论述，理由是"已在别处详细论述"（1.31）。也就是说，在梵语戏剧学著作《舞论》中已有详细论述。

伐摩那在《诗庄严经》中将文学分成散文（gadya）和诗（padya）。他认为"散文难以把握，特征难以界定，因此，人们说'散文是诗人的试金石'"（1.3.21）。他按照文体风格将散文分成三类：一、含有诗律；二、长复合词少，词语轻柔；三、长复合词多，词语坚硬。诗分成单节诗（anibaddha）和组诗（nibaddha）。他提出"在一切作品中，十色（即十种戏剧类型）最优秀，因为它们具有所有优点，绚丽多彩，如同画面"（1.3.30—31）。他认为包括传记、故事和大诗在内的所有作品都源自戏剧。但与婆摩诃和檀丁一样，他也没有具体论述戏剧的分类。

婆罗多的《舞论》第二十章专门论述戏剧的分类。婆罗多将戏剧分为十类，称为"十色"。"色"（rūpa）在梵语中含有形式、形态、形象、外貌和颜色的意思，也泛指一切可见的事物。婆罗多认为戏剧是"既能看又能听的娱乐"。他抓住戏剧和诗歌艺术的这一重要区别，将戏剧别称为"色"。从此，"十色"也成为梵语戏剧的总称。胜财就将自己的戏剧学著作题名为《十色》。

婆罗多确定的"十色"即十种戏剧类型如下。

一、传说剧（nāṭaka）：由五幕至十幕组成，以著名的传说为情节，以著名的高尚人物为主角，描写受到神灵庇护的刹帝利王族的事迹，与威严、财富和欢乐等有关。国王的行为产生于幸福或痛苦，表现为各种味和情。在结局部分应该具有高尚的情境。尽管剧中可以运用各种味和情，但在结尾应该运用奇异味。

胜财在《十色》中指出传说剧是"一切戏剧的原型"。因此，nāṭaka 这个词也经常用作梵语戏剧的统称，可以直接译为"戏剧"或"正剧"。

二、创造剧（prakaraṇa）：由五幕至十幕组成，诗人运用自己的智慧，创造故事和剧情。它描写婆罗门、商人、大臣、祭司、侍臣和商主的事迹。没有高贵的主角，没有天神的事迹，没有国王的享乐，主要表现宫廷之外的人物。剧中有仆从、食客、长者和妓女的活动，而较少有良家妇女的活动。

婆罗多在论述传说剧和创造剧之后，接着论述一种叫作"那底迦"（nāṭikā）的戏剧类型。他认为那底迦是传说剧和创造剧的混合品种，所以不正式列入"十色"。那底迦是四幕剧，情节是创造的，主角是国王，内容与后宫和音乐有关。女性角色居多，以优美的表演为特点，结构紧凑，含有舞蹈、歌唱和吟诵，以爱情的享受为核心。与王室的爱情有关，剧中有主角、女使者、王后和侍从。

三、神魔剧（samavakāra）：三幕剧，以天神和阿修罗为题材，主角著名而高尚。它表现三种激动、三种欺骗和三种艳情。三种激动分别产生于战斗或水流，风或火，大象或围城。三种欺骗分别产生于计谋、神助和敌人。三种艳情分别与行为有关，分为法艳情、利艳情和欲艳情。法艳情是克制自己，实施苦行，按照正法的要求获得利益。利艳情是男女结合，以各种方式求取财富。欲艳情是赢得少女欢心，男女欢爱。剧中共有十二个角色。

四、掠女剧（īhāmṛga）：独幕剧，与男性天神有关，他们为天女而战斗。剧中男性大多性格傲慢。作品的构成以女性的愤怒为基础，包含骚动、激动和争斗。剧中表现的爱情引起妇女不和、遭劫掠和受折磨。

五、争斗剧（ḍima）：四幕剧，情节著名，主角著名而高尚。剧中应该有地震、日食、月食、流星陨落、战斗、格斗、搏击和争斗，充满幻术和魔法，表现许多人物之间的纷争，有天神、阿修罗、罗刹、精灵、药叉、蛇和人。剧中共有十六个角色。

六、纷争剧（vyāyoga）：独幕剧，主角著名，有许多男角色和少量女角色，表现一天的事情。以王仙为主角，应该有战斗、格斗、摩擦和冲突。

七、感伤剧（vatsṛtikāṅka）：独幕剧，情节著名，也可以不著名，以悲悯味为主。在激烈的战斗结束后，充满妇女的悲泣和忧伤的话语。含有各种困惑迷乱的动作，而结局成功圆满。

八、笑剧（prahasaṇa）：独幕剧或四幕剧，分为纯粹的和混合的两种。纯粹笑剧含有尊敬的苦行僧和有学问的婆罗门之间的可笑争论以及低等人的可笑言辞，充满特殊的笑料。混合笑剧有妓女、侍从、阉人、无赖、食客和荡妇，外貌、衣着和动作不文雅。情节与世俗生活和虚伪行为有关，含有无赖和食客之间的争论。

九、独白剧（bhāṇa）独幕剧，只有一个角色，分成两类。一类是角色讲述自己的事情，另一类是角色讲述别人的事情。别人对自己说的话，通过与想象中的人物对话，以回答的方式，并借助形体动作，加以表演。角色是无赖或食客，表现各种境遇，含有许多动作。

十、街道剧（vīthī）：独幕剧，有两个或一个角色，与上等、中等或下等人物有关。

婆罗多是按照自己所处时代的各种戏剧样式对戏剧作出分类。胜财的《十色》对这十种戏剧类型的描述与婆罗多大体一致，但也有一些变化。而梵语戏剧在实际发展过程中，除了"十色"外，还有其他各种戏剧样式。新护在《舞论注》中提到九种，达尼迦在《十色注》中提到七种，波阇在《艳情光》中提到十四种，而毗首那特在《文镜》中提到十八种，并首次将"十色"之外的这些戏剧样式称为"次色"。总的说来，"次色"和"色"的主要区别在于"次色"以歌舞为主，"色"以歌舞为辅。

楼陀罗吒在《诗庄严论》第十六章中论述文学的分类。他按体裁将文学分成诗、故事和传记，又将每种体裁按题材分成创新的作品和改编的作品，按篇幅分成长篇作品和短篇作品。关于创新的

(utpādya)作品，他描写道："作品的内容完全由诗人创造，即使采用某个著名的主人公，有关他的内容也是虚构的。"（16.3）关于改编的（anutpādya）作品，他描写道："诗人完全或部分地从著名的历史传说中借用故事框架，而用自己的语言加以表达。"（16.4）关于长篇作品和短篇作品，他指出"在长篇作品中，描写人生四大目的，刻画所有的味，包含一切诗的话题"（16.5）。而"在短篇作品中，可以描写其中一个人生目的，侧重刻画几种味，或者只刻画一种味"（16.6）。

关于大诗（即长篇叙事诗），楼陀罗吒描述道："在大诗中，首先描写一座壮观的城市，接着赞颂主人公的世系。然后描写主人公努力履行人生三要①，具备国王的三种能力②，具备一切品德，热爱臣民，渴望胜利。他依法保护王国，恪守国王职责。然后，可以描写秋季等等季节。他为自己或为朋友实现正法等等人生目的。而有一位具备品德的贵族是他的敌人。他应该通过自己的间谍和敌人的使者了解敌人的动向。他应该在国王们的集会上，用燃烧的言词表达愤怒，煽动人心。他与大臣们一起商量决定惩治敌人。然后，他下令进军，或派遣能言善辩的使者。进军的描写中包含城中女子的激动、沿途的王国、山河、丛林、树林、湖泊、荒漠、海洋、岛屿和大地。安营扎寨，青年们游戏娱乐，太阳落山，黑暗降临，月亮升起。青年们在夜间聚会，唱歌，饮酒，欢爱。应该围绕故事主题描写这些活动。反面主人公应该怒不可遏，在战斗中冲向他，或被围困在城堡中。战斗发生在白天，应该让担心自己会战死的战士们在夜间饮酒，与妻子欢爱。全副武装，排定阵容，双方的战斗令人惊奇。经过艰难努力，主人公最终获得成功。"（16.7—18）他还指出大诗"应该分章，含有情节关节，互相连贯，结构紧

---

① 人生三要指正法、利益和爱欲，也就是人生四大目的中的前三个目的。
② 国王的三种能力指威严、谋略和勇气。

密"(16.19)。显然,楼陀罗吒描述的这种"大诗"是以国王治国和征伐为题材。

关于长篇故事,楼陀罗吒描述道:"先用输洛迦偈颂向尊敬的天神和老师致敬,简要介绍自己的家族和本人情况。散文叙述中要运用谐音,尽量使用音节少的词汇。故事内容要首先描写城市等等。故事开头巧妙地安排另一个故事,以次要故事引出主要故事。故事通常以获得少女为结局,充分描写艳情味的各个阶段。故事用梵语叙述,也插入一些俗语诗。"(16.20—23)显然,伐摩那描述的这种长篇故事是以爱情为题材。

关于长篇传记,楼陀罗吒描述道:"在作品开始前,首先向天神和老师致敬,也要赞颂从前的诗人们。他应该表达对国王的忠诚,也要称赞其他人的品德,还要简略说明写作缘由。像故事作品那样,传记也采用散文。他讲述自己的家族和本人情况,全部使用散文。传记应该分章。除了第一章外,每章开头都有两首阿利耶诗,含有双关,提示故事进程。"(16.24—27)

楼陀罗吒还指出:"在这三种体裁的作品中,都可以有故事中的故事,有时也会出现与主题似乎有点儿不协调的事件。主人公可以在开始的时候失去王国,但最终应该获得成功。而获得解脱,适用于牟尼。"(16.31—32)

关于短诗和短篇故事,楼陀罗吒描述道:"应该描写主人公与朋友、首陀罗仆从和商人一起遭遇不幸。其中有悲悯味,离别艳情味或初恋艳情味。最终,主人公获得成功。"(16.33—34)

楼陀罗吒指出:"关于赞颂诗(praśasti)、组诗(kulaka)和戏剧(nāṭaka)等等其他体裁的作品,语言和题材多样,都已有人在别处作了描述。"(16.36)

最后,楼陀罗吒提醒说:"不应该描写凡人跃过高山和大海,或凭自身的力量征服七大洲。如果说婆罗多王之类的人物跃过高山和大海，那是因为他们与天神之类超凡的人物有联系，配备飞车。而在消灭阿修罗的战斗中，他们也只是作为众天神的助手，能力肯定不会胜过天神。在婆罗多国以外的地域①，不应该描写由贫困、疾病、寒冷和炎热等造成的种种痛苦和厌恶。在那些地域，遍地黄金和宝石，福利容易获得，摆脱烦恼、疾病、衰老和对立，寿命长达数十万年。"（16.37—41）这里明确指出现实生活与神话传说的区别，表明古典梵语文学创作逐渐摆脱神话思维的趋向。

欢增在《韵光》中没有专门论述文学分类，而是在论述"合适"这个批评概念时涉及文学分类。他提到的文学类别有"单节诗（muktaka）、两节组诗（sandānikta）、三节组诗（viśeka）、四节组诗（kalāpaka）和五节以上组诗（kulaka）、主题单一的组诗（prayāyabandha）、系列故事（parikathā）、小故事（khaṇḍakathā）、大故事（sakalakathā）、分章诗（sargabandha，即大诗）、表演诗（abhineyārtha，即戏剧）、传记（ākhyāyikā）和故事（kathā）等"（3.7以下）。这些分类基本上与楼陀罗吒的分类一致。

波阇（十一世纪）的《艳情光》第十一章涉及文学分类。波阇将文学分成可看的（prekṣya）戏剧和可听的（śravya）诗两大类。婆罗多曾在《舞论》中将戏剧称作"既能看（dṛśya）又能听（śravya）的娱乐"（1.11）。由此启发后来的梵语诗学家对文学作出这种分类。波阇进而将戏剧和诗各分成二十四类，在梵语诗学著作中属于比较细致的分类。

关于戏剧文学，他提出十二种主要的戏剧类型，其中除了婆罗多在《舞论》中提到的"十色"和那底迦（nāṭikā）之外，还增加一种与那底迦类似的萨吒迦（saṭṭaka）。另外，他又提出十二种次要的戏剧类型。这样，总共二十四类。

---

① 婆罗多国是印度的古称。婆罗多国以外的地域主要是指天国世界。

关于诗体和散文体文学，他的分类主要依据体裁、题材和篇幅，共有二十四类：

1. 传记（ākhyāyikā），或记述恩主的生平故事（如波那的《戒日王传》），或记述自己的生平故事。

2. 插话（upākhyāna），穿插在大故事中的小故事，如《摩诃婆罗多》中的《那罗传》和《莎维德丽传》。

3. 寓言或教诲故事（nidarśana），如《五卷书》和《鹦鹉故事》。

4. 对话故事（pravahlikā），描写两个人在集会上以对话方式称颂某个高贵人物。

5. 讽刺故事（manthullī），摩诃刺陀俗语故事，讽刺祭司、大臣和苦行者。

6. 悬念故事（maṇikulyā），开始令人困惑，最后豁然明白。

7. 故事（kathā），或神话故事，或世俗故事，或散文体（如波那的《迦丹波利》），或诗体（如俗语诗《利罗婆蒂》）。

8. 系列故事（parikathā）。

9. 短篇故事（khaṇḍakathā）。

10. 次要故事（upakathā），穿插在大故事中的小故事。

11. 大故事（bṛhatkathā），分章，题材广泛，内容令人惊奇，如德富的毕舍遮语《伟大的故事》（原著已失传，现存月天的梵语改写本《故事海》）。

12. 占布（campū），诗体和散文体混合的分章叙事作品。

13. 分篇诗（parvabandha），如《摩诃婆罗多》。

14. 分篇诗（kāṇḍabandha），如《罗摩衍那》。①

---

① 《摩诃婆罗多》和《罗摩衍那》都是史诗，只是分篇的"篇"用字不同，前者为 parva，后者为 kāṇḍa，而分成两类。

15. 分章诗（sargabandha），梵语叙事诗。

16. 俗语分章诗（āśvāsakabandha），如钵罗婆罗犀那的《架桥记》。

17. 阿波布朗舍语分章诗（sandhibandha）。

18. 乡间阿波朗舍语分章诗（avaskandhabandha）。

19. 诗体经论（kāvyaśāstra），如《跋底的诗》和《指环印》。前者是一部介绍语法修辞的叙事诗，后者是一部以政治斗争为题材即介绍治国论的戏剧作品。

20. 经论诗（śāstrakāvya），如《正道精华》和《性爱游戏》。前者是治国论，后者是性爱论。

21. 库藏诗（kośa），众多诗人的选编合集，如哈拉编选的《七百咏》。

22. 结集诗（saṅghāta），单个诗人的诗集，如迦梨陀娑的《云使》。

23. 本集（saṃhitā），汇编而成的大诗。

24. 文论（sāhityaprakāśa），梵语诗学著作。严格地说，文论属于理论著作，不能纳入文学作品分类。

波阇在论述中还提到一类称作ākhyāna的叙事作品，用于在集会上说唱和表演，如说唱黑天的故事。

波阇对文学作品的分类虽然比前人更细致，但在分类方法上有堆砌和罗列的倾向。这样，婆摩诃、檀丁和楼陀罗吒的分类反倒显得条理清晰。

综合从婆摩诃到波阇的文学分类，可以说，梵语文学体裁分成诗体、散文体和混合体三大类。诗体又分成大诗和小诗。大诗指长篇叙事诗，小诗主要指抒情诗，包括单节诗、组诗和诗集。散文体又分成传记和故事。其中故事包括长篇故事、短篇故事和故事集。诗和散文的混合体又分成戏剧和占布。其中，戏剧包括十色和各种次色。

二

中国自先秦至魏晋南北朝,随着文体的多样化,文体分类的意识也逐渐增长。曹丕《典论·论文》中初步将文体分为八类:奏、议、书、论、铭、诔、诗和赋。陆机《文赋》中分为十类:诗、赋、碑、诔、铭、箴、颂、论、奏和说。挚虞编有诗文总集《文章流别集》,现已失传,从仅存的《文章流别论》中可以看出将文体分为颂、赋、诗、七、铭、箴、诔、哀辞和碑等十余类。

此后,刘勰《文心雕龙》的第六篇至第二十五篇是文体论。其中,前十篇是诗体分类:诗、乐府、赋、颂赞、祝盟、铭箴、诔碑、哀吊、杂文和谐讔;后十篇是散文体分类:史传、诸子、论说、诏策、檄移、封禅、章表、奏启、议对和书记。而在具体论述中又涉及其他类别,以致诗文的分类达一百多种,显然已经陷入繁琐。刘勰虽然注重文体的文学性成分,但在文体分类上并无实用性散文和文学性散文的明确意识。

萧统编选的诗文总集《文选》将文体分成三十九类:赋、诗、骚、七、诏、册、令、教、策、表、上书、启、弹事、笺、奏记、书、移书、檄、难、对问、设论、辞、序、颂、赞、符命、史论、史述赞、论、连珠、箴、铭、诔、哀文、碑文、墓志、行状、吊文和祭文。其中,赋有十五个子目,诗有二十二个子目。这种分类同样存在繁琐化倾向,而且萧统不恰当地将史传散文和诸子散文完全排斥在外。

刘勰和萧统的文体分类奠定了中国古代文体分类的基本格局,此后的文体分类,如宋代姚铉编选的《唐文粹》和真德秀编选的《文章正宗》,只是在此基础上增删或合并。明代编有两部诗文总集，即吴讷的《文章辨体》和徐师曾的《文体明辨》。《文章辨体》将文体分为五十九类，虽然在分类上比前人有所改进，但仍嫌繁琐。而《文体明辨》分为一百二十七类，尤为繁琐。因此，《四库提要总目》批评《文体明辨》说："千条万绪，无复体例可求，所谓治丝而棼者欤。"这固然由于中国古代诗歌和散文发达，随着历史发展，文体日益多样化，但文体论者不注意在分析的基础上进行归纳。而清代姚鼐编选的《古文辞类纂》将古代散文归纳为十三类：论辨、序跋、奏议、书说、赠序、诏令、传状、碑志、杂记、箴铭、颂赞、辞赋和哀祭，确实是一大进步。

由于中国古代正统文学观念轻视小说和戏曲，这两类文学体裁始终被排除在文体分类之外。因此，下面首先依据上述各种文体分类，选取其中比较重要的诗歌和散文文学体裁加以介绍，然后依据其他相关著作介绍小说和戏曲这两种文学体裁。

诗歌类

四言诗：中国最早的诗歌总集《诗经》采用的诗体，分为"风"（十五国风）、"雅"（大雅和小雅）和"颂"（周颂、鲁颂和商颂）三大类。在汉代，四言诗继续存在，但没有成为此后中国古代诗歌的重要体式。

楚辞：《文体明辨序说》认为"楚辞者，《诗》之变也"。也就是认为楚辞是《诗经》的变体。楚辞有三种句式：四言句式、五言句式、七言句式。楚辞每首诗的篇幅大于《诗经》中的诗歌，而且使用五言或七言，大大扩展了诗歌的表现力。同时，楚辞常在句中添加语气词"兮"，加强诗句的节奏感，也是楚辞体式的一个特征。楚辞虽然没有成为此后中国古代诗歌的通行体式，但它的五言和七言句式无疑对五言诗和七言诗的产生起到促进作用。

乐府诗：汉代设立官方的音乐机构——乐府，收集民间歌辞，也自己创作歌辞，配乐演唱。按照《文体明辨序说》，乐府诗分为九类：祭祀、王礼、鼓吹、乐舞、琴曲、相和、清商、杂曲和新曲。而按照宋代郭茂倩所编《乐府诗集》，分为十二类：郊庙歌辞、燕射歌辞、鼓吹曲辞、横吹曲辞、相和歌辞、清商歌辞、舞曲歌辞、琴曲歌辞、杂曲歌辞、近代曲辞、杂歌谣辞和新乐府辞。其中，郊庙和燕射歌辞用于祭祀和宴飨，鼓吹和横吹曲辞用于军乐，其他多为民间歌辞或后代文人模拟的乐府诗体。新乐府指唐代诗人模拟乐府诗体而不必配曲的诗作，如李白的《蜀道难》、杜甫的《兵车行》和白居易的《卖炭翁》。乐府诗的句式比较自由，有三言、四言、五言和七言以及这些句式的混用，而以五言和七言句式居多。篇幅的长短也比较自由，如有篇幅较长的五言叙事诗《陌上桑》、《木兰辞》和《焦仲卿妻》（即《孔雀东南飞》）。

古诗：主要指五言和七言古诗，产生于汉代，其体式只要求押韵，不必讲究对仗和平仄，篇幅也不限于八句。五言古诗，如无名氏的《古诗十九首》；七言古诗，如曹丕的《燕歌行》。

律诗：分为五律、七律和排律。《文章辨体序说》认为"律诗始于唐，而其盛亦莫过于唐"。而《文体明辨序说》认为"律诗者，梁陈以下声律对偶之诗也"。"唐兴，沈、宋之流，研练精切，稳顺声势，号为律诗，其后寖盛。""其诗一二名'起联'，又名'发句'，三四名'颔联'，五六名'颈联'，七八名'尾联'，又名'落句'。"五律和七律都是每首八句，采用某种固定的平仄格式，颔联和颈联必须对仗，隔句押韵，第一行可以入韵，也可以不入韵。而排律是句数多于八句的律诗，即至少十句，多至数十句乃至二三百句。排律除了起联和尾联，中间各联都必须对仗，而且一韵到底。有些诗人在排律诗题中还特意标明韵数，如李商隐的《戏题枢言草阁三十二韵》和白居易的《代书诗一百韵寄微之》。

绝句：分为五言绝句和七言绝句。五言和七言绝句每首都是四句，采用某种固定的平仄格式，第一、第二和第四句押韵，或第二和第四句押韵，不要求对仗，但也可以对仗。绝句也可以由几首绝句组合，表达一个主题，而形成绝句组诗，如杜甫的《戏为六绝句》。

词：《文体明辨序说》称词为"诗余"，认为"诗余者，古乐府之流别，而后世歌曲之滥觞也"。"唐李白氏始作清平调、忆秦娥、菩萨蛮诸词，时因效之。厥后行卫尉少卿赵崇祚辑为《花间集》，凡五百阕，此近代倚声填词之祖也。""然诗余谓之填词，则调有定格，字有定数，韵有定声。至于句之长短，虽可损益，然亦不当率意而为之。"关于词的起源，宋代王灼《碧鸡漫志》认为"古歌变为古乐府，古乐府变为今曲子，其本一也"。清代刘熙载《艺概·词曲概》认为"词即曲之词，曲即词之曲也"。这说明词最早是配有曲子的，故而也称为"曲子词"，如欧阳炯《花间集序》中说："因集近来诗客曲子词五百首，分为十二卷。"而词发展到后来，脱离曲子，成为独立的文体。词也称为"长短句"，因为词中句子长短参差不齐，少至一字，多至十一字。词分为小令、中调和长调，一般认为五十八字以内为小令，五十九至九十字为中调，九十字以上为长调。词又分为单调、双调、三叠和四叠。单调不分段；双调分为两段，称为上片和下片，或上阕和下阕；三叠和四叠也就是分为三段和四段。词按照词调（或称"词牌"）填词，每种词调都有平仄和押韵规则。词调很多，如清代万树所编《词律》收有词调六百六十种，王奕清等所编《钦定词谱》收有词调八百二十六种。

曲：明代王世贞《曲藻序》认为"曲者，词之变。自金、元入主中国，所用胡乐，嘈杂凄紧，缓急之间，词不能按，乃更为新声以媚之"。刘熙载《艺概·词曲概》认为"曲之名古矣。近世所谓曲者，乃金、元之北曲，及后复溢为南曲者也"。曲也称为散曲，以区别于戏曲。散曲有曲调（或称曲牌），各种曲调分属于某种宫调。散曲分为小令和套数两大类。小令是单支曲，如马致远的【越调·天净沙】《秋思》："枯藤老树昏鸦，小桥流水人家，古道西风瘦马，夕阳西下，断肠人在天涯。"这支曲的题名中，"越调"是宫调名，"天净沙"是曲牌名。套数又称散套，由多支曲组合而成，数目不限。散曲也是长短句，也讲究平仄和押韵，而且句中可以加衬字，因此语言比词更加自由活泼。隋树森所编《全元散曲》收有小令三千八百五十三首，套数四百五十七套。

散文类

赋：《文心雕龙》认为"赋者，铺也；铺采摛文，体物写志也"。《文体明辨序说》认为"赋者，敷陈其事而直言之"。"扬雄所谓'诗人之赋丽以则'者是已。此赋之本义也。""三国、两晋以及六朝，再变而为俳，唐人又再变而为律，宋人又再变而为文。"由此，赋分为古赋、俳赋、律赋和文赋。古赋还可以细分为骚赋、大赋和小赋。骚赋主要是模仿楚辞而以赋命名的作品。大赋大多采用主客对话的形式，内容是先说明作赋的缘由，然后进入正文，最后加以总结，正如《文心雕龙》中所说"述客主以首引，极声貌以穷文"，"归余于总乱"。大赋主要用于铺张描写宫殿、游猎、山川和京城等，文体韵散杂糅，词藻华丽，句式以四言为主，兼用三言、五言或七言，没有严格的平仄要求。小赋是篇幅较短的赋，常常通篇押韵，用于咏物抒情。俳赋要求字句工整对仗，并讲究平仄，也要求词藻华丽。律赋则在俳赋基础上，还要求押韵。而文赋开始放松对仗和押韵的限制，趋向散文化，接近唐宋古文。

骈文：骈文兴盛于魏晋南北朝，但当时没有固定的名称。唐代柳宗元在《乞巧文》中称这种文体"骈四俪六"。李商隐将自己的骈文集称为《樊南四六》。《文体明辨》也称这种文体为"四六"。清代李兆洛《骈体文钞序》中说："自秦迄隋，其体递变，而文无异名；自唐以来，如有'古文'之目，而目六朝之文为'骈俪'。"

骈文的文体特点是句式平行对称，词语互相对偶，也讲究平仄，而押韵依据具体需要而定。骈文还重视用典和藻饰。句式以四字句和六字句为主，也可以兼用三字句、五字句和七字句等。如王勃《滕王阁序》中这一段："披绣闼，俯雕甍，山原旷其盈视，川泽纡其骇瞩。闾阎扑地，钟鸣鼎食之家；舸舰迷津，青雀黄龙之舳。云销雨霁，彩彻区明。落霞与孤鹜齐飞，秋水共长天一色。渔舟唱晚，响穷彭蠡之滨；雁阵惊寒，声断衡阳之浦。"其中兼用三字句和七字句。

论说：《文体明辨序说》分列论和说。关于论，"列为八品：一曰理论，二曰政论，三曰经论，四曰史论，五曰文论，六曰讽论，七曰寓论，八曰设论"。关于说，"要之傅于经义，而更出己见，纵横抑扬，以详赡为上而已。与论无大异也"。先秦诸子可以归入论说文，而诸子主要是政治、哲学和伦理散文，不能笼统视为文学散文。但正如孔子所说"言之无文，行而不远"，故而诸子散文含有不同程度的文学性，其中以《孟子》和《庄子》尤为突出。《孟子》能言善辩，纵横驰骋，气势雄健，感情充沛，又善用比喻和寓言，形象生动，增强说服力。《庄子》的散文风格可以用《天下》篇中的用语概括："以卮言为曼衍，以重言为真，以寓言为广。"其中的"重言"指假托历史故事和古人的言论，而"卮言"则是"谬悠之说，荒唐之言，无端崖之辞"。"寓言为广"也就是《寓言》篇中所说的"寓言十九"。因而，《庄子》的散文想象丰富，寓言迭出，汪洋恣肆，气象万千。此外，产生于西晋的《列子》也是一部文学散文杰作，钱锺书在《管锥编·列子张湛注》中称赞"列之文词逊庄之奇肆飘忽，名理逊庄之精微深密，而寓言之工于叙事，娓娓井井，有伦有序，自具一日之长。即或意出掊扡，每复语工熔铸"。论说文的代表作还有汉代贾谊的《过秦论》，南朝刘峻的《广绝交论》，唐代韩愈的《师说》、柳宗元的《封建论》和《捕蛇者说》，宋代苏洵的《六国论》、周敦颐的《爱莲说》和明代袁枚的《黄生借书说》等。

传记：《文章辨体序说》称这种文体为"传"："太史公创《史记》列传，盖以载一人之事，而为体亦多有不同。迨前后两《汉书》、三国、晋、唐诸史，则第相祖袭而已。厥后世之学士大夫，或值忠孝才德之事，虑其湮没弗白；或事迹虽微而卓然可为法戒者，因为立传，以垂于世：此小传、家传、外传之例也。"司马迁《史记》开创中国古代纪传体史书，其中的传记名篇有《项羽本纪》、《李斯列传》、《伯夷列传》、《屈原列传》和《廉颇蔺相如列传》等，班固《汉书》中的名篇有《霍光传》、《苏武传》和《朱买臣传》等。除了历代史书中的传记外，还有历代作家撰写的单篇人物传或自传。人物传名篇如唐代韩愈《圬者王承福传》、柳宗元《种树郭橐驼传》、李翱《韩文公行状》、李商隐《李贺小传》，宋代陆游《姚平仲小传》和明代袁宏道《徐文长传》等。自传名篇如晋代陶渊明《五柳先生传》，唐代王绩《五斗先生传》、刘禹锡《子刘子自传》、白居易《醉吟先生传》和宋代欧阳修《六一居士传》等。

杂记：《文章辨体序说》和《文体明辨序说》都列有"记"。前者认为"记者，纪事之文也"。"后之作者，固以韩退之《画记》、柳之厚游山诸记为体之正。然观韩之《燕喜亭记》，亦微载议论于中。至柳之记新堂、铁炉步，则议论之辞多矣。迨至欧、苏而后，始专有以论议为记者，宜乎后山诸老以是为言也。"后者还指出"又有托物以寓意者（如王绩《醉乡记》是也），有首之以序而以韵语为记者（如韩愈《汴州东西水门记》是也），有篇末系以诗歌者（如范仲淹《桐庐严先生祠堂记》之类是也），皆为别体"。可见"记"的题材和体式多种多样。为叙述方便，可以将上述所谓的"记"大体分为杂记和游记两类。杂记主要记叙书画器物、亭台楼阁和人事。"书画器物"如唐代韩愈《画记》、白居易《荔枝图序》、舒元舆《录桃源画记》，宋代苏轼《书蒲永升画后》和明代魏学洢的《核舟记》等。"亭台楼阁"如唐代白居易《草堂记》，宋代王禹偁《黄冈竹楼记》、范仲淹《岳阳楼记》、欧阳修《醉翁亭记》、苏舜钦《沧浪亭记》、苏轼《喜雨亭记》、苏辙《黄州快哉亭记》和明代归有光《项脊轩志》等。"人事"如唐代刘禹锡《救沉记》记叙抗洪救灾事迹，宋代曾巩《越州赵公救灾记》记叙饥荒救灾事迹，谢翱《登西山恸哭记》记叙祭拜文天祥的经过和悲痛心情，明代张岱《柳敬亭说书》记叙柳敬亭说书技艺，清代方苞《狱中杂记》记叙狱中所见所闻，汪中《哀盐船文》记叙盐船失火惨景。

游记：中国古代有描写山水的诗赋传统，因而山水游记也很发达。柳宗元参与"永贞革新"而遭贬，在谪居永州期间，先后写有八篇游记，合称"永州八记"：《始得西山宴游记》、《钴鉧潭记》、《钴鉧潭西小丘记》、《至小丘西小石潭记》、《袁家渴记》、《石渠记》、《石涧记》和《小石城记》，在描写秀丽景色的同时，或隐或显抒发自己的感情，成为游记写作的典范。其他游记名篇有唐代白居易《三游洞序》，宋代王安石《游褒禅山记》、苏轼《石钟山记》、晁补之《新城游北山记》，明代袁宏道《晚游六桥待月记》和《满井游记》、张岱《湖心亭看雪》、谭元春《再游乌龙潭记》和清代方苞《登泰山记》等。还有日记体游记，如宋代陆游《入蜀记》、范成大《吴船录》和明代徐宏祖《徐霞客游记》等。

章表：《文体明辨序说》列有章和表，两者均为"献言于君，皆称上书"。其中，表"但用以陈情而已。后世因之，其用寖广。于是有论谏，有请劝，有陈乞，有进献，有推荐，有庆贺，有慰安，有辞解，有陈谢，有讼理，有弹劾，所施既殊，故其词亦异"。表文中的名篇有东汉末孔融《荐祢衡表》，蜀诸葛亮《出师表》，魏晋曹植《求自试表》、李密《陈情表》、刘琨《为并州刺史到壶关上表》和唐代李翰《进张中丞传表》等。

哀祭：《文章辨体序说》列有诔辞、哀辞和祭文，《文体明辨序说》增加一种吊文，可以合称为哀祭。关于哀辞，《文体明辨序说》认为"或以有才而伤其不用，或以有德而痛其不寿"。如唐代白居易《哀二良文》和韩愈《欧阳生哀辞》。关于诔辞，《文体明辨序说》认为"盖古之诔本为定谥，而今之诔惟以寓哀，则不必问其谥之有无，而皆可为之"。如魏晋南北朝曹植《王仲宣诔》、潘岳《马汧督诔》和颜延之《陶征士诔》等。关于吊文，《文体明辨序说》沿用刘勰的说法："或骄贵而殒身，或狷忿而乖道，或有志而无时，或美才而兼累，后人追而慰之，并名为吊。"如汉代祢衡《吊张衡文》、西晋陆机《吊魏武帝文》、唐代李华《吊古战场文》和柳宗元《吊屈原文》等。关于祭文，《文章辨体序说》认为"祭奠亲友之辞也"。这类祭文的哀悼之情尤为浓烈真挚，如东晋陶渊明《祭程氏妹文》，唐代韩愈《祭十二郎文》、白居易《祭元微之文》，宋代欧阳修《祭石曼卿文》、辛弃疾《祭陈同甫文》，明代王守仁《瘗旅文》和清代袁枚《祭妹文》等。

序跋：《文章辨体序说》和《文体明辨序说》都列有序和题跋。中国古代诗文集多有序跋，序在书前，跋在书后。相对于序，跋的文字比较简短。也有将序文置于书后，称为"后序"，如李清照《金石录后序》记叙所藏金石在离乱中聚散经过，文天祥《指南录后序》记叙奉命出使而九死一生的经历，成为优秀的记叙文。而关于序，《文章辨体序说》又指出"近世应用，惟赠送为盛，当须取法昌黎韩子诸作，庶为有得古人赠言之义"。这类序与诗文集的序性质不同，通常是与朋友临别赠言，相当于古代赠诗，可以称为赠序，内容多为叙友谊，惜别离，抒情怀，道勉励。如唐代韩愈《送孟东野序》和《送李愿归盘谷序》、柳宗元《送薛存义序》，宋代欧阳修《送徐无党南归序》、苏洵《送石昌言北使引》和明代宋濂《送东阳马生序》等。

书信：《文章辨体序说》认为"昔臣僚敷奏，朋旧往复，皆总曰书。近世臣僚上言，名为表奏，惟朋旧之间，则曰书而已"。书信在中国古代散文中占有重要一席。这种文体最为灵活自由，可长可短，可叙事，可说理，尤其可以直抒胸臆，表达或爱或憎之感情。其中的名篇如汉代司马迁《报任安书》、杨恽《报孙会宗书》，魏晋曹丕《与朝歌令吴质书》、曹植《与杨祖德书》、嵇康《与山巨源绝交书》，唐代韩愈《答李翊书》、柳宗元《答韦中立论师道书》、白居易《与元九书》，宋代欧阳修《与高司谏书》、王安石《答司马谏议书》、苏轼《答谢民师书》，明代宗臣《报刘一丈书》、夏完淳《狱中上母书》和侯方域《癸未去金陵日与阮光禄书》等。

寓言：中国古代寓言源远流长，而古代文体论没有为寓言立项。先秦诸子常用比喻和寓言说理，其中不少寓言已经转化为成语，如揠苗助长（《孟子》），庖丁解牛、螳臂当车、东施效颦和井底之蛙（《庄子》），滥竽充数、买椟还珠、守株待兔和自相矛盾（《韩非子》）。还有，刻舟求剑（《吕氏春秋》），南辕北辙、鹬蚌相争、画蛇添足和狐假虎威（《战国策》）。汉代以下，如螳螂捕蝉（《说苑》）、叶公好龙（《新序》）、塞翁失马（《淮南子》）、杞人忧天和愚公移山（《列子》）。唐代的柳宗元创作了不少独立成篇的寓言，如《罴说》、《蝜蝂传》和《三戒》等，其中《三戒》之一《黔之驴》便是成语黔驴技穷的出处。元末明初刘基的《郁离子》、宋濂的《龙门子凝道记》和《燕书》均是以寓言为主体的杂文集。明代马中锡著有寓言故事《中山狼传》，江盈科的《雪涛小说》和《雪涛谐史》中也含有不少寓言故事。

小说类

志怪小说：兴起于魏晋南北朝，代表作有王嘉《拾遗记》、干宝《搜神记》、刘义庆《幽明录》、颜之推《冤魂志》，唐代唐临《冥报记》、戴孚《广异记》、张读《宣室志》，宋代洪迈《夷坚志》，清代蒲松龄《聊斋志异》和袁枚《子不语》等。

传奇小说：兴起于唐代，代表作品有王度《古镜记》、张鷟《游仙窟》、李朝威《柳毅传》、蒋防《霍小玉传》、元稹《莺莺传》、沈既济《枕中记》、陈鸿《长恨歌传》、白行简《李娃传》、李公佐《南柯太守传》、牛僧孺《玄怪录》、裴铏《传奇》，宋代无名氏《王魁传》、无名氏《李师师外传》和元代宋梅洞《娇红记》等。

话本小说：兴起于宋元，而作品大多亡佚，明代晁瑮《宝文堂分类书目》著录宋元话本五十二种。明代是话本小说创作繁荣期，有洪楩编纂的《清平山堂话本》、冯梦龙编纂的《喻世明言》《警世通言》和《醒世恒言》、凌濛初编纂的《拍案惊奇》和《二刻拍案惊奇》、陆人龙的《型世言》、周清原的《西湖二集》，清代艾衲居士的《豆棚闲话》、李渔的《无声戏》和《十二楼》等。

章回小说：兴起于元末明初，代表作是罗贯中《三国演义》和施耐庵《水浒传》，明代代表作是吴承恩《西游记》、兰陵笑笑生《金瓶梅》、西周生《醒世姻缘传》和许仲琳《封神演义》，清代代表作是吴敬梓《儒林外史》、曹雪芹《红楼梦》和李汝珍《镜花缘》。

戏剧类

杂剧：杂剧兴起于宋代，而宋代和金代的杂剧均已亡佚，据宋代周密《武林旧事》记载宋代"宫本"杂剧有二百八十种。据元代陶宗仪《南村辍耕录》记载金代"院本"杂剧有七百十三种。元代杂剧有关汉卿《窦娥冤》、《救风尘》、《望江亭》和《单刀会》，白朴《梧桐雨》和《墙头马上》，王实甫《西厢记》，马致远《汉宫秋》、《青衫泪》和《黄粱梦》，纪君祥《赵氏孤儿》，郑廷玉《看钱奴》，杨显之《潇湘夜雨》，石君宝《秋胡戏妻》，李潜夫《灰阑记》，康进之《李逵负荆》，郑光祖《王粲登楼》和《倩女离魂》等，明代杂剧有康海《中山狼》和徐渭《四声猿》等。

南戏：南戏同样兴起于宋元，据徐渭《南词叙录》记载，"宋元旧篇"有六十五种，而大多已经亡佚。《永乐大典》收录的《张协状元》、《小孙屠》和《宦门弟子错立身》是现存最早的南戏剧本。在戏曲体制上，杂剧通常一本四折，开首和中间可以添加楔子，每本戏由一个角色演唱，而南戏不受这样的规则约束，因而戏文比杂剧长，同时任何角色都能演唱。南戏代表作有元末作者不详的《荆钗记》、《白兔记》、《拜月亭》、《杀狗记》和高明的《琵琶记》。

传奇：传奇兴起于明代，是在南戏基础上吸收杂剧艺术而形成的长篇戏曲。明代传奇有李开先《宝剑记》，梁辰鱼《浣纱记》，无名氏《鸣凤记》，汤显祖《紫钗记》、《牡丹亭》、《南柯记》和《邯郸记》，沈璟《红蕖记》，高濂《玉簪记》，吴炳《西园记》和阮大铖《燕子笺》等；清代传奇有李玉《清忠谱》，朱素臣《十五贯》，李渔《比目鱼》和《蜃中楼》，洪昇《长生殿》和孔尚任《桃花扇》等。

与梵语文学体裁相比，中国汉族文学缺乏史诗，这是因为印度古代长期保持口头创作和传承的文化传统，神话和历史传说交织，累积而成长篇史诗，而中国在商周时期已经开始进入以书面文字为媒介的历史时代，上古时代的神话传说没有得到传承和发展，相反，历朝历代编写以纪实为目标的史书。正因为印度古代有史诗，梵语文学随之产生长篇叙事诗。史诗是口头文学，而长篇叙事诗是书面文学，虽然使用的书写材料是贝叶。而且，梵语长篇叙事诗的内容大多取材于史诗和神话传说，也说明这种文体直接继承史诗传统。

梵语文学中还有一种韵散杂糅的文体，名为"占布"，属于长篇叙事文学。佛教的经文通常也采用韵散杂糅的文体，但使用俗语或通俗梵语，接近于口头文学。而"占布"属于梵语书面文学。值得注意的是，随着佛经传入中国，受韵散杂糅的佛经文体影响，中国僧人创造了一种名为"变文"的说唱文体，用于讲经宣教。后来，民间也用这种文体说唱历史故事，由此而促进宋元采用韵散杂糅文体的说唱文学和话本小说的产生。其实，民间说唱文学在中国自古以来始终存在，只是没有被纳入主流文学而自生自灭，如前面提到宋元时期的话本大多已经失传，而明代文人编纂的话本小说集得以传承至今。同样，清代兴盛的弹词原本也是民间说唱文学，采用韵散杂糅文体，而唯有经过文人加工和润饰才能得以作为书面文学流传于世。同时，文人也创作弹词，从而填补了中国古代此前缺少韵散杂糅文体的长篇叙事文学的空白。而在创作弹词的文人中，尤以女作家居多，如陶贞怀《天雨花》、陈端生《再生缘》、黄小琴《三生石》、李桂玉《榴花梦》、邱心如《笔生花》和程惠英《凤双飞》等。这几部弹词，字数少则五十万字，多则一二百万字，而李桂玉的《榴花梦》长达近五百万字，而且全部采用七言韵文，堪称一部长篇叙事诗，填补了中国古代没有长篇叙事诗的空白。同时，《榴花梦》的篇幅超过约四百万字的印度古代史诗《摩诃婆罗多》，无疑是中国古代文学史上的一大奇迹。

此外，梵语文学中没有独立的散文文体，也没有中国古代诗歌中采用长短句体式的词和散曲这样的文体。

就文学作品保存的数量而言，梵语文学更无法与中国古代文学相比。中国古代造纸术和印刷术发达，以致保存的文学作品浩如烟海，即使诗学著作也是如此。而印度古代的书写材料主要是贝叶，不宜长期保存。例如，梵语长篇叙事诗现存最早作品是公元一二世纪佛教诗人马鸣的《佛所行赞》和《美难陀传》，著名梵语诗人迦梨陀娑的长篇叙事诗《罗怙世系》和《鸠摩罗出世》属于四、五世纪，两者之间出现三个世纪的空白，说明其间产生的梵语长篇叙事诗均已失传。此后的长篇叙事诗也是每个世纪至多留存若干部，直至晚期才留存稍多一些。戏剧文学作品的情况也大体如此。同时，按照《舞论》的戏剧分类有十种，而现存的戏剧作品主要是传说剧和创造剧，其次是独白剧和笑剧，而其他类别的戏剧作品大多已经失传，只有晚期产生的作品留存若干种。

　　还可以注意到，梵语诗学著作在论述各种文学原理或具体概念时，通常都会举例说明，而所举作品后来也有很多已经失传。这说明印度古代每个时期的文学作品，唯有那些公认的优秀作品才会世世代代获得传抄，而其他作品一旦传抄中断，便流失在历史长河中。因此，至今留存的早期和中期文学作品，在某种程度上说，都是经过历史检验的优秀作品。

第 四 章

戏 剧 学

一

前面第一章中已经概略介绍梵语戏剧学的著作和内容。这里依据《舞论》概述梵语戏剧学的一些主要论题。

《舞论》共有三十六章。第一章讲述关于戏剧起源的神话传说：在第七摩奴时期的三分时代，以因陀罗为首的众天神向大神梵天请求道："我们希望有一种既能看又能听的娱乐。首陀罗种姓不能听取吠陀经典，因此，请创造另一种适合所有种姓的第五吠陀。"于是，梵天"从《梨俱吠陀》中撷取吟诵，从《婆摩吠陀》中撷取歌唱，从《夜柔吠陀》中撷取表演，从《阿达婆吠陀》中撷取情味"，创造了"戏剧吠陀"。然后，梵天吩咐婆罗多仙人付诸实践。第一次演出是在因陀罗的旗帜节进行的，剧情是天神战胜恶魔。结果，观众中的恶魔表示不满，破坏演出。因陀罗镇压了捣乱的恶魔，又命令工艺神建造了一座剧场，众天神分头把守，保护演出。众天神建议梵天"用言语安抚这些捣乱者"。于是，梵天劝说恶魔道："别愤怒，莫悲伤！我创造的戏剧吠陀按照实际情况，构想你们和天神的幸运和不幸。"他向他们解释戏剧的特征："戏剧再现三界的一切情况"，"不单单是你们和天神的情况"。它"模仿世界的活动"，"具有各种感情，以各种境况为核心"。"对于世上痛苦、劳累、忧伤和不幸的人们，这种戏剧将产生安宁"。它"有助于正法、荣誉、寿命和利益，增长智慧"，"提供人世教训"。它囊括"一切经论、技艺和各种行为"，"模仿七大洲"，"模仿世界上天神、大仙、帝王和居家者的行为"。因此，梵天希望众恶魔"不要对众天神发怒"。在《舞论》的最后一章即第三十六章，继续这个神话传说，讲述婆罗多仙人经过一番周折，带领儿子们从天国下凡到人间演出，从此，戏剧在大地上得以永久流传。

在这个神话传说中，强调戏剧是适合包括低级种姓首陀罗在内所有种姓的"第五吠陀"，即"戏剧吠陀"，表明戏剧原本产生于民间。而据现存婆罗门教法论，印度古代戏剧艺人社会地位低下，相当于低级种姓首陀罗，故而婆罗多为了确立戏剧艺术的地位，而创制这个神话传说，将戏剧抬高到第五吠陀的地位。同时，在这个神话传说中，婆罗多也指明戏剧模仿世界的艺术特质及其社会功能。

《舞论》第六章和第七章论述戏剧艺术中的味和情。味论是婆罗多戏剧学的理论核心。婆罗多给"味"（rasa）下的定义是："味产生于情由、情态和不定情的结合。"他解释说："正如食糖、原料、调料和药草结合产生六味（即辣、酸、甜、咸、苦、涩），同样，常情和各种情结合产生味性。"由此可知味是指戏剧艺术的感情效应，即观众观剧时体验到的审美快感。

按照婆罗多的规定，味共有八种：艳情味、滑稽味、悲悯味、暴戾味、英勇味、恐怖味、厌恶味和奇异味。与八种味相对应，有八种常情（sthāyibhāva）：爱、笑、悲、怒、勇、惧、厌和惊。戏剧艺术正是通过语言和形体表演，展示情由、情态和不定情的结合，激起常情，观众由此品尝到味。譬如，情由、情态和不定情结合，激起常情爱，观众便品尝到艳情味；激起常情悲，便品尝到悲悯味。

"情由"（vibhāva）指戏剧中的有关场景和人物。"情态"（anubhāva）指剧中人物感情的外在表现。对于剧中人物，情是原因，情态是结果。而对于观众，情态是原因，情是结果，因为观众是通过演员的情态表演体验到剧中人物的感情。"不定情"（vyabhicāribhāva）指随时变化的感情，共有忧郁、虚弱、疑虑、妒忌、醉意等三十三种，也有各自的情由和情态。它们伴随和围绕常情出现，辅助和强化常情。另外，还有称为"真情"（sāttvika）的八种情态：瘫软、出汗、汗毛竖起、变声、颤抖、变色、流泪和昏厥。这八种所谓的"真情"实际是众多情态中的主要情态。这样，婆罗多认为戏剧中的情共有四十九种，即八种常情、三十三种不定情和八种真情，而达到味性的是八种常情。婆罗多对八种味及其相应的常情、情由、情态和不定情都作了具体的描述。

婆罗多立足于味论，将戏剧表演分为形体、语言、妆饰和真情四大类。《舞论》第八章至第十三章对各种形体动作作出细致的规定。他将形体动作分为肢体、面部和姿势三类。肢体包括手、胸、胁、腹、腰、大腿、小腿和脚。面部包括头、眼、眉、鼻、颊、唇、颏和颈。姿势包括站姿、步姿、坐姿和睡姿。其中描述的各种动作，单手二十四种，双手十三种，胸、胁、腰、大腿和小腿和脚各五种。头十三种，眼三十六种，眉七种，鼻、颊和唇各六种，颏七种，颈九种。站姿六种，坐姿八种，睡姿六种，步姿七种。各种动作表示各种情态，传达相应的各种常情、不定情和味。婆罗多对这些动作作出规定，也表明梵语戏剧的形体表演已经达到程式化。

《舞论》第十五章至第十九章论述戏剧语言。婆罗多指出："应该对语言下功夫，因为传统认为语言是戏剧的身体。形体、妆饰和真情表演都展示语句的意义。在这世上，语言构成经典，确立经典。因此，没有比语言更重要的存在，它是一切的根由。"第十五章和第十六章介绍梵语的语音、语法和诗律。第十七章论述诗相、庄严、诗病和诗德。诗相指诗的表达方式，分为三十六种。庄严指修辞方式，婆罗多将明喻、隐喻、明灯和叠声这四种修辞方式称为"戏剧的依托"。诗病和诗德各有十种。婆罗多要求剧作家依据味的需要，选择使用庄严、诗德和诗律。第十八章对剧中人物使用的语言种类作出规定，一般而言，剧中社会地位高的人物使用梵语，社会地位低的人物使用各种俗语。而妇女不管出身高低，一般都使用俗语。第十九章中，按照地位、身份或职业，对剧中人物互相之间的称呼方式作出具体规定。这章中，对台词的吟诵方式也作出具体规定，如七种音调、三种音域、四种声调、两种语调、六种吟诵庄严、六种吟诵分支、三种节奏和吟诵中的停顿等，并指出它们与表达各种味的关系。此外，在第二十六章中，还提到几种特殊的语言表演方式。其中，"空谈"指向远处或看不见的人说话。"独白"指独自说话，表白内心的思想感情，而其他人物听不见。"密谈"是凑近耳朵悄悄透露秘密。"私语"是对某人说话。在表演密谈和私语时，演员应该竖起三个指头，表示旁人听不见。

《舞论》第二十三章论述妆饰表演。妆饰表演也可以称为外部表演，也就是说，语言、形体和真情属于或产生于人体，而妆饰属于人体之外。妆饰分为四类：模型、服饰、化妆和活物。模型指各种道具。服饰指花环、装饰品和服装。化妆指用油彩涂身。活物指各种动物。婆罗多指出"戏剧法"不同于"世间法"，因此用道具表示宫殿、房屋、车辆和武器等。即使所说的"活物"，如象和马，也可以用道具表示。

《舞论》第二十四章论述真情表演。前面提到八种真情实际上也属于情态，而婆罗多认为在各种表演中，"应该特别关注真情，因为戏剧立足于真情"。他指出"真情是身体性质的。感情产生于真情，欲情产生于感情，激情产生于欲情。感情、欲情和激情互相产生，是真情的不同方面"。因此，他在这一章中进一步对男性和女性的真情进行分类，并讲述用语言、肢体动作和服饰表现这些真情的方法。实际上，这里论述的所谓"真情"更偏重于人的本性或品质。

《舞论》第二十章论述戏剧的分类。婆罗多将戏剧分为十类，称为"十色"：传说剧、创造剧、感伤剧、纷争剧、独白剧、神魔剧、街道剧、笑剧、争斗剧和掠女剧。这在前面第三章《文体论》中已经作了具体介绍。它们互相之间的区别在于题材、人物和分幕的不同。

《舞论》第二十一章论述戏剧情节。婆罗多认为情节是戏剧的身体，分成五个关节。情节又分主要情节和次要情节。婆罗多说："主角遵循规则，努力获得成果。与成果相连的情节是主要情节。以辅助他人为目的情节，称作次要情节。"所谓"获得成果"，指获得与正法、爱欲和利益有关的成果。婆罗多依据"主角努力获得成果的行动过程"，将情节分为五个阶段：开始、努力、希望、肯定和成功。开始是"渴望获得重大成果"。努力是"追求成果，尚未见到成果，渴望至极"。希望是"凭借情态，愿望的成果初露端倪"。肯定是"凭借情态，发现成果肯定能获得"。成功是"最终见到行动的结果圆满实现"。

婆罗多还提出情节的五种元素：种子、油滴、插话、小插话和结局。种子是"在开始时少量播撒，然后多方扩展，最后结出果实"。油滴是"在有关目标断裂时，予以维系，直至作品结束"。插话是"次要情节，为主要情节服务，但仍像主要情节一样处理"。小插话是"其结果仅仅为主要情节服务，本身没有连续性"。结局是"作出努力，达到主要情节的目的"。他还提到情节中的"插话暗示"，即"正在思考某事，偶然之间联系到与此事相似的另一事"。插话暗示有四种：第一种是"突然产生新的意义"，即突然揭示与获得愿望的结果有关的事件。第二种是"言语充满双关，以诗体表达"。第三种是"在对话中，以微妙的方式暗示主题"。第四种是"话中含有双重意义，以紧密的诗体表达，暗示与主题有关之事"。

在论述情节阶段、情节元素和插曲暗示后，婆罗多论述情节的关节。情节作为戏剧的身体，有五个关节：开头、展现、胎藏、停顿和结束。开头是"种子产生，各种对象和味产生，依附诗的身体（情节）"。展现是"在开头安置的种子得以展露，但时隐时现"。胎藏是"种子发芽，成功或不成功，继续追求"。停顿是"在胎藏中发芽的种子因某种诱惑或纠缠而停顿"。结束是"开头等关节中的对象与种子聚合，达到结果"。婆罗多认为戏剧作品"一般应该含有全部关节。但有特殊原因，关节也可以不齐全。缺一个关节，应该缺第四个关节；缺两个关节，应该缺第三和第四个关节；缺三个关节，应该缺第二、第三和第四个关节"。他还具体指出，传说剧和创造剧含有五个关节。争斗剧和神魔剧含有四个关节，一般没有胎藏关节或停顿关节。纷争剧和掠女剧含有三个关节，一般没有停顿关节。笑剧、街道剧和独白剧只有开头和结束两个关节。

从婆罗多的论述看，他对于五个关节的区分主要着眼于种子的产生、展露、发芽、成长和结果，也就是剧情主题的逻辑发展过程。而对于五个阶段的区分主要着眼于剧中人物的心理发展过程。两者之间大体上是能对应的。同时，情节的五个元素是情节发展的手段或工具，可以比较灵活运用。它们与五个阶段或五个关节紧密相连，但不存在依次互相对应的关系。

对于情节关节，婆罗多又提出每个关节含有关节分支，即开头关节含有十二种分支，展现、胎藏和停顿关节各含有十三种分支，结束关节含有十五种分支。他认为这些关节分支有六种作用："确定愿望的目的，追踪情节的发展，产生感情效果，掩藏应该掩藏的事物，令人惊奇的表达，揭示应该揭示的事物。"

总之，他强调戏剧情节的重要性，指出"正如缺少肢体的人不能参加战斗，缺少肢体的作品不能发挥作用。即使作品意义单薄，如果具有完善的肢体，也会由于光辉的肢体而达到美。即使作品内容高尚，如果缺少肢体，也不能吸引内行的观众。因此，诗人在运用关节时，应该依据场合和味的需要，配以恰当的关节分支"。

婆罗多认为有些不宜在幕中直接表现的事件可以通过插曲提示。他在第二十章中提到引入和支柱两种插曲。他说："战斗、失去王国、死亡和围城，不宜直接表现，而应该通过引入插曲提示。""主角的逃跑、媾和或被俘也应该通过特殊手法或引入插曲提示。"另外，"一天之内的所有活动不能在一幕中容纳，可以通过幕间的引入插曲提示。一月之内或一年之内发生的所有事件也可以通过幕间的引入插曲提示，但绝不超过一年。如果剧中人物必须长途旅行，也应该如上所述，放在幕间"。"引入插曲用于多种目的，提示时间、别有意味、执著、逆转、开始或结束。"引入插曲中的角色是下等人物，表现为仆从的谈话，使用俗语。支柱插曲的功能与引入插曲相似。但它既可以在两幕之间，也可以在一幕开头。同时，支柱插曲的角色是中等人物，使用梵语，或者是中等人物和下等人物的混合。

而婆罗多又在第二十一章中提到另外三种插曲形式：鸡冠、转化和幕头，并将所有五种插曲统称为"剧情提示方式"。他说："支柱插曲与传说剧的开头关节有关，使用中等人物，由祭司、大臣或侍臣出面。它分成纯粹的和混合的两种。纯粹的只有中等人物，混合的包括下等人物。鸡冠插曲是由上等、中等或下等人物在幕后说明事件。引入插曲是在创造剧或传说剧的两幕之间，概括油滴的内容。其中既没有上等人物或中等人物，也没有高贵的言词，只有下等人物，使用俗语。转化插曲是在两幕之间或一幕之中，内容与种子的目的有关。幕头插曲在一幕的开头，由男角或女角预先概括已经发生的事。"

在《舞论》第五章中，婆罗多还提到梵语戏剧有序幕。在演出时，先由戏班主人念诵献诗，赞美天神、婆罗门和国王，然后念诵含有情味的甜蜜诗句，取悦观众，接着宣布剧本作者的名字，提到剧中人物，以各种方式提示该剧情节的开头关节和种子元素。然后，戏班主人下场，序幕结束，第一幕演出正式开始。按照现存梵语剧本，序幕开始的献诗大多赞美天神，而剧终有赞美国王的祝福诗。

《舞论》第二十二章论述戏剧风格。婆罗多将戏剧风格分为四种：雄辩、崇高、艳美和刚烈。雄辩风格"以语言为主，由男角而不由女角运用，使用梵语"。崇高风格"具有真性、正理和事件，充满喜悦，抑制悲伤的感情"。艳美风格"妆饰优美，特别迷人，与妇女有关，含有许多歌舞，各种行动导致爱的享受"。刚烈风格"含有许多欺诈、虚伪和不实之词，含有跌倒、跳起、跨越、幻术、魔法和各种战斗"。婆罗多指出"艳美风格用于艳情味和滑稽味，崇高风格用于英勇味、暴戾味和奇异味，刚烈风格用于恐怖味、厌恶味和暴戾味，雄辩风格用于悲悯味和奇异味"。

婆罗多在第十四章中还将戏剧分为文戏和武戏。文戏主要"表演凡人"。传说剧、创造剧、独白剧、街道剧和感伤剧属于这类文戏。武戏含有"激烈的形体动作，以劈、砍、挑战为特征，充满幻术和咒术，运用道具和装扮，男角多，女角少"。争斗剧、神魔剧、纷争剧和掠女剧属于这类武戏。婆罗多在这章中，还提到戏剧的地方风格，即不同地区特有的"服装、语言和生活方式"在戏剧风格中的体现。

《舞论》第三十四章论述角色。婆罗多按照人的品质将剧中人物分为上、中、下三等。男性上等人物的性格特征是"控制感官，富有智慧，精通各种技艺，谦恭有礼，庇护弱者，熟悉各种经典要义，稳重，仁慈，坚定，乐善好施"。男性中等人物的性格特征是"精通世俗行为，熟悉各种技艺和经典，具有智慧和甜蜜"。男性下等人物的性格特征是"言语粗鲁，品行恶劣，本性卑贱，智力低下，动辄发怒，伤害他人，背叛朋友，造谣诬蔑，傲慢无礼，忘恩负义，游手好闲，贪图女色，喜爱争吵，阴险狡猾，作恶多端，夺人财物"。女性上等人物的性格特征是"性情温柔，不轻浮，面带微笑，不刻薄，善于听取德者之言，含羞，文雅，天生美貌和美德，稳重，坚定"。女性中等人物的性格特征是"具有上述品质，但不突出，不充分，还有少量缺点"。女性下等人物的性格特征"与男性下等人物相同"。

婆罗多还论述属于配角的各种人物，诸如王后、小王后、侍女、太监、统帅、大臣、祭司和法官等，描述他们各自的特征。

梵语戏剧中大多配有插科打诨的丑角，婆罗多指出"他们机智灵活，分别依附天神、国王、大臣和婆罗门"。依附国王的丑角通常是国王的弄臣，"在分离艳情味中，国王痛苦烦恼，他是国王的心腹侍从，善于交谈"。婆罗多还在第十三章中指出丑角提供肢体、言谈和装扮三种笑料："牙齿突出，秃头，驼背，跛脚，面孔丑陋，行走时如同仙鹤仰视俯瞰，这样进入舞台，跨大步，形成肢体笑料。言语笑料是唠唠叨叨，言不及义，含混不清。身穿褴褛衣或兽皮衣，沾有墨汁、灰烬或红垩，形成装扮笑料。"

《舞论》第二十四章中，婆罗多还规定男主角的八种基本品质：一、优美，即"能干、勇气、毅力、厌弃卑贱和追求最高品德"。二、活力，即"目光直视，步伐似公牛，说话面带笑容"。三、甜美，即"久经磨练，面对任何重大事变，感官保持稳定"。四、坚定，即"追求正法、利益和爱欲，无论成败，决心不动摇"。五、深沉，即"即使愤怒、喜悦或惧怕，也不露声色"。六、游戏，即"并非深思熟虑，而是出于温柔本性，呈现艳情姿态动作"。七、崇高，即"布施，救助，无论对自己人或他人，说话可爱"。八、威严，即"即使舍弃生命，也不能忍受他人的诽谤和侮辱"。

婆罗多又依据爱情的状态将女主角分成八类：一、装饰打扮："在相会之日，热切盼望欢爱，喜悦地装饰打扮。"二、陷入离愁："由于各种事务缠身，爱人没有回来，遭受分离的痛苦折磨。"三、掌控爱人："她具有欢快的性格，受她美妙的欲乐吸引，爱人来到她的身边。"四、吵架："出于妒忌而吵架，爱人离开，不回来，她心中充满怒气。"五、发怒："爱人迷上别的女人，不回来，受痛苦折磨。"六、受骗："已经与她约定，而出于某种原因，爱人没有来到。"七、丈夫出差："由于紧要的任务，丈夫出差，她懒于梳洗，披头散发。"八、偷情："出于爱恋或痴迷，不顾廉耻，前去与情人幽会。"婆罗多指出其中第四类至第七类女主角应该表演"思念，叹息，疲惫，心中焦灼，与女友交谈，自我顾怜，虚弱，沮丧，流泪，发怒，抛弃装饰品，擦去脂粉，痛苦，哭泣"。而第三类女主角应该"身穿绚丽的服装，脸上闪耀喜悦的神采，光艳照人"。

婆罗多还对女性未能如愿的爱情作了描述，将其分成十个阶段：一、渴望，即怀抱希望，想方设法会见心上人。在这个阶段，应该表演不时走出家门，站在能望见心上人的路上。二、思念，即不断询问使女用什么办法才能获得心上人。在这个阶段应该表演眼睛半闭，触摸手镯、腰带、衣结和肚脐。三、回忆，即频频叹息，思念心上人，厌烦其他事情。在这个阶段，应该表演坐卧不安，陷入相思，忘却本分之事。四、赞美，即通过模仿性的肢体动作、言语、姿势、微笑和目光，表达自己的心上人无与伦比。在这个阶段应该表演抹泪，擦汗，向知心女友倾诉与心上人分离之苦。五、焦虑，即坐卧不安。在这个阶段，应该表演思念、叹息、出汗，内心焦灼。六、哀叹，即因极度焦虑而苦恼，因欢爱无望而悲叹，来回走动。在这个阶段,应该表演悲叹不已,说心上人曾经站在这儿,坐在这儿,在这儿走近我,等等。七、疯癫,即唯独念叨自己的心上人,厌恨其他所有男人。在这个阶段,应该表演目光痴呆,叹息深长,陷入相思,边走边哭。八、生病,即一切抚慰方式都无效,最终病倒。在这个阶段,应该表演神志迷糊,头痛剧烈,站立不稳。九、痴呆,即不答话,不听,不看,沉默不语,发出悲呼,丧失记忆。在这个阶段,应该表演突然发出哼哼声,肢体松懈,张口呼吸。十、死亡,即用尽一切办法,也不能如愿结合,欲火中烧,造成死亡。这最后的死亡应该避免直接表演。

婆罗多在《舞论》中对男主角的性格分析主要适用于社会上层和中层人物,如国王、王子、大臣、婆罗门和商人。而对于女主角的性格、心理和形貌的各种描述,又主要侧重艳情味。这些规则在很大程度上限制了梵语戏剧向现实生活的深度和广度开掘。

《舞论》第三十五章论述角色的分配。婆罗多要求根据演员的素质、步姿、语言、形体和动作分配角色。扮演天神的演员应该体型完美,声音悦耳。扮演罗刹或恶魔的演员应该身材魁梧,吼声如雷,竖眉怒目。扮演国王或王子的演员应该五官端正,肢体完美,聪明睿智,沉着坚定。扮演统帅或大臣的演员应该肢体完美,口齿清楚,善于推理和决断。而奴仆可以由侏儒、驼背和塌鼻之类具有生理缺陷或其貌不扬的演员扮演。如果剧中人物本身具有多臂、多头、怪脸或兽面,演员就应该使用模具或面具。

同时,婆罗多指出演员不能以自己的自然形态进入舞台,而应该用油彩和装饰品掩盖自己的本色。也就是说,演员应该通过化妆,"犹如一个人抛弃自己的身体和本性,进入别人的身体,接受别人的本性。演员心中记着'我是那个人物',用语言、形体、步姿和动作表演那个人物的情态"。正因为如此,少年演员可以扮演老年角色,老年演员也可以扮演少年角色,这称为"离色"。男演员可以扮演女角色，女演员也可以扮演男角色，这称为"随色"。而男演员扮演情况和年龄相仿的男角色，女演员扮演情况和年龄相仿的女角色，这称为"顺色"。婆罗多还强调女性天生娇美，容易博得好感，适宜扮演优雅的妇女，也经常扮演优雅的男子和天神。

《舞论》第四章以及第二十八章至第三十三章论述戏剧表演中的音乐、舞蹈和歌曲。器乐分为弦乐、管乐、铙钹和鼓乐，主要用于为歌唱、舞蹈或形体动作伴奏。按照婆罗多的描述，在戏剧演出前，要用歌曲赞颂天神。在演出过程中，各个戏剧关节都有相应的表达情味的歌曲，并指出"这些有味的歌曲装饰戏剧犹如星星辉映夜空"。同时，在演出过程中，也在合适的场合插入舞蹈。但是，依据现存的梵语剧本，大多没有体现这些音乐、舞蹈和歌曲的表演，这可能是文字剧本和演出实践之间存在的差别。

《舞论》第二十七章论述戏剧演出成功的标准。婆罗多将成功的标准分为"人的成功"和"神的成功"两类，主要依据观众的语言和身体的感情反应。所谓"人的成功"有十种：一、微笑，即演员运用双关语，产生滑稽味，观众领会而微笑。二、半笑，即演员笑容不明显，言语不明朗，观众领会而半笑。三、大笑，即丑角插科打诨，或其他噱头，观众领会而大笑。四、叫好，即嘉言懿行，超凡出众，观众发出叫好声。五、惊叹，具有艳情味、奇异味和英勇味，令人惊奇，观众发出惊叹声。六、悲叹，即其情悲悯，催人泪下，观众发出悲叹声。七、哄然，即面对奇迹，观众哄然。八、汗毛竖起，即发出轻侮之言，观众好奇心切，汗毛竖起。九、起身，即场面热烈，挑战，砍劈，奔跑，跳跃，格斗，观众晃头，摇肩，含泪，喘息。十、赠物，即观众抛赠衣服和指环。所谓"神的成功"有两种，也就是非凡的成功：一、充分表达真情和各种情态，观众认为是"神的成功"。二、剧场满座，无声响，无骚动，无异常现象。

婆罗多认为"戏剧演出既不可能完美无瑕,也不可能一无是处。因此,对其中的缺点不应苛求"。而演员不能马虎大意,要认真处理语言、形体、妆饰、味、情、舞蹈、歌唱、器乐和世俗习惯。婆罗多认为理想的观众"应该感官不混乱,心地纯洁,善于判断,明辨是非,充满爱心","别人满意他高兴,别人悲伤他忧愁,别人不幸他沮丧"。同时,婆罗多也认识到剧场里坐满不同层次的观众,口味不一。各人欣赏符合自己习性的技巧、化妆、事迹和动作。男女老少情趣不同:"青年爱看爱情,智者爱看教义,财迷爱看追逐财富,清净之人爱看解脱,守戒之人爱看戒律,勇士爱看厌恶味、暴戾味、战斗和厮杀,老人爱看宗教故事和往世书传说,妇女、儿童和俗众爱看滑稽味和妆饰。"

最后,婆罗多总结说,戏剧演出的成功包括"优美的器乐,优美的歌曲,优美的吟诵,各种动作符合经典规定,优美的妆饰,优美的花环和服装,出色的油彩化装,所有这一切和谐一致,戏剧家们认为这是庄严(即美)"。

综上所述,《舞论》的论题涉及梵语戏剧创作和表演艺术的方方面面,构成一个完整的戏剧理论体系,而成为印度古代戏剧学的权威经典。此后出现的梵语戏剧学著作都是以它为基础,增补梵语戏剧发展中出现的新现象或新例证。

二

中国古代戏曲成熟于宋元,远远晚于梵语戏剧。这与中国古代早期以虚构为特征的叙事文学不发达有关。印度两大史诗属于叙事文学,以吟诵的方式传播。梵语戏剧的产生正是以史诗为基础,最初的梵语戏剧题材大多取材于两大史诗便可证明这一点。古希腊戏剧产生于史诗之后,也能证明这一点。而中国古代史学发达,叙事文学由魏晋志怪小说发展至唐宋传奇小说才趋于成熟，然后经由宋元以说唱为表现形式的话本，促进宋元杂剧的产生，继而达到明清传奇戏曲的繁荣。

戏曲理论随着戏曲艺术的发展而渐渐产生。在元代，最早出现的是关于演唱理论著作。燕南芝菴的《唱论》，主要论述演唱的乐理和方法。周德清的《中原音韵》为杂剧的唱词制订韵谱，并总结出"作词十法"。这是因为杂剧表演艺术以歌唱为主，事关演出的成功与否。

元代文人胡祗遹喜爱戏曲，与戏曲艺人交往密切。他在《黄氏诗卷序》中提出唱曲艺人的"九美"说："一、资质浓粹，光彩动人；二、举止闲雅，无尘俗态；三、心思聪慧，洞达事物之情状；四、语言辩利，字句真明；五、歌喉清和圆转，累累然如贯珠；六、分付顾盼，使人解悟；七、一唱一说，轻重疾徐中节合度，虽记诵闲熟，非如老僧之诵经；八、发明古人喜怒哀乐、忧悲愉佚、言行功业，使观听者如在目前，谛听忘倦，惟恐不得闻；九、温故知新，关键词藻，时出新奇，使人不能测度为之限量。九美既具，当独步同流。"从中也可以看出演唱在演艺中的重要性。

同时，元代也出现记载演员和剧作家史实的著作。夏庭芝的《青楼集》记载元代众多女演员、男演员和剧作家的事迹。钟嗣成的《录鬼簿》记载了元代一百五十二位剧作家事迹和四百余种作品目录。这也是因为中国古代文人具有史学意识，而仿照史书为戏剧艺人立传。

明代的戏曲理论趋于成熟，论题更加全面。声乐论方面，朱权的《太和正音谱》为杂剧制订曲谱，确定十二种宫调：黄钟、正宫、大石调、小石调、仙吕、中吕、南吕、双调、越调、商调、商角调和般涉调，列举每种宫调里每支曲牌的句格谱式，并标明四声平仄和正字衬字，选录的曲牌共有三百三十五支。这个曲谱为此后曲谱的出现奠定了坚实基础。同时，朱权还按照题材将杂剧分为十二科：神仙道化，隐居乐道，披袍秉笏，忠臣烈士，孝义廉节，叱奸骂谗，逐臣孤子，铁刀赶棒，风花雪月，悲欢离合，烟花粉黛，神头鬼面。这种分类方法也多为后人所接受。

《太和正音谱》之后，明代还产生多部戏曲声乐论著作。如沈宠绥的《弦索辨讹》和《度曲须知》。前者以《西厢记》和当时盛行的十来套曲子为例，逐字标注念字发音的方法，以示规范。后者论述南北戏曲声腔源流，解释南北戏曲歌唱中念字技巧和方法。还有几种适应明清传奇南曲需要的曲谱，如明末清初沈璟的《增定查补南九宫十三调曲谱》（简称《南九宫谱》）、沈自晋的《广辑词隐先生增定南九宫词谱》（简称《南词新谱》）、徐于室的《汇纂元谱南曲九宫正始》（简称《九宫正始》）和张大复的《寒山堂新定九宫十三调南曲谱》（简称《寒山堂曲谱》）。

梵语戏剧的戏文的主体是诗歌，用于吟诵，其次是散文体对白。梵语诗歌每节诗由四行组成，四行诗句的音节数通常保持一致，诗律体现在每行中词的长短音有规则配搭，并不像汉语律诗和词曲那样既要求调适平仄，又要求押脚韵。梵语诗节每行诗句的音节数一般至少八个，多至二十几个，随之每行中词的长短音的配搭方式变化多端。《舞论》中依照诗句音节数的递增，提供了十多种诗律以及每种诗律的分支诗律，并分别举例说明。同时，为吟诵方式制订种种具体规则。因此，梵语戏剧表演重在吟诵，而中国古代戏曲表演重在演唱。

徐渭的《南词叙录》最早的一部关于南戏的概论性著作，论及南戏的源流、声律、作家和作品，还附有戏本目录。徐渭认为"南戏始于宋光宗朝，永嘉人所作《赵贞女》、《王魁》二种实首之，故刘后村有'死后是非谁管得，满村听唱蔡中郎'之句"。"其曲，则宋人词而益以里巷歌谣，不叶宫调，故士夫罕有留意者。"他也描述北曲和南曲的风格区别:"听北曲使人神气鹰扬,毛发洒淅,足以作人勇往之志,信胡人善于鼓怒也,所谓'其声噍杀以立怨'是也。南曲则纡徐绵眇,流丽婉转,使人飘飘然丧其所守而不自觉,信南方之柔媚也,所谓'亡国之音哀以思'是也。夫二音鄙俚之极,尚足以感人如此,不知正音之感何如也。"他强调戏文使用"本色语",认为"曲本取于感发人心,歌之使奴童妇女皆喻,乃为得体";"句句是常言俗语,扭作曲子,点铁成金,信是妙手"。他也解释了南戏中的角色名称:生、旦、外、贴、丑、净和末。

明代另一类戏曲论著是评论戏曲作家和作品。王世贞著有《曲藻》,其中论及戏曲的起源:"《三百篇》亡而后有骚、赋,骚、赋难入乐而后有古乐府,古乐府不入俗而后以唐绝句为乐府,绝句少宛转而后有词,词不快北耳而后有北曲,北曲不谐南耳而后有南曲。"在戏曲作品中,他最推崇王实甫的《西厢记》和高则成的《琵琶记》。他认为北曲"当以《西厢》压卷",并举出《西厢记》中一些"骈俪中景语"、"骈俪中情语"、"骈俪中诨语"和"单语中佳语",说"只此数条,他传奇不能及"。同时,他指出"则成所以冠绝诸剧者,不唯其琢句之工,使事之美而已,其体贴人情,委曲必尽;描写物态,仿佛如生;问答之际,了不见扭造,所以佳耳"。

吕天成的《曲品》首先论述戏曲的起源以及杂剧和传奇的不同体制:"自昔伶人传习,乐府递兴。爨段初翻,院本继出,金元创名杂剧,国初沿作传奇。杂剧北音,传奇南调。杂剧折惟四,唱惟一人。传奇折数多,唱必匀派。杂剧但摭一事颠末,其境促;传奇备述一人始终,其味长。无杂剧则孰开传奇之门?非传奇则未罄杂剧之趣也。"其中提到的"爨段"和"院本"指宋金杂剧。

《曲品》总共品评戏曲作家一百二十人和戏曲作品二百一十二种。凡是明代嘉靖以前的作家和作品,分为神、妙、能和具四品,称为"旧传奇品"。隆、万以来作家和作品分为上上至下下九品,称为"新传奇品"。吕天成最为推崇的剧作家是沈璟和汤显祖,将他们两位列为上上品。他称赞沈璟"嗟曲流之泛滥,表音韵以立防;痛词法之蓁芜,订全谱以辟路。红牙馆内,誊套数者百十章;属玉堂中,演传奇者十七种。顾盼而烟云满座,咳唾而珠玉在毫。运斤成风,乐府之匠石;挥刃余地,词部之庖丁。此道赖以中兴,吾党甘居北面"。同时,他称赞汤显祖"绝代奇才,冠世博学"。"情痴一种,固属天生;才思万端,似挟灵气。""红泉秘馆,春风檀板敲金;玉茗华堂,夜月湘帘飘馥。丽藻凭巧肠而浚发,幽情逐彩笔以纷飞,遽然破噩梦于仙禅,瞯矣销尘情于酒色。熟拈元剧,故琢调之妍俏赏心;妙选佳题,故赋景之新奇悦目。""信非学力所及,自是天资不凡。"最后,他指出:"倘能守词隐先生(即沈璟)之矩矱,而运以清远道人(即汤显祖)之才情,岂非合之双美者乎?"

此外,朱权在《太和正音谱》中将杂剧题材分为十二科,而吕天成在《曲品》中将传奇题材简约分为六科:忠孝、节义、仙佛、功名、豪侠和风情。

祁彪佳的《远山堂曲品》是在吕天成《曲品》基础上加以扩展,现存残稿就收录戏曲四百六十七种。他将这些作品分为妙、雅、逸、艳、能和具六品,分别加以品评。他还著有《远山堂剧品》,收录明人杂剧二百四十二种,品评体例与《远山堂曲品》相同。

凌濛初编有戏曲和散曲选本《南音三籁》,在《凡例》中指出"曲分三籁:其古质自然、行家本色者为天;其俊逸有思、时露质地者为地;若但粉饰藻缋、沿袭靡词者,虽名重词流,声传里耳,概谓之人籁而已"。这与徐渭强调本色语的观点一致。

张琦编有元明散曲选本《吴骚合编》,卷首有《衡曲麈谭》,分为四章:《填词训》、《作家偶评》、《曲谱辨》和《情痴寱谭》。

其中的《情痴寱谭》强调戏曲表达感情的本质特征:"夫人,情种也。人而无情,不至于人矣,曷望其至人乎?情之为物也,役耳目,易神理,忘晦明,废饥寒,穷九州,越八荒,穿金石,动天地,率百物,生可以生,死可以死,死可以生,生可以死,死又可以不死,生又可以忘生,远远近近,悠悠漾漾,杳弗知其所之。而处此者之无聊也,借诗书以闲摄之,笔墨磬泻之,歌咏条畅之,按拍纡迟之,律吕镇定之,俾飘飘者返其居,郁沉者达其志,渐而浓郁者几于淡,岂非宅神育性之术欤?"

从张琦这段言论中可以发现他传承和发扬汤显祖的观点。汤显祖的《牡丹亭记题词》中说:"如丽娘者,乃可谓之有情人耳。情不知所起,一往而深。生者可以死,死可以生。生而不可与死,死而不可复生者,皆非情之至也。梦中之情,何必非真,天下岂少梦中之人耶?"

汤显祖还在《宜黄县戏神清源师庙记》一文中,热烈颂扬戏曲艺术以情动人的感化作用:"一勾栏之上,几色目之中,无不纡徐焕眩,顿挫徘徊。恍然如见千秋之人,发梦中之事。使天下之人无故而喜,无故而悲。或语或嚜,或鼓或疲,或端冕而听,或侧弁而咍,或窥视而笑,或市涌而排。乃至贵倨弛傲,贫啬争施。瞽者欲玩,聋者欲听,哑者欲叹,跛者欲起。无情者可使有情,无声者可使有声。""可以合君臣之节,可以浃父子之恩,可以增长幼之睦,可以动夫妇之欢,可以发宾友之仪,可以释怨毒之结,可以已愁愦之疾,可以浑庸鄙之好。""人有此声,家有此道,疫疠不作,天下和平。岂非以人情之大窦,为名教之至乐也哉。"

正如诗言志或吟咏情性是中国古代诗学的主流意识,主情说是中国古代戏剧学的主流意识。因为戏剧重在表演,以情动人的特征尤为突出。这里可以再举若干例子予以证实。早在元代周清德的《中原音韵》中,对十七宫调的规定是"仙吕调清新绵邈,南吕宫感叹伤悲,中吕宫高下闪赚,黄钟宫富贵缠绵,正宫惆怅雄壮,道宫飘逸清函,大石风流酝藉,小石旖旎妩媚,高平条物滉漾,般涉拾掇坑堑,歇指急并虚歇,商角悲伤宛转,双调健捷激袅,商调凄怆怨慕,角调呜咽悠扬,宫调典雅沉重,越调陶写冷笑"。几乎每种宫调都与抒发感情密切相关。

明代袁于令的《焚香记序》中说:"盖剧场即一世界,世界只一情。人以剧场假而情真,不知当场者有情人也,顾曲者尤属有情人也;即从旁之堵墙而观听者,若童子,若瞽叟,若村媪,无非有情人也。倘演者不真,则观者之精神不动;然作者不真,则演者之精神也不灵。"

臧懋循的《元曲选序二》论及戏曲"行家"时说:"行家者,随所妆演,无不摹拟曲尽,宛若身当其处,而几忘其事之乌有,能使人快者掀髯,愤者扼腕,悲者掩泣,羡者色飞,是惟优孟衣冠,然后可与于此,故称曲上乘首曰当行。"

孟称舜的《古今名剧合选序》中说:"迨夫曲之为妙,极古今好丑、贵贱、离合、死生,因事以造形,随物而赋象。时而庄言,时而谐诨,狐末靓狙,合傀儡于一场,而征事类于千载。笑则有声,啼则有泪,喜则有神,叹则有气。非作者身处于百物云为之际,而心通乎七情生动之窍,曲则恶能工哉!"

吴伟业的《北词广正谱序》中说:"盖士之不遇者,郁积其无聊不平之概于胸中,无所发抒,因借古人之歌呼笑骂,以陶写我之抑郁牢骚;而我之性情,爰借古人之性情,而盘旋于纸上,宛转于当场。于是乎热腔骂世,冷板敲人,令阅者不自觉其喜怒悲欢之随所触而生,而亦于是乎歌呼笑骂之不自已。"

李调元的《雨村曲话序》中,将戏曲主情说和教化说合为一体:"若夫忠臣、孝子、义夫、节妇,触物兴怀,如怨如慕,而曲生焉。出于绵渺,则入人心脾;出于激切,则发人猛省。故情长情短，莫不于曲寓之。人而有情，则士爱其缘，女守其介，知其则而止乎礼义，而风醇俗美；人而无情，则士不爱其缘，女不守其介，不知其则而放乎礼义，而风不醇，俗不美。故夫曲者，正鼓吹之盛事也。"

中国古代戏曲学中的主情说与梵语戏剧学中的味论相通。《舞论》运用理论思维，给味下定义，然后对定义中的各种概念进行分析和阐释。而中国古代戏曲学则直接切入这个命题，论者从各种角度，以形象化的描述予以阐释，达到同样的目的。

明代王骥德的《曲律》是中国古代戏曲史上第一部比较全面而自成体系的戏曲理论著作。全书共有四卷，分为四十章，论述戏曲的起源、声律、写作技巧和创作方法，最后两章是杂论。王骥德本人也是戏曲家，他晚年用了十余年写作这部《曲律》。在病中完稿后，托付友人毛以燧刻印，信函中自谓"平日所积，成是书，曲家三尺具是矣"。毛以燧在《曲律跋》中写道："方在校刻，而讣音随至，兹函盖绝笔耳！"跋中还提及王骥德生前对毛以燧说明写作《曲律》的缘由："吾姑从世界缺陷处一修补之。"也就是说，王骥德立志要填补戏曲创作理论专著的空白。

《曲律》前两章论述戏曲起源和南北曲。关于戏曲起源，与王世贞《曲藻》和吕天成《曲品》中的观点一致，也就是将明代戏曲追溯至古歌、乐府和词。"入宋而词始大振"，"然单词只韵，歌止一阕，又不尽其变"。"金章宗时渐更为北词，如世所传董解元《西厢记》者，其声犹未纯也。入元而益漫衍其制，栉调比声，北曲遂擅盛一代。""迨季世入我明，又变为南曲，婉丽妩媚，一唱三叹，于是美善兼至，极声调之至。"在《杂论上》中也指出"古之优人，第以谐谑滑稽供人主喜笑，未有并曲与白而歌舞登场，如今之戏子者"。"至元而始有剧戏，如今之所搬演者。"换言之，曲、白和歌舞三位一体，才形成真正意义上的戏曲。

就戏曲起源论而言，也说明中国古代史学发达，文献保存丰富，故而能依据史实梳理戏曲源流，不会像印度古代戏剧学著作《舞论》那样，求助于神话传说。

《曲律》第三章至第十二章主要论述声律。《论调名第三》介绍曲调（即曲牌）的由来和用法。《论宫调第四》介绍宫调的由来和演变。《论平仄第五》介绍平仄用法，强调"调其清浊，叶其上下，使律吕相宣，金石错应"。《论阴阳第六》讲述清音字和浊音字如何调配和谐。《论韵第七》讲述北曲和南曲用韵区别。《论闭口字第八》讲述开口字和闭口字（以鼻音收尾的字）不能混同押韵。《论务头第九》解释务头是"调中最紧要句字"。《论腔调第十》讲述唱腔的演变。《论板眼第十一》介绍曲中的节拍。《论须识字第十二》讲述要正确识别字音和字义。

《曲律》第十三章至第二十九章主要论述词曲写作技巧。《论须读书第十三》要求多读书，"博收精采，蓄之胸中"，而在写作中又不能"卖弄学问，堆垛陈腐"。《论家数第十四》指出"曲以模写物情，体贴人理，所取委曲宛转，以代说词，一涉藻缋，便蔽本来（即本色）"。而又指出"本色之弊，易流俚腐；文词之病，每苦太文"。与此相关，在《杂论下》中指出"于本色一家，亦惟是奉常（即汤显祖）一人，其才情在浅深、浓淡、雅俗之间，为独得三昧"。《论声调第十五》提出对声调的种种要求，"欲其流利轻滑而易歌，不欲其乖剌艰涩而难吐"。《论章法第十六》以工匠师建造宫室为比喻，指出"作曲者亦必先分段数，以何意起、何意接、何意作中段敷衍、何意作后段收煞，整整在目，而后可施结撰"。《论句法第十七》提出对句法的种种要求，同时强调"意常则造语贵新，语常则倒换须奇"。《论字法第十八》提出用字"要极新，又要极熟；要极奇，又要极稳"，同时"押韵处要妥贴天成"。《论衬字第十九》讲述如何正确使用衬字。《论对偶第二十》

介绍对偶方法，指出"对句须要字字的确、斤两相称方好"。《论用事第二十一》指出用事要"引得的确，用得恰好"，尤其能"用在句中，令人不觉，如禅家所谓撮盐水中，饮水乃知咸味，方是妙手"。《论过搭第二十二》讲述宫调之间要"接贴融化，令不见痕迹，乃妙"。《论曲禁第二十三》指出押韵、用字和用语的病犯，共四十条。《论套数第二十四》讲述曲调联套"须先定下间架，立下主意，排下曲调，然后遣句，然后成章"。"首尾相应"，"意新语俊，字响调圆"，"有规有矩，有声有色，众美具矣"。尤其指出"其妙处，政不在声调之中，而在句字之外"。"摹欢则令人神荡，写怨则令人断肠。不在快人，而在动人。此所谓'风神'，所谓'标韵'，所谓'动吾天机'。不知其所以然而然，方是神品，方是绝技。"《论小令第二十五》指出"作小令与五七言绝句同法。要酝藉，要无衬字，要言简而趣味无穷"。《论咏物第二十六》指出咏物"不贵说体，只贵说用。佛家所谓不即不离，是相非相，只于牝牡骊黄之外约略写其风韵，令人仿佛中如灯镜传影，了然目中，却捉摸不得，方是妙手"。《论俳谐第二十七》指出俳谐"须以俗为雅，而一语之出，辄令人绝倒，乃妙"。《论险韵第二十八》指出使用险韵"须韵险而语则极俊，又极稳妥，方妙"。《论巧体第二十九》指出使用怪巧的文字游戏"倘不能穷极妙境，不如毋添蛇足之为愈也"。

　　《曲律》第三十章至第三十八章主要论述戏曲创作方法。《论剧戏第三十》论述剧作的整体结构，指出"贵剪裁，贵锻炼：以全帙为大间架，以每折为折落，以曲白为粉垩、为丹雘。勿落套，勿不经；勿太蔓，蔓则局慢而优人多删削；勿太促，促则气迫而节奏不畅达；毋令一人无着落，毋令一折不照应。传中紧要处，须重着精神，极力发挥使透"。"又用宫调，须称事之悲欢苦乐。""以调合情，容易感动得人。""其词格俱妙，大雅和当行参间，可演可传，上之上也。"《论引子第三十一》指出"引子（即主角登场所唱的第一曲）须以自己之肾肠，代他人之口吻"。"必有几句紧要说话，我设以身处其地，模写其似"，"使一折之事头先以数语该括尽之，勿晦勿泛，此是上谛"。《论过曲第三十二》指出"过曲（即剧作中间部分各种套曲）体有两途：大曲宜施文藻，然忌太深；小曲宜用本色，然忌太俚。须奏之场上，不论士人闺妇，以及村童野老，无不通晓，始称通方"。《论尾声第三十三》指出"尾声（即套曲中最末一曲）以结束一篇之曲，须是愈着精神，末句更得一极俊语收之方妙"。《论宾白第三十四》将宾白分为定场白和对口白。定场白是"初出场时以四六饰句者"，"稍露才华，然不可深晦"。对口白"须明白简质，用不得太文字"；"须调停得好，令情意宛转，音调铿锵。虽不是曲，却要美听"。《论插科第三十五》指出"插科打诨须作得极巧，又下得恰好，如善说笑话者，不动声色而令人绝倒，方妙。大略曲冷不闹场处，得净、丑间插一科，可博人哄堂，亦是剧戏眼目"。《论落诗第三十六》指出落诗（即每出结束时角色念诵的下场诗）要"用得亲切"，"不惟场下人易晓，亦令优人易记"。《论部色第三十七》介绍杂剧和南戏角色。南戏角色有正生、贴生（或小生）、正旦、贴旦、老旦、小旦、外、末、净、丑（即中净）和小丑（即小净）。《论讹字第三十八》指出"戏曲有相传既久，致讹字间出。或系刻本之误，或为俗子所改"。因此，"大致刻本中误处，须以意理会，不可便仍其误"。

王骥德的《曲律》对宋元杂剧至明清传奇所取得戏曲艺术成就作出系统总结，面面俱到，又深入细致，并能以具体例证予以说明，尤其可贵的是，自始至终注意结合戏曲的表演效果论述戏曲创作。这部戏曲理论著作确如他本人所说"吾姑从世界缺陷处一修补之"。

继王骥德《曲律》之后，另一部重要的戏曲理论著作是清代李渔的《李笠翁曲话》，即他的杂著《闲情偶寄》中的《词曲部》和《演习部》。李渔本人是戏曲家兼小说家，多才多艺。他家中养有戏班，亲自创作传奇供戏班演出，有《笠翁十种曲》传世。

《词曲部》是戏曲创作论。李渔首先指出"历朝文字之盛，其名各有所归，'汉史'、'唐诗'、'宋文'、'元曲'，此世人口头语也"。"由是观之，填词非末技，乃与史传诗文同源而异派者也"。这与梵语戏剧学著作《舞论》将戏剧称为"第五吠陀"，可谓异曲同工。同时，他指出"天地之间，有一种文字，即有一种文字之法脉准绳"。而"文章者，天下之公器"，因此他"持此为心，遂不觉以生平底里，和盘托出，并前人已传之书，亦为取长弃短，别出瑕瑜，使人知所从违，而不为诵读所误"。

《词曲部》分为六章。《结构第一》分为六节：《戒讽刺》首先指出戏曲创作不能用于讽刺他人，即含沙射影泄私愤。因为戏曲是"借优人说法，与大众齐听，谓善者如此收场，不善者如此结果，使人知所趋避；是药人寿世之方，救苦弭灾之具也"。《立主脑》指出"一本戏中，有无数人名，究竟俱属陪宾；原其初心，止为一人而设。即此一人之身，自始至终，离合悲欢，中具无限情由，无穷关目，究竟俱属衍文；原其初心，又止为一事而设。此一人一事，即作传奇之主脑也"。《脱窠臼》指出"古人呼剧本为传奇者，因其事甚奇特，未经人见而传之，是以得名。可见非奇不传。新，即奇之别名也"。"是以填词之家，务解传奇二字。"《密针线》指出"每编一折必须前顾数折，后顾数折。顾前者，欲其照映；顾后者，便于埋伏。照映埋伏，不止照映一人，埋伏一事，凡是此剧中有名之人，关涉之事，与前此后此所说之话，节节俱要想到"。《减头绪》指出剧情要"一线到底"，"以其始终无二事，贯串只一人也"。《戒荒唐》认为"王道本乎人情，凡作传奇，只当求于耳目之前，不当索诸闻见之外"。"凡说人情物理者，千古相传；凡涉荒唐怪异者，当日即朽"。"世间奇事无多，常事为多"，"尽有前人未作之事，留之以待后人"。"即前人已见之事，尽有摹写未尽之情，描画不全之态"。《审虚实》指出"传奇无实，大半皆寓言耳。欲劝人为孝，则举一孝子出名，但有一行可纪，则不必尽有其事，凡属孝亲所应有者，悉取而加之"。"凡阅传奇而必考其事从何来，人居何地者，皆说梦之痴人，可以不答者也"。

以上六节论戏剧结构，其中的《戒讽刺》属于创作意图，《脱窠臼》、《戒荒唐》和《审虚实》属于戏剧题材，唯有《立主脑》、《密针线》和《减头绪》属于严格意义上的结构论。其实，《词曲部》中《格局第六》的论旨属于戏剧结构，可以与《结构第一》合论。

《格局第六》分为五节。《家门》指出"开场数语，谓之家门"。"如机锋锐利，一往而前，所谓信手拈来，头头是道，则从此折做起"。《冲场》指出"开场第二折，谓之冲场"。"务以寥寥数言，道尽本人一腔心事，又且酝酿全部精神，犹家门之括尽无遗也"。《出脚色》指出"本传中有名脚色，不宜出之太迟"。另外，"净丑脚色之关乎全部者，亦不宜出之太迟"。《小收煞》指出"上半部之末出，暂摄情形，略收锣鼓，名为小收煞"。"宜紧忌宽，宜热忌冷"，"令人揣摩下文，不知此事如何结果"。"只是使人想不到，猜不着，便是好戏法、好戏文"。《大收煞》指出"全本收场，名为大收煞。此折之难，在无包括之痕，而有团圆之趣"。也就是剧中人物最终会合时，"须要自然而然，水到渠成"。其中趣味在于"水穷山尽之处，偏宜突起波澜，或先惊而后喜，或始疑而终信，或喜极信极而反致惊疑，务使一折之中，七情俱备，始为到底不懈之笔，愈远愈大之才，所谓有团圆之趣者也"。

《词采第二》论述戏曲语言，分为四节。李渔认为与诗、词相比，"曲文最长，每折必须数曲，每部必须数十折，非八斗之才，不能始终如一"。《贵显浅》指出"诗文之词采贵典雅而贱粗俗，宜蕴藉而忌分明。词曲不然，话则本之街谈巷议，事则取其直说明言"。"以其意深词浅，全无一毫书本气也。""偶有用着成语之处，点出旧事之时，妙在信手拈来，无心巧合，竟似古人寻我，并非我觅古人。"《重机趣》指出"机趣二字，填词家必不可少。机者，传奇之精神；趣者，传奇之风致"。"填词之中，勿使有断续痕，勿使有道学气。""离合悲欢，嘻笑怒骂，无一语一字不带机趣而行矣。"《戒浮泛》指出尽管词贵显浅，"然一味显浅，而不知分别，则将日流粗俗，求为文人之笔而不可得矣"。同时，"填词义理无穷，说何人肖何人，议某事切某事，文章头绪之最繁者，莫填词若矣。予谓总其大纲，即不出情景二字。景书其睹，情发欲言。情自中出，景由外得"。"善咏物者，妙在即景生情。"《忌填塞》指出"填塞之病有三：多用古事，叠用人名，直书成句"。"传奇不比文章。文章做与读书人看，故不怪其深；戏文做与读书人与不读书人同看，又与不读书之妇人小儿同看，故贵浅不贵深。""予谓能于浅处见才，方是文章高手。"

　　《音律第三》分为九节。李渔认为"填词一道，则句之长短，字之多寡，声之平上去入，韵之清浊阴阳，皆有一定不移之格"。而"能于此种艰难文字，显出奇能，字字在声音律法之中，言言无资格拘挛之苦，如莲花生在火上，仙叟奕于橘中，始为盘根错节之才，八面玲珑之笔"。《恪守词韵》指出"一出用一韵到底，半字不容出入，此为定格"。《凛遵曲谱》指出"曲谱者，填词之粉本"，"一定之成样不可擅改也"。《鱼摸当分》指出南韵不同于北韵，"鱼摸一韵，断宜分别为二"。《廉监宜避》指出"监咸、廉纤"二韵属于闭口之音，"以其一韵之中，可用者不过数字，余皆险僻艰生，备而不用者也"，故而"此二韵宜避"。《拗句难好》指出"凡作倔强聱牙之句，不合自造新言，只当引用成语。成语在人口头,即稍更数字,略变声音,念来亦觉顺口"。《合韵易重》指出"一曲之中,有几韵脚,前后各别,不可犯重"。《慎用上声》指出上声"利于幽静之词,不利于发扬之曲"。《少填入韵》指出"入声韵脚,宜于北而不宜于南"。而此论"盖为初学者设。久于此道者而得三昧者,则左之右之,无不宜之矣"。《别解务头》指出"一曲有一曲之务头,一句有一句之务头,字不聱牙,音不泛调,一曲中得此一句即使全曲皆灵,一句中得此一二字即使全曲皆健者,务头也"。

《宾白第四》分为八节。李渔强调"宾白一道,当与曲文等视。有最得意之曲文,即当有最得意之宾白"。《声务铿锵》指出"宾白之学,首务铿锵。一句聱牙,俾听者耳中生棘;数言清亮,使观者倦处生神"。《语求肖似》指出"言者,心之声也。欲代此一人立言,先宜代此一人立心"。"无论立心端正者,我当设身处地,代生端正之心;即遇立心邪辟者,我也当舍经从权,暂为邪辟之思。务使心曲隐微,随口唾出,说一人肖一人,勿使雷同,勿使浮泛。"《词别繁简》指出"文字短长,视其人之笔性。笔性遒劲者,不能强之使长;笔性纵肆者,不能缩之使短。文患不能长,又患其可以不长而必欲使之长。如其能长而又使人不可删逸,则虽为宾白中之古风、史汉亦何患哉?"《字分南北》指出字分南北,宾白用词也要与南曲和北曲保持一致。《文贵洁净》指出"凡作传奇,当于开笔之初,以至脱稿之后,隔日一删,逾月一改,始能淘沙得金,无瑕瑜互见之失矣"。《意取尖新》指出"白有尖新之文,文有尖新之句,句有尖新之字,则列之案头,不观则已,观则欲罢不能;奏之场上,不听则已,听则求归不得"。《少用方言》指出"凡作传奇,不宜频用方言,令人不解"。《时防漏孔》指出"一部传奇之宾白,自始至终,奚啻千言万语",应该确保"无前是后非,有呼不应,自相矛盾之病"。

《科诨第五》分为四节。李渔认为"插科打诨，填词之末技也。然欲雅俗同欢，智愚共赏，则当全在此处留神"。他巧言科诨"乃看戏之人参汤也。养精益神，使人不倦，全在于此，可作小道观乎？"《戒淫亵》指出"如讲最亵之话，虑人触耳者，则借他事喻之。言虽在此，意实在彼，人尽了然"。《忌俗恶》指出"科诨之妙，在于近俗，而所忌者又在于太俗。不俗则类腐儒之谈，太俗则非文人之笔"。《重关系》指出"科诨二字，不止为花面而设，通场脚色皆不可少"。"关系维何？曰：于嘻笑诙谐之处，包含绝大文章，使忠孝节义之心，得此愈显。"《贵自然》指出"科诨虽不可少，然非有意为之"。"妙在水到渠成，天机自露。我本无心说笑话，谁知笑话逼人来，斯为科诨之妙境耳。"

《演习部》论述戏曲的导演和教习，分为五章。《选剧第一》分为两节。李渔首先说明"填词之设，专为登场"，也就是前面《词曲部》论述戏曲创作，目的是为了登场演出。又强调说："吾论演习之工，而重选剧者，诚恐剧本不佳，则主人之心血，歌者之精神，皆施于无用之地。"《别古今》指出"选剧授歌童，当自古本始。古本既熟，然后间以新词"。也就是演员学戏，先学经典旧剧，演技熟练后，再学新剧。"切勿听拘士腐儒之言，谓新剧不如旧剧，一概弃而不习。"《剂冷热》指出"传奇无冷热，只怕不合人情。如其离合悲欢，皆为人情所必至，能使人哭，能使人笑，能使人怒发冲冠，能使人惊魂欲绝，即使鼓板不动，场上寂然，而观众叫绝之声，反能震天动地"。

《变调第二》分为两节。李渔指出"变调者，变古调为新调也"。"变则新，不变则腐；变则活，不变则板。至于传奇一道，尤是新人耳目之事。"《缩长为短》指出"传奇托付优人，必先示以可长可短之法"，以适应演出实际需要。而在省略的数折之处，必须"另增数语，点出中间一段情节"。《变旧为新》指出演出旧剧时,应该"易以新词,透入世情三昧,虽观旧剧,如阅新篇"。"但须点铁成金,勿令画虎类狗;又须择其可增者增,当改者改。"

《授曲第三》分为六节。《解明曲意》指出"曲情者,曲中之情节也。解明情节,知其意之所在,则唱出口时,俨然此种神情"。而且,"得其义而后唱,唱时以精神贯串其中,务求酷肖"。《调熟字音》指出"调平仄,别阴阳,学歌之首务也",而且要掌握"出口、收音二诀窍"。《字忌模糊》指出"开口学曲之初,先能净其齿颊,使出口之际,字字分明,然后使工腔板"。《曲严分合》指出"同场之曲,定宜同场;独唱之曲,还须独唱,词意分明,不可犯也"。《锣鼓忌杂》指出"戏场锣鼓,筋节所关。"不能"当敲不敲,不当敲而敲,与宜重而轻,宜轻反重者"。《吹合宜低》指出"丝、竹、肉三音","但须以肉为主,而丝竹副之"。也就是演员演唱之音为主,丝竹之音为辅。而"教曲学唱之时","先则人随箫笛,后则箫笛随人,是金蝉脱壳之法也"。

《教白第四》分为两节。李渔指出"词曲中高低抑扬,缓急顿挫,皆有一定不移之格,谱载分明",而宾白"无腔板可按、谱籍可查,止靠曲师口授"。《高低抑扬》指出"一段有一段之主客,一句有一句之主客。主高而扬,客低而抑,此至当不易之理,即最简极便之法也"。"又有一种简便可行之法"是索性由曲师在脚本上一一标明。《缓急顿挫》指出"缓急顿挫之法,较之高低抑扬,其理愈精",也可以由曲师在脚本上一一标明。

《脱套第五》分为四节。李渔指出"戏场关目,全在出奇变相,令人不能悬拟"。"扫除恶习,拔去眼钉,亦高人造福之一事耳。"《衣冠恶习》、《声音恶习》、《语言恶习》和《科诨恶习》分别指出当时戏曲表演中这四方面存在的陋习俗套。

此外,《闲情偶寄》中的《声容部》含有选择和培养演员方面的内容。《选姿第一》中提到"选貌选姿,总不如选态一着之为要。态自天生，非可强造"。"学则可学，教则不能。"唯一的办法是"使无态之人与有态者同居，朝夕熏陶，或能为其所化"。《修容第二》和《治服第三》论述妆饰和服装。《习技第四》指出"学技必先学文"。"凡学文者，非为学文，但欲明此理也。""明理之人学技，与不明理之人学技，其难易判若天渊。"然后学诗学词，"扩为词曲，其势亦易"。还要学习"丝竹"。"妇人学此，可以变化性情，欲置温柔乡，不可无此陶熔之具。"而"欲其声音婉转，则必使之学歌。学歌既成，则随口发声，皆有燕语莺啼之致，不必歌而歌在其中矣。欲其体态轻盈，则必使之学舞。学舞既熟，则回身举步，悉带柳翻花笑之容，不必舞而舞在其中矣"。"配脚色"要依据演员的嗓音。吐字发音要去除"乡土之言"。场上表演，"男优妆旦，势必加以扭捏，不扭捏不足以肖妇人；女优妆旦，妙在自然，切忌造作，一经造作，又类男优矣"。还有，"美妇扮生，较女妆更为绰约"。

李渔集编剧、导演和教师于一身，凭借自己丰富的戏曲实践经验，同时吸收前人戏曲研究成果，写成的这部戏曲理论专著，囊括戏曲创作论、导演论和教学论，而成为中国古代戏曲学的顶峰之作。

李渔之后，黄旛绰的《梨园原》是一部戏曲表演论专著。黄旛绰本人是一位资深演员，这部著作对戏曲表演艺术的总结，包括鼓板乐式、艺病十种、曲白六要和身段八要等，简明扼要，又深中肯綮。他首先在《明心鉴》指出"要将关目作家常，宛如古人一样。乐处颜开喜悦，悲哉眉目怨伤，听者鼻酸泪两行，直如真事在望，个个点头称赞，人人拍手声扬，余前多受良方，今日始知无恙"。所谓无恙，就是没有"梨园艺病之恙"。

在《艺病十种》中细述十种艺病：曲踵（腿弯），白火（说白过火），错字（认字不准），讹音（字音念讹），口齿浮（口齿无力），强颈（颈脖不动），扛肩（耸肩），腰硬（腰不灵活），大步（行走太忙），面目板（脸上不分喜怒哀乐）。

在《身段八要》中提出"辨八形，分四状，眼先引，头微晃，步宜稳，手为势，镜中影，无虚日"。

"辨八形"指身段八形："贵者：威容，正视，声沉，步重。富者：欢容，笑眼，弹指，声缓。贫者：病容，直眼，抱肩，鼻涕。贱者：冶容，邪视，耸肩，行快。痴者：呆容，吊眼，口张，摇头。疯者：怒容，定眼，啼笑，乱行。病者：倦容，泪眼，口喘，身颤。醉者：困容，糢眼，身软，脚硬。"

"分四状"指喜、怒、哀、惊四状："喜者：摇头为要，俊眼，笑容，声叹。怒者：怒目为要，皱鼻，挺胸，声恨。哀者：泪眼为要，顿足，呆容，声悲。惊者：开口为要，颜赤，身战，声竭。"

"眼先引"指"凡作各种状态，必须用眼先引"。"头微晃"指"头须微晃，方显活泼；然只能微晃，不可大晃及乱晃"。"步宜稳"指"台步不可大"，"亦不可过小。总之，须求其适中，以稳为要；虽于极快、极忙时，亦要清楚"。"手为势"指"凡形容各种情状，全赖以手指示"。"镜中影"指"学者宜对大镜演习，自观其得失，自然日有进益"。"无虚日"指"日日用功，不可间断；间断一日，则三日不能复原"。

王骥德的《曲律》和李渔的《李笠翁曲话》都能结合戏曲表演论述声律和创作，而黄旛绰的《梨园原》将戏曲表演论具体化，使中国古代戏曲理论更加完备充实。

除了以上各种戏曲理论著作，戏曲理论还散见于各种戏曲选集或论著的序跋中。还有一类戏曲点评，如李贽点评有十五种戏曲，陈继儒点评有六种戏曲，孟称舜《古今名剧合选》中的点评，金圣叹的《西厢记》点评，毛声山的《琵琶记》点评，等等。此外，还编有许多戏曲目录，其中规模最大者是清代黄文旸的《曲海总目》，收录元明清杂剧和传奇剧目一千零十三种；姚燮的《今乐考证》收录宋金元明清杂剧和传奇剧目三千余种。

虽然中国古代戏曲产生时间远晚于印度梵语戏剧，但一旦产生后，随着戏曲艺术的成熟，戏曲理论也逐渐产生，而且戏曲理论概念的运用具有承续性，以至最后形成完备的戏曲理论体系。与印度梵语戏剧学相比，不仅戏曲理论著述丰富，形式多种多样，而且内容的完备性也有过之而无不及。

中国古代戏曲和梵语戏剧的戏剧原理贯通一致，主要不同在于梵语戏剧属于诗剧，戏剧表演以吟诵诗歌为主，歌舞表演为辅，而中国古代戏曲属于歌剧，歌舞与词曲在表演中合为一体，因此在经验总结和理论阐述上会各有侧重。同时，梵语戏剧学著作擅长运用概念，进行形式分析，而这种方法运用过度，容易陷入繁琐。相对而言，中国古代戏曲学著作重视经验总结，除了其中的音律学略嫌繁琐外，通常在理论概括上力求简明扼要，文字表述上追求形象生动。

第五章

修 辞 论

一

梵语诗学起步于庄严论。庄严（alaṅkāra）一词的本义是装饰或修饰。它作为梵语诗学用语，狭义是指修辞，广义是指诗美。庄严论探讨的诗学概念主要是庄严（修辞）、诗病和风格。这些诗学概念在《舞论》中已经论及。庄严、诗病和诗德是戏剧艺术中的语言艺术理论，而风格是戏剧艺术中的表演风格理论。《舞论》提出的戏剧艺术核心概念是味。味在庄严论中也被纳入庄严的范畴。

现存最早的梵语诗学庄严论著作是婆摩诃的《诗庄严论》。婆摩诃给诗下的定义是："诗是音和义的结合。"（1.16）这个定义实际上是语言的定义，而不是诗的定义，因为它没有涉及诗的本质特点。然而，依据婆摩诃的具体论述，我们可以说，这里的音和义是指经过修饰的词音和词义。婆摩诃把修饰词音和词义的手法分别称作"音庄严"和"义庄严"（1.15），即词音修辞和词义修辞。他认为"庄严"是曲折的表达方式，诗的语言和一般语言的区别就在于此。所以，他说"我们希望的语言修辞是词义和词音的曲折表达"（1.36）。

婆罗多在《舞论》中只介绍了四种庄严：明喻、暗喻、明灯和叠声，而跋底在梵语语法修辞著作《跋底的诗》中介绍了三十八种庄严。婆摩诃在《诗庄严论》中基本上沿袭跋底的庄严分类，略作增删，总共论述了三十九种庄严。其中，谐音和叠声两种辞格属于音庄严，隐喻、明灯和明喻等三十七种辞格属于义庄严。下面是婆摩诃对三十九种辞格作出的界定。

1. 谐音（anuprāsa）："重复使用相同的字母。"

2. 叠声（yamaka）："重复使用同音异义的音组。"

3. 隐喻（rūpaka）："依据相似性，用喻体描绘本体的性质。"

4. 明灯（dīpika）："照亮意义。"这是指诗中的某个词语为各句共用，犹如一盏明灯照亮所有事物。

5. 明喻（upamā）："本体和喻体在地点、时间和功能等方面不同，但有某种相似性；用如、像表达这两种不同事物的相似性。"

6. 对偶喻（prativastūpamā，或译"类比"）："将相似的事物并列，即使不使用如、像，相似性也显而易见。"

7. 略去（ākṣepa）："表面上略去要说的话，而实际上想要强调。"

8. 补证（arthāntaranyāsa）："说了一种意义，再说另一种意义，以补证前一种意义。"

9. 较喻（vyatireka）："通过喻体显示本体优异。"

10. 藏因（vibhāvanā）："不说原因，只说产生的结果，但不难理解。"

11. 合说（samāsokti）："在讲述一种意义时，通过共同的特征表达另一种意义，形成意义的叠合。"

12. 夸张（atiśayokti）："超越日常经验。"

13. 罗列（yathāsaṃkhya）："依次展示许多独立的、不同的事物。"

14. 奇想（utprekṣā）："有某种相似性，但与性质和功能无关，因此，主旨不在相似性，而与夸张有关。"

15. 自性（svabhāva）："如实描写。"

16. 有情（preyas）：婆摩诃对这个辞格没有界定。优婆吒在《摄庄严论》中对这个辞格的界定是："通过情态等等显示爱等等常情。"

17. 有味（rasavat）："明显展示艳情味等。"

18. 有勇（ūrjasvin）：婆摩诃对这个辞格没有界定。优婆吒在《摄庄严论》中对这个辞格的界定是："由于爱、愤怒等等，情和味超出常规。"

19. 迂回（paryāyokta）："用另一种方式表达。"檀丁在《诗镜》中对这个辞格的界定是："不直接说出想要说的事，而用另一种方式说出，达到同样目的。"

20. 天助（samāhita）：婆摩诃对这个辞格没有界定。檀丁在《诗镜》中对这个辞格的界定是："刚刚开始做某件事，遇到好运，获得意外帮助。"

21. 高贵（uddāta）：婆摩诃对这个辞格没有界定。檀丁在《诗镜》中对这个辞格的界定是："心灵或物质财富无比伟大。"

22. 双关（śleṣa）："本体的本质由喻体的性质、功能和名称体现。"婆摩诃将双关分为音双关和义双关，但未作具体说明。优婆吒在《摄庄严论》中提出音双关是"词音读法完全相同"，义双关是"词形相同，而词音读法有所不同"。而曼摩吒在《诗光》中认为优婆吒所谓的这两种双关都属于音双关。他指出音双关和义双关的区别在于前者的双关词不能用其他同义词替代，而后者的双关词可以用其他同义词替代。

23. 否定（apahnuti）："由于否定真实存在的事物，其中的比喻有点隐蔽。"曼摩吒在《诗光》中对这个辞格的界定是："否定本体的真实性，确认喻体的真实性。"

24. 殊说（viśeṣokti）："失去某种性质，依然保持另一种性质，以显示其特殊（或优异）。"

25. 对立（viruddha，或译"矛盾"）："叙述事物的一种性质或功能与另一种性质或功能对立，以显示其特殊（或优异）。"

26. 等同（tulyayogitā）："即使地位较低，但表明性质相同，所作所为相同。"

27. 间接（aprastutapraśaṃsā）："称述本文中没有提及的事。"

28. 佯赞（vyājastuti）："褒扬伟大的品质，并试图指出某种相似性，实际是贬抑。"曼摩吒在《诗光》中对这个辞格的界定是："表面上责备或赞扬，实际意思相反。"

29. 例证（nidarśanā）："通过某种特殊行为，教诲某种意义，不使用如、像等词。"

30. 相似隐喻（upamārūpaka）："用喻体体现本体的性质，说明具有相似性。"

31. 互喻（upameyopamā）："喻体和本体互相交换。"

32. 共说（sahokti）："用一句话讲述同时发生的两件事情。"

33. 交换（parivṛtti）："放弃某物而获得另一特殊之物，并且含有'补证'。"曼摩吒在《诗光》中对这个辞格的界定是："事物之间平等或不平等的交换。"

34. 疑问（sasandeha）："描述本体和喻体的异同，以疑问的方式达到赞美的目的。"

35. 自比（ananvaya）："本体成为喻体，表明无与伦比。"

36. 部分奇想（utprekṣāvayava）："含有双关、某种程度的奇想和隐喻。"

37. 混合（saṃsṛṣṭi）："含有多种庄严，像串连而成的珠宝项链。"

38. 生动（bhāvika）：这是"整篇作品的性质，其中过去和未来之事如同活现眼前。它的成因是故事具体、崇高和奇妙，适宜表演，语言晓畅"。优婆吒在《摄庄严论》中将婆摩诃的这个定义简化为"过去和未来之事如同活现眼前，内容奇妙，语言晓畅"。

39. 祝愿（āśīs）："它运用在不伤害友情的言语中。"檀丁在《诗镜》中对这个辞格的界定是："向对象表达良好的祝愿。"①

婆摩诃列举的这三十九种庄严为此后的梵语诗学家深入探讨修辞方式提供了基础。婆摩诃认为庄严的本质特征是"曲语"，即曲折的表达方式。他在论述夸张辞格时说道："诗人应该努力通过这种、那种乃至一切曲语显示意义。没有曲语，哪有庄严？"（2.85）他举例说："'太阳落山，月亮照耀，鸟儿回窝。'诸如此类，怎能称作诗？那是直接陈述事实。"（2.87）

檀丁在《诗镜》中确认"庄严形成诗美的特征"（2.1）。他将语言庄严"分成自性和曲语两大类"（2.363）。除了自性辞格外，其他辞格都归入曲语类。他给自性辞格下的定义是："具体展示各种情况中的事物形象。"（2.8）他还将自性辞格分成四类，并认为这种辞格"在经论著作中占主导地位，也是诗中的追求"（2.13）。其实，婆摩诃本人也确认自性辞格，界定为"如实描写"，所举诗例也类似"太阳落山"这行诗句这样的"直接陈述事实"。因此，按照这种看法，修辞方式并不完全局限于语言的曲折表达方式。

另外，檀丁在论述原因辞格时，将"太阳落山"这行诗句作为例举之一，认为它"是告知时间状况的典范例句"（2.244）。后来，曼摩吒在《诗境》中站在韵论的立场，指出"太阳落山"这

---

① 关于梵语辞格的具体诗例，可以参阅拙译《梵语诗学论著汇编（增订本）》（中国社会科学出版社2019年版）中的各种梵语诗学著作，或者参阅拙著《梵学论集》（中国社会科学出版社2013年版）中的《梵语文学修辞例释》，此文是对婆摩诃《诗庄严论》、檀丁《诗镜》、优婆吒《摄庄严论》和曼摩吒《诗光》中的修辞例释的综合。

行诗句在各种特定的语境下，可以暗示各种特定的意义，诸如"袭击敌人的时间到了"、"你该去会见情人了"、"你的情人就要来了"、"我们该收工了"、"让我们开始晚祷吧"、"情人还没来"，等等（5.47注疏）。这说明诗美因素是多重的，修辞也只是其中之一。

檀丁在《诗镜》中也论述了三十九种庄严，数目与婆摩诃相同，但略有增删。其中新增的音庄严有图案和隐语。图案（citra）是将诗中音节排列成某种格式或图案，隐语（praheṛikā）是"在游戏、娱乐和集会中，或当众与知心朋友商议，或为了迷惑他人，使用隐语"（3.97）。新增的义庄严有重复、原因、微妙和掩饰。重复（āvṛtti）是"在明灯（即共用语）的位置上，词义重复、词音重复或词义和词音两者重复"（2.116）。原因（hetu）是描述"所作因"和"令知因"（2.235）。微妙（sūkṣma）是"通过姿势或动作暗示意义"（2.260）。掩饰（leṣa）是"以某种借口，掩饰事情的破绽"（2.265）。总的说来，檀丁对各种辞格的分析比婆摩诃深入细致。

优婆吒的《摄庄严论》专论修辞方式，总共介绍了四十一种庄严。他也是在婆摩诃提出的庄严分类基础上略作增删。新增的音庄严是貌似重复（punaruktavādābhāsa）："词形不同，词义仿佛相同。"（1.3）新增的义庄严有音义混合、诗因和诗喻。音义混合是混合使用音庄严和义庄严。诗因（kāvyahetu）是"得知此事，便想起或体会到彼事"（6.7）。诗喻（kāvyadṛṣṭānta）是"不使用如、像等譬喻词，清晰地展示与描写对象相似的事物"（6.8）。与婆摩诃相比，他对许多辞格的界定和分析更为严密和细致。

伐摩那在《诗庄严经》中指出"诗可以通过庄严把握。庄严是美"（1.1.1—2）。他提出的庄严分类数目少于婆摩诃和檀丁，总共只有三十一种。这与他对庄严的基本特征的认识有关。他在论述庄严时说道:"比较等等庄严是比喻的变种。"(4.3.1)也就是说,他在许多庄严中都能发现比喻的因素。因此,他将比喻视作庄严的根基,排除了一些与比喻缺少关联的庄严。

楼陀罗吒在《诗庄严论》中论述了六十多种庄严,数目远远大于此前梵语诗学家的庄严分类。其中,音庄严有五种:曲语、双关、图案、谐音和叠声。楼陀罗吒将双关分成音双关和义双关,音双关归入音庄严,义双关归入义庄严。关于义庄严,楼陀罗吒将它们分成四大类:本事(vāstava)、比喻(aupamya)、夸张(atiśaya)和双关(śleṣa)。这是楼陀罗吒的首创,出于他对庄严的基本艺术特征的思考。此前,檀丁在《诗镜》中曾提出夸张是"其他一切庄严的根基"(2.220)。伐摩那则在《诗庄严经》中将比喻视为庄严的根基。两者都有一定的道理,而楼陀罗吒的这种分类表明他对庄严的基本特征的看法更为全面。

按照楼陀罗吒的这种分类,本事类庄严(指不包含比喻、夸张和双关的辞格)有二十三种:共说、积集、种类、罗列、情态、连续、不相配、推理、明灯、侍从、交换、排除、原因、原因花环、比较、互相增色、回答、递进、微妙、变异、场合、掩饰和连珠;比喻类庄严有二十一种:明喻、奇想、隐喻、否定、疑问、合说、确定、回答、言他、反喻、补充、并列、混淆、简略、敌对、例证、在前、共说、积集、同一和回想;夸张类庄严有十二种:在前、独特、奇想、藏因、借用、增益、佯谬、不相配、分离、遮盖、相违和无因;双关类庄严有十种:无异、对立、增益、曲折、委婉、问答、不可能、部分、真谛和佯谬。当然,这种分类也是大而言之,不能机械对待。在实际应用中,修辞因素未必是单一的,时常会兼而有之。即使在楼陀罗吒的分类中,也有互相交叉重叠的辞格,如本事类和比喻类中共有的共说、积集和回答,本事类和夸张类中共有的不相配,比喻类和夸张类中共有的奇想和在前,夸张类和双关类中共有的佯谬和增益。

恭多迦在《曲语生命论》中也将庄严分为音庄严和义庄严。音庄严主要是谐音和叠声。在论述义庄严时，他指出诗由事物自性、味和庄严三部分组成。其中，事物自性和味是修饰的对象，庄严是修饰者。因此，他认为前人确立的自性和有味庄严辞格不能成立，因为自性和有味属于修饰对象，而不是修饰者。同样，有情、称赞、有勇、高贵和神助等也是修饰对象，而不是修饰者，作为辞格也不能成立。同时，他将一些性质相同的辞格进行归并，如将以事物相似性为特征的辞格都归入明喻类。这样，他最后确定的义庄严有十九种：明灯、隐喻、间接、迂回、褒贬、奇想、夸张、明喻、双关、较喻、共说、诗喻、补充、略去、藏因、疑问、否定、混合和结合。

此后的梵语诗学家继续对庄严进行深入的探讨。庄严的数目由楼陀罗吒的六十余种增至曼摩吒（《诗光》）的六十九种、鲁耶迦（《庄严论精华》）的八十一种、胜天（《月光》）的一百零八种和阿伯耶·底克希多（《莲喜》）的一百二十五种。其中，鲁耶迦也曾将庄严分成七大类：相似（sādṛśya）、对立（virodha）、锁链（śṛṅkhalā）、领会义（gamyārtha）、形容词（viśaṣaṇamūla）、因果关系（nyāya）和隐含义（gūḍhārtha）。他的分类与楼陀罗吒迥然有别，说明两人的视角不同。鲁耶迦是后期梵语诗学家。在他的分类中，相似类相当于楼陀罗吒的比喻类，而领会义类和隐含义类明显接受了味论和韵论的影响。总的说来，确认单个的修辞方式相对容易，进行宏观的分类就比较困难，然而也有必要。自然，修辞方式的丰富多彩注定宏观的分类只能揭示修辞艺术的一些基本的或主要的共同特征，而无法囊括一切。

婆摩诃在《诗庄严论》中涉及的诗学概念有庄严、诗病、诗德和风格，但他论述的重点是庄严（即修辞），同时也以相当的篇幅论述诗病。而诗德和风格在他的诗学理论中并不占据重要地位。因此，按照他的论述重点，可以将他对诗的看法概括为"诗是无诗病、有庄严的音和义的结合"。

婆罗多在《舞论》中归纳的诗病有十种：意义晦涩、意义累赘、意义短缺、意义受损、意义重复、意义臃肿、违反正理、诗律失调、缺乏连声和用词不当。而婆摩诃在《诗庄严论》论述了两组各十种诗病。

第一组十种诗病：

1. 费解（neyārtha）："有关意义须由智力用力取出。它不遵循语言规则，似乎随心所欲。"

2. 难解（kliṣṭa）："意义受阻。"

3. 歧义（anyārtha）："背离原义。"

4. 模糊（avācaka）："字面义含混不清，无法理解。"

5. 悖谬（ayukti）："以云、风、月亮、蜜蜂、鸽子、天鹅和鹦鹉等等作为信使。它们不会说话或说话不清楚，怎能前往远方传信？"但婆摩诃补充说："如果出于渴望而像疯人一样说话，那就让它这样。许多智者都采用这种写法。"

6. 晦涩（gūḍhaśabda）："无论如何不要使用晦涩的词义。这甚至对于智者也无裨益。"

7. 难听（śrutiduṣṭa）：婆摩诃对此没有界定，只是列举一些难听的词语。

8. 庸俗（arthaduṣṭa）："一些词语说出后，引起污秽想法。"

9. 组合不当（kalpanāduṣṭa）："两个词组合后，产生不合适的词义。"

10. 刺耳（śrutikaṣṭa）："ajihaladat 等这类词音听来刺耳。"但婆摩诃补充说："由于处在特定的位置，甚至难听的词语也焕发光彩，犹如花环中夹杂的绿叶。"或者，"由于依附他物而获得美，甚至不好的东西也焕发光彩，正如涂在美人眼睛上的黑眼膏"。

第二组十种诗病：

1. 意义不全（apārtha）："缺乏完整的意义。"

2. 意义矛盾（vyartha）："前后抵牾而产生矛盾，意义受阻。"

3. 意义重复（ekārtha）："意义互相之间没有差别。"

4. 含有疑义（sasaṃśaya）："提到共同的性质，没有表明不同的特点，无法确认事物。"

5. 次序颠倒（apakrama）："修饰词的次序依照被修饰词的次序。如果违背这种情况，叫做次序颠倒。"

6. 用词不当（śabdahīna）："违背语法学家波你尼和迦旃延那的规则。"

7. 停顿失当（yatibhraṣṭa）："不符合诗律中的语言停顿规则。"

8. 诗律失调（binnavṛtta）："长短音节安置不当，或缺少，或多出。"

9. 缺乏连声（visandhi）：婆摩诃对此没有界定。檀丁在《诗镜》中的界定是"词与词之间不连声"。

10. 违反地点、时间、技艺、人世经验、正理和经典（deśa-kālakalālokanyāyāgamavirodhi）。其中，违反地点："不管是否指明某物产地，只要与事物不符，便称作违反地点。"违反时间："时间分为六季，不合季节，称作违反时间。"违反技艺："掌握、了解和精通各种技艺，违反有关规则，称作违反技艺。"违反人世经验："通晓真理的人通晓这个分成无生物和有生物的世界。在诗中，也是这种情况。"婆摩诃以夸张过头的诗例说明违反人世经验。违反正理："正理包括经论、人生三大目的论和治国论。与它们违背，便是违背正理。"违反经典："经典是法论及其规定的人世准则，如果违背法论的规定，便是违背经典。"

从以上罗列的诗病看，婆摩诃主要是从语法、逻辑和文学修辞的角度论述诗病。例如，意义不全、用词不当、停顿失当、诗律失调和缺乏连声这类诗病属于语法问题，悖谬、意义矛盾、含有疑义和违反正理这类诗病属于逻辑问题，晦涩、难听、庸俗、刺耳、组合不当、意义重复这类诗病属于文学修辞问题。符合语法和逻辑是对语言表达的一般要求，文学语言也不例外。婆摩诃说道："一个人如果不能渡过深不可测的语法之海，他就无法自由地运用词宝。"（6.3）他也十分重视逻辑问题，说道："如果不成为诗的肢体，词不成其词，意义不成其意义，正理不成其正理，技艺不成其技艺，诗人的责任多么重大！"（5.4）意思说，词、意义、正理和技艺共同构成诗的肢体。其中的正理，在广义上指各种规律，在狭义上指逻辑。

婆摩诃在《诗庄严论》中具体论述了宗病和因病这类逻辑错误。宗病有六类：意义矛盾、原因不成立、与自己的论点矛盾、违背经典、不言而喻和违背现量。因病是违背因三相。因三相是指因存在于小词中，存在于同喻中，不存在于异喻中。违背其中任何一相，便构成因病。但婆摩诃也指出，这些主要适用于"以经论为胎藏的诗"，因为他意识到"诗中的正理（逻辑）特征有所不同"（5.30）。他指出"精通正理（逻辑）的人在诗中的运用明显不同"，"因为诗涉及世界，经论涉及真谛"（5.33）。也就是说，诗处理具体现象，而经论处理抽象真理。例如，"天色如剑"或"湖色、海色如剑"（即天、湖、海像剑一样是蓝色的）这种说法按照经论中的逻辑是不能成立的，因为天空、湖水和海水本身是无色的，但在诗中是允许这样说的。又如，"入夜，灯火通明，太阳消失"。在这种描写中，"灯火成了太阳消失的原因"。这在逻辑上是不能成立的，但在诗中是正常的表达。

婆摩诃也指出诗的表述不同于推理论式，有些结论"即使没有说出，也能从意义中得知"（5.45）。例如，"制服感官的人认识到什么？谁败于敌手？谁不肯向求告者施舍哪怕一丁点儿浮财？"诗人在这里无须像逻辑家那样提出命题，展示理由，得出结论。读者依据文本意义便可得知结论分别是梵、弱者和守财奴。由此，婆摩诃也认为比喻不是逻辑推理。例如，"脸如莲花"，这里并没有说明"证据"（中词）和"受证"（大词）。

对于比喻这种常用的修辞方式，婆摩诃按照前人梅达维（medhāavin）的归纳，论述了七种喻病：

1. 不足（hīnatā）：喻体不足。

2. 不可能（asambhāva）：喻体不可能。

3. 词性不同（liṅgabheda）：喻体和本体词性不一致。

4. 词数不同（vacobheda）：喻体和本体词数不一致。

5. 不相称（viprayaya）：喻体与本体性质不相称，或低于本体，或高于本体。

6. 过量（adhikatva）：喻体过量。

7. 不相似（asadṛśatā）：喻体和本体不相似。

从婆摩诃的诗病论看，他十分重视文学语言的语法和逻辑基础。但他也明确意识到逻辑处理的对象和表述方式与诗不同，不能简单套用。与婆摩诃相比，檀丁的诗病观更重视文学的特性。

檀丁在《诗镜》中论述诗病时，沿用了婆摩诃的第二组十种诗病的名称和定义。但他在论述每种诗病时，几乎都指出这种诗病在特定情况下不成其为诗病，或者反而转变成为庄严或诗德。例如，如果"意义不全"的话语出自思想不健全的人，如疯子、醉汉或幼儿，则不是诗病；如果人物处在某种特殊的精神状态下，说出"意义矛盾"的话，是许可的；如果为了表达强烈的同情等等，"意义重复"便不是诗病；如果故意这样表达，以造成歧义，"含有疑义"便不是诗病，等等。因为文学语言表达要适应语境和感情的需要，不可能刻板地遵守语法和逻辑规则。

檀丁在《诗镜》中，虽然沿用婆摩诃的十种诗病，但没有像婆摩诃那样专门论述逻辑错误问题。他显然意识到逻辑学和诗学是两门不同性质的学科。他在论述诗病时，首先确认十种诗病，然后说道："缺乏宗、因或喻是不是诗病，常常是枯涩的思辨，何必嚼这个果子？"（3.127）同时，他在论述比喻时，指出"词性或词数不一致，喻体不足或过量，只要不引起智者反感，就不构成喻病"（2.51）。如果智者感到有损于诗美，便构成喻病。这要视具体情况而定。

伐摩那在《诗庄严经》中给诗病下的定义是："诗病的本质与诗德相反。"（2.1.1）而给诗德下的定义是："诗德是形成诗美的性质。"（3.1.1）因此，《诗庄严经》的注释者迦摩泰努（Kāmadhetu）解释说："诗病是损害诗美的原因，应该避免。"伐摩那对诗病的分类比婆摩诃和檀丁更加系统化。他将诗病分为音病和义病两大类。其中，音病又分成词病和句病，义病又分成词义病和句义病。这样，词病有五种：不合语法、刺耳、俚俗、使用经论术语和滥用垫衬虚词；词义病也有五种：僻义、费解、晦涩、粗俗和难解；句病有三种：诗律失调、停顿失当和连声失调；句义病有六种：意义矛盾、意义重复、含有疑义、悖谬、次序颠倒和违反地点、时间、人世经验、技艺和经典。至于喻病，他基本上沿袭婆摩诃的分类，只是删去其中的不相称一类。他认为不相称这类喻病已经包含在不足和过量这两类喻病中（4.2.11 注疏）。

音病和义病的区分是伐摩那的首倡。后来的梵语诗学家基本上都沿袭他的诗病分类格式。曼摩吒的《诗光》的注释者戈温陀·塔古罗（Govinda Ṭhakkura）指出，如果用同义词替换就能消除的词病，那是词病，否则，就是词义病。这与曼摩吒区别音双关和义双关的方法一致。

楼陀罗吒在《诗庄严论》中，先是一般地论述六种诗病：用词不足、词义重复、词义模糊、词序颠倒、用词不当和难听。后又将诗病分成音病和义病两大类。其中，音病又分成词病和句病。词病有六种：缺乏意义、难解、连声不当、引起误解、粗俗和方言；句病有三种：混乱、插句和堆砌。义病有九种：不合逻辑、词义冷僻、违反经典、自相矛盾、意义无关、乖张粗俗、情味失当、词义累赘和过分夸张。楼陀罗吒在论述义病时，也附带论述了四种喻病：本体和喻体的共同词不当、喻体或本体不足、喻体不可能和喻体不合适。

楼陀罗吒依据伐摩那将诗病分成音病和义病，只是没有进一步将义病分成词义病和句义病。至于他为什么还要一般地论述六种诗病，《诗庄严论》的注释者纳密沙杜（Namisādhu）解释说，这六种诗病更严重。此外，在楼陀罗吒论述的九种义病中，有一种是情味失当（virasa），则是首次将味论引入诗病论。楼陀罗吒提出的"情味失当"有两类：一类是"在一种味得到展示后，遇上另一种味"（11.12），也就是一种味与另一种味发生冲突。另一类是"虽然适合情境，但描写过分，没有节制"（11.14）。

欢增在《韵光》中专门论述了味病。欢增的诗病观以味为准则。他认为"刺耳等诗病并非一成不变"，"只是在以韵为灵魂的艳情味中应该避免"（2.11）。他将味病称作"味的障碍"，指出"无论在一部作品或一首诗中，为了实现味等等，优秀的诗人应该努力避免各种障碍"（3.17）。他列举了五种味的障碍："纳入对立味的情由等等；详细描写离题的内容；不适当的停止和出现；已经饱满，依然不断刻画；行为不合适。"（3.18—19）

"纳入对立味的情由等等"是指纳入与作品所要表现的味相对立的味的情由、情态和不定情。例如，一对情人怄气吵架（属于艳情味），男方却用摒弃尘世欲望之类的言论（属于平静味）抚慰生气的女方。"详细描写离题的内容"的例子是，在刻画一个主人公时，脱离作品表现分离艳情味的主旨，热衷于施展修辞技巧，连篇累牍描写山岳。"不适当的停止"的例子是，在描写一对男女主人公产生爱慕以后，不继续描写他们如何实现爱情，而随意描写与此无关的其他活动。"不适当的出现"的例子是，战斗进入白热化，众英雄处在生死存亡关头，而这时出现主人公的艳情描写。"已经饱满，依然不断刻画"，意思是重复描写一种已经得到充分展现的味，这样就好比不断触摸花朵，造成花朵枯萎。"行为不合适"的例子是，女主人公直接向男主人公求欢。

欢增认为优秀的诗人不能为描写而描写，必须警惕诸如此类有损于味的障碍。但是，他也没有将上述种种味的障碍绝对化。他认为"如果所要表达的味能站住脚跟，那么，这些障碍也可以不成为缺点，而成为陪衬或辅助"（3.20）。对此，他也举出各种具体的例子，予以说明。毫无疑问，味病论是对庄严论中的诗病论的创造性发展。

曼摩吒的《诗光》是一部以韵论为基础的综合性诗学著作，其中对诗病也进行了系统总结。曼摩吒遵循欢增的思路，对诗病作了界定："诗病是对主要意义的损害。味和味所依托的表示义是主要意义。词等等与这两者有关，因此，诗病也与它们有关。"（7.49）据此，他把诗病分为词病、句病、义病和味病。

词病有十六种：刺耳、违反语法、不合惯例、缺乏意义、使用僻义、用词不当、滥用衬字、词不达意、用词不雅、词义含混、使用经论术语、俚语、费解、难解、词义重点不明和含有歧义。

句病有二十一种：音素不协调、词尾送气音 h 多次受损、词尾送气音 h 多次略去、连声失当、诗律失调、用词不足、用词过量、用词重复、优美减弱、结尾重复、属于上句的词进入下句、缺乏合理联系、遗漏必要的词语、词的位置不当、复合词用处不当、词句混乱、句中插句、违反惯用语、词义前后不一、词序不当和词的含义不合语境。

义病有二十三种：不贴切、晦涩、矛盾、重复、次序失当、庸俗、含混、缺乏原因、违反常识、违反经典、缺乏变化、缺乏特指、无须特指、缺乏限制、无须限制、意义不全、词语位置不当、类比失当、违背原意、述语不当、定语不当、结尾重复和不文雅。

曼摩吒对这些词病、句病和义病的归纳总结是依据历代庄严论中对诗病的研究成果，并作了适当调整和补充。同时，他像檀丁一样，没有将这些诗病绝对化。他指出在一定条件下，诗病不成为诗病，或转变成诗德。例如，对于众所周知的事实，"缺乏原因"不成为诗病。在双关修辞中，"不合惯例"或"使用僻义"不成为诗病。在佯赞修辞中（即表面上赞扬，而实际意思相反），"含混"成为诗德。描写底层人物说话，"俚俗"成为诗德。人物情绪激动时，"用词不足"或"用词过量"成为诗德。

关于味病，则是对欢增的"味的障碍"的扩充，共有十种：直接使用不定情、味或常情的名称，情态或情由不明，情由、情态和不定情与味矛盾，反复加强，不合时宜，突然中止，喧宾夺主，忽略主要因素，违背人物性格，描写离题。曼摩吒还引用欢增的话，作为对味病的总结："除了不合适，别无其他损害味的原因；味的至高奥秘在于保持公认的合适性。"（7.62 注疏）同时，他也像欢增一样，没有将味病绝对化。他指出在一定情况下，这些味病也可能不成为味病。他归纳了四种情况：一、如果某种不定情的情态也能暗示其他不定情，那么，有时直接使用这种不定情的名称不成为味病。二、如果与味矛盾的情由、情态或不定情能起反衬或辅助作用，那就不成为味病。三、如果两种对立的味不是发生在同一对象，而是发生在两个对象身上，或者，中间插入与两种对立的味不冲突的第三种味，那就不成为味病。四、如果两种对立的味中有一种属于回忆性质，或者两种对立的味具有同等重要性或相似性，或者两种对立的味都处于附属地位，那就不成为味病。

曼摩吒在论述庄严时，还顺便论述了庄严病。其中，除了以往庄严论中通常论及的喻病外，他还分析了有关谐音、叠声、奇想、合说和间接的庄严病。但他明确指出："这些庄严也会出现某些诗病，但可以纳入前面已经论述的相关部分，不必单独论述。"（10.142）也就是说，庄严病都能归入词病、句病、义病或味病中。

梵语诗学中的辞格属于积极修辞，即形成和增添语言美的各种表现方法，而诗病属于消极修辞，旨在消除有损于语言美的各种语病。应该说，梵语修辞学对辞格和诗病方面的研究深入细致，成果丰硕，在世界古代学术领域中是遥遥领先的。亚里士多德的《修辞学》主要是演说论辩修辞学，而非文学修辞学。因此，梵语修辞学值得现代修辞学者认真借鉴，结合各自民族语言文学的修辞特点进行比较研究。

梵语修辞学发达与梵语语法学发达密切相关。印度早在公元前四世纪就产生了波你尼的语法著作《八章书》（或称《波你尼经》）。这部著作对梵语进行深入分析，归纳出词根、词干、词尾、前缀、后缀、派生词和复合词等等语法现象，构成完整而严密的体系。最早出现的梵语戏剧学著作《舞论》，其中第十五章至第十九章论述戏剧中的"语言表演"，首先论述梵语语法，然后论述诗律和修辞。时间略早于梵语诗学著作出现的《跋底的诗》是一部"经论大诗"，既描写罗摩生平，又介绍梵语语法和修辞。现存最早的梵语诗学著作即婆摩诃的《诗庄严论》则明确区分文学作品和经论著作，也就是区分文学语言和一般语言。这种区分的主要依据便是揭示文学语言特有的修辞，包括词音修辞和词义修辞。因此，可以说，梵语诗学家沿袭波你尼构建梵语语法的方法，通过分析和归纳文学语言中的修辞，构建文学语言的"语法"。这也可以说是印度古代修辞学发达的一个潜在的重要原因。

二

中国古代诗学中，并未出现或形成像梵语诗学中"庄严"这样明确的修辞范畴。汉语中的"修辞"一词出现很早，见于《周易·乾》："君子进德修业。忠信，所以进德也；修辞立其诚，所以居业也。"从语境上看，此处的"修辞"指写作或写作中的修饰言辞。其中的"诚"指诚挚、诚实或忠诚，与忠信相呼应，是对写作者内在思想的要求，即唯有"修辞立其诚"，才能达到积累功业的目的。倘若这里的"修辞"一词能与孔子所说"情欲信，辞欲巧"（《礼记·表记》）相联系，也就接近于现代修辞学的"修辞"这个名目。

文学语言有别于一般语言是客观存在的文化现象，因此，只要存在文学作品，学者们必定会探索和发现文学语言的特征。《周礼·大师》中提出："教六诗：曰风，曰赋，曰比，曰兴，曰雅，曰颂。以六德为之本，以六律为之音。"可以说开启了中国古代对《诗经》中赋、比、兴修辞研究之门。汉代《诗大序》直接沿袭这种说法："故诗有六义焉：一曰风，二曰赋，三曰比，四曰兴，五曰雅，六曰颂。"然而，《诗大序》中对风、雅、颂作了具体阐释，实际上是说明三种文体，对赋、比、兴三种修辞方式却未作阐释。

《周礼》郑注阐释赋、比、兴为"赋之言铺，直铺陈今之政教善恶。比，见今之失，不敢斥言，取比类以言之。兴，见今之美，嫌于媚谀，取善事以喻劝之"。这种阐释着眼于礼教功用，而又过于狭隘。《礼记·学记》中强调比喻在诗歌创作中的重要性："不学博依，不能安诗。"郑玄注："博依，广譬喻也。"汉代王逸《离骚经序》中赞美"《离骚》之文，依诗取兴，引类譬喻，故善鸟香草，以配忠贞；恶禽臭物，以比谗佞；灵修美人，以媲于君；宓妃佚女，以譬贤臣；虬龙鸾凤，以托君子；飘风云霓，以为小人。其词温而雅，其义皎而朗。凡百君子莫不慕其清高，嘉其文采，哀其不遇，而愍其志焉"。这里显然是将比和兴合称为"引类譬喻"。晋代挚虞《文章流别论》中指出："赋者，敷陈之称也。比者，喻类之言也。兴者，有感之辞也"。他的表述简明扼要，其中对赋和比的阐释比较切实，而对兴的阐释不够清晰。

此后，唐代孔颖达在《毛诗正义》中指出："'比者，比方于物。'诸言如者，皆比辞也。""'兴者，托事于物。'则兴者，起也；取譬引类，起发己心。诗文诸举草木鸟兽以见意者，皆兴辞也。"与王逸"引类譬喻"的说法相近，没有完全说清比和兴的区别所在。唐代诗格类著作中，也有对赋、比、兴的解释，如贾岛《二南密旨》中说："赋者，敷也，布也。指事而陈，显善恶之殊态。""比者，类也。妍媸相类、相显之理。""兴者，情也。谓外感于物，内动于情，情不可遏，故曰兴。"宋代朱熹在《诗集传》中指出："赋者，敷陈其事而直言之者也。""比者，以彼物比此物也。""兴者，先言他物以引起所咏之辞也。"较之前人的阐释，更为恰当明白。

钱锺书《管锥编·毛诗正义五》中指出"《关雎·序》：'故诗有六义焉：……二曰赋，三曰比，四曰兴。'按'兴'之义最难定"。他认为"盖毛、郑所标为'兴'之篇什泰半与所标为'比'者无以异尔"。而胡寅《斐然集》卷一八《致李叔易书》中引用的李仲蒙语"颇具胜义"，即"索物以托情，谓之'比'；触物以起情，谓之'兴'；叙物以言情，谓之'赋'"。钱锺书进而说明："'触物'似无心凑合，信手拈起，复随手放下，与后文附丽而不衔接，非同'索物'之着意经营，理路顺而词脉贯。惜着语太简，兹取他家所说佐申之。"于是，他引用项安世《项氏家说》卷四中的说法："作诗者多用旧题而自述己意，如乐府家'饮马长城窟'、

'日出东南隅'之类，非真有取于马与日也，特取其章句、音节而为诗耳。"

朱熹也在《朱子语类》卷八〇中论及"兴"，认为"《诗》之'兴'全无巴鼻，后人诗犹有此体。如：'青青陵上柏，磊磊涧中石；人生天地间，忽如远行客。'又如：'高山有涯，林木有枝；忧来无端，人莫之知'；'青青河畔草，绵绵思远道'"。而钱锺书指出朱熹对"兴"的解释"与项氏意同，所举例未当也。倘曰：如窦玄妻《怨歌》：'茕茕白兔，东走西顾。衣不如新，人不如故'；或《焦仲卿妻》：'孔雀东南飞，五里一徘徊。十三能织素，……'则较切矣"。

对于中国古代诗学中某些概念或范畴诠释或界定之难，由此也可见一斑。通过对"兴"的以上阐释，或许可以说这是中国古代诗学中特有的一种修辞方式。至于"比"即比喻，是文学作品中最常见的修辞方式，在中国古代诗学中也最受关注，故而历代诗学家不断对比喻进行分析和归纳。按照挚虞和朱熹对"赋"的阐释，则相当于梵语诗学中的"自性"辞格，婆摩诃界定为"如实描写"，檀丁界定为"具体展示各种境况中的事物形象"。然而，按照恭多迦的看法，"自性"属于修饰对象，而非修饰者，故而不成其为"辞格"。

魏晋南北朝是中国古代文学自觉的时代，沈约可以说是其中的代表人物之一。他在《宋书·谢灵运传论》中概述自先秦至魏晋的文学发展史，重视作品的文学性，推崇"清辞丽曲"、"以情纬文"、"以文披质"、"以气质为体"、"遒丽之辞"和"兴会标举"。他尤其精通文学语言的声律美："夫五色相宣，八音协畅，由乎玄黄律吕，各适物宜。欲使宫羽相变，低昂互节，若前有浮声，则后须切响。一简之内，音韵尽殊；两句之中，轻重悉异。妙达此旨，始可言文。"

印度佛教于两汉之际传入中国，古代文人随着译经活动的展开，逐渐明了梵语中有辅音和元音，由此促进汉语声母、韵母和四声的发明。通常认为周颙和沈约是四声的发明者。《南齐书·刘厥传》中记载："汝南周颙善识声韵，约等文皆用宫商，以平上去入为四声，以此制韵，不可增减，世呼为'永明体'。"同时，所谓的"八病"说归诸沈约。"八病"指声律中的病犯，具体内涵见于《文镜秘府论》。以"四声八病"著称的永明声律论为五言和七言律诗的产生和成熟奠定了基础，为中国古代诗体的发展做出了重要贡献。

刘勰无疑是魏晋南北朝时期文学修辞研究的集大成者。《文心雕龙》中的第三十三篇至第四十一篇属于修辞论。

《声律》论述平仄和双声叠韵："凡声有飞沉，响有双叠。""飞"指平声，"沉"指仄声。"双声"指声母相同的双音节词，"叠韵"指韵母相同的双音节词。双声叠韵是汉语特有的谐音修辞方式。刘勰认为"双声隔字而每舛，叠韵杂句而必睽；沉则响发而断，飞则声飏不还"。也就是说，双声词和叠韵词不能出现间隔；同时，句中连续使用低沉的仄声，就会像声音断气，而连续使用高扬的平声，就会缺乏宛转。

"双声"和"叠韵"属于词音修辞。这里顺便提及，在梵语诗学中，词音修辞称为"音庄严"，如"谐音"（即重复使用相同的字母）、"叠声"（即重复使用同音异义的音组）以及"双关"中的"音双关"。还有一种称为"图案"的词音修辞，即将音节排列成某种格式或图案，其中的"半旋体"和"全旋体"，一行诗句可以正读和倒读，乃至一首诗也可以正读和倒读，或者将诗中音节排列成刀、鼓或莲花图案。这种诗体类似《文心雕龙·明诗》中提到的回文诗："回文所兴，则道原为始。"范文澜《文心雕龙注》引用李详《黄注补正》中的说法："《困学纪闻》十八评诗云'《诗苑类格》谓回文出于窦滔妻所作(《晋书·列女传》窦滔妻苏氏名蕙字若兰。滔被徙流沙,苏氏思之,织锦为《回文璇玑图诗》以赠滔。宛转循环以读之,词甚凄惋,凡八百四十字)。'"李详还引用梅庆生《音注本》云:"宋贺道庆作四言回文诗一首,计十二句,四十八言,从尾至首,读也成韵。而道原无可考,恐原为庆字之误。"而李详认为"道庆之前回文作者已众,不得定原字为庆之误"。最后,范文澜"录王融《春游回文诗》一首以备考(《艺文类聚》作贺道庆):枝分柳塞北,叶暗榆关东,垂条逐絮转,落蕊散花丛。池莲照晓月,幔锦拂朝风;低吹杂纶羽,薄粉艳妆红;离情隔远道,叹结深闺中。"

《章句》论述篇章修辞。首先说明篇、章、句和字的关系,然后强调"章句在篇,如茧之抽绪,原始要终,体必鳞次。启行之辞,逆萌中篇之意,绝笔之言,追媵前句之旨;故能外文绮交,内义脉注,跗萼相衔,首尾一体"。也就是要注意局部和整体的关系,前后中间贯通一致。

《丽辞》论述对偶。对偶指字数相同并属于同一词类的词构成的句子两两相对,表达相关、相似或相反的意义。这也是汉语特有的修辞方式。刘勰将对偶分为四类:"言对者,双比空辞者也;事对者,并举人验者也;反对者,理殊趣合者也;正对者,事异义同者也。"也就是说,"言对者"是不用事的对偶,"事对者"是用事的对偶,"反对者"是意义相反的对偶,"正对者"是意义相同的对偶。

《比兴》论述比兴。刘勰认为"比者,附也;兴者,起也。附理者切类以指事,起情者依微以拟议"。他指出"夫比之为义,取类不常:或喻于声,或方于貌,或拟于心,或譬于事"。这里是说喻体和本体多种多样,作为被比喻的本体可以是声音、形貌、心情和事物,等等。同时,他指出"比类虽繁,以切至为贵"。他认为巧妙的比喻在于"物虽胡越，合则胆肝"，关键是"拟容取心"。

《夸饰》论述夸张。刘勰认为"自天地以降，豫入声貌，文辞所被，夸饰恒存"。"辞虽已甚，其义无害也。"其功能在于"因夸以成状，沿饰而得奇"。然而，也必须注意"夸而有节，饰而不诬"，否则，"夸过其理，则名实两乖"。

《事类》论述用典。刘勰指出"事类者，盖文章之外，据事以类义，援古以证今者也"。而他强调"综学在博，取事贵约，校练务精，捃理须核，众美辐辏，表里发挥"。或者说，"理得而义要"，而且，"用旧合机，不啻自其口出"。

《练字》论述用字。刘勰要求用字"一避诡异，二省联边，三权重出，四调单复"。其中，"诡异"指使用怪僻字，"联边"指连续使用偏旁相同的字，"重出"指重复使用相同的字，"单复"指连续使用笔画少或笔画多的字。也就是说，刘勰要求用字准确而清晰，也要求避免用字重复单调，还要注意保持句中字体排列的形体美。

《隐秀》论述含蓄和警句。刘勰认为"隐也者，文外之重旨者也；秀也者，篇中之独拔者也。"其中，"隐以复意为工"，要求"隐之为体，义生文外，秘响旁通，伏采潜发"，也就是句义含蓄。而"秀以卓绝为巧"，也就是文章中的警策之句。

《指瑕》论述文章中的瑕疵。刘勰认为"古来文才，异世争驱，或逸才以爽迅，或精思以纤密，而虑动难圆，鲜无瑕疵"。他举例说明用词不当、不合义理或伦理、比拟不伦和掠人之美等瑕病，指出"立文之道，惟字与义。字以训正，义以理宣"。

唐代孔颖达主编的《五经正义》中也论及一些修辞方式，如比兴、互文、变文和省文等。其中，"互文"指"互文而相足"。如《周易》中"君子以惩忿窒欲"这句，《正义》曰："惩者息其既往，窒者闭其将来；忿、欲皆有往来，惩、窒互文而相足也。"钱锺书在《管锥编·周易正义一〇》中指出"孔颖达盖得法于郑玄者。《礼记·坊记》：'君子约言，小人先言'，郑注：'"约"与"先"互言尔；君子"约"则小人"多"矣，小人"先"则君子"后"矣。'孔能触类旁通"。"互文"是中国古代诗文中的常用修辞方式，如王昌龄《出塞》中"秦时明月汉时关"这句，沈德潜在《说诗晬语》中指出"防边筑城，起于秦汉，明月属秦，关属汉，诗中互文"。

"变文"指避免重复而变换用词。如《左传》中"祁午得位，伯华得官"这两句，《正义》曰："官、位一也，变文相辟耳。""相辟"即相避。

"省文"指省略句中共用词。《左传》中"山木如市，弗加于山，鱼盐蜃蛤，弗加于海"这几句。《正义》曰："'如'训'往'也。言将山木往至市也。于'木'既云'如市'，'鱼盐蜃蛤'亦'如市'可知，蒙上文也。"这种"省文"相当于梵语诗学中的"明灯"修辞，指一句中某个词语为各句共用，犹如一盏明灯照亮所有句子。

遍照金刚的《文镜秘府论》保存了许多原已失传的初唐时期诗格类著作。这类诗格著作主要论述诗文写作方法和技巧。遍照金刚在序中自述"阅诸家格式等，勘彼同异"，"削其重复，存其单号，总有一十五种类"。其中涉及修辞的论题主要是声韵、对偶和文病。

关于对偶，遍照金刚指出"余览沈、陆、王、元等诗格式等，出没不同。今弃其同者，撰其异者，都有二十九种对"。它们分别是的名对（亦名正名对）、隔句对、双拟对、联绵对、互成对、异类对、赋体对、双声对、叠韵对、回文对、意对、平对、奇对、同对、字对、声对、侧对、邻近对、交络对、当句对、含境对、背体对、偏对、双虚实对、假对、切侧对、双声侧对、叠韵侧对、总不对对。他也依据诸家的论述一一举例说明这些对偶方式。

关于文病，遍照金刚指出"颙、约以降，兢、融以往，声谱之论郁起，病犯之名争兴，家制格式，人谈疾累"。"洎八体、十病、六犯、三疾，或文异义同，或名通理隔，卷轴满机"，"予今载刀之繁，载笔之简，总有二十八种病"。而在正文列出的有三十种：平头、上尾、蜂腰、鹤膝、大韵、小韵、旁纽、正纽、水浑、火灭、木枯、金缺、阙偶、繁说、龃龉、丛聚、忌讳、形迹、旁突、翻语、长撷腰、长解镫、支离、相滥、落节、杂乱、文赘、相反、相重、骈拇。他也依据诸家论述一一举例说明这些文病。若按照《文镜秘府论》的简缩本《文笔眼心抄》中的"文二十八病"，则应删除前三十种中的"水浑"和"火灭"。

所谓"文病"按照文笔之分，实际是诗病。其中，前八病也就是沈约所说"四声八病"中的"八病"。后面的"水浑、火灭、木枯、金缺"和"龃龉"也属于声韵病。其他十七种主要指用词重复、用词犯忌、词义杂乱、偏离主题和句式单调等，属于词句和内容方面的弊病。

梵语诗学中的诗病分为音病、义病和句病。"病"的梵语用词是 doṣa，词义为过失、错误或疾病。而中国古代诗学中的诗病说通常停留在现象罗列上，遍照金刚只是将诸家分散的"病"、"犯"和"疾"归纳为"二十八病"，应该说还不是完全的。例如，早至晋代，挚虞在《文章流别论》中曾提出"四过"："夫假象过大，则与类相远；逸辞过壮，则与事相违；辩言过理，则与义相失；丽靡过美，则与情相悖。此四过者，所以背大体而害政教。"这是说明夸张过头或词语浮华繁缛造成不合情理的过失。"诗病"或"文病"说散见于各种诗话和文论，晚至清代，章学诚在《文史通义》中提出"古文十弊"：剜肉为疮，八面求圆，削趾适履，私署头衔，不达时势，同里铭旌，画蛇添足，优伶演剧，井底天文，误学邯郸。林纾在《春觉斋论文》中提出"论文十六忌"：忌直率，忌剽袭，忌庸絮，忌虚枵，忌险怪，忌凡猥，忌肤博，忌轻儇，忌偏执，忌狂谬，忌陈腐，忌涂饰，忌繁碎，忌糅杂，忌牵拘，忌熟烂。

《文镜秘府论》中还引述崔融的"十体"，其中也涉及修辞方式。如"映带体"："映带体者，谓以事意相惬，复而用之者是。诗曰：'露花疑濯锦，泉月似沉珠。'此意花似锦，月似珠，自昔通规矣。然蜀有濯锦川，汉有明珠浦，故特以为映带。"实际上，这是双关修辞。

又如"菁华体"："菁华体者，得其精而忘其粗者是。诗曰：'青田未矫翰，丹穴欲乘风。'鹤生青田，凤出丹穴。今只言青田，即可知鹤；指言丹穴，即可知凤。此则文典之菁华。"实际上，这是借代修辞。

《文镜秘府论》主要收录初唐的诗格著作。中晚唐诗格著作沿袭初唐诗格著作中的论题，另有新增加的论题，其中比较突出的是关于诗歌题材和比喻修辞。

齐己《风骚旨格》中的"诗四十门"、徐寅《雅道机要》中的"明门户差别"和王梦简《诗格要律》中的"凡二十六门"都是论述诗歌题材，如皇道、悲喜、惆怅、道情、得意、背时、贞孝、薄情、忠正、世情、嗟叹、清苦、眷恋、志气和伤心，等等。

贾岛《二南密旨》中的"论总例物象"和虚中《流类手鉴》中的"物象流类"都是论述各种物象用作喻体的比喻义。虚中指出："夫诗道幽远，理入玄微。凡俗罔知，以为浅近。善诗之人，心含造化，言含万象。且天地、日月、草木、烟云皆随我用，合我晦明。此则诗人之言应于物象，岂可易哉？"他们两位各自罗列了几十种物象比喻。如"馨香，比喻君子也"；"兰蕙，比喻有德才艺之士也"；"金玉、珍珠、宝玉、琼瑰，比喻仁义光华也"；"荆棘、蜂蝶，比喻小人也"；"岩松、溪竹，比喻贤人在野也"；"春风、和风、雨露，比君恩也"；"朔风、霜霰，比君子失德也"；"百草，比万民也"；"苔藓，比古道也"；"丝萝、兔丝，比依附也"；等等。

宋代陈骙的《文则》是中国的第一部修辞学专著。在《文则序》中，陈骙自述"《诗》、《书》、二《礼》、《易》、《春秋》所载，丘明、高、赤所传，老、庄、孟、荀之徒所著，皆学者所朝夕讽诵之文也。徒讽诵而弗考，犹终日饮食而不知味。余窃有考焉，随而录之，遂盈简牍，古人之文，其则著矣，因号曰《文则》"。《文则》采用札记体，分为十类，共有六十二条，内容涉及词法、句法、章法、文体风格和修辞等。下面列举其中一些比较重要的修辞方式，凡陈骙所引例，只取其一种。

"蓄意"（相当于"含蓄"）："文之作也，以载事为难；事之载也，以蓄意为工。观《左氏传》载晋败于邲之事，但云：'中军下军争舟，舟中之指可掬。'则攀舟乱刀断指之意自蓄其中。"

"反复"："文有若重复而意实曲折者。《诗》曰：'云谁之思？西方美人。彼美人兮，西方之人兮！'此思贤之意自曲折也。"

"对偶"："文有意相属而对偶者。"如"诲尔谆谆，听我藐藐"。"有事相类而对偶者。"如"佑贤辅德，显忠遂良"。

"倒语"（相当于"倒装"）："文有倒语之法。""《春秋》书曰：'吴子遏伐楚，门于巢，卒。'《公羊传》曰：'门于巢者何？入门乎巢而卒也。'然夫子先言'门'，后言'于巢'者，于文虽倒，而寓意深矣。"（何休曰："吴子欲伐楚，过巢，不假途，卒暴入巢门，门者以为欲犯巢而射杀之，故与巢得杀之，若吴为自死文，所以彊守御也。"）

"援引"（相当于"引用"）："推而广之，盖有二端：一以断行事，二以证立言。二者又各分三体。"如《大学》载："'汤之《盘铭》曰：'苟日新，日日新，又日新。'《康诰》曰：'作新民。'

《诗》曰：'周虽旧邦，其命维新。'是故君子无所不用其极。"这是"以证立言"中的一体，即"采综群言，以尽其义"。

"继踵"（相当于"层递"）："文有上下相接若继踵然，其体有三。其一曰：叙积小至大。如《中庸》曰：'能尽其性，则能尽人之性；能尽人之性，则能尽物之性；能尽物之性，则可以赞天地之化育；可以赞天地之化育，则可以与天地参矣。'""其二曰：叙由精及粗。""其三曰：叙自流极原。""继踵"相当于梵语诗学中的"递进"修辞："越来越高，达到顶峰。"

"交错"（相当于"复叠"）："文有交错之体若缠纠然，主在析理，理尽后已。""《穀梁》曰：'人之所以为人者，言也。人而不能言，何以为人？言之所以为言者，信也。言而不信，何以为言？信之所以为信者，道也。信而不道，何以为信？'""复叠"相当于梵语诗学中的"连珠"修辞："每个后面的事物被确认或否认前面的事物。"

（这个修辞方式没有名目，而相当于"反语"）："诗人《庭燎》之咏，文虽美之，意则箴之；张老轮奂之辞，文虽颂之，意则讥矣。"（晋献文子成室，张老曰："美哉轮焉，美哉奂焉，歌于斯，哭于斯，聚国族于斯。"）"反语"相当于梵语诗学中的"佯赞"修辞："表面上赞扬，实际意思相反。"

"数句用一类字"（相当于"排比"）："文有数句用一类字，所以壮文势，广文义也。"如"退之《画记》云：'骑而立者五人，骑而被甲载兵立者十人，骑而负者二人，骑执器者二人。'"

陈骙将比喻分为十种："《易》之有象，以尽其意；《诗》之有比，以达其情。文之作也，可无喻乎？博采经传，约而论之，取喻之法，大概有十。"

"直喻"（相当于"明喻"）："或言'犹'，或言'若'，或言'似'，灼然可见。《孟子》曰：'犹缘木而求鱼也。'"

"隐喻"："其文虽晦，义则可寻。《礼记》曰：'诸侯不下渔色。'"（国君内取国中，象捕鱼然，中网取之，是无所择。）

"类喻"："取其一类，以次喻之。""贾谊《新书》曰：'天子如堂，群臣如陛，众庶如地。'堂、陛、地，一类也。"

"诘喻"："虽为喻文，似成诘难。《论语》曰：'虎兕出于柙，龟玉毁于椟中，是谁之过欤？'""诘喻"类似梵语诗学中的"疑问"修辞，即以疑问的方式运用比喻。

"对喻"："先比后证，上下相符。《庄子》曰：'鱼相忘乎江湖，人相忘乎道术。'""对喻"相当于梵语诗学中的"对偶喻"（或称"类比"）修辞："将相似的事物并列，即使不使用如、像，相似性也显而易见。"

"博喻"："取以为喻，不一而足。《书》曰：'若金，用汝作砺；若济巨川，用汝作舟楫；若岁大旱，用汝作霖雨。'"

"简喻"："其文虽略，其意甚明。《左氏传》曰：'名，德之舆也。'"

"详喻"："须假多辞，然后义显。《荀子》曰：'夫耀蝉者，务在乎明其火，振其树而已。火不明，虽振其树无益也。今人主有能明其德，则天下归之，若蝉之归明火也。'"

"引喻"："援取前言，以证其事。《左氏传》曰：'谚所谓"庇焉而纵寻斧焉"者也。'"

"虚喻"："既不指物，亦不指事。""《老子》曰：'飂兮似无所止。'"

陈骙总结出十种"取喻之法"是对中国古代修辞学的重大贡献。梵语诗学中，楼陀罗吒的《诗庄严论》也曾将比喻类修辞归并为二十一种。中印古代诗学都重视比喻修辞，说明比喻修辞本身在文学修辞现象中占据重要地位。亚里士多德虽然在《诗学》和《修辞学》中没有充分论述文学修辞，但他也认识到比喻修辞的重要性,因而在《诗学》中指出"善用隐喻是天才的标识"。

印度佛经以善用比喻著称。宋代法云编撰的《翻译名义集》是一部重要的佛教汉语词典,其中卷十四《增数譬喻篇》专论佛经比喻。法云指出:"譬者,比况也;喻者,晓训也。至理玄微,抱迷不悟;妙法深奥,执情奚解?要假近以喻远,故借彼以况此。"他首先介绍《大般涅槃经》中"说喻有八种"。

一、"顺喻":"天降大雨,沟渎皆满。沟渎满故,小坑满等。如来法雨亦复如是,众生戒满。戒满足故,不悔心满等。"这是指依照由小至大的次序比喻。

二、"逆喻":"大海有本,所谓大河;大河有本,所谓小河等。以喻涅槃有本,谓解脱等。"这是依照由大至小的次序比喻。

三、"现喻":"众生心性犹如猕猴。"这是用眼见的事物比喻。

四、"非喻":"有四山从四方来,欲害于人。""四山即生老病死,常来切人。"这是以非实有的状况比喻。

五、"先喻":"譬如有人贪著妙华,欲取之时,为水所漂,众生亦然,贪著五欲,为生老病死之所漂没。"这是先比喻,后说理。

六、"后喻":"莫轻小恶,以为无殃,水渧虽微,渐盈大器。"这是先说理,后比喻。

七、"先后喻":"譬如芭蕉,生果则死,愚人得养亦如是。如骡怀妊,命不久全。"这是先后皆用比喻。

八、"遍喻":"三十三天有波利质多树","叶熟则黄,诸天见已,心生欢喜;其叶既落,复生欢喜;枝变色已,又生欢喜等。我诸弟子亦如是,叶色黄者,喻我弟子念欲出家;其叶落者,喻我弟子剃除须发等"。这是完全的比喻。

法云还指出《大般涅槃经》中另有一种"分喻":"面貌端正如盛满月,白象鲜洁犹如雪山。满月不可即同于面,雪山不可即是白象。不可喻喻真解脱。为众生故,故作是喻。雪山比象,安责尾牙？满月况面，岂有眉目？"这是以不可喻为喻，用以比喻真解脱。钱锺书在《谈艺录》（二）中对此评论说："慎思明辨，说理宜然。至诗人修辞，奇情幻想，则雪山比象，不妨生长尾牙；满月同面，尽可妆成眉目。"

然后，法云分别设立词条，说明佛经中如何以喻说法。除"斫讫罗"这个词条外，其他词条采取数字递增的方式排列。下面依次摘要介绍。

"斫讫罗"：这是梵语 cakra（"轮"）一词的音译。"《净名》云：'三转法轮于大千。'""《文句》云：'转佛心中化他之法，度入他心，名转法轮。'"

"一门"："十方谛求，更无余乘。唯一佛乘，故言一。此教能通，故言门。"

"二翼"："亦喻二轮，又譬二门。故《止观》云：'驰二轮而致远，喻止观以横周。鼓两翅以高飞，譬定慧之竖彻。'"

"三目"："摩醯首罗居色界顶，统领大千，一面三目，三目一面。""三德亦尔。""三德"指法身、般若和解脱。"摩醯首罗"是梵语 maheśvara（"大自在天"）一词的音译。

"四蛇"："《大集》云：'昔有一人，避二醉象（生死），缘藤（命根）入井（无常），有黑白二鼠（日月），啮藤将断，旁有四蛇欲螫（四大），下有三龙吐火，张爪拒之（三毒）。其人仰望二象已临井上，忧恼无托，忽有蜂过，遗蜜滴入口（五欲），是人啖蜜，全忘危惧。'"这是个寓言故事，其中，"四大"指地、水、火和风四大元素；"三毒"指贪、瞋和痴；"五欲"指贪著色、声、香、味和触。

"五味"："《圣行品》云：'譬如从牛出乳，从乳出酪，从酪出生酥，从生酥出熟酥，从熟酥出醍醐，譬从佛出十二部经，从十二部经出九部修多罗，从九部出方等，从方等出摩诃般若，从摩诃般若出大涅槃。'"

"六贼"："《金光明》云：'犹如世人驰走空聚（六根虚假，如空聚落），六贼所害，愚不知避（六尘污染，害智慧命，劫功德财，故名六贼）。'" "六尘"指六种感官对象：色、声、香、味、触和法。

"六喻"："秦《金刚》云：'一切有为法，如梦幻泡影，如露亦如电，应作如是观。'"

"七华"："《维摩经》云：'无漏法林树，觉意净妙华。'天台释云：'觉意即七觉支（一择法，二精进，三喜，四除，五舍，六定，七念）。'七觉调停，生真智因华。"

"八筏"："《智论》引《筏喻经》云：'汝等若解我筏喻法，是时善法宜应弃舍，况不善法。斯乃无所得之要术，俾不凝滞于物矣。'" "又喻八轮。《正理论》云：'如世间轮有辐毂辋。八支圣道似彼名轮，正见、正思惟、正勤、正念似辐，正语、正业、正命似毂，正定似辋。三事具足，可乘转于通衢也。'"

"九喻"："《方等如来藏经》佛为金刚菩萨说一法九喻。" "又魏译《金刚》云：'一切有为法，如星翳灯幻，露泡影梦电，应作如是观。'"

"十宝"："《光明经》云：'我当安止于十地，十种珍宝以为脚足。'天台释云：'珍宝者，十地因可贵，诸地即是珍宝也。'" "十地"指菩萨修行的十个阶段。

其实，唐代诗格著作的作者有不少是佛教僧人，如皎然、齐己、虚中、神彧、保暹和景淳，但他们都没有总结佛经的比喻修辞，即使虚中论述比喻，也不涉及佛经中的比喻，最终这个任务落到宋代法云肩上。

钱锺书的《谈艺录》和《管锥编》显示对文学修辞的关注。他也是发掘佛经中比喻修辞用力最勤的现代学者，前面引用他的一段话，表明他注意到宋云的《翻译名义集》。这里还可以举《谈艺录》（二八）中论述比喻部分为例。钱锺书认为"沧浪所用'镜花水月'一喻，即足为当机煞活之例"。随即他指出"在内典中，此喻屡见不一见"，并引用大量例证说明，如"《诸法释论》第十二举十喻：'如幻，如焰，如水中月，如虚空，如响，如揵闼婆城，如梦，如影，如镜中像，如化。'《维摩诘所说经·方便品》第二言'是身无常、无强、无力、无坚'，于'无常'、'无坚'亦举十喻：'如聚沫，如泡，如炎，如芭蕉，如幻，如梦，如影，如响，如浮云，如电。'""《金刚经》之'六如'流传最广，所谓'一切有为法，如梦幻泡影，如露亦如电，应作如是观。'""《成唯识论》卷八：'心所虚妄变现，犹如幻事、阳焰、梦境、镜象、光影、谷响、水月。'则又非十如、八如、六如，而为七如也。"

然而钱锺书并未就此止步，他进一步与西方宗教中的比喻修辞进行比较，指出"西方神秘宗师普罗提纳论世相空妄，喻如梦中境、镜中影、水中像。基督教诗文论人生脆促，无坚无常，揣称博依，举如梦、如泡、如影、如露、如电、如云、如枝头花、如日下雪、如风中叶、如箭脱弦、如鸟过空等。铺比夥颐，或至二十七事，'六如'、'九如'，瞠乎后矣"。《谈艺录》和《管锥编》中诸如此类的比较研究堪称打通中外诗艺的典范例证。

第六章

风格论

一

在梵语诗学中,风格也是一个始终受到关注的论题。最初,婆罗多在《舞论》中论述了戏剧风格。他确立了四种戏剧风格:雄辩、崇高、艳美和刚烈。按照他的界定,雄辩风格"以语言为主,由男角而不由女角运用,使用梵语"(22.25)。崇高风格"具有真性、正理和事件,充满喜悦,抑止悲伤的感情。它含有语言和形体表演,语言和行动充满真性。它适合英勇味、奇异味和暴戾味,很少用于悲悯味和艳情味,角色主要是高傲的、互相对抗的人物"(22.38—40)。艳美风格"妆饰优美,特别迷人,与妇女有关,含有许多歌舞,各种行动导致爱的享受"(22.47)。刚烈风格"主要具有刚烈的性质,含有许多欺诈、虚伪和不实之词,含有跌倒、跳起、跨越、幻术、魔法和各种战斗"(22.56—57)。

婆罗多将戏剧表演分为形体、语言、妆饰和真情四类。从他对四种风格的分类看,雄辩风格中语言表演尤为突出,崇高风格中展示人格力量的真情表演尤为突出,艳美风格中歌舞和妆饰表演尤为突出,刚烈风格中激烈的形体表演尤为突出。

《舞论》中用作"风格"的原词是(vṛtti)。它的本义是活动或活动方式,用在戏剧表演中,则可理解为表演方式或风格。除了风格这个概念外，《舞论》中还提到地方风格（pravṛtti）。这是"因为世界有不同地区、服装和语言"，同时"不同地区偏爱某种风格，由此产生地方特色"（14.36以下）。婆罗多也将地方风格归纳为四种：南方、阿槃底、奥达罗摩揭陀和般遮罗。

婆罗多在《舞论》中没有论及诗的风格。但他对戏剧表演中的风格和地方风格的探讨，无疑对后来的梵语诗学家具有直接的启迪作用。

在早期梵语诗学中，一般都用地域名称命名诗的风格。婆摩诃的《诗庄严论》主要论述庄严和诗病，但也涉及风格。他提到维达巴和高德两种风格。维达巴和高德都是地域名称。维达巴位于印度南方，高德位于印度东方。但是，婆摩诃不同意在这两种风格中分出高下。他针对当时有些学者认为维达巴风格优于高德风格，说道："清晰、明快和柔和，但意义贫乏，缺少曲折的表达，那么，它的不同之处只是像歌曲那样动听。不使用粗俗的语言，有修饰，有意义，准确，连贯，即使是高德风格，也是好诗。否则，维达巴风格也不行。"（1.34—35）

语言艺术中的地域特点，前人也已经注意到。波那在《戒日王传》的序诗中说道："北方作品充满双关，西方作品注重意义，南方作品喜爱奇想，高德（即东方）作品辞藻华丽。"他认为要同时具备这四种特点，很不容易："有新意，自然而不流于俚俗，双关而不晦涩，情味显豁，辞藻华丽，难以同时具备这一切。"

在梵语诗学中，檀丁首先对风格概念做了认真的理论分析。檀丁认为"有许多语言风格，互相有细微差别"。因而，他只"描述其中有明显差别的维达巴风格和高德风格"（1.40）。檀丁的风格论以诗德论为基础。诗德（guṇa）概念早在婆罗多的《舞论》中已经提出。婆罗多并未涉及诗的风格问题。他是将诗德作为与诗病相反的概念提出的。他在《舞论》中归纳了与诗病数目相等的十种诗德：紧密、清晰、同一、三昧、甜蜜、壮丽、柔和、易解、高尚和美好。檀丁在《诗镜》中基本上沿用了这十种诗德的名称和内涵。

檀丁对十种诗德的界定如下（1.41—100）。

1. 紧密（śleṣa）："不松弛。"

2. 清晰（prasāda）："使用常见的词义，易于理解。"

3. 同一（samatā）："词音组合前后一贯，或柔或刚或中等，即柔音组合、刚音组合或柔音和刚音混合。"

4. 甜蜜（mādhurya）："语言和内容有味。"这里所说的味是泛指甜蜜有味，不是梵语诗学中的情味。语言有味的表现是谐音，内容有味的表现是不俚俗。

5. 柔和（sukumāratā）："主要使用柔音。"

6. 易解（arthavyakti）："意义无须推究。"

7. 高尚（udāratā）："听到表述，领会到某种杰出品质。"

8. 壮丽（ojas）："含有丰富的复合词。"

9. 美好（kānti）："不超越世间事物范围，人人喜爱。"

10. 三昧（samādhi）："不超越人世界限，一种事物的性质安置在另一种事物上。"

从檀丁论述的十种诗德看，紧密、同一和柔和属于词音范畴，甜蜜兼有词音和词义，其他各种属于词义范畴。这说明诗德涉及诗的语言和内容特征，也涉及修辞方法。例如，词音中的甜蜜涉及谐音修辞，词义中的三昧涉及合说修辞。檀丁将这些诗德视为风格的构成因素。他认为维达巴风格具备这十种诗德。而其中的易解、高尚和三昧与高德风格是共同的。甜蜜、壮丽和美好与高德风格基本一致，只是甜蜜中的谐音方式、壮丽中的复合词使用程度和美好中的夸张程度有所差别。紧密、清晰、同一和柔和则与高德风格相反。因此，大体上说，维达巴风格是一种清晰、柔和、优美的语言风格，而高德风格是一种繁缛、热烈、富丽的语言风格。

与檀丁相比，婆摩诃虽然也论及维达巴风格和高德风格，而且在这两种风格中也包含有诗德因素，但他没有明确提出风格与诗德的关系。同时，他确认的诗德只有三种：甜蜜、清晰和壮丽。他没有具体阐释这三种诗德，甚至也没有使用诗德这个术语，只是指出甜蜜和清晰不使用很多复合词，而壮丽使用很多复合词。而他本人更喜爱甜蜜和清晰这两种诗德，说道："诗歌应该甜蜜，动听，不使用过多的复合词，清晰，学者和妇孺都能理解。"（2.3）因此，檀丁确认诗德是风格的生命，并对风格和诗德的关系作出具体分析，成为梵语诗学中风格论的奠基者。

当然，檀丁意识到风格区分的复杂性。他只是论述了特征较为显著的维达巴和高德两种地域性或群体性的风格。他提醒读者说："至于个别诗人之间的区分就难以细说了。甘蔗、牛奶和糖浆的甜味迥然相异，甚至辩才女神也不能说清它们的区别。"（1.101—102）

如果说檀丁是风格论的奠基者，那么，伐摩那就是风格论体系的完成者。他的《诗庄严经》以风格论为核心，提出了一套完整的诗学理论。他指出："诗可以通过庄严把握。庄严是美，来自无诗病、有诗德和有庄严。"（1.1.1—3）这里，前两个"庄严"是指广义的庄严即艺术美，后一个"庄严"是指狭义的庄严即修辞方式。他给诗下的定义是："诗是经过诗德和庄严修饰的音和义。"（1.1.1 注）但这只是诗的身体。因此，他进一步指出："风格是诗的灵魂。"（1.2.6）他也给风格下了定义："风格是词的特殊组合。这种特殊性是诗德的灵魂。"（1.2.7—8）他将风格分为三种：维达巴、高德和般遮罗。般遮罗也是地域名称，位于印度北方。他认为"维达巴风格具有所有诗德，高德风格具有壮丽和美好两种诗德，般遮罗风格具有甜蜜和柔和两种诗德"（1.2.11—13）。他指出："诗立足于这三种风格，正如画立足于线条。"（1.2.13 注）

前面提到，婆罗多用作风格的原词是vṛtti（活动或活动方式）。后来，檀丁用作风格的原词是 mārga（道路）或 vartman（活动方式）。而伐摩那用作风格的原词是 rīti，本义是流动、行进或方式。显然，伐摩那用此词表示词的特殊组合方式。此后，rīti 成了梵语诗学中指称风格的通用词。

伐摩那沿用了婆罗多和檀丁提出的十种诗德的名称，但他进一步将每种诗德分成音德和义德。这样，实际上有二十种诗德。他依据词音和词义组合的特殊性，提供了十种音德和十种义德的定义。

十种音德：

1. 壮丽："词音连接紧密。"

2. 清晰："词音连接松弛。"这里的松弛是指与紧密一起出现或互相配合的松弛。

3. 紧密："柔和。许多词仿佛融为一体。"

4. 同一："前后一贯。"

5. 三昧："升降有序。"指强词音和弱词音安排有序。

6. 甜蜜："词语分明，不使用长复合词。"

7. 柔和："不使用刺耳的音节或复辅音。"

8. 高尚："作品生动，其中的词语仿佛翩翩起舞。"

9. 易解："词语清楚，容易理解。"

10. 美好："作品新鲜，不落俗套。"

十种义德：

1. 壮丽："意义成熟。"指意义表达上的丰富、充分或大胆。分为五种：用一组词表示一个词，用一个词传达一个句义，以多种方式表达一个意思，几个句子复合成一句，含有暗示义。

2. 清晰："使用最必要的词语，意义简洁。"

3. 紧密："聚合。用巧妙的方式协调一致。"

4. 同一："次序不乱，易于理解。"

5. 三昧："理解意义，需要用心。"
6. 甜蜜："言语曲折动人。"
7. 柔和："避讳。"指避免使用不愉快或不吉利的词语。
8. 高尚："不庸俗。"
9. 易解："展示事物本性。"
10. 美好："明显有味。"这里的味指情味。

尽管伐摩那使用的诗德名称与檀丁一致，但具体界定与檀丁有些差异。尤其是分成音德和义德两个系列，更扩大了这种差异。无疑，伐摩那比檀丁更自觉地意识到诗德由词音结构和词义表达两方面的特征构成，并企图明确地界定各种音德和义德。而且，他也把情味纳入诗德范畴。只是他的方法有些机械，仿佛为了凑足两套诗德数目，以致有些诗德（尤其是音德）显得有点牵强或含混。此外，诗学家之间对于具体诗德的界定出现较多歧异，也不利于读者准确把握各种诗德的内涵。

伐摩那和檀丁一样认为诗德和庄严都是诗的修辞手段。那么，诗德和庄严的区别何在？伐摩那认为"诗德是形成诗美的性质，而庄严是增添诗美的原因"（3.1.1.2）。他打比方说："如果妇女缺乏青春丽质，再好的装饰品也难以增添妩媚，同样，语言缺乏品质（'德'），再好的修辞手法（'庄严'）也难以增添光彩。"由此，他论定诗德"是永恒的"（3.1.3），也就是说，诗德是永久的诗美因素，而庄严是变动不定的、辅助的诗美因素。

伐摩那构建了风格论体系，确认风格是诗的灵魂，而风格以词的特殊性组合即诗德为基础。从此，风格成为梵语诗学中的一个重要范畴。但是，伐摩那的风格论本身也存在一些理论弱点。他对诗德的细致分类具有固定化的倾向，而难以达到严密完善。他认定维达巴风格优于高德风格和般遮罗风格（1.2.14—15）也未必符合创作实际。此外，他的风格概念主要涉及语言组合和表达方式，因而，他将风格视为诗的灵魂，在理论上也难以成立。或者说，他将诗德视为诗的语言的内在美，而将庄严视为诗的语言的外在美，仅仅是在这种意义上，将风格视为诗的灵魂。然而，他首次提出"诗的灵魂"这一概念，却能启迪后人探索语言艺术中更深层次的审美因素。

楼陀罗吒在《诗庄严论》中也论及风格，但他没有接受伐摩那的风格论。他将风格分为四种：维达巴、般遮罗、高德和罗德。他没有将风格的构成因素与诗德联系。他提出另一种类似诗德的概念，名为 vṛtti（方式）。前面已经提到这个词在婆罗多的《舞论》中用以表示戏剧表演风格，而楼陀罗吒在这里用以表示词音运用方式和复合词运用方式。词音运用方式分为甜蜜（madhurā）、成熟（prauḍha）、刺耳（paruṣā）、优美（lalitā）和吉祥（bhadrā）。而风格只与复合词运用方式有关：维达巴风格不含有复合词，般遮罗风格含有两三个词组成的复合词，罗德风格含有五个或七个词组成的复合词，高德风格含有长复合词。显然，楼陀罗吒是庄严论时期最重视味论的诗学家，因而，他也将风格与味相联系，认为"维达巴风格和般遮罗风格适合友爱味、悲悯味、恐怖味和奇异味，罗德风格和高德风格适合暴戾味"（15.20）。

欢增的《韵光》创立了韵论体系，确认"诗的灵魂是韵"（1.1）。欢增认为早期诗学家没有认清诗的本质是韵，才提倡所谓的风格论。因此，他撇开风格的概念，立足于味韵，对诗德的功能作出自己的解释。首先，他将诗德和庄严作了区分："诗德依附那种表现为味等的主要意义，如勇敢等。而庄严依附表示义和表示者的那些肢体，如同手镯。"（2.6 注疏）也就是说，诗德是味韵的属性，犹如勇敢等是人的灵魂的属性，而庄严是表示义的装饰品，犹如手镯等是人的身体的装饰品。然后，他将早期风格论中的十种诗德简化为三种：壮丽、清晰和甜蜜。他认为"艳情味是最甜蜜、最愉快的味，因此，甜蜜的诗德附属蕴含艳情味的诗。而在分离艳情味和悲悯味中，甜蜜的诗德尤为突出，因为心在这里变得湿润柔软。暴戾味等以激动为特点，因此，壮丽的诗德依靠词音和词义显示这种激动。清晰的诗德传达诗中一切味，因此，适用于一切味"（2.7—10）。可见，欢增是从味的角度，从读者心理和感情效应的角度确定诗德的性质。

欢增又将词语组合方式分成无复合词、中等复合词和长复合词三类。楼陀罗吒在《诗庄严论》中将这种复合词运用方式视为风格的决定因素。而欢增像对待诗德一样，撇开风格的概念，立足于味韵，对这种词语组合方式的功能作出自己的解释。欢增指出"词语组合方式依靠甜蜜等诗德暗示味"（3.6）。他认为词语组合方式不同于诗德，也不是诗德的基础或本质。诗德是味的属性，无论有无复合词，只要诗中有味，就有诗德。如果诗中无味，即使无复合词，也不存在甜蜜的诗德；即使有长复合词，也不存在壮丽的诗德。然而，无论诗中有无味，这种或那种词语组合方式总是存在的。同时，欢增认为词语组合方式的"决定因素是适合说话者和表示义"（3.6），"另一个决定因素是适合作品，因为它随作品不同而不同"（3.7）。而归根结底是取决于味。如果作品中的说话者充满味和情，所说的内容以味为主，作者就应该选用适合味的词语组合方式。欢增认为"无论哪种词语组合方式，只要如上所述适合味，都是优美的"（3.9）。他还指出，无论哪种词语组合方式，清晰的诗德对它们都是适用的。因为缺乏清晰的诗德，即使是无复合词，也不能暗示悲悯味或分离艳情味，相反，具备清晰的诗德，即使是中等复合词，也能暗示悲悯味或分离艳情味。

由此可见，诗德和词语组合方式（即复合词运用方式）原本属于风格范畴，而且局限于语言风格。因此，欢增批判地加以吸收，确定它们从属于味韵的地位。只要运用得当，就能像庄严一样，在诗中起到辅助味韵的作用,增强诗的魅力。

恭多迦的《曲语生命论》将"曲语"视为诗的生命。"曲语"是指"机智巧妙的表达方式"(1.10)。恭多迦将一切诗美都纳入"曲语"概念中,其中也包括风格。他将风格分为三种:柔美、绚丽和适中。他反对用地域命名风格。他认为如果按照地域区分风格,那么,地域的划分无限,风格也就会不计其数。实际上,诗的创作依靠诗人的才能、学问和实践,而这三者并不受地域限制。同时,他认为应该依据诗人的性格区分诗的风格。诗人在才能、学问和实践方面的特色都与诗人天生的性格有关。虽说诗人之间性格的差别也是数不胜数,但大致可以分为柔美、绚丽和适中三类。柔美的性格与柔美的风格一致,绚丽的性格与绚丽的风格一致,各有各的可爱之处。而适中的性格兼有柔美和绚丽两种性格,与适中的风格一致,具有混合之美。由此,他也反对将风格分为上、中、下三等。

恭多迦分别对这三种风格作出生动具体的描述。柔美风格:"从纯洁的想象力中绽开新鲜的音义之美,毫不费力,装饰不多而可爱迷人。以事物的本性为主,人为的技巧无足轻重,通晓味等等真谛的知音在心中感受到美。不假思索就能感受到优美可爱,仿佛是创造主的完美创造。其中任何一点奇妙性都产生于想象力,流动着柔美,熠熠生辉。这是优秀诗人采用的柔美风格,犹如蜜蜂围绕鲜花盛开的丛林。"(1.25—29)绚丽风格:"想象力刚开始发挥,曲折性就仿佛在词音和词义中跳动闪耀。诗人堆砌修辞,不知餍足,犹如在项链上镶嵌珠宝。正如那些装饰品闪耀着珠宝的光辉,覆盖美女的身体,形成装饰美。同样,被装饰者自己具有内在充足的美,又借助闪闪发亮的修饰者,展现光辉。即使描写的内容并不多,只要措辞美妙,也能达到某种高度。凭借大诗人的想象力和高超的描写能力,无论什么都会按照意愿获得别样的呈现。其中的句义通过暗示获知,不同于所指('义')和能指('音')的使用方式。其中的事物本身含有情味，又添上某种可爱的奇妙性。绚丽风格以曲语的奇妙性为生命，其中展现夸张的表达方式。老练的诗人们行走在这条极难行走的路上，犹如优秀的战士们的愿望之车行走在刀刃之路上。"（1.34—43）适中风格："绚丽和柔美两种风格在这里混合，具有天然的和技巧的美，光彩熠熠。甜蜜等诗德依据适中风格，产生一种特殊的词语组合魅力。这种风格名为适中，适应各种爱好，两种风格在这里互相竞争。"（1.49—51）

恭多迦对这三种风格包含的词语组合方式和修辞等诗美因素都举例加以说明。他还指明迦梨陀娑和全军等诗人的作品属于柔美风格，波那的作品以及薄婆菩提和王顶等诗人的作品属于绚丽风格，摩由罗阇和曼吉罗等诗人的作品属于适中风格。

恭多迦在风格分析中还指出柔美和绚丽两种风格各有四种名称相同的诗德：甜蜜、清晰、优美和高雅。具体到每种风格，它们的内涵有所不同。大略说来，在柔美风格中，甜蜜是指少用复合词，清晰是指易于理解，优美是指音节和词汇组合自然，高雅是指动听和感人。在绚丽的风格中，甜蜜是指词句紧密而巧妙，清晰是指词句华丽而不艰涩，优美是指音节和词汇组合优美，高雅是指既不柔软，又不生硬。在适中风格中，诗德是上述两种风格的诗德的混用。除了这四种诗德外，还有柔美、绚丽和适中三种风格通用的两种诗德：合适和吉祥。合适是指正确描写事物，内容富有美感。吉祥是指想象力得到充分发挥，令知味者心中产生非凡的惊喜。

可以说，在梵语诗学史上，恭多迦对风格内涵的阐释最为出色，抓住要领，比较切合诗的创作实际。他的风格因素不仅包括词音结构和词义表达的特征，也涉及诗的内容和情味，并联系才能、学问和实践。恭多迦最后总结说："只有一些怀着渴望、不断实践的诗人，才能掌握这三种风格。甚至只要达到一定程度，就能取得成就。"（1.58）

在恭多迦之后，梵语诗学家对风格的阐释大多是有选择地沿袭前人的观点。波阇在《辩才天女的颈饰》中将诗德分为音德、义德和特殊诗德（即在一定条件下由诗病转化而成的诗德）各有二十四种。同时，他提出另一组与九种诗病相对立的九种诗德，相当于檀丁提出的十种诗德的前九种。波阇仍然遵循按照地域命名风格的传统，将风格分成六种：维达巴、般遮罗、高德、阿槃底、罗德和摩揭陀。这些诗德既与特定的诗德有关，也与复合词的使用情况有关。维达巴风格含有所有诗德，很少使用复合词。般遮罗风格以甜蜜和柔和两种诗德为主，使用不超过五六个词组成的复合词。高德风格以壮丽和高尚两种诗德为主，使用长复合词。阿槃底风格介于维达巴风格和般遮罗风格之间，使用三四个词组成的复合词。罗德风格是各种风格的混合。摩揭陀风格是一种前后不统一的风格。显然，波阇的风格是对檀丁和伐摩那的风格论的发展和扩充，而更趋繁琐。

曼摩吒在《诗光》中遵循欢增的观点，撇开风格概念，认为"正如勇敢等是灵魂的属性，而不是形体的属性，甜蜜等诗德是味的属性，而不是音素的属性"（8.66注疏）。他仅仅将传统的维达巴、高德和般遮罗三种风格名称用在暗示甜蜜、壮丽和柔软的音素上（9.81）。他也将传统的十种诗德归纳为甜蜜、壮丽和清晰三种，并作出比欢增更具体的说明。

甜蜜的诗德属于艳情味，令人愉快，引起心的溶化。它在悲悯味、分离艳情味和平静味中尤为突出。顶辅音之外的所有辅音即喉辅音、腭辅音、齿辅音和唇辅音与各自的鼻音结合，顶半元音和顶鼻音与短元音结合，无复合词或有中等复合词，词语组合和谐，这些属于甜蜜的诗德。

壮丽的诗德属于英勇味、厌恶味和暴戾味，令人激动，引起心的扩张。同一类辅音中的第一个和第三个辅音各自与第二个和第四个辅音结合，任何辅音和顶半元音结合，同一辅音结合，顶辅音，腭咝音，顶咝音，长复合词，词语组合夸饰，这些属于壮丽的诗德。

清晰的诗德属于所有的味，犹如烈火燃遍干柴或流水渗透一切，它迅速遍布读者的心，使读者一听到词音就能领会词义。也就是说，诗中的味、复合词和词语组合都是清晰的。

同时，曼摩吒指出，上述有关音素、复合词和词语组合的规则并不是绝对的。它们是可以变更的，以适应说话者、所说的内容和作品体裁的具体情况。

毗首那特在《文镜》中也遵循欢增的观点，将诗德视为味的属性，并将诗德归纳为甜蜜、壮丽和清晰三种。但他不像欢增那样实际上以诗德或词语组合方式取代了风格，也不像曼摩吒那样将风格视为音素使用方式。毗首那特依然将风格视为一种独立的诗的因素。他认为"风格是词语组合方式，呈现肢体的特殊安排，对味等起辅助作用"（9.1）。他将风格分为维达巴、高德、般遮罗和罗德四种。维达巴风格不使用复合词或使用少量复合词，词语组合方式暗示甜蜜诗德。这种风格有助于展示艳情味、悲悯味和平静味。高德风格大量使用复合词，词语组合方式展现壮丽诗德。这种风格有助于展示英勇味、厌恶味和暴戾味。般遮罗风格使用五六个词组成的复合词，词语组合方式不同于维达巴风格和高德风格。罗德风格介于维达巴风格和般遮罗风格之间。

世主在《味海》中介绍了伐摩那提出的十种音德和十种义德。但他倾向于接受韵论派的观点，将传统的十种诗德归纳成甜蜜、壮丽和清晰三种诗德。然而，他又不同意韵论派将诗德规定为味的属性。他认为这三种诗德分别具有溶化、扩张和遍布的功能。它们不仅与味有关，也与词音、词义和词语组合方式有关。这样，世主融合韵论派和传统风格论派的观点，仍将诗德视为一种独立的诗美因素。

总的来说，梵语诗学家在诗德和风格的界定上分歧意见多于庄严和诗病。这也说明对于风格的理论把握难度大于庄严。但梵语诗学家已经作出了不懈的努力，后期出现的恭多迦的风格论、韵论和味论派的诗德论都倾向于抓住风格和诗德的基本要素，以求简明实用。

二

梵语诗学中的风格论以语言分析为基础。风格的构成因素是诗德。诗德涉及词音、词义和情味，也涉及词语组合方式，即诗中所使用复合词的多寡和长短。复合词是梵语特有的语法形态。梵语名词有词尾变化，表明词与词之间的语法关系。如果将没有词尾变化的词干直接复合，则成为复合词。两三个词干复合，属于短复合词；两三个以上词干复合，属于长复合词。少用复合词，语言显得简洁或清晰；多用复合词，尤其是长复合词，语言显得繁缛或绚丽。

汉语的构词和语法形态与梵语迥然有别，因此，中国古人对风格的探讨具有自己的路径，即与文体论融为一体。先秦两汉已经出现诗、赋和散文三大类文体。在魏晋南北朝，曹丕《典论·论文》中指出："夫文本同而末异。盖奏议宜雅，书论宜理，铭诔尚实，诗赋欲丽。此四科不同，故能之者偏也，唯通才能备其体。"其中所说"四科"，实际包括八种文体。而在列举这八种文体时，同时指明它们的文体风格。故而，曹丕在这里使用的"体"，既指文体，也指风格。此外，曹丕也注意到作家和作品风格，如"王粲长于辞赋，徐幹时有齐气，然粲之匹也。如粲之《初征》、《登楼》、《槐赋》、《征思》，幹之《玄猿》、《漏卮》、《圆扇》、《橘赋》，虽张、蔡不过也"。"应玚和而不壮。刘桢壮而不密。孔融体气高妙，有过人者，然不能持论，理不胜辞"。其中提到的"齐气"，据《文选》李善注，指"文体舒缓"。

同样，陆机在《文赋》中论及十种文体时，也同时指明它们的风格："诗缘情而绮靡，赋体物而浏亮，碑披文以相质，诔缠绵而凄怆，铭博约而温润，箴顿挫而清壮，颂优游以彬蔚，论精微而朗畅，奏平彻以闲雅，说炜晔而谲诳。"同时，陆机也指出"其为物也多姿，其为体也屡迁"，因此，作家应该"达变而识次，犹开流以纳泉"。

沈约在《宋书·谢灵运传论》中概述历代文学发展史。他先描述先秦至魏的文学演变："周室既衰，风流弥著。屈平、宋玉，导清源于前；贾谊、相如，振芳尘于后。英辞润金石，高义薄云天。自兹以降，情志愈广。王褒、刘向、扬、班、崔、蔡之徒，异轨同奔，递相师祖。虽清辞丽曲，时发乎篇，而芜音累气，固亦多矣。若夫平子艳发，文以情变，绝唱高踪，久无嗣响。至于建安，曹氏基命，二祖陈王，咸蓄盛藻，甫乃以情纬文，以文披质。"

然后，他讲述自汉至魏，"文体三变"："自汉至魏四百余年，辞人才子文体三变：相如巧为形似之言，二班长于情理之说，子建、仲宣以气质为体，并标能擅美，独映当时。是以一世之士，各相慕习。源其飚流所始，莫不同祖风骚；徒以赏好异情，故意制相诡。"

最后，他描述两晋和南朝时期作家和作品风格："降及元康，潘、陆特秀，律异班、贾，体变曹、王，缛旨星稠，繁文绮合，缀平台之逸响，采南皮之高韵。遗风余烈，事极江右。有晋中兴，玄风独振，为学穷于柱下，博物止乎七篇，驰骋文辞，义殚乎此。自建武暨乎义熙，历载将百，虽缀响联辞，波属云委，莫不寄言上德，托意玄珠，遒丽之辞，无闻焉尔。仲文始革孙、许之风，叔源大变太元之气。爰逮宋氏，颜、谢腾声。灵运之兴会标举，延年之体裁明密，并方轨前秀，垂范后昆。"

这可以说是沈约提供了一份与时代密切相关的作家和作品风格史纲要。至此，中国古代文学风格论已经形成文体风格论、作家风格论、作品风格论和时代风格论的格局。

刘勰《文心雕龙》中的风格论则是魏晋南北朝时期风格论的集大成者。"风格"这个词在魏晋南北朝时期主要用于指称士人的气度或品格。刘勰在《文心雕龙·议对》中论及应劭、傅咸和陆机的议论文章时，指出"亦各有美，风格存焉"。这里的"风格"一词应该是指文章风格。还有，颜之推在《颜氏家训·文章》中说："古人之文，宏材逸气，体度风格去今实远。"其中的"风格"一词也是指文章风格。然而，刘勰还是依照当时的习惯用语，主要使用"体"这个词指称文体和风格。

《文心雕龙》第六篇《明诗》至第二十五篇《书记》论述诗歌和散文各类文体，其中自然会论及各类文体风格特征。而在第三十篇《定势》中对这些文体的风格作出简要的概括："章表奏议，则准的乎典雅；赋颂歌诗，则羽仪乎清丽；符檄书移，则楷式于明断；史论序注，则师范于核要；箴铭碑诔，则体制于宏深；连珠七辞，则从事于巧艳。"同时，刘勰指出"虽复契会相参，节文互杂，譬五色之锦，各以本采为地矣"。也就是说，这些风格是这些文体各自的本色，或者说，这些风格是这些文体写作中应该具有的底色。

在第二十七篇《体性》中，刘勰将作品风格归纳为"八体"："一曰典雅，二曰远奥，三曰精约，四曰显附，五曰繁缛，六曰壮丽，七曰新奇，八曰轻靡。典雅者，熔式经诰，方轨儒门者也；远奥者，馥采典文，经理玄宗也；精约者，核字省句，剖析毫厘者也；显附者，辞直义畅，切理厌心者也；繁缛者，博喻酿采，炜烨枝派者也；壮丽者，高论宏裁，卓烁异采者也；新奇者，摈古竞今，危侧趣诡者也；轻靡者，浮文弱植，缥缈附俗者也。"这八种风格大体是依据作品的思想内容、语言特色和表现手法确立的。同时，刘勰又将这八种风格分为四组，两两相对："雅与奇反，奥与显殊，繁与约舛，壮与轻乖。文辞根叶，苑囿其中矣。"

然而，作品是由作者创作的，因此作品的风格与作者的"情性"密切相关："才有庸俊，气有刚柔，学有浅深，习有雅郑，并情性所铄，陶染所凝，是以笔区云谲，文苑波诡者矣。"这里说明"情性"包括"才"（才能）、"气"（志气或气质）、"学"（学力）和"习"（习染）。因此，作品风格的差异在于作者"情性"的不同。

刘勰正是依据这个准则评论作家的风格："若夫八体屡迁，功以学成，才力居中，肇自血气；气以实志，志以定言，吐纳英华，莫非情性。是以贾生俊发，故文洁而体清；长卿傲诞，故理侈而辞溢；子云沉寂，故志隐而味深；子政简易，故趣昭而事博；孟坚雅懿，故裁密而思靡；平子淹通，故虑周而藻密；仲宣躁锐，故颖出而才果；公幹气褊，故言壮而情骇；嗣宗俶傥，故响逸而调远；叔夜俊侠，故兴高而采烈；安仁轻敏，故锋发而韵流；士衡矜重，故情繁而辞隐。触类以推，表里必符，岂非自然之恒资，才气之大略哉！"

在这篇最后，刘勰指出"八体虽殊，会通合数，得其环中，则辐辏相成。故宜摹体以定习，因性以练才，文之司南，用此道也"。也就是要求习作者从模仿各种风格中确定自己的学习方向，顺应自己的情性练就自己的写作才能。

第二十八篇《风骨》是刘勰提出自己心目中的理想风格。他指出"《诗》总六义，风冠其首，斯乃化感之本源，志气之符契也。是以怊怅述情，必始于风，沉吟铺辞，莫先于骨"。这里说明

"风"是情志和气质的表现，表达感情而具有感化力。而"骨"是文辞的表达力。刘勰比喻说："故辞之待骨，如体之树骸；情之含风，犹形之包气。"也就是说，文辞坚实而具有表达力，如同身体具有骨骼；感情充沛而具有感化力，如同身体含有生命气息。因此，"练于骨者，析辞必精；深于风者，述情必显"。也就是说，文辞具有骨力，必定表现为精粹端直；情志饱满和气质充实，必定能充分表达感情。反之，"瘠义肥辞，繁杂失统，则无骨之征也。思不环周，索寞乏气，则无风之验也"。刘勰还用猛禽、野鸡和凤凰比喻说："若风骨乏采，则鸷集翰林，采乏风骨，则雉窜文囿，唯藻耀而高翔，固文笔之鸣凤也。"因此，辞藻文采必须依附风骨，结成一体，"使文明以健，则风清骨峻，篇体光华"。

第二十九篇《通变》和第四十五篇《时序》都论述了文学与时代的关系。刘勰在《时序》中说："时运交移，质文代变。"他详细论述了历代文学和风格的演变，说明"文变染乎世情，兴废系乎时序，原始以要终，虽百世可知也"。而在《通变》中，刘勰结合时代变迁，简要说明质文和雅俗的演变："是以九代咏歌，志合文则。黄歌《断竹》，质之至也；唐歌《在昔》，则广于黄世；虞歌《卿云》，则文于唐时；夏歌《雕墙》，缛于虞代；商周篇什，丽于夏年。至于序志述时，其揆一也。暨楚之骚文，矩式周人；汉之赋颂，影写楚世；魏之篇制，顾慕汉风；晋之辞章，瞻望魏采。榷而论之，则黄唐淳而质，虞夏质而辨，商周丽而雅，楚汉侈而艳，魏晋浅而绮，宋初讹而新。从质及讹，弥近弥淡。何者？竞今疏古，风味气衰也。"

这段论述中似乎有厚古薄今的意味，但刘勰既看到魏晋时期的文学成就，也看到魏晋时期，尤其是刘宋时期文坛也存在追逐浮华诡怪文风的倾向。他指出"今才颖之士，刻意学文，多略汉篇，师范宋集，虽古今备阅，然近附而远疏矣"。因此，他强调"练青濯绎，必归蓝蒨，矫讹翻浅，还宗经诰，斯斟酌乎质文之间，櫽括乎雅俗之际，可与言通变矣"。

在这篇最后，刘勰指出"文律运周，日新其业。变则其久，通则不乏。趋时必果，乘机无怯。望今制奇，参古定法"。也就是说，要借鉴古人创作经验，把握质文和雅俗的关系，适应时代需求，创作出新颖奇妙而感动人心的作品。

由此可见，刘勰的文学风格论包括文体风格论、作品风格论、作家风格论和时代风格论，内容完备，论述周详，建立了中国古代文学风格论体系。此后历代诗学中有关风格的论述难以再有重大的理论建树。

钟嵘的《诗品》品评自汉至梁一百二十余位五言诗作者，分为上中下三品。其中，上品十一人，中品三十九人，下品七十二人。钟嵘在《诗品序》中提到"昔九品论人，《七略》裁士，校以宾实，诚多未值。至若诗之为技，较尔可知"。也就是认为过去对人物的品评分类未必符合实际，而诗歌是一种技艺，相对容易品评。尽管如此，他也对自己的品评持开放态度，指出"至斯三品升降，差非定制，方申变裁，请寄知者耳"。实际情况也是如此，后世论者多有对他的品评分类提出异议。因为凭个人主观感受的品评，难免"仁者见仁，智者见智"。

钟嵘在对这些诗人的品评中，大多能指明他们各自的风格特征，也注意溯其源流。他对于风格的评述，既采用明确的风格概念，也运用形象化的描绘。例如，他指出班婕妤诗"词旨清捷，怨深文绮"，曹植诗"骨气奇高，词采华茂"，刘桢诗"仗气爱奇，动多振绝，真骨凌霜，高风跨俗"，王粲诗"文秀而质羸"，陆机诗"才高词赡，举体华美"，嵇康诗"托谕清远，良有鉴裁"，应璩诗"雅意深笃"，刘琨诗"自有清拔之气"，陶潜诗"文体省净"，颜延之诗"体裁绮密，情喻渊深"，曹操诗"曹公古直，甚有悲凉之句"，如此等等。因为是对个体诗人作品风格的评述，自然会呈现风格的多样化，同时也能充分展示钟嵘非凡的艺术鉴别能力。总之，在中国古代诗学中，钟嵘在诗人风格品评领域做出了突出的贡献。

唐代诗格类著作也含有风格论。崔融《唐朝新定诗格》中提出"十体"：一形似体，二质气体，三情理体，四直置体，五雕藻体，六映带体，七飞动体，八婉转体，九清切体，十菁华体。从所举诗例看，其中的映带体属于双关修辞，婉转体属于倒装修辞，菁华体属于借代修辞。

王昌龄《诗格》中提出"常用体十四"：一曰藏锋体，二曰曲存体，三曰立节体，四曰褒贬体，五曰赋体，六曰问答体，七曰象外语体，八曰象外比体，九曰入景体，十曰景入理体，十一曰紧体，十二曰因小用大体，十三曰诗辨歌体，十四曰一四团句体。单从这些名称就可以见出这些不属于风格范畴。然而，他另外提出"诗有五趣向"：一曰高格，二曰古雅，三曰闲逸，四曰幽深，五曰神仙。这"五趣向"基本属于风格范畴，只是其中的"神仙"，所引用的诗例是晋代郭景纯（郭璞）的《游仙诗》，用作风格名称显然不合适。

皎然《诗式》中提出"辨体有一十九字"：高（风韵朗畅），逸（体格闲放），贞（放词正直），忠（临危不变），节（持操不改），志（立性不改），气（风情耿介），情（缘景不尽），思（气多含蓄），德（词温而正），诫（检束防闲），闲（情性疏野），达（心迹旷诞），悲（伤甚曰悲），怨（词调凄切），意（立言盘泊），力（体裁劲健），静（非如松风不动，林狖未鸣，乃谓意中之静），远（非如渺渺望水，杳杳看山，乃谓意中之远）。从这些名目看，有些属于风格，有些近似风格，而有些不成其为风格，如忠、节、志和诫等。

齐己《风骚旨格》中也提出"诗有十体"：一曰高古，二曰清奇，三曰远近，四曰双分，五曰背非，六曰无虚，七曰是非，八曰清洁，九曰覆妆，十曰阖门。其中，除了高古和清奇，其他都难以称为风格。

前面第一章中已经提到诗格类著作中有些概念含混模糊，这里虽然沿用魏晋南北朝时期的"体"这个概念，但在应用中却显得很随意，而且对文体风格现象的归纳也显得琐碎凌乱，问题的症结在于没有首先明确界定概念。

但是，《文镜秘府论》收录的《论体》可以说是例外，其论述完全符合文体风格概念："凡制作之士，祖述多门，人心不同，文体各异。较而言之，有博雅焉，有清典焉，有绮艳焉，有宏壮焉，有要约焉，有切至焉。"对这"六体"的诠释是："夫模范经诰，褒述功业，渊乎不测，洋哉有闲，博雅之裁也。敷演情志，宣照德音，植义必明，结言唯正，清典之致也。体其淑姿，因其壮观，文章交映，光彩旁发，绮艳之则也。魁张奇伟，阐耀威灵，纵气凌人，扬声骇物，宏壮之道也。指事述心，断辞趣理，微而能显，少而斯洽，要约之旨也。舒陈哀愤，献纳约戒，言唯折中，情必曲尽，切至之功也。"同时，还指出这六种风格对应的文体："至如称博雅，则颂、论为其标。语清典，则铭、赞居其极。陈绮艳，则诗、赋表其华。叙宏壮，则诏、檄振其响。论要约，则表、启擅其能。言切至，则箴、谏得其实。"其论述可谓与刘勰一脉相承。

尤其可贵的是，《论体》还强调要准确把握各种风格的规范："凡斯六事，文章之通义焉。苟非其宜，失之远矣。博雅之失也缓，清典之失也轻，绮艳之失也淫，宏壮之失也诞，要约之失也阑，切至之失也直。"因此，"词人之作也，先看文之大体，随而用心。遵其所宜，防其所失，故能辞成炼覈，动合规矩"。

继钟嵘的《诗品》，晚唐时期的司空图也著有一部《诗品》。

钟嵘的《诗品》旨在品评个体诗人的诗艺和风格，而司空图的《诗品》旨在总结具有普遍性的诗歌风格。刘勰归纳的"八体"是对诗歌和散文作品风格的总体概括，而司空图专论诗歌风格。他身处晚唐时期，唐代诗歌创作空前繁荣，为他总结诗歌风格提供了无比丰富的资源。

司空图依据对各种诗歌内容和形式特征的综合考察，将诗歌风格归纳为二十四品：雄浑、冲淡、纤秾、沉着、高古、典雅、洗炼、劲健、绮丽、自然、含蓄、豪放、精神、缜密、疏野、清奇、委曲、实境、悲慨、形容、超诣、飘逸、旷达和流动。这表明他对诗歌风格的分类远比前人深入细致。然而，他对于这二十四种风格概念，以诗的形式，采用形象化的比喻和象征手法予以描述，虽然富有艺术美感，而在理论界定上难免不够明晰。同时，其中有些名目如精神、实境、形容和流动之类用作风格概念似乎显得过于宽泛。而无论如何，这二十四品中的绝大多数风格概念是准确的，丰富了中国古代诗歌风格理论。

宋代陈骙的《文则》不仅对修辞学作出重大贡献，而且对语言和文体风格也有独到见解，指出一篇文章或一部书中含有多种风格。他说："《考工记》之文，椎而论之，盖有三美：一曰雄健而雅，二曰宛曲而峻，三曰整齐而醇。"他分别举出《考工记》中的一些句子作为例证。

他又论述《左传》中的"八体"："春秋之时，王道虽微，文风未殄，森罗辞翰，备括规摹。考诸《左氏》，摘其英华，别为八体，各系本文：一曰命婉而当，二曰誓谨而严，三盟约而信，四曰祷切而悫，五曰谏和而直，六曰让辩而正，七曰书达而法，八曰对美而敏。作者观之，庶知古人之大全也。"他具体举出《左传》中有关命、誓、盟、祷、谏、让、书和对的文体作为例证。

严羽的《沧浪诗话》中也含有风格论。严羽提出"诗之品有九：曰高，曰古，曰深，曰远，曰长，曰雄浑，曰飘逸，曰悲壮，曰凄婉"。而他对这九种作品风格没有作出解释。郭绍虞在《沧浪诗话校释》中引用陶明濬《诗说杂记》中的解释："何谓高？凌青云而直上，浮颢气之清英是也。何谓古？金薤琳琅，黼黻溢目者是也。何谓深？盘谷狮林，隐翳幽奥者是也。何谓远？沧溟万顷，飞鸟决眦者是也。何谓长？重江东注，千流万转者是也。何谓雄浑？荒荒油云，寥寥长风者是也。何谓飘逸？秋天闲静，孤云一鹤者是也。何谓悲壮？箛拍铙歌，酣畅猛起者是也。何谓凄婉？丝哀竹滥，如怨如慕者是也。古人之诗多矣，要必有如此气象，而后可与言诗。"这段解释很精彩，也许不会差于严羽本人解释。

严羽还"以时而论"提出各个时代的文体风格，但只是依次列出朝代及其代表诗人，未作解释。他又"以人而论"提出以历代著名诗人命名的文体，也未作解释。而他提出群体或流派风格时，略有解释："又有所谓选体（选诗时代不同，体制随异，今人例谓五言古诗为选体，非也）①。柏梁体（汉武帝与群臣共赋七言，每句用韵，后人谓此体为柏梁体）。玉台体（《玉台集》乃徐陵所序，汉魏六朝之诗皆有之，或者但谓纤艳者为玉台体，其实则不然）。西崑体（即李商隐体，然兼温庭筠及本朝杨、刘诸公而名之也）。香奁体（韩偓之诗，皆裾裙脂粉之语，有《香奁集》）。宫体（梁简文伤于轻靡，时号宫体。其他体制尚或不一，然大概不出此耳）。"

明代费经虞的《雅论》篇幅庞大，共有二十四卷，分为源本、体调、格式、制作、合论、工力、时代、针砭、品衡、盛事、题引、琐语和音韵十三类。每类中大多引用历代诗话中的论述，也表

---

① "选体"通常指萧统《文选》中的五言诗体，而严羽在这里说"非也"。郭绍虞《沧浪诗话校释》此处注曰："《玉屑》无'非也'二字。"《玉屑》指宋代魏庆之的《诗人玉屑》。

达自己的意见。这部著作资料丰富，类似古代诗话分类汇编。

其中，《体调》论述诗体风格。费经虞指出："诗体有时代不同，如汉魏不同于齐梁，初盛不同于中晚，唐不同于宋。此时代不同也。有宗派不同，如梁陈好为宫体，晚唐好为西崑，江西流涪翁之派，宋初喜才调之诗。此宗派不同也。有家数不同，如曹刘备质文之丽，靖节为冲淡之宗，太白飘逸，少陵沉雄，昌黎奇拔，子瞻灵隽。此家数不同也。诗之不同，如人之面。学者能辨别其体调，分其高下，始能追步前人。"他在严羽以时代、宗派和诗人分类论体的基础上，总共列出七十五体，分别引用前人相关论述加以说明。

这里值得一提的是费经虞在《品衡》中对司空图二十四品说的评论："唐司空表圣以一家有一家风骨，乃立二十四品，以总摄之。盖正变俱采，大小兼收，可谓善矣。然有孤行者，有通用者，犹当议焉。其曰：雄浑、冲淡、纤秾、高古、典雅、绮丽、自然、豪放、疏野、飘逸，各立一门；如洗炼、含蓄、精神、实境、超诣、流动、形容、悲慨之类，则未可专立也。雄浑有雄浑之洗炼，冲淡有冲淡之洗炼；纤秾有纤秾之含蓄，高古有高古之含蓄；典雅有典雅之精神，绮丽有绮丽之精神也。又劲健、沉着不外雄浑，缜密不外典雅，委曲不外含蓄，清奇、旷达不外豪放。"他要求确立风格概念时，分清"孤行者"和"通用者"的看法颇有见地。据此，他确认司空图二十四品中的十品为独立存在的风格。

费经虞本人确立十九种诗体风格：古奥、典雅、雄浑、深厚、高老、俊逸、清新、幽秀、富丽、纤巧、轻细、自然、淡远、秾郁、峻洁、疏放、峭别、刻琢和奇僻。他对每种风格有所说明，并引用诗歌作为例证。他指出"诗人意味深长，横见侧出，左宜右有，固未可定。以品题为之，细加抽绎，后有则仿，取为规度。故此诸品，虽未敢曰以尽风雅，而亦觉无以复加矣。学士大夫，志于艺苑，稽之古人，必寻源委，出于独见，必合准绳，庶几近道"。

清代姚鼐在《复鲁絜非书》中提出文章风格阴阳刚柔说："鼐闻天地之道，阴阳刚柔而已。文者，天地之精英，而阴阳刚柔之发也。""其得于阳与刚之美者，则其文如霆，如电，如长风之出谷，如崇山峻崖，如决大川，如奔骐骥；其光也，如杲日，如火，如金镠铁。""其得于阴与柔之美者，则其文如升初日，如清风，如云，如霞，如烟，如幽林曲涧，如沦，如漾，如珠玉之辉，如鸿鹄之鸣而入寥廓。""且夫阴阳刚柔，其本两端，造物者糅而气有多寡进绌，则品次亿万，以至于不可穷，万物生焉。故曰：一阴一阳之为道。夫文之多变，亦若是已。糅而偏胜可也，偏胜之极，一有一绝无，与夫刚不足为刚，柔不足为柔者，皆不可以言文。"他将文章风格归纳为阳刚和阴柔两大类，同时指出文章千变万化，而主张刚柔相济。

姚鼐将文章风格归纳为阳刚和阴柔两大类，应该是能成立的。刘勰在《文心雕龙》中也使用"刚柔"这个概念，如《体性》中说"气有刚柔"和"风趣刚柔"；《熔裁》中说"刚柔以立本，变通以趋时"；《定势》中说"刚柔虽殊，必随时而适用"。就实际情况而言，如通常所说的雄浑、劲健、豪放和壮丽等都能归入阳刚类，冲淡、纤秾、飘逸和凄婉等都能归入阴柔类。又如，明代徐师曾《文体明辨序说》论及词（称作"诗余"），将词的风格分为两大类："至论其词，则有婉约者，有豪放者。婉约者欲其辞情酝藉，豪放者欲其气象恢弘。"徐渭在《南词叙录》中论述南曲和北曲时说："听北曲使人神气鹰扬，毛发洒淅，足以作人勇往之志。""南曲则纡徐绵眇，流丽婉转，使人飘飘然丧其所守而不自觉，信南方之柔媚也。"王世贞也在《曲藻》中说："大抵北主劲切雄丽，南主清峭柔远。"

综上所述，中国古代文体丰富，作家和作品众多，古代文人在魏晋时期就开始进行文体分类，探索文体风格及其与作家个性的关系，并注意总结文学发展的历史经验。早在六世纪初，刘勰就建立了完备的风格论体系，包括文体风格论、作品风格论、作家风格论和时代风格论。此后，风格概念，尤其是诗歌风格概念得到进一步拓展和细化，也延伸至词曲。风格概念也具有历史延续性，即使在风格概念的命名上会存在某些差异，但基本含义是相通的。由于这些风格概念符合文学实际，因而在古代文学评论中得到广泛运用。因此，如果说梵语修辞学在世界古代学术领域中遥遥领先，那么，同样可以说，中国古代风格学在世界古代学术领域中遥遥领先。

第七章

味　论

一

味论是婆罗多创立的梵语戏剧学的理论核心。他在《舞论》中给"味"下的定义是："味产生于情由、情态和不定情的结合。"他解释说："正如各种调料、药草和原料的结合产生味，同样，各种情的结合产生味。正如食糖、原料，调料和药草产生六味（即辣、酸、甜、咸、苦和涩），同样，常情和各种情结合产生味性。""味"（rasa）的词义是"可以品尝"。因此，"正如思想正常的人们享用配有各种调料的食物，品尝到味，感到高兴满意，同样，思想正常的观众看到具有语言、形体和真情的各种情的表演，品尝到常情，感到高兴满意"（6.31以下）。由此可见，婆罗多将生理意义的滋味移用到审美意义上的情味。他所谓的味是指戏剧表演的感情效应，即观众在观剧时体验到的审美快感。

按照婆罗多的规定，味共有八种：艳情味、滑稽味、悲悯味、暴戾味、英勇味、恐怖味、厌恶味和奇异味。与八种味相对应，有八种常情：爱、笑、悲、怒、勇、惧、厌和惊。常情是指人的基本感情。在婆罗多给"味"下的定义中，没有提及常情。但从他的解释中可以得知，戏剧艺术通过语言和形体表演，展示情由、情态和不定情的结合，激起常情，观众便品尝到味。比如，情由、情态和不定情结合，激起常情爱，观众便品尝到艳情味；激起常情悲，观众便品尝到悲悯味，以此类推。后来，胜财在《十色》中给"味"下的定义包含有常情："通过情由、情态、真情和不定情，常情产生甜美性，这被称作味。"（4.1）

婆罗多给"情由"下的定义是："语言、形体和真情表演依靠它而展现。"（7.3以下）他认为情由与原因、缘由和理由同义。具体地说，情由是指戏剧中的有关场景和人物，即感情产生的原因。婆罗多给"情态"下的定义是："让人感受到产生各种意义的语言、形体和真情表演。"（7.4以下）也就是说，它是剧中人物感情的外在表现。

婆罗多认为戏剧中的情共有四十九种：八种常情、三十三种不定情和八种真情。不定情是指随时变化的感情，用以辅助或强化常情。婆罗多确定的三十三种不定情是：忧郁、虚弱、疑虑、妒忌、醉意、疲倦、懒散、沮丧、忧虑、慌乱、回忆、满意、羞愧、暴躁、喜悦、激动、痴呆、傲慢、绝望、焦灼、入眠、癫狂、做梦、觉醒、愤慨、佯装、凶猛、自信、生病、疯狂、死亡、惧怕和思索。它们是伴随或围绕常情出现的各种感情。

八种真情是：瘫软、出汗、汗毛竖起、变声、颤抖、变色、流泪和昏厥。为什么称这些为"真情"？婆罗多解释说，戏剧艺术要求真实性，由幸福或痛苦引起的感情应该逼真地如实表现。达到所要求的真实性，便称之为真情。实际上，这八种真情属于情态，是感情的表现形态，而不是感情本身。婆罗多对情的分析和归类并不十分严密。上述三十三种不定情中，严格地说，有些也属于情态。胜财认识到"真情"属于情态。但他解释说："真情虽然属于情态，但它们自成一类，因为它们产生于真性。"（《十色》4.6）

婆罗多认为情有四十九种，但达到味性的是八种常情。他说："情由、情态和不定情依附常情。由于这种依附关系，常情成为主人，其他的情成为常情的附属。"正如国王有众人围绕，得名为王，"常情有情由、情态和不定情围绕，如同国王。得名为味"（7.7以下）。

味产生于常情，常情产生于情由、情态和不定情的结合。婆罗多对八种味及其相应的常情、情由、情态和不定情都作了具体的描述。

艳情味产生于常情爱。"它以男女为原因，以优美的少女为本源。它的两个基础是会合和分离。其中，会合通过季节、花环、香脂、妆饰、心爱的人、感官对象、美丽的住宅、享受、去花园、感受、耳闻、目睹、游戏和娱乐等情由产生。它应该用眼的机灵、眉的挑动、斜视、温柔甜蜜的形体动作和语言等情态表演。它的不定情不包括惧怕、懒散、凶猛和厌恶。而分离应该用忧郁、虚弱、疑虑、妒忌、疲倦、忧虑、焦灼、瞌睡、入眠、做梦、故意冷淡、生病、疯狂、癫狂、痴呆和死亡等情态表演。"（6.45以下）

滑稽味产生于常情笑。"它通过不合适的服装或妆饰、冒失、贪婪、争吵、言不及义、显示肢体缺陷和指出缺点等情由产生。它应该用咬嘴唇、翕动鼻孔和两腮、瞪眼、挤眼、出汗、脸色和叉腰等情态表演。它的不定情是懒散、佯装、困倦、入眠、做梦、觉醒和妒忌等。"（6.48以下）

悲悯味产生于常情悲。"它通过诅咒的折磨、灾厄、与心爱之人分离、失去财富、杀害、囚禁、逃跑、打击和落难等情由产生。它应该用流泪、悲泣、嘴唇干燥、脸部变色、肢体无力、喘息和失去记忆等情态表演。它的不定情是忧郁、虚弱、忧虑、焦灼、激动、慌乱、疲倦、恐惧、绝望、沮丧、生病、痴呆、疯狂、癫狂、惧怕、懒散、死亡、瘫软、颤抖、变色、流泪和失声等。"（6.61以下）

暴戾味产生于常情怒。"它产生于罗刹、檀那婆和傲慢之人，以战斗为原因。它通过愤怒、侵犯、毁谤、侮辱、谎言、中伤、谋害和忌恨等情由产生。它的行动是抽打、撕裂、挤压、劈、砍、扔、抓、火拼和流血等。它应该用红眼、出汗、皱眉、咬牙切齿、双颊颤动和摩拳擦掌等情态表演。它的不定情是混乱、勇敢、冲动、愤慨、暴躁、凶猛、出汗、颤抖、汗毛竖起和口吃等。"（6.63以下）

英勇味产生于常情勇。"它以上等人为本源，通过镇定、坚韧、谋略、素养、骁勇、能力、威武和威力等情由产生。它应该用坚强、勇敢、刚毅、牺牲和精明等情态表演。它的不定情是满意、自信、傲慢、激动、凶猛、愤慨、回忆和汗毛竖起等。"（6.66以下）

恐怖味产生于常情惧。"它通过怪异的声音、见到鬼怪、听到豺或猫头鹰的叫声而惊恐、进入空宅或森林、死亡、耳闻目睹或谈论亲人的被杀或被囚等情由产生。它应该用手脚颤抖、眼睛转动、汗毛竖起、面孔变色和说话变声等情态表演。它的不定情是瘫软、出汗、口吃、汗毛竖起、颤抖、变声、变色、疑虑、慌乱、沮丧、激动、暴躁、惧怕、癫狂和死亡等。"（6.68以下）

厌恶味产生于常情厌。"它通过看到不愉快或不可爱的东西、耳闻目睹或谈论讨厌的东西等情由产生。它应该用全身收缩、转动脸或眼睛、恶心、呕吐和反感等情态表演。它的不定情是癫狂、激动、慌乱、生病和死亡等。"（6.72以下）

奇异味产生于常情惊。"它通过看见神灵、实现心愿、走进美妙的园林或神殿和出现不可想象的神奇事迹等情由产生。它应该用睁大眼睛、目不转睛、汗毛竖起、流泪、出汗、欢悦、称善、馈赠、赞叹不已、手舞足蹈和弹指等情态表演。它的不定情是流泪、瘫软、出汗、口吃、汗毛竖起、激动、混乱、痴呆和昏厥等。"（6.74以下）

不定情和真情附属常情，但也有自己的情由和情态。婆罗多对三十三种不定情和八种真情的情由和情态也都一一作了具体描述。

婆罗多对四十九种情的分类和描述是立足于对人的心理分析。然而，人的感情丰富复杂。感情的表现形态更是千变万化，要进行全面的定量和定性分析是相当困难的。婆罗多只是根据戏剧艺术实践，总结出一些主要的或常见的感情或感情表现形态。尽管他的分类不尽完善和严密，对情由、情态和不定情的细致描述也难免交叉重复或挂一漏万，但他的理论基点（"味产生于情由、情态和不定情的结合"）无疑是正确的，抓住了戏剧艺术以情动人的审美核心。

可以说，婆罗多的味论抓住了戏剧艺术美感的神经中枢（常情），并努力勾勒出神经分布图（常情、不定情和真情）。剧中人物、场景和事态是激发剧中人物感情的原因（情由），由此引起内在感情的外在表现（情态）。而观众正是通过演员扮演的人物，表演的情态，体验到常情，品尝到味。诚如婆罗多所说："离开了味，任何意义都不起作用。"换言之，缺乏审美快感，也就不成其为戏剧艺术。所以，婆罗多在《舞论》中立足于味论，将戏剧表演分成形体、语言、妆饰和真情四大类，不厌其详地作出种种具体规定，中心意图就是要求剧作家按照戏剧审美规律创作剧本，演员准确地表演和传达剧中人物的感情，以利于观众有效地品尝到味。

自婆罗多确立味论后，梵语戏剧家普遍接受味的概念。迦梨陀娑在《摩罗维迦和火友王》中，借剧中舞师之口说道："众人口味不同，而戏剧是他们的主要娱乐。从戏剧中，观众看到产生于三德的充满各种味的世间行为。"（1.4）在《优哩婆湿》中，迦梨陀娑提到婆罗多仙人的戏剧"依靠八种味"（2.17），还提到优哩婆湿在演戏时，"完全沉浸在那些味中"（3.插曲）。梵语小说家波那也将味视为文学的要素之一。他在《戒日王传》的序诗第八首中说道："题材有新意，自然而不俚俗，双关而不晦涩，情味显豁，词藻华丽，难以同时具备这一切。"

而在梵语诗学领域，直至七、八世纪，梵语诗学家主要关注诗的修辞和风格。他们也不是不意识到味的存在，而只是将味附属于诗的修辞和风格。

婆摩诃在《诗庄严论》中论述了三十九种庄严。其中的一种是"有味"："明显展示艳情味等"（3.6）。还有两种庄严"有情"和"有勇"也与味有关。他还笼统地提到"大诗"（叙事诗）"表现人世的真相，含有各种味"（1.21）。

檀丁在《诗镜》中提出的三十九种庄严中，也包括与味有关的"有味"、"有情"和"有勇"。但他十分重视"有味"庄严，按照传统的八种味，举出八种"有味"庄严的诗例。檀丁以"有味"庄严的名义，将戏剧的八种味引进诗歌领域，具有开创性意义。他对诗味的理解是朴素的：只要诗中表现某种强烈的常情，就含有某种相应的味。自檀丁之后，味逐渐受到梵语诗学家的重视。

伐摩那认为诗的灵魂是风格，风格的灵魂是诗德。他在《诗庄严经》中，将味纳入诗德范畴。他提出的十种义德之一"美好"，其内涵是"明显有味"（3.2.15）。他举了一首明显含有艳情味的诗例，并说有关其他味的诗例以此类推。

优婆吒在《摄庄严论》中，更加自觉地运用婆罗多的味论。这表现在他对"有情"、"有勇"和"有味"这些庄严的界定中。他将"有情"界定为"通过情态等等显示爱等等常情"（4.2），将"有勇"界定为"由于爱、愤怒等等原因，情和味超出常规"（4.5），将"有味"界定为"明显表现艳情等等味，含有味词、常情、不定情、情由和姿态"（5.3）。优婆吒除了确认传统的八种味外，还确认第九种平静味。

楼陀罗陀在《诗庄严论》中，首次将味从庄严中分离出来，作为独立的诗美因素。他认为"在这世上，众所周知，人生四大目的是正法、利益、爱欲和解脱，在作品中应该让它们与合适的味相结合"（16.1）。又说："聪明的诗人正确地区别和巧妙地刻画这些味，令知味者们喜爱，因为不通晓这些味，就不可能创作出任何可爱的诗。"（15.21）他总共论述了十种味："艳情、英勇、悲悯、厌恶、恐怖、奇异、滑稽、暴戾、平静和友爱。"（12.3）对于前八种味的界定与婆罗多基本一致。对于平静味的界定是："平静以正智为本原（常情），主人公摒弃愿望。情由是摆脱暗性和欲望。情态是惧怕生、老和死等，摒弃欲求，不对苦乐产生爱憎。"（15.15—16）对于友爱味的界定是："友爱味以亲善为本原（常情），主人公品德高尚。情由是结为朋友，性情投合，朋友之间坦诚相待，有说有笑。情态是流出喜悦的眼泪，内心湿润，眼中充满温情。"（15.17—19）而在这十种味中，论述最详尽的是艳情味。他将艳情分成会合和分离两类。分离艳情味又分成初恋、嗔怒、别离和悲悯四类。他也对男女主人公作出各种分类。他认为"没有哪种味比这种味（艳情）更有味。它遍及从少到老所有人，因此，应该努力运用这种味。诗中缺乏这种味，就变得索然无味"（15.38）。

关于味的数目，在梵语诗学中一般确认九种，即传统的八种加上平静味。在现存《舞论》的各种抄本中，也有一种抄本中有关于平静味的论述："平静味以常情静为核心，导向解脱。它产生于认识真谛、摒弃情欲和心地纯净等情由。它应该用克制、守戒、禅定、专注、敬奉、怜悯众生和特殊形相等情态表演。它的不定情是忧郁、回忆、满意、在净修林中获得净化、瘫软和汗毛竖起等。"这显然是平静味在梵语诗学中获得确认后窜入的。

然而，在这九种味之外，增加的各种味则没有成为定论。波阇在《辩才天女的颈饰》中提出十二种味，比楼陀罗吒多出两种：崇高味和傲慢味，分别以执著真谛和骄傲为常情。毗首那特在《文镜》中提出十种味，增加的一种是慈爱味。慈爱味的常情是父母慈爱，所缘情由是儿女等，引发情由是儿女的姿态动作等，情态是搂抱、亲吻、喜悦的眼泪和汗毛竖起等，不定情是骄傲、喜悦和忧虑等。般努达多在《味河》中还提到贪婪味、虔诚味、企求味和虚幻味，分别以贪欲、信仰、愿望和错误认识为常情。这些味的提出都有一定的道理，因为九种味确实难以囊括文学作品中表达的所有各种感情。楼陀罗吒不仅提出十种味，他还认为不定情也能像常情那样转化为味。他说道："对这些常情的品尝犹如对甜蜜等等滋味的品尝，老师们由此将它们称为味。在忧郁等等不定情中，也有这种愉快的品尝，它们也可以成为味。"（12.4）其实，婆罗多在《舞论》中也描述了三十三种不定情和八种真情的情由和情态。因此，楼陀罗吒的这种观点也是符合味论原理的。

楼陀罗跋吒的《艳情吉祥志》遵循楼陀罗吒的思路，将婆罗多的戏剧味论运用于诗歌领域。他认为"无味的诗歌犹如没有月亮的夜晚，缺乏魅力的女人，不施恩惠的吉祥女神"（1.6）。他确认包括平静味在内的九种味，但像楼陀罗吒一样，重点论述艳情味。

楼陀罗吒的《诗庄严论》和楼陀罗跋吒的《艳情吉祥志》标志着梵语诗学主流由庄严论向味论转折。而在这一时期出现了跋吒·洛罗吒、商古迦和跋吒·那耶迦等一批杰出的味论家，对味论进行了深入的理论探讨。同时，在这一时期出现的韵论也与味论密切相关。欢增在《韵光》中确认九种味，而在韵的分类中，尤其注重味韵。韵论实质上是创造性地运用味论，确认味和韵是诗美的主要因素。最后，出现了味论的集大成者——新护。

新护的味论观点主要表现在《舞论注》中，尤其是其中对《舞论》第六章的注释。在这一章的注释中，新护不仅详细阐明了自己的味论观点，也评述了跋吒·洛罗吒、商古迦和跋吒·那耶迦等人的味论观点。洛罗吒（九世纪）、商古迦（九世纪）和那耶迦（十世纪）有关味论的著作均已失传。他们的味论观点现在主要保存在新护的评述中。另外，曼摩吒在《诗光》中对他们的味论观点也作了简要概括。新护的《舞论注》表明，自婆罗多提出味论以来，梵语诗学家对味的理论思辨在九、十世纪达到前所未有的高度。正是在这种活跃的学术氛围中，新护成为最深刻和最全面的味论阐释者。

婆罗多给味下的定义是："味产生于情由、情态和不定情的结合。"新护在《舞论》第六章注释中，围绕这个定义（或称"味经"），逐一介绍洛罗吒等人的观点，最后提出自己的观点。

按照新护的介绍，洛罗迦认为，婆罗多的这个定义虽然没有提及常情，但实际上是说味产生于常情和情由、情态、不定情的结合。这里，情由是以常情为核心的心理活动的原因，情态是这些心理活动的表现形态。常情处于潜伏状态，不定情处于展露状态，正如食品调料，有的具有潜伏性，有的具有挥发性。味是由情由、情态等强化的常情。如果不被强化，它只是常情。它（即味）存在于被表演的人物（即角色）和表演的演员中。新护指出，洛罗迦的这种观点也是前人的观点。例如，檀丁在论述"有味"庄严的特征时说，"爱（常情）与许多形态结合，变成艳情味"；"愤怒（常情）至极，变成暴戾味"。同时，按照曼摩吒的介绍，洛罗迦认为这种被感知的常情就是味。

商古迦不同意洛罗迦的观点。他认为味就是常情，确切地说，味是对被表演为罗摩等角色的常情的模仿。正因为它是一种模仿，所以另外命名为"味"。这种被模仿的常情通过三种成分被感知：称作情由的原因，以情态为核心的结果，由不定情构成的辅助因素。这些情由、情态和不定情是通过演员的人为努力造成的，因而不是真实的。但是，它们不给人以不真实的感觉。这种常情被感到存在于表演的演员中。

商古迦认为，情由能通过诗歌的力量表现，情态能通过演员的技艺表演，不定情能通过演员自己的经验表现。但常情不能直接表现。也就是说，常情是通过情由、情态和不定情间接表现的。甚至诗歌也不直接表现常情。如果诗中直接使用爱和悲等词，它们只是通过自己的表示能力表达爱和悲等意义，而不是通过"语言表演"的形象性让人感知爱和悲等。在"他因悲哀而瘫倒不动……"这样的诗句中，"悲哀"只是被表述，而不是被表演。"但见她画画时泪珠落纷纷，我仿佛受抚摸身上汗津津。"在这样的诗句中，通过表述本义的词句，表演男主人公以快乐为特征的常情爱。表演是一种有别于表示的感知能力。也就是说，商古迦认为这首诗中的常情爱是间接表现的，让读者通过"语言表演"的形象感知。商古迦指出，正是由于这些原因，婆罗多在味的定义中不提"常情"。也就是说，常情不同于情由、情态和不定情，是隐含的存在。

而那耶迦将诗歌和戏剧中的语言功能分成表示、展示和品尝三个层次。味是由展示功能展示的。这种展示功能不同于表示功能。在诗歌中，它的特点是无诗病、有诗德和有庄严。在戏剧中，它通过四种表演（形体、语言、妆饰和真情）展示。它能抑止观众（或读者）的精神愚痴，以情由等的普遍化为核心。味被展示后，以一种不同于直接经验、回忆等的方式被品尝。这种品尝与人性中的善、忧、暗[①]接触，含有展开、流动和扩大的形态。而由于善占优势，充满光明和欢喜，表现为知觉憩息，类似品尝至高的梵。

那耶迦的味论是有创造性的。在此之前，欢增已经提出韵论。欢增确认诗歌语言具有表示、转示和暗示三重功能。那耶迦没有照搬，而提出表示、展示和品尝三重功能，用以阐释艺术审美的三个阶段。在第一阶段，戏剧或诗歌本文提供原始意义。在第二阶段，戏剧和诗歌的艺术特点，即戏剧运用形体、语言、妆饰和真情四种

[①] 按照印度数论哲学观念，世界万物都由善、忧、暗三德构成。在三德中，善表示轻盈、光明和喜悦的性质，忧表示激动、急躁和忧虑的性质，暗表示沉重、阻碍和迟钝的性质。

表演方式，诗歌则通过无诗病、有诗德和有庄严，使观众（或读者）摆脱精神愚痴，进入艺术境界。由此，戏剧和诗歌中的情由、情态和不定情在观众（或读者）心目中获得普遍化。戏剧和诗歌中蕴含的常情也随之普遍化，并获得展示。在第三阶段，观众（或读者）品尝到戏剧和诗歌展示的常情，也就是品尝到味。在常情的展示过程中，观众（或读者）的精神愚痴已受到抑止。因而，在品尝时，观众（或读者）的人性构成中，善德盖过忧德和暗德，占据绝对优势。这种品尝充满光明和欢喜，不同于日常经验，具有知觉憩息的性质，犹如品尝至高的梵。也就是说，以品尝"味"为旨趣的审美经验类似以领悟"梵"为旨趣的宗教神秘经验。

新护批判地吸收洛罗吒、商古迦和那耶迦等人的观点，提出自己的味论。他表示将既不重复前人的见解，也不臆造自己的理论。他认为他的味论是建立在前人研究的基础上的。他说道："先哲前贤铺设的知识阶梯相互连接，智慧不倦地向上攀登，寻求事物真谛。"事实也是如此，在新护对味的性质的创造性阐释中，融合了前人探索和思考中的种种合理成分。

新护指出，婆罗多早就说过，"情之为情，因为它们使人感受到艺术作品的意义"。而艺术作品的意义就是味。这是一种超越文字的感知。例如，在迦梨陀娑《沙恭达罗》第一幕，国王豆扇陀乘车持箭追赶一头鹿。他向御者描绘这头惊鹿：

> 一再优美地扭转脖子，察看身后追赶的车子，
> 不断把后半身缩向前，惟恐自己被飞箭射到，
> 累得张口喘气，嚼了一半的达薄草撒落路上，
> 看哪！它跳跃，简直在空中飞，不是在地上跑。

读者（或观众）在理解了这首诗的文字意义之后，立即产生另一种

感知。这种感知是心理直觉，超越诗句的特定时空界限。在这种感知中，小鹿等不是真正的特殊存在，演员表演或暗示的惊恐也不是真正的恐惧。因此，这里感知的恐惧是不受时空限制的恐惧本身。这种艺术感知不同于日常感知，诸如"我害怕"、"他害怕"、"他是敌人"、"他是朋友"、"他是中立者"等。日常感知充满阻碍，因为接踵而来的是依据痛苦、快乐等感觉，产生拒绝、接受等想法。从上述这首诗中感知的恐惧不存在这样的阻碍。它可以说是直接进入我们的心，跳动在我们的眼前。它就是恐怖味。在这样的恐惧中，读者（或观众）的自我既不完全湮没，也不特殊地卷入。这种情形发生在所有读者（或观众）的身上。因此，它具有普遍性，不是有限的，而是广大的。这正像谁都能从烟感知火或从颤抖感知恐惧。

新护认为这种艺术感知是由演员等戏剧手段抚育的。通过这些戏剧手段，真实存在的和诗歌提供的时空等有限原因互相抵消，完全消失，为感情的普遍化铺平道路。而观众感知的一致性，导致味的充分发育。因为观众的心理意识中都有各种潜印象。正是这种潜印象的一致性，形成观众感知的一致性。新护曾在《韵光注》（2.4）中运用《瑜伽经》的观点指出，正像人的欲望是永恒的，这些心理潜印象也是没有起始的。即使它们处在不同的生命、地点和时间，依然持续不断。这里的意思是说，按照轮回观念，每个人都经历了无数次转生（既可转生为人，也可转生为神魔或动物）。因此，每个人的心理意识中都积累了各种各样的潜印象，能对剧中人物（包括神魔和动物）产生心理感应。显然，这种观点是唯心主义的。应该说，人的各种心理潜印象（或潜意识）不排斥含有遗传因素，但主要源自人的各种生活经验。

新护将不受阻碍的艺术感知称作"惊喜"。它的生理反应，如颤抖和汗毛竖起等，就是"惊喜"。新护将"惊喜"描述为不厌倦和不间断地沉浸在享受中。或者说，享受者（即品尝者）沉浸在奇妙享受的颤动中。它也可以说是一种精神活动，如自我亲证、想象或回忆，但不以通常的方式呈现。例如，迦梨陀娑在《沙恭达罗》第五幕中描述道：

> 看到可爱的东西，听到甜蜜的声音，
> 甚至快乐的人也会内心焦虑不安，
> 他肯定回忆起了过去未曾想到的、
> 长久深埋在心中的一段前世姻缘。

新护认为这种感知完全以品尝为特征，令人喜爱。它不以特殊的时空为前提，因而适合品尝。这种感知不是世俗的，也不是虚妄的，也不是不可名状的，也不是附加的。就它不受时空限制而言，也可以说它具有强化的性质（这是洛罗吒的观点）；就它追随情而言，也可以说它具有模仿的性质（这是商古迦的观点）。无论如何，味就是情，一种以品尝为特征的、完全摆脱障碍的感知对象。

新护强调这种品尝既不同于日常认识即通过感觉（"现量"）、推理（"比量"）、言词证据（"声量"）和类比（"喻量"）等等感知常情，也不同于瑜伽行者的特异认识。一般的瑜伽行者能通过独自沉思得知他人的思想（所谓的"他心通"），而高级的瑜伽行者完全摆脱外界事物的影响，纯粹体验自我的欢愉。新护认为这些认识手段或由于存在实际需求等而成为障碍，或由于依靠独自沉思而缺乏直观性，或由于完全沉入对象而缺乏自主性，因此缺乏美。然而，味的品尝既不完全执著自我，也不完全执著对象，也不出于实际需求，观众是沉入自己的常情潜印象，而这些潜印象是通过情由、情态和不定情的普遍化而被唤醒的。

因此，味的品尝是超俗的。首先，情由、情态和不定情不能说成是味产生的原因。因为按照日常生活中的因果关系，原因产生结果后可以消失，而结果在原因消失后可以继续存在。而情由、情态和不定情一旦消失，味也随之消失。其次，情由、情态和不定情也不能说成是认知味的原因。因为在日常认识中，认知的原因即认知的手段（"量"）总是揭示业已存在的对象（"所量"）。而味不是先于情由、情态和不定情的既定存在，不能成为认知的对象。那么，情由、情态和不定情是什么呢？新护回答说，它们是超俗的，其作用是导向品尝。

这样，味在本质上不是认知对象。它的唯一生命在于可品尝性。那么，如何解释婆罗多在味的定义中所说的味的"产生"呢？新护回答说，那不应该理解为味的"产生"，而应该理解为对味的品尝的"产生"。然而，这种品尝既不是通常的认知手段作用的结果，也不是通常的原因作用的结果。但它也不是不可知，因为它通过自己的知觉得到证实。品尝甚至也可以说成是一种认知形式，但它不同于日常的认知，因为它的认知手段是超俗的情由、情态和不定情。所以，婆罗多的"味经"（即味的定义）的含义是：情由、情态和不定情的结合产生品尝；味作为意义，就是这种超俗的品尝领域。

新护总结说，在戏剧艺术中，首先，头冠、头饰等妆扮掩藏了演员的身份。其次，观众借助诗歌的力量，得知这是罗摩等角色。尽管如此，由于观众自身的知觉潜印象产生感应，这罗摩已非原本的罗摩。因此，演员和角色的时空界限均已失落。汗毛竖起等在日常生活中被看作认知爱的标志，在戏剧中导向不受时空限制的爱。由于观众自身具有爱的潜印象，观众的自我也介入这种爱。这样，观众不是以与己无关的态度感知这种爱。观众也不是依据特定的原因感知这种爱。如果这样，就会产生实际的欲望和要求。观众也不是感知完全属于他人的爱。如果这样，也会产生痛苦、憎恨等情感。因此，味是经过普遍化而成为知觉对象的常情。

新护指出，常情的普遍化依靠情由、情态和不定情。在诗歌中，常常突出描写这三项中的一项或两项。而同时突出描写这三项，能导致更强烈的味的品尝。这正是十类戏剧（"十色"）的情况。因此，伐摩那在《诗庄严经》中说道："在一切文学作品中，十色最优秀，因为它们具备所有特征，绚丽多彩，如同画面。"（1.3.30—31）但新护认为，对于具有诗歌修养的读者，即使阅读一首短诗，他也能想象诗中前后发生的事，断定某种人在某种场合会说某种话。也就是说，即使诗中情由、情态和不定情的刻画有限，诗的内容也会充分展现，犹如亲眼目睹。对于这样的读者，缺乏戏剧特点的诗歌同样是喜悦的源泉。

可以说，新护对艺术审美奥秘的探索是深刻的。他明确意识到艺术审美不同于通常的认识方式。它是一种特殊的认识和把握世界的方式。艺术本身是一种运用想象力的精神创造活动。新护在《舞论》第一章第一颂的注释中就指出，诗人像创造主一样，依照自己的意愿创造世界。欢增在《韵光》中也指出："在无边的诗的领域，诗人是唯一创造主。这个世界如何转动，完全依照他的意愿。诗人诗中含有艳情，世界变得津津有味。如果诗人缺乏激情，世界也会索然寡味。优秀的诗人在诗中，能按照自己的意愿，让无生物如同生物，而生物如同无生物。"（3.42注疏）因此，欢增认为"逻辑上的真理和谬误对于暗示义（即韵）的认知不适用"（3.33注疏）。新护同意欢增的观点，在《韵光注》中指出，如果只会运用哲学思辨，心地坚硬，缺乏艺术敏感，就不是一个合格的读者（或观众）。他还在《舞论注》第六章中强调说，如果按照欢增关于"诗人诗中含有艳情"等说法，那么，诗人心中的味是种子，作品是树，表演等是花，观众的品尝是果实。这充分说明艺术是一种蕴含感情的精神活动。它的创作和欣赏始终与味有关。

按照新护的观点，味是普遍化的知觉（或感情）。诗人描写的是特殊的人物和故事，但他传达的是普遍化的知觉。同样，观众观看的是特殊的人物和故事，但他品尝的是普遍化的知觉。这里的关键是诗歌或戏剧中的特殊的人物和故事经过了普遍化的处理。新护在《舞论注》第一章中具体描述了观众观赏戏剧的审美特点：观众摆脱了日常事务进入剧场，他感到他将享受非凡的视听。这种非凡的视听自始至终是愉快的。它本质上是一种所有观众共享的普遍化的愉快。当观众聆听到合适的声乐和器乐，他忘却了自己的实际存在，他的心变得像明镜一样洁净。他能与通过观赏表演而涌起的喜悦、悲伤等达到同一。聆听吟诵（台词）使他进入角色。而他对角色的认同不受特殊的时空限制，也摆脱通常的知识范畴：正确、错误、怀疑和可能等。观众的自我沉浸在角色的行动中。事件、形象、声乐、器乐等优美的印象伴随他对味的品尝。这种优美的印象不同于日常生活中的情人。它以一种特殊的方式感染观众的知觉，产生一种不受特殊时空限制的祈求式语态："对于如此做事的人，肯定会这样。"由于味的经验，这种印象深入观众的心，难以去除。这样，观众永远怀着行善弃恶的心理，也就能在实际生活中做到行善弃恶。

新护的味论揭示了艺术创作中特殊和普遍的辩证关系，也揭示了艺术欣赏的心理根源。他的立足点是九种常情，即人类的基本感情。自古以来，客观环境千变万化。但人的感情反应，万变不离其宗，依然是九种常情。艺术作品以激发观众（或读者）心中的基本感情为指归。作品中情由、情态和不定情的特殊性，必须寓有普遍性。唯有这样，才能在观众（或读者）中产生普遍的和久远的感情效应。也唯有这种让观众（或读者）品尝到味的作品，才是能起陶冶情操作用的上乘作品。

新护之后，味成为梵语诗学家普遍接受的重要批评原则。其中，多数诗学家采纳新护的味论，也有些诗学家试图对味论作出新的探索。

波阇（十一世纪）著有《辩才天女的颈饰》和《艳情光》。他的诗学出发点是庄严论。他将诗德、庄严（即修辞）和味都看作是产生诗美的庄严（即修饰）成分。他在《辩才天女的颈饰》第一章中指出诗的四个要素是"无病、有德、有庄严和有味"。但他认为这些诗美因素中，最重要的是味。他在《辩才天女的颈饰》第五章中说："诗达到可爱的境地，在于有味相伴。味被称作自爱、自尊或艳情。它在人的内在自我中，产生于前生的经验积累。它是自我各种性质的唯一根源。如果诗人充满艳情，诗中的世界便有味；如果诗人缺少艳情，诗中的世界就乏味。"（5.1—3）从这里可以看出，波阇对味的看法受到新护和欢增的影响。然而，他对味的具体阐述有他自己的特色。

波阇所谓的"自爱、自尊或艳情"实际上是指原始的味。"自爱"（ahaṃkāra）也就是自我意识。"自尊"（abhimāna）也就是自觉。这里的"艳情"不是通常所说的艳情味，而是广义的味。波阇在具体论述中，有时将艳情说成是自爱的一种性质，有时说成是自爱的一种类型，有时等同于自爱。波阇将味的运动方式分为三个阶段。第一阶段，自爱作为原始的味，潜伏在人心中。这种自爱是天生的，由前生的经验积累而成。第二阶段，自爱与外界对象发生接触，表现为自尊。这时，自爱呈现为各种情。这些情，由于情由、情态和不定情的结合而达到高潮。这些达到高潮的情，被称为各种味，也就是通常所说的艳情味、滑稽味和英勇味等。第三阶段，各种情在达到高潮之后，转变成喜爱（preman），返回原始的味——自爱。

按照波阇的观点，"自爱、自尊或艳情"是最高意义的味。它原本潜伏在观众（或读者）心中。艺术作品中的情由、情态和不定情触动自爱，激起自爱中的情。波阇认为通常所说的各种味就是达到高潮的各种情。而且，他认为达到高潮的各种情不限于通常所说的常情。任何情（包括不定情和真情）都能成为常情。当某种情成为常情时，其他的情（包括常情）便成为不定情。因此，波阇实际上认为通常所说的味应该是无数的。

波阇还认为，通常所说的各种味实质上不是味，只是出于习惯（或礼貌）才称作味。因为在上述第二阶段，即使爱、笑、怒等常情达到高潮，它们仍然处在观众（或读者）的沉思领域。而味是超越对常情的沉思而进入心中的品尝。所谓心中的品尝就是达到高潮的各种情转变成喜爱，返回自爱、自尊或艳情。因此，波阇实际上认为自爱、自尊或艳情是唯一的味。

波阇对味的这种独特思考受到奥义书哲学思辨的影响。奥义书哲学将"自我"视为最高存在。《大森林奥义书》中曾说："确实，不是因为爱一切而一切可爱，是因为爱自我而一切东西可爱。"（2.4.5）波阇也正是这样，将"自爱"（或自我意识）视为味的起源和归宿。

毗首那特（十四世纪）的《文镜》是一部以味论为核心的综合性诗学著作。毗首那特给诗下的定义是："诗是以味为灵魂的句子。"（1.3）他的味论主要依据新护的观点。也可以说，他将新护的味论加以条理化，因而显得更为清晰易解。

毗首那特对味的界定是："由情由、情态和不定情展示爱等等常情，在知音们那里达到味性。"（3.1）他解释说，所谓"展示"是指由一种状态转化为另一种状态，犹如牛奶转化为奶酪。当爱等等常情成为感知对象时，它们便转化为味。毗首那特不同意灯光和陶罐的比喻，即将情由、情态和不定情比作灯光，将味比作陶罐，因为味不是先于情由、情态和不定情的存在物。情由、情态和不定情的结合展示（实际上是唤醒）读者心中的常情，只有在这时，常情才转化成味。

毗首那特对味的品尝的描述是:"由于充满善性,味完整而不可分割,自我启明,由欢喜和意识构成,摒绝与其他感知对象的接触,与梵的品尝是异父兄弟,以超俗的惊喜为生命,与品尝本身没区别。它被知音们品尝,犹如自己品尝自己。"(3.2—3)毗首那特在这里也吸收了那耶迦的观点:在品尝味时,人性中的善德压倒忧德和暗德,充满光明和欢喜。这种品尝不同于任何日常经验方式,类似对梵的品尝。尽管习惯的说法是品尝味或味被品尝,毗首那特认为味实质上是品尝本身,而不是某种被品尝之物。

毗首那特对味的欢愉性(即审美快感)也作了阐述。悲、厌和惧等常情在日常生活中是痛苦的或不愉快的,怎么读者品尝到艺术作品中的悲悯味、厌恶味和恐怖味会是愉快的?毗首那特论证说:首先,"即使在悲悯等味中,也产生愉快。在这里,知音们的感受是唯一的准则"。其次,"如果这些味中有任何痛苦,谁也不会去欣赏它们。如果这样,《罗摩衍那》等等作品便成了痛苦的根源"(3.4—6)。他进一步解释说,在日常世界中,人的喜怒哀乐与世俗利害相联系,而在艺术世界中,人的喜怒哀乐与世俗利害相脱离。也就是说,前者的喜怒哀乐的原因是世俗的,而后者的喜怒哀乐的情由是超俗的。

毗首那特认为只有在前生和今生积累有心理潜印象的人才能品尝到味。如果"没有爱等的潜印象",则如同木石,"就不会产生味的品尝"(3.9)。那么,诗歌中罗摩和悉多的爱等常情怎么会唤醒读者的爱等常情呢?这是由于情由等的普遍化作用。艺术作品中的情由等具有普遍性,因而是超俗的。也就是说,艺术作品中的情由等不同于日常生活中的原因等。正是由于这种普遍化的力量,读者甚至与具有超人力量的神猴哈奴曼达到同一。由此,哈奴曼跃过大海等的超人行动也能唤醒读者心中的常情勇。读者正是通过这种普遍化方式感知爱等常情，既不把它们看作是别人的，也不把它们看作是自己的，由此品尝到味。否则，读者陷入日常经验方式，就不能品尝到味。

毗首那特还指出，艺术作品中的情由、情态和不定情在日常生活中表现为原因、结果和辅助因素。而"在味的感知中，情由等统称为原因。知音们在最初感知时，它们各自作为原因。然后，情由等融为一体，按照饮料味的方式，成为被品尝的味"（3.15—16）。毗首那特解释说，正如糖、胡椒等混合而成独特的饮料味，情由、情态和不定情混合成独特的味。他进一步指出，如果在一些艺术作品中，只有情由、情态和不定情这三项中的一项或两项，那么，所缺者可以暗示，即通过读者的想象补足。他举了迦梨陀娑《摩罗维迦和火友王》第二幕中的一首诗为例：

> 双目修长，面容皎如秋月，双臂斜勾肩上，
> 胸脯结实，乳房丰满挺拔，双胁仿佛擦亮，
> 脚趾弯曲，臀部又大又圆，腰围不出一掬，
> 造物主创造这形体，依照舞蹈师心中理想。

这是火友王初次见到摩罗维迦时的自言自语，表现艳情味。而这首诗只提供了情由——火友王描述摩罗维迦的形体美。火友王睁大眼睛等情态，因渴望获得摩罗维迦的爱情而焦灼等不定情，则由读者依据想象补足。

总之，毗首那特认为味是超俗的，只被具有心理潜印象的读者品尝，不同于日常生活中的经验对象。艺术作品中普遍化的情由、情态和不定情唤醒读者心中潜伏的常情。被唤醒的常情转化成味，为读者所品尝。因此，味实质上就是品尝（即品尝读者自己心中的常情潜印象）本身。

世主（十七世纪）在《味海》中阐述的味论与新护的观点有所不同。他认为，按照新护的观点，"味是爱等等常情，以摆脱障碍的意识为特征"。而实际上，"味是摆脱障碍的意识，以爱等等常情为特征"。世主引用《泰帝利耶奥义书》中的话作为理论依据："获得这种味，也就获得欢喜。"（2.7.1）这里所说的"味"（rasa）是指梵。按照奥义书唯心主义哲学，梵是宇宙本质。而梵我同一，即宇宙本质和自我灵魂（或自我意识）同一。因此，世主认为味是自我意识。

世主还介绍了一种新的味论观点：诗人在诗歌中表现情由、情态和不定情，演员在戏剧中表演情由、情态和不定情。由于暗示的作用，读者和观众知道豆扇陀一类男主角对沙恭达罗一类女主角的爱。随之产生一种感情谬误，读者和观众将自己等同于豆扇陀，也体验到对沙恭达罗的爱。这正如由于无知，将贝壳视为银子。读者和观众体验到的这种常情爱，既非存在，也非不存在，而是一种不可言状的存在。味就是这种不可言状的常情。

世主介绍的这种味论显然受到不二论吠檀多哲学观念的影响。不二论吠檀多哲学认为，世界本质是梵，人们看到的现象世界只是梵的幻影。这正如一个人出于无知（或幻觉），看到了一条蛇，而那实在是一根绳。这种幻觉对象不可能是真正的存在，因为一旦幻觉消除，蛇也就不再存在。但它也不可能是纯粹的不存在，因为纯粹的不存在不可能成为实际感觉的对象。由于它既非存在，也非不存在，它只能被说成不可言状。

尽管世主对味论的阐述与新护有差异，但从根本上说，他们的观点是相通的。或者说，世主只是运用吠檀多哲学观念阐释新护的味论。

最后，还应该提到十六世纪的梵语诗学家鲁波·高斯瓦明。他的主要贡献是对虔诚味作了系统论述，著有《虔诚味甘露海》、

《鲜艳青玉》和《剧月》等。在后期梵语诗学中，已有一些梵语诗学家提出虔诚味，但没有获得普遍承认。新护将虔诚这种感情纳入平静味，正如曼摩吒在《诗光》中论述平静味时所说："以神等等为对象的爱以及暗示的不定情被叫做情。"（4.35—36）然而，在十二世纪以后，随着印度各地方言文学的兴起，出现虔诚文学思潮。与这种文学思潮相适应，在梵语和各地方言诗学中出现虔诚味论。十三世纪的浮波提婆在《珍珠》中确立了与传统的九种味相对应的九种虔诚味。而高斯瓦明的《虔诚味甘露海》在这基础上提出十二种虔诚味。

按照高斯瓦明的论述，虔诚是一心一意崇拜和供奉黑天（即大神毗湿奴的化身）。虔诚味的常情是对黑天的爱，情由是黑天、虔信者和黑天的行动和装饰等。与此相应，有各种情态、真情和不定情。由于这些情由、情态和不定情，常情对黑天的爱变成虔诚味，在虔信者心中产生滋味。

高斯瓦明在《虔诚味甘露海》中，将虔诚味分成十二种。其中，五种主要的虔诚味是平静虔诚味、尊敬虔诚味、友爱虔诚味、慈爱虔诚味和甜蜜虔诚味。平静虔诚味的常情是平静的爱，情由是适合瑜伽行者沉思的四臂毗湿奴、平静的虔信者、听取奥义书和幽居独处等。与传统的平静味的不同之处在于这里的平静不是导向解脱，而是导向对黑天的虔信，从而体验对黑天的爱。高斯瓦明认为，如果追求梵我同一，达到解脱状态，也就割断了与黑天的联系。虔信派将黑天视为最高真实，因此，只有与黑天保持联系，才能品尝到虔诚味。高斯瓦明将平静虔诚味列在五种主要的虔诚味之首，表明它是初步的虔诚味。

尊敬虔诚味分成对主人的尊敬和对长辈的尊敬。前者的常情是对主人尊敬的爱，情由是黑天、黑天的奴仆、获得黑天的宠爱和黑天脚上的尘土等。后者的常情是对长辈尊敬的爱，情由是黑天、黑天的晚辈、黑天慈爱的目光和微笑等。

友爱虔诚味的常情是朋友之间信任的爱，情由是黑天、黑天的朋友、黑天的笛子和贝螺等。

慈爱虔诚味的常情是父母慈祥的爱，情由是黑天、黑天的长辈和黑天儿时的游戏等。

甜蜜虔诚味的常情是甜蜜的爱，情由是黑天、美丽的情人们和黑天的笛声等。这种甜蜜虔诚味也就是艳情味，列在五种主要的虔诚味最后，表明它是最重要的虔诚味。高斯瓦明的《鲜艳青玉》专论这种虔诚味。

这五种主要的虔诚味可以分别称作沉思型、奴仆型、朋友型、父母型和情人型。

另外，七种次要的虔诚味是滑稽虔诚味、奇异虔诚味、英勇虔诚味、悲悯虔诚味、暴戾虔诚味、恐怖虔诚味和厌恶虔诚味。因为在颂扬黑天的作品中，涉及大神毗湿奴化身黑天下凡一生的事迹，自然也就涉及各种感情。例如，黑天创造的奇迹会使人惊奇，黑天幽默的言语会使人发笑，黑天遭遇危险或不幸会使人恐怖或悲悯，黑天与牧女们的亲密关系会引起牧女们的婆婆愤怒。至于厌恶虔诚味，主要是指苦行者厌恶尘世中包括自己身体在内的一切污秽不洁的东西，从而增强对黑天的爱。高斯瓦明认为这些次要的虔诚味用于辅助五种主要的虔诚味，类似后者的不定情。而所有这些虔诚味都是对黑天的爱的变化形式，或者说，都以对黑天的爱为归宿。

高斯瓦明不仅对这十二种虔诚味的常情、情由、情态、真情和不定情作了系统描述，还从《薄伽梵往世书》和其他许多赞颂大神毗湿奴（黑天）的作品中引用了大量诗例，对我们了解印度中古时代的虔诚文学思潮和理论很有参考价值。

二

综观印度古代味论，《舞论》是开创者。它将感情视为戏剧艺术的灵魂，并运用"味"这个概念指称戏剧表演的感情效应和观众体验到的审美快感。《舞论》对味及其构成因素常情、情由、情态、不定情以及相应的表演程式分别予以界定，分门别类，细致入微，不惮繁琐，带有浓厚的经验主义色彩。

此后梵语诗学家普遍接受味论，确认情味是诗歌艺术的要素。而在九、十世纪，以新护为代表的诗学家运用哲学思辨对味论进行理论分析，使用潜印象和普遍化等哲学概念，揭示戏剧和诗歌艺术美感的心理根源，并确立了梵语诗学中的味论派。此后的诗学家或者依照《舞论》确立的味的定义，对味及其构成因素一一举出诗例予以说明，或者继续沿着新护的哲学思辨路线，对味论进行理论分析。这从他们使用奥义书、数论、瑜伽、正理和吠檀多哲学概念便可见出。

人类的理性思维大致分为思辨理性和实用理性。在印度吠陀时代后期出现的奥义书开启了印度古代的哲学思辨，至公元五、六世纪，已经形成婆罗门教的六派正统哲学：正理、胜论、数论、瑜伽、弥曼差和吠檀多。因此，梵语诗学家在诗学研究中运用哲学思辨方法和概念，具有得天独厚的条件。而中国古代哲学主要体现实用理性，即重视经验总结和直觉体悟，理论构建以实用为目的。这种实用理性同样体现在中国古代诗学研究中。

感情是艺术要素之一。艺术的创作和欣赏都离不开感情因素。中国古代诗学同样重视感情这个艺术要素，只是在理论表现形态上与梵语诗学呈现不同的风貌。而就理论所达到的广度和深度而言，与梵语诗学无分轩轾。

《舞论》将生理味觉意义上的滋味移用到审美意义上的情味，这一点与中国古人不谋而合。孔子说："子在齐闻《韶》，三月不知肉味。曰：不图为乐之至于斯也。"（《论语·述而》）又说："子谓：《韶》，尽美矣，又尽善也。"（《论语·八佾》）这两者相联系，则味相当于艺术美感。

　　《礼记·乐记》中说："《清庙》之瑟，朱弦而疏越，一唱而三叹，有遗音者也。大飨之礼尚玄酒而俎腥鱼，大羹不和，有遗味者矣。"这是将朱弦的遗音比作大羹的遗味。据此，晋代陆机在《文赋》中说："或清虚以婉约，每除烦而去滥。阙大羹之遗味，同朱弦之清泛，虽一唱而三叹，固既雅而不艳。"虽然两者所说的侧重点有所不同，但将遗味比作艺术美感是一致的。

　　而将感情视为诗歌艺术要素，始于《诗大序》对《尚书·尧典》中"诗言志"的阐释："诗者，志之所之也，在心为志，发言为诗。情动于中而形于言。"虽然当时古人对"诗言志"中的"志"也有解读为"意"，而《诗大序》的解读偏向于情，即"吟咏情性"。《诗大序》中提出的"吟咏情性"说和后来陆机《文赋》中提出的"诗缘情"说都对中国古代诗学产生了深远的影响。

　　《舞论》将味确定为八种，而与之相对应的八种"常情"是爱、笑、悲、怒、勇、惧、厌和惊。"常情"也就是人的基本感情。在中国汉代的《礼记·礼运》中说："何谓人情？喜、怒、哀、惧、爱、恶、欲，七者弗学而能。"而在《礼记·乐记》中又说："乐者，音之所由生也，其本在人心之感于物也。是故，其哀心感者，其声噍以杀；其乐心感者，其声啴以缓；其喜心感者，其声发以散；其怒心感者，其声粗以厉；其敬心感者，其声直以廉；其爱心感者，其声和以柔。"这里所说的六情与前面所说的七情有同有异。《左传·昭公二十五年》中说："民有好、恶、喜、怒、哀、乐。"《荀子·正名》中也说："性之好、恶、喜、怒、哀、乐谓之情。"总之，中国古人对于人的基本感情类型说法不一，而通行的说法则是"喜怒哀乐"。

在前面第一章中已对刘勰的《文心雕龙》作出概述，其中指出"剖情析采"是贯穿《文心雕龙》的主线。"情"指感情，"采"指辞采。诚如刘勰本人所说："情者文之经，辞者理之纬；经正而后纬成，理定而后辞畅，此立文之本源也。"（《情采》）如果转换成梵语诗学术语，即以味论和庄严论为主线。

这里可以着重考察《文心雕龙》中对情和味这两个概念的运用。刘勰自始至终强调感情是文学的要素。如《明诗》中说："人禀七情，应物斯感，感物吟志，莫非自然。"《体性》中说："气以实志，志以定言，吐纳英华，莫非情性。"《物色》中说："情以物迁，辞以情发。"又说："物色尽而情有余者，晓会通也。"这些观点与《诗大序》的"吟咏情性"和陆机的"诗缘情"说一脉相承。《知音》中说："夫缀文者情动而辞发，观文者披文以入情。"这是说明作者和读者之间达到情感交流。同时，在《情采》中强调"为情而造文"。他指出"昔诗人什篇，为情而造文"，如"风雅之兴，志思蓄愤，而吟咏情性，以讽其上，此为情而造文也"。反之，"诸子之徒，心非郁陶，苟驰夸饰，鬻声钓世，此为文而造情也"。

关于"情"的概念比较明确，而对于"味"的概念，需要依据刘勰使用中的语境适当加以辨析。如《物色》中说："是以四序纷回，而入兴贵闲；物色虽繁，而析辞尚简；使味飘飘而轻举，情晔晔而更新。"这里，味和情互文，味即情。《声律》中说："是以声画妍蚩，寄在吟咏；滋味流于字句，气力穷于和韵。"这里的"滋味"与"吟咏"相关，相当于吟咏情性。《总术》中说："若夫善弈之文，则术有恒数，按部整伍，以待情会，因时顺机，动不失正。数逢其极，机入其巧，则义味腾跃而生，辞气丛杂而至。视之则锦绘，听之则丝簧，味之则甘腴，佩之则芬芳，断章之功，于斯盛矣。"这里是说文章结构安排，目的在于巧妙表达感情，由此，辞采中"义味腾跃"，"味之则甘腴"。这里的味主要指作品表达和读者品尝情味。《情采》中说："繁采寡情，味之必厌。"这里是说作品辞藻繁缛华丽而缺乏感情，读者品尝不到感情，则味同嚼蜡。

然而，《宗经》中说："辞约而旨丰，事近而喻远，是以往者虽旧，余味日新。"《隐秀》中说："深文隐蔚，余味曲包。"这里的"余味"相当于"余意"。正如《隐秀》中所说"隐也者，文外之重旨者也"。自然，有时，"余味"中的"味"也可以是情味，需要视语境而定。

《文心雕龙》中对情味的阐释为中国古代诗学中的情味论奠定了坚实的基础。但刘勰并没有为情和味下定义，而只是通过对古代诗文的考察分析，说明情和味是诗文的艺术要素。相比之下，印度《舞论》为味以及构成味的各种因素下定义，又逐一分门别类。于是，梵语诗学中的情味论全盘接受《舞论》制定的模式，只是对味的类别有所添加，或对某些因素有所细化，而剩下的主要任务仿佛是不断引用各种相关诗例，以充实这个情味论模式。

因此，也可以说，由《诗大序》至《文心雕龙》中确立的情味论只是提供基本原理或原则，此后的诗学家完全可以依据自己的创作经验或阅读古今作品的体会，提出自己的情味论见解，发挥自己的阐释能力和表达能力。

钟嵘与刘勰是同时代人，而他的《诗品》成书晚于《文心雕龙》。这是一部品评五言诗艺术的专著。而《诗品序》可以说是中国古代诗学中情味论代表作。钟嵘首先指出"气之动物，物之感人。故摇荡性情，形诸舞咏"。"动天地，感鬼神，莫近于诗。"而在诗体中，他特别推崇汉代以来出现的五言诗，认为"五言居文词之要，是众作之有滋味者也，故云会于流俗。岂不以指事造形，穷情写物，最为详切者耶？"显然，这里所说的"有滋味"，与"性情"或"情"密切相连,因而有"有滋味"也就是有情味。

进而,他指出"诗有三义",即赋、比、兴。然后,他强调"宏斯三义,酌而用之,干之以风力,润之以丹采,使味之者无极,闻之者动心,是诗之至也"。也就是他以情味作为写诗和品诗的最高准则。

接着,他描述诗中情味的具体表现:"若乃春风春鸟,秋月秋蝉,夏云暑雨,冬月祁寒,斯四候之感诸诗者也。嘉会寄诗以亲,离群托诗以怨。至于楚臣去境,汉妾辞宫,或骨横朔野,或魂逐飞蓬;或负戈外戍,杀气雄边;塞客衣单,孀闺泪尽;或士有解佩出朝,一去忘返;女有扬蛾入宠,再盼倾国。凡斯种种,感荡心灵,非陈诗何以展其义?非长歌何以骋其情?故曰:'诗可以群,诗可以怨。'使穷贱易安,幽居靡闷,莫尚于诗矣。"其中,点示各种情味产生的情由和情态,而尤其突出孔子所谓的"诗可以怨"这个诗学观念。

此外,钟嵘指出"理过其辞,淡乎寡味";还指出"至于吟咏情性,亦何贵于用事?'思君如流水',既是即目,'高台多悲风',也惟所见;'清晨登陇首',羌无故实,'明月照积雪',讵出经史?观古今胜语,多非补假,皆由直寻。颜延、谢庄,尤为繁密,于时化之。故大明、泰始中,文章殆同书抄"。钟嵘反对在诗歌创作中用事,而主张即景生情,直抒胸臆,因为古往今来的诗歌,凡能达到以情动人的强烈效果,都体现这种创作方法。

钟嵘对《诗品》中排在上品首位的《古诗十九首》评论说:"文温以丽,意悲而远。惊心动魄,可谓几乎一字千金!"确实,《古诗十九首》受到历代诗学家普遍赞赏,其艺术成功之处就在于这些诗中情景交融,而表达带有普遍化的人生感受,如清代沈德潜《说诗晬语》所说,"大率逐臣弃妻、朋友阔绝、游子他乡、死生新故之感",而赢得一代又一代读者的共鸣。

钱锺书《管锥编·全梁文卷五五》中也论及《诗品》："谈艺之特识先觉，策勋初非一途。或于艺事之弘纲要指，未免人云亦云，而能于历世或并世所视为碌碌众伍之作者中，悟稀赏独，拔某家而出之；一经标举，物议佥同，别好创见浸成通尚定论。""如钟嵘三品，扬抠作者，未见别裁，而其《中品·序》痛言'吟咏情性，何贵用事'，则于六朝下至明清词章所患间歇热、隔日疟，断定病候，前人之未道，后人之所不易。盖西崑体之'寻扯'、江西派之'无字无来处'，固皆'语无虚字'，'殆同书抄'，疾发而几不可为；即杜甫、李商隐、苏轼、陆游辈大家，亦每'竞用新事'，'且表学问'，不啻三年病疟，一鬼难驱。"随后，钱锺书引证元稹、严羽、钱秉镫和袁枚诸家之言，如袁枚《仿元遗山论诗》："天涯有客好聆痴，误把抄书当作诗。抄到钟嵘诗品日，该他知道性灵时。"最后指出"莫非反复旧传之验方，对治重发之宿恙，以病同故，药亦大同焉"。

钱锺书又在《诗可以怨》一文中论及上面所引钟嵘《诗品》中描述诗中情味具体表现的那段话，并加以充分发挥。这里可以摘引若干："说也奇怪，这一节差不多是钟嵘同时代人江淹那两篇名文《别赋》和《恨赋》的提纲。钟嵘不讲'兴'和'观'，虽讲起'群'，而所举压倒多数的事例是'怨'，只有'嘉会'和'入宠'两者无可争辩地属于愉快或欢乐的范围。也许'无可争辩'四个字用得过分了。'扬蛾入宠'很可能有苦恼或'怨'的一面。""《序》结尾又举了一连串的范作，除掉失传的篇章和泛指的题材，过半数可以说是'怨'诗。""司马迁《报任少卿书》只说'舒愤'而著书作诗，目的是避免姓'名磨灭'、'文采不表于后世'，着眼于作品在作者身后起的功用，能使他死而不朽。钟嵘说'使穷贱易安，幽居靡闷，莫尚于诗'，强调了作者在生时起的功用，能使他和艰辛冷落的生涯妥协相安；换句话说，一个人潦倒愁闷，全靠'诗可以怨'，获得了排遣、慰藉或补偿。随着后世文学体裁的孳生，这个对创作的动机和效果的解释也从诗歌蔓延到小说和戏剧。"

北朝颜之推在《颜氏家训·文章》中概述古代诗文时，提到"至于陶冶性灵，从容讽谏，入其滋味，亦乐事也，行有余力，则可习之"。这里的"滋味"从语境上看，与刘勰和钟嵘使用的"滋味"意义一致。

唐代诗格类著作中，王昌龄的《诗格》论述十七势，其中有"理入景势"和"景入理势"，提到"诗不可一向把理，皆须入景语，始清味"。"其景与理不相惬，理通无味。"或者说，"诗一向言意，则不清及无味；一向言景，亦无味。事须景与意相兼始好"。这里主要强调诗中的理或意必须与景紧密结合，诗才有味。这里的"味"主要指诗的意味或趣味，自然也不排斥情味，因为"意"也可以是"情意"。

皎然在《诗议》中也提到"文章关其本性。识高才劣者，理周而文窒；才多识微者，句佳而味少。是知溺情废语，则语朴情暗；事语轻情，则情阙语淡"。这是要求学识和才气或辞采和情感不可偏废，唯有互相完美结合，诗才有味。这里的"味"主要指情味，也可指诗的意味或趣味。

而皎然又说："古今诗人多称丽句，开意为上，反此为下。如'盈盈一水间，脉脉不得语'；'临河濯长缨，念别怅悠阻'，此情句也。如'白云抱幽石，绿筱媚清涟'；'露湿寒塘草，月映清淮流'，此物色带情句也。"其中的摘句分别出自《古诗十九首·迢迢牵牛星》、李陵《与苏武三首》之二、谢灵运《过始宁墅》和何逊《与胡兴安夜别》，第一首表达夫妇分离之愁，第二首和第四首表达与朋友惜别之情，第三首表达与故乡惜别之情。

皎然还说："夫诗工创心，以情为地，以兴为经，然后清音韵其风律，丽句增其文采。如杨林积翠之下，翘楚幽花，时时开发，乃知斯文，味益深矣。"这充分说明皎然对诗歌表达情味的重视。

同时，皎然在《诗式》中提出"诗有五格"，也就是将诗分为五品。而皎然以用事和不用事为切入点，品评诗歌艺术的情格高下，显然受钟嵘《诗品》影响。他在"不用事第一格"中评论王仲宣（王粲）的《七哀》诗："仲宣诗云：'出门无所见，白骨蔽平原。路有饥妇人，抱子弃草间。顾闻号泣声，挥涕独不还。未知身死处，何能两相完？驱马弃之去，不忍听此言。'此中事在耳目，故伤见乎辞。及至'南登灞陵岸，回首望长安'，察思则已极，览辞则不伤，一篇之功，并在于此，使古今作者味之无厌。末句因'南登灞陵岸''悟彼泉下人'，盖以逝者不返，吾将何亲，故有'伤心肝'之叹。沈约云：'不傍经史，直举胸臆。'吾许其知诗者也。如此之流，皆名为上上逸品者矣。"

在钟嵘《诗品》中，王粲属于上品之列。在《诗品序》中，钟嵘举出包括王粲《七哀》在内的一些著名诗人的五言诗，称赞道："斯皆五言之警策也。所以谓篇章之珠泽，文采之邓林。"此前，刘勰在《文心雕龙·才略》中也称赞"仲宣溢才，捷而能密，文多兼善，辞少瑕累，摘其诗赋，则七子之冠冕乎"。

皎然所引王粲的这首《七哀》诗的全文是："西京乱无象，豺虎方遘患。复弃中国去，远身适荆蛮。亲戚对我悲，朋友相追攀。出门无所见，白骨蔽平原。路有饥妇人，抱子弃草间。顾闻号泣声，挥涕独不还。未知身死处，何能两相完？驱马弃之去，不忍听此言。南登灞陵岸，回首望长安。悟彼下泉人，喟然伤心肝。"

如果按照梵语诗学中的味论分析，这首诗表达悲悯味，情由是作者为避战乱，离开长安，前往荆州，途中目睹白骨遍野，饥妇弃子。而离别时，亲戚的情态是悲叹，朋友的情态是追攀。途中所见饥妇弃子的情态是母子发出号泣声，母亲挥泪，依依不舍。作者本人的情态是不忍心听取饥妇的哀诉，驱马离去。然后，作者登上灞陵岸，回首望长安，想起《诗经·曹风》中的《下泉》诗，盼望能有贤君治国而悲叹不已。

宋代葛立方在《韵语阳秋》（卷四）中评论"七哀诗"时指出："七哀诗起曹子建，其次则王仲宣、张孟阳也。释诗者谓病而哀、义而哀、感而哀、悲而哀、耳目闻见而哀、口叹而哀、鼻酸而哀，谓一事而七哀具也。子建之《七哀》，哀在于独栖之思妇；仲宣之《七哀》，哀在于弃子之妇人；张孟阳之《七哀》，哀在于已毁之园寝。"这则评论具体道出了这类"七哀诗"中哀伤的情由和情态。

唐代白居易的《与元九书》总结自己一生创作经验，畅论自己的诗学主张。他首先指出"感人心者，莫先乎情，莫始于言，莫切乎声，莫深乎义。诗者，根情，苗言，华声，实义。上自圣贤，下至愚骏，微及豚鱼，幽及鬼神，群分而气同，形异而情一，未有声入而不应，情交而不感者"。这里指明感情是诗的根基。

他回顾诗歌发展的历史："洎周衰秦兴，采诗官废，上不以诗补察时政，下不以歌泄导人情。乃至于谄成之风动，救失之道缺。于时六义始刓矣。"他认为《诗经》具有"六义"（风、雅、颂、赋、比、兴），具有"补察时政"和"泄导人情"的社会功能。而到了汉代，"国风变为骚辞，五言始于苏、李。苏、李、骚人，皆不遇者，各系其志，发而为文。故河梁之句，止于伤别；泽畔之吟，归于怨思。彷徨抑郁，不暇及他耳。然去《诗》未远，梗概尚存"。而自晋宋至梁陈，"六义尽去矣"。"唐兴二百年，其间诗人不可胜数"，而就"风雅比兴"而言，"杜诗最多，可传者千余首"，"然撮其《新安吏》、《石壕吏》、《潼关吏》、《塞芦子》、《留花门》之章，'朱门酒肉臭，路有冻死骨'之句，亦不过三四十首。杜尚如此，况不逮杜者乎！"可见，白居易最为推重的是继承

《诗经》风雅传统的杜甫,尤其是杜甫关怀民生和针砭时政的讽谕诗。

因此,他自我表白说:"仆常痛诗道崩坏,忽忽愤发,或食辍哺、夜辍寝,不量才力,欲扶起之。"于是,他当年"擢在翰林,身是谏官,手请谏纸,启奏之外,有可以救济人病,裨补时阙,而难于指言者,辄咏歌之,欲悄悄递进闻于上"。然而,他所创作的讽谕诗,却给自己招来麻烦:"凡闻仆《贺雨》诗,而众口籍籍,已谓非宜矣。闻仆《哭孔戡》诗,众面脉脉,尽不悦矣。闻《秦中吟》,则权豪贵近者相目而变色矣。闻《乐游园》寄足下诗,则执政柄者扼腕矣。闻《宿紫阁村》诗,则握军要者切齿矣。大率如此,不可遍举。"这里所举的都是他创作的针砭时政和讽劝帝王的讽谕诗。他最终也由此得罪权贵而被贬为江州司马。对此,他不禁发出悲叹:"呜呼!岂六义四始之风,天将破坏不可支持耶?抑又不知天之意不欲使下人之病苦闻于上耶?不然,何有志于诗者,不利若此之甚也?"

然而,白居易秉承儒家传统,"穷则独善其身,达则兼济天下"。他将自己一生的诗作分为《新乐府》讽谕诗、闲适诗、感伤诗和杂律诗:"仆志在兼济,行在独善,奉而始终之则为道,言而发明之则为诗。谓之讽谕诗,兼济之志也;谓之闲适诗,独善之义也。故览仆诗,知仆之道焉。其余杂律诗,或诱于一时一物,发于一笑一吟,率然成章,非平生所尚者,但以亲朋合散之际,取其释恨佐欢。"

无论白居易的哪一类诗歌都是以感情为根基,缘事而发,诚如他在《与元九书》中所说"文章合为时而著,歌诗合为事而作"。如讽谕诗中,《上阳白发人》描写宫女的悲惨命运,作者在标题下注云:"愍怨旷也。"《杜陵叟》中老农发出悲愤之言:"剥我身上帛,夺我口中粟。虐人害物即豺狼,何必钩爪锯牙食人肉?"《卖炭翁》伸张民怨："一车炭，千余斤，宫使驱将惜不得。半匹红纱一丈绫，系向牛头充炭直。"感伤诗中，《长恨歌》描写唐玄宗和杨贵妃的爱情悲剧。杨贵妃成为安史之乱牺牲品，而"君王掩面救不得，回看血泪相和流"。此后唐玄宗陷入凄苦相思，"上穷碧落下黄泉，两处茫茫皆不见"。全诗结语为"天长地久有时尽，此恨绵绵无绝期"。《琵琶引》描写琵琶女的悲惨命运，联想自己的仕途遭遇，感叹"同是天涯沦落人，相逢何必曾相识？"琵琶女最终奏出哀怨之音，"凄凄不似向前声，满座重闻皆掩泣。座中泣下谁最多，江州司马青衫湿"。闲适诗中，如《钱塘湖春行》："孤山寺北贾亭西，水面初平云脚低。几处早莺争暖树，谁家新燕啄春泥。乱花渐欲迷人眼，浅草才能没马蹄。最爱湖东行不足，绿杨阴里白沙堤。"充分表达陶醉于自然美景的闲适心情。

白居易和元稹开创了唐代新乐府运动，继承《诗经》和汉代乐府关注现实生活的精神，创作出许多反映民间疾苦的诗作，为中国古代文学史留下光辉的一页。从白居易《与元九书》看出，他推崇《诗经》"六义"，身体力行。他还在《新乐府序》中说："首句标其目，卒章显其志，《诗》三百之义也。""总而言之，为君为臣为民为物为事而作，不为文而作也。"《诗经》是中国第一部诗歌总集，充满现实主义精神，而《梨俱吠陀》是印度第一部诗歌总集，充满神话思维，两者对后世文学产生的影响自然不同。

白居易在《与元九书》中提到"苏、李、骚人，皆不遇者"，也提到"诗人多蹇，如陈子昂、杜甫，各授一拾遗，而迍剥至死。李白、孟浩然辈不及一命，穷悴终身。近日孟郊六十，终试协律；张籍五十，未离一太祝"。由此，他结合自己的亲身经历，感叹："何有志于诗者，不利若此之甚也？"

钱锺书在《管锥编·全汉文卷二六》中论述司马迁《报任少卿书》时，就"发愤"著书这个议题，引证了大量古代文学家的相关言论，也包括白居易的言论，如"白《读李杜诗集因题卷后》：'不得高官职，仍逢苦乱离；暮年逋客恨，浮世谪仙悲。……天意君须会，人间要好诗'；《序洛诗·序》：'予历览古今歌诗，……多因谗冤谴逐，征戍行旅、冻馁病老、存殁别离，……世所谓：文士多数奇，诗人尤命薄，于斯见矣'；《与元九书》：'何有志于诗者，不利若此之甚耶？'"然后，钱锺书总结说："莫不滥觞于马迁'《诗》三百篇大抵发愤所作'一语。轗轲可激思力，牢骚必吐胸臆；穷士强颜自慰，进而谓己之不遇正缘多才，语好词工乃愁基穷本，文章觑天巧而抉人情，足以致天仇而招人祸。"钱锺书又举证许多文学家的言论，也提及"白居易《答刘和州禹锡》：'不教才展休明代，为罚诗争造化功。'亦谓诗能穷人也"。

"发愤"著书和"诗穷而后工"是中国古代诗学中的两个重要命题。钱锺书又联系西方文学，指出"西方十六世纪学者撰《文人厄遇录》，托为主客问对，具陈古来才士遭贫、病、夭折、刑戮种种灾毒；叔本华且愿有人撰《悲剧观之文学》。心析学谈造艺之幻想云：人而如愿随心，则不复构楼阁于空中、过屠门而大嚼，其有云梦海思者，必仆本恨人也，可相参印"。

晚唐司空图的《诗品》依据诗的内容和表现方法，归纳出二十四种风格。他的诗学观点还表现在一些书信中。在《与李生论诗书》中，他指出"文之难而诗尤难。古今之喻多矣，而愚以为辨于味而后可以言诗也"。他以咸酸作比喻，认为应该"知其咸酸之外"的"醇美者"。他说："诗贯六义，则讽谕、抑扬、渟蓄、温雅，皆在其间矣。然直致所得，以格自奇。""王右丞、韦苏州澄澹精致，格在其中。""噫！近而不浮，远而不尽，然后可以言韵外之致耳。"又说："盖绝句之作，本于诣极，此外千变万状，不知所以神而自神也，岂容易哉？今足下之诗，时辈固有难色，倘复以全美为工，即知味外之旨矣。"司空图提出的"韵外之致"和"味外之旨"在中国古代诗学中影响深远。

司空图所谓的"辨于味"也就是指"韵外之致"和"味外之旨"。就《诗经》而言，其中蕴含"讽谕、抑扬、渟蓄、温雅"。而他在唐代诗人中，尤为欣赏王维和韦应物"澄澹精致"的风格。在另一封《与王驾评诗书》中也提到"右丞、苏州趣味澄夐，若清风之出岫"。据此可知王维和韦应物的诗歌蕴含澄净淡泊的韵外之致或味外之旨。这也是最为契合司空图本人性格和情趣的诗歌艺术美。

宋代苏轼对司空图的诗论赞赏有加。他在《书黄子思诗集后》中说："李杜之后，诗人继作，虽间有远韵，而才不逮意。独韦应物、柳宗元，发纤秾于简古，寄至味于澹泊，非余子所及也。唐末司空图，崎岖兵乱之间，而诗文高雅，犹有承平之遗风。其论诗曰：'梅止于酸，盐止于咸，饮食不可无盐梅，而其美常在咸酸之外。'盖自列其诗之有得于文字之表者二十四韵，恨当时不识其妙。予三复其言而悲之。"这里所说"寄味于澹泊"，可以理解为诗中蕴含淡泊的心态，相当于梵语诗学中所说的平静味。

魏泰在《临汉隐居诗话》中也强调诗中"寄情"而有"余味"："诗者述事以寄情，事贵详，情贵隐，及乎感会于心，则情见于词，此所以入人深也。如将盛气直述，更无余味，则感人也浅。""'桑之落矣，其黄而陨。''瞻乌爰止，于谁之屋。'其言止于乌与桑尔，及缘事以审情，则不知涕之无从也。'采薜荔兮江中，搴芙蓉兮木末'，'沅有芷兮澧有兰，思公子兮未敢言'，'我所思兮在桂林，欲往从之湘水深'之类，皆得诗人之意。"

张戒在《岁寒堂诗话》（卷上）中表达了同样的观点："建安、陶、阮以前诗，专以言志；潘、陆以后诗，专以咏物。兼而有之者，李杜也。言志乃诗人之本意，咏物特诗人之余事。古诗、苏、李、曹、刘、陶、阮本不期于咏物，而咏物之工，卓然天成，不可复及。其情真，其味长，其气胜，视《三百篇》几于无愧，凡以得诗人之本意也。"他指出："大抵句中若无意味，譬之山无烟云，春无草树，岂复可观？阮嗣宗诗，专以意胜；陶渊明诗，专以味胜；曹子建诗，专以韵胜；杜子美诗，专以气胜。然意可学也，味亦可学也，若夫韵有高下，气有强弱，则不可强也。"

关于"味"，他以陶渊明为例："渊明'狗吠深巷中，鸡鸣桑树颠'、'采菊东篱下，悠然见南山'，此景物虽在目前，而非至闲至静之中，则不能到，此味不可及也。"这里是说陶渊明的这两首诗中蕴含"至闲至静"的味。前一首是《归园田居》其一，最后两句是"久在樊笼里，复得返自然"，也就是说，陶渊明摆脱尘世功名利禄束缚，回归自然。后一首是《饮酒》其五，诗的全文是："结庐在人境，而无车马喧。问君何能尔，心远地自偏。采菊东篱下，悠然见南山。山气日夕佳，飞鸟相与还。此中有真意，欲辨已忘言。"这首诗表现陶渊明归隐之后，安享悠然恬静的田园生活，达到物我两忘的超然境界。在中国古代诗学中，这首诗作为山水田园诗或隐逸诗的典范之作，受到普遍赞赏和引用。

在古典梵语诗歌中，也有不少诗歌描写苦行者安居林中，享受宁静自由的生活，追求梵我同一的境界。这类诗歌在梵语诗学中被归入平静味。这里举出两首供参阅。这一首引自希尔诃纳的《寂静百咏》：

  草地，溪流，周围有鹿儿足印，
  树木枝头结缀花朵，随风摇曳，
  各种鸟儿欢快的鸣声交响回荡，
  这安详的林地怎会不令人喜悦？

另一首引自曼摩吒的诗学著作《诗光》：

但愿我口念湿婆，在圣洁的林中度时光，
不问是毒蛇还是项链，是花床还是石板，
不问是宝石还是土块，是劲敌还是朋友，
不问是草芥还是女人，对万物一视同仁。

元代揭傒斯的《诗法正宗》属于诗格类著作，其中论及"诗本"时说："吟咏本出情性，古人各有风致。学诗者，必先调燮性灵，砥砺风义，必优游敦厚，必风流酝藉，必人品清高，必神情简逸，则出辞吐气，自然与古人相似。"论及"诗味"时说："唐司空图教人学诗，须识味外味，坡公尝举以为名言。如所举'绿树连村暗'、'棋声花院闭'、'花影午时天'等句是也。人之饮食，为有滋味，若无滋味之物，谁复饮食之为？古人尽精力于此，要见语少意多，句穷篇尽，目中恍然别有一境界意思，而其妙者，意外生意，境外见境，风味之美，悠然辛甘酸咸之表，使千载隽永，常在颊舌。"于此可见司空图的诗论已经深入人心。

杨载的《诗法家数》在论述五言古诗时说："五言古诗，或兴起，或比起，或赋起，须要寓意深远，托辞温厚，反复优游，雍容不迫。或感古怀今，或怀人伤己，或潇洒闲适。写景要雅淡，推人心之至情，写感慨之微意，悲欢含蓄而不伤，美刺婉曲而不露，要有《三百篇》之遗意方是。观汉魏古诗，蔼然有感动人处。如《古诗十九首》，皆当熟读玩味，自见其趣。"这里所谓"玩味"是强调反复阅读品味五言古诗中蕴含的"至情"和"微意"。

他还论述赠别诗的写作方法："凡送人，多托酒以将意，写一时之景以兴怀，寓相勉之辞以致意。第一联叙题意起。第二联合说人事，或叙别，或议论，或写景。第三联合说景，或带思慕之情，或言所居地里山川景物人才之盛，或说事。第四联或说何时再会，或嘱咐，或期望。于中二联，或倒乱前说亦可，但不可重复，须要次第。末句要有规警,意味渊永为佳。"这里所谓"意味"是指有"余味"或"余意"。

同样,范德机《木天禁语》中论述"五言短古篇法"时说:"辞简意味长,言语不可明白说尽,含糊则有余味。如'步出东城门,怅望江南路。前日风雪中,故人从此去。''忽见明月光,疑是地上霜。起头望明月,低头思故乡。''开帘见新月,便即下阶拜。细语人不闻,北风吹裙带。'"这里所说的"意味长"也是指有"余味"或"余意"。这里所引第二首李白诗,按通行本,其中"忽见"应为"床前","起头"应为"举头"。

在明代中期出现前七子和后七子两个文学流派,倡导复古,推崇秦汉散文、汉魏古诗和盛唐诗。徐祯卿是前七子之一。徐祯卿在《谈艺录》中将感情视为诗歌艺术的核心。他指出:"情者,心之精也。情无定位,触感而兴,既动于中,必形于声。故喜则为笑哑,忧则为吁嚱,怒则为叱咤。然引而成音,气实为佐;引音成词,文实与功。盖因情以发气,因气以成声,因声而绘词,因词而定韵,此诗之源也。""由是而观,则知诗者乃精神之浮英,造化之秘思也。若夫妙骋心机,随方合节,或约旨以植义,或宏文以叙心,或缓发如朱弦,或急张如跃栝,或始迅以中留,或既优而后促,或慷慨以任壮,或悲凄以引泣,或因拙以得工,或发奇而似易。此轮匠之超悟,不可得而详也。"这里以生动形象的笔法,仔细描述情如何转化成诗文的过程。

他指出"情能动物,故诗足以感人"。同时,他举例说明情在诗歌创作中的种种表现形态,而强调"情既异其形,故辞当因其势。譬如写物绘色,倩盼各以其状;随规逐矩,方圆巧获其则。此乃因情立格,持守圜环之大略也"。

谢榛是后七子之一,他在《四溟诗话》(卷三)中对情和味也提出不少精辟的见解。例如,他指出"作诗本乎情景,孤不自成,两不相背"。"景乃诗之媒,情乃诗之胚;合而为诗,以数言而统万形,元气浑成,其浩无涯矣。同而不流于俗,异而不失其正,岂徒丽藻炫人而已。"他还指出"凡作诗,悲欢皆由乎兴,非兴则造语弗工。欢喜之意有限,悲感之意无穷。欢喜诗,兴中得者虽佳,但宜乎短章;悲感诗,兴中得者更佳,至于千言反复,愈长愈健。熟读李杜全集,方知无处无时而非兴也"。

再有,他创造性地提出一种"全味"说:"自古诗人养气,各有主焉。蕴乎内,著乎外,其隐见异同,人莫之辨也。熟读初唐、盛唐诸家所作,有雄浑如大海奔涛,秀拔如孤峰峭壁,壮丽如层楼叠阁,古雅如瑶瑟朱弦,老健如朔漠横雕,清逸如九皋鸣鹤,明净如乱山积雪,高远如长空片云,芳润如露蕙春兰,奇绝如鲸波蜃气,此见诸家所养之不同也。学者能集众长,合而为一,若易牙以五味调和,则为全味矣。"他还比喻说:"及乎成家,如蜂采百花为蜜,其味自别,使人莫之辨也。"

明代中期还出现一位勇于挑战封建礼教的人物李贽。他在《童心说》一文中指出:"夫童心者,绝假纯真,最初一念之本心也。若失却童心,便失却真心;失却真心,便失却真人。人而非真,全不复有初矣。"他要求摆脱日常闻见和义理的束缚,保持童心。他指出"天下之至文,未有不出于童心焉者也。苟童心常存,则道理不行,闻见不立,无时不文,无人不文,无一样创制体格文字而非文者。诗何必古《选》,文何必先秦。降而为六朝,变而为近体,又变而为传奇,变而为院本,为杂剧,为《西厢》曲,为《水浒传》,为今之举子业,大贤言圣人之道,皆古今至文,不可得而时势先后论也。故吾因是而有感于童心者之自文也,更说甚么六经,更说甚么《语》、《孟》乎?"他认为历代诗文随时势而变,"天下之至文"皆出于童心。因此,他将戏曲和小说也列于"天下之至文"中,在当时是针砭士大夫文人轻视戏剧和小说的偏见,而从中国文学发展的历史趋势看,也确实堪称具有先见之明。

他对于戏曲作品,尤其推崇《西厢记》和《拜月亭》,在《杂说》一文中,借题发挥说:"且夫世之真能文者,比其初皆非有意于为文也。其胸中有如许无状可怪之事,其喉间有如许欲吐而不敢吐之物,其口头又时时有许多欲语而莫可所以告语之处,蓄极积久,势不能遏。一旦见景生情,触目兴叹,夺他人之酒杯,浇自己之垒块;诉心中之不平,感数奇于千载。既已喷玉唾珠,昭回云汉,为章于天矣,遂亦自负,发狂大叫,流涕恸哭,不能自止。宁使见者闻者切齿咬牙,欲杀欲割,而终不忍藏于名山,投之水火。"

晚明时期出现以袁氏三兄弟为首的公安派,受李贽思想影响,倡导性灵说,因此也称为性灵派。袁宏道的《叙小修诗》是为其弟袁中道的诗集所写的序,其中称赞其弟说:"泛舟西陵,走马塞上,穷览燕赵齐鲁吴越之地,足迹所至,几半天下,而诗文亦因之日进。大都独抒性灵,不拘格套,非从自己胸臆流出,不肯下笔。有时情与境会,顷刻千言,如水东注,令人夺魄。"

他还在这篇序中指出:"大概情至之语,自能感人,是谓真诗,可传也。而或者犹以太露病之,曾不知情随境变,字逐情生,但恐不达,何露之有?且《离骚》一经,忿怼之极,党人偷乐,众女谣诼,不揆中情,信谗赍怒,皆明示唾骂,安在所谓怨而不伤者乎?穷愁之时,痛哭流涕,颠倒反复,不暇择音,怨矣,宁有不伤者?"

袁宗道在《论文》中也论述了文章与性灵的关系:"爇香者沉则沉烟,檀则檀气,何也?其性异也。""文章亦然,有一派学问,则酿出一种意见,有一种意见,则创出一般言语。无意见则虚浮,虚浮则雷同矣。故大喜者必绝倒,大哀者必号痛,大怒者必叫吼动地,发上指冠。""夫以茫昧之胸,而妄意鸿钜之裁,自非行乞左、马之侧,募缘残溺,盗窃遗矢,安能写满卷帙乎?试将诸公一编,抹去古语陈句,几不免于曳白矣!"

江盈科也属于性灵派,同样在他的《雪涛诗评》中倡言性灵说:"诗本性情。若系真诗,则一读其诗,而其人性情,入眼便见。大都其诗潇洒者,其人必岜快;其诗庄重者,其人必敦厚;其诗飘逸者,其人必风流;其诗流丽者,其人必疏爽;其诗枯瘠者,其人必寒涩;其诗丰腴者,其人必华赡;其诗凄怨者,其人必拂郁;其诗悲壮者,其人必磊落;其诗不羁者,其人必豪宕;其诗峻洁者,其人必清修;其诗森整者,其人必谨严。譬如桃梅李杏,望其华,便知其树。惟剿袭掇拾者,麋蒙虎皮,莫可方物。"

清代王夫之的《薑斋诗话》对情景论作出深入的阐发。情景论也是中国古代诗学中的一个重要论题。刘勰《文心雕龙·物色》的主题实际上就是情景论。如刘勰说:"春秋代序,阴阳惨舒,物色之动,心亦摇焉。""岁有其物,物有其容;情以物迁,辞以情发。""山沓水匝,树杂云合。目既往还,心亦吐纳。春日迟迟,秋风飒飒。情往似赠,兴来如答。"

王昌龄在《诗格》中提出"诗有三境",即物境、情境和意境,也就是诗中表现的三种对象或达到的三种境界,分别偏重于物、情和意。其中,对"情境"的表述是"娱乐愁怨,皆张于意而处于身,然后驰思,深得其情"。对"意境"的表述是"亦张之于意,而思之于心,则得其真矣"。两者都"张之于意",因此,在中国古代诗学中,情和意或情景说和意境说有时难解难分。

上面已经提到谢榛在《四溟诗话》中指出"景乃诗之媒,情乃诗之胚"。他还指出"诗乃模写情景之具,情融乎内而深且长,景耀乎外而远且大。当知神龙变化之妙,小则入乎微罅,大者腾乎天宇。此惟李杜二老知之"(卷四)。又指出"夫情景相触而成诗,此作家之常也。或有时不拘形胜,面西言东,但假山川以发豪兴尔"(卷四)。

王夫之也在《薑斋诗话》(卷二)中指出:"情景名为二,而实不可离。神于诗者,妙合无垠。巧者则有情中景,景中情。"又说:"含情而能达,会景而生心,体物而得神,则自有灵通之句,参化工之妙。若但于句求巧,则性情先为外荡,生意索然矣。"又说:"不能作景语,又何能作情语邪?古人绝唱多景语,如'高台多悲风','胡蝶飞南园','池塘生春草','亭皋木叶下','芙蓉露下落',皆是也,而情寓于其中矣。"他联系"兴"和"比"指出:"兴在有意无意之间,比亦不容雕刻。关情者景,自与情相为珀芥也。情景虽有在心在物之分,而景生情,情生景,哀乐之触,荣悴之迎,互藏其宅。天情物理,可哀而可乐,用之无穷,流而不滞;穷且滞者不知尔。"

他也对历来传诵的"僧敲月下门"这个典故提出异议:"'僧敲月下门',祇是妄想揣摩,如说他人梦,纵令形容酷似,何尝毫发关心?知然者,以其沉吟'推''敲'二字,就他作想也。若即景会心,则或推或敲,必居其一,因景因情,自然灵妙,何劳拟议哉?'长河落日圆',初无定景;'隔水问樵夫',初非想得,则禅家所谓现量也。"他在这里借用禅家"现量"[①]一词,旨在强调即景触情会心。

《薑斋诗话》中还有一些关于情景的论述。而且,他的论述都有相关的诗例。同时,在他的《古诗评选》、《唐诗评选》和《明诗评选》中也有不少关于情景的论述。因此,对于中国古代诗学中的情景论,王夫子也许是做出最大贡献者。

黄宗羲是一位杰出的思想家,学问渊博,其诗学观点也重视感情。他在《论文管见》中说:"文以理为主。然而情不至则亦理之郛廓耳。庐陵之志交友,无不呜咽;子厚之言身世,莫不凄怆;郝

[①] 印度古代认识论将人类认知方法分为现量(感觉)、比量(推理)、喻量(比喻)和声量(权威言论)。"现量"(pratyakṣapramāṇa)也就是用感官直接感知。

陵川之处真州，戴刻源之入故都，其言皆能恻恻动人。古今自有一种文章不可磨灭，真是'天若有情天亦老'者。"

他也在《黄孚先诗序》中赞赏黄孚先的诗学观点，即"若身之所历，目之所触，发于心，著于声，迫于中之不能自已，一唱而三叹，不啻金石悬而宫商鸣也。斯亦奚有今昔之间，盖情之至真，时不我限也"。对此，他评论说："情者，可以贯金石动鬼神。古之人情与物游，而不能相舍，不但忠臣之事其君，孝子之事其亲，思妇劳人结不可解，即风云月露，草木虫鱼，无一非真意之流通，故无溢言曼辞以入章句，无谄笑柔色以资应酬，唯其有之，是以似之。"

袁枚崇尚性灵说，在《随园诗话》（卷五）中明确指出"自《三百篇》至今日，凡诗之传者，都是性灵，不关堆垛，惟李义山诗稍多典故，然皆用才情驱使，不专砌填也。余续司空表圣《诗品》，第三首便曰'博习'，言诗之必根于学，所谓'不从糟粕，安得精英'是也。近见作诗者，全仗糟粕，琐碎零星，如剃僧发，如拆袜线，句句加注，是将诗当考据作矣"。

贺贻孙在《诗筏》中提出"味厚"说。他指出"'厚'之一言，可蔽《风》、《雅》。《古十九首》，人知其澹，不知其厚。所谓厚者，以其神厚也，气厚也，味厚也。即如太白诗歌，其神气与味皆厚，不独少陵也"。因此，他指出"李、杜诗，韩、苏文，但诵一二首，似可学而至焉。试更诵数十首，方觉其妙。诵及全集，愈多愈妙。反复朗诵至数十百过，口颊涎流，滋味无穷，咀嚼不尽。乃至自少至老，诵之不辍，其境愈熟，其味愈长。后代名家诗文，偶取数首诵之，非不赏心惬目，及诵全集，则渐令人厌，又使人不欲再诵。此则古今人厚薄之别也"。

在清代诗论中，推崇味外味者所在多见。叶燮在《原诗·外篇上》中说："舒写胸襟，发挥景物，境皆独得，意自天成，能令人永言三叹，寻味不穷，忘其所熟，转益见新，无适而不可也。"沈德潜在《说诗晬语》中说："苏、李诗言情款款，感寤具存，无急言竭论，而意自长、神自远，使听者油油善入，不知其然而然也。是为五言之祖。"又说："七言绝句，以语近情遥，含吐不露为主。只眼前景、口头语，而有弦外音、味外味，使人神远，太白有焉。"

又如，赵翼的《瓯北诗话》评论历代诗人，尤为关注每位诗人有"意味"、"余味"或"余意"的诗作。如论李白，说"青莲深于乐府，故亦多征夫怨妇、惜别伤离之作，然皆含蓄有古意"，"酝藉吞吐，言短意长，直接《国风》之遗"。论杜甫，说"今观夔州后诗，惟《秋兴八首》及《咏怀古迹五首》，细意熨贴，一唱三叹，意味深长"。论白居易，说"元、白尚坦易，务言人所共欲言。试平心论之，诗本性情，当以性情为主"。"坦易者多触景生情，因事起意，眼前景，口头语，自能沁人心脾，耐人咀嚼。"论苏轼七言律诗，说"此数十联，乃是称心而出，不假雕饰，自然意味悠长"。论陆游古今诗体，说"每结处必有兴会，有意味"。论元遗山诗，说"专以单行，绝无偶句，构思窅渺，十步九折，愈折而意愈深，味愈隽"。如此等等。

元明清戏曲理论中的主情说已经在前面第四章《戏剧学》中作出介绍，可参阅。

总之，中国古代诗学中的感情论源远流长，历代诗学家见解深刻，论述异彩纷呈。其中使用的"味"这个术语与梵语诗学中的"味"有同有异。梵语诗学中的味专指情味，已经固定化。而中国古代诗学中的味含有多义。或直接指感情，即情味；或泛指诗美；或指意味、余味和余意；或指品味或玩味。"味"作为术语在使用中的多义性，也是中国古代诗学中诗性语言的一个表征。

第 八 章

韵　　论

　　欢增在《韵光》中开宗明义，说道："按照智者们传承的说法：'诗的灵魂是韵。'而有些人说它不存在，另一些人说它是转示义，还有一些人说它的本质超越语言范围。因此，为了让知音们内心喜悦，我们讲述它的性质。"（1.1）

　　从现存的梵语诗学著作看，在《韵光》之前，没有哪部著作涉及韵论。而在《韵光》本身中，也没有提及哪位韵论家的名字，只是笼统称作"智者"或"通晓诗的真谛者"。因而，新护在《韵光注》中，对"智者们传承的说法"的解释是"尽管没有记载，但一直在智者圈内口头相传"。

　　《韵光》这部著作本身带有论辩色彩。它为了确立韵论，就必须批驳各种否定韵论的观点，并说明以前的诗学理论存在的不足之处。这表明在《韵光》成书之前，学术圈内确实对韵论已经进行过探讨和争论。

　　韵论是对梵语诗学的创造性发展。欢增在《韵光》中强调指出："韵的性质是所有优秀诗人的作品奥秘，极其可爱。但以往哪怕思维最精密的诗学家也没有加以揭示。"（1.1 注疏）过去的诗学家只注重分析诗的表示义，"而在大诗人的语言中，确实存在另一种东西，即领会义。它显然不同于已知的肢体，正如女人的美"（1.4）。也就是说，诗中领会义（暗含义）的魅力高于表示义（字面义）的美。他举例说明这种不同于字面义的暗含义。例如：

> 知礼守法的人啊，尽管放心走吧！今天，
> 戈达河边树丛里的猛狮，咬死了那条狗。

这首诗的字面义是鼓励，而暗含义是禁止——因为猛狮比那条狗更可怕。

> 婆婆睡这里，我睡这里，趁白天你看仔细，
> 客人啊！夜里眼瞎，莫要睡到我俩的铺上。

这首诗的字面义是禁止，而暗含义是鼓励——因为女主人公勾引客人，有碍于婆婆在场，只能向客人暗示自己的铺位。

> 看到自己的妻子的嘴唇受伤，哪个丈夫不会生气？
> 不听劝阻，嗅有蜜蜂的莲花，你现在就忍着点吧！

这首诗的字面义是一回事，暗示义是另一回事——因为这是女主人公的女友故意说给女主人公的丈夫听的话，以掩饰女主人公的嘴唇被情夫咬伤的实情。

欢增给"韵"下的定义是："若诗中的词义或词音将自己的意义作为附属而暗示那种暗含义，智者称这一类诗为韵。"（1.13）欢增在这里是从诗篇的角度给韵下的定义，也就是说，韵是指具有暗含义的诗篇。但从欢增在《韵光》中的具体论述看，韵实际上也指诗中起暗示作用的词句和所暗示的意义。新护在《韵光注》中指出韵的五种含义：能暗示的词义、能暗示的词音、暗示的作用、所暗示的意义和具有这些暗示因素的诗篇。因此，韵的实质是词（以

及由词组成的句和由句组成的篇）的暗示功能和由此产生的暗示义。所以，欢增指出："这种意义和有能力传达它的特定的词，这两种词和义，值得大诗人认真琢磨。"（1.8）因为"大诗人成其为大诗人，在于他善于运用暗示义和暗示者"（1.8 注疏）。

韵论中"韵"（dhvani）这个概念的产生直接受到梵语语法学中"常声"（sphoṭa）概念的启发。欢增在《韵光》中明确指出："在学问家中，语法家是先驱，因为语法是一切学问的根基。他们把韵用在听到的音素上。其他学者在阐明诗的本质时，遵循他们的思想，依据共同的暗示性，把表示义和表示者混合的词的灵魂即通常所谓的诗，也称作韵。"（1.13 注疏）按照曼摩吒在《诗光》中的说法是："语法家把能暗示处于主要地位的'常声'状态的暗含义的词称为韵。后来，其他人按照他们的理论，把能胜过表示义而显示暗含义的音和义称为韵。"（1.4 注疏）

传统的梵语语法家对词音和词义及其关系作了深入的研究。波颠阇利（约公元前二世纪）认为表达意义是词的唯一目的。例如，一说出 gauḥ（牛）这个词，我们的脑子里就会出现一种具有颈垂肉、角、蹄和尾的动物形象。他认为词本身是原本存在的，恒定不变，不可分割。但它是由声音展示的。因此，他把词本身称作"常声"（sphoṭa，词根义为"绽开"或"展露"），即通过声音展示的原本存在的词。仍以 gauḥ（牛）为例，这个词是原本存在的，但它是通过连续发出 g、au 和 ḥ 三个音素展示的。其中，任何一个单独的音素都不能形成牛的词义。而这三个音素也不可能同时发出。它们只是依次发音至最后一个音素 ḥ 时，才能结合保留在印象中的前两个音素 g 和 au 形成牛的词义。这种展示原本存在的词的发音被称作"韵"（dhvani，词根为"发音"或"发声"）。

伐致诃利（约七世纪）继承波颠阇利的这种观点，提出"声梵"（śabdabrahma）说。他将词的本质等同于无始无终、永恒不灭的梵。他认为语言具有微妙、中介和粗糙三种形式。微妙形式是语音的绝对真实，恒定不变，不可分割。中介形式是微妙形式的展示，属于精神领域，只能通过内部感官即思想把握。粗糙形式是微妙形式的进一步展示，属于物质领域，可以通过外部感官即耳朵把握。语言的微妙形式通过人体内的气流运动，经由中介形式和粗糙形式转化为声音。伐致诃利将语言的中介形式称作"原韵"（prākṛtaśabda，即"常声"），而将语言的粗糙形式称作"变韵"（vaikṛtadhvani，即或长或短、或清或浊而又转瞬即逝的声音）。

总之，波颠阇利和伐致诃利都认为常声（即词本身）不同于词音。常声是一种不可分割的整体，是词的真正意义所在。它通过一个发音过程呈现，即由词的最后一个音素连同留在印象中的前面音来展示。以这种方式展示常声的词音就叫作"韵"（dhvani）。

梵语诗学家中的韵论派就是受此启发，将诗中具有暗示作用的词音和词义也称作韵。也就是说，语法学家把能展示常声（即词的固有的表示义）的词音称作韵，而诗学家沿着他们的思路，把能展示暗含义（即言外之意）的词音和词义称作韵。欢增已在《韵光》中明确指出："韵的说法是依据确认'声梵'的学者们的观点。"（3.33 注疏）

而韵论的确立并不只是受到梵语语法学中的"常声说"启示，还在于它创造性地揭示出词的暗示功能和暗含义，并以此作为它的理论基石。传统的梵语语法家和哲学家确认词有两种基本功能——表示和转示，由此产生两种意义——表示义和转示义。表示义是指词的本义或字面义，也就是常用义和惯用义。转示义是指词的转义或延伸义。转示义以表示义为基础，只是在表示义不适用的情况下，才采用转示义。有些传统梵语学者在表示义和转示义的基础上，提出句义说。他们认为表示义和转示义只是表达单词的意义，而句义是传达句中不同单词之间互相联系的意义。也有些学者不赞成另立句义说，认为词本身不仅能表示事物，也能表示事物之间的联系。也就是说，词传达的意义体现在词与词之间的相互关系中。

传统的梵语语法学家和哲学家对词的功能的探讨局限于表示义和转示义。而韵论派发现还有第三种功能即暗示，由此产生第三种意义即暗示义（暗含义）。他们认为诗的灵魂，或者说诗的最大魅力就在于这种不同表示性和转示性的暗示性，正如"常声"是词的真正意义所在，暗示义是诗的真正本质。这种暗示性便是"韵"。

在韵论派的论述中，有关词的暗示功能的常用例举是"恒河上的茅屋"这个短语。其中，"恒河"一词在这个短语中不适用，因为茅屋不可能坐落在恒河上。于是，依据词的转示功能引申理解为"恒河岸"。但这个短语的意思并非仅止于此。说者之所以采用"恒河上的茅屋"这一表述，是为了暗示茅屋濒临恒河，因而清凉、圣洁。

欢增在《韵光》中充分论述了对词的暗示功能与表示功能和转示功能存在领域和形态的差别。暗示功能与表示功能之间的领域差别是：词的表示功能的领域是自己的意义，而暗示功能的领域是另一种意义。表示义直接与词本身相联系，而另一种意义（暗示义）与表示义相联系，由表示义暗示。形态差别是：即使没有表示义的乐曲和没有声音的姿势也能暗示味等暗含义。暗示功能与转示功能之间的领域差别是：转示脱离原词，而暗示依靠原词；转示性是附属的表示性，而暗示性完全不同于表示性；在转示中，转示义取代表示义，而在暗示中，表示义既展现另一种意义（暗示义），也展现自身，正像灯一样。形态差别是：暗示的领域有三种：味等、庄严和本事，而转示领域并非如此。此外，由于暗示依靠表示和转示这两者，就不能等同于其中任何之一者。至于句义，欢增认为句子传达说话者的意图，也可以说具有暗示性。但这种暗示性不能等同于韵。只有在有意传达某种特殊的暗含义即展现味等等、庄严和本事三种暗含义的情况下,才能称为"韵"。

对于词的暗示功能,在韵论派之前的梵语诗学家并非毫无觉察,因为这是语言艺术中的客观存在。婆摩诃、檀丁、优婆吒和楼陀罗吒等人在论述某些修辞手法时,都或多或少涉及暗示义。但他们只是把这类现象归在一般的修辞手法中,没有自觉地意识到除了表示和转示外,词还具有第三种独立的暗示功能。也就是说,他们没有像韵论派那样,把词的暗示功能分离出来,并视为诗的第一本质。因此,欢增的《韵光》对梵语诗学做出了创造性的贡献。而且,《韵光》以韵论为核心,纳入庄严论、诗德论和味论,构成了一个比较完备的理论体系。

欢增在《韵光》中对韵作了细致的分类。首先,他依据表示义和暗示义的关系,将韵分成两大类:"非旨在表示义和旨在依靠表示义暗示另一义。"(1.13 注疏)所谓"非旨在表示义"是指不重视表示义,仿佛作者无意用它表达意义。例如:

> 三种人能够获得盛开黄金花的大地,
> 他们是勇士、学者和懂得服务的人。

由于世界上不存在生长黄金花的大地,"盛开黄金花的大地"这个词语的表示义不适用,通过转示取得比喻意义,即"充满财富的大地"。进而,读者理解这个比喻意义是暗示诗中所说的那三种人的伟大。

所谓"旨在依靠表示义暗示另一义"是指诗中的表示义适用,同时又涉及暗示义。例如:

> 这小鹦鹉在哪座山,用了多久,修炼哪种苦行,
> 女郎啊!因而能吃到红似你的嘴唇的频婆果?

这首诗是某个男子恭维某个女子。它的表示义是称羡小鹦鹉有福气，能吃到殷红的频婆果，而它的暗示义是希望自己有福气，能亲吻这个女子殷红的嘴唇。

第一大类"非旨在表示义"又分成两类："表示义转化为另一义和表示义完全失去。"（2.1）所谓"表示义转化为另一义"是指表示义并不是完全不适用，但不能形成完善的意义。因此，它不能被完全抛弃，而是依靠语境产生一种不同于自身的完善的意义。例如：

> 那些云朵以浓密的阴影涂抹四周天空，仙鹤飞翔，
> 微风湿润，云朵的朋友孔雀发出喜悦甜蜜的叫声，
> 随它们去吧！我是罗摩，心地坚硬，能忍受一切。
> 可是我的悉多会怎样呢？哎呀，王后，你要坚定！

这首诗描写在雨季来临之时，罗摩思念被魔王劫走的爱妻悉多。诗中的"罗摩"一词，不能按通常的表示义理解为"十车王的儿子"。它暗含有罗摩的种种不幸遭遇：失去王位继承权，流亡森林，悉多被魔王劫走。正因为他经历了种种磨难，所以"心地坚硬，能忍受一切"。由此可见，在这一类"韵"中，表示义并不完全被抛弃，而是仿佛成了暗示义的组成部分。

所谓"表示义完全失去"是指表示义的用途只是为了暗示另一义。一旦这个目的达到，表示义就被抛弃。例如：

> 如今月亮不如太阳有魅力，月轮笼罩在雾中，
> 犹如因哈气而失明的镜子，它不再发出光芒。

这首诗描写冬季的月夜，其中"失明"一词的表示义是"丧失视

力"。但镜子并没有眼睛，因而这个词是暗示"失去映照能力"。读者在领会了这个意义后，"失明"的本义就被抛弃。

第二大类"旨在依靠表示义暗示另一义"也分成两类："暗示过程不明显和暗示过程明显。"（2.2）所谓"暗示过程不明显"是指表示义转化为暗示义的过程十分迅速，几乎觉察不到其中的先后次序。欢增说："味、情、类味、类情和情的平息等暗示过程不明显，如果居于主要地位，便是韵的灵魂。"（2.3）其中，"味"指九种味，"情"指各种不定情，"类味"和"类情"指那些与诗中描写的主人公不切合或不相宜的味和情。"情的平息等"还包括情的升起、情的并存和情的混合。这一类韵也总称为味韵（rasadhvani）。欢增高度重视这种味的暗示性，认为"大诗人的主要任务是安排种种表示义和表示者，适合味等对象"（3.32）。

欢增在论述味的暗示性时，还特别提醒说：味"从不通过它们自己的名称表达。即使它们的名称出现，对它们的领会也主要是依靠特殊的情由等的描述"。"如果在一首诗中，只有艳情等这样的名称，而缺乏情由等的描述，那就一点也领会不到味。味的领会与味的名称无干，只能通过特殊的情由等。只有味的名称，无从领会。"（1.4注疏）也就是说，味必须通过诗中具体描述的情由、情态和不定情暗示，而不能由艳情、悲悯等这些味的名称直接表达。例如：

> 看到卧室空寂无人，新娘轻轻从床上起身，
> 久久凝视丈夫的脸，没有察觉他假装睡着，
> 于是放心地吻他，却发现他脸上汗毛直竖，
> 她羞涩地低下头，丈夫笑着将她久久亲吻。

这首诗中，情由是空寂无人的卧室和一对新婚夫妇，情态是亲吻和

汗毛直竖，不定情是羞涩和喜笑，由此暗示艳情味。

所谓"暗示过程明显"是指表示义转化为暗示义的过程明显，可以觉察得到。它也被称作"余音"（anusvāna）韵。欢增说："暗示义逐步展示，犹如余音。它依据词音和词义分成两类。"（2.20）这是通过词音展示暗含义的诗例：

> 这位细腰女郎胸脯高高耸起，黝黑如同沉香，
> 佩戴闪亮项链，怎么会不令人心中产生渴望？

由于同音异义的双关作用，这首诗的梵语原文也能读作："乌云密集，黑如沉香，倾泻雨水，怎么会不令人渴望细腰女郎？"也就是说，通过词音的作用，暗示一种比喻，即细腰女郎的胸脯犹如雨季的乌云。这样，这首诗人的字面义是细腰女郎高耸的胸脯激发男人产生渴望，暗示义是犹如雨季的乌云激发旅人渴望回家与爱人欢聚。

这是通过词义展示暗含义的诗例：

> 神仙说着这些话，波哩婆提低下头，
> 靠在父亲的身旁，数着玩耍的莲瓣。

这首诗描写莺耆罗仙人前来替湿婆求娶雪山神的女儿波哩婆提。它通过对波哩婆提姿态和动作的描写，暗示她的羞涩和内心的喜悦。

通过词义展示暗含义这一类又分成两类："身体（即表示义）完全出于想象的表述和自然产生的表述。"其中前一类是指诗人大胆的、富于想象的表述。这一类又分成诗人直接表述和诗人创造的角色表述两类。例如：

> 春季之月已经准备好爱神之箭，尚未射出，
> 箭头是芒果嫩芽和绿叶梢，以少女为目标。

这首诗是"诗人直接表述"，暗示春天将给自然界带来蓬勃生机，并激发少女的爱情。前面引用的"这只小鹦鹉在哪座山上……"这首诗是"诗人创造的角色表述"。而后一类是指具有现实可能性的表述。前面引用的"神仙说着这些话……"这首诗是这后一类"自然产生的表述"，即诗中描述的事情在现实生活中是完全可能发生的。这两类体现不同的创作表现手法，前者偏重想象，后者偏重写实。因此，也可以将这两类分别称为"想象的表述"和"现实的表述"。

通过词义展示暗含义这一类中的三种分类还按照暗示的内容各自分成本事韵（vastudhvani）和庄严韵（alaṅkāradhvani）两类。本事是指内容或情节，庄严是指修辞意义。本事韵又分成通过本事暗示本事和通过庄严暗示本事两类。庄严韵也分成通过本事暗示庄严和通过庄严暗示庄严两类。

此外，欢增还从暗示者的角度对韵进行分类。欢增指出："非旨在表示义的韵和另一类余音般暗示的韵都依靠词或句暗示。"（3.1）这是通过词暗示的诗例：

> 如果上天不让我有财力满足求告者愿望，
> 为何不把我造成路边无知觉的清澈池塘？

这首诗通过"无知觉的"这个词暗示"我这个有知觉的人还不如无知觉的池塘，因为无知觉的池塘尚能解除旅人的干渴，而我这个有知觉的人却不能解除求告者的匮乏"。

这是通过句子暗示的诗例：

芸芸众生之夜，自制之人觉醒；
芸芸众生觉醒，有识之士之夜。

这首诗通过整个句子暗示众生执著虚妄的世界，而圣人把握真谛，摒弃虚妄。

欢增还指出："暗示过程不明显的韵（即味韵）可以由音素、词等、句子、词语组合方式和作品展示。"（3.2）例如，欢增指出："ś（腭咝音）和 ṣ（顶咝音）与 r（顶半元音）和 ḍh（带气顶辅音）相结合，这些音素有碍于艳情，不能暗示味。而这些音素用于厌恶等，却能加强味。因此，音素也能暗示味。"（3.3—4）"词等"是指词格语尾、动词语尾、词数、属格、其他词格、第一词缀、第二词缀和复合词的使用方式。"词语组合方式"是指使用复合词的方式，分成无复合词、中等复合词和长复合词三类。但从欢增的具体分析看，音素、词等和词语组合方式暗示味的作用实际上是辅助性的，因为脱离了诗的文字意义，这种暗示作用就会落空。

这样，欢增从暗示义和暗示者两个角度对韵作了全面的探讨和细致的分类。韵究竟分成多少类，梵语诗学家的说法不一。新护说有 7420 类，毗首那特说有 5355 类，而曼摩吒说有 10455 类。这种分类数字都是理论上的推算，也就是把大小分类相乘相加得出的。而按照欢增本人的说法："谁能数清韵的大小分类？我们指出的只是方向。"（3.44）

欢增确认韵是诗的灵魂，并以韵为准绳，将诗分成三类：韵诗（dhvanikāvya）、以韵为辅的诗（guṇībhūtavaṅgya）和画诗（citrakāvya）。所谓韵诗是指诗中的暗示义占据主要地位，前面论述的韵的分类也就是韵诗的分类。所谓以韵为辅的诗是指诗中的表示义占据主要地位而暗示义占据附属地位，或者诗中的表示义和暗示义占据同等地位。所谓画诗是指诗中缺乏暗示义。

欢增给以韵为辅的诗下的定义是"其中与暗示义相陪伴的表示义更有魅力"（3.34）。例如：

> 这是谁？一座美的海洋，
> 蓝莲花和月亮一起漂浮，
> 大象的一对颞颥隆起，
> 还有莲花茎和芭蕉树。

这首诗是赞叹一位女子的美，蓝莲花、月亮、大象的一对颞颥、莲花茎和芭蕉树分别暗喻眼睛、面庞、双乳、双肢和双股。但这些暗示义附属于诗中的表示义，即赞叹这位女子是"一座美的海洋"。

欢增将画诗分成词音画诗和词义画诗两类。他解释说："缺乏味和情等等含义，缺乏展示特殊的暗示义的能力，仅仅依靠表示义和表示者的奇妙，仿佛是画，称作画诗。严格地说，那不是诗，而是诗的模仿品。其中，一类是音画诗，诸如煞费苦心的叠声等等庄严。另一类义画诗，不涉及暗含义，以句义为主，缺乏味等等含义，诸如奇想等等庄严。"（3.42注疏）也就是说，词音画诗的魅力仅仅依靠词音修辞手法（"音庄严"），词义画诗的魅力仅仅依靠词义修辞手法（"义庄严"）。

后来，曼摩吒在《诗光》中明确将这三类诗称作上品诗、中品诗和下品诗。虽然这种划定等级的方法有些机械，未必完全符合诗艺实际，但成了后期梵语诗学家区分诗的品位的直接依据。毗首那特在《文镜》中将诗分成韵诗和以韵为辅的诗两大类。维希吠希婆罗·迦维旃陀罗在《魅力月光》中将诗分成三类：有魅力的诗（以音庄严为主的诗）、更有魅力的诗（以义庄严为主的诗和以暗示义为辅的诗）和最有魅力的诗（以暗示义为主的诗）。世主在

《味海》中将诗分成五类：最上品诗、上品诗、中品诗、下品诗和最下品诗。最上品诗是"音和义使自己居于附属地位而暗示某种意义"。上品诗是"暗示不占主要地位，但仍是魅力的原因"。中品诗是"表示义的魅力胜过暗示义的魅力"。下品诗是"义的魅力为辅，音的魅力为主"。最下品诗是"完全缺乏义的魅力，只有音的魅力"。

欢增对诗的分类是贯彻他的诗学理念。梵语诗学从庄严论、风格论和味论发展到韵论。欢增确认韵是诗的灵魂。他从暗示的角度，确认味也是韵。同时，他也从暗示的角度分析庄严和诗德，确认它们是韵和味的辅助因素。这样，他就深入诗的内在核心——暗含义（内容）和味（感情）。

为了确立词的暗示功能，欢增对暗示功能与表示功能和转示功能的区别作了充分论述。同样，为了确立韵是诗的灵魂，他对韵和庄严的区别也作了充分论述。他强调韵和庄严的主次关系，指出"庄严是味的魅力因素，正如外表的装饰美化人体"（2.17注疏）。因此，诗人在运用庄严时，"要始终记住庄严是为辅者，而不是为主者。必要时使用它，必要时放弃它。不要过分热衷于它。努力保持警惕，让它处于辅助地位。这样，隐喻等等庄严才能成为辅助因素"（2.18—19）。他认为如果诗人绞尽脑汁，刻意追求种种复杂的谐音效果，势必会突出音庄严的地位，起不到辅助味的作用。对于具有创作才能的诗人来说，只要他专心于味，各种庄严（不包括繁难的音庄严）会竞相涌出。因为这是很自然的事：味必须通过特殊的表示义暗示，而隐喻等等庄严正是凭借有关词语而具有暗示能力的特殊表示义。它们对于诗中的味能起到直接的辅助作用，不像繁难的音庄严只能起到突出自己的作用。

欢增也注意到有些庄严本身就含有暗示因素。那么，它们与韵的区别何在？他将这类庄严与韵的区别归纳为三条："一、如果暗示义不占主要地位，只是附属表示义，那么它们就明显属于合说等等表示义的庄严；二、如果暗示义只是闪烁一下，或者尾随表示义，在理解中不占主要地位，那么，它们就不是韵；三、如果词音和词义都指向暗示义，依附暗示义，就应该认为它们就是纯粹的韵的领域"（1.13 注疏）。例如：

> 月亮突然变红，捕捉住闪烁着星星的黑夜面孔，
> 由于这红光，黑色的夜幕不知不觉在东方消失。

这首诗运用了双关语，即在字面义中叠合着另一种意义：月亮感情冲动，捧住闪动着眼睛的黑夜的面孔，黑夜也随之情绪激动，没有觉察自己的黑色衣衫已经褪落在身前。但这首诗是描写黎明前的月亮和黑夜，暗含的另一种意义附属于表示义。所以，这是合说庄严，而不是韵。又如：

> "你笑什么？我俩久别重逢，你不再离开我。
> 狠心人啊！你为何喜欢羁留在外，远离我？"
> 敌人的妻子们在梦中搂住丈夫的脖子说道，
> 醒来后发现怀抱的双臂空空，又号啕大哭。

这首诗描写敌军将士遗孀的凄苦悲哀，具有悲悯味。但是，这首诗的主旨是颂扬国王英勇善战，消灭了敌军，悲悯味处于附属地位。所以，它是味庄严，而不是味韵。

欢增认为诸如此类含有暗示因素的庄严都可以归入以韵为辅的诗。而这类以表示义为主、以韵为辅的诗也应该是大诗人涉足的可爱园地。他说："凡打动知音心灵的诗，无论属于哪一类，都不会不因含有暗示义而优美。智者们确信这是诗的最高奥秘。"（3.36

注疏）

同时，欢增改造传统的风格论，摒弃风格是诗的灵魂的观念，确认诗德是味的属性，而词语组合方式依附诗德。它们像庄严一样，只要运用得当，就能在诗中起到辅助味韵的作用，增加诗的魅力。

欢增还指出，就味韵而言，有许多类型，而且各类味韵的情由、情态和不定情也多种多样，这就决定了诗歌内容变化的无限性。同时，诗歌内容的变化的无限性不仅表现在暗示义方面，也表现在表示义方面。因为"表示义也会依据情况、地点和时间的特殊性，自然地呈现无限性"（4.7）。所以，"只要依靠韵和以韵为辅的种种方式，只要诗人具有想象力，诗的内容就永远不会枯竭"（4.6）。

由此，欢增创立的韵论以韵和味为核心，以庄严、诗德和词语组合方式为辅助，容纳了内容和形式两方面的诗美因素，标志梵语诗学达到最后的成熟。

新护的《韵光注》对《韵光》作了详尽的注释。新护凭借自己深厚的知识学养，在注释中对韵论进行了创造性的阐发，也丰富了诗例。欢增将韵视为诗的灵魂，而在韵的分类中尤其重视味韵。新护则将味视为诗的灵魂，并将韵的分类中的本事韵和庄严韵也最终归结为味韵。因为他认为诗中的本事韵和庄严韵总是或多或少与味相结合，全然无味的诗不成其为诗。总之，他俩确立了以韵和味为核心的梵语诗学理论。但是，传统的庄严论在梵语诗学中根基深厚。在韵论创立过程中存在的学术论争，在《韵光》和《韵光注》问世之后继续存在。然而，从学术发展的趋势看，韵和味在梵语诗学中的核心地位已难以动摇。

恭多迦的《曲语生命论》是在《韵光》之后出现的一部重要的梵语诗学著作。恭多迦将"曲语"视为诗的生命。"曲语"是指

"机智巧妙的表达方式"(1.10)。他的理论出发点是庄严论。庄严论中早就存在将"曲语"视为一切庄严的共同特征的思想。所以,恭多迦有时也将"曲语"称作"庄严"。但这种"庄严"是广义的,并不局限于庄严论中的音庄严和义庄严。也就是说,他把庄严论中原有的"曲语"概念改造成一种涵盖面更广的批评概念,用以囊括一切诗美因素。

从恭多迦对曲语的分类和具体阐释看,他将庄严、韵和味都纳入了"曲语"范畴。他认为各种庄严体现诗人的曲折表达,具有特殊的魅力,能使读者获得审美快乐。这样,他肯定了庄严独立的审美意义。同时,他也承认韵的存在,也承认韵分成本事韵、庄严韵和味韵。但不认为韵是诗的灵魂,而认为它是曲语的一种表现。例如:

> 此刻,大眼女郎!你面露微笑,
> 美丽的光艳照遍这四面八方,
> 可是这大海不起波澜,故而,
> 我认为它显然仅仅是一堆水。

这是欢增在《韵光》中用作庄严韵的诗例。诗中暗示女主人公的脸庞如同月亮,因为月亮能引起大海激动(即通常所说的潮汐)。而恭多迦认为这是暗示性隐喻,也就是说,这个隐喻是以曲折的方法暗示的,所以具有魅力。

像对待韵一样,恭多迦也将味视为曲语的一种表现。在探讨庄严论的"有味"一类庄严时,他指出诗中的味是修辞对象,所谓的"有味"庄严本身不是庄严,而是诗人创造的一种曲语,其魅力在于以曲折的方式传达味。在阐述故事成分曲折性和整篇作品曲折性时,他指出作者对原始故事素材有权增删改编,以适合自己作品所要传达的味。一篇作品中有一个主要的味，其他次要的味都应该强化这个味。他强调说："大诗人的语言含有源源不断的味，充满生命活力，并不单单依靠故事。"（4.4 注疏）

恭多迦是一位富有才学和气魄的梵语诗学家，创立了自成体系的曲语论。韵论以韵和味为核心，统摄一切文学因素，而曲语论以语言的曲折表达方式为准绳，贯穿一切文学因素。曲语论对语言的各种曲折表达方式进行了深入细致的分析，既是对传统庄严论的创造性发展，也吸收了韵论和味论的诗学成果，其学术价值不可低估。但在整个后期梵语诗学中，它的影响比不上韵论和味论，不足以与韵论和味论相抗衡。

在后期梵语诗学中，与《韵光》进行论辩的代表性著作是摩希摩跋吒的《韵辨》。摩希摩跋吒在这部著作的开头表白说自己"撰写《韵辨》，以说明所有的韵都包含在推理中。我的这种努力只适合与我一样的人，不会令世上所有人满意"，而"不管我赞同还是批驳韵论家（即《韵光》作者欢增）的观点，都会提高我的名声，因为与伟人打交道能增加自己的分量"（1.1—3）。这说明欢增的《韵光》当时已经在梵语诗学领域享有崇高的地位，但对于韵论的不同意见依然存在，摩希摩跋吒撰写《韵辨》的主旨是用推理论取代韵论。

摩希摩跋吒对韵论的批评也是从词的功能问题入手。韵论派认为词有三重功能：表示、转示和暗示。而摩希摩跋吒认为只有一种表示功能，所谓的转示和暗示都是推理。一个单词所传达的意义始终只能是表示义，而由单词组成的句子的意义有两种：一种是表示义，另一种是推理义。推理义分成三种：本事、庄严和味。其中，本事和庄严也可以直接表达，而味只能通过推理。推理义又分成两类：直接推理和间接推理。例如，上引"三种人能够获得盛开黄金花的大地……"这首诗，在《韵光》中用作"非旨在表示义"一类韵诗的例举。而摩希摩跋吒认为这首诗是依据"获得盛开黄金花的大地",推理出这三种人能获得好运,属于直接推理。上引"神仙说着这些话,波哩婆提低下头……"这首诗,在《韵光》中用作"通过词义展示暗含义"一类韵诗的例举。而摩希摩跋吒认为这首诗是依据波哩婆提的姿态动作推理出羞涩之情,进而依据她的羞涩之情推理出她对湿婆的爱情,属于间接推理。

摩希摩跋吒对韵论中的"韵"(即暗示义)作了这样的概括:"韵是指与暗示者同时产生的、真实存在或非真实存在的暗示对象,其中无须回想暗示对象与暗示者的关系。"(1.20以下)他解释说,非真实存在的暗示对象只有一类,例如,阳光折射而产生彩虹。真实存在的暗示对象有三类:第一,结果以潜在形式存在于原因中,在它展现后,由不可感知变为可感知。例如,凝乳以潜在形式存在于牛奶中,一旦它作为凝乳呈现,便能见到。第二,对象已经存在,只是由于某种障碍而不可感知。一旦由照明者照亮,它与照明者同时被感知。例如,灯光照亮黑暗中的陶罐,灯光和陶罐同时被感知。第三,在人的思想中潜伏着对某种对象的感知经验,一旦外界出现与这种经验对象存在必然联系的标志,就会唤起对这种对象的感知。例如,人们见到烟,就知道有火。摩希摩跋吒认为在"真实存在"的这三类中,前两类不适用于暗示义,因为不可能像直接看到凝乳那样直接感知暗示义,也不可能像同时看到灯光和陶罐那样同时感知表示义和暗示义。只有第三类适用于暗示义,而那不过是推理而已。换言之,从表示义获知暗示义不可能不意识到这两者之间存在必然联系,即不可能不"回想暗示对象和暗示者的关系"。对暗示义的认知也不可能与对表示义的认知同时发生,而是像从烟认知火那样存在着一种先后次序。因此,它只能是推理。

摩希摩跋吒在《韵辨》中还直接利用欢增用作韵诗的许多例举,一一说明欢增所谓的暗示实际上是推理。其说明的方式已见于上面引用的两首诗例，也就是用推理中"相"和"有相"的关系替换欢增所说的表示义（暗示者）和暗示义（暗示对象）的关系。换言之，就像由烟（"相"）推断火（"有相"）那样，由表示义推断暗示义。

总之，摩希摩跋吒的推理论核心是以推理取代暗示。除此之外，他与韵论派并无重大理论分歧。他跟韵论派一样，也承认味是诗的灵魂。韵论派认为通过暗示获得的意义更有魅力，他认为通过推理获得的意义更有魅力。韵论派将暗示义分为本事、庄严和味三类，他也将推理义分成这三类。他自己就在《韵辨》中说道："就味等等是诗的灵魂而言，并不存在分歧。分歧是在名称。如果不将味称作韵，分歧也就消除。"（1.26）又说："我们只是不同意说暗示是韵的生命，而其他问题略去不谈，因为基本上没有分歧。"（3.33）因此，尽管《韵辨》这部著作充分展现了摩希摩跋吒具有非凡的论辩力，但在梵语诗学理论上并未作出实质性的重大建树。正如欢增早就说过，韵论的目的是证明暗示（"韵"）的存在，至于称其为"韵"，还是别的什么，无关紧要。在这个意义上，也可以说摩希摩跋吒的推理论从另一个理论视角为"韵"的存在提供了证明。

其实，欢增在《韵光》中已经批驳将暗示等同推理的观点，说明这种推理论由来已久，并非摩希摩跋吒首创。欢增指出韵论"强调的是词的暗示功能，其特征不同于表示性和转示性"。即使推理论者把表示义和暗示义说成"相"和"有相"，对韵论也并无损害。然而，终究不能将表示义和暗示义等同于推理中的"相"和"有相"，因为"在诗的领域，逻辑中的真理和谬误对于暗示义的认知不适用"（3.33 注疏）。

早在婆摩诃的《诗庄严论》也已经指出这一点："精通正理（逻辑）的人在诗中的运用明显不同。诗涉及世界，经论涉及真谛。"（5.33）他举例说，"天色如剑"，意谓天空呈现蓝色，而实际上天空本身无色。又如，"入夜，灯火通明，太阳消失"（5.51），这里，灯火成了太阳消失的原因。还有，他说："由于不陈述原因，比喻不是推理。"（5.56）这些都说明诗中的逻辑不同于推理逻辑。

摩希摩跋吒的推理论在后期梵语诗学中没有支持者。现存唯一的《韵辨》注释是鲁耶迦的《韵辨注》（只注到第二章中间部分），而鲁耶迦在注释中采取的立场是批驳推理论，维护韵论。鲁耶迦指出摩希摩跋吒对"韵"（暗示）的有关论述不符合韵论派的实际观点。韵论派并不认为应该像感知凝乳和陶罐那样直接感知对象。倘若那样，味也将被否定，因为不可能像感知实物那样感知味。鲁耶迦认为韵论派只承认"灯光和陶罐"那类暗示。因为"灯光和陶罐"这个类比适用于暗示味的情况，即对情由等和味的同时认知。而即使对情由等的认知先于对味的认知，也无关宏旨，因为韵论派运用"灯光和陶罐"这个类比，想要说明的真正意思是：不借助情由、情态和不定情，便不能认知味，而情由等即使在暗示味的时候，也不丧失自己的独立存在性。或者说，读者在体验味的时候，必定也意识到情由等的存在。这种情况也同样适用于本事韵和庄严韵。

这里，实际涉及文学理论中的形象思维和逻辑思维问题。形象思维和逻辑思维都可以通过语言文字表达，但在表达方式上是不同的。印度古代逻辑推理的表达方式是"五支"论式（宗、因、喻、合、结）或"三支"论式（宗、因、喻）。这种推理论式很难直接套用在文学创作和欣赏上。而且，文学中的幻想和夸张等表现手法常常是超理性的。自然，我们也不必绝对排除文学创作和欣赏中含有推理因素，尤其是简化了的推理因素。但应该说，除了比较费解的诗歌，读者欣赏中的推理因素是不自觉的，不占主导地位的。这种领悟到诗中暗含义也可能与逻辑推理获得结论并不矛盾。这是因为在读者以形象为载体的直觉经验中隐埋有逻辑思维，只是不自觉而已。然而，读者从诗中获得的艺术美感主要来自以味为主的感性内容及其巧妙的暗示手段，而不是纯理性的推理。

欢增、新护、恭多迦和摩希摩跋吒代表梵语诗学发展的高峰期。此后，梵语诗学进入综合期，其中的三部代表作是曼摩吒的《诗光》、毗首那特的《文镜》和世主的《味海》。尽管这三位梵语诗学家在具体论点上互有差异，但他们对梵语诗学的综合都以韵论和味论为核心。这从前面提到的他们对诗的分类就可以看出。

曼摩吒的《诗光》是一部以韵论为核心的综合性诗学著作。他为了确立韵论的核心地位，在《诗光》中对韵论的理论依据作了充分阐释。他用第二章专门论述词的三重功能即表示、转示和暗示以及由此产生的三种意义即表示义、转示义和暗示义，用第三章专门论述这三种意义的暗示功能。而在第五章中论述以韵为辅的诗时，又再次阐释暗示不同于表示和转示。他指出暗示义和表示义的不同在于：在时间上，表示义的认知在先，暗示义的认知在后；在传达上，表示义依靠词，暗示义依靠词、词的组成部分、词义、音素和词语组合方式；在认知方法上，表示义依靠语法，暗示义还依靠语境等以及清晰的想象力；在效果上，表示义为明白人提供理解，暗示义为知音提供魅力；在数量上，表示义固定不变，暗示义依据语境、说者和听者等变化不定。暗示义和转示义的不同在于：转示义与表示义有确定的联系，可以称为表示义的尾巴；暗示义由于语境等的特殊性，与表示义可以有确定的联系，可以没有确定的联系，也可以有间接的联系。此外，暗示不依附转示，因为它也可以依据表示义。然而，它也不依附表示义，因为它也可以依据没有表示义的音素。而且，它也不依附词，因为它也可以依据无言的姿态动作。因此，暗示功能超越表示、转示和句义这三者的功能（5.47

注疏）。

曼摩吒的《诗光》以韵论为核心，对梵语诗学取得的历史成就进行了全面总结。《诗光》全书共有十章，分别论述诗的性质、音和义、暗示、韵诗、以韵为辅的诗、无韵的诗、诗病、诗德、音庄严和义庄严。可以说，梵语诗学中的理论精华都已囊括其中。它堪称是一部规范化的梵语诗学概论或原理，梵语诗学体系由此得以最终定型。

二

梵语诗学中的韵论是受梵语语法学的启发，而揭示语言除了表示和转示功能外，还有暗示功能，由此确认暗含义是诗歌艺术的重要特征，并将之命名为韵。韵的分类繁多，大而言之，可以分为味韵、庄严韵和本事韵。而推理论者试图运用推理阐释韵，从而取代韵论。而本质上，韵论更符合诗歌艺术实际，因而在梵语诗学中占据主导地位。无论如何，这也表明印度古代语法学和逻辑学发达，在梵语诗学研究中发挥了重要作用。

相比之下，由于古代文化背景不同，中国古代没有产生严格意义上的语法学和逻辑学。而暗含义作为诗歌艺术的一个重要特征是客观存在，即使运用梵语诗学中的韵论，也能揭示中国古代诗歌中的暗含义。因此，中国古代诗学也会以自己的方式发现它。这里，可以先按照梵语诗学中的韵论，试释几首中国古代诗歌。

杜甫的《春望》："国破山河在，城春草木深。感时花溅泪，恨别鸟惊心。烽火连三月，家书抵万金。白头搔更短，浑欲不胜簪。"这首诗描写诗人在战乱中流离失所，有家难归。其中，"花溅泪"以花沾有露珠隐喻人悲伤流泪。"鸟惊心"以鸟的跳跃不定隐喻心的惊恐不安。"白头搔更短"这句，"白头"一词作为表示义不适用，于是采用这个词的转示义"白发"。"搔更短"意谓白发越来越稀疏。这样，这句的暗含义是战乱催人老。结合整首诗，表达的是悲悯味，属于味韵。

白居易的《白云泉》："天平山上白云泉，云自无心水自闲。何必奔冲山下去，更添波浪向人间。"诗中前两句描写白云舒卷自如，泉水潺潺流淌，隐喻作者恬静闲适的心情。后两句表达山泉何必奔腾冲下山去，给人间增添波浪，隐喻作者不愿返回人间，为喧嚣的尘世增添纷扰。整首诗的暗含义是比喻山中隐居生活优于纷争不休的世俗生活。这是庄严韵，即暗含较喻。

李商隐的《无题》："相见时难别亦难，东风无力百花残。春蚕到死丝方尽，蜡炬成灰泪始干。晓妆但愁云鬓改，夜吟应觉月光寒。蓬山此去无多路，青鸟殷勤为探看。"三四句比喻忠贞不渝的爱情。其中，"丝"隐含与"思"谐音双关，暗示相思；"泪"隐喻蜡炬燃烧时流淌的蜡油，暗示凄苦的心情。五六句暗示青春易逝，因此夜晚吟诗时也倍感月光寒冷透心。七八句中，"青鸟"隐喻使者，暗示相见困难，只能多通书信，安抚炽烈的相思之情。整首诗表达分离艳情味，属于味韵。

李商隐的《锦瑟》："锦瑟无端五十弦，一弦一柱思华年。庄生晓梦迷蝴蝶，望帝春心托杜鹃。沧海月明珠有泪，蓝田日暖玉生烟。此情可待成追忆，只是当时已惘然。"钱锺书在《谈艺录》（八）中指出："《锦瑟》一篇借比兴之绝妙好词，究风骚之甚深密旨，而一唱三叹，遗音远籁，亦吾国此体绝群超伦者也。"同时在《谈艺录》（三一）中对这首诗有详细阐释。他首先引用前人的各种不同解释，一一加以辨析。然后，他旁征博引，提出自己的见解。简而言之，这首诗相当于李商隐诗集的序诗。首两句"言景光虽逝，篇什犹留，毕世心力，平生欢戚，'清和适怨'，开卷历历，犹所谓'自有恨'，而'借此中传'"。三四句"言作诗之法也。心之所思，情之所感，寓言假物，譬喻拟象；如庄生逸兴之见形于飞蝶，望帝沉哀之结体为啼鹃，均词出比方，无取质言。举事寄意，故曰'托'；深文隐旨，故曰'迷'"。五六句"言诗成之风格或境界，犹司空表圣之形容《诗品》也"。七八句"乃与首二句呼应作结，言前尘回首，怅触万端，顾当年行乐之时，即已觉世事无常，抟沙转烛，黯然于好梦易醒，盛宴必散。登场而预有下场之感，热闹中早含萧索矣"。因此，这首诗是诗人采用比喻的暗示手法，回顾自己的生平和创作，属于本事韵。

正因为暗含义是诗歌创作的重要艺术特征，中国古代诗学也就不可能视而不见。而中国古代诗学中的韵论产生，需要从《易传》说起。《易传·系辞上》中说："子曰：'书不尽言，言不尽意。'然则圣人之意其不可见乎？子曰：'圣人立象以尽意，设卦以尽情伪，系辞焉以尽其言，变而通之以尽利，鼓之舞之以尽神。'"这里论及的言、象和意关系属于语言哲学，也完全适用于文学理论，是历代思想家和诗学家共同思考的命题。

《庄子·外物》中说："筌者，所以在鱼，得鱼而忘筌；蹄者，所以在兔，得兔而忘蹄；言者，所以在意，得意而忘言。"这里是说语言是为了传达意义，领会了意义，便可以忘却语言。因此，言和意并不等同，语言蕴含意义，也可以说意义在语言之外，即言外之意。

魏晋时期，王弼在《周易略例·明象》中综合《易传》和《庄子》的观点："夫象者，出意者也；言者，明象者也。尽意莫若象，尽象莫若言。言生于象，故可寻言以观象；象生于意，故可寻象以观意。意以象尽，象以言著。故言者所以明象，得象而忘言；象者所以存意，得意而忘象。犹蹄者所以在兔，得兔而忘蹄；筌者所以在鱼，得鱼而忘筌也。""忘象者乃得意者也，忘言者乃得象者也。"应该说，王弼所描述的言、象和意关系比较清晰，也更适合运用于文学现象。

在前一章《味论》中,已经说明中国古代诗学中"味"这个术语的多义性。如果"味"表示诗中蕴含的感情,也就相当于梵语诗学中的"味",按照梵语诗学中韵论的分类,属于味韵。而"余味"中的"味"可以表示感情,也可以表示意义。如果是后者,则是指"余意",即言外之意,相当于梵语诗学中韵论所说的暗含义。如果这种暗含义成为诗的主要魅力所在,那么,这类诗也属于韵诗。因此,中国古代诗学中对"味"、"余味"和"余意"的探讨与梵语诗学中的韵论一致。因为前一章已经论述中国古代诗学中的感情论,这一章则主要论述"余味"论和"余意"论,即中国古代诗学中的韵论。

在前一章论及《文心雕龙》时,已经指出刘勰使用的"余味"一词主要是指"余意",相当于他在《隐秀》中所说"隐也者,文外之重旨者也"。此外,他在《宗经》中指出"夫《易》惟谈天,入神致用;故《系》称旨远辞文,言中事隐"。"《诗》主言志,诂训同《书》,摛风裁兴,藻饰谲喻,温柔在诵,故最附深衷矣。""《春秋》辨理","其婉章志晦,谅以邃矣";"观辞立晓,而访义方隐"。这是说明这些作品都具有暗含义,即"文外之重旨者也"。

钟嵘在《诗品序》中,指出"永嘉时,贵黄老,稍尚虚谈,于时篇什,理过其辞,淡乎寡味"。他将《诗经》的"赋、比、兴"中的"兴"解释为"文已尽而意有余",并指出"使味之者无极,闻之者动心,是诗之至也"。他品评阮籍说:"《咏怀》之作,可以陶性灵,发幽思。言在耳目之内,情寄八荒之表。"品评张协说:"风流调达,实旷代之高手。词藻葱蒨,音韵铿锵,使人味之亹亹不倦。"

唐代诗格类著作也有不少作者重视文外之旨或言外之意。如皎然在《诗式》中指出:"两重意已上,皆文外之旨,若遇高手如康乐公览而察之，但见性情，不睹文字，盖诣道之极也。"他举出诗例予以说明："二重意，曹子建云：'高台多悲风，朝日照北林。'王维云：'秋风正萧索，客散孟尝门。'王昌龄云：'别意猿鸣外，天寒桂水长。'三重意，《古诗》云：'浮云蔽白日，游子不顾返。'四重意，《古诗》云：'行行重行行，与君生别离。'宋玉《九辩》云：'憭栗兮若在远行，登山临水兮送将归。'"

白居易在《金针诗格》中指出"诗有内外意"："一曰内意，欲尽其理。理，谓义理之理，美、刺、箴、诲之类是也。二曰外意，欲尽其象。象，谓物象之象，日月、山河、虫鱼、草木之类是也。内外意皆有含蓄，方入诗格。"又指出"诗有义例七"："一曰说见不得言见；二曰说闻不得言闻；三曰说远不得言远；四曰说静不得言静；五曰说苦不得言苦；六曰说乐不得言乐；七曰说恨不得言恨。"也就是说这些旨意或感情都不应该直接说出，而应该蕴含诗中，通过物象暗示。

白居易还在《文苑诗格》中标举"语穷意远"："为诗须精搜，不得语剩而智穷，须令语尽而意远。古诗云：'余霞散成绮，澄江静如练。'又古诗：'前有寒泉井，了然水中月。'此语尽意未穷也。"

王叡在《灸毂子诗格》提出"模写景象含蓄体"："诗云：'一点孤灯人梦觉，万重寒叶雨声多。'此两句模写灯雨之景象，含蓄凄惨之情。"

司空图在《诗品》中论述"雄浑"时说："超以象外，得其环中。持之匪强，来之无穷。"论述"含蓄"时说："不着一字，尽得风流。语不涉难，已不堪忧。"司空图与上述各家的论点贯通一致。实际上，都是说明诗中言、象和意的关系，而着眼于要求意在言外或象外。意和情唯有蕴含在言和象中，才能"不着一字，尽得风流"或"超以象外，得其环中"。

上述白居易所说"诗有义例七"即是"不着一字，尽得风流"。此外，唐代景淳在《诗评》中说："夫缘情蓄意，诗之要旨也。一曰高不言高，意中含其高；二曰远不言远，意中含其远；三曰闲不言闲，意中含其闲；四曰静不言静，意中含其静。"还有，宋代沈义父在《乐府指迷》中说："咏物词，最忌说出题字。如清真梨花及柳，何曾说出一个梨、柳字？"明代王骥德也在《曲律》中说："咏物毋得骂题，却要开口便见是何物。不贵说体，只贵说用。佛家所谓不即不离，是相非相，只于牝牡骊黄之外，约略写其风韵，令人仿佛中如灯镜传影，了然目中，却捉摸不得，方是妙手。"这些都是表明诗歌注重暗示的艺术表现手法。

梵语诗学家欢增在《韵光》中指出："如果在一首诗中，只有艳情等等这样的名称，而缺乏情由等等的描述，那就一点也领会不到味。"（1.4注疏）自然，咏情不同于咏物，但两者在暗示的表现手法上是一致的。按照欢增对韵的分类，前者是味韵，后者是本事韵。

以"韵"指称"余意"或"余味"出现在宋代。在此前的中国古代诗学中，"韵"主要指称音韵或诗文。如陆机在《文赋》中说"采千载之遗韵"，又说"或托言于短韵"，其中的"遗韵"指遗文，"短韵"指短句或短文。刘勰在《文心雕龙·声律》中说："滋味流于字句，气力穷于和韵。异音相从谓之和，同声相应谓之韵。韵气一定，故余声易遣；和体抑扬，故遗响难契。属笔易巧，选和至难；缀文难精，而作韵甚易。"其中的"和"指声调，"韵"指韵脚。这里是说相对于调谐四声，押韵比较容易。

对于中国古代诗学中韵论产生的来龙去脉，钱锺书已在《管锥编·全齐文卷二五》读谢赫《古画品》的札记中作出详细的论述，这里予以摘要介绍。谢赫《古画品》首篇论"画有六法"："一、气韵，生动是也；二、骨法，用笔是也；三、应物，象形是也；

四、随类，赋彩是也；五、经营，位置是也；六、传移，模写是也。"钱锺书指出谢赫在具体品评画家时，"反复言'气韵'、'气'、'韵'"，如"风范气候，极妙参神"；"神韵气力，不逮前贤"；"虽略于形色，颇得神气"，"是'神韵'与'气韵'同指。谈艺之拈'神韵'，实自赫始"。

然后，钱锺书指出"韵"又用于品评人物："《全晋文》卷二九王坦之《答谢安书》：'人之体韵犹器之方圆'……论立身行己者。'形'即'体'，'神'即'韵'，犹言状貌与风度；'气韵'、'神韵'即'韵'之足文申意，胥施于人身。如《全宋文》卷一〇顺帝《诏谥王敬弘》：'神韵冲简，识宇标峻'；《世说·任诞》：'阮浑长成，风气韵度似父'；《金楼子·后妃》记宣修容相静惠王云：'行步向前，气韵殊下'，又《杂记》上记孔翁归'好饮酒，气韵标达'。赫取风鉴真人之语，推以目画中之人貌以至物象，犹恐读者不解，从而说明曰：'生动是也。'"

钱锺书认为"盖初以品人物，继乃类推以品人物画，终则扩而充之，并以品山水画焉。风扇波靡，诗品与画品归于一律。然二者顾名按迹，若先后影响，而析理探本，正复同出心源。诗文评所谓'神韵说'匪仅依傍绘画之品目而立文章之品目，实亦径视诗文若活泼剌之人。盖吾人观物，有二结习：一、以无生者作有生看（animism），二、以非人作人看（anthropomorphism）。鉴画衡文，道一以贯。图画得具筋骨气韵，诗文何独不可。《抱朴子》外篇《辞义》已云：'妍而无据，证援不给，皮肤鲜泽而骨鲠迴弱'；《颜氏家训·文章》亦云：'文章当以理致为心肾，气调为筋骨，事义为皮肤，华丽为冠冕。'既赋以形骸，则进而言其'气韵'、'神韵'，举足即至，自然之势"。

由此，钱锺书指出"尝观谢赫以至严羽之书，虽艺别专门，见有深浅，粗言细语，尽各不同，然名既相如而复实颇相如者，固可得而言也。"然后，他举出谢赫品评画家的种种用语，指出可据以参阅诗文评中种种说法，如司空图《诗品·形容》："离形得似。"陈与义《墨梅》："意足不求颜色似。"司空图《与李生论诗书》："近而不浮，远而不尽，然后可以言韵外之致。"又《与极浦书》："象外之象，景外之景，岂容易可谈哉？"又《诗品·雄浑》："超乎象外，得其环中。"还有，严羽《沧浪诗话》称"诗之神韵者"："如水中之月，镜中之象，言有尽而意无穷。"姜夔《诗说》："语贵含蓄，句中有余味，篇中有余意，善之善者也。东坡云：'言有尽而意无穷，天下之至言也。'"如此等等。最后，钱锺书指出"综会诸说，刊华落实，则是：画之写景物，不尚工细，诗之道情事，不贵详尽，皆须留有余地，耐人玩味，俾由其所写之景物而冥观未写之景物，据其所道之情事而默识未道之情事。取之象外，得于言表，'韵'之谓也。曰'取之象外'，曰'略于形色'，曰'隐'，曰'含蓄'，曰'景外之景'，曰'余音异味'，说竖说横，百虑一致"。

钱锺书也将中国古代诗论和画论中的神韵说与印度诗学和西方诗学进行沟通："宋人言'诗禅'，明人言'画禅'，课虚叩寂，张皇幽眇。苟去其缘饰，则'神韵'不外乎情事有不落言诠者，景物有不着痕迹者，祇隐约于纸上，俾揣摩于心中。以不画出、不说出示画不出、说不出，犹'禅'之有'机'而待'参'然。故取象如遥眺而非逼视，用笔宁疏略而毋细密；司空图《诗品·含蓄》：'不着一字，尽得风流'；《冲淡》：'遇之匪深，即之已稀，脱有形似，握手已违'；《缜密》：'是有真迹，如不可知，语不欲犯，思不欲痴'；《飘逸》：'如不可执，如将有闻，识者有领，期之愈分'；反复指说，殆类西方十七世纪谈艺盛称之'不可名言'（je ne sais quoi）矣。因隐示深，由简致远，固修词之旧诀常谈。古印度说诗，亦有主'韵'（dhvani, sound, echo, tone）一派，'韵'者，微示意蕴（vyaṅgya, suggested sense），诗之'神'髓，于是乎在（Dhvani is definitely posed as the soul or essence of poetry）。"

随后，钱锺书指出"吾国拈'韵'通论书画诗文者，北宋范温其人也。温著《潜溪诗眼》，今久已佚。宋人谈艺书中偶然征引，皆识小语琐，惟《永乐大典》卷八〇七《诗》字下所引一则，因书画之'韵'推及诗文之'韵'，洋洋千数百言，匪特为'神韵说'之弘纲要领，抑且为由画'韵'而及诗'韵'之转捩进阶。"这则轶文是钱锺书首先发现的，故而他表示"摘录较详，稍广其传尔"。后来，依据钱锺书提供的这条线索，郭绍虞从《永乐大典》中录出包括这则在内的三则轶文，作为《潜溪诗眼》的增订，收入他所编《宋诗话辑佚》新版中，并为这则轶文拟名为"论韵"。

范温这则"论韵"诗话是记录他与王偁谈论书画中的韵，而范温认为"书画文章，盖一理也"。他告知王偁："有余意之谓韵。"王偁顿时领悟说："吾得之矣。盖尝闻之撞钟，大声已去，余音复来，悠扬宛转，声外之音，其是之谓矣。"然后，范温为王偁详细阐述韵"生于有余"："自三代秦汉，非声不言韵；舍声言韵，自晋人始；唐人言韵者，亦不多见，惟论书画者颇及之。至近代先达，始推尊之以为极致；凡事既尽其美，必有其韵，韵苟不胜，亦亡其美。……且以文章言之，有巧丽，有雄伟，有奇，有巧，有典，有富，有深，有隐，有清，有古。有此一者，则可以立于世而成名矣；然而一不备焉，不足以为韵；众善皆备而露才用长，亦不足以为韵。必也备众善而自韬晦，行于简易闲澹之中，而有深远无穷之味，……测之而益深，究之而益来，其是之谓矣。其次一长有余，亦足以为韵；故巧丽者发之于平澹，奇伟有余者行之于简易，如此之类是也。"

然后，范温又以韵为标尺评论历代诗文："自《论语》、《六经》，可以晓其辞，不可以名其美，皆自然有韵。左丘明、司马迁、班固之书，意多而语简，行于平夷，不自矜衒，故韵自胜。自曹、刘、沈、谢、徐、庾诸人，割据一奇，臻于极致，尽发其美，无复余蕴，皆难以韵与之。惟陶彭泽体兼众妙，不露锋芒，故曰：质而实绮，癯而实腴，初若散缓不收，反复观之，乃得其奇处；夫绮而腴、与其奇处，韵之从所生，行乎质与癯又若散缓不收者，韵于是乎成。……是以古今诗人，惟渊明最高，所谓出于有余者如此。"

接着，范温又论述书法之韵，指出"至于书之韵，二王独尊。……夫惟曲尽法度，而妙在法度之外，其韵自远。近时，学高韵胜者，惟老坡；……盖古人之学，各有所得，如禅宗之悟入也。山谷之悟入在韵，故开辟此妙，成一家之学，宜乎取捷径而径造也。如释氏所谓一超直入如来地者，考其戒、定、神通，容有未至，而知见高妙，自有超然神会，冥然吻合者矣。……然所谓有余之韵，岂独文章哉，自圣贤出处古人功业，皆如是矣。……然则所谓韵者，亘古今，殆前贤秘惜不传，而留以遗后之君子欤"。

钱锺书称赞范温这则"论韵"诗话："融贯综赅，不特严羽所不逮，即陆时雍、王士祯辈似难继美也。"

钱锺书还指出"范氏释'韵'为'声外'之'余音'遗响，足征人物风貌与艺事风格之'韵'，本取譬于声音之道，古印度品诗言'韵'，假喻正同"。而他又举出西方诗学中，"儒贝尔论诗云：'每一字皆如琴上张弦，触之能生回响，余音波漫。'让·保罗论浪漫境界，举荷马史诗为例，谓'琴籁钟音，悠悠远逝，而袅袅不绝，耳倾已息，心聆犹闻，即证此境'。……司当达论画云：'画中远景能引人入胜，若音乐然，唤起想象以充补迹象之所未具。'"然后，指出"三人以不尽之致比于'音乐'、'余音'、'远逝而不绝'，与吾国及印度称之为'韵'，真造车合辙，不孤有邻者"。

这里可以指出，关于古印度将"韵"（dhvani）比作"余音"，出自欢增的《韵光》："暗示义逐步展示，犹如余音（anusvāna）"（2.20）。新护的《韵光注》解释"余音"为"如敲钟后出现的余音（或回声）"。与范温"论韵"中所说"闻之撞钟，大声已去，余音复来"以及让·保罗所说"钟音"，不约而同。此外，明代谢榛《四溟诗话》中也有这样的比喻："凡起句当如爆竹，骤响易彻；结句当如撞钟，清音有余。"

范温"论韵"这则诗话也表明在宋代以"韵"和以诗有"余味"或"余意"论诗已经形成一种风气。这里可以略举几例。

欧阳修《六一诗话》记载："圣俞尝语余曰：'诗家虽率意，而造语亦难。若意新语工，得前人所未道者，斯为善也。必能状难写之景，如在目前，含不尽之意，见于言外，然后为至矣。'……若温庭筠'鸡声茅店月，人迹板桥霜'，贾岛'怪禽啼旷野，落日恐行人'，则道路辛苦，羁愁旅思，岂不见于言外乎？"

《王直方诗话》记载："欧阳公谓梅圣俞诗，始读之则叹莫能及，后数日，乃渐有味，何止橄榄回味，久方觉永。"

杨万里《诚斋诗话》论杜甫诗："'明年此会知谁健，醉把茱萸仔细看。'则意味深长，悠然无穷矣。"论苏东坡诗："'枯肠未易禁三椀，卧听山城长短更。'……山城更漏无定，长短两字，有无穷之味。"论五言古诗："句雅淡而味深长者，陶渊明、柳之厚也。如少陵《羌村》、后山《送内》，皆是一唱三叹之声。"

张戒《岁寒堂诗话》（卷上）说："钟嵘《诗品》以《古诗》第一，子建次之，此论诚然。观子建'明月照高楼'、'高台多悲风'、'南国有佳人'、'惊风飘白日'、'谒帝承明庐'等篇，铿锵音节，抑扬态度，温润清和，金声而玉振之，辞不迫切，而意已独至，与《三百五篇》异世同律，此所谓韵不可及也。"又说："子建、李、杜皆情意有余，汹涌而后发也。"又说："韦苏州诗，韵高而气清。王右丞诗，格老而味长。虽皆五言之宗匠，然互有得失，不无优劣。以标韵观之，右丞远不逮苏州。至于词不迫切，而味甚长，虽苏州亦所不及也。"

而严羽的《沧浪诗话》则是宋代最重要的诗学著作，也是中国古代诗学史上继南北朝刘勰《文心雕龙》、钟嵘《诗品》以及唐代司空图《诗品》之后又一部标志性著作。严羽的诗学理论可以归入"神韵论"。

钱锺书在论述范温的韵论时，也指出："范氏以'一超入如来地'，喻黄庭坚书法之得'韵'，可合之《苕溪渔隐丛话》前集卷一九又《诗人玉屑》卷一五引《潜溪诗眼》'识文章当如禅家有悟门'一节、《渔隐丛话》前集卷五引《潜溪诗眼》'学者先以识为主，禅家所谓正法眼藏'一节，即严羽《沧浪诗话》之以禅喻诗。范氏以'韵'为极致，即《沧浪诗话》：'诗之极致有一，曰入神。'"钱锺书还认为，范温的《潜溪诗眼》，"严羽必曾见之，后人迄无道者"。因为依据《沧浪诗话》，可以发现严羽的观点与范温一脉相承。

《沧浪诗话》分为诗辨、诗体、诗法、诗评和考证五部分，自成体系。而第一部分"诗辨"是严羽诗学理论的精华所在。严羽首先指出"夫学诗者以识为主：入门须正，立志须高，以汉、魏晋、盛唐为师"。因此，他说："先须熟读楚词，朝夕讽咏以为之本，及读《古诗十九首》，乐府四篇，李陵、苏武、汉魏五言皆须熟读，即以李、杜二集枕藉观之，如今人之治经，然后博取盛唐名家，酝酿胸中，久之自然悟入。虽学之不至，亦不失正路。"此"谓之向上一路，谓之直截根源，谓之顿门，谓之单刀直入也"。

然后，他指出"诗之品有九：曰高，曰古，曰深，曰远，曰长，曰雄浑，曰飘逸，曰悲壮，曰凄婉"。"其大概有二：曰优游不迫，曰沉着痛快。诗之极致有一，曰入神。诗而入神，至矣，尽矣，蔑以加矣！惟李、杜得之。他人得之盖寡也。"

接着，他以禅喻诗："禅家者流，乘有大小，宗有南北，道有邪正；学者须从最上乘，具正法眼，悟第一义。""论诗如论禅：

汉、魏晋与盛唐之诗，则第一义也。""大抵禅道惟在妙悟，诗道亦在妙悟。且孟襄阳学力下韩退之远甚，而其诗独出退之之上者，一味妙悟而已。惟悟乃为当行，乃为本色。"

由此，他强调"夫诗有别材，非关书也；诗有别趣，非关理也。然非多读书，多穷理，则不能极其至。所谓不涉理路，不落言筌者，上也。诗者，吟咏情性也。盛唐诗人惟在兴趣，羚羊挂角，无迹可求。故其妙处透彻玲珑，不可凑泊，如空中之音，相中之色，水中之月，镜中之象，言有尽而意无穷"。

严羽提出以上的诗学主张是针对当时的诗坛现状。他认为"近代诸公乃作奇特解会，遂以文字为诗，以才学为诗，以议论为诗"。"且其作多务使事，不问兴致，用字必有来历，押韵必有出处，读之反复终篇，不知着到何在。其末流甚者，叫噪怒张，殊乖忠厚之风，殆以骂詈为诗。诗而至此，可谓一厄也。"因此，他感叹道："嗟乎！正法眼之无传久矣。""故予不自量度，辄定诗之宗旨，且借禅以为喻，推原汉魏以来，而截然谓当以盛唐为法，虽获罪于世之君子，不辞也。"

严羽的诗论确实触及诗歌艺术的奥秘，也是对刘勰、钟嵘、司空图和范温的诗论的继承和发扬。如果依据言、象和意的关系考察，诗应该用语言描绘形象，通过形象表达情意。情意应该隐含在语言和形象中，而不应该直接诉诸文字。这也就是刘勰所说的"余味"和"余意"或"文外之重旨"；钟嵘所说的"言有尽而意无穷"，"使味之者无极，闻之者动心"；司空图所说的"不着一字，尽得风流"，"超以象外，得其环中"；范温所说的"韵"，同样也是梵语诗学中韵论所说的"韵"。

严羽强调"以汉、魏晋、盛唐为师"，正是因为这些时代的优秀诗人把握诗歌艺术的本质特征。他认为"诗有别材，非关书也"，意思是诗取材于社会和自然的感性形象，而非书本中的言论或典故。"诗有别趣,非关理也",意思是诗重在"兴趣",而非直接说理。"兴趣"也就是诗具有"触物以起情"这样的趣味。诗的本质是"吟咏情性",而情性是透过感性形象表达的,或者说,是隐含在感性形象中的。他所说的"不涉理路,不落言筌"也就是这样的意思。因此,严羽说"禅道惟在妙悟,诗道亦在妙悟"。他使用"羚羊挂角"和"空中之音,相中之色,水中之月,镜中之象"这些比喻,都是为了说明"言有尽而意无穷",即诗歌艺术的这一重要特征。这样,唯有诗人懂得"诗道亦在妙悟","乃为当行,乃为本色"。

严羽将诗歌风格分为九种,与司空图分为二十四品相比,更为简洁明了。他又将这九种归纳为"优游不迫"和"沉着痛快"两种,最后以"入神"为极致。这说明他重视诗歌风格的多样性,无论哪种风格都能达到"入神"的艺术境界。他最为推重的李白和杜甫就具有各自不同的风格。正如他在"诗评"这部分中说:"子美不能为太白之飘逸,太白不能为子美之沉郁。太白《梦游天姥吟》、《远别离》等,子美不能道;子美《北征》、《兵车行》、《垂老别》等,太白不能作。论诗以李、杜为准,挟天子以令诸侯也。"又如,他在论述"妙悟"时,也称赞孟浩然和谢灵运,说孟浩然"一味妙悟而已",说"谢灵运至盛唐诸公,透彻之悟也"。在"诗评"中,也称赞陶渊明:"汉魏古诗,气象混沌,难以句摘。晋以还方有佳句,如渊明'采菊东篱下,悠然见南山',谢灵运'池塘生春草'之类。"

严羽的这个看法与范温一致,因为范温也提到诗文有各种风格:"有巧丽,有雄伟,有奇,有巧,有典,有富,有深,有隐,有清,有古。"而范温尤其推重陶渊明,认为"惟陶彭泽体兼众妙,不露锋芒"。他还具体举例说明:"《饮酒》诗云:'荣衰无定在,彼此更共之。'山谷云:此是西汉人文章,他人多少语言,尽得此理?《归田园居》诗,超然有尘外之趣。《赠周祖谢》诗,皎然明出处之节。《三良》诗,慨然致忠臣之愿。《荆轲》诗,毅然彰烈士之愤。一时之意,必反复形容;所见之景,皆亲切模写。如'孟夏草木长,绕屋树扶疏';'日暮天无云,春风扇微和',乃更丰浓华美。然人无得而称其长。是以古今诗人,惟渊明最高,所谓出于有余者如此。"这是说明陶渊明"体兼众妙",诗中蕴含的感情也并非只是"超然尘外"的闲适心情。

因此,范温以"韵"为诗之极致,相当于严羽以"入神"为诗之极致。两者合说,则为"神韵"。"神"相当于人的精神或灵魂,"神韵"则与梵语诗学中的韵论所说"诗的灵魂是韵"一致。

严羽在《沧浪诗话》中标榜"以禅喻诗",范温也在《潜溪诗眼》中指出"学者先以识为主,禅家所谓正法眼"。又说:"识文章者当如禅家有悟门。夫法门百千差别,直须先悟得一处,乃可通其他妙处。"那么,诗和禅的因缘究竟何在?这需要从禅宗说起,才能厘清其中的头绪。

禅发源于印度,是印度古代瑜伽修行方式。婆罗门教和佛教都采用这种修行方式。禅(dhyāna)与定(samādhi)合称为禅定,即沉思入定。早期佛教将佛学归纳为戒定慧,即依戒而资定,依定而发慧,依慧而证理,据此修行八正道而达到涅槃,获得解脱。佛教传入中国,自然也包括禅法。佛教禅法分为大乘禅和小乘禅。而无论大乘禅或小乘禅,都是印度禅。印度禅向中国禅的转化,发轫于达摩禅的传入。

印度僧人菩提达摩于北魏时期来华传授禅法。达摩禅的教理依据《入楞伽经》,因此又称楞伽禅。《入楞伽经》将禅法分为四种。达摩传承其中最高的"如来禅",即"入如来地,得自觉圣智相"。《入楞伽经》提出渐净和顿现、说通和宗通的理论。渐净是逐渐清除"自心现流"(即外界污染),顿现是顿时"显示不思议智最高胜境"。说通是通过讲经说法，"令得度脱"。宗通是"远离言说文字妄想"，"自觉圣境界"。对于渐净和顿现、说通和宗通，《入楞伽经》没有采取偏废态度。从达摩至弘忍五代楞伽师也都是依经修禅、藉教悟宗的。

楞伽禅在弘忍之后，分出神秀和慧能两系。神秀一系为北宗禅，慧能一系为南宗禅。《坛经》中记载的两首著名偈颂分别代表神秀和慧能的禅学观点。神秀的偈颂是："身是菩提树，心如明镜台。时时勤拂拭，莫使有尘埃。"意思是只要不断修行，排除无知妄念，便能成佛。慧能的偈颂是："菩提本无树，明镜亦非台。佛性常清净，何处有尘埃。"意思是自性即佛，本来清净，只要顿悟自性，便能成佛。也就是说，神秀坚持渐修，而慧能主张顿悟。慧能还对坐禅和禅定作出新的解释："何名坐禅？此法门中，一切无碍，外于一切境界上念不起为坐，见本性不乱为禅。何名为禅定？外离相曰禅，内不乱曰定。"这在实际上否定了传统的坐禅形式，也简化了禅定的原始意义。慧能创立的南宗禅后来成为中国禅宗的主流，我们现在所谓禅宗，主要是指南宗禅。

慧能在《坛经》中突出《金刚经》的地位，声称"但持《金刚般若波罗蜜经》一卷，即得见性，入般若三昧"。但禅宗在发展过程中形成的共同宗旨——"不立文字，教外别传，直指人心，见性成佛"，主要还是导源于《入楞伽经》。因为《入楞伽经》指出顿现是自觉圣智，顿悟自性清净。这原本清净的自性就是佛性，就是如来藏，就是涅槃境界。这是一种无分别的境界，非语言文字所能表达，只能依靠自觉圣智悟入。也就是说，在这里起作用的是"宗通"，而不是"说通"，因为语言文字是为分别事物而设，不适用于无分别的境界。佛陀演经说法，只是权巧方便，以引导众生消除无知妄念，摆脱思想束缚，为众生自觉圣智创造条件。而从根本上说，"诸佛及诸菩萨，不说一字，不答一字。所以者何，法离文字故。"因此,《入楞伽经》强调要"依于义,不依文字"。"依文字者,自坏第一义","如愚见指月,观指不观月"。也就是说,一切用文字写下的佛经都是第二义,都是能指之指,而非所指之月。

对于《入楞伽经》中的渐净和顿现、说通和宗通,禅宗只取其顿现和宗通,同时不再拘泥坐禅形式。这样,印度禅就转化成为中国禅。禅宗保留了禅的名号,但禅宗之禅已改变了禅字的本义,并非严格的禅定之禅。

如上所述,无论是印度禅,还是中国禅,原本都与诗艺无关。然而,禅宗思维中的第一义和第二义,与诗歌思维中的所指和能指相似,成为两者沟通的契合点。禅宗主张顿悟自性,便可成佛。但自性是什么?怎样顿悟?却又不可言说。禅宗语录中,"言语道断,心行处灭";"有名非大道,是非俱不禅";"说似一物即不中";"才涉唇吻,便落意思,尽是死门,终非活路",说的都是这个意思。语言文字是分别心的产物,是知性的工具,无法描述超越知性的、无分别的自性境界。可是,众生在顿悟之前,凡心未脱,知性未泯,只能用言语问道。而禅师本人即使已经见性成佛,面对尚未开悟的众生,也只能用言语授道。因此,尽管以"不立文字"为教旨,禅宗还是留下了大量的记载参禅公案的语录。

但禅宗语录显然不同于以往的佛经。佛经重说理和因明,而禅宗语录重机锋和妙悟。对于"如何是祖师西来意"、"如何是佛"、"如何是佛法大意"这些禅众经常提出的问题,禅师从不提供正面的、说理的回答。例如,沙弥仰山问性空禅师:"如何是祖师西来意?"性空回答说:"如人在千尺井中,不假寸绳,出得此人,即答汝西来意。"仰山问话的意思是怎样见性成佛?性空答话的意思是见性成佛必须靠自己体悟,无法用言语描述。仰山不领悟性空的答话,说:"近日湖南畅和尚出世,亦为人东语西话。"也就是抱怨禅师们都是问东答西,答非所问。后来,仰山问耽源禅师:"如何出得井中人？"耽源喝道："咄！痴汉，谁在井中？"意思是不能执著性空答话的字面义。仰山还是不开悟，又去问沩山禅师。沩山直呼仰山名字："慧寂！"仰山随口答应。于是，沩山说："出也。"这是一语双关，表面上指井中人，实际上指仰山本人。仰山由此顿悟自性。又如，某僧问文偃禅师："如何是佛法大意？"文偃回答说："面南看北斗。"意思是佛陀不说一字，你询问佛法大意，无异面南看北斗。你只有转过身来，才能看到北斗（即反观自性）。

可见，禅宗使用文字，又不执著文字。禅师的机锋中常常含有隐喻、暗示或象征，需要禅众参究领悟，缘指见月。这样，机锋的表现方式与诗相通。事实上，禅师也常常作诗或引诗表达禅意。慧晖禅师举傅大士《法身颂》云："空手把锄头，步行骑水牛。人从桥上过，桥流水不流。"此诗暗示禅悟要破除日常的思维习惯。灵澄禅师有《西来意颂》曰："因僧问我西来意，我话居山七八年。草履只栽三个耳，麻衣曾补两番肩。东庵每见西庵雪，下涧长流上涧泉。半夜白云消散后，一轮明月到床前。"此诗呈现清净悠闲的禅居生活和豁然开朗的禅悟境界。这类禅诗甚至也采用艳诗形式。克勤禅师呈偈颂曰："金鸭香销锦绣帏，笙歌丛里醉扶归。少年一段风流事，只许佳人独自知。"此诗暗喻自性只能内证自知。中仁禅师念诗曰："二八佳人刺绣迟，紫荆花下啭黄鹂。可怜无限伤春意，尽在停针不语时。"此诗暗喻禅意不可言说。

禅宗创始于中唐，盛行于晚唐和五代。而禅宗语录汇编成书创始于五代，盛行于宋代。唐宋诗人或与禅师交往，或读禅宗语录，领悟到诗心和禅心相通。晚唐诗僧齐己明言"诗心何以传，所证自同禅"。司空图《诗品》暗合禅理。入宋以后，"学诗浑似学参禅"几乎成了诗家口头禅。在前面第一章中，已经摘引宋代几首以"学诗浑似学参禅"的论诗绝句。此外，苏轼诗云："暂借好诗消永夜，每逢佳处辄参禅。"张滋诗云："欲参诗律似参禅，妙趣不由文字传。个里稍关心有悟，发为言句自超然。"史弥宁诗云："诗家活法类禅机，悟处功夫谁得知？寻着这些关捩子，国风雅颂不难追。"杨梦信诗云："学诗元不离参禅，万象森罗总现前。触着见成佳句子，随机钉饾便天然。"陆游诗云："我得茶山一转语，文章切忌参死句。"如此等等。

这里还有必要提及包恢的诗学见解，因为他的父亲包扬是严羽的老师，故而他与严羽是师兄弟。包恢的诗学见解与严羽相似，在《答傅当可论诗》中说："诗者家流，以汪洋澹泊为高，其体有似造化之未发者，有似造化之已发者，而皆归于自然，不知所以然而然也。所谓造化之未发者，则冲漠有际，冥会无迹；空中之音，相中之色，欲有执著，曾不可得而自有，尸居而龙见，渊默而雷声者焉！所谓造化之已发者，真景见前，生意呈露，混然天成，无补天之缝罅；物各付物，无刻楮之痕迹。盖自有纯真而非影，全是而非似者焉！故观之虽若天下之至质，而实天下之至华；虽若天下之至枯，而实天下之至腴。如彭泽一派，来自天稷者，尚庶几焉，而亦岂能全合哉！"又说："前辈尝有'学诗浑似学参禅'之语，彼参禅固有顿悟，亦须有渐修始得顿悟。如初生孩子，一日而肢体已成，渐修如长养成人，岁久而志气方立。此虽是异端语，亦有理可施之于诗也。"

包恢还在《书徐致远无弦稿后》中说："诗有表里浅深，人直见其表而浅者，孰为能见里而深者！犹之花鸟，凡其华彩光焰，漏泄呈露，烨然尽发于表，而其里索然，绝无余蕴者，浅也；若其意味风韵，含蓄蕴藉，隐然潜寓于里，而其表淡然，若无外饰者，深也。……先儒谓水晶精光外发而莫掩，终不如玉之温润中存而不露。至理皆然，何独曰诗之犹花云乎哉！"

正是在这样的文化氛围中，严羽综合唐宋以来诗人对诗与禅关系的思索，发挥自己的理论创造力，写出这部《沧浪诗话》，力倡

"以禅喻诗",成为这股诗学新潮的代表人物。

《沧浪诗话》写作的直接目的是揭示江西诗派的弊病,正如他在《答出继叔临安吴景仙书》中所说"其间说江西诗病,真取心肝刽子手。以禅喻诗,莫此亲切"。其理论主旨是强调诗的妙处不在于以文字说理,而在于传达文外之旨,言外之情。同时,他点明"诗者,吟咏情性也",也就划清了诗和禅的界限,因为他毕竟是以禅喻诗,而非以禅为诗。

范温的韵论和严羽的以禅喻诗在此后的金元明清时代保持深远的影响。如金代元好问《陶然集序》中说:"虽然,方外之学有'为道日损'之说,又有'学至于无学'之说,诗家亦有之。子美夔州以后,乐天香山以后,东坡海南以后,皆不烦绳削而自合,非技进于道者能之乎!诗家所以异于方外者,渠辈谈道不在文字,不离文字;诗家圣处不离文字,不在文字。唐贤所为,情性之外不知有文字云耳。"

元代郝经《与撒彦举论诗书》中说:"诗,文之至精者也。所以歌咏情性,以为风雅。故摅写襟素,托物寓怀,有言外之意,意外之味,味外之韵。凡喜怒哀乐蕴而不尽发,托于江花野草风云月露之中,莫非仁义礼智,喜怒哀乐之理。"

刘将孙《如禅集》中说:"诗固有不得不如禅者也。今夫山川草木,风烟云月,皆有耳目所共知识。其入于吾语也,使人爽然而得其味于意外焉,悠然而悟其境于言外焉,矫然而其趣其感他有所发者焉。夫岂独如禅而已,禅之捷解,殆不能及也。然禅者借滉瀁以使人不可测,诗者则眼前景,望中兴,古今之情性,使觉者咏歌之,嗟叹之,至于手舞足蹈而不能已。登高望远,兴怀触目,百世之上,千载之下,不啻如自其口出。诗之禅至此极矣!而诗果能此地位者,几何人哉?虽然,学者不可以不有此志也。"

明代谢榛在《四溟诗话》中提出作诗"体贵正大,志贵高远,气贵雄浑,韵贵隽永。四者之本,非养无以发其真,非悟无以入其妙"(卷一)。他倡言"妙在含糊,方见作手"(卷三)。他说:"诗有可解、不可解、不必解,若镜花水月,勿泥其迹可也。"(卷一)他认为"作诗有专用学问而堆垛者,或不用学问而匀净者,二者悟不悟之间耳。惟神会以定取舍,自趋乎大道,不涉于歧路"(卷三)。

胡应麟在《诗薮》中声称"汉唐以后谈诗者,吾于宋严羽卿得一悟字,于明李献吉得一法字,皆千古词场大关键。第二者不可偏废,法而不悟,如小僧缚律;悟不由法,外道野狐耳"(内编卷五)。他指出"严氏以禅喻诗,旨哉!禅则一悟之后,万法皆空,棒喝怒呵,无非至理。诗则一悟之后,万象冥会,呻吟咳唾,动触天真。然禅必深造而后能悟,诗虽悟后,仍须深造"(内编卷二)。他也用以禅喻诗的方法,指出"禅家戒事理二障,余戏谓宋人诗,病政坐此。苏、黄好用事,而为事使,事障也;程、邵好谈理,而为理缚,理障也"(内编卷二)。

他认为"作诗大要不过二端,体格声调,兴象风神而已。体格声调有则可循,兴象风神无方可执。故作者但求体正格高,声雄调鬯;积习之久,矜持尽化,形迹俱融,兴象风神,自尔超迈。譬则镜花水月,体格声调,水与镜也;兴象风神,月与花也。必水澄镜朗,然后花月宛然"(内编卷五)。同样,他认为"诗之筋骨,犹木之根干也;肌肉,犹枝叶也;色泽神韵,犹花蕊也。筋骨立于中,肌肉荣于外,色泽神韵充溢其间,而后诗之美善备"(外编卷五)。因此,他在品诗中,经常使用诸如格调、兴象、风神和神韵这些术语。他所谓的"风神"和"神韵"主要是指盛唐诗艺,如他说"盛唐以风神胜",又说"盛唐气象浑成,神韵轩举"。

陆时雍则是韵论的重要阐释者。他在《诗镜总论》中对诗之"韵"作出具体而形象的描述:"诗被于乐,声之也。声微而韵,悠然长逝者，声之所不得留也。一击而立尽者，瓦缶也。诗之饶韵者，其钲磬乎？'相去日以远，衣带日以缓'，其韵古；'携手上河梁，游子暮何之'，其韵悠；'高台多悲风，朝日照北林'，其韵亮；'晨风飘歧路，零雨被秋草'，其韵矫；'采菊东篱下，悠然见南山'，其韵幽；'皇心美阳泽，万象咸光昭'，其韵韶；'扣枻新秋月，临流别友生'，其韵清；'野旷沙岸净，天高秋月明'，其韵冽；'天际识归舟，云中辨江树'，其韵远。凡情无奇而自佳，景不丽而自妙者，韵使之也。"

他又以《诗经》为例，阐明"韵"之要义："《三百篇》每章无多言。每有一章而三四叠用者，诗人之妙在一叹三咏。其意已传，不必言之繁而绪之纷也。故曰：'诗可以兴。'诗之可以兴人者，以其情也，以其言之韵也。夫献笑而悦，献涕而悲者，情也；闻金鼓而壮，闻丝竹而幽者，声之韵也。是故情欲其真，而韵欲其长也，二言足以尽诗道矣。乃韵生于声，声出于格，故标格欲其高也；韵出为风，风感为事，故风味欲其美也。有韵必有色，故色欲其韶也；韵动而气行，故气欲其清也。此四者，诗之至要也。夫优柔悱恻，诗教也，取其足以感人已矣。"

从陆时雍对"韵"的阐释，可以看出韵始终和情紧密相连，因此，韵也可以称为"情韵"。譬如，他又说："善言情者，吞吐深浅，欲露还藏，便觉此衷无限。善道景者，绝去形容，略加点缀，即真相显然，生韵亦流动矣。此事经不得着做，做则外相胜而天真隐矣，直是不落思议法门。"

总之，陆时雍将"韵"视为诗的生命："有韵则生，无韵则死；有韵则雅，无韵则俗；有韵则响，无韵则沉；有韵则远，无韵则局。物色在于点染，意态在于转折，情事在于犹夷，风致在于绰约，语气在于吞吐，体势在于游行，此则韵之所由生矣。"

清代王士禛力倡神韵说。《带经堂诗话》是由张宗柟将王士禛散见于各种著作中的诗论汇集而成。张宗柟在《纂例》中指出王士禛"尝拈'神韵'二字示学者,于表圣'美在酸咸之外',沧浪'一味妙悟'之旨,别有会心"。《带经堂诗话》中也记载有他本人所言:"汾阳孔文谷云:诗以达性,然须清远为尚。薛西原论诗,独取谢康乐、王摩诘、孟浩然、韦应物,言'白云抱幽石,绿筱媚清涟',清也;'表灵物莫赏,蕴真谁为传',远也;'何必丝与竹,山水有清音','景昃鸣禽集,水木湛清华',清远兼之也。总其妙在神韵矣。'神韵'二字,予向论诗,首为学人拈出,不知先见于此。"(卷三)

王士禛的神韵内涵偏于清远冲淡一路。他尤为欣赏严羽的《沧浪诗话》和司空图的《诗品》。他认为"严沧浪《诗话》借禅喻诗,归于妙悟。如谓盛唐诸家诗,如镜中之花,水中之月,镜中之象,如羚羊挂角,无迹可求,乃不易之论"(卷二)。他本人也说:"舍筏登岸,禅家以为悟境,诗家以为化境,诗禅一致,等无差别。"他举例说明道:"如王、裴辋川绝句,字字入禅。他如'雨中山果落,灯下草虫鸣','明月松间照,清泉石上流',以及太白'却下水精帘,玲珑望秋月',常建'松际露微月,清光犹为君',浩然'樵子暗相失,草虫寒不闻',刘眘虚'时有落花至,远随流水香',妙谛微言,与世尊拈花,迦叶微笑,等无差别。通其解者,可语上乘。"又说:"唐人五言绝句,往往入禅,有得意忘言之妙,与净名默然,达磨得髓,同一关捩。"(卷三)

他认为"表圣论诗,有二十四品,予最喜'不着一字,尽得风流'八字"。他说:"或问'不着一字,尽得风流'之说。答曰:太白诗:'牛渚西江夜,青天无片云。登高望秋月,空忆谢将军。余亦能高咏,斯人不可闻。明朝挂帆去,枫叶落纷纷。'襄阳诗:'挂席几千里,名山都未逢。泊舟浔阳郭,始见香炉峰。常读远公传,永怀尘外踪。东林不可见,日暮空闻钟。'诗至此,色相俱空,正如羚羊挂角，无迹可求，画家所谓逸品是也。"（卷三）王士禛所引李白诗和孟浩然诗都是抒发怀古之幽情，前者蕴含知音难遇的悲凉，后者蕴含若有所失的惆怅。

"羚羊挂角，无迹可求"和"不着一字，尽得风流"确实道出韵之真髓。只是王士禛作茧自缚，独主清远冲淡，限制了神韵的适用范围。正如《四库全书总目》所说："士禛论诗，主于神韵，故所标举，多流连山水，点染风景之词，盖其宗旨如是也。"又说："其推为极轨者，惟王、孟、韦、柳诸家。"司空图在《与李生论诗书》中标举"韵外之致"和"味外之旨"，也以风格"澄澹精致"的王维和韦应物为典范。这说明王士禛的神韵内涵实与司空图一致。

继王士禛之后，翁方纲倡言"肌理说"，但不否定"神韵论"。他在《神韵论上》中指出："杜云'读书破万卷，下笔如有神'，此神字即神韵也。杜云'熟精《文选》理'，韩云'周诗三百篇，雅丽理训诰'，杜牧谓'李贺诗使加之以理，奴仆命骚可矣'，此理字即神韵也。神韵者，彻上彻下，无所不该。其谓'羚羊挂角，无迹可求'，其谓'镜花水月，空中之象'，亦皆即此神韵之正旨也，非堕入空寂之谓也。其谓'雅人深致'，指出'訏谟定命，远猷辰告'二句以质之，即此神韵之正旨也，非所云理字不必深求之谓也。然则神韵者，是乃所以君形者也。"

他认为神韵是"君形者也"，即主宰形体者。《荀子·解蔽》中说："心者，形之君也。"因此，按照翁方纲的说法，神韵也就是诗的灵魂。他指出"今人误执神韵，似涉空言，是以鄙人之见，欲以肌理之说实之。其实肌理亦即神韵也"。他倡言"肌理说"，因而认为诗中蕴含的"理"也是神韵。他认为王士禛的神韵论有失偏颇："专举空音镜象一边"，"堕于空寂"。他还在《石洲诗话》中批评王士禛说："渔洋意中，盖纯以脱化超逸为主。而不知古作者各有实际,岂容一概相量乎?"

他在《神韵论下》中指出:"神韵无所不该,有于格调见神韵者,有于音节见神韵者,亦有于字句见神韵者,非可执一端以名之也。有于实际见神韵者,亦有于虚处见神韵者,有于高古浑朴见神韵者,亦有于情致见神韵者,非可执一端以名之也。"这样,翁方纲的神韵论回归原始,与范温一致。

按照欢增的《韵论》,"韵"实际上是泛指诗中一切起暗示作用的因素和暗示的内容。诗中能起暗示作用的因素有词、句、篇、音素、词形变化和词语组合方式,所暗示的内容有味、本事和庄严,因此,也就相当于翁方纲所说的"神韵无所不该"。

从理论上说,范温所说的"有余意之谓韵",加上翁方纲所说的"神韵无所不该",大体相当于梵语诗学中韵论所说的"韵"。而实际上,中国韵的适用范围并不像印度韵那样广泛。究其原因,大致有四:一是范温的韵论长期默默无闻,二是中国的韵论与出世间的禅悟结下不解之缘,三是严羽的以禅喻诗的影响远甚于他的入神说,四是力倡神韵论的王士禛偏爱清远冲淡的诗风。这样,尽管中国韵和印度韵基本原理一致,但就其发展的最终结果而言,定名为"神韵"的中国韵的内涵和表现形态偏向于清远、冲淡、飘逸、空灵、含蓄、朦胧、幽闲和洒脱,成为中国诗学中别具一格的诗美理论。

第 九 章

文学功用论

一

梵语诗学著作中一般都会阐明诗的功用（kāvyaprayojana）。婆罗多在《舞论》第一章中论述戏剧的起源。为了确立戏剧的社会地位，他将戏剧说成是由大神梵天创造的"一种既能看又能听的娱乐"，"一种适合所有种姓的第五吠陀"（1.11—12）。梵天"从《梨俱吠陀》中撷取吟诵，从《娑摩吠陀》中撷取歌唱，从《夜柔吠陀》中撷取表演，从《阿达婆吠陀》中撷取情味"，创造了这种"戏剧吠陀"（1.17—18）。婆罗多借梵天之口指出戏剧的功用："戏剧再现三界的一切情况。有时是正法，有时是游戏，有时是利益，有时是辛劳，有时是欢笑，有时是战斗，有时是爱欲，有时是杀戮。对于遵行正法者有正法，对于渴求爱欲者有爱欲，对于桀骜不驯者有惩戒，对于品行端正者有克制，对于怯懦者有胆量，对于勇敢者有勇气，对于愚者有智慧，对于智者有学问，对于权贵者有娱乐，对于受苦者有坚韧，对于求财者有财富，对于烦恼者有抉择。具有各种感情，以各种境遇为核心，我创造的这种戏剧模仿世界的活动。依据上、中、下三种人的行为，这种戏剧将产生有益的教训。从味、情和一切行为中，这种戏剧将产生一切教训。对于世上痛苦、劳累、忧伤和不幸的人们，这种戏剧将产生安宁。有助于正法、荣誉、寿命和利益,增长智慧,这种戏剧将提供人世教训。知识、技术、学问和技艺,方法和行为,无不见于这种戏剧中。一切经论、技艺和各种行为都囊括于这种戏剧中,因此,我才创造它。"(1.104—115)

婆罗多将戏剧称作"第五吠陀",也比照吠陀经典确定戏剧的功用,即戏剧能提供有益人世的一切教训,有助于实现人生目的。但与吠陀经典不同,戏剧也是一种娱乐,因此,这种功用采取"寓教于乐"的方式。同时,戏剧活动面向包括低级种姓在内的所有种姓,比吠陀经典更具有群众性和民主性。

后来的梵语诗学著作中,对诗的功用的论述与《舞论》中的论述一脉相承。婆摩诃在《诗庄严论》第一章开头就论述诗的功能。他认为"优秀的文学作品使人通晓正法、利益、爱欲、解脱和技艺,也使人获得快乐和名声"(1.2)。这里的快乐可以指读者从文学欣赏中获得快乐,也可以指作家从文学创作中获得的快乐。而名声主要是指作家获得名声。婆摩诃特别强调优秀作家的名声永垂不朽。他说:"那些优秀作家即使已经升入天国,他们的完美无瑕的作品依然存在。只要他的名声在天国和大地保持不朽,这位有功之人必定会在神界占有一席。因此,智者如果盼望自己的名声与坚实的大地共存,他就应该努力掌握诗的要义。"(1.6—8)

婆摩诃提出这些文学功能,旨在说明从其他各种经论中能获得的一切,从文学作品中也能获得。而且,他认为文学比其他经论还要高出一等。他说:"智力迟钝的人也能在老师指导下学习经论,而诗只能产生于天资聪明的人。"(1.5)他认为"没有诗才,谈何精通语言?"(1.4)他甚至讥讽"非诗人(即非文学)的经论知识犹如乞丐的慷慨,太监的武艺,笨汉的勇敢"(1.3)。他还说:"如果掺入甜蜜的诗味,经论也便于使用,正如人们先舔舔蜜汁,然而喝下苦涩的药汤。"(5.3)

檀丁在《诗镜》第一章中首先称颂语言的重要性："完全是蒙受学者们规范的和其他的语言的恩惠，世上的一切交往得以存在。如果不是称之为词的光芒照耀，整个三界将完全陷入盲目的黑暗。"（1.3—4）这里提到的规范的语言指梵语，其他的语言指各种方言俗语。檀丁接着说道："看啊！先古帝王的光辉形象映入了语言镜子，即使他们已经不复存在，映象也不湮灭。"（1.5）这表明文学作品能为作品中的人物赢得永久的名声。檀丁还在《诗镜》的结尾说道："按照这种方法，培养智慧，掌握诗病和诗德，就像幸运的青年受到媚眼女郎追求，诗人受到语言宠爱，获得欢乐和名声。"（3.187）这表明文学作品也为作家赢得欢乐和名声。

伐摩那也重视文学作品给作家带来"快乐和荣誉"。他在《诗庄严经》第一章中说"好诗具有可见和不可见的功果"（1.1.5）。他解释说："获得快乐是好诗的可见的功果，获得名声是好诗的不可见的功果。"他引诗为证：

依靠优秀诗作走上荣誉之路，
蹩脚诗人的劣作则招来恶名。

智者们说名誉通向永恒的天国，
而恶名是带往黑暗地狱的使者。

因此，为了赢得荣誉，避免恶名，
诗人雄牛们应该通晓诗庄严经义。

楼陀罗吒在《诗庄严论》第一章中指出："以光辉闪耀的词语，大诗人创作有味的诗，也能使他人的名声广为传播，直至劫末。建造的神殿等等有朝一日也会毁灭，如果没有优秀的诗人们，国王们也就没有名声。这样,诗人传扬国王的名声,持久,伟大,纯洁,令一切世人喜爱,国王怎么不受益?有益他人,便能赢得大功德,通晓至高目的的论说家们对此没有争议。"(1.4—7)这表明文学作品能为他人(尤其是国王)传播名声,作家也由此获得功德。楼陀罗吒也指出:"诗人以美丽可爱的言词赞颂天神,由此获得这一切:拥有财富,摆脱困境,无比吉祥,受人尊敬。这样,赞颂难近母,有些人摆脱难以摆脱的灾难,有些人摆脱疾病,有些人获得期望的恩惠。"(1.8—9)这是出于宗教信仰,宣扬颂神诗的功效。在现实中,诗人未必个个都能获得国王的恩宠和赏赐。因此,楼陀罗吒勉励诗人们把最终的希望寄托在天神身上:"从前赞颂国王,诗人们很快如愿以偿,即使如今有些国王徒有其名,众天神依然存在。"(1.10)无论如何,楼陀罗吒坚信诗的价值,给予高度的评价:"诗是充满贵重珍宝的大海,取得伟大名声的根由,因此,我说有谁能说清诗歌的全部价值?想要圆满实现人生目的,通晓一切知识的智者都应该创作纯洁的诗。"(1.11—12)

最后,他以《摩诃婆罗多》作者毗耶娑等大诗人为榜样,说道:"大诗人依靠诗作获得名声,雪白纯洁,令一切世人喜爱,广大深远,直至劫末。依靠神殿等等,不能获得永久名声,纵然盛极一时,顷刻之间就会灭亡;目睹毗耶娑等人的至高名声传遍世界,应该专心致志,努力创作纯洁的诗。"(1.21—22)

楼陀罗吒在《诗庄严经》中还强调指出,诗和经论同样涉及人生四要,不同的是诗中有味。他要求诗人们重视味的运用:"众所周知,在这世上,人生四要是正法、利益、爱欲和解脱,而在作品中应该让它们与合适的味相结合。"(16.1)"知味的读者害怕无味的经论,而诗歌能让他们轻松自如地理解人生四要。因此,应该竭力运用各种味,否则,读者会像对经论那样产生厌倦。"(12.1—2)

恭多迦对于诗的功用,也像楼陀罗吒那样,既注重人生四要,也强调诗味。他在《曲语生命论》第一章中说:"诗作是实现正法等等的手段,采取优美的方式,令出身高贵的人们内心喜悦。"(1.3)他在注疏中举例说:"王子们富有威力,统治世界,如果缺少应有的教诲,为所欲为,就会破坏一切传统规范。为此,诗人们编撰古代优秀帝王的传记,用于示范。因此,诗作的用途胜过经论,更为有效。"他也指出"世人熟悉好诗,便能得知世间行为之美,新鲜而合适。对于知音们,诗中的甘露味带来阵阵内心惊喜,甚至超越品尝人生四要的果实"(1.4—5)。因为"经论解除无知之病如同苦涩的药草,诗歌消除愚昧之病如同愉悦的甘露"。

胜财也强调戏剧的功用主要是品味获得的欢喜。他在《十色》第一章中说:"戏剧浸透着欢喜(ānanda),智慧浅薄的善人却说从中获得的只是历史传说一类的知识。"(1.6)

波阇对于诗的功用,重视诗人获得名声和品味的喜悦这两项。他在《辩才天女的颈饰》第一章中说:"诗人创作无诗病、有诗德、有庄严和有味的诗,获得名声和喜悦(prīti)。"(1.2)

这是因为楼陀罗吒、胜财、恭多迦和波阇所处的时代,即九世纪至十一世纪,是梵语诗学中的味论获得充分发展的时期。新护是味论的集大成者。他在《韵光注》第一章中强调说:"诗的功用主要是喜悦(prīti)。吠陀的教诲如同主人,历史传说的教诲如同朋友,而诗的教诲如同妻子。因此,诗的主要特征是欢喜(ānanda)。尽管诗也获得人生四要的果实,而最主要的果实是欢喜。"(1.1注)这种"喜悦"或"欢喜"也就是品尝到诗中的味而获得的审美快感。他在《韵光注》第三章中继续阐述这个观点,强调诗的教诲作用也是通过品尝味而获得实现:"吠陀和法论这类经典像主人那样发号施令:'应该这样做!'历史传说这类经典像朋友那样说明必然的因果关系:'这样的行为造成这样的结果。'而王子们没有通晓这些经典,但他们必须通晓经典,以适合为臣民谋利益。这样,我们应该采取进入内心的方式,让他们掌握实现人生四要的各种方法。进入内心就是品尝味。味产生于情由等等的结合,它们与掌握实现人生四要的各种方法有关。从适合味的情由等等的结合中,必然品尝到味,也有助于获得教诲。喜悦有助于获得教诲。我们的老师(跋吒·道多)说:'喜悦的灵魂是味,味是戏剧,戏剧是吠陀。'"(3.10—14注)新护也在《舞论注》中指出,观众(或读者)接受戏剧(或诗)中的教诲,是通过潜移默化的审美方式:"观众的思想以自我的形态沉浸在那些人物的行动中,并通过自我,观看一切。可爱的歌曲、器乐等等印象伴随味的品尝,对知觉产生特殊的感染力。与日常生活中见到情人不同,这种印象摆脱时空的特殊性,产生一种适合用祈求语态表达的知觉:'如此行事的人,肯定会这样。'由于味的经验,这些印象深深埋在观众的心中。这样,观众永远怀着从善弃恶的心理,在实际生活中趋善避恶。"(1.103—104注)

曼摩吒的《诗光》、雪月的《诗教》和毗首那特的《文镜》都是梵语诗学的综合性著作,试图对以往的研究成果进行全面总结。曼摩吒在《诗光》第一章中开宗明义,说道:"诗人的语言(女神)胜过一切,她的创造摆脱命运束缚,唯独由愉悦构成,无须依靠其他,含有九种味而甜蜜。"(1.1)对此,他解释说:"梵天的创造受到命运的力量束缚,以快乐、痛苦和痴迷为本性,依靠极微等等物质原因和业等等辅助原因,含有六味,并不都令人称心。诗人的语言(女神)创造则与此不同,因此,她胜过一切。"(1.1注疏)曼摩吒在这里试图强调语言艺术创造高于现实世界创造:现实世界中的六味是辣、酸、甜、咸、苦和涩,并不一定都令人称心,而语言艺术中的九种味是艳情味、滑稽味、悲悯味、暴戾味、英勇味、恐怖味、厌恶味、奇异味和平静味,都能给人带来品味的喜悦。

接着，他说明诗的功用："诗是为了成名，获利，知事，禳灾，顷刻获得至福，像情人那样提供忠告。"（1.2）按照曼摩吒的解释，"成名是像迦梨陀娑那样获得名声"。迦梨陀娑是印度古代享有盛誉的大诗人。例如，在634年的一份铭文中，作者罗维吉尔提就表示渴望自己的诗名赛过迦梨陀娑。"获利是像达婆迦那样从戒日王那里获得财富。"传说达婆迦曾为戒日王代笔创作剧本《璎珞传》。小说家波那也曾在戒日王宫中受到恩宠。"知事是获得有关国王和其他人物的正确行为的知识。"按照其他梵语诗学家的说法，除了获得人间各种行为规则外，还包括理解人生四要和知晓各种技艺。"禳灾是像摩由罗那样通过赞颂太阳神解除病患。"传说摩由罗是波那的内兄，一天清晨，摩由罗去妹夫波那家，在门外听见这夫妻俩在吵架。波那甚至跪倒在妻子脚下求情，而妻子却用脚踢他。波那当场作诗抚慰妻子：

夜晚逝去，月亮仿佛褪色，月亮脸啊！
这盏灯火困倦瞌睡，仿佛摇摇晃晃；
我已向你俯首求情，你也不肯息怒，

念了这三行诗后，第四行一时想不出来。于是，摩由罗在门外接口提示道：

你的心紧靠你的胸脯，也变得坚硬。

波那的妻子听到后，诅咒这个站在门外的人得麻风病。这样，摩由罗得了麻风病。后来，他创作了《太阳神百咏》，获得太阳神恩惠，摆脱麻风病。曼摩吒在这里采用这个传说，主要目的是宣扬颂神诗的功效。"顷刻获得至福"是指品味获得的欢喜（ānanda）。曼摩吒解释说:"一切目的中最重要的是欢喜,直接产生于品味,排除其他认知对象。"也就是说,读者完全沉浸在品味的欢喜中,忘却其他一切。对于"像情人那样提供忠告",曼摩吒解释说:"吠陀等经典如同主人,以词为主;往世书等历史传说如同朋友,以意义为主。诗与它们不同,具有使词和意义依附于味的功能。它是诗人的工作。诗人擅长非凡的描绘,像情人那样,以有味的方式进行劝导,提供'应该像罗摩那样而不应该像罗波那那样行动'的教训。"这是沿用新护在《韵光注》中的比喻说法,说明诗的艺术特征,与吠陀经典和历史传说在教诲方式上的不同。最后,曼摩吒总结说:"诗向诗人和知音分别提供这一切,因此,应该努力学诗。"

按照《诗光》的一些注释家的说法,在诗的这六项功用中,成名、获利和禳灾主要属于诗人,知事、顷刻获得至福和像情人那样提供忠告主要属于读者。在《诗光》之后的梵语诗学著作中,论及诗的功用,基本上都不出这六项的范围。

雪月在《诗教》第一章中,对诗的这六项功用提出不同的看法。他认为"诗能获得欢喜、名声和情人般的忠告",而其他三项不能说成是诗的功用,因为"获得财富的途径多种多样,通晓人间行为规则也能依靠经典,消除灾厄也能依靠其他手段"。如果按照他的思路,那么,获得名声也不能成为诗的功用。其实,应该说,这些也是诗的功用,而最能显示诗的本质特征的功用是品味的欢喜和情人般的忠告。

毗首那特在《文镜》中围绕人生四要论述诗的功用。他认为"即使是智慧浅薄的人,也能轻松愉快地从诗中获得人生四要的果实"(1.2)。他解释说:"按照诗中提供的教诲,做应该做的事,不做不应该做的事,应该像罗摩等人物那样行动,不应该像罗波那等人物那样行动,就很容易获得人生四要的果实。"这一点,恭多迦在《曲语生命论》中已经指出,在以罗摩为题材的作品中,具有各种曲折优美的描写,"而最终产生明辨善恶是非的伦理教诲:活着应该像罗摩那样,而不应该像罗波那那样"(1.21注疏)。毗首那特也引用婆摩诃在《诗庄严论》中的说法:"优秀的文学作品使人通晓正法、利益、爱欲、解脱和技艺,也使人获得快乐和名声。"

毗首那特也说明在获得人生四要方面,诗和吠陀经典的不同:"通过吠陀经典获得人生四要,由于枯燥乏味,连智力成熟的人也很费力。而从诗中获得人生四要,由于其中充满至高的欢喜(ānanda),连智力稚嫩的人也很容易。"他设想人们或许会问:"既然有了吠陀经典,智力成熟的人为何还要在诗上下功夫呢?"他回答说:"倘若苦药能治好的病,白糖也能治好,有哪个病人不认为吃白糖更好呢?"(1.2注疏)

人生四要是印度古人对人类生存方式和意义的总体概括。无论吠陀经典、历史传说还是文学作品,都离不开人生四要。史诗《摩诃婆罗多》就宣称自己的作品中囊括了全部人生四要:"正法和利益,爱欲和解脱,这里有,别处有,这里无,别处无。"(18.5.38)在《摩诃婆罗多》中,既有文学表达方式,也有理论说教方式。而梵语诗学已经自觉意识到文学是一种不同于宗教、哲学和历史的意识表现形态,在阐明文学的功用时,能抓住文学的审美特征,以确立它在人类社会中独特的存在价值。

二

中国古代的文学功用论可以从先秦时代的《易经》说起。《易经·贲卦》中说:"观乎天文,以察时变;观乎人文,以化成天下。"这里所说的"人文"可以理解为人类创造的文明;"以化成天下"可以理解为让文明普及天下。文明包括物质文明和精神文明,而文学是精神文明的重要组成部分。

刘勰《文心雕龙·原道》中对"文"的阐释实际源自《易经》。他依据《易传·系辞下》中提出的天地人"三才"说，指出人"为五行之秀，实天地之心。心生而言立，言立而文明，自然之道也"。又说："形立则章成矣，声发则文生矣。夫以无识之物，郁然有彩，有心之器，其无文欤？"

因此，后人常常将"人文"直接与文章和文学相联系。梁代萧统编纂《文选》，在《文选序》中说："式观元始，眇觌玄风；冬穴夏巢之时，茹毛饮血之世，世质民淳，斯文未作。逮乎伏羲氏之王天下也，始画八卦，造书契，以代结绳之政，由是文籍生焉。《易》曰：'观乎天文，以察时变；观乎人文，以化成天下。'文之时义远矣哉！"

萧纲也在《昭明太子集序》中说："文籍生，书契作，咏歌起，赋颂兴。成孝敬于人伦，移风俗于王政，道绵于八极，理浃乎九垓。赞动神明，雍熙钟石。此之谓人文。若夫体天经而总文纬，揭日月而谐律吕者，其在兹乎？"

又如，唐代魏征也在《隋书·文学传序》中说："《易》曰：'观乎天文，以察时变；观乎人文，以化成天下。'《传》曰：'言，身之文也，言之不文，行之不远。'故尧曰'则天'，表文明之称；周云'盛德'，著焕乎之美。然则文之为用，其大矣哉！上所以敷德教于下，下所以达情志于上。大则经纬天地，作训垂范；次则风谣歌颂，匡主和民。"

《左传·襄公二十四年》中说："太上有立德，其次有立功，其次有立言，虽久不废，此之谓不朽。"这"三不朽"说也对后世产生深远影响。据此，魏代曹丕在《典论·论文》中说："盖文章，经国之大业，不朽之盛事。年寿有时而尽，荣乐止乎于身，二者必至之常期，未若文章之无穷。是以古之作者，寄身于翰墨，见意于篇籍，不假良史之辞，不托飞驰之势，而声名自传于后。"曹丕的这个深刻见解与梵语诗学中认为优秀作家的名声在天地间永垂不朽的观点完全一致。

桓范也在《世要论·序作》中说："夫著作书论者，乃欲阐弘大道，述明圣教，推演事义，尽极情类，记是贬非，以为法式。当时可行，后世可修。且古者富贵而名贱废灭，不可胜记。唯篇论俶傥之人，为不朽耳。夫奋命于百代之前，而流誉于千载之后，以其览之者有益，闻之者有觉故也。"

刘勰《文心雕龙·原道》中赞叹"言之文也，天地之心哉！"他指出"逮及商周，文胜其质，《雅》、《颂》所被，英华日新。文王患忧，繇辞炳曜，符采复隐，精义坚深。重以公旦多材，振其徽烈，制诗缉颂，斧藻群言。至夫子继圣，独秀前哲，熔钧六经，必金声而玉振；雕琢情性，组织辞令，木铎起而千里应，席珍流而万世响，写天地之辉光，晓生民之耳目矣"。刘勰这番言论也与曹丕所谓文章乃"经国之大业，不朽之盛事"相呼应。

汉代扬雄曾在《法言》中称自己年少时"好赋"，乃是"童子雕虫篆刻"，"壮夫不为也"。对此，唐代王勃在《平台秘略论·艺文》中批驳道："《易》称'观乎天文以察时变'，《传》称'言之无文，行之不远'，故文章经国之大业，不朽之盛事。而君子所役心劳神，宜于大者远者，非缘情体物、雕虫小技而已。"

乃至清代李渔在《李笠翁曲话》中极力表彰戏曲艺术："填词一道，非特文人工此者足以成名，即前代帝王，亦有以本朝词曲擅长，遂能不泯其国事者。请历言之：高则诚、王实甫诸人，元之名士也，舍填词一无表见。使两人不撰《西厢》、《琵琶》，则沿至今日，谁复知其姓氏？是则诚、实甫之传，《琵琶》、《西厢》传之也。汤若士，明之才子也，诗文尺牍，尽有可观，而其脍炙人口者，不在尺牍诗文，而在《还魂》一剧。使若士不草《还魂》，则当日之若士，已虽有而若无，况后代乎？是若士之传，《还魂》传之也。此人以填词而得名者也。历朝文字之盛，其名各有所归。'汉史'、'唐诗'、'宋文'、'元曲'，此世人口头语也。《汉书》、《史记》，千古不磨，尚矣！唐则诗人济济，宋有文人跄跄，宜其鼎足文坛，为三代后之三代也。元有天下，非特政刑礼乐一无可宗，即语言文字之末，图书翰墨之微，亦少概见。使非崇尚词曲，得《琵琶》、《西厢》以及《元人百种》诸书传于后代，则当日之元，亦与五代、金、辽同其泯灭，焉能附三朝骥尾而挂学士文人之齿颊哉？此帝王国事以填词而得名也。由是观之，填词非末技，乃与史传诗文同源而异派者也。"李渔认为优秀戏曲不仅使作者名垂千古，也为朝代增添光彩，同时戏曲也与传统的"史传诗文"享有同等崇高的地位，如同梵语戏剧学著作《舞论》将戏剧称为"第五吠陀"。

此外，孔子在《论语·阳货》中说："诗可以兴，可以观，可以群，可以怨。迩之事父，远之事君，多识于鸟兽草木之名。"他的这一诗学观点体现了对于诗的抒情性及其社会功用的深刻认识，同样对后世产生深远的影响。

按照宋代朱熹《论语集注》中的解释，"兴"指"感发志意"；"观"指"考见得失"；"群"指"和而不流"；"怨"指"怨而不怒"。

清代黄宗羲在《汪扶晨诗序》中对"兴、观、群、怨"的解释更为具体充实："昔吾夫子以兴、观、群、怨论诗。孔安国曰：'兴，引譬连类。'凡景物相应，以彼言此，皆谓之兴。后世咏怀、游览、咏物之类是也。郑康成曰：'观风俗之盛衰。'凡论世采风，皆谓之观。后世吊古、咏史、行旅、祖德、郊庙之类皆是也。孔曰：'群居相切磋。'群是人之相聚，后世公宴、赠答、送别之类皆是也。孔曰：'怨刺上政。'怨也不必专指上政。后世哀伤、挽歌、遣谪、讽谕皆是也。盖古今事物之变虽纷若，而以此四者为统宗。"

又说:"古之以诗名者,未有能离此四者,然情各有至处。其意句就景中宣出者,可以兴也;言在耳目,赠寄八荒者,可以观也;善于风人答赠者,可以群也;凄戾为骚之苗裔者,可以怨也。"

方东树在《昭昧詹言》(卷一)中说:"夫论诗之教,以兴、观、群、怨为用。言中有物,故闻之足感,味之弥旨,传之愈久而常新。臣子之于君父、夫妇、兄弟、朋友、天时、物理、人事之感,无古今一也。故曰:诗之为学,性情而已。"

梁章钜也在《退庵随笔》中说:"古人之言,以能感人为贵,而诗之入人尤深,故圣人言诗可以兴、观、群、怨。"

李调元在《剧话序》中说:"孔子曰:'诗可以兴,可以观,可以群,可以怨。'今举贤奸忠佞,理乱兴亡,搬演于笙歌鼓吹之场,男男妇妇,善善恶恶,使人触目而惩戒生焉,岂不亦可兴、可观、可群、可怨乎?"

黄周星也在《制曲枝语》中说:"论曲之妙无他,不过三字尽之,曰:'能感人'而已。感人者,喜则欲歌欲舞,悲则欲泣欲诉,怒则欲杀欲割,生趣勃勃、生气凛凛之谓也。噫,兴观群怨,尽在于斯,岂独词曲为然耶!"

汉代《礼记·乐记》全面深入阐发乐的社会功用,其核心思想是"声音之道与政通":"凡音者,生人心者也。情动于中,故形于声,声成文,谓之音。是故治世之音安,以乐其政和;乱世之音怨,以怒其政乖;亡国之音哀,以思其民困。声音之道,与政通矣。"又说:"乐者,音之所由生也;其本在人心之感于物也。""是故先王慎所以感之者。故礼以道其志,乐以和其声,政以一其行,刑以防其奸:礼、乐、政、刑,其极一也,所以同民心而出治道也。"在先秦时代,诗、乐、舞三位一体,《乐记》中的论述也与诗密切相连,因此,《乐记》充分体现儒家的正统文艺观。

《诗大序》中论述诗的社会功用,其观点明显承袭《乐记》:

"情发于声，声成文谓之音。治世之音安，以乐其政和；乱世之音怨，以怒其政乖；亡国之音哀，以思其民困。故正得失，动天地，感鬼神，莫近于诗。先王以是经夫妇，成孝敬，厚人伦，美教化，移风俗。"

《诗大序》对《诗经》中的风、雅、颂的阐释也明显注重诗的社会政治和伦理功用："上以风化下，下以风刺上，主文而谲谏，言之者无罪，闻之者足以戒，故曰风。至于王道衰，礼义废，政教失，国异政，家殊俗，而变风、变雅作矣。国史明乎得失之迹，伤人伦之废，哀刑政之苛，吟咏情性，以风其上，达于事变而怀其旧俗者也。故变风发乎情，止乎礼义。发乎情，民之性也；止乎礼义，先王之泽也。是以一国之事，系一人之本，谓之风；言天下之事，形四方之风，谓之雅。雅者，正也，言王政之所由废兴也。政有大小，故有小雅焉，有大雅焉。颂者，美盛德之形容，以其成功告于神明者也。是谓四始，诗之至也。"

前面第七章《味论》中，已经提及《诗大序》的"吟咏情性"说对后世产生深远的影响。同样，《诗大序》对诗的社会功用论也对后世产生深远的影响，成为历代诗论中从不缺席的话题。这里仍然可以引用前面《味论》中提及的白居易《与元九书》为例。他在这封书信中承袭《诗大序》的观点，对诗的社会功用的阐发具有代表性："夫文尚矣，三才各有文。天之文，三光首之；地之文，五材首之；人之文，六经首之。就六经言，《诗》又首之。何者？圣人感人心而天下和平。感人心者，莫先乎情，莫始乎言，莫切乎声，莫深乎义。诗者，根情，苗言，华声，实义。""圣人知其然，因其言，经之以六义；缘其声，纬之以五音。音有韵，义有类。韵协则言顺，言顺则声易入。类举则情见，情见则感易交。于是乎孕大含深，贯微洞密，上下通而一气泰，忧乐合而百志熙。五帝三皇所以直道而行，垂拱而理者，揭此以为大柄，决此以为大宝也。"

白居易还提到《诗大序》中所说"言之者无罪，闻之者足以戒"，并引申说："言者闻者，莫不两尽其心焉。"也就是，他上面表达的美好愿望，即以诗为媒介，达到"上下通而一气泰，忧乐合而百志熙"，出现太平盛世。

梵语诗学强调文学的社会功用，主要表现在要求诗歌有助于实现人生四大目的，即正法、爱欲、利益和解脱。而中国古代儒家的人生理想是《礼记·大学》中提出的格物、致知、意诚、心正、修身、齐家、治国、平天下。中国古代文人大多怀抱这样的理想。其中不少优秀文人都有从政的经历，然而，正直的品格、高尚的情操，未必能适应现实政治，往往遭遇贬黜。故而，《孟子·尽心上》中所说的"穷则独善其身，达则兼济天下"，也成为许多文人秉持的人生态度。

这里可以顺便指出，在印度婆罗门教的四大人生目的中有"爱欲"这一项，因此，在古典梵语抒情诗中，艳情诗占有较大比重，同时在各种叙事诗中也大多含有艳情描写。在梵语诗学中，艳情味列于九种味的首位，对艳情味的理论分析也比较详尽。然而，也不能不看到有些梵语艳情诗中对男女欢爱的描写比较直露，对于印度古代诗人和读者，似乎已经习以为常，不足为怪。当然，也有诗学家如九世纪欢增在《韵光》中指出：无论用于表演的戏剧或不用于表演的诗歌"都不能描写上等人物国王等与上等女主人公粗俗的会合艳情，就像不能描写自己父母会合艳情那样。对于崇高的神也是这样"（3.14 注疏）。据此，他认为迦梨陀娑在叙事诗《鸠摩罗出世》中描写"湿婆大神和波哩婆提欢合"不合适（3.6 注疏）。十一世纪安主在《合适论》中也认同欢增的这个观点。

在中国古代，《诗经》被列为儒家"六经"之一，享有崇高地位。《诗经》中也含有不少爱情诗，但在总体上符合儒家诗教。诚如儒家祖师孔子所说"思无邪"，具体而言，则是"乐而不淫，哀而不伤"。太史公司马迁也在《史记·屈原贾生列传》中说："《国风》好色而不淫，《小雅》怨诽而不乱。若《离骚》者，可谓兼之矣。"

中国古代诗学中，对于爱情诗的评论一般都遵循儒家诗教。如王夫之在《薑斋诗话》（卷二）中说："艳诗有述欢好者，有述怨情者，《三百篇》亦所不废。顾皆流览而达其定情，非沉迷不反，以身为妖冶之媒也。嗣是作者，如'荷叶罗裙一色裁'，'昨夜风开露井桃'，皆艳极而有所止。至如太白《乌栖曲》诸篇，则又寓意高远，尤为雅奏。其述怨情者，在汉人则有'青青河畔草，郁郁园中柳'，唐人则'闺中少妇不知愁'，'西宫夜静百花香'，婉娈中自矜风轨。迨自元白起，而后将身化作妖冶女子，备述衾裯中丑态，杜牧之恶其蛊人心，败风俗，欲施以典刑，非已甚也。近则汤义仍屡为泄笔，而固不失雅步。唯谭友夏浑作青楼淫咬，须眉尽丧，潘之恒辈又无论已。"

沈德潜也在《说诗晬语》中说："《诗》本六籍之一，王者以之观民风，考得失，非为艳情发也。虽四始以后，《离骚》兴美人之思，平子有定情之咏，然词则托之男女，义实关乎君父友朋。自梁陈篇什，半属艳情，而唐末香奁，益近亵嫚，失'好色不淫'之旨矣。此旨一差，日远名教。"

梵语诗学强调诗中有味，因而能让人们"轻松愉快地获得人生四要的果实"，其社会功用胜过经论著作。同样，中国古代诗学深刻理解文学以情动人的特征，据此阐发文学的社会功用。上述白居易《与元九书》中提到"韵协则言顺，言顺则声易入。类举则情见，情见则感易交"，也是说明诗歌容易动人心扉和交流感情。

明代徐祯卿《谈艺录》中说："夫情能动物，故诗足以感人。荆轲变徵，壮士瞋目；延年婉歌，汉武慕叹。凡厥含生，情本一贯，所以同忧相瘁，同乐相倾者也。故诗者风也，风之所至，草必偃焉。圣人定经，列国为风，固有以也。若乃嘘唏无涕，行路必不为之兴哀；恝难不肤，闻者必不为之变色。故夫直戆之词，譬之无音之弦耳，何所取闻于人哉？"

清代刘开《读诗说》中说："夫教亦多术矣，而感人之速，化人之深，无如诗之显而易也。""夫诗者所以顺人情而导之以正也。顺情而导则其教易行，而学易入。故诗为雅言之首，而学者之始事必由是焉。是故善读诗者，以古而触今，感物以见志，沉潜于讽谕，反复乎篇章，而慈仁忠孝之意油然自生，父子以恩，君臣以笃，兄弟以和，夫妇以顺，朋友以厚，此皆天性之发于中而不能自已者也。夫天性之发，非出于矫饰。故诗之移人情也，亦动于自然而非有所苦焉。且夫强之入者，去必速，貌为合者，神易离，惟诗之感人也，因其天真之动，故虽草野间巷亦触于歌泣而不自禁。惟人之感于诗也，本于中心之诚，故能叹慕流连，遂被潜移而不自觉，此诗之为道所以为治心之方，入德之门，而贤愚皆可共勉者也。"刘开《读诗说》中的这方面论述堪称中国古代诗学中对诗的社会功用的典范阐释。

戏曲和小说理论在论及社会功用时，同样强调文学以情动人这个明显特征。如清代杨恩寿在《词余丛话》（卷二）中说："今之院本，即古之乐章也。每演戏时，见有孝子、悌弟、忠臣、义士，激烈悲苦，流离患难，虽妇人牧竖，往往涕泗横流，不能自已。旁观左右，莫不皆然。此其动人最恳切、最神速，较之老生拥皋比讲经义，老衲登上座说佛法，功效百倍。"

清代李黼平也在《曲话序》中说："盖文之至者，倾肺腑而出，其词明白坦易，虽妇人孺子莫不通晓，故闻忠孝节义之事，或轩鼓而舞，或垂涕泣而道。而南北曲者，复以妙伶登场，服古冠巾，与其声音笑貌而毕绘之，则其感人尤易入也。"

明代绿天馆主在《古今小说序》中说："大抵唐人选言，入于文心；宋人通俗，谐于里耳。天下之文心少而里耳多，则小说之资于选言者少，而资于通俗者多。试令说话人当场描写，可喜可愕，可悲可涕，可歌可舞；再欲捉刀，再欲下拜，再欲决胆，再欲捐金；怯者勇，淫者贞，薄者敦，顽钝者汗下。虽小诵《孝经》、《论语》，其感人未必如是之捷且深也。"

清代蠡勺居士也在《昕夕闲谈小序》中说："且夫圣经贤传诸子百家之书，国史古鉴之纪载，其为训于后世，固深切著明矣。而中材则闻之而辄思卧，或并不欲闻；无他，其文笔简当，无繁缛之观也；其词意严重，无笑谑之趣也。若夫小说，则妆点雕饰，遂成奇观；嘻笑怒骂，无非至文；使人注之目之，顷耳听之，而不觉其津津甚有味，孳孳然而不厌也，则其感人也必易，而其入人者也必深矣。谁谓小说为小道哉？"

梵语诗学中还强调诗能让读者品尝情味而心生喜悦。在前面第七章《味论》已经论述中国古代诗学感情论中使用的滋味、余味、意味和味外味等概念，均指读者获得的审美快感。

在中国古代诗学中也有将这种审美快感称为"喜"，如明代屠隆在《唐诗品汇选释断序》中说："夫性情有悲有喜，要之乎可喜矣。五音有哀有乐，和声能使人欢然而忘愁，哀声能使人凄怆恻恻而不宁。然人不独好和声，亦好哀声，哀声至于今不废也，其所不废者可喜也。唐人之言，繁华绮丽，优游清旷，盛矣。其言边塞征戍离别穷愁，率感慨沉抑，顿挫深长，足动人者，即悲壮可喜也。"屠隆这里所说的"喜"，相当于梵语诗学中新护所说"超俗"的品味。

除了"味"这个概念，中国古代诗学中还使用"趣"这个概念，同样也是指读者的审美快感。如唐代司空图在《与王驾评诗书》中说："右丞、苏州，趣味澄复。"宋代严羽在《沧浪诗话》中说："盛唐诗人惟在兴趣。"魏庆之《诗人玉屑·诗趣》中记载：

"东坡曰：渊明诗初看若散缓，熟读有奇趣。"明代谢榛在《四溟诗话》（卷四）中说："子美《秋野》诗：'水深鱼极乐，林茂鸟知归。'此适会物情，殊有天趣。"屠隆在《论诗文》中说："文章止要有妙趣，不必责其何出。"袁宏道在《序陈正甫会心集》中说："趣如山上之色，水中之味，花中之光，女中之态，虽善说者不能下一语，惟会心者知之。"清代王夫之在《古诗评选》中说："亦理亦情亦趣，逶迤而下，多取象外，不失圜中。"吴乔在《围炉诗话》（卷一）中说："子瞻云：'诗以奇趣为宗，反常合道为趣。'此语最善。"王士禛在《师友诗传续录》中说："竹枝咏风土，琐细诙谐皆可入。大抵以风趣为主，与绝句迥别。"

这里提到趣味、兴趣、奇趣、天趣、妙趣和风趣，另外还有理趣。钱锺书在《管锥编·全晋文卷六一》中指出刘熙载《艺概》中的"'理趣'之说，本之沈德潜"。在此之前，"宋人如包恢《敝帚稿略》卷二《答曾子华论诗》：'状理则理趣浑然，状事则事情昭然，状物则物态宛然。'"沈德潜"《说诗晬语》卷下论诗'入理趣'，异于'以理语成诗'"。并在《国朝诗别裁·凡例》中提出"诗不能离理，然贵有理趣，不贵下理语"。还有，纪昀在《唐人试律说》中指出"诗本性情，可以含理趣，而不能作理语"。史震林《华阳散稿》自序中指出"诗文之道有四：理、事、情、景而已。理有理趣，事有事趣，情有情趣，景有景趣。趣者，生气与灵机也"。

同时，钱锺书《谈艺录》（六九）专论理趣说，并引用大量古代诗例详加阐述。这里可以摘引其中他对"理趣"的界定："惟一味说理，则于兴观群怨之旨，背道而驰，乃不泛说理，而状物态以明理；不空言道，而写器用之载道。拈形而下者，以明形而上；使寥廓无象者，托物以起兴，恍惚无朕者，著述而如见。譬之无极太极，结而为两仪四象；鸟语花香，而浩荡之春寓焉；眉梢眼角，而芳悱之情传焉。举万殊之一殊，以见一贯之无不贯，所谓理趣者，此也。"

他还以理趣说接引西方诗学，指出"柏拉图言理无迹无象，超于事外，遂以为诗文侔色绘声，狃于耳目，去理远而甚失真。亚里士多德智过厥师，以为括事见理，籀殊得共；其谈艺谓史仅记事，而诗可见道，事殊而道共。黑格尔以为事托理成，理因事著，虚实相生，共殊交发，道理融贯迹象，色相流露义理。取此谛以说诗中理趣，大似天造地设。理之在诗，如水中盐、花中蜜，体匿性存，无痕有味，现相无相，立说无说。所谓冥合圆显者也"。

此外，在戏曲理论方面，李渔在《李笠翁曲话》中提出"机趣"说："'机趣'两字，填词家必不可少。机者，传奇之精神；趣者，传奇之风致。少此二物，则如泥人、土马，有生形而无生气。"黄周星也在《制曲枝语》中说："制曲之诀，虽尽于'雅俗共赏'四字，仍可以一字括之，曰：趣。古云：'诗有别趣'。而曲为诗之流派，且被之弦歌，自当专以趣胜。今人遇情境之可喜者，辄曰'有趣，有趣！'则一切语言文字，未有无趣而可以感人者。趣非独于诗酒花月中见之，凡属有情，如圣贤豪杰之人，无非趣人；忠孝廉节之事，无非趣事。知此者，可与论曲。"

总之，对比中印两国古代的文学功用论，无论议题或论点，互相之间颇多相似和相通之处。

第十章

作家论

一

在梵语诗学著作中，一般都会论述诗人的资质和才能，称之为"诗的原因"（kāvyakaraṇa 或 kāvyahetu）。梵语诗学家赋予诗人崇高的地位。曼摩吒的《诗光》第四章中的一首引诗说道：

语言女神胜过一切，坐在诗人莲花嘴上，
展现另一个崭新世界，仿佛嘲笑老梵天。

这首诗的意思是大神梵天创造了旧世界，而语言女神通过诗人创造出新世界。欢增在《韵光》第三章中说道：

在无边的诗的领域，诗人是唯一创造主，
这个世界如何转动，完全按照他的意愿。

诗人诗中含有艳情，世界变得津津有味，
如果诗人缺乏激情，世界也会索然寡味。

优秀的诗人在诗中，能按照自己的意愿，

让无生物如同生物，而生物如同无生物。

　　梵语诗学家认识到诗人具有与理论家不同的特殊才能，也就是想象力。"想象力"的梵语原词是 pratibhā，本义是呈现、闪亮或形象，转义为清晰的理解力和生动的想象力。雪月在《诗教》中曾引用跋吒·道多对想象力的阐释："想象力是擅长创新的智力。诗人善于运用想象力进行生动的描写，其作品被称作诗。"跋吒·道多还将诗人与仙人作比较，说道："仙人具有眼力。不具备仙人的这种眼力，不能写诗。眼力是对于各种各样事物真谛的直观。具有直观真谛的眼力，在经典中就被称作诗人。但在世上，通常要兼备眼力和描写能力，才被称作诗人。"例如，最初的诗人（蚁垤）作为仙人，始终具有敏锐的眼力，但是，直到他具备了描写能力，才成为诗人。仙人是指宗教家。蚁垤原本是仙人，后来创作了《罗摩衍那》，才被称作"最初的诗人"。这说明诗人和仙人都具有直观真谛的能力，但他们表达真谛的方式不同。

　　想象力无疑是诗人必备的才能。同时，诗人还需要有丰富的学养积累和实践经验。因此，梵语诗学著作通常围绕才能、学问和实践这三者，论述诗人的资质。婆摩诃在《诗庄严论》中说："没有月亮，谈何夜晚？没有诗才，谈何精通语言？"（1.4）"诗只能产生于天资聪明的人。"（1.5）同时，他要求"写诗的人应该思考词音、词义、诗律、传说故事、世界、方法和技巧"（1.9）。而在通晓词音和词义方面，应该"请教这方面的专家，研究别人的作品"（1.10）。檀丁在《诗镜》中说："天生的想象力，渊博而纯洁的学问，不倦的实践，这些是诗的成功原因。即使缺乏与前世熏习有关的惊人的想象力，只要依靠学习和努力，侍奉语言女神，她肯定会赐予恩惠。确实，想要获得名声，就应该孜孜不倦地侍奉辩才女神。即使诗人的禀赋不足，只要勤奋努力，也能在智者集会上占有一席。"（1.103—105）可以说，这两位早期梵语诗学家，尤其是檀丁的论述为梵语诗学中的诗人论奠定了基调。

伐摩那在《诗庄严经》中提出"世界、学问和各种条件是诗的肢体"（1.3.1）。世界是指"世界运作方式"（1.3.2）。因为世界是诗人的描写对象，诗人必须熟悉世界的一切活动和行为方式。学问是指"语言学、词典、诗律学、技艺学、欲经和刑杖政事论"（1.3.3）。伐摩那认为"语言学有助于语言纯洁。词典有助于确定词义。诗律学有助于解除诗律方面的疑惑。技艺学有助于准确了解各种技艺（即歌唱、舞蹈和绘画等六十四种技艺）。欲经有助于了解情爱方式。刑杖政事论（即治国论）有助于了解行为的正当和不正当，也有助于故事情节的曲折"（1.3.4—10）。这些学问既涉及诗人使用的语言工具，也涉及诗人表现的作品内容。

其他各种条件是指"懂行、实践、侍奉前辈、分辨力、想象力和专注"（1.3.11）。伐摩那解释说："懂行是熟悉诗歌作品。实践是努力从事诗歌创作。侍奉前辈是虚心听取前辈传授诗艺。分辨力是词句的增删。想象力是诗的种子。专注是专心致志。"关于想象力，他强调指出："想象力是前生带来的天赋。缺少了它，不能写诗。即使写诗，也将成为笑柄。"关于专注，他解释说是"排除外界干扰，因为思想专注，能看清事物"。他还指出"有助于思想专注的地点和时间"。地点是"无人的僻静之处"。时间是"夜晚第四时（即天亮前的三小时）。在这段时间中，没有外界干扰，思想清净"（1.3.12—20）。

伐摩那还将诗人分成"食欲不振型和食草型"（1.2.1）。他解释说，这是"比喻的说法"，意思是"有分辨力和无分辨力"。他认为"前者由于有分辨力，可以调教。后者相反，不可调教"（1.2.2—3）。而分辨力也像想象力那样是天生的。"人的天性无法改变"（1.2.3 注疏），"正如迦多迦果能净化水，而不能净化污泥"

(1.2.5 注疏)。

伐摩那对诗人资质的论述虽然比婆摩诃和檀丁充分,但他的论述也都可以纳入才能、学问和实践这三项中。如"分辨力"和"专注"可以纳入诗人的才能中,"懂行"和"侍奉前辈"可以纳入诗人的学问中。

楼陀罗吒在《诗庄严论》中明确指出:"由于诗歌去芜存精,优美可爱,需要才能、学问和实践这三者。"(1.14)关于诗人的才能,他解释说:"常常在沉思入定中,语义一次又一次闪现,生动的词语显现。"(1.15)他还说:"有些人将它称作想象力,分成天生的和获得的两类,其中天生的更好。"(1.16)关于学问,他解释说:"依据诗律、语法、技艺、世界法则、词汇和词义的知识,区别合适和不合适。"(1.18)他认为"有什么比学问更广博?在这世上,没有什么所指和能指不能成为诗的肢体,因此,要求全知性"(1.19)。关于实践,他解释说:"有能力的人应该通晓一切知识,拜优秀的诗人为师,日日夜夜练习写诗。"(1.20)

在楼陀罗吒的论述中,把想象力分成"天生的和获得的两类"很重要。在梵语诗学中,所谓的"想象力"不是指一般的想象力,也包括由想象力派生的非凡描写能力。如果像伐摩那那样,将文学想象力完全说是天生的,会把诗人的才能神秘化。当然,楼陀罗吒也认为在天生的和获得的两类想象力中,天生的更好。确实,从文学创作的实际情况看,同样做出不懈努力,最终能不能成为文学家,或者文学成就的高低,还是会有区别的。这表明天赋因素还是存在的。但无论是天生的,还是获得的,想象力都是诗人必备的才能,梵语诗学家是一致公认的。

欢增在《韵光》中说:"大诗人的语言女神流淌出美味的意义和内容,闪耀着特殊的想象力,非凡而清晰。"(1.6)正是这个原因,"在这个世世代代产生各种各样诗人的世界中,只有以迦梨陀婆为首的两三个或五六个诗人称得上是大诗人"（1.6 注疏）。他显然认为这种才能比学问更重要，说道："诗人的才能掩盖缺乏学养造成的缺点，而缺乏才能造成的缺点则一目了然。"（3.6 注疏）所以，他强调指出："对于专注于味和富有想象力的诗人，其他的种种庄严（即修辞），即使看似繁难的庄严（即修辞），都会自发地竞相涌出。"（2.16 注疏）又说："只要依靠韵和以韵为辅的种种方式，只要诗人具有想象力，诗的内容就永远不会枯竭。"（4.6）

新护在《韵光注》中也极力推崇想象力，说道："我向吉祥的想象力致敬！它憩息于自我之中，由于他的展现力，万物在刹那间展现。"他也解释说："想象力是一种能创造前所未有的事物的智力。它的特征是能创造出充满情味而纯洁优美的诗。正如婆罗多牟尼所说：'能传达诗人心中的感情。'唯有具备这种闪耀光辉的特殊想象力，才能称为大诗人。"（1.1 注疏）

恭多迦认为文学的魅力在于体现诗人的曲折表达能力。因此，他重视诗人的创作想象力。他在《曲语生命论》中将诗歌风格分为柔美、绚丽和适中三种。他在论述柔美风格时指出："从纯洁的想象力中绽开新鲜的音义之美"（1.25）；"其中任何一点奇妙性都产生于想象力"（1.28）。他在论述绚丽风格时指出："想象力刚开始发挥，曲折性就仿佛在词音和词义中跳动闪耀"（1.34）；"凭借大诗人的想象力和高超的描写能力，无论什么都会按照意愿获得别样的呈现"（1.39）。此外，他在论述作品的创新时，指出"创新曲折性的奥秘，属于那种具有非凡的描写能力和想象力的诗人"（4.6）。

摩希摩跋吒虽然对欢增的韵论持有异议，但对想象力的看法与欢增一致。他在《韵辨》中对想象力的描述形象生动："思想沉浸在适合情味的优美的词音和词义的思索中，刹那间感触到本质特征，这种智慧就是诗人的想象力。它被称为大神（湿婆）的第三只

眼睛。依靠它，诗人能感悟过去、现在和未来的事物状态。"（2.117—118）

曼摩吒的《诗光》是一部综合前人成果的梵语诗学著作，其中对诗的原因（即诗人资质）的定义是："才能，通过观察世界、学习经典和诗歌等而获得的学养，在诗歌专家指导下进行的实践，这三者是诗产生的原因。"（1.3）曼摩吒解释说："'才能'指特殊的天赋，是诗艺的种子。没有它，不能写诗；即使写了，也贻笑大方。'世界'指由植物和动物构成的世界的活动方式。'经典'指有关诗律、语法、词汇、技艺、人生四大目的、象、马和剑等的著作。'诗歌'指大诗人的作品。'等'是指历史传说等，通过研究这些而获得学养。在擅长写诗和品诗的人指导下，不断练习写诗。这三者合在一起而不是各自独立成为诗产生即创作和展示的原因。"（1.3 注疏）曼摩吒简明扼要地概括了梵语诗学家们关于诗的原因达成的共识，即诗人的资质由才能、学养和实践三者结合而成。

晚于曼摩吒的胜天在《月光》中说道："想象力（即才能）、学养和实践相结合是诗产生的原因，正如泥土、水和种子相结合是蔓藤产生的原因。"（1.6）梵语诗学史上最后一位重要的理论家世主在《味海》中强调"才能是成为诗人的唯一原因"（9）。他认为才能表现在写作时词音和词义得心应手。但他又指出诗人的才能或者产生于"未见的"原因，如天神、伟人的恩惠，或者产生于学养和实践。这说明尽管他强调才能的作用，实际上也不否定学养和实践的重要性。

以上是各种梵语诗学著作中论述诗的原因即诗人资质的基本情况。而在梵语诗学中，还有一类被称作"诗人学"的著作，专门介绍诗人应该具备的各种修养和写作知识。其中，王顶的《诗探》是梵语"诗人学"的代表作。全书共分十八章，论题相当广泛，提供了许多不见于其他梵语诗学著作的资料。这里着重介绍《诗探》中有关诗人才能、诗人分类和诗人行为方式的论述。

《诗探》第四章论述诗人的才能。王顶认为人的智力分成三种：记忆——能回想过去的事情；思想——能思考现在的事情；智慧——能预见未来的事情。诗人必须具备这三种智力。它们既可以是天赋的，也可以通过学习经典获得。但无论具有先天智力，还是后天智力，都必须拜师学习。王顶提到夏摩提婆认为"沉思冥想（samādhi，'三昧'）在诗人的创作中起到最重要的作用"，因为"只有思想专注，才能看清事物"。而曼迦罗认为"只有不断进行创作实践，才能达到无与伦比的娴熟"。"沉思是内在努力，实践是外在努力，两者共同照亮诗人的才能。"而王顶认为"才能（śakti）是诗的唯一原因"。

通常，梵语诗学家所说的诗人的才能，主要是指想象力。而王顶认为才能不同于想象力和学问。才能是行动者，想象力和学问是行动。有才能，则有想象力和学问。他对想象力的解释是："想象力照亮诗人心中积聚的词音、词义、修辞技巧和表达方式等。缺乏想象力的人，对词音和词义视若无睹；而具有想象力的人，即使没有看到，也宛如亲眼目睹。"他以梅达维楼陀罗和鸠摩罗陀娑等诗人天生目盲为例，说明这一点。他也举了一些诗例，说明大诗人都具有栩栩如生的描写能力。

在《诗探》第十二章中也有对大诗人特征的类似描述："大诗人即使睡着，他的语言女神也展现词音和词义，而其他诗人即使醒着，也双目失明。大诗人对于前人已经看到的事物，天生盲目，而对于前人没有看到的事物，则目光如神。大诗人凭肉眼能看到连三眼神（湿婆）和千眼神（因陀罗）也看不到的事物。整个世界都呈现在大诗人的思想之镜中。词音和词义竞相来到大诗人面前，要求观看。它们能看到沉思入定的瑜伽行者看到的事物。"这里称颂的大诗人非凡的洞察力和文学创新能力显然与想象力密切相关。

《诗探》第四章中也将想象力分成三种：天生的、获得的和学会的。"天生的想象力来自前生的潜在印象，获得的想象力来自今生的实践，学会的想象力来自经典和教本等的指导。"由此，形成三种诗人：天生的诗人、实践的诗人和学会的诗人。他认为"天生的诗人展现前生的潜在印象，具有智慧。实践的诗人通过今生的实践展现语言才能，具有获得的智慧。学会的诗人通过教导和例举学会语言才能，缺少智慧"。由于前两者不依赖教本之类，一些诗学老师便说："原本甜蜜的葡萄不需要掺糖。"而王顶不认为这样，他认为"如果能达到同一个目的，采取两种方法，则能产生加倍的效果"。

王顶还提到夏摩提婆认为在这三种诗人中，前者依次比后者为好，理由是："天生的诗人运用自如，实践的诗人气度有限，学会的诗人则是语言美妙，而意义琐碎肤浅。"王顶则认为"出类拔萃者为好"。他解释说："出类拔萃需要汇聚多种素质。具有智慧，具有各种诗歌技巧的实践经验，通晓诗人奥秘，难得有人同时具备这三者。聪明睿智，具有各种诗歌技巧的实践经验，遵循圣典教导，这样的诗人有望成为诗王。"归根结底，王顶对诗人素质的理解也是才能（想象力）、学养和实践三者的结合。

《诗探》第五章论述诗人的分类和诗艺成熟的特征。这一章的开头继续讨论才能和学问。王顶认为学问是辨别合适和不合适，才能是运用想象力。他提到欢增认为想象力比学问更重要，而曼迦罗认为学问比想象力更重要，他本人则认为想象力和学问两者结合更重要。

王顶将诗人分为经论诗人、文学诗人和双重诗人三类。他提到夏摩提婆认为在这三类诗人中，后者依次比前者重要。而他本人认为这些诗人都在各自的领域呈现重要性。经论诗人在诗中撷取优美的味。文学诗人用美妙的语言软化经论中坚硬的思辨。双重诗人擅长这两者，更为优秀。由此，他认为经论诗人和文学诗人互相辅助，相得益彰。

王顶进而将经论诗人分为三类：一、撰写经论；二、在经论中运用诗艺；三、在诗中运用经义。他又将文学诗人分为八类：一、编排诗人，善于编排词句；二、词音诗人，善于使用合适的词汇；三、词义诗人，善于表达合适的意义；四、庄严诗人，善于运用修辞手法；五、妙语诗人，善于使用巧妙的言词；六、情味诗人，注重表达情味；七、风格诗人，注重文体风格；八、经义诗人，注重伦理教诲。王顶将文学诗人的这八种分类视为诗人的八种特色，认为具备其中两三种特色的诗人是低等诗人，具备其中五种特色的诗人是中等诗人，只有具备所有这八种特色的诗人才是大诗人。

王顶还依据诗人的创作状态将诗人分成十类：一、习作诗人，渴望成为诗人，拜师学习诗学和有关知识；二、内心诗人，只在心中写诗，不敢公开发表；三、托名诗人，害怕自己的诗作有瑕疵，借用别名发表；四、随从诗人，模仿以前诗人中的某种样式写诗；五、胶着诗人，写诗才能无可挑剔，但不能充分发挥；六、大诗人，善于创作各种作品；七、诗王，挥洒自如，用各种语言创作各种情味的作品；八、入魔诗人，在祷词、咒语等等影响下，进入写作状态，获得成功；九、无间诗人，一旦出现创作欲望，词语接连不断；十、移神诗人，具有咒力，将语言女神移入少男少女心中。

王顶指出，经过长期的实践，诗人的作品达到成熟。那么，成熟的特征是什么呢？曼迦罗认为是"善于使用名词和动词，悦耳动听"。伐摩那认为是"用词贴切，不可替换"。而阿槃底孙德利认为"在大诗人的作品中，对于同一事物有多种诵读（或表达）方法，因此，成熟是合适地运用情味，巧妙地使用词音和词义"。王顶本人认为"成熟通过词音体现，通过效果推知。它属于表达领域，也取决于知音的成功反应"。

《诗探》第十章论述诗人的行为。王顶认为"健康、才能、实践、虔诚、博学、广闻、记忆力强和勤奋",是"诗人的八位成功之母"。此外,诗人还应该永远保持语言、思想和身体纯洁。只有"保持纯洁,才能取悦语言女神"。王顶认为"诗作反映诗人的本性",因此,诗人平时应该"说话面带微笑,言语机智巧妙,洞幽察微,不无端指责他人作品,若有人请教,则如实表达意见"。

诗人身边的箱箧中,经常备有笔、墨水壶、棕榈叶、桦树皮和铁针。这些是印度古代通行的书写材料和工具。诗学老师们称这些为"诗学的侍从"。而王顶强调说:"才能是侍从。"他要求诗人们合理安排时间。白天和夜晚的时间各分成四段。早晨起身后,进行晨祷,礼赞语言女神,然后回屋潜心钻研诗学知识和其他辅助知识。只有这样持之以恒,方能提高创作才能。白天的第二段时间用于写作。午后第三段时间用于参加诗歌聚会。第四段时间独自一人,或有少数好友相伴,分析早上写出的作品。王顶认为诗人在创作时沉浸在味中,不可能分析判断,所以需要事后鉴别和修改。夜晚来临时,进行晚祷,敬拜语言女神,然后检查白天的写作,改正书写错误。也在这第一段时间中享受情爱。第二和第三段时间保证睡眠,因为充足的睡眠对身体有益。第四段时间准时醒来,在白天开始时,静静地思考各种事情。

王顶还指出女性也能像男性那样成为诗人,因为天赋潜藏在心中,不分男女。事实上,已有许多公主、大臣的女儿、妓女和已婚妇女通晓经典,富有智慧,成为诗人。王顶自己的妻子阿槃底孙德利也是诗人。

王顶还提醒诗人完成作品后,要多誊抄一些写本。因为作品文本容易流失湮灭。他指出"托管、出售、馈赠、迁徙、短命、破损、火和水,这些是作品湮灭的原因"。

二

梵语诗学中，关于作家的成因达成的基本共识是才能、学养和实践。才能主要指创作想象力，学养指掌握各种学问，实践指不断练习写作。

在中国古代诗学中，晋代陆机的《文赋》是一篇以形象化笔法撰写的文学创作论。其中具体生动地描述作家在文学构思中运用想象力："其始也，皆收视反听，耽思傍讯，精骛八极，心游万仞。其致也，情曈昽而弥鲜，物昭晰而互进，倾群言之沥液，漱六艺之芳润，浮天渊以安流，濯下泉而潜浸。于是沉辞怫悦，若游鱼衔钩而出重渊之深；浮藻联翩，若翰鸟缨缴而坠曾云之峻。收百世之阙文，采千载之遗韵，谢朝华于已披，启夕秀于未振，观古今于须臾，抚四海于一瞬。""笼天地于形内，挫万物于笔端。""课虚无以责有，叩寂寞而求音，函绵邈于尺素，吐滂沛乎寸心。"

在刘勰的《文心雕龙·神思》中，将这种创作想象力称为"神思"。刘勰对神思的描述是："古人云：'形在江海之上，心存魏阙之下。'神思之谓也。文之思也，其神远矣。故寂然凝虑，思接千载；悄焉动容，视通万里；吟咏之间，吐纳珠玉之声；眉睫之前，卷舒风云之色；其思理之致乎？故思理为妙，神与物游。神居胸臆，而志气统其关键；物沿耳目，而辞令管其枢机。枢机方通，则物无隐貌；关键将塞，则神有遁心。"

刘勰认为作家具有这种创作想象力，其前提是"陶钧文思，贵在虚静，疏瀹五藏，澡雪精神。积学以储宝，酌理以富才，研阅以穷照，驯致以怿辞，然后使元解之宰，寻声律而定墨；独照之匠，窥意象而运斤；此盖驭文之首术，谋篇之大端"。他还指出："难易虽殊，并资博练。若学浅而空迟，才疏而徒速，以斯成器，未之前闻。"

由此可见，刘勰通晓文学创作的奥秘，作家在创作中需要运用想象力，而具备这种想象力的前提是积学、富才和博练。因此，刘勰的作家论与梵语诗学达成的共识完全一致。

此后的历代诗论中，都会以各种不同的表述方式强调这种创作想象力。如梁代萧子显《南齐书·文学传论》中说："属文之道，事出神思，感召无象，变化不穷。俱五声之音响，而出言异句，等万物之情状，而下笔殊形。"唐代皎然《诗式序》中说："夫诗者，众妙之华实，六经之菁英，虽非圣功，妙均于圣。彼天地日月，元化之渊奥，鬼神之微冥，精思一搜，万象不能藏其巧。"明代安磐在《颐山诗话》中说："思入乎渺忽，神恍乎有无，情极乎真到，才尽乎形声，工夺乎造化者，诗之妙也。"清代王夫之在《古诗评选》中的评语有"空中置想，曲折如真"，或"想象空灵，固有实际"，或"物外传心，空中造色"；在《明诗评选》中的评语有"空微想象中，忽然妙合，必此乃办作诗"。

而清代章学诚在《文史通义》中提出"人心营构之象"说也是对创作想象力的精妙阐释："有天地自然之象，有人心营构之象。""心之营构，则情之变易为之也；情之变易，感于人世之接构而乘于阴阳倚伏为之也。是则人之营构之象，亦出天地自然之象也。"

在戏曲和小说创作中，情节和人物的虚构性更是重要特征，这也需要作家充分发挥想象力。李渔在《李笠翁曲话》中谈论自己的创作体会："予生忧患之中，处落魄之境，自幼至长，自长至老，总无一刻舒眉。惟于制曲填词之顷，非但郁藉以舒，愠为之解，且尝僭作两间最乐之人，觉富贵荣华，其受用不过如此，未有真境之为所欲为，能出幻境纵横之上者：我欲做官，则顷刻之间便臻荣贵；我欲致仕，则转盼之际又入山林；我欲作人间才子，即为李白、杜甫之后身；我欲娶绝代佳人，即作王嫱、西施之元配；我欲成仙作佛，则西天、蓬岛即在砚池笔架之前；我欲尽孝输忠，则君治亲年，可跻尧舜、彭篯之上。"

他还强调指出："言者，心之声也。欲代此一人立言，先宜代此一人立心。若非梦往神游，何谓设身处地？无论立心端正者，我当设身处地，代生端正之想；即遇立心邪辟者，我亦当舍经从权，暂为邪辟之思。务使心曲隐微，随口唾出，说一人肖一人，勿使雷同，弗使浮泛，若《水浒传》之叙事，吴道子之写生，斯称此道中之绝技。果能如此，即欲不传，其可得乎？"

正如在梵语诗学的后期，曼摩吒在《诗光》中将诗人的资质归结为才能、学养和实践，中国古代诗学也是在清代对作家的资质作出简要的概括。叶燮在《原诗》中概括为才、胆、识和力。而袁枚在《蒋心余藏园诗序》中概括为才、学和识："作诗如作史也，才、学、识三者宜兼，而才为尤先。造化无才，不能造万物；古圣无才，不能制器尚象；诗人无才，不能役典籍，运心灵；才之不可已也如是夫！"又在《随园诗话》（卷三）中说："作史三长：才、学、识，缺一不可。余谓诗亦如之，而识为最先。非识，则才与学俱误用矣。"这两处说法中，才和识孰为先有差异，但才、学和识缺一不可则是确定的。

作为史才需要才、学和识是唐代《史通》作者刘知幾提出的。清代史学家章学诚继承这个观点，在《文史通义》中指出："夫史有三长，才、学、识也。古文辞而不由史出，是饮食不本于稼穑也。夫识，生于心也；才，出于气也；学也者，凝心以养气，炼识而成其才者也。"

而钱大昕在《春星草堂诗集序》中提出："昔人言：史有三长。愚谓诗亦有四长：曰才，曰学，曰识，曰情。放笔千言，挥洒自如，诗之才也；含经咀史，无一字无来历，诗之学也；转益多师，涤淫哇而远鄙俗，诗之识也；境往神留，语近意深，诗之情也。"

早在刘勰《文心雕龙·事类》中，已经论及才和学的关系："文章由学，能在天资。才自内发，学以外成。有学饱而才馁，有才富而学贫。""才为盟主，学为辅佐；主佐合德，文采必霸。"刘勰所说的"才"，带有天赋的意味。

宋代谢尧仁在《张于湖先生集序》中说："文章有以天才胜，有以人力胜。出于人者可勉也，出于天者，不可强也。今观贾谊、司马迁、李太白、韩文公、苏东坡，此数人皆以天才胜，如神龙之夭矫，天马之奔轶，得蹑其踪而追其驾。""若乃柳子厚专下刻深工夫，黄山谷、陈后山专寓深远趣味，以至唐末诸诗人，雕肝琢肺，求工于一言一字间，在于人力，固可以无恨，而概之前数公纵横驰骋之才，则又有间矣。故曰人可勉也，天不可强也。"

中国古代诗学中，还以"才"的特征区分诗人。宋代钱易在《南部新书》中说："李白为天才绝，白居易为人才绝，李贺为鬼才绝。"明代屠隆在《论诗文》中说："人但知李青莲仙才，而不知王右丞、李长吉、白香山皆仙才也。青莲仙才而俊秀，右丞仙才而元冲，长吉仙才而奇丽，香山仙才而闲澹。独俊秀者人易识也。"清代徐增在《而庵诗话》中说："诗总不离乎才也。有天才，有地才，有人才。吾于天才得李太白，于地才得杜子美，于人才得王摩诘。太白以气韵胜，子美以格律胜，摩诘以理趣胜。太白千秋逸调，子美一代规模，摩诘精大雄氏之学，篇章字句，皆合圣教。"

而吴雷发在《说诗菅蒯》又将"才"分成小才、大才、雄才和仙才："小才易，大才难。雄才易，仙才难。雕冰镂石，小才也；拔山扛鼎，大才也。尺水可以兴澜，搏兔亦用全力，翻空则楼台层叠，征实则金贝辐辏，雄才也。是非不难，而以较仙才，瞠乎后矣。仙才者，纳须弥于芥子，藏日月于壶中；如游桃源，如登华山；如闻九霄鹤唳，如睹空山花开。此则诗人苦吟一生，竟有不得一句者。盖雄才以富丽胜，仙才以缥缈闲旷胜。富丽者，人之所能为也；若缥缈闲旷，则非人之所能为也。"

此外，徐增在《而庵诗话》中还提出"全才说"："诗本乎才，而尤贵乎全才。才全者能总一切法，能运千钧笔故也。夫才有情、有气、有思、有调、有力、有略、有量、有律、有致、有格。""具此十者，才可云全乎？然又必须时以振之，地以基之，友以泽之，学以足之。""复得此四者，而才始无弊，可称全才矣。"徐增的"全才说"实际是阐述"才"在创作中的种种具体表现。

关于"学"，刘勰在《文心雕龙·事类》中指出："夫经典沉深，载籍浩瀚，实群言之奥区，而才思之神皋也。扬班以下，莫不取资，任力耕耨，纵意渔猎，操刀能割，必列膏腴；是以将赡才力，务在博见，狐腋非一皮能温，鸡跖必数千而饱也矣。是以综学在博，取事贵约，校练务精，捃理须核，众美辐辏，表里发挥。"

宋代谢枋得在《与刘秀岩论诗》中说："凡人学诗，先将《毛诗》选精深者五十篇为祖；次选杜工部诗五言近体、七言古风、五言长篇、五言八句、四句、七言八句、四句，八门类编成一集，只须百首；次于《文选》中选李陵、苏武以下至建安、晋宋五言古诗乐府，各编类成一集；次选陶渊明、韦苏州、陈子昂、柳子厚四家诗，编类成一集；次选黄山谷、陈后山两家诗，各编类成一集，此二家乃本朝诗祖；次选韩文公、苏东坡二家诗，共编类成一集。如此拣选编类到二千篇，诗人大家数尽在其中。"这是为学诗者开列必读书目，自然也是一家之言。

明代徐祯卿在《谈艺录》中说："昔桓谭学赋于扬雄，雄令读千首赋。盖所以广其资，亦得以参其变也。诗赋粗精，譬之绨绤，而不深探研之力，宏识诵之功，何能益也？故古诗三百，可以博其源；遗篇十九，可以约其趣；乐府雄高，可以厉其气；《离骚》深永,可以裨其思。然后法经而植旨,绳古以崇辞,虽或未尽臻其奥,我亦罕见其失也。"这是指出学诗须得要领。

清代王士祯在《带经堂诗话》(卷三)中说:"镜中之象,水中之月,相中之色,羚羊挂角,无迹可求,此兴会也。本之风雅以导其源,溯之楚骚、汉魏乐府诗以达其流,博之九经、三史、诸子以穷其变,此根柢也。根柢原于学问,兴会发于性情。于斯二者兼之,又斡以风骨,润以丹青,谐以金石,故能衔华佩实,大放厥词,自名一家。"这是指出学问是诗人的根柢。

李渔在《李笠翁曲话》中更是结合自己的创作经验指出:"若论填词家宜用之书,则无论经传子史,以及诗赋古文,无一不当熟读,即道家、佛氏、九流、百工之书,下至孩童所习《千字文》、《百家姓》,无一不在所用之中。至于形之笔端,落于纸下,则宜洗濯殆尽。亦偶有用着成语之处,点出旧事之时,妙在信手拈来,无心巧合,竟似古人寻我,并非我觅古人。此等造诣,非可言传,只宜多购元曲,寝食其中,自能为其所化。"

杜甫的名言"读书破万卷,下笔如有神",也是古代诗学中论诗的常见话题。明代都穆在《南濠诗话》中说:"老杜诗云:'读书破万卷,下笔如有神。'萧千岩云:'诗不读书不可为,然以书为诗则不可。'范景文云:'读书而至万卷,则抑扬高下,何施不可?非谓以万卷之书为诗也。'景文之语,犹千岩之意也。尝记昔人云:'万卷书人谁不读?下笔未必能有神。'严沧浪云:'诗有别材,非关书也。'斯言为得之矣。"

杨慎在《读书万卷》中说:"杜子美云:'读书破万卷,下笔如有神。'此子美自言其所得也。读书虽不为作诗设,然胸中有万卷书,则笔下自无一点尘矣。近日士夫争学杜诗,不知读书果曾破万卷乎?如其未也,不过拾《离骚》之香草,丐杜陵之残膏而已。"

清代厉鹗在《绿杉野屋集序》中说:"少陵之自述曰:'读书破万卷,下笔如有神。'诗至少陵,止矣。而其得力处,乃在读万卷书,且读而能破致之,盖即陆天随所云:凌轹波涛,穿穴险固,囚锁怪异,破碎阵敌,卒造平淡而后已者。前后作者,若出一揆。故有读书而不能诗,未有能诗而不读书。"这是巧用心思,着眼诗中这个"破"字,提出颇有创意的见解。

关于"识",严羽在《沧浪诗话》中说:"夫学诗者以识为主:入门须正,立志须高;以汉、魏晋、盛唐为师,不作开元、天宝以下人物。若自退屈,即有下劣诗魔入其肺腑之间,由立志之不高也。行有未至,可加工力;路头一差,愈骛愈远,由入门之不正也。故曰,学其上,仅得其中;学其中,斯为下矣。"

明代许学夷在《诗源辨体》(卷二十四)中说:"学诗者识贵高,见贵广。不上探《三百篇》、楚骚、汉魏,则识不高;不遍观元和、晚唐、宋人,则见不广。识不高,不能究诗体之渊源;见不广,不能穷诗体之汗漫。上不能追蹑风骚,下不能兼收容众也。"

清代吴乔在《围炉诗话》(卷四)中说:"学业之能自立,先须有志,则能入正门;后须有识,则不惑于第二流之说。人自有心思工力,为大为小,各有成就。无志无识,永为人奴。"又说:"学业须从苦心厚力而得,恃天资而乏学力,自必无成,纵有学力而识不高远,亦不能见古人用心处也。"

朱庭珍在《筱园诗话》(卷一)中说:"作史者以才学识为三长,缺一不可。诗家亦然。三者并重,而识为尤先,非识则才与学恐或误用,适以成其背驰也。然炼识之道,不外乎得真传而已。传授既真,则千古名大家不言之秘,若合符契,而消息一贯,精神相通,视万法皆由心出,得力于诗之外,精进于诗之中,自不难超凡入圣矣。"

沈德潜在《说诗晬语》中说:"有第一等襟抱,第一等学识,斯有第一等真诗。如太空之中，不着一点；如星宿之海，万源涌出；如土膏既厚，春雷一动，万物发生。古来可语此者，屈大夫以下，数人而已。"

关于作家的资质，梵语诗学归结为才能、学养和实践，而中国古代诗学主要归结为才、学和识。这一方面受史学中的史才"三长说"影响，另一方面也受严羽《沧浪诗话》的影响，而强调"学诗者以识为主"，也就是要求学诗必须"取法乎上"。

此外，中国古代诗学中，还论及作家和世界的关系。刘勰在《文心雕龙·物色》中说："若乃山林皋壤，实文思之奥府，略语则阙，详说则繁。然屈平所以能洞监风骚之情者，抑亦江山之助乎！"此后，"江山之助"成为诗论中的常用语。

明代王鏊在《文章》中说："吾读柳子厚集，尤爱山水诸记，而在永州为多。子厚之文，至永益工，其得山水之助耶？"唐顺之在《永州祭柳子厚文》中说："永之山水，天作地藏，经几何年，埋没于灌莽蛇豕之区。至公始大发其瑰伟，而搜剔其荒翳。公之文章，开阳合阴，固自所得。至于纵其幽邃诡谲之观，而遂其要眇沉郁之思，则江山不为无助。"

清代王士禛在《带经堂诗话》（卷五）中说："甲申秋，余将归田，翰林汪安公俠出《粤行诗》一卷，请余论次。安公之诗，天机清妙，酝藉高华，此集尤得江山之助，当与石湖粤、蜀之诗抗行。"孔尚任在《绿天草堂诗序》中说："予初至金陵，约得诗百首，见者稍稍许可，谓得山水之助。及读姜子诗，乃不敢复作。盖才有短长，而得山水之助者又有浅深，未可强也。"

作家与世界的关系包括自然和社会两方面。而即使是描写山水的诗文，其中抒发或蕴含的感情也会体现作者对社会和人生的内心感受，而面对社会现实的诗文更是如此。

宋代苏辙在《上枢密韩太尉书》中说："辙生十有九年矣。其居家所与游者，不过其邻里乡党之人，所见不过百里之间，无高山大野，可登览以自广；百氏之书，虽无所不读，然皆古人之陈迹，不足以激发其志气。恐遂汩没，故决然舍去，求天下奇闻壮观，以知天地之广大。过秦汉之故都，恣观终南、嵩、华之高，北顾黄河之奔流，慨然想见古之豪杰。至京师，仰观天子宫阙之壮，与仓廪、府库、城池、苑囿之富且大也，而后知天下之巨丽。见翰林欧阳公，听其议论之宏辩，观其容貌之秀伟，与其门人贤士大夫游，而后知天下之文章聚乎此也。"

王正德在《余师录》中说："司马迁年二十，南游江淮，上会稽，探禹穴，窥九疑，浮沅湘，北涉汶泗，讲业齐鲁之郊，过楚梁，西使巴蜀，天下靡所不至。晚年方敢论次前世，著书成文，天文地理，古今治忽，无所不总。故学者居一室之内，守简策，胶旧闻，任独以决天下事，鲜有不谬者。"

清代王夫之在《薑斋诗话》（卷二）中说："身之所历，目之所见，是铁门限。即极写大景，如'阴晴众壑殊'、'乾坤日夜浮'，亦必不逾此限。非按舆地图便可云'平野入青徐'也，抑登楼所得见者耳。隔垣听演杂剧，可闻其歌，不见其舞；更远则但闻鼓声，而可云所演何出乎？"

魏禧在《宗子发文集序》中说："人生平耳目所见闻，身所经历，莫不有其所以然之理，虽市侩优倡大猾逆贼之情状，灶婢丐夫米盐凌杂鄙亵之故，必皆深思而谨识之，酝酿蓄积，沉浸而不轻发。及其有故临文，则大小浅深，各以类触，沛乎若决陂池之不可御。"

吴雷发在《说诗菅蒯》中说："胸明眼高，每觉前无古人，后无来者，则笔端自然磊落而雄放；虚心下气，每觉街谈巷议，助我见闻，牧竖耕夫，益我神智，则笔端自然深细而温和。"

潘耒在《五岳游草序》中说："司马相如、子长、李太白、杜子美、韩退之、陆务观之流，则真足迹遍天下，而其文辞亦遂雄奇跌宕，超越千古。"

清代叶燮的《原诗》是一部自成体系的诗学著作，分为内篇和外篇。内篇上是诗歌发展论，内篇下是诗歌创作论，外篇是诗歌批评论。以上关于中国古代诗学作家论的论述大多散见于各种诗话、序文以及文集中的论文，而《原诗》中的创作论系统阐述作家与世界的关系。

叶燮将作品所反映的世界归纳为客观存在的理、事和情："自开辟以来，天地之大，古今之变，万汇之赜，日星河岳，赋物象形，兵刑礼乐，饮食男女，于以发为文章，形为诗赋，其道万千。余得以三语蔽之：曰理，曰事，曰情，不出乎此而已。然则，诗文一道，岂有定法哉！先揆乎其理，揆之于理而不谬，则理得。次征诸事，征之于事而不悖，则事得。终絜诸情，絜之于情而可通，则情得。三者得而不可易，则自然之法立。故法者，当乎理，确乎事，酌乎情，为三者之平准，而无所自为法也。"

而将反映世界的作家所需资质归纳为才、胆、识和力："曰才，曰胆，曰识，曰力，此四言者所以穷尽此心之神明。凡形形色色，音声状貌，无不待于此而为之发宣昭著。此举在我者而为言，而无一不如此心以出之者也。以在我之四，衡在物之三，合而为作者之文章。大之经纬天地，细而一动一植，咏叹讴吟，俱不能离是而为言者矣。"

这里说明文章乃是作为主体的作家和作为客体的世界两者合二为一。而作家必须具备四种资质即才、胆、识和力，叶燮指出"大凡人无才，则心思不出；无胆，则笔墨畏缩；无识，则不能取舍；无力，则不能自成一家"。他也阐明这四种资质的互相关系："识以居乎才之先，识为体而才为用，若不足于才，当先研精推求乎其识。人惟中藏无识，则理事情错陈于前，而浑然茫然，是非可否，妍媸黑白，悉眩惑而不能辨，安望其敷而出之为才乎！"同时，"识明则胆张，任其发宣而无所于怯，横说竖说，左宜而右有，直造化在手，无有一之不肖乎物也"。进而，他指出"如左丘明、司马迁、贾谊、李白、杜甫、韩愈、苏轼之徒，天地万物皆递开辟于其笔端，无有不可举，无有不能胜"，"如是之才，必有其力以载之。惟力大而才能坚，故至坚而不可摧也，历千百代而不朽者以此"。

在这四种资质中，他最强调的是识："大约才、识、胆、力，四者交相为济。苟一有所欠，则不可登作者之坛。四者无缓急，而要在先之以识；使无识，则三者俱无所托。无识而有胆，则为妄、为卤莽、为无知，其言背理、叛道，蔑如也。无识而有才，虽议论纵横，思致挥霍，而是非淆乱，黑白颠倒，才反为累矣。无识而有力，则坚僻、妄诞之辞，足以误人而惑世，为害甚烈。若在骚坛，均为风雅之罪人。惟有识，则能知所从、知所奋、知所决，而后才与胆力，皆确然有以自信，举世非之，举世誉之，而不为其所摇。安有随人之是非以为是非者哉！其胸中之愉快自足，宁独在诗文一道已也！"

叶燮还联系诗歌创作实际说明他的创作论。他以杜甫的诗句"碧瓦初寒外"、"月傍九霄多"、"晨钟云外湿"和"高城秋自落"为例，细致解读，而后指出"以上偶举杜集四语，若以俗儒之眼观之：以言乎理，理于何通？以言乎事，事于何有？所谓言语道断，思维路绝，然其中之理，至虚而实，至渺而近，灼然心目之间，殆如鸢飞鱼跃之昭著也。理既昭矣，尚得无其事乎？"

叶燮最后指出："惟不可名言之理，不可施见之事，不可径达之情，则幽渺以为理，想象以为事，惝恍以为情，方为理至事至情至之语。"这也就是说，作家充分发挥艺术想象力，理、事和情都蕴含在作品塑造的特殊意象中。因此，叶燮的文学创作论实际也与中印古代诗学中的味论和韵论接轨而贯通一致。

第十一章

读 者 论

一

诗的功用，诗的原因（即诗人资质），尤其是诗的特征，作为共同的话题，在梵语诗学著作中论述较多。读者问题没有成为梵语诗学著作中例行话题，但梵语诗学家必然会在论述中涉及这个问题。因为读者是文学本体中的一个不可或缺的组成部分。事实上，梵语诗学家也充分认识到读者的重要性。欢增的《韵光》第二章中有一首引诗这样说：

夜晚靠皎洁的月光而增色，池塘靠莲花，
蔓藤靠花簇，秋天靠天鹅，诗歌靠知音。

新护在《韵光注》开头的颂诗中，将"诗人和知音"合称为"语言女神的真谛"：

语言女神的真谛即诗人和知音
胜利！凭空能展现崭新的世界，
甚至能使坚硬的石头流出液汁，
在描写的领域中闪耀美的光辉。

印度现存最早的戏剧学著作《舞论》的核心理论是味论。而味论本身就是一种重视读者（观众）接受的理论。婆罗多认为在戏剧艺术中，情由、情态和不定情的结合产生味。因此，"正如思想正常的人享用配有各种调料的食物，品尝到味，感到高兴满意，同样，思想正常的观众看到具有语言、形体和真情的各种情的表演，品尝到常情，感到高兴满意"（6.31以下）。《舞论》对戏剧艺术方方面面的论述都是围绕味论展开的。同时，婆罗多还在《舞论》第二十七章中专门论述戏剧演出成功的特征。他将戏剧演出成功分为"人的成功"和"神的成功"，判断的标准主要依据观众的反应。其中"人的成功"有十种，"神的成功"有两种。在前面第四章《戏剧学》中，已经具体说明标志这些成功的观众反应，可参阅。

婆罗多也提出理想的观众的特征："品行端正，出身纯正，沉静，博学，注重名誉，热爱正法，公正不倚，年龄成熟，头脑聪明，身心纯洁，平等待人，精通戏剧艺术、四种乐器和妆饰，精通方言俗语、各种技艺、四种表演方式以及细腻微妙的味和情，精通词汇、诗律和各种经典。"（27.50—53）婆罗多认为应该请这样的观众观赏戏剧，因为"戏剧观众应该感官不混乱，心地纯洁，善于判断，明辨是非，充满爱心"，"别人满意他高兴，别人悲伤他忧愁，别人不幸他沮丧"（27.54—55）。

婆罗多还提到，如果对戏剧演出产生分歧意见，可以邀请各种专家共同评判。这个专家评判组的成员是：祭司、舞蹈家、诗律家、语法家、国王、弓箭手、画家、妓女、乐师和王侍。"祭司评判祭祀，舞蹈家评判表演，诗律家评判复杂的诗律，语法家评判长篇的吟诵，国王评判国王的尊贵性、后宫和行为，弓箭手评判姿势，画家评判敬礼动作、服装和装饰以及作为戏剧根基的妆饰，妓女评判爱情动作，乐师评判音调和节拍，王侍评判礼节。"（27.65—68）演员们也可以通过这种评判获得奖金和奖旗。婆罗多要求"秉公评判，不带偏见"（27.72）。评判员们观看演出时，坐的位子应该既不近也不远，距离舞台十二腕尺，由秘书们协助记录演员表演的优缺点，哪位演员缺点少而优点多，就禀报国王，授予这位演员奖旗。如果两位演员同样优秀，就由国王决定谁更优秀，获得奖旗，或者，让这两位演员同时获奖。

专家评判组实际上是观众的代表，评判也就是进行戏剧艺术批评。《舞论》重视观众反应，提倡戏剧艺术批评，显然是梵语戏剧艺术实践的经验总结。戏剧和观众相当于作品和读者，戏剧家重视观众反应和作家重视读者反应，道理是一样的。

在梵语诗学中，通常将读者称作知音或知味者。知音的梵语原词是 sahṛdaya，直译为"有心"，可以理解为与作者心心相印，因而可以译为"知心"或"知音"。新护在《韵光注》中对"知音"的解释是："由于对诗的长期研读和实践，思想之镜明净，善于融入诗中的描写，进行心灵交流。"（1.1 注疏）知味者的梵语原词是 rasika、sarasa 或 rasavat，直译为"有味者"，意思是善于品尝作品中蕴含的情味，因而可以译为"知味者"。楼陀罗吒在《诗庄严论》中说："聪明的诗人正确地区别和巧妙地刻画这些味，令知味者们喜爱。"（15.21）

欢增在《韵光》中确认"韵是诗的灵魂"。他在论述中指出有些诗学家只分析诗的表面义，"而在大诗人的语言中，确实存在另一种东西，即领会义"（1.4）。欢增认为正是这种领会义（即暗示义）的魅力高于字面义的美，"成为知音眼中的甘露"（1.4 注疏）。所以，欢增强调说："仅仅掌握语法和词汇的人不能理解暗示义，唯有通晓诗义真谛的人才能理解暗示义。"（1.7）确实，"韵论"也是一种重视读者接受的文学理论。欢增正是为了"让知音们内心喜悦"，希望这种喜悦"在知音们的心中扎根"（1.1 注疏），才撰写这部著作，阐明韵的特征。这也就不奇怪，在《韵光》（Dhvanyāloka）现存的抄本中，有许多抄本将书名题为《知音光》（Sahṛdayāloka）。

恭多迦在《曲语生命论》中确认"曲语"（即曲折的表达方式）是诗的生命。他给诗下的定义就兼及诗人和读者："诗是在词句组合中安排音和义的结合，体现诗人的曲折表达能力，令知音喜悦。"（1.7）他在第二章论述词缀的曲折性时，引用了一首同时向诗人和读者表达敬意的诗歌：

> 能用语言揭示事物中隐藏的美妙本质，
> 或能用语言创造迷人的事物，我尊敬
> 这两类优秀诗人，然而我更尊敬理解
> 他们创作的辛劳和卸下他们负担的人。

新护对《舞论》中的味论作出创造性的发展。他在《舞论注》中对戏剧艺术的感情效应和观众的观赏心理进行了深刻的探索，揭示了艺术审美的奥秘。为了让观众有效地品尝到味，新护要求戏剧创作努力避免和克服七种味的阻碍：一、缺乏可信性；二、陷入自己或他人的特殊时空中；三、陷入自己的快乐或痛苦中；四、缺乏感知手段；五、缺乏直观性；六、缺乏主导成分；七、产生怀疑。他对这七种味的障碍的解释都是立足观众接受的角度。如第一种是强调戏剧应该描写世间通常的事件，便于观众产生心理感应。如果描写非凡的事件，则应该选择罗摩一类的人物，因为这类人物久负盛名，深入人心，观众容易相信他们的事迹。第二种和第三种是强调充分施展各种"戏剧法"，让观众忘却自己，而沉浸在艺术境界中。第四种和第五种是强调艺术感知的直观性和形象性。第六种是强调戏剧的整体或局部，都应该让常情占据主要地位。第七种是强调情由、情态和不定情完美结合，保证观众品尝情味的准确性。

新护在论述中,也打通戏剧和诗的审美原理:"在一切作品中,形象的呈现依赖对语言、服装和动作的合理构想。短诗的生命也依赖这种构想。有修养的读者能想象前后发生的事,断定某人在某种场合会说某种话,使诗中的形象更丰满。对于这样的读者,由于诗的修养和先前的功德发挥作用,即使诗中情由、情态和不定情刻画有限,诗的内容也会充分展现,犹如亲眼目睹。也就是说,即使诗缺乏戏剧特点,同样是喜悦的源泉。"

毗首那特的《文镜》是一部以味论为核心的综合性诗学著作。他对味的界定是:"由情由、情态和不定情展示的爱等等常情,在知音们那里达到味性。"(3.1)他依据印度传统哲学中关于人性具有善性、忧性和暗性的说法,认为读者在品尝味时,善性压倒忧性和暗性,充满光明和欢喜,类似对梵的品尝,"以超俗的惊喜为生命"(3.3)。他解释"惊喜是意识的扩张",而"知音"是"前生积德之人","像瑜伽行者那样理解味的扩张"。

王顶在《诗探》第四章中论述诗人的才能时,也涉及批评家。他将想象力分为创作想象力和批评想象力。批评想象力适合批评家。他认为"批评家鉴赏诗人的甘苦和意趣。依靠批评家,诗人之树结出果实,否则,不结果实"。他提到有些诗学老师认为诗人和批评家没有什么不同。而他依据迦梨陀娑的看法,认为诗人和批评家各自的性质和对象不同。他引诗佐证:

> 有人擅长编排语言,有人擅长听取,
> 同时具备两种才能,则令我们惊异;
> 许多优秀品质很难集中在一人身上,
> 正如有的石头炼出金,有的检验金。

曼迦罗依据伐摩那对诗人的分类,也将批评家分为食欲不振型和食草型，而王顶又增加两类：妒忌型和追求真理型。按照王顶的看法，食欲不振型分为两种：一种是天生的，另一种"遇到优秀的诗作，也能激发起兴趣"。食草型是普通的批评家。"他们对任何作品都怀有强烈的好奇，但缺少鉴别力，不辨良莠。他们抓取很多，也失去很多。"妒忌型批评家"掩人之德，对诗人的才能视若无睹"。追求真理型批评家则"在一千人中才有一个"。他引诗说明这类批评家：

> 辨别词语组合方式，欣赏佳句妙语，
> 品尝甘露般的情味，揭示内在含义，
> 这是真正的批评家，深知创作艰辛，
> 缺乏这样的批评家，诗人内心痛苦。

王顶认为批评家应该成为诗人的"主人、朋友、参谋、学生和老师"。他指出：

> 诗作没有通过批评家传遍四面八方，
> 只是保留在诗人心中，这有什么用？

他还指出批评家喜好不同，批评方式也多种多样：

> 有的批评家欣赏语言，有的批评家欣赏诗心，
> 有的批评家欣赏诗歌中的真情、姿态和情态。

> 有的批评家注重优点，有的注重缺点，
> 有的批评家既撷取优点，也摒弃缺点。

王顶在《诗探》第十章中论述诗人的行为时，鼓励诗人"应该让别人鉴别作品，常言道：'当局者迷，旁观者清'"。但他也提醒诗人要正确对待读者（批评家）的批评：

不要一遇到有人指责，就灰心丧气，
应该了解自己，因为世人口无遮拦。

他特别指出：

对于佳句妙语的赞誉超越时间和国界，
即使是大诗人，在世时也会受到贬损。

这种情况在古典梵语文学作品本身中也有反映。薄婆菩提在他的剧本《茉莉和青春》的序幕中表白道：

确实有些人在贬低我们，
深知我的创作不为他们；
当今和未来有我的知音，
因为时间无限，大地无垠。

伐致呵利的《三百咏》中也有类似的诗句：

能识者满怀妒意，
有权者娇气凌人，
其他人不能赏识，

好诗句老死内心。①

王顶还指出在作品流传中有这样的现象：

> 出于好奇，尝到哪怕一点儿语言美味，
> 这样的作品也会在妇孺和底层中流传。
>
> 即兴诗人、游方僧和国王的作品，
> 有时会在一夜之间传遍四面八方。

还有，

> 儿子、学生和侍从，不分青红皂白，
> 赞扬和传诵父亲、老师和国王的作品。

在《诗探》第十章中，王顶还认为国王应该赞助诗人，组织诗人会，建造诗人会堂。在诗人聚会时，国王坐在会堂中央高台上，梵语诗人、多种语言诗人、吠陀学者、哲学家、神话学家、法学家、医学家和占星家等坐在国王的北侧，俗语诗人、演员、舞蹈家、歌唱家、演奏家、滑稽演员、说唱家和击拍舞蹈家等坐在国王的东侧，阿波布朗舍语诗人、画家、珠宝商、金匠和铁匠等坐在国王的西侧，毕舍遮语诗人、妓女、走索演员、杂耍演员、魔术师、角斗士和士兵等坐在国王的南侧。国王主持诗会，鉴赏诗作，赐予优秀诗人荣誉和奖赏。这种诗歌鉴赏会，类似《舞论》中提到的戏剧评判会。这可能是印度古典梵语文学时期流行的一种文艺活动。

---

① 这首诗采用金克木先生译文。

王顶提到著名的诗人迦梨陀娑、孟吒、阿摩卢、鲁波、圣勇、婆罗维、诃利旃陀罗和月护都曾在优禅尼城的诗会上接受过评议。

二

读者论也可以称为批评论或鉴赏论，因为诗学家本身就是批评家和鉴赏家，可以视其为广大读者的代言人。梵语诗学中将"善于融入诗中的描写，进行心灵交流"的读者称为 sahṛdaya，词义相当于汉语的"知心"，而作为文学术语，译为"知音"，应该说是贴切的。

刘勰的《文心雕龙》就有一篇题为《知音》的专论。中国古代诗学中的"知音"说源自《吕氏春秋》记载伯牙善鼓琴，而钟子期善听琴，能听出伯牙琴声中志在高山流水。钟子期死后，伯牙破琴绝弦，终身不复鼓琴。据此，曹丕曾在《与吴质书》中说："昔伯牙绝弦于钟期，仲尼覆醢于子路，痛知音之难遇，伤门人之莫逮。"

刘勰在《知音》篇一开头就感叹说："知音其难哉！音实难知，知实难逢；逢其知音，千载其一乎！"这相当于梵语诗学家王顶在《诗探》中说："追求真理型的批评家""在一千人中才有一个"。刘勰对知音难遇的原因作出具体而深入的分析。

其一是"贱同而思古"，即"贵古贱今"。他举例说："昔《储说》始出，《子虚》初成，秦皇、汉武，恨不同时；既同时矣，则韩囚而马轻，岂不明鉴同时之贱哉？"这里所说《储说》的作者是韩非子；《子虚》的作者是司马相如。

其二是"崇己抑人"。他举例说："班固、傅毅，文在伯仲，而固嗤毅云'下笔不能自休'。及陈思论才，亦深排孔璋；敬礼请润色，叹以为美谈；季绪好诋诃，方之于田巴，意亦见矣。故魏文称'文人相轻',非虚谈也。"这里所说的陈思即曹植,孔璋即陈琳,敬礼即丁廙,季绪即刘修,魏文即曹丕。

其三是"信伪迷真"。他举例说:"君卿唇舌,而谬欲论文,乃称史迁著书,咨东方朔,于是桓谭之徒,相顾嗤笑。彼实博徒,轻言负诮;况乎文士,可妄谈哉?"这里所说的君卿即楼护,是西汉末年的辩士。

其四是"文情难鉴"。他比喻说:"鲁臣以麟为麏,楚人以雉为凤,魏氏以夜光为怪石,宋客以燕砾为宝珠。形器易征,谬乃若是,文情难鉴,谁曰易分?"

其五是"知多偏好"。他指出:"篇章杂沓,质文交加,知多偏好,人莫圆该。慷慨者逆声而击节,酝藉者见密而高蹈,浮慧者观绮而跃心,爱奇者闻诡而惊听。会己则嗟讽,异我则沮弃;各执一隅之解,欲拟万端之变,所谓'东向而望,不见西墙'也。"

刘勰说明知音难遇的原因后,指出成为知音的条件和途径。他认为"凡操千曲而后晓声,观千剑而后识器;故圆照之象,务先博观"。同时,"无私于轻重,不偏于憎爱;然后能平理若衡,照辞如镜矣"。这是成为知音的大前提,而后在具体阅读和品评诗文时,应该"先标六观:一观体位,二观置辞,三观通变,四观奇正,五观事义,六观宫商。斯术既形,则优劣见矣"。也就是要全面理解诗文的体制安排、遣词造句、继承创新、手法奇正、用事含义和音韵声律,方能对作品的优劣作出准确的判断。

刘勰进而论述深度阅读和鉴赏诗文的方法:"夫缀文者情动而辞发,观文者披文以入情,沿波讨源,虽幽必显。世远莫见其面,觇文辄见其心。岂成篇之足深?患识照之自浅耳。夫志在山水,琴表其情,况形之笔端,理将焉匿?故心之照理,譬目之照形;目瞭则形无不分,心敏则理无不达。"故而,"惟深识鉴奥,必欢然内怿"。"盖闻兰为国香,服媚弥芬;书亦国华,玩泽方美。知音君子，其垂意焉。"

由此可见，刘勰的读者论完善周详，综观世界诗学史，在五六世纪就达到这样的理论水平，确实难能可贵。而中国古代诗学中的读者论还可以追溯到先秦两汉时代，其中最为重要的论点是孟子的"以意逆志"说，即"说诗者不以文害辞，不以辞害志。以意逆志，是为得之"（《孟子·万章上》）；"知人论世"说，即"颂其诗，读其书，不知其人，可乎？是以论其世也"（《孟子·万章下》）。《易传》中的"见仁见智"说，即"仁者见之谓之仁，知者见之谓之知"（《易传·系辞上》）。董仲舒的"诗无达诂"说，即"所闻《诗》无达诂，《易》无达占，《春秋》无达辞，从变从义而一以奉仁人"（《春秋繁露·精华》）。这些论点连同刘勰的《知音》篇，对后世产生深远的影响。

关于"以意逆志"，后人有两种理解。宋代朱熹主张"以己意迎取作者之意"（《四书章句集注》），而清代吴淇主张"以古人之意求古人之志"（《六朝选诗定论缘起》）。其实，按照读者阅读的实际，这两种看法都能成立。同时，"以意逆志"与"知人论世"两者也存在密切关联。

宋代苏轼在《既醉备五福论》中说："夫诗者，不可以言语求而得，必将深观其意焉。故其讥刺是人也，不言其所为之恶，而言其爵位之尊，车服之美，而民疾之，以见其不堪也"；"其颂美是人也，不言其所为之善，而言其冠佩之华，容貌之盛，而民安之，以见其无愧也"。

清代庞垲在《诗义固说》中说："古人之论诗者多矣，大要称说于篇中之词，而未深求于言中之志，所谓从流下而忘反者也。试观《三百篇》以暨汉魏，其所为诗，内达其性情之所欲言，而外循乎浅深条理之节，字字有法，言言皆道，所以讽咏而不厌也。"

为达到"以意逆志"，就需要细读文本，涵泳默会，如刘开在

《读诗说》中所说:"然则读诗之法奈何?曰:'从容讽诵以习其辞,优游浸润以绎其旨,涵泳默会以得其归,往复低徊以尽其致,抑扬曲折以循其节,温厚深婉以合诗人之性情,和平庄敬味先王之德意。不惟熟之于古,而必通之于今,不惟得之于心,而必验之于身,是乃所为善读诗也。'"

沈德潜在《说诗晬语》中说:"诗以声为用者也,其微妙在抑扬抗坠之间。读者静气按节,密咏恬吟,觉前人声中难写、响外别传之妙,一齐俱出。朱子云:'讽咏以昌之,涵濡以体之。'真得读诗趣味。"

黄子云在《野鸿诗的》中说:"当于吟咏时,先揣知作者当日所处境遇,然后以我之心,求无象于窅冥惚怳之间,或得或丧,若存若亡,始也茫焉无所遇,终焉元珠垂曜,灼然毕现我目中矣。"

然而,这是问题的一个方面,对于是否能完全理解作者之志,袁枚心存疑惑。他在《程绵庄诗说序》中说:"作诗者以诗传,说诗者以说传。传者,传其说之是,而不必其尽合于作者也。如谓说诗之心即作者之心,则建安、大历有年谱可稽,有姓氏可考,后之人犹不能以字句之迹追作者之心,矧《三百篇》哉!不仅是也,人有兴会标举,景物呈触,偶然成诗,及时移地改,虽复冥心追溯,求其前所以为诗之故而不得,况以数千年之后依傍传疏左支右吾,而遽谓吾说已定,后之人不可复有所发明,是大惑也。相传小序为子夏所作,古无明文。即果为子夏所作,亦未必尽合诗人之旨。其他毛、郑皆可类推。朱子有见于此,别为集解,推其意亦不过据己所见,羽翼诗教,启发后人,而并非禁天下好学深思之士以意逆志也。"袁枚在这里并非否定以意逆志,而是根据历代《诗经》注疏中存在种种歧解的实际情况,认为应该给予说诗者一定的阐释自由度。

袁枚在这里提出的问题也与"诗无达诂"和"见仁见智"相

关联。正如刘勰感叹"知音其难哉！"除了各种人为的原因外，刘勰也指出客观的原因是"文情难鉴"，因此，只能一方面要求读者认真阅读作品，仔细体味作品中作者表达的思想和感情内涵，成为作者的知音；另一方面也允许读者依照自己的生活经验和鉴赏能力获得或深或浅而符合自己个性的审美体验。

钱锺书在《谈艺录》（九〇）中，结合西方诗学，对中国诗学中的"诗无达诂"和"见仁见智"作了深入的阐发。他首先指出："《春秋繁露·精英》曰：'诗无达诂'，《说苑·奉使》引《传》曰：'诗无通故'；实兼涵两意，畅通一也，变通二也。诗之'义'不显露，故非到眼即晓、出指能拈；顾诗之义也不游移，故非随人异解、逐事更端。诗'故'非一见便能豁露畅'通'，必索乎隐；复非各说均可迁就变'通'，必主于一。既通正解，余解杜绝。"然后，他指出："周止菴济《介存斋论词杂著》第七则曰：'初学词求有寄托，有寄托则表里相宜，斐然成章。既成格调，求无寄托，无寄托则指事类情，仁者见仁，知者见知'；……谭仲修献《复堂词话》……反复称引止菴此说，第二十四则曰：'所谓作者未必然，读者何必不然'；《复堂词录序》又曰：'侧出其言，傍通其情，触类以感，充类以尽。甚且作者之用心未必然，而读者之用心未必不然。'"据此，钱锺书解释说："盖谓'义'不显露而亦可游移，'诂'不'通''达'而亦无定准，如舍利珠随人见色，如庐山之'横看成岭侧成峰'。"

继而，钱锺书征引西方诗论："诺瓦利斯尝言：'书中缓急轻重处，悉凭读者之意而定。读者于书，随心施为。所谓公认准确之读法，初无其事。读书乃自由操业。无人能命我当何所读或如何读也。'瓦勒利现身说法，曰：'诗中章句并无正解真旨。作者本人也无权定夺'；又曰：'吾诗中之意，惟人所寓。吾所寓意，祇为我设，他人异解，并行不倍。'""普鲁斯脱谓，读者所读，实非作者,乃即已也;作者所著祇是读者赖而得以自知之津逮耳。爱略脱谓,诗意随读者而异,尽可不得作者本意,且每或胜于作者本意。"钱锺书最后指出:这些论点"皆所谓'作者未必然,读者何必不然。''诗无通故达诂',已成今日西方文论常谈"。

然而,按照中国古代诗学,强调以意逆志,而知人论世无疑有助于以意逆志。方东树在《昭昧詹言》(卷一)中说:"若夫古人所处之时,所值之事,及作诗之岁月,必合前后考之而始可见。如阮公、陶公、谢公,苟不知其世,不考其次,则于其语句之妙,反若曼羡无谓,何由得其义,知其味,会其精神之妙乎?故吾于陶公、谢公,皆依事大概,移易前后题目编次,俾其语意诸事明晓,而后得以领其妙,及其语言之次第。"

潘德舆在《养一斋诗话》(卷十)中说:"陶公诗虽天机和畅,静气流溢,而其中曲折激荡处,实有忧愤沉郁不可一世之概,不独于易代之际,奋欲图报,如《拟古》之'枝条始欲茂,忽值山河改','本不植高原,今日复何悔'。《咏荆轲》之'雄发指危冠,猛气冲长缨。其人虽已殁,千载有余情'。《读山海经》之'精卫衔微木,将以填沧海。刑天舞干戚,猛志固常在。徒设在昔心,良晨讵可待'也。即平居酬酢间,忧愤亦多矣。不为拈出,何以论其世,察其心乎?"

吴乔在《围炉诗话》(卷一)中说:"问曰:'唐人命意如何?'答曰:'心不孤起,仗境方生。熟读新旧《唐书》、《通鉴》、稗史、杂记,乃能于作者知其时事,知其境遇,而后知其诗命意之所在。如子美《丽人行》,岂可不知五杨事乎?试看《本事诗》,则知篇篇有意,非漫然为之者也。'"

就知人论世而言,由于中国古代史学发达,对于了解诗人的历史背景和生平事迹具有得天独厚的优势。相对于印度古代史学不发达,梵语文学史中,对于大多数诗人,尤其是六、七世纪之前诗人的生平事迹往往一无所知，以致滋生种种臆想推测，形成种种姑妄听之的传说。

尽管知人论世有助于以意逆志，但诗歌毕竟是艺术创作，不同于历史叙事。因此，在这方面也要防止穿凿附会，过度阐释。明代宋濂在《杜诗举隅序》中说："杜子美诗实取法《三百篇》"，"注者无虑数百家，奈何不尔之思，务穿凿者谓一字皆有所出，泛引经史，巧为傅会，楦酿而丛脞；骋新奇者称其一饭不忘君，发为言辞，无非忠国爱君之意。至于率尔咏怀之作，亦必迁就而为之说。说者虽多，不出于彼则入于此，子美之诗不白于世者五百年矣"。

宋代黄庭坚在《大雅堂记》中说："子美诗妙处，乃在无意于文。夫无意而意已至，非广之以《国风》、《雅》、《颂》，深之以《离骚》、《九歌》，安能咀嚼其意味，闯然入其门耶？故使后生辈自求之，则得之深矣。使后之登大雅堂者，能以余说而求之，则思过半矣。彼喜穿凿者弃其大旨，取其发兴于所遇林泉人物草木鱼虫，以为物物皆有所托，如世间商度隐语者，则子美之诗委地矣。"

清代吴雷发在《说诗菅蒯》中说："诗贵寓意之说，人多不得其解。其为庸钝人无论已，即名人论古人诗，往往考其为何年之作，居何地而作，遂搜索其年其地之事，穿凿附会，谓某句指某人，某句指某事。是束缚古人，苟非为其人、其事而作，便不得成一句矣。"

除了知人论世，中国古代诗论家还强调读诗应该"设身处地"。清代贺贻孙在《诗筏》中说："看诗当设身处地，方见其佳。王仲宣《七哀诗》云：'出门无所见，白骨蔽平原。路有饥妇人，抱子弃草间。顾闻号泣声，挥涕独不还。未知身死处，何能两相完？驱马弃之去，不忍听此言。'昔视之平平耳，及身历乱离，所闻所见，殆有甚焉，披卷及此，始觉鼻酸。""设身处地"读诗也相当于明代王世贞在《艺苑卮言》中所说"实景实地读之,哀乐便自百倍"。

宋代李纲在《重校正杜子美集叙》中说:"子美之诗凡千四百三十余篇,其忠义气节,羁旅艰难,悲愤无聊,一见于诗。句法理致,老而益精。平时读之,未见其工,迨亲更兵火丧乱之后,诵其诗,如出乎其时,犁然有当于人心,然后知其语之妙也。"

楼钥在《简斋诗笺叙》中说:"少陵、东坡诗,出入万卷书中,奥篇隐帙,无不奔凑笔下,固已不易尽知;况复随意模写,曲尽物态;非亲至其处,洞知曲折,亦未易得作者之意。"

与梵语诗学相同,中国古代诗学也论及如何看待作家的名声问题。宋代范晞文在《对床夜语》(卷二)中说:"'两句三年得,一吟双泪流。知音如不赏,归卧故山秋。'岛之诗未必尽高,此心亦良苦矣。信乎非言之难,其听而识之者难遇也。虽然,马非伯乐而不鸣,琴非子期而不调,果不吾遇也,则困盐车焦爨下,吾宁乐之,后世复有扬子云,必好之矣。"

明代王世贞在《艺苑卮言》(卷八)中说:"大抵世之于文章,有挟贵而名者,有挟科第而名者,有挟他技如书画之类而名者,有中于一时之好而名者,有依附先达、假吹嘘之力而名者,有务为大言、树立门户而名者,有广引朋辈、互相标榜而名者,要之,非可久可大之道也。"

清代朱庭珍在《筱园诗话》(卷四)中说:"自来得名之句,有卓然可传者,有不佳而幸成名者,名篇亦然。盖非谐俗,不能风行一时,人人传诵,所以不足为据。若夫卓然可传之作,当日得名,必其时风雅极盛,能诗者在朝在野,皆多有之,又值有真知诗而名位俱隆者,激赏奖许所致。不然,杰作未易流传,而所流布于时者,多无可取。古人所谓身后知己易,生前知己难,又谓作者难,知者不易,是也。"

吴雷发在《说诗菅蒯》中说:"有爵位者,稍知文学,即易成名，是犹顺风而呼也。其他则捐金结纳，曳裾侯门，交友众而标榜兴，亦足以致声誉。若闭门却扫，贫窭自甘，复不工于奔走伺候，其寂寂也固宜。"

吴仰贤在《小匏庵诗话》中说："诗文为天下公器，妍丑优劣，自有定评，不能以一时标榜，欺天下后世耳目。"

薛雪在《一瓢诗话》中说："诗文无定价，一则眼力不齐，嗜好各别；一则阿私所好，爱而忘丑。如某之与某，或心知，或亲串，必将其身价逢人说项，极口揄扬，美则牵合归之，疵则宛转掩之。谈诗论文，开口便以其人为标准，他人纵有杰作，必索一瘢以诋之。后生立脚不定，无不被其所惑。吾辈定须竖起脊梁，撑开慧眼，举世誉之而不加劝，举世非之而不加沮，则魔群妖党，无所施其伎俩矣。"

以上论述表明中国古代诗学家洞悉世态人情，理解诗人都希望自己的诗作获得读者赏识。其中提到的贾岛是中国古代以"苦吟"著称的诗人，自然更是如此。然而，在现实生活中，诗人成名与否还夹杂种种非文学因素，因此，他们对于诗人成名问题持有一种豁达的心态，并确信只要是好诗，或在今生，或者后世，终究会获得知音。

在中国古代诗学的读者论中，还有一个与"以意逆志"和"知人论世"相关联的论题是"文如其人"，即通过作品中表达的情志可以了解作者的品德和性格。如叶燮在《原诗》中说："诗是心声，不可违心而出，亦不能违心而出。功名之士，决不能为泉石淡泊之音；轻浮之子，必不能为敦庞大雅之响。故陶潜多素心之语，李白有遗世之句，杜甫兴广厦万间之愿，苏轼师四海弟昆之言。凡如此类，皆应声而出。其心如日月，其诗如日月之光。随其光之所至，即日月见焉。故每诗以人见，人又以诗见。使其人其心不然，勉强造作，而为欺人欺世之语，能欺一人一时，决不能欺天下后世。"

王士禛在《带经堂诗话》（卷三）中说："诗以言志。古之作者，如陶靖节、谢康乐、王右丞、杜工部、韦苏州之属，其诗具在，尝试以平生出处考之，莫不各肖其为人，尚友千载者自能辨之。"

沈德潜在《说诗晬语》中说："性情面目，人人各具。读太白诗，如见其脱屣千乘；读少陵诗，如见其忧国伤时；其世不我容，爱才若渴者，昌黎之诗也；其嬉笑怒骂，风流儒雅者，东坡之诗也。即下而贾岛、李洞辈，拈其一章一句，无不有贾岛、李洞者存。"

诸如此类的论述在古代诗话和诗论中所在多见，也大体符合古代诗歌创作的实际，但也不能绝对化。如明代都穆在《南濠诗话》中说："扬子云曰：'言，心声也；字，心画也。'盖谓观言与书，可以知人之邪正也。然世之偏人曲士，其言其字，未必皆偏曲。则言与书，又似不足以观人者。"屠隆在《文行》中说："文人言语妙天下"，"苟按之身心，毫不相涉，言高于青天，行卑于黄泉，此与能言之鹦鹉何异？"清代徐熊飞在《修竹庐谈诗问答》中说："金壬小人，其诗非无可传者，以其当为诗时，能冥搜力索，用志不纷耳。""盖诗者，性情所寄托，非心术所见端也。性情同而心术异，故贤者不必皆工，工者不必皆贤。"

钱锺书《谈艺录》（四七）论及元遗山《论诗绝句》："心画心声总失真，文章宁复见为人。高情千古闲居赋，争识安仁拜路尘。"他指出："匪特纪载之出他人手者，不足尽据；即词章宜若自肺肝中流出，写心言志，一本诸己，顾亦未必见真相而征人品。吴处厚《青箱杂记》卷八云：'文章纯古，不害为邪。文章艳丽，不害为正。世或见人文章铺张仁义道德，便谓之君子，及花草月露，便谓之邪人，兹亦不尽也。'因举宋广平、张乖崖、韩魏公、司马温公所作侧艳词赋为证。魏叔子《日录》卷二《杂说》卷二谓：文章'自魏晋迄于今，不与世运递降。古人能事已备，有格可肖，有法可学，忠孝仁义有其文，智能勇功有其文。日夕揣摩，大奸能为大忠之文，至拙能袭至巧之语。虽孟子知言，亦不能以文章观人'。此二者则与遗山诗相发明。吴氏谓正人能作邪文，魏氏及遗山皆谓邪人能作正文。"

对于这个问题，还应该看到作品一旦问世，也有其独立存在的价值。正因为中国古代史料丰富，诗论家注意考究诗人与诗作的关系。而后世一般读者往往注重作品本身，未必探究作者之为人如何。如南唐词人李煜作为君王治国无能，不足称道，但他的词作如《虞美人》和《浪淘沙令》等千古传诵。

总之，中国古代诗学中的诗话和诗论著作注重文学鉴赏，因而有关读者论的材料极其丰富，论点涉及方方面面，值得现代文学理论家认真总结。

第十二章

借鉴和创新

一

梵语诗学中最早出现的戏剧学著作《舞论》将戏剧分为十类，其中主要的两类是传说剧和创造剧。这两类戏剧都由五幕至十幕组成，主要的区别在于剧情的素材来源。传说剧"以著名的传说为情节，以著名的高尚人物为主角"。创造剧"运用自己的智慧，创造情节"。在古典梵语戏剧中，传说剧大多取材于两大史诗故事或神话传说，创造剧则取材于现实生活或民间传说。这两类戏剧的创作都含有借鉴和创新。

梵语诗学早期著作侧重探讨文学的修辞和风格，此后逐渐重视作品内容以及内容和形式的借鉴和创新问题。最早提出借鉴和创新观念的梵语诗学著作是八世纪伐摩那的《诗庄严经》。他率先将诗德分为音德和义德。在论述义德中的"三昧"时，他将诗的意义（内容）分成两类："创新的和借鉴的。"（3.2.8）"创新的意义无来历，完全依靠沉思冥想。借鉴的意义是接受他人作品的影响。"（3.2.8 注疏）他提供了这两类作品的例举：

> 月亮啊！请赶快离开酒杯，
> 以免我的门齿把你咬伤，

> 因为你害怕妻子罗希尼，
> 带着齿痕，无法回到天上。

罗希尼是星宿名，即二十八宿中的毕宿。按照印度神话，她是月亮的妻子。这首诗是某个诗人的独创，描写一位女子对酒杯中的月影说话。

> 月亮啊！别怕！我的酒中没有罗睺，
> 罗希尼又居住在天上，你怕谁呢？
> 也不奇怪，乍一遇见迷人的女子，
> 男子们大多心旌动摇，犹豫不决。

罗睺是印度神话中的恶魔，因他吞食太阳和月亮造成日食和月食。这首诗是借鉴前一首诗的表现手法，描写一位自鸣得意的女子。

对于文学的借鉴和创新，欢增在《韵光》中的论述更为充分。欢增强调韵是诗的灵魂。《韵光》第四章论述韵在文学创作中的运用，其主导精神是创新。欢增说："对于不愿意借用别人东西的优秀诗人，语言女神会按照他的意愿提供内容。优秀诗人的语言创作活动依靠前生积累的功德和不断的实践，老练成熟，不需要使用别人使用过的内容，也不需要自己特别费力。语言女神会亲自为他展现愿望中的内容。这正是大诗人成其为大诗人的奥妙所在。"（4.17注疏）欢增的这种说法带有神秘色彩。所谓"前生积累的功德"是指天赋，"实践"是指创作实践，"语言女神会按照他的意愿提供内容"是指独创性。

但是，这样的独创只是一种理想的要求。因为在文学创作中，从内容到形式一无依傍的创新不可多得。任何富有创新精神的大诗人肯定也善于从前人的作品中汲取营养。正如欢增所说："即使语主（即天国祭司毗诃波提）也不可能使用全新的音素或词汇。即使使用这些相同的音素或词汇，也不妨碍诗等作品富有新意"（4.15 注疏）。据此，欢增认为只要依靠"韵和以韵为辅的方式，诗人的想象力可以无限发挥"（4.1）。也就是说，"即使沿用旧内容，只要装饰一种韵，作品也能产生新鲜感"（4.2）。例如，前人写有这首诗：

> 娇媚的微笑，转动的眼光，颤抖的话语，
> 臀部丰满，步履懒散，这样的美女谁不爱？

而后人写的这首诗仍能产生新鲜感：

> 面露天真微笑，眼光甜蜜地颤动，
> 话语新鲜有味，似溪水欢快流淌，
> 移动的步履散发嫩芽绽开的清香，
> 青春期的鹿眼少女怎么会不迷人？

又如，前人写有这首诗：

> 看到卧室空寂无人，新娘轻轻从床上起身，
> 久久凝视丈夫的脸，没有察觉他假装睡着，
> 于是放心地吻他，却发现他脸上汗毛直竖，
> 她羞涩地低下头，丈夫笑着将她久久亲吻。

而后人写的这首诗仍能产生新鲜感：

> 新娘的嘴放在佯装睡着的爱人脸上，

> 害怕惊醒他，犹犹豫豫，不敢亲吻，
> 他也保持不动，唯恐她害羞转过脸去，
> 在这样的期待中，心儿直达爱的颠峰。

欢增指出以味韵为首的韵类多种多样。"依靠这些韵类，诗的道路即使有限，也会变得无限。即使诗中的内容古已有之，只要把握住味，就能焕然一新，犹如春季的树木。"（4.3—4）同时，韵是暗示义，但它通过表示义暗示。这样，"甚至纯粹的表示义也会依据情况、地点和时间的特殊性，自然地呈现无限性"（4.7）。

关于情况的特殊性，欢增以迦梨陀娑在《鸠摩罗出世》中多次描写波哩婆提的美貌为例，说明在不同情况下对她的美貌的描写并不产生重复感，相反，不断给人以新鲜感。欢增将描写对象分成有生物和无生物两类。他把对山岳江河之类无生物的拟人化描写也归入"情况的特殊性"。他举例说，在《鸠摩罗出世》中，开头是将雪山作为无生物加以描写的，后来，雪山被赋予生命属性，作为有生物来描写，由此产生新鲜感。至于有生物，欢增认为不同年龄层次的差别能产生新鲜感。即使在同一年龄层次也存在进一步的情况差异。例如，同样是情窦已开的少女，又有谨慎和轻佻的区别。

关于地点的特殊性，欢增认为风、水和花之类无生物各有栖居之地而迥然有别。就人类而言，又因地域不同而产生语言和服饰等数不清的差别。

关于时间的特殊性，欢增认为不同的季节和时令造成天空和河流之类无生物的不同形态，也引发有生物的焦虑等不同情感。

因此，欢增认为情况、地点和时间等的千差万别决定了诗的内容的无限性。诗人只要善于观察事物的特殊性，发挥自己的想象力，诗的内容就永远不会枯竭。但是，欢增在这里依然强调诗中描写的这些内容要有味，因为"它们都依靠味而焕发光彩"（4.8）。

欢增从借鉴和创新的角度，还对诗歌创作中常见的相似现象作了具体的分类说明。他认为"优秀的智者之间，会有许多相似之处。但有头脑的人不会将这些相似说成是相同"（4.11）。他将这种相似分成三类："如同映像，如同画像，如同两人身体相像。"（4.12）他指出在这三类中，"第一种缺乏自我，第二种自我模糊，第三种具有自我"（4.13）。他认为，诗人应该抛弃前两种相似，而不必抛弃第三种相似。映像式相似既缺乏自我，也缺乏真实的身体；画像式相似即使有身体，但自我模糊。而两人相像式相似则有自己独立的可爱的身体。即使两人身体相像，也不能说成是同一个人。因此，"诗的内容只要具有独立的自我，即使借鉴前人的作品，也会有很大的魅力，犹如与月亮相似的女性脸庞"（4.14）。

基于这种认识，欢增明确指出："即使运用前人的词义安排方式，如同运用前人的音素等安排方式，只要诗的内容确实富有新意，也无可非议。只要诗的内容可爱，吸引人们注意，认为它生动活泼，即使受到前人的作品影响，这样的优秀诗人也不会受到指责。"（4.15—16）欢增的借鉴和创新观念立足于韵论，因此，他最后总结说："这个以诗命名的神圣花园，充满一切欢乐，具有与纯洁的味相适应的诗德和庄严之美，善人们能见到一切愿望中的内容。展现其中如意树般神奇伟大的韵，让灵魂高尚的人们享受吧！"（4.17 注疏）

王顶的《诗探》是一部诗人学著作，其中有三章（第十一章至第十三章）专论诗的借用问题。这说明这个问题受到诗人们普遍重视，而被列入诗学教本中。但当时也有学者认为不应该教导诗的借用，理由是："随着时间流逝，其他的偷窃会消失，而语言的偷窃仍会在子子孙孙中绵延。"显然，这种说法对借用持有否定的态度。王顶本人对借用持有肯定的态度。他引用女诗人阿槃底孙德利的说法："他不著名，我著名；他没站住脚，我站住脚；他的结构不完善,我的结构完善;他的词语如同苦药,我的词语如同葡萄酒;他的语言不受重视,我的语言受重视。这部作品无人知晓,或作者是外国人,或支离破碎,或语言粗俗。出于诸如此类的原因,词音和词义的借用正当。"也就是说,只要后人的诗艺优于前人,作品更完美,词音和词义的借用无可非议。

王顶将诗的借用分成两类:词音借用和词义借用。词音借用又分成五种:词、诗步(即一颂四行中的一行)、半颂、诗律和作品。对于词的借用,王顶指出双关词除外。有的学者认为"如果借用一个诗步,而表达的意义不同,则不是借用,而是改编"。例如:

甘于奉献的人升入天国,
不愿奉献的人堕入地狱,
奉献的人遇事无不顺遂,
因为奉献消除一切痛苦。

另一首借用了上面这首诗中的一行,而表达的意义不同:

奉献消除一切痛苦,
事实证明此话虚妄,
我献给她温柔眼光,
却感受到无尽痛苦。

但王顶认为这也是借用。不仅借用一个诗步,即使借用半颂或者从其他三首诗中借用三个诗步,只要能体现诗人的创造性,也是可以的。然而整首诗的借用则是明显的过错。即使是花钱买来的,也不行。王顶认为"宁可没有名声,也不要败坏名声"。

词义的借用分成三种:有来历、掩盖来历和无来历。其中,

"有来历"分成两种：映像式和画像式；"掩盖来历"也分成两种：两人相像式和如入他城式；"无来历"则只有一种。

映像式借用是"内容基本相同，没有重大区别，但句子编排不同"。例如：

> 那些蛇绕在兽主的颈部，
> 色似黑蜂，似毒药受到
> 月亮甘露的滋润而发芽，
> 但愿这些黑蛇保佑你们！

湿婆大神又名兽主、青项或商波。他的特征是颈部有毒药，盘绕有蛇，头顶有恒河和月亮。下面这首诗则是对前者的映像式借用：

> 胜利属于青项颈部的那些大黑蛇，
> 如同受恒河水滴滋润萌发的毒芽。

画像式借用是"在内容上有些修改增饰，看上去仿佛不同"。例如，这首诗与前面的诗相比，内容有所修改增饰：

> 胜利属于商波发髻上的那些白蛇，
> 如同受恒河水滴滋润萌发的根芽。

两人相像式借用是"描写对象不同，而智慧相同"。例如：

> 从羊到马都是幸运的动物，
> 它们随处居住，愉快生活，
> 而这些大象不幸天生庞大，

只能居住在森林或王宫中。

下面这首诗则是对前者的两人相像式借用:

每幢房屋都有这种石头,
用途很多而受人们崇敬,
然而这些宝石光辉闪耀,
只能呆在王宫或矿山中。

如入他城式借用是"本质一致,而表达方式迥然不同"。例如:

雨季来临,敌人的妻子们看到天空
乌云密布,雷声轰鸣,盖过海涛声,
解除了丈夫参战的忧虑,热泪盈眶,
闻到一阵阵迦丹波花香,眼睛眯缝。

下面这首诗则是对前者的如入他城式借用:

新开的迦丹波花标志雨季来临,征战停止,
敌人的妻子们满怀喜悦,让丈夫们采摘;
她们亲吻这些花,放在眼睛上和心窝上,
放在头发中缝,然后挂在自己的耳朵上。

王顶特别指出"优秀的诗人采用这种方式"。在以上四种借用方式中,前三种方式已由欢增提出,第四种方式则是王顶增加的。王顶还将这四种借用方式的每一种都细分为八种,这样,总共有三十二种。

至于词义借用中的"无来历",是指诗的内容无来历,具有独创性。这实际上已经超出借用的范畴。王顶也将"无来历"分成三种:普通型、非凡型和混合型。普通型是描写人间,非凡型是描写天神,混合型是以上两者的混合。例如,这首诗属于普通型,赞美一种品质优良的甘蔗:

> 细甘蔗啊,别炫耀你的色泽,
> 也别炫耀你的那些漂亮的花,
> 这种朋德罗甘蔗比你更出色,
> 即使不用工具压榨,也会流汁。

下面这首诗属于非凡型:

> "女神生了儿子,诸位为何还站着?跳舞吧!"
> 跋林吉利提振臂欢呼,遮蒙妲在一旁应和;
> 他俩拥抱,胸前的枯骨项链互相碰出声响,
> 盖过众神紧密的鼓声。愿这声响保佑你们!

这首诗赞颂湿婆大神,诗中提到的女神指湿婆的妻子。以上两首诗中的描写都具有独创性。

依据这些借用方式,王顶还将诗人分成五种类型:转化诗人是"以新意义转化旧内容,具有创造性";亲吻诗人是"亲吻旧内容,但使用自己的优美词句,增添一些新的魅力";吸收诗人是"吸收旧内容,纳入自己的作品结构,描写出色";融化诗人是"着眼创新,将旧内容融化在自己的语句中,以至辨认不出";如意珠诗人是"形象奇妙,富有意义和情味,在以往优秀诗人的作品中未曾见过"。王顶认为第五类如意珠诗人"首屈一指"。

显然，对于文学创作，王顶既推崇创新，也肯定借鉴。而对于借鉴，他更肯定借鉴中的创新。他形象地表达了自己的这种观点：

没有不偷的诗人，没有不偷的商人，
善于掩盖，不受指责，便是成功者。

有的诗人是创新者，有的诗人是转化者，
有的诗人是掩盖者，有的诗人是采集者。

只要音和义的表达富有创意，
推陈出新，便可称作大诗人。

正因为诗歌的创新具有无限的可能性，因此，王顶也在论述中赞同和引用语主的这首诗：

语言之海永不枯竭，
即使历代优秀诗人
天天汲取它的精华，
今日依然波浪翻滚。

二

刘勰《文心雕龙》的《时序》篇和《通变》篇阐明文学继承和发展的基本原理。《时序》概述自上古至魏晋的文学发展历史，指出"时运交移，质文代变"，"故知文变染乎世情，兴废系乎时序，原始以要终，虽百世可知也"。最后总结说："蔚映十代，辞采九变。枢中所动，环流无倦。质文沿时，崇替在选。终古虽远，旷焉如面。"

《通变》则具体论述历代文学的继承和发展。"通"指文体如诗赋和散文的写作原理贯通一致,"变"指语言和内容变化发展。刘勰指出"夫设文体有常,变文之数无方,何以明其然耶?凡诗赋书记,名理相因,此有常之体也;文辞气力,通变则久,此无方之数也。名理有常,体必资于故实;通变无方,数必酌于新声;故能骋无穷之路,饮不竭之源"。也就是说,只要把握"通变"的道理,各种文学体裁就能历久弥新。

钟嵘的《诗品》在品评诗人时,也注重追溯作品体格风貌的源流,如指出李陵诗"其源出于楚辞",曹植诗"其源出于国风",阮籍诗"其源出于《小雅》",而这些诗人的作品都有各自的创作特色。这也表明文学的继承和发展关系。

唐代皎然在《诗式》中说:"作者须知复变之道,反古曰复,不滞曰变。若惟复不变,则陷于相似之格,其状如驽骥同厩,非造父不能辨。能知复变之手,亦诗人之造父也。以此相似一类,置于古集之中,能使弱手视之炫目,何异宋人以燕石为玉璞,岂知周客庐胡而笑哉?"皎然所说的"复变"相当于"通变"。

明代胡应麟在《诗薮》(内编卷一)中说:"四言变而《离骚》,《离骚》变而五言,五言变而七言,七言变而律诗,律诗变而绝句,诗之体以代变也。《三百篇》降而骚,骚降而汉,汉降而魏,魏降而六朝,六朝降而三唐,诗之格以代降也。上下千年,虽气运推移,文质迭尚,而异曲同工,咸臻厥美。"也就是说,诗歌的文体和语言风格依随时代变化,而都能达到各自的完美。

清代叶燮的《原诗·内篇》更是系统地论述文学的通变原理:"诗始于《三百篇》,而规模体具于汉。自是而魏,而六朝、三唐,历宋、元、明,以至昭代,上下三千余年间,诗之质文体裁格律声调辞句,递升降不同。而要之,诗有源必有流,有本必达末,又有

因流而溯源，循末以返本。其学无穷，其理日出。乃知诗之为道，未有一日不相续相禅而或息者也。"（内篇上）

他具体论述了自《诗经》至明代诗歌的历史变迁，并据此指出："夫自《三百篇》而下，三千余年之作者，其间节节相生，如环之不断；如四时之序，衰旺相循而生物、而成物，息息不停，无可或间也。吾前言踵事增华，因时递变，此之谓也。故不读《明》、《良》、《击壤之歌》，不知《三百篇》之工也；不读《三百篇》，不知汉魏诗之工也；不读汉魏诗，不知六朝诗之工也；不读六朝诗，不知唐诗之工也；不读唐诗，不知宋与元诗之工也。夫惟前者启之，而后者承之而益之；前者创之，而后者因之而广大之。使前者未有是言，则后者亦能如前者之初有是言；前者已有是言，则后者乃能因前者之言而另为他言。总之，后人无前人，何以有其端绪；前人无后人，何以竟其引伸乎！"（内篇下）

中国古代文学发展史证实文学"通变"的原理。通常我们所说诗经、楚辞、乐府、唐诗、宋词、元曲和明清小说，即代表历代文体的发展变化。而诗词、散文、戏剧和小说在每个时代也都产生有这些文体的优秀作家，充分体现文学继承和发展的关系。

叶燮深谙文学"通变"之道，故而在论述诗歌创作时，既强调借鉴古人，又强调自主创新。他指出："大抵古今作者，卓然自命，必以其才智与古人相衡，不肯稍为依傍，寄人篱下，以窃其余唾。窃之而似，则'优孟衣冠'；窃之而不似，则'画虎不成'矣。"（内编上）又说："则夫作诗者，既有胸襟，必取材于古人，原本于《三百篇》、楚骚，浸淫于汉魏、六朝、唐宋诸大家，皆能会其指归，得其神理。以是为诗，正不伤庸，奇不伤怪，丽不伤淫，博不伤僻，决无剽窃吞剥之病。"（内篇下）

文学创作贵在创新，始终是中国古代诗学家的共识。宋代胡仔在《苕溪渔隐丛话·前集》（卷四十九）中引用宋子京《笔记》中的观点："文章必自名一家，然后可以传不朽；若体规画圆，准方作矩，终为人之臣仆。古人讥屋下架屋，信然。陆机曰：'谢朝华于已披，启夕秀于未振。'韩愈曰：'惟陈言之务去。'此乃为文之要。"胡仔对此评论说："学诗亦然，若循习陈言，规摹旧作，不能变化，自出新意，亦何以名家。鲁直诗云：'随人作计终后人。'又云：'文章最忌随人后。'诚至论也。"

明代谢榛在《四溟诗话》（卷四）中说："赋诗要有英雄气象：人不敢道，我则道之；人不肯为，我则为之，厉鬼不能夺其正，利剑不能折其刚。古人制作，各有奇处，观者自当甄别。"

焦竑在《竹浪斋诗集序》中说："古贤豪者流，隐显殊致，必欲泄千年之灵气，勒一家之奥言，错综雅颂，出入古今，光不灭之名，扬未显之蕴，乃其志也。"

胡应麟在《诗薮》（内编卷二）中说："陶之五言，开千古平淡之宗；杜之乐府，扫六代沿洄之习，真谓自启堂奥，别创门户。"

袁宏道在《答李元善》中说："文章新奇，无定格式，只要发人所不能发。句法、字法、调法，一一从自己胸中流出，此真新奇也。"

文学贵在创新，然而也并非作者凭空独创。借鉴古人和自主创新构成辩证关系。杜甫《戏为六绝句》中所说"转益多师是汝师"，也已成为中国古代诗学中的名言。

宋代阮阅在《诗话总龟·后集》（卷十二）中说："李太白、杜子美诗，皆掣鲸手也。余观太白《古风》、子美《偶题》之篇，然后知二子之源流远矣。李云：'大雅久不作，吾衰竟谁陈。王风委蔓草，战国多荆榛。'则知李之所得在《雅》。杜云：'文章千古事，得失寸心知。''骚人嗟不见，汉道盛于斯。'则知杜之所得在《骚》。"

胡仔在《苕溪渔隐丛话·前集》（卷九）中说："老杜于诗学，

世以谓前无古人，后无来者。然观其诗大率宗法《文选》，撷其华髓，旁罗曲探，咀嚼为我语。至老杜体格，无所不备，斯周诗以来，老杜所以为独步也。"

金代赵秉文在《答李天英书》中说："足下之言，措意不蹈袭前人一语，此最诗人妙处。然亦从古人中入。譬如弹琴不师谱，称物不师衡，上匠不师绳墨，独自师心，虽终身无成可也。故为文当师六经、左丘明、庄周、太史公、贾谊、刘向、扬雄、韩愈。为诗当师《三百篇》、《离骚》、《文选》、《古诗十九首》，下及李、杜。""尽得诸人所长，然后卓然自成一家。非有意于专师古人也，亦非有意于专摈古人也。"

明代许学夷在《诗源辩体》（卷三十四）中说："今人作诗，不欲取法古人，直欲自开堂奥，自立门户，志诚远矣。但于汉魏、六朝、初盛中晚唐，果能参得透彻，酝酿成家，为一代作者，孰为不可？否则，愈趋愈远，茫无所得。"

清代刘开在《与阮芸台宫保论文书》中说："夫天下有无不可达之区，即有必不能造之境；有不可一世之人，即有独成一家之文。此一家者，非出于一人之心思才力为之，乃合千古之心思才力变而出之也。非尽百家之美，不能成一人之奇；非取法至高之境，不能开独造之域。"

而吴乔在《围炉诗话》（卷四）中更是形象地将借鉴和创新比喻为母子关系："总之，古人诗文如乳母然，孩提时不能自立，不得不倚赖之。学识既成，自能舍去。弘、嘉之诗，如一生在乳母怀抱中，竟不成人，故足贱也。谁于少时无乳母耶？长吉、义山初时亦曾学杜，既自成立，如黑白之相去。此无他，能用自心以求前人神理故也。"

中国古代诗学中，强调借鉴古人时，也主张力戒蹈袭模拟。皎然在《诗式》提到诗歌创作中"语、意、势"相同的问题，指出

"三同之中，偷语最为钝贼。如何汉定律令，厥罪不书？应为郑侯务在匡佐，不暇及诗，致使弱手芜才，公行劫掠。若许贫道片言可折，此辈无处逃刑。其次偷意，事虽可网，情不可原，若欲一例平反，诗教何设？其次偷势，才巧意精，若无朕迹，盖诗人阃域之中偷狐白裘之手，吾亦赏俊，从其漏网"。自然，皎然在这里使用比喻和夸张的文字游戏笔法，类似梵语诗学中，王顶在《诗探》中将诗歌创作中借用词语和词义比喻为偷窃。

皎然也举出这三者的诗例。偷语诗例：如陈后主诗云"日月光天德"，取傅长虞"日月光太清"，上三字语同，下二字义同。偷意诗例：如沈佺期诗"小池残暑退，高树早凉归"，取柳恽"太液沧波起，长杨高树秋"。偷势诗例：如王昌龄诗："手携双鲤鱼，目送千里雁。悟彼飞有适，嗟此罹忧患。"取嵇康"目送归鸿，手挥五弦。俯仰自得，游心太玄。"按照皎然的说法，他对"偷势"表示欣赏，故而表示可以网开一面。

五代徐寅在《雅道机要》中说："凡为诗须能通变体格。摹拟古意，不偷窃名人句，令体面不同，不作贯鱼之手。凡欲题咏物象，宜密布机情，求象外杂体之意。不失讽咏，有含情久味之意，则真作者矣。"

明代谢榛在《四溟诗话》（卷二）中说："作诗最忌蹈袭，若语工字简，胜于古人，所谓'化陈腐为新奇'是也。"又说："今之学子美者，处富有而言穷愁，遇承平而言干戈，不老曰老，无病曰病，此摹拟太甚，殊非性情之真也。"

袁宏道在《雪涛阁集序》中说："近代文人，始为复古之说以胜之。夫复古是已，然至以剿袭为复古，句比字拟，务为牵合，弃目前之景，摭腐滥之辞；有才者诎于法，而不敢自伸其才；无才者拾一二浮泛之语，帮凑成诗。智者牵于习，而愚者乐其易，一倡亿和，优人驺从，共谈雅道。吁！诗至此，抑可羞哉！夫即诗而文之为弊，盖可知矣。"

清代刘熙载在《艺概·词曲概》中说："词要清新，切忌拾古人牙慧。盖在古人为清新者，袭之即腐烂也。拾得珠玉，化为灰尘，岂不重可鄙笑。"

薛雪在《一瓢诗话》中说："用前人字句，不可并意用之。语陈而意新，语同而意异，则前人之字句，即吾之字句也。若蹈前人之意，虽字句稍异，仍是前人之作，嚼饭喂人，有何趣味？"

但是，如何区分蹈袭模拟和借鉴创新，或者说，如何既做到借鉴创新，又避免蹈袭模拟，也是一个值得探讨的问题。在宋代，面对唐诗艺术高峰，这个问题显得尤为突出。据《苕溪渔隐丛话·前集》（卷十四）记载，王安石曾说"世间好语言，已被老杜道尽；世间俗言语，已被乐天道尽"。这或许道出宋代诗人心中普遍存在的感慨或困惑。然而，正是在这样的背景下，黄庭坚的"点铁成金"说和"夺胎换骨"说应运而生，不失为一条妙计良策。由此，他也成为江西诗派的开创人。

黄庭坚在《答洪驹父书》中说："自作语最难，老杜作诗，退之作文，无一字无来处，盖后人读书少，故谓韩、杜自作此语耳。古之能为文章者，真能陶冶万物，虽取古人之陈言入于翰墨，如灵丹一粒，点铁成金也。"这里，他把杜甫诗和韩愈文说成"无一字无来处"未必恰当，但也能为他的"点铁成金"说张目。

魏庆之在《诗人玉屑》（卷八）中引用惠洪《冷斋夜话》："山谷言：诗意无穷，而人才有限；以有限之才，追无穷之意，虽渊明、少陵不得工也。不易其意而造其语，谓之换骨法；规摹其意而形容之，谓之夺胎法。"

从以上所引黄庭坚的说法，大体可以认为，"点铁成金"主要指点化前人诗句中的词语，使之焕发新的光彩；"夺胎换骨"主要指袭取前人的诗意，而采用不同的表现手法。然而，考察诗话和诗论中提供的点铁成金和夺胎换骨的诗例,有时也混淆不清。下面依据上述理解选录几则。

宋代周紫芝在《竹坡诗话》中说:"白乐天《长恨歌》云:'玉容寂寞泪阑干,梨花一枝春带雨。'人皆喜其工,而不知其气韵之近俗也。东坡作送人小词云:'故将别语调佳人,要看梨花枝上雨。'虽用乐天语,而别有一种风味,非点铁成黄金手,不能为此也。"又说:"自古诗人文士,大抵皆祖述前人作语。梅圣俞诗云:'南陇鸟过北陇叫,高田水入低田流。'欧阳文忠公诵之不去口。鲁直诗有'野水自添田水满,晴鸠却唤雨鸠来'之句,恐其用此格律,而其语意高妙如此,可谓善学前人者矣。"

清代贺贻孙在《诗筏》中说:"秦少游'斜阳外,寒鸦万点,流水绕孤村。'晁无咎云:'此语虽不识字者,亦知是天生好言语。'渔隐云:'无咎不见炀帝诗耳。'盖以隋炀帝有'寒鸦千万点,流水绕孤村'之句也。余谓此语在炀帝诗中,祇属平常,入少游词,特为妙绝。盖少游之妙,在'斜阳外'三字,见闻空幻。又'寒鸦'、'流水',炀帝以五言划为两景,少游词用长短句错落,与'斜阳外'三景合为一景,遂如一幅佳图。此乃点化之神,必如此乃可用古语耳。"这里所谓"点化"相当于"点铁成金"。

宋代曾季狸在《艇斋诗话》中说:"山谷咏明皇时事云:'扶风乔木夏阴合,斜谷铃声秋夜深。人到愁来无处会,不关情处亦伤心。'全用乐天诗意。乐天云:'峡猿亦无意,陇水复何情。为到愁人耳,皆为断肠声。'此所谓夺胎换骨者是也。"

范晞文在《对床夜语》(卷三)中说:"高适诗云:'林稀落日行人少,醉后无心怯路歧。'老杜有'前村山路险,归醉每无愁',词简意工,孰臻其妙,学造语者宜知之。又如杨衡诗云:'正是忆山时,复送归山客。'张籍云:'长因送人处,忆得别家时。'卢象《还家》诗云:'小弟更孩幼,归来不相识。'贺知章云:'儿童相见不相识，笑问客从何处来。'语益换而益佳，善脱胎者宜参之。近时严坦叔《还家》诗，亦有'旧时巷陌浑忘记，却问新移来住人'，颇得知章之遗意。"

明代江盈科在《雪涛诗评》中说："唐人题沙场诗，愈思愈深，愈形容愈凄惨。其初但云：'醉卧沙场君莫笑，古来征战几人回'，已自可悲；至云：'凭君莫话封侯事，一将功成万骨枯'，则愈悲矣，然其情犹显。若晚唐诗云：'可怜无定河边骨，犹是春闺梦里人'，则悲惨之甚，令人一字一泪，几不能读。诗之穷工极变，此亦足以观矣。"

相对而言，似乎"夺胎换骨"较之"点铁成金"更有艺术价值。这正如梵语诗学家欢增在《韵光》中所说"即使诗中的内容古已有之，只要把握住味，就能焕然一新，犹如春季的树木"（4.4）。也如同王顶在《诗探》第十二章中所说的"如入他城式借用"，即"本质一致，而表达方式迥然不同"。

然而，点铁成金和夺胎换骨产生的艺术效果高低仍取决于诗人本身的学识和才能。如明代王世贞在《艺苑卮言》（卷四）中指出也存在"点金成铁"的现象："又有点金成铁者，少陵有句云：'昨夜月同行。'陈无己则云：'勤勤有月与同归。'少陵云：'暗飞萤自照。'陈则云：'飞萤元失照。'少陵云：'文章千古事。'陈则云：'文章平日事。'少陵云：'乾坤一腐儒。'陈则云：'乾坤着腐儒。'少陵云：'寒花只暂香。'陈则云：'寒花只自香。'一览可见。"

确实，如果一味着眼于琢磨古人诗中词语或从中寻觅诗意，也无异于作茧自缚，并非诗歌创作的康庄大道。因此，也有诗论家对黄庭坚提出"点铁成金"说和"夺胎换骨"说表示异议。如金代王若虚在《滹南诗话》中说："鲁直论诗有'夺胎换骨、点铁成金'之喻，世以为名言。以予观之，特剽窃之黠者耳。鲁直好胜，而耻其出于前人，故为此强词而私立名字。夫既已出于前人，纵复加工，要不足贵。虽然，物有同然之理，人有同然之见，语意之间岂容全不见犯哉？盖昔之作者初不校此，同者不以为嫌，异者不以为夸，随其所自得而尽其所当然而已。至于妙处，不专在于是也，故皆不害为名家，而各传后世，何必如鲁直之措意邪？"这表明王若虚认为这原本是文学创作中存在的创作手法，而且这种手法也不妨碍作者成为名家。但他指责黄庭坚为此巧立名目，意在掩盖剽窃行为，也言之过激。

  无论如何，中国古代诗学自始至终重视文学创作中的借鉴和创新。正因如此，与梵语诗学家一样，中国古代诗学家也认为诗歌创作的生命力永远不会枯竭。如刘勰在《文心雕龙·通变》中说："通变无方，数必酌于新声；故能骋无穷之路，饮不竭之源。"明代李东阳在《麓堂诗话》中说："诗贵不经人道语。自有诗以来，经几千百人，出几千万语，而不能穷，是物之理无穷，而诗之为道亦无穷也。"清代钱谦益在《复李叔则书》中说："夫文章者，天地变化之所为也。天地变化与人心精华交相击发，而文章之变不可胜穷。"

结　　语

　　天下万物的一般和特殊，只有通过比较才能识别。通过梵汉诗学比较，我们可以发现两者的理论表现形态迥然有别，而在文学原理的诸多方面贯通一致。

　　中国早在上古时代的《易传·系辞下》中就已经指出："天下同归而殊途，一致而百虑。"据此，清代章学诚在《文史通义·辨似》中说："人同此心，心同此理。宇宙辽扩，故籍纷揉，安能必其所言古人皆未言邪？"这主要是针对古今而言，如果针对中外，则最后一句可以改为："安能必其所言外人皆未言邪？"

　　因此，中外诗学虽然呈现不同的思维方式和表现形态，由于人同此心，心同此理，最终都能揭示世界文学的本质和原理，殊途同归。

　　梵汉诗学理论表现形态的不同源自中印两国古代社会文化背景的差异。因为在近代以前，两国的社会和文化各自独立发展，形成各自的民族特色。犹如同为花草树木，在热带、温带和寒带的不同气候条件下，呈现各自独特的形貌，梵汉诗学理论表现形态的差异也源自两者根植于不同的文化土壤[①]。

　　[①]　笔者撰写有三篇中印古代文化传统比较的文章，即《神话和历史》、《宗教和理性》和《语言和文学》，已收入本书附录中，读者可参阅。

虽然印度佛教于两汉之际传入中国，以汉译佛经为媒介，在语言、音韵、文体、题材和艺术表现手法诸方面，对中国古代文学产生过深远影响，甚至也渗透中国古代诗学理论，但佛教本身并无诗学理论体系。在古代印度，婆罗门教自始至终占据文化主流地位，梵语诗学也属于婆罗门教文化系统。因此，汉译佛经对中国古代文学的影响研究主要属于比较文学研究领域。

钱锺书在《谈艺录》序中揭示他的文学研究宗旨和方法："东海西海，心理攸同；南学北学，道术未裂。""凡所考论，颇采'二西'之书，以供三隅之反。"他所说的"二西"指耶稣之"西"和释迦之"西"，"二西"之书也就是西方著作和佛经。故而，在《谈艺录》和《管锥编》中，随处可见他引用汉译佛经材料，以佐证他的学术观点。这也成为他的比较文学和比较诗学研究的一大特色。

如果仔细考察，还可以发现钱锺书直接引用印度现代学者的梵语诗学研究著作。如《谈艺录》（二）中引用 S. K. De 的 Sanskrit Poetics as a Study of Aesthetics。在《管锥编·全齐文卷二五》中还同时引用这同一位学者的另一部著作 Studies in the Sanskrit History of Poetics。倘若钱锺书也通晓梵语，想必会更加充分利用梵语诗学原典材料。

我曾在《〈管锥编〉与佛经》一文中指出："钱锺书先生的《管锥编》是一部运用比较方法研究中国古代文化的学术巨著。"它"立足于中国古代十部古籍，以文艺学为中心，打破时空界限，贯通各门学科，将中国文化研究引入一个充满无限生机的崭新境界"。我称其为"以文艺学为中心"，是因为在阅读这部著作时，深感比较文学和比较诗学在其中占有重要地位。

钱锺书本人也认为《管锥编》与比较文学关系密切。他于 1993 年为德国学者莫芝（Monika Motsch）的《〈管锥编〉与杜甫新探》一书所写的序中说："'三十年为一世'，四十多年前真如隔了几世。那时候，对比较文学有些兴趣的人属于苏联日旦诺夫钦定的范畴：'没有国籍护照的文化流浪汉'（passportless cultural tramps）。他们至多只能做些地下工作，缺乏研究的工具和方便。《管锥编》就是一种'私货'；它采用了典雅的文言，也正是迂回隐晦的'伊索式语言'（Aesopian language）。"

钱锺书还在《美国学者对于中国文学的研究简况》一文中明确指出："比较文学有助于了解本国文学；各国文学在发展上、艺术上都有特色和共性，即异而求同，因同而见异，可以使文艺学具有科学的普遍性。"又说："中国丰富伟大的文学更是比较文学尚待开发的宝藏。"这些话同样适用于比较诗学。

因此，国内学者凡有志于从事比较文学和比较诗学研究，必须努力从《谈艺录》和《管锥编》中学习方法和汲取营养。有鉴于此，我曾撰写过一篇《印度古典诗学和西方现代文论》[①]，说明西方现代文论"不仅与西方古典文学理论，而且与东方古典文学理论，在横向上平行，在纵向上贯通"。在论述中，也多处引用《谈艺录》和《管锥篇》中的论点。我还在这篇论文的结尾处指出在比较诗学研究中，"必须高度重视东西古今中外文学及其理论中相通的成分。因为超越时空而相通的成分往往是文学理论的最可靠依据，代表着人类文学的共同规律和基本原理"。

同时，我还撰写过一篇《在梵语诗学烛照下——读冯至〈十四行集〉》[②]，既是用梵语诗学原理阐释冯至《十四行集》，也是用冯至《十四行集》检验梵语诗学原理，从而说明古今中外的文学基本原理是相通的。

中国、印度和西方古代文学理论构成古代文明世界中的三大体

---

① 这篇论文已收入本书附录中，供读者参阅。
② 这篇论文也已收入本书附录中，供读者参阅。

系。西方古代文学理论体系是指以古希腊为源头、以欧洲为中心的体系。这三大文学理论体系的表现形态不同，但都对探索文学规律做出各自的重大贡献。而中国古代文学理论遗产留下的丰富文献及其取得的理论成就，也是值得我们引以为豪的。

因此，作为中国学者，立足于中国诗学，与西方诗学和印度诗学进行比较研究，其学术价值毋庸置疑。尽管这项学术研究具有非同一般的难度，而作为学者，能知难而进，为之付出艰辛的精神劳动，为中国的比较诗学乃至中国现代文学理论建设做出自己的一份贡献，也是学者作为知识探索者的乐趣所在。

附录一

神话和历史

——中印古代文化传统比较之一

中印两国都是历史悠久的文明古国，又互相毗邻，但古代文化的发展和表现形态迥然有别。就神话和历史而言，印度古代神话发达而史学不发达，中国古代史学发达而神话不发达，形成鲜明对照。个中原因，值得研究和探讨。

印度公元前十五世纪至公元前四世纪，属于吠陀时代；公元前六世纪至公元四世纪属于列国时代，也可称史诗时代。与印度这两个时代大致对应，中国公元前十六世纪至公元前771年属于商周时代；公元前770年至公元220年属于春秋战国和秦汉时代。

世界各民族都有一个从神话传说时代进入历史时代的过程。进入历史时代的标志是史书的产生。中国春秋时期出现的《春秋》是第一部编年体史书，汉代司马迁的《史记》是第一部纪传体史书。《史记》的纪年追溯到西周共和元年即公元前841年。此后，历朝历代编撰史书，绵延不绝。然而，印度古代称为"历史"（itihāsa）和"往世书"（purāṇa）的众多作品并非真正意义上的"史书"，而是神话和历史传说。印度直至十二世纪产生的迦尔诃纳的《王河》才是"一部真正意义上的史书"[①]。

神话的产生和发展既与人类早期的原始思维方式有关，也与口耳相传的文化传播方式有关。据现有的文献资料判断，中国夏商时代的传播方式也是以口耳为主。但从商代后期开始重视文字记录。《尚书》中所谓"惟殷先人，有册有典"指的就是用竹简或木牍记录历史事实。从迄今为止考古发掘的文物资料看，现存最早的简帛文献属于战国时期。章学诚在《文史通义》中曾说过："古初无著述，而战国始以竹帛代口耳"（《诗教上》）。但他说的"著述"是指诸子的著述，而非收藏在皇家"石室金匮"中的"谱牒"和"六经"之类的典籍。这些情况大体说明中国上古时代早期的传播方式也是以口耳为主。而从战国时期开始盛行书面文化。

中国古代重视书面文字记录和史学发达，势必强化理性思维而抑制神话的发展。而印度古代长期采用口耳传播方式，口头文化发达，创制和传承下来的古代神话传说在数量上堪称世界之最。与印度相比，中国古代文献中记载的上古神话传说大多是零散的片断，散见于各种古籍，不成系统，《山海经》这样的专集成了罕见的例外。但从这些零散的记载看，中国上古神话中，各种神话母题、原型或因子也都具备。这说明世界各民族上古时代的神话思维是相通的，只是在中国古代缺乏合适的文化土壤，没有获得充分的发展。

《梨俱吠陀》是印度，也是印欧语系最古老的诗歌总集。《诗经》是中国最古老的诗歌总集。将这两部诗集进行比较，便可发现《梨俱吠陀》以赞颂天神为主，而《诗经》以展现现实生活为主。《梨俱吠陀》中赞颂的众天神是自然现象或社会现象的人格化。即使其中有一些诗侧重描写自然现象或社会现象，也往往含有颂神的内容。阅读《梨俱吠陀》会强烈感受到印度吠陀时代是一个天神主

[①] 马宗达（R. C. Majundar）：《吠陀时代》，伦敦，1952年，第49页。

宰人类世界的时代。《诗经》中的诗篇分成"风"、"雅"和"颂"三类，其中大多描写世俗和人情。虽然"颂"中也有一些用作祭祀的颂诗，但数量不多。这些颂诗主要赞颂天或帝和祖先。天或帝是自然之天或氏族始祖的神化。祖先则是传说中的氏族祖先。虽然在追溯祖先的出生时，有时带有神话色彩，如《生民》一诗中记叙有姜嫄踩了帝的大脚趾印，怀孕生下后稷（周人的祖先），又如《玄鸟》一诗中记叙有"天命玄鸟，降而生商"，意谓简狄吞食玄鸟之卵，生下契（殷人的祖先），但都没有将祖先视为天神，或者说，至多视为带有神性的氏族英雄。

《梨俱吠陀》的颂神诗中有时也会涉及历史事件。但《梨俱吠陀》注重的是颂神，而不是历史事件本身。譬如，提到战争胜利，目的是颂扬得到因陀罗或其他天神的庇护和帮助，而不是颂扬人间英雄的事迹。因而，《梨俱吠陀》中涉及的历史事件大多是零散的片断，如著名的"苏达斯和十王之战"散见于一些颂神诗中，并无连贯一致的完整描述，具体情节模糊不清。而《诗经》中则有一些具体描写民族历史（《生民》、《公刘》、《緜》、《皇矣》和《大明》）和民族战争（《出车》、《六月》、《采芑》、《江汉》和《常武》）的诗。如果说《春秋》是用散文体记叙的历史，那么，《诗经》中这些诗可以说是用诗体记叙的历史。事实上，《诗经》也成为《史记》依凭的史料，正如司马迁自己所说"余以《颂》次契之事，自成汤以来，采于《书》、《诗》"（《殷本纪》）。现在国内学术界常常把《诗经》中的这些历史叙事诗称作"史诗"，并不妥当。因为这些并不是真正意义上的"史诗"。这显然由于中国将 epic 一词译成"史诗"，久而久之，很容易让人按照这个译名的字面义，将"史诗"简单地理解为描写历史的诗。其实，《诗经》中的这些历史叙事诗，完全可以按照中国传统诗学术语，称为"咏史诗"。或许用久了，要改也难。但在学术上，应该分清这两个概念。

印度吠陀时代产生的四部吠陀——《梨俱吠陀》、《娑摩吠陀》、《夜柔吠陀》和《阿达婆吠陀》在吠陀时代后期成为婆罗门教经典。而中国先秦时代产生的"五经"——《诗经》、《尚书》、《三礼》、《易经》和《春秋》在汉代成为儒家经典。儒家思想富有历史意识和理性思维。孔子所谓"不语怪力乱神"以及"祭如在，祭神如神在"，大致可以说明儒家对待神话传说和宗教祭祀的基本态度。这样，中国上古神话传说没有进入中国古代文化主流，而是作为一个支流存在和发展。

在印度吠陀时代后期产生的各种梵书是阐释吠陀的祭祀学著作。婆罗门祭司在解释一些祭祀仪式的起源和意义时，采用或创制神话传说。宗教和神话处在一种相辅相成的互动关系中。与《梨俱吠陀》相比，梵书中的这些神话传说的故事情节具体充实，为此后史诗和往世书神话传说的充分发展开辟了道路。印度列国时代产生的史诗和往世书都以口头方式创作和传播，经历了层层累积的漫长成书过程，最终形成两大史诗《摩诃婆罗多》和《罗摩衍那》以及大小各十八部往世书。两大史诗的定型时间约在公元四、五世纪，各种往世书的定型时间还要晚得多。而这些作品最后定型的篇幅都很庞大，尤其是《摩诃婆罗多》达到"十万颂"，相当于希腊两大史诗《伊利亚特》和《奥德赛》篇幅总和的八倍。史诗和往世书是婆罗门教系统的作品。此外还有佛教和耆那教经籍中的神话传说。因此，印度古代的神话传说资源在世界各民族中最为丰富。而与印度形成鲜明对照，中国古代以二十五史为代表的史书资源在世界各民族中最为丰富。

印度古人将《罗摩衍那》称为"最初的诗"，而将《摩诃婆罗多》称为"历史"（itihāsa）。itihāsa 这个词在印度现代语言中就用作"历史"。但《摩诃婆罗多》并非现代意义上的"历史"。《摩诃婆罗多》展现的是神话化的历史。也就是说，《摩诃婆罗多》描述的婆罗多族大战即使有历史依据，也早已淹没在神话传说中了。例如，前面提到在《梨俱吠陀》中记载有婆罗多族首领苏达斯和十王之战，大致讲述苏达斯与特利楚族结盟，战胜十王联盟。但在现存《摩诃婆罗多》中，既未见有名为苏达斯的婆罗多族首领，也未见有名为特利楚族的盟友。印度现代考古学家也曾试图发掘婆罗多族大战遗址，但没有取得像西方发掘希腊史诗中的特洛伊城遗址那样的成绩。为了证明婆罗多族大战是历史，也有印度学者引用玄奘《大唐西域记》（卷四《萨他泥湿伐罗国》）中的材料："闻诸耆旧曰：昔五印度国二王分治，境壤相侵，干戈不息。两主合谋，欲决兵战，以定雌雄，以宁氓俗。……两国合战，积尸如莽。迄于今时，遗骸遍野，时既古昔，人骸伟大。国俗相传，谓之福地。"[①]玄奘于七世纪访问印度，他在这里记叙的印度古代传说，确实类似《摩诃婆罗多》的主体故事。但是，距玄奘一千多年前发生的战争，大批遗骸还暴露在野外，难以置信。无疑，玄奘的《大唐西域记》以其丰富的史料为印度现代史学家构建印度七世纪戒日王时代的历史做出了宝贵的贡献。但上引材料难以成为证明婆罗多族大战是历史的证据。

中国古代神话虽然远远不如印度古代神话丰富和系统，但有些神话体现的原始想象力和思维方式，双方是一致的。例如，在创世神话方面，《梨俱吠陀》中有一首"原人颂"（10.19），描写"原人（Puruṣa）有千头、千眼和千足，覆盖整个大地，还超出十指"。众天神举行祭祀，以这位原始巨人作祭品。众天神宰割这个"原人"时，他的"嘴成为婆罗门，双臂成为刹帝利，双腿成为吠舍，

[①] 参见古普特（S. P. Gupta）和罗摩钱德兰（R. S. Ramachandran）编《〈摩诃婆罗多〉——"神话和现实"论争集》，德里，1976年，第185、191页。

双脚成为首陀罗①。从他的心中产生月亮，眼中产生太阳，嘴中产生因陀罗和火，呼吸中产生风。从他的肚脐中产生空，头中产生天，脚中产生地，耳中产生方位，组成世界"。这则神话的特殊之处是将祭祀说成创世的动因，充分体现婆罗门教崇尚祭祀的宗教意识。吠陀时代后期的奥义书哲学宣扬"梵我同一"，也利用和改造这则神话，将"自我"（即"梵"）说成是创世的动因。《爱多雷耶奥义书》中描述道："最初，自我就是这个。他是唯一者，没有其他眨眼者。他想：'现在让我创造世界吧！'他创造这些世界：水、光、死亡和水。水在天之上，天是支撑者。光是天空。死亡是地。地下是水。他思忖：'这些是世界，现在让我创造世界的保护者吧！'于是，他从水中取出原人，赋予形状。他给原人加热。原人受热后，嘴张开，似卵。从嘴中产生语言，从语言中产生火。鼻孔张开，从鼻孔中产生气息，从气息中产生风。眼睛张开，从眼睛中产生目光，从目光中产生太阳。耳朵张开，从耳朵中产生听觉，从听觉中产生方位。皮肤张开，从皮肤中产生汗毛，从汗毛中产生草木。心张开，从心中产生思维，从思维中产生月亮。肚脐张开，从肚脐中产生下气，从下气中产生死亡。生殖器张开，从生殖器产生精液，从精液中产生水。"（1.1.1—4）

而在中国古代神话中，有盘古"垂死化身"的神话："首生盘古，垂死化身。气成风云，声为雷霆，左眼为日，右眼为月，四肢五体为四极五岳，血液为江河，筋脉为地里，肌肉为田土，发髭为星辰，皮毛为草木，齿骨为金石，精髓为珠玉，汗流为雨泽，身之诸虫，因风所感，化为黎甿。"（《绎史》卷一引《五运历年记》）还有盘古"开天辟地"的神话："天地浑沌如鸡子，盘古生其中。万八千岁，天地开辟，阳清为天，阴浊为地。盘古在其中，一日九

---

① 婆罗门、刹帝利、吠舍和首陀罗是四种种姓。这里是将吠陀时代形成的种姓社会制度神话化。

变，神于天，圣于地。天日高一丈，地日厚一丈，盘古长一丈。如此万八千岁，天数极高，地数极深，盘古极长。后乃有三皇。"（《艺文类聚》卷一引《三五历记》）这里描述的盘古正像印度神话中的"原人"，也是原始巨人。而盘古生于"鸡子"中，则与印度史诗和往世书中的梵天创世神话相似：梵天沉睡在金卵中，醒来后，金卵分成两半，变成天和地。《摩奴法论》则指出这位"梵天"就是那位"原人"（1.11）。无论是原人、梵天或盘古创世神话，都体现古人将宇宙拟人化或拟生物化的原始思维方式。

由于盘古创世神话在中国古代神话中属于晚出部分，又主要流传于南方，中国现代学者往往推测它源自印度神话。根据之一是三国吴竺律炎与支谦共译《摩登伽经》中记载有自在天创世神话："自在天者，头以为天，足成为地，目为日月，腹为虚空，发为草木，流泪成河，众骨为山，大小便利，尽成于海。"汉译佛经中的这则材料早于中国古籍中有关盘古神话的记载[1]。另外，有学者从字音上探源，盘古的盘字起首辅音是唇音 p，印度梵天（Brahman）一词的起首辅音是唇音 b，因而盘古源自梵天（Brahman）。最近，有学者认为印度"原人"（Puruṣa）前两个音节中，第一音节 pu 转化为"盘"，第二音节 ru 转化为"古"，因而盘古源自"原人"（Puruṣa）[2]。这两种对音探源似乎都有点勉强，但可以聊备一格。

夸父逐日和精卫填海是《山海经》中两则著名的神话。而在上座部佛典《本生经》中，也有在神话思维上相似的故事。第476《快天鹅本生》讲述两只勇敢的小天鹅决定与太阳赛跑，结果"精疲力竭，翅膀关节像着了火"，无功而返。第146《乌鸦本生》讲述一只雌乌鸦被海浪卷走，众乌鸦一齐用嘴叼水，决心把海水舀

---

[1] 参见饶宗颐《梵学集》，上海古籍出版社1993年版，第69页。
[2] 参见谭中、耿引曾《印度与中国——两大文明的交往和激荡》，商务印书馆2006年版，第94页。

干，最终"嘴巴发涩，咽喉疼痛，大海依旧，徒劳无功"①。当然，与这两则本生故事相比，夸父逐日和精卫填海显得更有悲壮色彩。

这说明即使是一些相同的神话类型，也会呈现不同的民族色彩。例如，在世界各民族中，一般都有洪水传说：巴比伦史诗《吉尔伽美什》中的洪水传说，《旧约·创世记》中的"挪亚方舟"传说，希腊神话中的"丢卡利翁方舟"传说。印度和中国也不例外。在印度史诗和往世书神话中，描写洪水来到时，大神梵天（或毗湿奴）化身为一条头上长角的鱼，牵引一条船，拯救人类始祖摩奴，让他躲过灭顶之灾。洪水过后，摩奴修炼苦行，创造各种生物。中国则有"鲧禹治水"传说："洪水滔天。鲧窃帝之息壤以堙洪水，不待帝命。帝令祝融杀鲧于羽郊，鲧复（腹）生禹。帝乃命禹卒布土以定九州。"（《山海经·海内经》）其中，"鲧复（腹）生禹"，有的文献描述为"鲧死三岁不腐，剖之以吴刀，化为黄龙"（《山海经·海内经》注引《开筮》），或"大副（劈）之吴刀，是用出禹"（《初学记》卷二二引《归藏》）。关于大禹治水，有的文献描述为"禹尽力沟洫，导川夷岳，黄龙曳尾于前，玄龟负青泥于后"（《拾遗记》卷二）。也就是说，鲧治理洪水采用填堵的方法，而禹采用疏导和填堵相结合的方法。还有文献描述大禹治水过程中，逐共工，杀相柳，诛防风氏，擒无支祁，历尽艰险。

相比之下，印度洪水传说中突出人类依靠大神救助，度过洪水灾难，而中国洪水传说中，突出人类依靠自身力量，顽强奋斗，克服自然灾害。在中国古代神话中，鲧禹治水的传说散见于各种典籍，累积的资料还是比较丰富的。但考察这些资料，可以发现这则上古神话在儒家文化背景中传承，逐渐被历史化。屈原在《天问》中，对鲧禹治水传说中的一些神话因素提出疑问，体现理性的思维

---

① 《佛本生故事选》，郭良鋆、黄宝生译，人民文学出版社1985年版，第92、299页。

方式。而在《孟子·滕文公上》和《史记·夏本纪》中记载的大禹治水传说，神话因素和色彩删削殆尽，神话已全然变成历史传说。

将神话历史化的一个著名例子是孔子对"黄帝四面"的解释："子贡问孔子曰：'古者黄帝四面，信乎？'孔子曰：'黄帝取合己者四人，使治四方，不计而耦，不约而成，此之谓四面也。'"（《太平御览》卷七九引《尸子》）黄帝是中国古代神话中统治宇宙的天帝，居住在"百神之所在"的昆仑山上，犹如印度众天神居住在弥卢山上，希腊众天神居住在奥林匹斯山上。按照《山海经》中的描述，昆仑山上有各种神怪，诸如"虎身而九尾"、"人面而虎爪"的神陆吾，"蛇身人面"的神窫窳，看护琅玕树的"三头人"，九首人面的"开明兽"。因此，"黄帝四面"也不足为奇。孔子的高明之处在于将神话读作隐喻，充分体现儒家理性思维的力度。

这里顺便提及，章学诚在《文史通义》中对佛教神话的阐释可谓深得孔子解释神话方法的精髓。他指出佛经中的"丈六金身，庄严色相，以至天堂清明，地狱阴惨，天女散花，夜叉披发，种种诡幻，非人所见，儒者斥之为妄，不知彼以象教，不啻《易》之龙血玄黄，张弧载鬼。是以阎摩变相，皆即人心营构之象而言，非彼造作诳诬以惑世也"（《易教下》）。他的这种洞见底蕴的阐释无疑是依据《易经》"立象以尽意"的原理。故而他认为"《易》象通于《诗》之比兴"。按钱锺书的说法，也就是"《易》之有象，取譬明理也"[①]。

与"黄帝四面"相对应，印度有"梵天四面"的神话传说。《罗摩衍那》描写梵天"有四个面孔，威力无穷"（1.2.12）。《摩诃婆罗多》描写梵天"有四部吠陀、四个形体和四张脸"（3.194.12）。《罗摩衍那》的描写隐含梵天统治四方。《摩诃婆罗

---

① 钱锺书：《管锥编》第1册，中华书局1979年版，第12页。

多》的描写还隐含梵天的四张脸（caturmukha，也可读作"四张嘴"）创造四吠陀。而在往世书中，围绕"梵天四面"的形象又衍生出各种神话传说。《薄伽梵往世书》描写梵天从毗湿奴的肚脐莲花中诞生后，依次观看四方，由此形成四张脸。而在别的往世书中，则描写梵天创造出第一个女人娑罗私婆蒂后，为女性美所震慑，满怀激情地盯着她。娑罗私婆蒂害羞，往梵天左右和后面躲，梵天的头部随之长出另外三个面孔。娑罗私婆蒂不得不跳上空中，而梵天头顶上又长出一个面孔。这第五个面孔后来被湿婆砍掉，因此，梵天仍然保留四个面孔的形象。而关于湿婆砍掉梵天第五个面孔，在往世书中又有不同描述。有的描述毗湿奴先创造出五头梵天，又创造出湿婆。梵天和湿婆互争高下，招惹湿婆发怒，砍掉梵天的一个头。有的则描述梵天和毗湿奴互争高下，湿婆竖起巨大的林伽柱①，让他俩寻找它的两端，以决高下。毗湿奴向下寻找底端，梵天向上寻找顶端，都没有找到。然而，梵天谎称自己找到，招惹湿婆发怒，砍掉梵天的一个头。

除了将神话读作隐喻，孔子还利用语言表达中常有的模糊性，采用不同的句读，消解神话。《尚书·尧典》中记载夔是舜的乐官，而《山海经·大荒东经》中记载夔是一种神兽，"状如牛，苍身而无角，一足，出入水则必风雨，其光如日月，其声如雷"。故而，鲁哀公问于孔子曰："吾闻古者有夔一足，其果信有一足乎？"孔子对曰："夔非一足也，一而足也。"（《韩非子·外储说左下》）这里，孔子将"夔，一足"读作"夔一，足"，也就割断了夔与神话的关联。《吕氏春秋·察传》中也引用此例，称颂孔子善于辨察："辞多类非而是，多类是而非。是非之经，不可不分。此圣人之所慎也。然则何以慎？缘物之情及人之情以为所闻，则得之矣。"

----

① 林伽（liṅga）即男性生殖器，象征大神湿婆的巨大创造力。

而对于印度古人，语言表达中的模糊性恰好成为发挥神话想象力的空间。毗湿奴在《梨俱吠陀》中是一位小神。在有关颂诗中，常常提到他的"三个跨步"。但对这"三个跨步"的描写并不清晰。或说"他的永不衰弱的三步充满甜蜜，维持三要素，大地、天空和一切生物"（1.154.4）。或说"他步伐宽阔，三步到达众神欢乐的天国"（8.24.7）。在后来的梵书中，便将毗湿奴的"三步"说成意味覆盖三界。在史诗和往世书神话中，毗湿奴升格为三大神之一。这"三步"进而演化为毗湿奴化身侏儒救世的神话传说：阿修罗王钵利曾经夺得三界统治权。于是，毗湿奴化身侏儒，在钵利举行祭祀时，向他乞求三步之地。待钵利答应后，毗湿奴的身躯顿时由侏儒变成巨人。他跨出两步就占据了大地和天国，第三步则把钵利踩入地下（《薄伽梵往世书》）。

这类情况说明，中国古代的许多神话种子如果具有印度古代那样的文化土壤，也会长成一棵棵枝叶繁茂的大树。然而，中国古人历史意识成熟较早。历史意识必然倾向于消解神话思维，而强化理性思维。这样，中国古代的神话的发展不仅受到抑制，还遭遇历史化。

在中印神话比较中，还可以发现对某个同样问题的思考，在印度形成神话，而在中国没有形成神话。例如，在印度古代的宇宙论中，有一种时代循环论神话。按照印度史诗和往世书神话，宇宙处在创造和毁灭的无穷循环中。而在宇宙从创造到毁灭的一个周期内，人类社会也处在四个时代的循环往复中。四个时代是圆满时代、三分时代、二分时代和迦利时代。圆满时代是指充满正义的时代，以下三个时代正义依次减却四分之一。这样，迦利时代正义只剩四分之一，也就是正义不占主导地位而充满混乱和争斗。最后，由大神化身下凡铲除邪恶，恢复正义，重建圆满时代。

这种时代循环论神话体现一种历史退化论观念。它类似古希腊赫西俄德的《工作与时日》中描述天神依次创造五个时代：黄金时代、白银时代、青铜时代、英雄时代和黑铁时代。在用金属标志时代这一点上，中国古代也有类似做法。汉代《越绝书》中以兵器标志时代："轩辕、神农、赫胥之时，以石为兵"，"黄帝之时，以玉为兵"，"禹穴之时，以铜为兵"，"当此之时，作铁兵"。中国古人同样有对人类社会盛衰变易的思考，却没有神话化。《礼记·礼运》中将人类社会发展分成"大同"和"小康"，即由原始公有社会变成私有社会。这也是一种历史退化论，其中包含对原始公有社会的理想化。韩非子也表达有类似看法："上古竞于道德，中古逐于智谋，当今争于气力。"（《韩非子·五蠹》）而在《淮南子》中，既有历史退化论：从"至德之世"逐渐衰微，最后成为"离道以伪"之世（《俶真训》），也有治乱交替的历史进化论（《览冥训》）。还有，邹衍依据阴阳五行学说，提出"五行相胜"、"五德终始"的历史循环论，其中虽然含有天命观，但立足点还是人事观。这些都是中国古人试图总结社会盛衰和王朝兴亡的历史经验，并没有形成由天神创造或操控的历史循环论。这也可以说是中国古人历史意识成熟较早的又一种表现。

　　以上围绕神话和历史这个命题，对中印两国古代神话的形态和特点，做了一些分析和比较。但这里需要申明的是，以上所谓中国神话是指中国汉族神话，没有包括中国少数民族的神话。如果说中国汉族神话不发达，也缺少史诗，那么，中国少数民族的神话和史诗资源却十分丰富。国内有不少从事中国少数民族神话和史诗研究的学者。他们在比较神话学领域中，"英雄大有用武之地"，必然会有更多的学术创获。

（原载《外国文学评论》2006年第3期）

附录二

宗教和理性

——中印古代文化传统比较之二

印度现存最早的文献是四部吠陀。就它们各自的主要特征而言，《梨俱吠陀》是颂神诗集，《娑摩吠陀》是颂神歌曲集，《夜柔吠陀》是祈祷诗文集，《阿达婆吠陀》是巫术诗集。它们的编订成集，尤其是前三种吠陀，是适应祭祀仪式的需要，体现由原始宗教转化成人为宗教（婆罗门教）的过程。

婆罗门教祭祀通常分成家庭祭和天启祭两类。家庭祭是有关出生、婚丧、祭祖和祈福等日常生活祭祀仪式，只需要点燃一堆祭火，由家主本人担任司祭者，至多请一个祭司协助。天启祭是贵族和富人，尤其是国王举行的马祭和王祭等重大祭祀仪式，需要点燃三堆祭火，由四位祭官统领一批祭司担任司祭者。四位祭官分别是：劝请者祭司，由他念诵《梨俱吠陀》颂诗，赞美诸神，邀请诸神出席祭祀仪式；咏歌者祭司，由他伴随供奉祭品，高唱《娑摩吠陀》颂诗；行祭者祭司，由他执行祭祀仪式，同时低诵《夜柔吠陀》中的祷词和祭祀规则；监督者祭司（"梵祭司"），由他监督整个祭祀仪式，避免出现任何差错。

从语言和诗律以及诗中反映的地理和文化背景表明《阿达婆吠陀》的编订成集晚于前三种吠陀。但这并不意味《阿达婆吠陀》

中的巫术诗产生时间晚于前三种吠陀中的颂神诗。巫术是属于原始宗教乃至前于宗教的古老社会现象。颂神诗的主要特点是向诸神表达崇拜、敬畏、赞美、祝祷和祈求。而巫术诗的主要特点不是抚慰和乞求自然力量或超自然力量，而是命令和劝说。在原始宗教中，这两者有时也难以截然区分。实际上，《梨俱吠陀》中也有巫术诗，《阿达婆吠陀》中也有颂神诗，只是前者以颂神诗为主，后者以巫术诗为主。

在吠陀时代形成的种姓社会制度中，种姓地位的排列次序是婆罗门、刹帝利、吠舍和首陀罗。执掌宗教事务的婆罗门地位居于执掌王权的刹帝利之前。随着宗教祭祀活动的发展，祭祀与巫术渐渐分离，并出现祭司排斥巫师的现象。上层婆罗门祭司经常将《梨俱吠陀》、《娑摩吠陀》和《夜柔吠陀》统称为"三吠陀"，而将《阿达婆吠陀》排除在外。尽管如此，《阿达婆吠陀》依然在宗教祭祀活动中，尤其在家庭祭中，具有一定的地位和作用。如在《摩奴法论》中，提到梵天创造吠陀时，只提到《梨俱吠陀》、《娑摩吠陀》和《夜柔吠陀》，合称"三吠陀"（1.23）。而在另一处又提到婆罗门应以《阿达婆吠陀》为语言武器，打击敌人（11.33）。实际上，在史诗和往世书以及古典梵语文学作品中，带有巫术性质的诅咒和祝福（尤其是赐予恩惠）现象屡见不鲜[①]，体现了巫术思维在古代社会中的顽强生命力。

在吠陀时代，印度古人崇拜神祇，热衷祭祀。而婆罗门主导祭祀活动，并在祭祀活动中接受布施和酬金，是最大的实际受益者。在吠陀时代后期出现的各种梵书是婆罗门的"祭祀学"著作。它们为各种祭祀仪式制定规则，诸如祭火和祭司的数目、祭祀的时间和地点、吟诵的颂诗、供奉的祭品和祭祀用品等，并千方百计将祭祀

[①] 关于史诗《摩诃婆罗多》中的诅咒和祝福现象，参见拙著《〈摩诃婆罗多〉导读》，中国社会科学出版社2005年版，第88—90页。

仪式繁琐化和神秘化，以便婆罗门祭司独揽祭祀大权。在梵书中，祭祀本身成了最高目的。一切力量都源自祭祀，连天神也不例外。而婆罗门祭司执掌祭祀，也被抬高到等同天神的地位。婆罗门教的祭祀论至此达到鼎盛。

此后出现的各种森林书和奥义书，体现对祭祀意义的另一种思路。森林书强调内在的或精神的祭祀，以区别于外在的或形式的祭祀。这样，森林书标志由梵书的"祭祀之路"转向奥义书的"知识之路"。奥义书的核心内容是探讨世界的终极原因。奥义书确认梵（Brahman）是世界的本原，提出"梵我同一"（即世界灵魂和个体灵魂同一）的理念。与此相应，还有轮回论和业报论。奥义书认为人死后，通过灵魂转移获得再生。但再生为什么，取决于人生前的行为（"业"）。然而，人生的最高目标是解脱，即超脱轮回。解脱的方法就是认识自我与梵的同一。

如果说奥义书的哲学思辨代表婆罗门教内部的思想革命，那么，在此期间出现的沙门思潮则是反对婆罗门教的各种宗教和哲学思想派别。其中的佛教、耆那教和顺世论具有代表性。佛教和耆那教都否认婆罗门教经典吠陀的权威性，反对杀生祭祀，反对婆罗门祭司的特权地位。他们都相信轮回论和业报论。耆那教主张恪守各种戒律，尤其是奉行苦行和不杀生，以求得解脱。佛教主张通过"戒、定和慧"，灭寂欲望，以求得"涅槃"。佛教和耆那教都体现对婆罗门教崇拜神祇和祭祀的理性质疑。在对世界和人的思考中，也都含有丰富的哲学思辨，如佛教的"缘起说"和耆那教的"七支论法"。但佛教和耆那教都相信轮回和业报，因此，在追求解脱的终极目标上，依然囿于非理性思维。顺世论是印度古代唯物主义思想派别。顺世论认为世界的本原是"地、水、火、风"四大物质元素，否认脱离肉体的灵魂存在，反对业报、轮回、祭祀和苦行等一切宗教教义。在印度古代宗教氛围浓重的社会背景中，顺世论成为一种思想异端，既受到正统的婆罗门教排斥，也得不到非正统的佛教和耆那教的认可。因此，顺世论的原始著作未能留传于世。有关它的思想资料是通过其他著作将它作为批判对象，以零散、片断或歪曲的方式保存了下来。

整个沙门思潮对婆罗门教形成巨大冲击。佛教和耆那教不仅对低层民众有吸引力，也受到刹帝利王族的支持。这说明吠陀时代的婆罗门教已经不能适应社会需要。于是，婆罗门教开始吸收奥义书以及佛教和耆那教的一些观念，也吸收各种民间信仰，以争取群众。婆罗门教由吠陀时代的多神崇拜演变成史诗和往世书时代的三大主神崇拜。三大主神是梵天、毗湿奴和湿婆，分别象征创造、保护和毁灭。毗湿奴和湿婆由吠陀神祇中的毗湿奴和楼陀罗演变而成。梵天的形成过程相对复杂一些。按照印度学者巴苏（S. P. Basu）的描述，由梵（Brahman，中性）演变成梵天（Brahman，阳性）的过程大致如下：Brahman（中性）在早期吠陀文献中意味颂诗和祷词，进而演变成 Brahman（阳性），意味创作或吟诵颂诗的婆罗门仙人或祭司，进而意味祭司中的监督者祭司（"梵祭司"），又意味祈祷主（Brahmaṇaspati）、天国祭司毗诃波提（Bṛhaspati）和生主（Prajāpati），最后演变成创造主梵天。例如，在《摩诃婆罗多》描写洪水传说的插话中，就将梵天称为"生主梵天"（3.185.48）。与此相平行的另一种演变过程是：Brahman（中性）意味祭祀，进而意味作为世界本原的至高存在梵（Brahman，中性），最后演变成创造主梵天（Brahman，阳性）[1]。因此，梵天实际上是祭司、祭祀和世界本原的神化。通过史诗和往世书的创作和传播，围绕这三大主神的神话传说在民间得到普及。这种新婆罗

---

[1] 参见 S. P. 巴苏《梵天的概念》，德里，1986 年，第 66 页。这里顺便提及，在国内有关论著或译著中，常有混淆梵和梵天的现象。因此，在英语著作中遇到 Brahman（或 Brahma）一词时，要特别留心上下文，以确认是梵还是梵天。

门教（或称印度教）在发展中，逐渐形成毗湿奴教派、湿婆教派和性力教派以及各种支派，遍布印度各地。

中国殷商时代也是崇拜神祇的时代。而直接记录殷商宗教的史料稀缺，因此，现代学者十分重视《国语·楚语》中观射父关于"绝地天通"的论述。按照观射父的说法，中国上古时代曾经由"民神不杂"转变成"民神杂糅"。"民神杂糅"是指"家为巫史"，人人都可以通神和祭祀。这样，人神混同，百姓失去敬畏之心，祭祀失效，招惹灾祸。于是，颛顼"命南正重司天以属神，命火正黎司地以属民，使复旧常，无相侵渎，是谓绝地天通"。也就是明确社会分工，通神和祭祀专职化，由巫觋担任。这类似印度吠陀时代后期形成种姓社会，由婆罗门执掌宗教祭祀，不同的是，婆罗门在印度种姓社会中的地位高于刹帝利（王族），而中国古代的巫觋依附王权。

巫觋的任务是降神，向神供奉祭品。巫觋中还有"祝"和"宗"的分工。按照《周礼·春官宗伯》中的记载，执掌宗教礼仪的职官分工很细，有七十类。但一般通称为"宗祝巫史"，或简称"巫史"。因此，巫的职能大体相当于印度古代的婆罗门祭司。如今，英语 magic 一词译为"巫术"。一般读者见到"巫"字，很容易理解为"巫师"（magician）。其实，中国上古时代巫的职能主要是祭司（priest），或者兼作巫师。这也与印度古代婆罗门祭司的情况类似。印度吠陀时代有《阿达婆吠陀》这样的巫术诗集，而在中国上古文献中，要寻找祭神的颂诗和祷词还容易，而要寻找巫术诗这类资料却很困难。《周礼·夏官》中记载："方相氏掌蒙熊皮，黄金四目，玄衣朱裳，执戈扬盾，帅百隶而时难，以索室驱疫。"这是施展巫术，驱逐疫鬼。《山海经·大荒北经》中记载："魃时亡之。所欲逐之者，令曰：'神北行！'先除水道，决通沟渎。"这是用咒语驱逐旱魃。至于《吕氏春秋·古乐》中记载："昔葛天氏之乐，三人操牛尾，投足以歌八阕：一曰载民，二曰玄鸟，三曰遂草木，四曰奋五谷，五曰敬天常，六曰达帝功，七曰依地德，八曰总万物之极。"这里提及的"歌八阕"看来不像巫术诗，更像祭神的颂诗。还有，《史记·滑稽列传》中记载的田者祝辞："瓯窭满篝，污邪满车，五谷蕃熟，穰穰满家"；《礼记·郊特牲》中记载的伊耆氏蜡辞："土反其宅，水归其壑，昆虫毋作，草木归其泽"；《文心雕龙·祝盟》中记载的舜祠田辞："荷此长耜，耕彼南亩，四海俱有"。这些都不是巫术诗或咒语，而是祭神的颂诗或祷词。

在中国古代，巫史并称，也是一个值得重视的文化现象。很可能在殷商早期，宗祝巫史可以互兼，一身多任。后来，分工越来越细。如《周礼·春官宗伯》中所记载，分为大宗伯、小宗伯、内宗、外宗、大祝、小祝、司巫、男巫、女巫、大史、小史、内史、外史和御史，等等。其中，"史"的职责主要是记录时事，起草文书，掌管典籍，并参与卜筮和祭祀。《礼记》中记载："王前巫而后史，卜、筮、瞽、侑皆在左右。"（《礼运》）"动则左史书之，言则右史书之。"（《玉藻》）按照"惟殷先人，有册有典"（《尚书·多士》）的说法，中国古代的修史传统应该始于殷代。然而，留存于世的最早典籍主要是《易》、《书》、《礼》、《诗》和《春秋》，也就是说，殷周时代的典籍绝大多数已经亡佚。但现代学者从春秋战国文献中辑录的亡佚典籍书名仍有七八十种之多①。其中多数是《尚书》和《春秋》一类的典籍。这表明殷周时代史官制作的文书档案和编撰的史书数量可观。因而，春秋时期编年体史书《春秋》和汉代司马迁纪传体史书《史记》的产生绝非偶然。

尤其重要的是，史官掌管文献，记录王族世系、政治、战争、

---

① 参见江林昌《中国上古文明考论》，上海教育出版社 2005 年版，第 478、479 页。

灾变、卜筮和祭祀等，利于总结历史经验，促进理性思维。《礼记·表记》中说："殷人尊神，率民以事神，先鬼而后礼。"而"周人尊礼尚施，事鬼敬神而远之，近人而忠焉"。这标志着中国思想史上的一个重大转折：由重鬼神转向重人事。《尚书》中提出"天聪明，自我民聪明；天明畏，自我民明威"（《皋陶谟》）；"天视自我民视，天听自我民听"（《泰誓中》）。孔子便是这个思想转折的代表人物。他以"不语怪力乱神"（《论语·述而》）著称，强调"务民之义，敬鬼神而远之，可谓知矣"（《雍也》）。但他也不完全否定鬼神和祭祀，而是采取"祭如在，祭神如神在"（《八佾》）的灵活态度，将宗教祭祀改变成道德礼仪，由对鬼神的崇拜改变成对天地和祖先的敬畏和感恩。

在人和神的关系上，重人事的言论在春秋战国思想家中所在多见。季梁曰："夫民，神之主也，是以圣王先成民而后致力于神。"（《左传·桓公六年》）史嚚曰："神，聪明正直而壹者也，依人而行。"（《左传·庄公三十二年》）叔兴曰："是阴阳之事，非吉凶所生也。吉凶由人。"（《左传·僖公十六年》）而在兵法著作《孙子》中，重人轻神的思想表现尤为鲜明："先知者不可取于鬼神，不可象于事，不可验于度，必取于人，知敌之情者也。"（《用间篇》）显然，春秋战国时代这种理性思维的勃发应该归功于殷周以来史学的发展。实践经验记录在案，便于检验和总结，自然而然形成正视现实、祛除巫魅的理性思维方式。

中国自殷周时代起，由以口头文化为特征的神话传说时代转向以书面文化为特征的历史时代，历史意识促进理性思维，至春秋战国形成以孔子为代表、以礼教为核心的儒家思想。而印度在列国时代以及此后很长的历史时期内，依然保持以口耳相传为主的创作和传播方式。历史不断转化为神话传说，史学无法产生。神话传说和宗教信仰互相依存，携手并进。因而，在印度列国时代，吠陀神话转变为史诗和往世书神话，婆罗门教转变为印度教。即使在这个时代与婆罗门教抗衡的佛教和耆那教，也都有自己的宗教信仰和神话传说。

然而，印度古代宗教和神话发达，并不意味印度古代缺乏理性思维。因为宗教并不涵盖全部社会生活，同时，对超自然力量的信仰也不是宗教的全部内容。起码，人类为了生存，制作和改良生产工具，不断提高生产能力，就离不开理性思维。理性思维一般分成实用理性和思辨理性。还有一种称作"直觉"的思维方式，可以有两种理解：一种是理解为依据经验的直接判断，另一种是理解为超越经验和理性的体悟。这样，直觉思维既可以通向实用理性或思辨理性，也可以通向非理性。

吠陀时代出现的"六吠陀支"即礼仪学、语音学、语法学、词源学、诗律学和天文学，是研究吠陀的辅助学科。其中关于语言和天文的研究主要体现实用理性。吠陀时代后期产生的梵书是祭祀学著作，宣扬祭祀万能，体现非理性。随后产生的奥义书探讨终极真实，确认梵是世界的本原，体现思辨理性。按照奥义书，梵是抽象的本体，不可言说，不可思议，只能通过直觉体认，或采用"遮诠法"，或采用譬喻和类比。奥义书的思辨理性开了印度哲学的先河。

印度正统哲学分为六派：数论、瑜伽、胜论、正理、弥曼差和吠檀多。印度哲学通常将认知世界的方式归纳为四种：一为现量，依据感觉；二为比量，依据推理；三为喻量，依据类比；四为声量，依据权威言论。这些哲学派别大多运用概念或范畴展开思维，体现思辨理性，称为"哲学"（按照印度术语则是"见"），名副其实。然而，由于婆罗门教在印度古代思想领域中占据统治地位，这些哲学派别大多不能完全摆脱有神论。甚至以逻辑学见长的正理派，也会运用推理论证神的存在。这说明这些哲学派别尚未脱离宗教而独立。正因为如此，它们被称为"正统哲学"，即属于婆罗门教系统的哲学。

与正统哲学相对应的非正统哲学是顺世论、佛教和耆那教。顺世论重视感觉经验，体现实用理性。佛教和耆那教与婆罗门教一样，都具有宗教信仰，但在宗教思想中也含有实用理性和思辨理性。佛教提出的"俗谛"和"真谛"就体现这两者：认知"俗谛"依据实用理性，认知"真谛"依据思辨理性或直觉。

中国春秋战国的诸子百家中，以孔子为代表的儒家体现实用理性。儒家主要关注政治和伦理，理论构建以实用为目的。《易经》在这个时期经过《易传》的阐释，也已由卜筮之书变成哲理之书。它以八卦为象征符号，展示天、地和人的各种关系和变化规律。以老子为代表的道家和以墨子、惠施、公孙龙为代表的名辩学体现思辨理性。老子的《道德经》确认道是世界的本原。如同奥义书中的梵，道作为抽象本体，不可言说，即"道可道，非常道；名可名，非常名"。或按《庄子》中的说法："道不可闻，闻而非也；道不可见，见而非也；道不可言，言而非也。"（《知北游》）老子以道贯通天、地和人，即"人法地，地法天，天法道，道法自然"。老子本人出身史官。与奥义书哲学相比，老子哲学更多地体现历史经验的升华。如果我们将奥义书哲学称为宗教哲学，而将老子哲学称为历史哲学，也未尝不可。而名辩学旨在探索逻辑思维方法。但与印度古代逻辑学相比，名辩学与政治伦理结合紧密，对逻辑思维形式的分析和归纳不够充分和明晰。它最终未能形成一门专门研究逻辑思维形式的独立学科。印度的正理派哲学确立推理"五支论式"：宗、因、喻、合和结。后来佛教因明学将"五支论式"改造成"三支论式"或"两支论式"。玄奘在七世纪引入印度佛教因明学，也未受重视，后继乏人。这表明中国古人对待思辨理性，更乐于接受老庄式的思辨理性，兼容实用理性和直觉体悟，灵活自由，而非纯粹的思辨理性。

中国古代文化格局在魏晋南北朝时期基本定型，儒家体现实用理性，道家、玄学和名辩学体现思辨理性，道教和佛教分担宗教信仰。大凡每个民族的文明发展中，实用理性、思辨理性和宗教信仰都会有各自存在的理由和价值。而在中国古代文化传统中，儒家实用理性占据主导地位，也是中国文明发展的自然选择。如上所述，形成这种选择的关键在春秋战国时代出现的思想重大转折。

印度列国时代也是思想激荡的时代，婆罗门教在沙门思潮冲击下，进行变革，转化为印度教。印度教确立三大主神崇拜，信仰轮回和解脱，也将政治和伦理纳入宗教思想体系。两大史诗和各种往世书提供神话传说，各种正统哲学提供解脱论，而各种法论提供政治和伦理法则。印度教确立人生的四大目的是法、利、欲和解脱。法是指社会职责和行为规范，利主要指财富，欲主要指爱欲，解脱是指摆脱生死轮回。印度教认为追求财富和爱欲是出于维系人类社会的需要，但必须遵循宗教、政治和伦理法则。而人生的最高目的是解脱。

可见，印度教中既含有宗教信仰，也含有实用理性和思辨理性。只是在功能发挥和表现形态上，与中国有所不同。儒家在中国古代文化传统中占据主导地位，以政治和伦理为核心的经学和史学发达。而印度教在印度古代文化传统中占据主导地位，神话和史诗发达，各种法论和哲学都烙有宗教信仰的深深印记。无疑，这种文化差异主要是在雅斯贝尔斯所谓的"轴心时代"即中国的春秋战国时代和印度的列国时代形成的。

（原载《中国社会科学院学术咨询委员会集刊》第3辑，2007年）

附录三

语言和文学

——中印古代文化传统比较之三

梵语属于印欧语系。现存《梨俱吠陀》是印欧语系中的最早文献。汉语属于汉藏语系。现存商周甲骨文是汉藏语系中的最早文献。文字是语言的书写符号。汉字从甲骨文,经由小篆和隶书,演变成自东汉至今通用的楷书字体。而在印度的吠陀文献中,找不到有关文字的记载。在吠陀神话中,语言被尊奉为女神,但没有中国上古神话中苍颉创制文字那样的传说。印度现存最早的、可以辨读的文字见于吠陀时代之后,即公元三世纪的阿育王石刻铭文,使用婆罗米(Brāhmī)和佉卢(Kharoṣṭrī,或称"驴唇体")两种字体。婆罗米字体由左往右书写,后来演变成包括梵语天城体在内的印度各种语言的字体。佉卢字体由右往左书写,显然受西亚波斯字体影响,后来在印度消亡[①]。中国藏文字体约在七世纪借鉴梵语字体创制而成,八思巴蒙文字体则是借鉴藏文字体。还有,古代龟兹和焉耆吐火罗语也采用印度婆罗米字体。

[①] 梁僧祐编撰的《出三藏记集》中提及印度古代这两种文字:"昔造书之主凡有三人。长名曰梵,其书右行。次曰佉楼,其书左行。少有苍颉,其书下行。梵及佉楼居于天竺,黄史苍颉在于中夏。"(《胡汉译经音义同异记》)梵天创造文字的传说出现在吠陀时代之后。

通常情况下，人类上古时代的作品如果不依靠文字记录，很难留存于世。埃及的《亡灵书》等作品书写在纸草纸上，巴比伦的史诗《吉尔伽美什》等作品刻写在泥版上，得以在近代考古发掘中重见天日；中国的"五经"书写在简帛上，得以传承至今。而印度的四部吠陀——《梨俱吠陀》、《婆摩吠陀》、《夜柔吠陀》和《阿达婆吠陀》，采用口头方式创作①，于公元前十五世纪至公元前十世纪之间编订成集后，不依靠文字书写，代代相传，历久不变，完整地保存至今，不能不说是世界文化史上的一个奇迹。其中的奥秘在于吠陀特殊的传承方式。每首吠陀颂诗有五种诵读方法：一、"本集诵读"：按照诗律诵读；二、"单词诵读"：拆开连声，每个词单独发音；三、"相续诵读"：每个词依照 ab、bc、cd、de……的次序诵读；四、"发髻诵读"：每个词依照 ab、ba、ab；bc、cb、bc……的次序诵读；五、"紧密诵读"：每个词依照 ab、ba、abc、cba、abc；bc、cb、bcd、dcb、bcd……的次序诵读。这种传承方式不惮繁琐，旨在强化记忆。吠陀是婆罗门教的圣典。婆罗门祭司必须确保在宗教祭祀中吠陀颂诗的使用准确无误。

　　吠陀的这种特殊传承方式起到与文字记录相同的作用。然而，吠陀语言保持不变，造成后人读解的困难。因为在现实生活中，语言总是随着时代变化发展的。这样，在吠陀时代后期产生"六吠陀支"，即六种辅助吠陀的学科：礼仪学、语音学、语法学、词源学、诗律学和天文学。其中的语音学、语法学和词源学构成印度古代语言学。现存最早的一部词源学著作是公元前五世纪耶斯迦的《尼录多》。这部著作是对一部汇集《梨俱吠陀》中僻字和难字的辞书《尼犍豆》的注释。其中也引用了十七位前贤的解释，而他们之间

---

① 印度学者达德（N. S. Datta）著有《〈梨俱吠陀〉作为口头文学》（新德里，1999 年）一书，揭示《梨俱吠陀》作为口头文学的特征，诸如惯用语、复沓和音步重复等。

的观点常常互相抵牾。这说明在吠陀时代后期对吠陀词语的读解就已出现不少难点。耶斯迦在《尼录多》中将词分为四类：名词、动词、介词和不变词。他确立的词源学原则是名词源自动词，即从所有的名词中都能追溯出动词词根。《尼犍豆》和《尼录多》相当于中国汉代的训诂学著作《尔雅》和刘熙的《释名》。从训诂思想上看，《尼犍豆》以动词为中心，而《尔雅》以名词为中心。但《释名》有所不同，饶宗颐先生曾指出：刘熙"利用同声的语根以动词解说名词的法则"与耶斯迦的思想"暗合"①。

公元前四世纪，印度产生了著名的梵语语法著作《八章书》。作者是波你尼，故而这部著作又称《波你尼经》。波你尼所处时代的语言已经不同于吠陀经典语言。这部著作便是分析和归纳当时通行语言的语法，予以规范化，为此后的古典梵语奠定基础。《波你尼经》分为八章，总共3983个经句。它论述了梵语中的词根、词干、词尾、前缀、后缀、派生词和复合词等语法现象，是一部完整而严密的梵语词法学②。但它采用口诀式的表述方式，语言高度浓缩，必须依靠老师讲解，学生才能理解。这是印度古代经体著作的特点，用语力求简略，便于记诵。因此，有位《波你尼经》注释者说道："语法家们觉得能省略半个音，好似生个儿子。"③ 公元前三世纪迦旃延那的《释补》是对《波你尼经》的修订补充。公元前二世纪波颠阇利的《大疏》是对《波你尼经》的疏解。《大疏》不仅是一部重要的梵语语法经典，也开创了印度后来流行的经疏文体。

---

① 饶宗颐：《梵学集》，上海古籍出版社1993年版，第23页。
② 关于《波你尼经》的具体内容，可参见金克木《印度文化论集》中的《梵语语法〈波你尼经〉概述》，中国社会科学出版社1983年版。
③ 转引自佩雷特（R. W. Perrett）编《印度哲学论集》第2卷，纽约，2001年，第187页。

玄奘在《大唐西域记》（卷第二）中将波你尼的语法著作称为"声明论"。据玄奘描述，波你尼接受自在天教导，"研精覃思，捃摭群言，作为字书，备有千颂，颂三十二言矣。究极今古，总括文言"。义净在《南海寄归内法传》（卷第四）中将波你尼的语法著作称为"苏呾啰"（即"经"字的音译），并指出此经"是一切声明之根本经也。译为《略诠意明》、《略诠要义》，有一千颂"。另外，慧立和彦悰在《大慈恩寺三藏法师传》（卷第三）中将波你尼的语法著作称为"声明记论"，并记述其神话化的成书过程："昔成劫之初，梵王先说具百万颂，后至住劫，帝释又略为十万颂。其后北印度健驮罗国婆罗门睹罗邑波腻尼仙又略为八千颂，即今印度现行者是。"《波你尼经》并非颂体，这里玄奘和义净说它有一千颂，应该是转换成颂，以折算字数。慧立和彦悰说它有八千颂，则不确。

根据中国佛教史料判断，中国古代高僧一般都是通过《悉昙章》一类教材学习梵语的，估计未必直接研读《波你尼经》。义净将《悉昙章》解释为"斯乃小学标章之称"。这从日本入唐求法僧人的有关史料中也可以见出。圆仁在《入唐求法巡礼行记》中记叙自己于会昌二年"五月十六日起首，于青龙寺天竺三藏宝月处，重学悉昙，亲口受正音"[①]。三善信行撰写的《天台宗延历寺座主圆珍传》中记载圆珍"于寺中遇天竺摩揭陀国大那兰陀寺三藏般若怛罗，受学梵字《悉昙章》"。并称"和尚（即圆珍）入唐，频遇天竺诸三藏，习学悉昙"[②]。这些表明在唐代的佛寺中，有教授"悉昙"的印度僧人。

[①] 顾承甫、何泉达点校：《入唐求法巡礼行记》，上海古籍出版社1986年版，第157页。

[②] 白化文、李鼎霞校注：《行历抄校注》，花山文艺出版社2004年版，第129、172页。

在中国和印度，出于同样的"解经"需求，首先出现的是词源学或训诂学著作。然后，随着对语言本身加深认识，在印度出现包括语音学在内的语法学著作，以《波你尼经》为代表，而在中国出现文字学著作，以许慎的《说文解字》为代表。其原因在于两国的语言形态不同：梵语是屈折语，使用拼音文字；汉语是孤立语，使用表意文字。梵语的运用必须把握与词干和词缀变化相关的各种语法规则，诸如"界"（词根）、"缘"（后缀）、"八啭声"（名词变格）、"十罗声"（动词变化）、"六释"（复合词）以及连声、词性（阳性、阴性和中性）和词数（单数、双数和复数）等。而汉语的运用与文字密切相关，正如许慎在《说文解字序》中所说："文字者，经艺之本，王政之始，前人所以垂后，后人所以识古。"许慎通晓汉字的发展演变，通过对字形结构的分析研究，总结出汉字的六种造字原则（"六书"）：指事、象形、形声、会意、转注和假借。许慎的《说文解字》不仅在汉代起到对汉字的统一规范作用，也为此后的汉语文字学奠定了坚实的基础。

两汉之际印度佛教传入中国，随着译经活动展开，梵语语音学也得到传播。一旦认识到梵语的拼音特点，自然会促进对汉语音韵的研究。正如《隋书·经籍志》中所说："自后汉佛法行于中国，又得西域胡书，能以十四字贯一切音，文省而义广，谓之婆罗门书，与八体六文之义殊别"。这里，"以十四字贯一切音"指梵语中以十四个元音与各种辅音组合成词。而"八体六文"指汉语的八种字体和六种造字原则（即"六书"）。这样，通过梵汉语言比较，启发中国古人对汉语语音的辨析，促成汉语反切和四声的发明以及等韵学的发展。

声母、韵母和声调是构成汉字语音的三要素。其中，声母和韵母借鉴梵语的辅音和元音，很容易识别。而四声发明的起源有点模糊。1934年陈寅恪先生在《清华学报》上发表《四声三问》，将四声发明的起源追溯至吠陀语中的三种声调（svara）："即指声之高低言，英语所谓 pitch accent 是也。"他认为"佛教输入中国，其教徒转读经典时，此三声之分别当亦随之输入"①。此说影响很大，国内学术界曾广泛引用。其实，陈先生的这个观点存在缺陷，俞敏先生和饶宗颐先生已先后著文提出异议。除了佛教徒按照戒律不会采用婆罗门诵法诵经这一点之外，饶先生特别指出吠陀语和梵语不同，即吠陀语"三声"已在梵语中消失②。

关于印度古代语言中的声调或重音问题，这里可以稍作介绍。吠陀语中存在三种声调，它们的使用涉及词的意义。例如，indraśatru 这个复合词由"因陀罗"和"杀死"两个词组成。若重音在前，意思是"因陀罗杀死者"；若重音在后，意思是"杀死因陀罗者"。而在梵语中，诵读时也有重音，但已经不涉及词义。按照印度学者摩尔提（M. S. Murti）的说法："古典语言（即梵语）废弃音高重音法（pitch accentuation），而转向强调重音法（stress accentuation）。"③ 因此，梵语中的重音与吠陀语中的声调有实质性的区别。与梵语中的重音不同，汉语中的四声涉及词义，但如上所述，对它们的发现也不可能是直接受到吠陀语影响。实际上，只要中国古人比照梵语，思考汉语语音问题，就必然会分辨出汉字的构成除了声母和韵母之外，还有四声。

这样，印度古代语言学包含词源学、语音学和语法学，而中国古代语言学包含训诂学、文字学和音韵学。印度古代并无文字学，这与梵语是拼音文字有关。而梵语随佛教输入中国，催生了汉语音

---

① 陈寅恪：《金明馆丛稿初编》，上海古籍出版社 1980 年版，第 328 页。
② 参见俞敏《俞敏语言学论文集》中的《后三国梵汉对音谱》，商务印书馆 1999 年版；饶宗颐《梵学集》中的《印度波儞尼仙之围陀三声论略》，上海古籍出版社 1993 年版。
③ 摩尔提（M. S. Murti）：《梵语语言学导论》，德里，1984 年，第 58 页。

韵学，却未促成汉语语法学的产生。这也与汉语是表意文字而无屈折变化有关。金克木先生曾以《波你尼经》和《说文解字》为例，指出"一个是以声音为主的语词网络系统，一个是以形象为主的文字网络系统"①。也就是说，印度古人重语音，中国古人重文字。中国古人在"解经"实践中，虽然也注意到汉语语法现象，并不断予以总结，但在近代《马氏文通》出现之前，没有产生以语法结构本身作为研究对象的语法学著作。

梵语属于印欧语系，因而十九世纪欧洲学者一接触到梵语以及《波你尼经》，无不推崇梵语，并赞叹印度古代的语言学成就。马克斯·缪勒（Max Müller）说："梵语肯定构成比较语文学唯一坚实的基础。面对一切复杂现象，它始终是唯一可靠的向导。一位比较语文学家缺乏梵语知识，就像一位天文学家缺乏数学知识。"② 由此，欧洲学者积极借鉴梵语语言学，充实和完善欧洲语言学。直至二十世纪都是如此，如美国语言学家布龙菲尔德（L. Bloomfield）称赞《波你尼经》"是人类智慧的丰碑之一。它极其详细具体地描写了作者本族言语的每一个词的屈折变化、派生词和合成的规则以及每一种句法的应用。直到今天，还没有别的语言得到这样完善的描写"③。

印度古人在语法学的基础上，也对语言进行哲学思考。思考的重点是音和义的关系。波颠阇利在《大疏》中指出表达意义是词的唯一目的。例如，一说出 gauḥ（"牛"）这个词，我们的脑子里就会出现一种具有颈垂肉、角、蹄和尾的动物形象。他认为词本身是原来存在的，恒定不变，不可分割。但它是由声音展示的。他把这

---

① 金克木：《梵佛探》，江西教育出版社 1999 年版，第 2 页。
② 转引自摩尔提（M. S. Murti）《梵语语言学导论》，德里，1984 年，第 320 页。
③ 布龙菲尔德：《语言论》，袁家骅等译，商务印书馆 2004 年版，第 10 页。

种词本身称作"常声"（sphoṭa）①，即通过声音展示的原本存在的词。仍以 gauḥ（"牛"）为例，这个词是原本存在的，但它是通过连续发出 g、au 和 ḥ 三个音素展示的。其中，任何一个单独的音素都不能形成"牛"的词义。而这三个音素也不可能同时发出。那只是依次发音至最后一个音素 ḥ 时，才能结合保留在印象中的前两个音素 g 和 au，形成"牛"的词义。他把这种展示原本存在的词的发音称作"韵"（dhvani）。

波颠阇利的"常声"论在伐致呵利（约七世纪）的《句词论》（Vākyapadīya）中得到充分发挥。《句词论》是一部梵语语言哲学著作，分为三章。其中的第一和第二章有作者本人的注疏。《句词论》开宗明义指出："无始、无终和不灭的梵，词（'音'）的本质，转化为各种对象（'义'），创造世界。"（1.1）伐致呵利将梵与语言的本质等同，既可说梵是语言的本质，也可说梵以语言为本质。梵是世界的本原。由此，他也将语言与世界的创造等同。伐致呵利的这一说法与《新约·约翰福音》异曲同工："太初有道，道与神同在，道就是神。"（In the beginning was the Word; and the Word was with God; and the Word was God.）

在伐致呵利看来，正如梵产生和呈现世界万物，"常声"（sphoṭa）产生和呈现音和义。"常声"代表语言的终极存在，原本完整而不可分割："正如字母不分部分，词也不分字母，同时，词也不能与句分离。"（1.73）句分成词，词分成字母，只是为了便于理解。伐致呵利将语言的表现形式分成微妙、中介和粗糙三个层次。微妙形式是语言的绝对真实，音和义浑然一体。中介形式是微妙形式的展现，通过思想把握。粗糙形式是中介形式的进一步展现，即通过

---

① sphoṭa 一词的本义是"绽开"或"展露"，意思是由"音"展示"义"。这里采用金克木先生的译法，意译为"常声"。

人体内的气流运动,转化为声音,由发音器官说出,凭听觉器官听到。波颠阇利将这种发音称为"韵"。而伐致呵利进一步区分,将"中介形式"称为"原韵",将"粗糙形式"称为"变韵"。换言之,"原韵"是内在的思想展现,"变韵"是外在的声音展现。诚如伐致呵利所说:"正如引火木上的光是另一种光的原因,思想中的词是闻听到的词音的原因。思想中思考的词在先,进入某种对象('意义')在后,依靠发音('韵')把握。"(1.46、47)在发音过程中,词随着词中最后一个字母完成发音,而得到理解;同样,句随着句中最后一个词完成发音,而得到理解。伐致呵利的"常声"论让我们联想到索绪尔(Saussure)的"符号"论。索绪尔提出"用符号这个词表示整体,用所指和能指分别代替概念和音响形象"[①]。据此,常声便是符号(sign)。它呈现的音和义便是能指(即音响形象)和所指(即概念)。同时,也让我们联想到魏晋玄学家王弼在《老子道德经注》中对"大音希声"的阐释:"听之不闻名曰希。(大音),不可得闻之音也。有声则有分,有分则不宫而商矣。分则不能统众,故有声者非大音也。"据此,常声便是大音,即不可得闻之音,也就是语言的绝对真实。一旦有声,便分成字母和词。这显然是一种对语言本质的整体论认识。

伐致呵利推崇语言,将语言的本质等同于梵。他依据"梵我同一"的观念指出:"语言是说话者的内在自我,人们称它为伟大的如意神牛。谁通晓语言,就能达到至高灵魂('梵');掌握语言活动本质,就能享有梵甘露。"(1.131、132)由此,伐致呵利强调语法的重要:"语法最接近梵,是苦行中的最高苦行,吠陀的首要分支。"(1.11)他认为"词与事物('意义')活动的本质相连。离开语法,就无法理解词的本质。语法展现解脱之门,在运用中治疗

[①] 索绪尔:《普通语言学教程》,高名凯译,商务印书馆1996年版,第102页。

语病，净化一切学问。正如一切事类与词类相连，语法这门学问是世上一切学问的根基"（1.13—15）。

义净在《南海寄归内法传》（卷第四）中介绍了伐致呵利的《句词论》。义净将《句词论》（Vākyapadīya）音译为《薄伽论》。按照义净的描述："《薄伽论》，颂有七百，释有七千，亦是伐致呵利所造，叙圣教量及比量义。次有《苾拏》，颂有三千，释有十四千。颂乃伐致呵利所造，释则护法论师所制。可谓穷天地之奥秘，极人理之精华矣。若人学至于此，方曰善解声明，与九经百家相似。"对照现存的《句词论》，义净所说的"颂有七百"，相当于现存《句词论》的前两章，即第一章156颂，第二章485颂，合计641颂，接近"七百"颂。义净所说《苾拏》实为现存《句词论》第三章，别名Prakīrṇaka，可意译为《杂论》。义净译为《苾拏》，显然是截取词头Pra的音译，如同他截取Vākyapadīya（《句词论》）这个复合词中的前一个词，音译为《薄伽论》。现存《句词论》第三章有1323颂，与义净所说"颂有三千"有差距。另外，义净说这部分的注释者是"护法论师"（Dharmapāla），而现存文本的注释者是海拉罗阇（Helārāja）。

印度古代语言哲学注重音和义的关系。伐致呵利在《句词论》中说："大仙人们是经、注和疏的作者，认为音和义的结合是永恒的。"（1.23）而中国古人注重名和实的关系。《公孙龙子·名实论》中说："夫名，实谓也。"《墨子·经说上》中说："所以谓，名也；所谓，实也。名实耦，合也。"名实说和音义说有所不同。音和义是就语言内部结构而言，而名和实是就语言和外部事物而言。但也有相通之处，因为梵语中的"义"（artha）也含有对象或事物的意思。

庄子指出："名，实之宾也。"（《庄子·逍遥游》）这里，确定了名和实的主宾关系：实为主，名为宾。这与印度古人对音义关系的看法一致。伐致呵利说："一旦意义得到表达，作为辅助意义的表达者实现目的，就不再被人感知。"（1.54）也就是说，音辅助义，感知音是为了理解义。这也与庄子所谓"言者，所以在意，得意而忘言"（《庄子·外物》）相通。但庄子对名实关系的看法没有停留在主宾关系上。在他看来，"名"并不能表达所有的"实"。他认为"可以言论者，物之粗也；可以意致者，物之精也；言之所不能论，意之所不能致者，不期精粗焉"（《庄子·秋水》）。他将事物（"实"）分成"物之粗"、"物之精"和"不期精粗"三者，语言只能表达"物之粗"，也就是事物的"形与色"。而"物之精"只能意会。至于"不期精粗"，即"道"，既不能言说，也不能意会。这也就是老子所谓"道可道，非常道；名可名，非常名"。

老庄哲学思想中的"道"，与印度奥义书哲学中的"梵"相通，都是指称世界的本原。庄子认为"道不可闻，闻而非也；道不可见，见而非也；道不可言，言而非也"（《庄子·知北游》）。同样，奥义书哲学认为梵"不能用语言、思想和眼睛得知，除了说它存在之外，还能怎么得知？"（《伽陀奥义书》2.3.12）或者说，梵"不可目睹，不可言说，不可执取，无特征，不可思议，不可名状，以确信唯一自我为本质，灭寂戏论，平静，吉祥，不二"（《蛙氏奥义书》7）。

印度大乘佛教也强调语言不能表达佛法："般若波罗蜜不可说，禅那波罗蜜乃至一切法，若有为，若无为，若声闻法，若辟支佛法，若菩萨法，若佛法，亦不可说。"（鸠摩罗什译《摩诃般若波罗蜜经·方便品》）但为了教化众生，又不得不说，于是，诸佛"以无量无数方便、种种因缘、譬喻言辞而为众生演说诸法"（鸠摩罗什译《妙法莲华经·方便品》）。中观派认为万物因缘和合而成，并无"自性"，实质为"空"。龙树说："众因缘生法，我说即是空，亦为是假名，亦是中道义。"（鸠摩罗什译《中论》卷四）

也就是说，因缘和合而成的万物实质为"空"（śūnyatā），因而关于它们的称谓或言说只是"假名"（prajñapti）。这里，既确认"空"，也确认"假名"，不偏执一端，故而是"中道"。因缘和合的万物（"假名"）和实质（"空"）也可称为"俗谛"和"真谛"。"真谛"本不可说，又不得不说，则借助"俗谛"。或通过"因缘、譬喻言辞"，或通过"遮诠"表达方式。"遮诠"（apoha）指否定式表述。如龙树对"空"的表述："不生亦不灭，不常亦不断，不一亦不异，不来亦不出。"（鸠摩罗什译《中论》卷一）这与奥义书哲学中对"梵"的否定式表述（neti neti）一脉相承。如《大森林奥义书》将不灭者（"梵"）表述为"不粗，不细，不短，不长，不红，不湿，无影，无暗，无风，无空间，无接触，无味，无香，无眼，无耳，无语，无思想，无光热，无气息，无嘴，无量，无内，无外"（3.8.8）。同样，在老庄哲学中，"道"不可说，又不得不说，则借助"卮言"、"重言"和"寓言"（《庄子·天下》）。理解了印度奥义书哲学和大乘佛教以及中国老庄哲学的语言思想，对中国禅宗"教外别传，不立文字，直指人心，见性成佛"的宗旨及其说禅方式也就不难理解了。

在中国古人对语言哲学的思考中，除了名和实、道和名（言）的关系之外，还有意、言和书的关系。《周易·系辞上传》中说："书不尽言，言不尽意。"庄子则说："世之所贵道者，书也。书不过语。语有贵也。语之所贵者，意也。意有所随。意之所随者，不可以言传也。而世因贵言传书。世虽贵之哉，犹不足贵也，为其贵非其贵也。"（《庄子·天道》）这些论述中体现的意、言和书的等级次序，类似德里达所谓"逻各斯中心主义"中的"内在思想、口头语言、书面文字之间的等级关系"[①]。西方传统认为"逻各斯"

[①] 参见张隆溪《中西文化研究十论》，复旦大学出版社2005年版，第60页。

(logos)兼有"理性"(ratio)和"言说"(oratio)两义。因此,"逻各斯中心主义"也可称为"语音中心主义"。这样,就"逻各斯"表示理性、思想或意义而言,接近中国古代语言哲学中的"意";而就"逻各斯"表示语音或音和义的统一而言,接近印度古代语言哲学中的"常声"(sphoṭa)。然而,印度古人对语言的思考集中在音和义的关系,并不涉及书面文字。这不足为奇,因为轻视书写是印度古代文化本身固有的特点。

虽然中国古代语言哲学涉及意、言和书的关系,但更多的思考还是集中在意和言的关系。意和言的关系不同于道和名(言)或梵和言。意和言的关系是能不能尽意和怎样尽意,而道或梵已预设为不可言。中国儒家的主要倾向还是认为言可尽意。孔子说:"言以足志,文以足言。"(《左传·襄公二十五年》)又说:"圣人立象以尽意,设卦以尽情伪,系辞焉以尽其言。"(《周易·系辞上传》)这里的"象"不仅指卦爻,也含有"形象"、"意象"和"象征"之意。由此,将意和言的关系扩充为意、象和言的关系。欧阳建则在《言尽意论》(《全晋文》卷一百九)中强调"名逐物而迁,言因理而变。此犹声发响应,形存影附,不得相与为二矣。苟其不二,则言无不尽矣"。这里将言意不二比作"声发响应",类似印度的"常声"说。无论是"言不尽意"论、"言尽意"论、"意象言"论或道家的"道不可言"论都对后世产生了深远影响,尤其在中国古代诗学中得到运用,重视"义生文外,秘响旁通,伏采潜发"(《文心雕龙·隐秀》),充分激发语言潜藏的表现能力。而在印度古代诗学中,"常声"论和"梵不可言"论也起到同样的作用。梵语诗学家欢增就在《韵光》中将语法家称为学问家中的"先驱",指出"他们把韵用在听到的音素上。其他学者在阐明诗的本质时,遵循他们的思想,依据共同的暗示性,把表示义和表示者混合的词的灵魂,即通常所谓的诗,也称作韵"(1.13注疏)。

文学是语言的艺术。语言可以分成口头语言和书面语言,文学也可以分成口头文学和书面文学。书面文学的语言不同于口头语言,这一点不言而喻。而口头文学既然成为文学,其语言也不完全等同于口头语言。郭绍虞先生曾将中国文学分成语言型文学和文字型文学,以此归纳中国文学的演变:春秋以前为诗乐时代,战国至汉为辞赋时代,魏晋南北朝为骈文时代,隋唐至北宋为古文时代,南宋至现代为语体时代。其中,"诗乐"是语言型文学,即接近口语的文学;"辞赋"是文字型文学,即脱离口语的文学;"骈文"是典型的文字型文学;"古文"和"语体"又回归语言型文学[①]。郭先生的这个归纳很有见地,揭示了中国文学语言演变的基本脉络。在概念上,口头文学和书面文学与语言型文学和文字型文学有相通之处,但也不尽相同。口头文学主要指依靠口头创作和传播的文学,书面文学主要指依靠文字创作和传播的文学。从文学接受的角度看,前者主要是说和听的关系,后者主要是写和看的关系。而语言型文学和文字型文学的区别主要着眼于文学语言与口语的距离远近。

印度古代的吠陀、史诗和往世书都属于口头文学。大约从公元前后不久开始,印度进入古典梵语文学时期。吠陀使用的古梵语(或称吠陀语),史诗和往世书使用的史诗梵语,都是与当时的口语接近的梵语。而古典梵语文学使用的古典梵语则是注重藻饰的梵语。印度古代现存最早的古典梵语诗学著作《诗庄严论》和《诗镜》都是着重探讨文学语言的修辞手法。古典梵语诗学家将那些装饰语言的音和义的修辞手法视为文学语言不同于日常语言和科学语言的标志。当然,这并不是说吠陀、史诗和往世书中没有修辞,只是相对地说,这些口头文学中的修辞都比较质朴,而古典梵语文学

[①] 参见郭绍虞《中国语言与文字之分歧在文学史上的演变现象》,《照隅室古典文学论集》上编,上海古籍出版社 1983 年版。

中的修辞更趋精致。在七世纪的《诗庄严论》中论述的辞格为三十九种，此后不断充实和发展，达到一百多种。追求藻饰是古典梵语文学的普遍特点。而其中的极端者，则以雕琢繁缛的文体和艰难奇巧的修辞为诗才，甚至近乎文字游戏。这样的文学作品自然不能再像吠陀和史诗那样依靠口头创作和传播，而必须依赖文字和书写。因而，在王顶（九、十世纪）的诗学著作《诗探》中，在第十章论述"诗人的行为"时，提到"诗人的身边经常有箱箧，有的装有木片和白垩，有的装有笔、墨水壶、棕榈树叶、桦树皮、铁针和多罗树叶"。这些都是书写的工具和材料，其中的"棕榈树叶"和"多罗树叶"就是汉译佛经中所称的"贝叶"。

尽管如此，在古典梵语文学时期，依然存在口头文学。两大史诗的最后定型是在公元四、五世纪，各种往世书的最后定型则更晚。同时，许多故事文学作品也使用与口语接近的梵语。而且，在古代印度，除了梵语文学作品外，始终存在各种俗语文学作品。例如，于公元前三世纪结集的佛教经典《三藏》（Tipiṭaka）使用的是巴利语（Pāli），于公元五、六世纪结集的耆那教经典《阿笈摩》（Āgama）使用的是半摩揭陀语（Ardhamāgadhī）。在古典梵语文学时期，佛教由小乘演变为大乘，佛教高僧们开始使用梵语撰写佛经。出于口头宣教的需要，大乘佛经使用的梵语大多也是接近口语的通俗梵语，但也有一些佛经效仿古典梵语"大诗"文体，注重文采和修辞。以各地方言为基础的重要俗语还有摩诃剌陀语、修罗塞纳语、摩揭陀语、毕舍遮语和阿波布朗舍语等。这些俗语后来发展成印度现代各种语言，如印地语、孟加拉语和旁遮普语等。而作为印度古代社会（尤其是上层社会）的通用语梵语，却于十二世纪开始逐渐消亡。

印度古代语言的这种变化发展与拼音文字有关。拼音文字与语言的关系是文字依附语言，文字拼写随语言而变化。印度古代各地的方言随着时间的推移，在词汇和语法上与通用语梵语的差异越来越大，最终拼写出来，成了各自独立的语言。而中国的汉语没有出现这种情况。汉字是表意文字。秦始皇统一中国后，推行"书同文"的语言政策。这样，文字始终对语言起着管辖作用。各地方言可以有语音差别，但相对应的文字依然是统一的。语言作品中也可以或多或少掺杂方言，借用同音的汉字表达。然而，它们听从历史的选择，或融入通用语，或被淘汰。在固定化的表意文字的统领下，各地方言不会发展成独立的语言。因此，汉语没有像使用拼音文字的梵语和拉丁语那样在历史发展中消亡，而成为世界语言之林中的常青树。

在汉语中，还有文言和白话的区分，由此也形成文言文学和白话文学的区分。它们与口头文学和书面文学以及语言型文学和文字型文学也是在概念上既相通，又有差异。另外，白话文学也可称为俗文学，但俗文学却不能径称白话文学，因为在古代被视为俗文学的小说和戏曲也可用文言创作。这类术语的多样化体现不同的视角或立足点，也反映文学与语言关系本身的复杂性。

文言文是随着战国时期开始盛行书面文化而逐渐成型的。当时尚未发明造纸术，受书写材料制约，简牍嫌重，缣帛嫌贵，故而文言文的文体特点必定趋于简约。在简约的前提下，追求"辞达"、"辞巧"和"文质彬彬"。这样，文言文逐渐形成有别于口语的词汇和句法系统，并在使用中得到继承和发展。同时，文言文也适应实用需要，依据不同的内容和表达方式形成不同的文体和风格。如曹丕《典论·论文》中所说："奏议宜雅，书论宜理，铭诔尚实，诗赋欲丽。"而刘勰《文心雕龙》中论述的文言文体达几十种之多。

魏晋南北朝是中国文学自觉的时代。在文学观念上有两个重大发展：一是在"诗言志"的基础上提出"诗缘情"；二是追求语言的艺术美，重视骈偶、声律和藻饰。按陆机《文赋》中的说法，就是"其会意也尚巧，其遣言也贵妍。暨音声之迭代，若五色之相宣"。以"四声八病"说为核心的永明声律论揭示了汉诗音韵美的奥秘，奠定了汉诗格律的理论基础。同时，在散文中也注重辞藻和声韵，尤其钟情骈偶，形成句式工整对称（"骈四俪六"）的骈文。可以说，骈文代表中国古代散文语言艺术达到极致的文体形式。

而魏晋南北朝恰恰也是佛经翻译昌盛的时期，故而在佛经翻译活动中，关于佛经翻译文体的文和质的讨论贯穿始终。中国佛教高僧熟习简约典雅的文言文体，这从他们为一些汉译佛经撰写的序文便可见出。乍一面对汉译佛经质朴繁琐的文体，自然会感到不适应，甚至心生疑惑。但随着佛经翻译实践的深入，渐渐认识到汉译佛经的这种文体符合佛经原典的本来面目。通过梵汉经籍文体的比较，得出"胡经尚质，秦人好文"（道安《摩诃钵罗若波罗蜜经抄序》）和"胡文委曲"，"秦人好简"（僧叡《大智释论序》）的结论。这并不难理解，因为佛经文体根植于口耳相传的宣教方式，用语趋向通俗质朴，叙事说理也不惮繁琐复沓。有了这样的认识，他们也就不再忌讳使用白话或接近白话的文体翻译佛经。有趣的是，他们还特别挑出儒家经典中文体接近口语的《尚书》和《诗经》为佛经文体撑腰："若夫以《诗》为烦重，以《尚书》为质朴，而删令合今，则马、郑所深恨者也。"（道安《摩诃钵罗若波罗蜜经抄序》）

这样，在魏晋南北朝，一方面是骈文引领文言文体，另一方面是汉译佛经推动白话文体，两者在中国文学史上具有同等重要的意义。在此之前，只有散见于典籍中的一些谣谚以及《诗经》和汉乐府中那些采自民间的歌谣，可以称为白话或接近白话的文学。而此后，由佛经翻译文体推波助澜，白话文学与文言文学并驾齐驱，日益壮大。其中，最突出的事例是唐代变文促进了中国古代通俗叙事文学的长足发展。变文采用韵散杂糅的白话文体,最初用于演说印度佛经故事,后来也用于演说中国历史故事。韵散杂糅原本就是佛经的常用文体。在印度古典梵语叙事文学中,也有这类文体,称为"占布"(Campu)。唐代变文后来演变成宋元话本(白话小说)。宋元话本又演变成明清章回体白话长篇小说。

唐宋叙事文学的发展也为戏剧的产生创造了条件。中国古代戏剧诞生于宋元时期,明显晚于希腊和印度。究其原因可能是多方面的,但中国早期叙事文学不发达肯定是原因之一。古代希腊和印度的戏剧都产生在史诗之后,而且最初的戏剧题材大多取材于史诗中的故事和传说。这说明有了以虚构为特征的叙事文学作为基础,转换成戏剧表演也就指日可待了。在中国古代,"传奇"一词既是唐宋小说的用名,也是元杂剧和明清戏曲的用名,也能印证这个道理。实际上,在元末明初的戏剧史料中,就有将传奇视为戏曲源头的说法。如夏庭芝说:"唐时有传奇,皆文人所编,犹野史也,但资谐笑耳。宋之戏文,乃有唱念,有诨。"(《青楼集志》)陶宗仪说:"稗官废而传奇作,传奇作而戏曲继。"(《南村辍耕录》)

同时,从魏晋南北朝起,受汉译佛经中偈颂的影响,佛教僧人也用白话写诗。其中著名的诗人有南北朝的宝志和傅大士,唐代的王梵志、寒山、拾得和庞居士等,形成中国古代别开生面的佛教白话诗派。自然,他们也意识到白话诗不符合士大夫文人的诗艺标准。但他们仰仗有群众基础,充满自信,认为自己的白话诗与文言诗享有同等地位。拾得在诗中表白说:"我诗也是诗,有人唤作偈。诗偈总一般,读时须子细。"(《全唐诗》卷八百七)寒山也说:"有人笑我诗,我诗合典雅。不烦郑氏笺,岂用毛公解。"(《全唐诗》卷八百六)另外,在唐代民间流行的词曲或曲子词,即配合乐曲歌唱的歌词,是以长短句为特征的唐宋词的先导。在这些词曲中,也包含佛教词曲。可以说,在唐代的白话文学运动中,佛教僧人始终是一支生力军。

　　唐代变文还有一个更直接、更重要的演变发展方向是民间说唱文学。元明时民间流行的宝卷与变文一脉相承，说唱的内容可以分成佛经类和非佛经类，而以佛经类居多。元明时另一类说唱文学统称为词话，但留存于世的作品很少。因而，1967年上海嘉定出土一批明成化年间的词话，显得格外珍贵①。这批词话共有十三种，其中讲史类三种，公案类八种，神怪类两种，说明说唱的内容已以中国历史故事和民间传说为主。另外，每种词话都配有若干幅图画，说明还传承着变文配图说唱的原始精神。这类词话的直接继承者则是明清的长篇说唱文学鼓词和弹词。其中鼓词流行于北方，弹词流行于南方。

　　陈寅恪先生晚年目盲，曾依靠助手，听读弹词《再生缘》，撰写了《论再生缘》。《再生缘》出自清代女作家陈端生的手笔，字数达六十多万。陈寅恪先生在文中称《再生缘》"乃一叙事言情七言排律之长篇巨制也"。又说："世人往往震矜于天竺希腊及西洋史诗之名，而不知吾国也有此体。外国史诗中宗教哲学之思想，其精深博大，虽远胜于吾国弹词之所言，然止就文体立论，实未有差异。"② 陈先生的这一提示很有意义，也可以说是为比较文学点题。中国上古时代（先秦）没有产生史诗一类长篇口头叙事文学。而进入中古时代（唐宋），口头说唱文学日趋发达，至近古时代（明清）达到鼎盛，涌现大量长篇说唱叙事文学。单就弹词而言，"考诸各家书目所载，以及图书馆和私家藏书，估计至少有四百种"③。其中，篇幅达数十万字者不在少数，还有超过百万字者。如《玉钏

---

①　这批词话于1973年由上海博物馆影印出版。另有朱一玄校点本《明成化说唱词话丛刊》，中州古籍出版社1997年版。

②　参见陈寅恪《论再生缘》，《寒柳堂集》，上海古籍出版社1980年版。

③　谭正璧、谭寻编著：《弹词叙录》，上海古籍出版社1981年版，第1页。

缘》一百二十万字，《凤双飞》一百七十万字，都超过约百万字的印度史诗《罗摩衍那》。而最长的一部弹词是清代女作家李桂玉创作的《榴花梦》，近五百万字，远远超过约四百万字的印度史诗《摩诃婆罗多》，令人惊叹。这个有趣的文学现象，确实值得另外单独列为专题，进行深入的比较研究。

（原载《外国文学评论》2007年第2期）

附录四

印度古典诗学和西方现代文论

　　人类的认识是螺旋式上升的。文学理论是人类对文学现象的认识，自然也是螺旋式上升的。这就决定了东西古今学者循环往复，探讨共同的文学理论问题，也决定了东西古今文学理论的基本原理是相通的。

　　西方、印度和中国的古典文学理论体系是世界三大主要古典文学理论体系。西方古典文学理论以古希腊为源头，以欧洲为中心。印度雅利安语族属于印欧语系，公元前二千纪的《梨俱吠陀》是印欧语系最古老的诗歌总集。而两千余年印度古代文化的独立发展，产生了有别于欧洲的古典文学理论体系。但是，体系的不同并不意味文学原理的不同，而主要表现为理论形态的不同。

　　西方现代文学理论确实给人面目一新的感觉。它一方面体现对西方现代文学新现象的理论总结，另一方面体现在现代西方哲学、美学和社会思潮影响下，采取新的认识角度。尽管如此，西方现代文学理论依然是螺旋式上升的世界文学理论中的一环。它不仅与西方古典文学理论，而且与东方古典文学理论，在横向上平行，在纵向上贯通。从西方现代文学理论与印度古典诗学的一些相通之处，可以证实这一点。

庄严·曲语·奇特化

　　印度古典诗学主要是指梵语诗学。印度古代文学分为三个时期：吠陀时期、史诗时期和古典梵语文学时期。在吠陀时期和史诗时期，文学与宗教、神话、政治学、伦理学的关系密不可分，尚未成为一种独立的意识形态形式。而随着古典梵语文学的产生，印度文学进入自觉的时代。古典梵语文学可以不必依附宗教而独立存在，文学家开始以个人名义进行创作，自觉追求语言的艺术表现。梵语文学成为一种独立的意识形态后，势必引起梵语学者对它的性质和特征进行探讨。这种探讨的最早成果被吸收在梵语戏剧学著作《舞论》中。《舞论》将戏剧表演分为形体、语言、妆饰和心理四类。诗歌属于语言表演。《舞论》第十七章论述了诗相、庄严、诗德和诗病。其中的庄严、诗德和诗病成为后来梵语诗学的通用概念。早期梵语诗学的发展，一方面依傍梵语戏剧学，另一方面也借助梵语语言学。印度古代语言学（包括语音学、语法学和词源学）特别发达，为梵语诗学提供了坚实的理论基石。梵语语言学认为语言是"音和义的结合"。早期梵语诗学直接继承这个命题，认为诗是"音和义的结合"，而诗的语言和普通语言的区别在于诗的"音和义"是经过装饰的。

　　脱离梵语戏剧学而独立的现存第一部梵语诗学著作是七世纪婆摩诃的《诗庄严论》。"诗"（kāvya）是指广义的诗即纯文学或美文学。"庄严"（alaṅkāra）这个译名是沿用汉译佛经的译法，意思是修饰或装饰。这部著作与八世纪优婆吒的《摄庄严论》和楼陀罗吒的《诗庄严论》共同形成梵语诗学中的庄严论派。庄严论派认为诗是一个需要装饰的身体。诗的身体是音和义的结合。诗的装饰也依此分为音庄严和义庄严。音庄严是指产生悦耳动听的声音效果的修辞手法，义庄严是指产生曲折动人的意义效果的修辞手法。

婆摩诃在《诗庄严论》中论述了三十九种庄严，其中包括谐音和叠声两种音庄严，隐喻、明喻、夸张、奇想和双关等三十七种义庄严。婆摩诃认为庄严是"词义和词音的曲折表达"（1.36）。他说："诗人应该努力通过这种、那种乃至一切曲语显示意义。没有曲语，哪有庄严？"（2.85）"曲语"（vakrokti）即曲折的话语。他还举例说："'太阳落山，月亮照耀，鸟儿回窝。'诸如此类，怎能称作是诗？那是直接陈述事实。"（2.87）这说明他认为曲语是文学语言和普通语言的区别所在。因此，他强调一切文学作品"都被希望具有曲折的表达方式"（1.30）。

婆摩诃在《诗庄严论》中还指出诗的逻辑不同于一般逻辑。他说："诗中的正理（逻辑）特征有所不同。"（5.30）他指出"精通正理（逻辑）的人在诗中的运用明显不同，因为诗涉及世界，而经论涉及真谛"（5.33）。也就是说，诗处理的是具体现象，而经论处理的是抽象真理。同时，诗采用曲折的表达方式，而经论采用逻辑的推理论式。在诗中，一些结论"即使没有说出，也能从意义中得知"（5.45）。

显然，庄严论派对文学语言与普通语言或文学作品与经论作品的区别作了认真思考，并确认庄严（即曲折的表达方式）是诗的本质特征。在梵语诗学中，与庄严论派同时发展的风格论派也持有同样的观点。风格论派既重视庄严，也重视风格。他们认为诗的风格由诗德构成。诗德是指诗中词汇组合的特殊性。檀丁（七世纪）在《诗镜》中也将诗德称为"庄严"（2.3）。也就是说，他将各种修辞方式和各种词汇组合的特殊性都视为"庄严"。同时，他说："庄严形成诗美的特征。"（2.1）伐摩那（八世纪）在《诗庄严经》中也说："诗可以通过庄严把握。庄严是美。"（2.1.1、2）

九世纪以后，随着梵语诗中味论和韵论的崛起，"庄严"一词的含义逐渐被局限于修辞方式。而十一世纪恭多迦撷取庄严论的核心思想，提出曲语论。他在《曲语生命论》中给诗下的定义是："诗是在词句组合中安排音和义的结合，体现诗人的曲折表达能力，令知音喜悦。"（1.7）他将"曲折"一词解释为"与经论等作品等通常使用的音和义不同"（1.7注疏），并将这种不同于科学语言和日常语言而体现诗人"机智巧妙的表达方式"命名为"曲语"（1.10）。曲语分为六类：一、词音曲折性，也就是庄严论中的音庄严。二、词干曲折性，是指惯用词、同义词、转义词、修饰词、复合词、词根、词性和动词等等的特殊运用。三、词缀曲折性，是指时态、格、数、人称和不变词等等的特殊运用。四、句子曲折性，也就是庄严论中的义庄严。五、故事成分曲折性，是指产生曲折动人效果的故事插曲或人物描写。六、整篇作品曲折性，是指创造性改编原始素材。在具体论述中，恭多迦也将味和韵纳入曲语范畴，认为味和韵也是诗人的曲折表达方式。总之，恭多迦坚持庄严论传统，认为曲语是诗的生命，文学的本质特征。他力图用曲语这个概念囊括一切文学表现手法。

庄严论从语言入手，探讨了诗的性质和特征，确立了梵语文学的独立地位。然而，什么是诗或什么是文学，将是一个永恒的问题。二十世纪初期，俄国形式主义又在更高层次上回到这个问题。印度庄严论旨在确认文学的独立性，而俄国形式主义者旨在确认文学科学的独立性。艾亨鲍姆在《"形式方法"的理论》中说，俄国形式主义"是希望根据文学材料的内在性质建立一种独立的文学科学"[①]。他引用了雅各布森的说法："文学科学的对象不是文学，而是'文学性'，也就是说使一部作品成为文学作品的东西。"在雅各布森看来，唯有这样，才能不让文学现象沦为"哲学史、文化

[①] 托多罗夫编选：《俄苏形式主义文论选》，蔡鸿滨译，中国社会科学出版社1989年版，第21页。

史、心理学等等"使用的"二流材料"①。

艾亨鲍姆明确指出,"把诗歌语言和日常语言相互对照"是俄国形式主义者"在诗学基本问题上研究工作的出发点"②。什克洛夫斯基在《艺术作为手法》中,将诗歌语言的特点概括为"奇特化"。他指出"艺术的手法就是使事物奇特化的手法,是使形式变得模糊、增加感觉的困难和时间的手法"③。他认为"在研究诗歌语言的语音构成成分和词汇构成成分、词的排列以及这些词所形成的语义结构时"④,总能发现这一特点。他最后给诗歌下的定义是:诗歌"是一种困难的、扭曲的话语。诗歌的话语是经过加工的话语"⑤。这个定义与印度庄严论中的庄严和曲语概念不谋而合。可以说,俄国形式主义诗学研究工作的出发点和结论与印度庄严论是一致的。

什克洛夫斯基还提到亚里士多德也主张"诗歌语言应具有一种独特性,惊奇性"⑥。亚里士多德《诗学》第二十章至第二十二章讨论诗的词汇和风格问题。他将字分成八类:"普通字、借用字、隐喻字、装饰字、新创字、衍体字、缩体字、变体字"⑦。他认为"使用奇字,风格显得高雅而不平凡;所谓奇字,指借用字、隐喻字、衍体字以及其他一切不普通的字"⑧。亚里士多德的这一看法类似恭多迦在《曲语生命论》中提出的第二类曲语即词干曲折性。亚里士多德还强调"尤其重要的是善于使用隐喻字",并认为这是

---

① 托多罗夫编选:《俄苏形式主义文论选》,蔡鸿滨译,中国社会科学出版社1989年版,第24页。
② 同上书,第25页。
③ 同上书,第65页。
④ 同上书,第75页。
⑤ 同上书,第77页。
⑥ 同上书,第76页。
⑦ 亚理斯多德:《诗学》,罗念生译,人民文学出版社1982年版,第72页。
⑧ 同上书,第77页。

"天才"的标志①。

俄国形式主义的奇特化理论与布莱希特的陌生化理论也有相通之处。布莱希特认为"戏剧必须使观众吃惊。要做到这一点就必须运用对熟悉的事物进行离间的技巧"②。在现实生活中，人们对熟悉的事物往往视若无睹。这也就是什克洛夫斯基所谓的感觉"自动化"。什克洛夫斯基认为运用奇特化艺术手法可以摆脱感觉"自动化"，"恢复对生活的感觉"③。同样，布莱希特认为运用陌生化艺术手法可以使观众与戏剧保持一定间距，以惊奇的目光看到现实的真实面目。

俄国形式主义不仅将奇特化原理运用于诗歌语言，也运用于文学风格、体裁、主题、情节和叙事结构。俄国形式主义直接启发了文学结构主义。结构主义运用语言学术语，仿效语法分析，研究文学的结构或模式。文学是语言的艺术。从语言入手，无疑比较容易辨认和把握文学的特征。印度古代学者从诗歌修辞入手，创建独立的文学学科；俄国形式主义从诗歌语言入手，维护文学科学的独立性。两者共同的原因就在这里。然而，文学的语言、修辞、风格和结构终究只能说明文学的形式特征，而不能说明文学的全部特征。而且，就形式论形式，有时也未必能说透形式的奥秘。这也就形成印度庄严论和俄国形式主义的共同局限。

味·感情·普遍化

味论原本是梵语戏剧学的理论核心。婆罗多在《舞论》中给味

---

① 亚理斯多德：《诗学》，罗念生译，人民文学出版社1982年版，第81页。
② 伍蠡甫主编：《现代西方文论选》，上海译文出版社1983年版，第157页。
③ 托多罗夫编选：《俄苏形式主义文论选》，蔡鸿滨译，中国社会科学出版社1989年版，第65页。

（rasa）下的著名定义是："味产生于情由、情态和不定情的结合。"他解释说："正如思想正常的人享用配有各种调料的食物，品尝到味，感到高兴满意，同样，思想正常的观众看到具有语言、形体和真情的各种情的表演，品尝到常情，感到高兴满意。"（6.31以下）由此可知，婆罗多所谓的味是指戏剧艺术的感情效应，即观众在观剧时体验到的审美快乐。

按照《舞论》的规定，味有八种：艳情味、滑稽味、悲悯味、暴戾味、英勇味、恐怖味、厌恶味和奇异味。与八种味相对应的八种常情是爱、笑、悲、怒、勇、惧、厌和惊。常情也就是人的基本感情。这犹如中国传统将人的感情概括为"七情"："喜、怒、哀、惧、爱、恶、欲"（《礼记·礼运》）或"六情"："好、恶、喜、怒、哀、乐"（《左传·昭公二十五年》）。婆罗多在味的定义中没有提及常情。但结合他的解释，意思还是清楚的：戏剧通过语言、形体和心理表演，展示情由、情态和不定情，激起常情，观众由此品尝到味。其中，情由是指感情产生的原因，如剧中人物和有关场景；情态是指感情的外在表现，如剧中人物的语言和形体表现。不定情是指辅助常情的三十三种变化不定的感情，如忧郁、疑虑、妒忌、羞愧、傲慢等。它们也有各自的情由和情态。《舞论》对每种味的情由、情态和不定情（包括不定情的情由和情态）都作了细致的规定。

感情是艺术的要素之一。艺术的创作和欣赏都离不开感情因素。《舞论》实质上认为感情是戏剧的灵魂，因为按照婆罗多的说法："离开了味，任何意义都不起作用。"（6.31以下）当然，在梵语戏剧味论产生之前，梵语诗人也已在创作实践中意识到感情是诗的生命。史诗《罗摩衍那》中关于蚁垤仙人创造输洛迦诗体的传说便是明证①。但是，在梵语诗学摆脱戏剧学独立时，诗学家主要关注的是诗的修辞和风格。他们也不是没有意识到味的存在，而只是将味纳入诗的修辞。婆摩诃的《诗庄严论》和檀丁的《诗镜》都将"有味"列为修辞方式之一。他们对"有味"的理解也是朴素的：只要诗中明显表现某种常情，就含有某种相应的味。后来，随着梵语戏剧学家对味论的深入探讨，梵语诗学家才越来越重视味论。于是，欢增（九世纪）的《韵光》将味和韵视为诗的灵魂。楼陀罗跋吒（十世纪）的《艳情吉祥志》也将味论全面引入诗歌领域。

新护（十世纪）在《舞论注》中，总结前人的研究成果，对味论作了深刻的阐释。按照新护的观点，味是普遍化（sādhāraṇīkaraṇa）的知觉（或感情）。诗人描写的是特殊的人物和故事，但传达的是普遍化的知觉。同样，观众观看的是特殊的人物和故事，但品尝的是普遍化的知觉。这里的关键是诗歌或戏剧中的特殊的人物和故事经过了普遍化处理。具体地说，当观众观赏戏剧时，演员的妆饰掩盖了演员本人的身份，观众直接将演员视为剧中人物。演员失去此时此地作为演员的时空特殊性。演员运用形体和语言表演剧中的情由、情态和不定情。这些特殊的情由、情态和不定情寓有普遍性，它们在观众的接受中得到普遍化。剧中人物失去彼时彼地的时空特殊性。这样，情由、情态和不定情呈示或暗示的常情，引起观众普遍的心理感应。因为每个观众都具有心理潜印象，这是日常生活经验的心理沉淀。在日常生活中，人们在一定的情境下，会激发某种常情；也能依据一定的情境，判断他人心中的常情。观众在观赏戏剧时，剧中普遍化的情由、情态和不定情唤醒了观众心中的常情潜印象。观众自我知觉到这种潜印象，也就是品尝到了味。这种味永

---

① 参见《罗摩衍那·童年篇》，季羡林译，人民文学出版社 1980 年版，第 2 章。

远是快乐的，因为它是一种超越世俗束缚的精神体验。

如果说文学是语言的艺术，同样也可以说文学是感情的艺术。味论从文学接受的角度，对文学中的感情因素作了全面深入的探讨。这在古代文明世界中是无与伦比的。苏珊·朗格就称赞说，印度批评家"对戏剧情感的各个方面的理解"，"远远超过其西方的同行"①。

苏珊·朗格的文艺符号学的基本精神与味论是一致的。苏珊·朗格给艺术下的定义是："艺术是人类情感的符号形式的创造。"②依照文艺符号学理论，味论中的情由和情态便是传达人类感情的符号形式。在戏剧中，这些符号形式表现为演员的妆饰、形体动作和语言。事实上，《舞论》对各种角色的妆饰和形体（如手、足、头、胸、腹、股、臀乃至眼、眉、颊、唇和颏）的动作都作了具体的规定，已经达到程式化或符号化。在文学中，这些符号形式则完全表现为语言。戏剧和文学正是通过这些符号形式传达常情。苏珊·朗格也强调艺术符号形式是表现人类的普遍感情，而不是发泄艺术家的个人感情，这正如文艺符号学奠基者卡西尔所说："造型形式、音乐形式、诗歌形式""具有真正的普遍性"。"审美的普遍性意味着，美的宾语不是局限于某一特殊个人的范围而是扩展到全部作评判的人们的范围。如果艺术品只是某一个别艺术家的异想天开的激情冲动，那它就不具有这种普遍的可传达性。"③

艾略特诗学理论中的"客观关联物"和"非个性化"也与味论相通。艾略特在《哈姆雷特》中说："用艺术形式表现感情的唯一途径是找到一个'客观关联物'，换言之，找到一组对象、一个情

---

① 苏珊·朗格：《情感与形式》，刘大基等译，中国社会科学出版社 1986 年版，第 374 页。
② 同上书，第 51 页。
③ 卡西尔：《人论》，甘阳译，上海译文出版社 1985 年版，第 185 页。

境、一系列事物，作为那种特殊感情的配方。这样，一旦赋予以感觉经验为归宿的外部事实，就能立刻唤起感情。"① 这段话仿佛就是对《舞论》中味的定义的诠释。艾略特还在《传统与个人才能》中强调"艺术的感情是非个人的"。他说："诗不是放纵感情，而是逃避感情，不是表现个性，而是逃避个性。"② 这里主张的感情非个性化也与味论的感情普遍化相契合。

艾略特诗学理论和味论之间这两点相通之处，印度学者早已揭示，现在几乎已成为印度比较诗学话题中的典范例举或老生常谈。艾略特早年曾在哈佛学习梵文和巴利文，研究印度哲学和佛教，深受印度文化熏染。他后来在1946年的一次广播讲话中说："我以前学过印度古代语言，那时我的主要兴趣在哲学，同时也阅读一些诗歌。我知道我自己的诗歌明显受到印度思想和情感的影响。"③ 鉴于这层背景，推断艾略特和梵语诗学之间存在因缘关系，也不无道理。然而，在囿于自身传统的西方学者眼中，艾略特的"客观关联物"原理只是"从法国象征主义诗人的理论与实践中，引申而得的一切观点的总结"④。同样，"非个性化"原理只是"回头重温亚里斯多德的理论"⑤。换言之，亚里士多德早就说过"诗所描述的事带有普遍性"⑥。

印度学者也经常指出味论中的心理潜印象（vāsanā）与现代心理学中的无意识相通。无意识有弗洛伊德的个体无意识和荣格的集

---

① F. 克莫德编：《T. S. 艾略特文选》，纽约，1975年，第48页。

② 戴维·洛奇编：《二十世纪文学评论》上册，上海译文出版社1987年版，第138—139页。

③ 转引自 A. N. 德维威迪《美国文学中的印度思想和传统》，新德里，1978年，第222页。

④ 卫姆塞特和布鲁克斯：《西洋文学批评史》，颜元叔译，中国人民大学出版社1987年版，第615、612页。

⑤ 同上书，第612页。

⑥ 亚理斯多德：《诗学》，罗念生译，人民文学出版社1982年版，第65页。

体无意识之分。味论中的心理潜印象更接近容格的集体无意识。按照容格的观点,集体无意识是从原始时代起,世世代代遗传下来的"原始意象的古老的原型","是我们祖先的无数典型经验的形式化结果","无数同类经验的精神残留物"①。新护在《舞论注》中说,人的心理潜印象是没有起始的。他还在《韵光注》(2.4)中用《瑜伽经》的观点解释说,正像人的欲望是永恒的,人的心理潜印象也是没有起始的。即使它们处在不同的生命、地点和时间,依然持续不断。这里的意思是说,按照轮回的观念,每个人都经历过无数次转生(既可转生为人,也可转生为神魔或动物),积累了各种各样的心理潜印象。因此,观众具有一致的心理潜印象,能对剧中人物(包括神魔和动物)产生一致的心理潜感应。

　　容格认为集体无意识或原型是伟大的艺术奥秘所在。他在《心理学和文学》中指出,艺术家"作为人,他可以有情绪、意志和个人的目的,而作为艺术家,他是更高意义上的'人'——他是'集体的人'——是肩负着并铸造着人类无意识的精神生活的人"。正因为如此,"每一件伟大的艺术品都是客观的和非个人的,但仍然能够深深打动我们每个人"②。容格的艺术创作论是直接针对弗洛伊德的。弗洛伊德的艺术创作论建筑在个体无意识上,因而注重艺术家个人的生活经验和精神表现。尽管如此,我们发现弗洛伊德也还是在一定程度上注意到艺术创作中的普遍化因素。他在《创造性作家与白日梦》中指出,作家成功的技巧有两条:一是"通过一番更动和伪装,使他那以自我为中心的白日梦的性质趋于柔和";二是"在表达他的幻想时通过他所提供的纯形式上的即美学的快感产

---

① 蒋孔阳主编:《二十世纪西方美学名著选》,复旦大学出版社1987年版,上册第457—458页。
② 戴维·洛奇编:《二十世纪文学评论》上册,上海译文出版社1987年版,第333—337页。

物来引诱我们上钩"①。这第一条就是指作家削弱白日梦中纯粹属于个人的因素,以便他的作品能为读者普遍接受。

韵·暗示·象征

梵语诗学中的韵论认为韵是诗的灵魂。欢增在《韵光》中给韵下的定义是:"若诗中的词义或词音将自己的意义作为附属而暗示那种暗含义,智者称这一类诗为韵。"(1.13)"韵"(dhvani)这个词是借用梵语语法术语。按照梵语语法理论,一个词由几个音组成,其中个别的音不能传达任何意义,只有这几个音连接在一起才能传达某种意义。这种能传达某种意义的声音就叫作"韵"。梵语诗学中的韵论正是受此启发,对词的功能作了认真探讨,从而将诗中暗示的因素或暗含的内容称作韵,或将具有暗示的因素或暗含的内容的诗称作韵诗。

具体地说,传统的梵语语法家和哲学家确认词有两种基本功能——表示和转示,由此产生两种词义——表示义和转示义。表示义是指词的本义或字面义。转示义是指词的转义或引申义。而韵论派发现词还有第三种功能——暗示,由此产生第三种词义——暗示义或暗含义。他们认为诗的灵魂,或者说诗的最大魅力就在于这种不同于表示性和转示性的暗示性。

在韵论派关于词的功能的论述中,最常用的例举是"恒河上的茅屋"这个短语。在这个短语中,"恒河"一词按照本义不适用,因为茅屋不可能坐落在恒河上。因此,"恒河"一词必须依据词的转示功能引申理解为"恒河岸"。然而,这个短语的意思并非仅止于此。说话者的意图是用这个短语暗示这座茅屋濒临恒河,因而凉

---

① 戴维·洛奇编:《二十世纪文学评论》上册,上海译文出版社1987年版,第74页。

爽、圣洁。

韵论派发现词的暗示功能，是对梵语诗学的创造性贡献。庄严论派主要着眼于字面义的曲折表达，在批评实践中有时难免捉襟见肘。前面提到婆摩诃在《诗庄严论》中认为，"太阳落山，月亮照耀，鸟儿回窝"这类语句是直接陈述事实，缺乏以曲折性为特点的修辞方式，因而不能算作诗句。而现在，曼摩吒在《诗光》中依据韵论指出，"太阳落山……"这一表述在各种特定语境下，可以暗示各种特定意义，诸如"袭击敌人的时间到了"、"你该去会见情人了"、"你的情人就要来了"、"我们该收工了"、"赶牛入栏吧"等等（5.47 注疏）。

欢增在《韵光》中，从暗示的内容和暗示的因素两个角度对韵作了广泛的探讨和细致的分类。韵究竟分成多少类？毗首那特说5355 类，新护说 7420 类，曼摩吒说 10455 类。应该说，这些数字都是理论上的推算。倒是欢增本人的说法比较圆通："谁能数清韵的大小分类？我们指出的只是方向。"（3.44）我们这里暂且可以采用最简化的说法，将韵分成三类：本事韵、庄严韵和味韵。它们分别暗示诗中的思想内容、修辞和味。而欢增更重视的是味韵。他认为味通常是被暗示的。直接表示味和情的词，如艳情、滑稽、悲悯、暴戾、英勇、恐怖、厌恶和奇异，或者，爱、笑、悲、怒、勇、惧、厌和惊，既不能刻画味，也不能激发味。诗人必须刻画味所由产生的景况及其表现，即有关的情由、情态和不定情，借以暗示味。这样，味就能作为一种被暗示的意义传达给读者，激起读者内心潜伏的感情，从而真正品尝到味。欢增对味韵的这种阐释，完全可以借用中国诗学的一句名言："不着一字，尽得风流。"（司空图《诗品·含蓄》）

欢增还以韵为准则，将诗分成三类：韵诗、以韵为辅的诗和画诗。韵诗是指诗中的暗示义占主要地位。以韵为辅的诗是指诗中表示义占主要地位而暗示义占附属地位，或者表示义和暗示义占同等地位。画诗是指诗中缺乏暗示义。此后，韵论派通常将这三类诗分别称作上品诗、中品诗和下品诗。

钱锺书在《管锥编》中论述中国诗学"神韵"说时，打通东西文论。他对印度韵论的核心思想作了准确的概括："古印度说诗，亦有主'韵'（Dhvani, sound, echo, tone）一派，'韵'者，微示意蕴（Vyaṅgya, suggested sense），诗之'神'髓，于是乎在（Dhvani is definitely posed as the 'soul' or essence of poetry）。"① 他还指出，北宋范温"释'韵'为'声外'之'余音'遗响，足征人物风貌与艺事风格之'韵'，本取譬于声音之道，古印度品诗言'韵'，假喻正同"②。

在西方现代文论中，象征主义尤为注重文学暗示手法。钱锺书在《谈艺录》中论"白瑞蒙论诗与严沧浪诗话"时说，法国神甫白瑞蒙《诗醇》（1925）一书"发挥瓦勒利之绪言，贵文外有独绝之旨，诗中蕴难传之妙（l'expression de l'inéffable），由声音以求空际之韵，甘回之味。……五十年来，法国诗流若魏尔伦、马拉美以及瓦勒利辈谈艺主张，得此为一总结"③。

法国象征主义诗人中，马拉美对"象征"的阐释特别接近印度韵论原理。他在《关于文学的发展》中说："与直接表现对象相反，我认为必须去暗示。""指出对象无异是把诗的乐趣四去其三。诗写出来原就是叫人一点一点地去猜想，这就是暗示，即梦幻。"象征就是"一点一点地把对象暗示出来，用以表现一种心灵状态"④。

---

① 钱锺书：《管锥编》第4册，中华书局1979年版，第1359页。
② 同上书，第1364页。
③ 钱锺书：《谈艺录》，中华书局1984年版，第268页。
④ 伍蠡甫主编：《西方文论选》下卷，上海译文出版社1979年版，第262页。

爱尔兰诗人叶芝的象征主义理论与马拉美一脉相承。他在《诗歌的象征主义》中说："所有声音、颜色、形式，或者因为它们固有的力量，或者因为丰富的联想，都能激起那种虽然难以言喻但确实无误的感情。"[1] 他强调诗人要善于组合"声音"、"颜色"和"形式"，借以唤起某种感情。他将这种唤起感情的象征称作"感情的象征"。同时，他认为还有一种"理性的象征"，即"唤起观念或混着感情的观念"的象征[2]。可以说，叶芝这里所谓的"感情的象征"相当于印度韵论中的"味韵"，而"理性的象征"相当于"本事韵"。

柏格森的直觉主义美学观点中，也有与"味韵"类似的表述。柏格森在《时间与自由意志》一书中说："诗人是这样一种人：感情在他那儿发展成形象，而形象本身又发展成言词，言词既遵循韵律的法则又把形象表达了出来。在看到这些形象掠过我们眼前时，我们便体验到这种感情。"[3] 他也强调艺术中的感情是暗示的，并且说："我们经验的每一种感觉，只要是被暗示的，而不是被引起的，都会带上美的性质。"[4]

正因为暗示是一种带有普遍性的文学表现法则，这就要求读者具备艺术感悟能力。欢增在《韵光》中说道："唯有通晓诗义真谛的人，才能领会暗示义。"（1.7）作者在创作中运用暗示手法，需要想象力。读者体会作品的言外之意，同样需要想象力。而且，文学理解不同于科学推理。作品的言外之意往往大于作者的主观意图，也给读者留下了创造性阅读的余地。所以，古今文论中，均有

---

[1] 戴维·洛奇编：《二十世纪文学评论》上册，上海译文出版社1987年版，第52页。
[2] 同上书，第57页。
[3] 伍蠡甫主编：《现代西方文论选》，上海译文出版社1983年版，第91页。
[4] 同上书，第92页。

论者主张尊重读者创造性阅读的权利。

钱锺书在论述"比兴"和"寄托"时,探讨了这种阅读现象。他举出中国诗学中的"诗无达诂"、"作者未必然,读者何必不然",也举出西方文论中诺瓦利斯、瓦勒利、普鲁斯特、艾略特等人的言论,并认为这些对于"当世西方显学所谓'接受美学'、'读者与作者眼界溶化'、'拆散结构主义',亦如椎轮之于大辂焉"[①]。当然,读者的创造权利也不是无限的。钱锺书在论述"易与诗"时说:"诗也者,有象之言,依象以成言;舍象忘言,是无诗矣,变象易言,是别为一诗甚且非诗矣。"[②] 因此,读者只能依据诗人在作品中提供的语言形象,引发联想,感悟与诗人一致或不尽一致的言外之意或象外之旨。

余　论

庄严论、风格论、味论和韵论是梵语诗学发展过程中形成的四个主要理论流派。从十一世纪开始,梵语诗学进入对前人成果加以综合的时期。在这个时期出现的综合性梵语诗学著作一般都以某一流派理论为核心,全面纳入其他流派理论。例如,恭多迦的《曲语生命论》以庄严论为核心,曼摩吒的《诗光》以韵论为核心,毗首那特的《文镜》以味论为核心。西方现代文论流派纷呈,变化无常。尽管其中不乏标新立异、偏执一端的倾向,但确实对文学诸多因素作了前所未有的深入开掘。这就为后人站在新的历史高度,综合各种流派理论中的合理成分,构建比较完整的文学理论体系或诗学通论奠定了基础。

艾布拉姆斯在《镜和灯》中,确认作品、作者、世界和读者为

[①]《钱锺书论学文选》第 3 卷,花城出版社 1990 年版,第 52 页。
[②] 钱锺书:《管锥编》第 1 册,中华书局 1979 年版,第 12 页。

文学研究的四大要素。这种四要素说较之"三 R"说即作者（Writer）、作品（Writing）和读者（Reader）三要素说，更切合文学研究实际。完整的文学理论体系应该全面、科学地说明这四大要素及其相互关系。同时，在操作过程中，必须高度重视东西古今文学及其理论中相通的成分。因为超越时空而相通的成分往往是文学理论的最可靠依据，代表着人类文学的共同规律和基本原理。

（原载《外国文学评论》1991 年第 1 期）

附录五

在梵语诗学烛照下

—— 读冯至《十四行集》

好诗经得起时间检验，也经得起读者从各种角度阅读。读者可以凭自己的生命体验和艺术神经读诗，也可以按某种诗学观念读诗。这后一种读者未免让人看成学究式的，但实际上任何读者都有自己的诗学观念，只是自觉或不自觉罢了。

梵语诗学是古代印度诗学。它与古代希腊和中国诗学形成世界诗学的三大源头。诗学发展到二十世纪，理论形态已发生很大变化。但世界上许多事物，万变不离其宗。无论是古代诗学，还是现代诗学，其基本原理是相通的。这犹如蜡烛和电灯，其照明功能是一致的。

从公元前后不久诞生的《舞论》（即《戏剧论》）为起点，梵语诗学经历了千余年的发展历史，形成别具一格的诗学体系。它有自己的一套批评术语，如庄严、诗德、诗病、味、情、韵、曲语和合适等。梵语诗学体系中最重要的三个批评原则是庄严、味和韵，分别体现诗的语言美、感情美和意蕴美。

梵语诗学家将诗歌修辞称作"庄严"（alaṅkāra）。婆摩诃在《诗庄严论》中给诗下的定义是："诗是音和义的结合。"由此，庄严也分成"音庄严"和"义庄严"。音庄严是指能产生特殊的声音效果的修辞手法，如谐音、双关等。义庄严是指能产生曲折的意义效果的修辞手法，如明喻、隐喻、奇想、夸张等。通过这些修辞手法，形成诗歌语言曲折优美的表达方式。而这正是诗歌语言和普通语言的区别所在。

诗人未必通过修辞学著作学会修辞，但优秀的诗歌必定包含修辞。首先，诗歌的韵律就属于修辞方式。冯至的十四行诗是移植欧洲商籁体（Sonnet）。它有固定的四四三三的分节分行格式，也有一定的押韵方式。例如，《十四行集》[①] 第二十二首《深夜又是深山》：

  深夜又是深山，
  听着夜雨沉沉。
  十里外的山村、
  念里外的市廛。

  它们可还存在？
  十年前的山川、
  念年前的梦幻，
  都在雨里沉埋。

  四围这样狭窄，
  好像回到母胎；
  我在深夜祈求

  用迫切的声音：

[①] 本文中的《十四行集》引文均据《冯至选集》，四川文艺出版社1985年版，第1卷。

"给我狭窄的心
一个大的宇宙！"

这首诗的押韵方式是 abba cddc eef ggf。冯至《十四行集》的押韵方式通常是前两节为两组，或押同样的交韵 abab 和 cdcd，或押同样的抱韵 abba 和 cddc；后两节为一组，押韵方式有 eff egg、eef ggf、efe gfg、efg efg 等。押韵体现诗歌语言的音韵美。同时，《十四行集》中的每首诗，每行字数相等，至多有时相差一两个字，追求诗歌语言的整齐美。

梵语诗歌格律表现在长短音节有规则的组合，类似中国古代律诗的调平仄。韵脚不属于梵语诗歌格律，而属于梵语诗韵修辞中的"谐音"（anuprāsa），即"重复使用相同的字母"。梵语诗歌每个诗节分成两行四个音步（相当于中国古诗两联四行），每行每个音步音节数量相同。这不仅体现诗歌语言的整齐美，也是为了便于吟咏和记诵。可以说，这是诗歌语言艺术的一个原始特征。

在上引第二十二首中，除了和谐的韵律外，还运用了对偶、互文、比喻和警句等修辞手法。"十里外的山村、念里外的市廛，它们可还存在？"和"十年前的山川、念年前的梦幻，都在雨里沉埋"，形成空间和时间的对偶。其中，"它们可还存在？"和"都在雨里沉埋"又构成互文。"四围这样狭窄，好像回到母胎"，以母胎比喻狭窄。"给我狭窄的心一个大的宇宙！"是言简意赅、发人深思的警句。同时，这首诗中，深、夜、山、雨、沉、十、念、里、年、外、前以及深夜和狭窄这些字或词的交替重复使用，不仅与韵律共同构成反复回环的音韵美，而且加强了这首诗要传达的沉重压抑的氛围。

在诗歌修辞中，最普遍，也最重要的修辞手法是比喻。所以，亚里士多德在《诗学》中称比喻是天才的标志。《十四行集》中，精妙的比喻触目皆是。如第五首《威尼斯》中，以一座座岛比喻一个个寂寞的集体，以水上的桥比喻朋友握手，以对面岛上开窗比喻相视而笑。第十七首《原野的小路》中，以原野中的一条条小路比喻心灵中的一缕缕记忆。第二十七首《从一片泛滥无形的水里》中，以椭圆的瓶使无形的水得到一个定形，飘扬的风旗把住一些把不住的事体，比喻自己的诗表达了一些难以表达的思想和感情。有时，比喻还与其他修辞手法结合使用，更增添比喻的艺术魅力。如第二首《什么能从我们身上脱落》，比喻（秋日的树木、蜕化的蝉蛾和歌曲）是与排比（我们安排我们……）和层递（脱落、入土和死亡）结合使用的。第十四首《画家梵诃》中，以"热烘烘向着高处呼吁的火焰"比喻梵诃的热情：

> 你的热情到处燃起火，
> 你燃着了向日的黄花，
> 燃着了浓郁的扁柏，
> 燃着了行人在烈日下——

这里，比喻中又运用了排比（燃着了……）。接着，又以"永不消溶的冰块"比喻背阴处的监狱小院，贫穷的人低着头在剥土豆。这两组比喻中都含有夸张性。在梵语诗学中，这种含有夸张性的比喻被称作"奇想"（utprekṣā）。例如：

> 这些名叫金苏迦的火焰窜上树顶，
> 仿佛俯瞰燃烧和尚未燃烧的树林。

这首梵语诗歌将金苏迦花比作火焰，含有夸张性。它与冯至将梵诃的热情比作火焰相似。而冯至这首诗中的两组夸张性比喻又在内容上构成强烈的对比。所以，这首诗中的比喻是与夸张、排比和对比结合使用的。

味（rasa）在梵语诗学中最初是指戏剧艺术的感情效应。味有九种：艳情味、滑稽味、悲悯味、暴戾味、英勇味、恐怖味、厌恶味、奇异味和平静味。它们与人的九种常情相应：爱、笑、悲、怒、勇、惧、厌、惊和静。味的著名定义是："味产生于情由、情态和不定情的结合。"也就是说，演员只要表演特定的情由、情态和不定情，就能传达某种常情，激发观众品尝到某种味。后来，味论也被运用于诗歌艺术，并与韵论相结合。

韵（dhvani）是指诗的暗示功能。欢增在《韵光》中给韵下的定义是："若诗中的音和义将自己或自己的意义作为附属而显示那种暗含义，智者们称这类诗为韵。"也就是说，诗的内容可以分成表述的和未表述的两部分。表述的是直接诉诸文字的部分，未表述的是通过文字暗示的部分。这暗示的部分就是"韵"。如果暗示的是思想内容，便是"本事韵"；如果暗示的是感情，便是"味韵"。欢增确认韵是"诗的灵魂"，并以韵为准则，将诗分成韵诗、以韵为辅的诗和无韵的诗。此后的梵语诗学家分别将这三类诗称作上品诗、中品诗和下品诗。

冯至的《十四行集》蕴含深厚的韵和味。这部诗集写于1941年。冯至在《〈十四行集〉序》中回忆说，当时他"住在昆明附近的一座山里"，已经很久不写诗了。"但是有一次，在一个冬天的下午，望着几架银色的飞机在蓝得像结晶体一般的天空里飞翔，想到古人的鹏鸟梦，我就随着脚步的节奏，信口说出一首有韵的诗，回家写在纸上，正巧是一首变体的十四行。"[①] 这首诗就是现在收在《十四行集》中的第八首《一个旧日的梦想》。这首诗蕴含深刻的

[①] 《冯至选集》第1卷，四川文艺出版社1985年版，第256页。

哲理，即古人的科技梦想逐步得到实现，而人世的纷争迄今难以解决。在这一哲理中，又蕴含着诗人的悲悯之情。

冯至这首十四行诗的产生与印度古代"最初的诗人"蚁垤创造输洛迦诗体相仿。《罗摩衍那·童年篇》第二章中记叙道：一天，蚁垤仙人在森林里看见一对麻鹬悄悄地愉快交欢。忽然，一个尼沙陀（即猎人）射中了公麻鹬。公麻鹬坠地翻滚，满身鲜血，母麻鹬凄惨哀鸣。蚁垤仙人心生悲悯，安慰母麻鹬，谴责尼沙陀。他的话语脱口而成一颂诗：

> 你永远不会，尼沙陀！
> 享盛名获得善果；
> 一双麻鹬耽乐交欢，
> 你竟杀死其中一个。

说完后，蚁垤仙人自己也感到惊异，反复琢磨自己究竟说了什么。最后，他意识到自己说出的是诗。他对徒弟说道："我的话都是诗，音节均等，可以配上笛子，曼声歌咏，因为它产生于我的输迦（śoka，悲），就叫它输洛迦（śloka，颂）。"后来，蚁垤仙人就用这种"输洛迦"诗体创作了二万余颂的史诗《罗摩衍那》①。

冯至写出那首十四行诗后，接连不断写下去，总共写了二十七首。冯至说："这开端是偶然的，但是自己的内心里渐渐感到一个要求：有些体验，永远在我的脑里再现，有些人物，我不断地从他们那里吸收养分，有些自然现象，它们给我许多启示：我为什么不给他们留下些感谢的纪念呢？"② 在此以前的十年（1930—1940）

---

① 参见季羡林译《罗摩衍那》第 1 卷，人民文学出版社 1980 年版，第 17—26 页。

② 《冯至选集》第 1 卷，四川文艺出版社 1985 年版，第 256 页。

中，冯至很少写诗。但他在人生的旅程中积累了丰富的经验和感情，也领悟了许多人生哲理。它们在诗人心中已经酝酿成酒，一遇机会，就自然而然地汩汩涌出。而且，正因为已经酝酿很久很久，所以涌出来的是格外芳香的醇酒。

按照味论，在蚁垤创作输洛迦诗体这个故事中，情由是猎人射中正在交欢的公麻鹬，情态是公麻鹬翻滚流血，母麻鹬凄惨哀鸣，由此激起常情悲，产生悲悯味。也就是说，这个故事通过情由和情态暗示悲悯味。欢增在《韵光》中也引证了这个故事。他说："诗的灵魂就是这种意义（即暗示义）。正是这样，古代最初的诗人（即蚁垤）由一对麻鹬分离引起悲伤，化成输洛迦诗体。"（1.5）

冯至领悟的人生哲理和心中积聚的感情，也都是通过特定的情由和情态暗示的。他说："从历史上不朽的人物到无名的村童农妇，从远方的千古的名城到山坡上的飞虫小草，从个人的一小段生活到许多人共同的遭遇，凡是和我的生命发生深切的关联的，对于每件事物我都写出一首诗。"① 这也就是艾略特所说的诗歌表达思想感情必须通过"客观关联物"。否则，直露地宣泄感情或直白地宣说哲理，也就失去了诗的艺术魅力。

而冯至有感而发，"信口说出一首有韵的诗"，恰恰是十四行诗体。这一偶然中也寓有必然。早在二十世纪二十年代，闻一多和朱湘等新诗人已在中国移植十四行诗。但当时没有引起冯至的兴趣。1928年，冯至出于偶然的机会，翻译过法国诗人阿维尔斯的一首十四行诗。但他本人无意写作十四行诗。尽管如此，十四行诗的艺术形式已经储存在冯至的记忆库中。到了1941年冬天的这一个下午，冯至感到胸中的诗泉突涌。而等不及冯至斟酌选择，诗泉已经自动流入十四行诗体的渠道。冯至后来认识到了其间的必然性，因为十

---

① 《冯至选集》第1卷，四川文艺出版社1985年版，第257页。

四行诗的"结构大都是有起有落,有张有弛,有期待有回答,有前题有后果,有穿梭般的韵脚,有一定数目的音步,它便于作者把主观的生活体验升华为客观的理性,而理性蕴蓄着深厚的感情"[①]。冯至那时已步入中年,经过了"五四"新文化运动的洗礼,也接受了擅长哲理思辨的基尔克郭尔、里尔克和歌德等德国思想家和文学家的熏陶,而眼前面对的又是国难当头的痛苦现实。他的思想成熟而趋于理性,他的感情深沉而趋于含蓄,这决定了他无意之中采用了十四行诗体,而且在写作中感到得心应手,运用自如。这也如同蚁垤仙人无意之中创造的输洛迦诗体,最适宜吟唱史诗故事。

《十四行集》前三首表达一个共同的主题:成长、蜕变和死亡是自然和人生的永恒规律。自然万物的生命或长或短,只是相对而言,最终都会"化作一脉的青山默默"。因此,我们要沉着地承受人生历程中"狂风乍起,彗星的出现"。正如——

> 那些小昆虫,
> 它们经过了一次交媾
> 或是抵御了一次危险,
>
> 便结束它们美妙的一生。

人生中有春暖,也有冬寒;有花开,也有叶落;有诞生和成长,也有衰老和死亡;有幸福和享受,也有痛苦和牺牲。人必须坦然地承受这一切,尤其是其中的痛苦、牺牲和死亡。唯有这样,才符合自然规律,才是完整的人生,美妙的人生。

读者从这些诗中既能领悟到人生哲理,也能品尝到一种平静

---

① 冯至:《我和十四行诗的因缘》,《世界文学》1989 年第 1 期。

味。因为这种人生哲理的底蕴是庄重的平静，而不是脆弱的伤感。这种人生哲理在歌德身上获得充分体现。在第十三首《歌德》中，冯至赞叹歌德"八十年的岁月是那样平静"：

> 好像宇宙在那儿寂寞地运行，
> 但是不曾有一分一秒的停息，
> 随时随处都演化出新的生机，
> 不管风风雨雨，或是日朗天晴。
>
> 从沉重的病中换来新的健康，
> 从绝望的爱里换来新的营养，
> 你知道飞蛾为什么投向火焰，
>
> 蛇为什么脱去旧皮才能生长；
> 万物都在享用你的那句名言，
> 它道破一切生的意义："死和变。"

第六首《原野的哭声》便是暗喻人类生活中永恒存在痛苦的一面。诗人撷取生活中最常见的现象；一个村童"为了一个惩罚"或"为了一个玩具的毁弃"而啼哭；一个农妇"为了丈夫的死亡"或"为了儿子的病创"而啼哭。他们"啼哭得那样没有停息"——

> 像整个的生命都嵌在
> 一个框子里，在框子外，
> 没有人生，也没有世界。

这里，"框子"的比喻含有深意：人的生命是以个体的方式存在的，因此，人遇到一己一时的痛苦，容易陷身其中，仿佛失去了全部人生和世界。这或许是人性中的一个弱点，但它自古以来就已存在，并且将永远存在下去。所以，这首诗传达的人生哲理中也含有悲悯味。

梵语诗学家新护对味论有创造性的阐发。他认为味是普遍化的知觉。诗人描写的是特殊的人物和故事，但传达的是普遍化的知觉。同样，读者读到的是特殊的人物和故事，但品尝的是普遍化的知觉。这是因为诗中特殊的人物和故事经过了诗人的普遍化处理。同时，新护认为每个读者都具有心理潜印象，这是生生世世生活经验的心理沉淀。在日常生活中，人们在一定的情况下，会激起某种感情；也能依据一定的情境，判断他人心中的感情。读者在阅读时，诗中的情由、情态和不定情，唤醒了读者心中普遍存在的感情潜印象。读者自我知觉到这种潜印象，也就是品尝到了味。

新护的"心理潜印象"论揭示了艺术审美快感的根源。但他将人的心理潜印象追溯到生生世世（即轮回转生），带有唯心色彩。应该说，人的各种心理潜印象不排除含有遗传的因素，但主要源自人的各种生活经验。这种心理感应现象类似"条件反射"，犹如冯至在第二十三首中描写"几只初生的小狗"：

> 第一次领受光和暖，
> 日落了，又衔你们回去。
> 你们不会有记忆，
>
> 但是这一次的经验
> 会融入将来的吠声，
> 你们在深夜吠出光明。

新护的"普遍化"论揭示了艺术创作中特殊和一般的辩证关系。艺术作品以激发读者心中潜伏的感情为指归。作品中特殊的情由、情态和不定情必须寓有普遍性。唯有这样，才能在读者中产生普遍的感情效应。新护的"普遍化"论是针对味韵而言，其实也适用于本事韵，即作品的思想内涵应该具有普遍意义。

冯至《十四行集》的艺术特色正是通过特殊的自然现象、人物和事物，表达普遍的人生哲理，而人生哲理中又蕴含深沉的感情。自然现象、人物和事件的特殊性是多方面的，冯至选取的是契合人生哲理的某种特殊性，或者说，是某种特殊性激发冯至感悟到人生哲理。如第四首《鼠曲草》：

> 我常常想到人的一生，
> 便不由得要向你祈祷。
> 你一丛白茸茸的小草
> 不曾辜负了一个名称；
>
> 但你躲避着一切名称，
> 过一个渺小的生活，
> 不辜负高贵和洁白，
> 默默地成就你的死生。
>
> 一切的形容、一切喧嚣
> 到你身边，有的就凋落，
> 有的化成了你的静默：
>
> 这是你伟大的骄傲，
> 却在你的否定里完成。

> 我向你祈祷，为了人生。

鼠曲草是冯至在昆明附近山林里见到的一种小草，每逢暮春和初秋开满山坡。它们在欧洲又名贵白草。这首诗抓住鼠曲草的两种特殊性：一是它的白茸茸的形态，二是它静默的生存方式，并与它们的欧洲名称贵白草（即高贵和洁白）相联系。正是在鼠曲草的这两种特殊性中，寓有一种普遍的人生哲理。冯至在他的散文《一个消逝了的山村》中，对鼠曲草蕴含的人生哲理作了比较具体的表述。他称颂这些鼠曲草"谦虚地掺杂在乱草的中间。但是在这谦虚里没有卑躬，只有纯洁，没有矜持，只有坚强"。他也从一位牧羊的村女身上看到这种鼠曲草精神："一个小生命是怎样鄙弃了一切浮夸，孑然一身担当着一个大宇宙。"由此，他还联想到"那消逝了的村庄必定也曾经像是这个少女，抱着自己的朴质，春秋佳日，被这些白色的小草围绕着，在山腰里一言不语地负担着一切。后来一个横来的运命使它骤然死去，不留下一些夸耀后人的事迹"[①]。

鼠曲草精神深深铭刻在冯至心中，时时闪现在冯至笔端。在散文《人的高歌》中，冯至记叙一位石匠，十多年如一日，凿出一条山路；一位渔民，以自己的一生为代价，建成一座灯塔。冯至由衷赞美道："人间实在有些无名的人，躲开一切的热闹，独自作出来一些足以与自然抗衡的事业。"[②] 在另一篇散文《工作而等待》中，冯至告诫人们"不要让那些变态的繁荣区域的形形色色夺去我们的希望，那些不过是海水的泡沫，并接触不到海内的深藏"。他强调"应该相信在那些不显著的地方"，"工作而忍耐"的人们，因为真正为社会做出奉献的，"正是这些不顾时代的艰虞、在幽暗处努力

---

① 《冯至选集》第 2 卷，四川文艺出版社 1985 年版，第 42 页。
② 同上书，第 50 页。

的人们"①。

从特殊到一般，是文学创作的重大奥秘。冯至把握住了这个奥秘，自觉地运用在诗歌和散文创作中。而冯至获得这个奥秘，主要是受歌德诗歌和中国古典诗词的启发。他在《读歌德诗的几点体会》中，对这一点奥秘作了精辟的阐释："从特殊到一般，意味着从个别具体的事物中看出普遍的情理，特殊与一般结合，才有较高的诗的意境。那些概念诗，现实生活中没有实感，语言中没有形象，只讲一般空洞的道理，不会有感人的力量。但若是只写特殊事物，客观地描写风景，叙述事实，体现不出更高的一般意义，也不能说是诗的上品。"② 换用梵语诗学的说法，就是必须通过特殊的情由、情态和不定情暗示普遍的味。只有这样的诗，才是有韵的上品诗。

冯至还将歌德诗歌从特殊到一般的表现方式归纳为三种：一是"表现一种特殊，并不想到或明指到一般"。二是"有意识地从特殊到一般"。三是"隐蔽了特殊的'机缘'和'对象'，只写出'一般的、内心的、更高的境界'，读者不了解诗的写作缘由"，"也就难以懂得透彻"。冯至本人对第二种表现方式"格外感到亲切，因为中国古典的诗词里有大量意味深长的诗句，从自然和现实生活中摄取生动的形象，以表达诗人的内心世界和普遍真理，千百年后人们读了，仍然觉得新鲜"③。因此，冯至的《十四行集》主要采取第二种表现方式，只有个别的诗采用第三种表现方式，如第七首《我们来到郊外》：

　　和暖的阳光内

---

① 《冯至选集》第 2 卷，四川文艺出版社 1985 年版，第 174、175 页。
② 《冯至学术精华录》，北京师范学院出版社 1988 年版，第 275 页。
③ 同上书，第 276、277 页。

我们来到郊外，
　　像不同的河水
　　融成一片大海。

　　有同样的警醒
　　在我们的心头，
　　是同样的运命
　　在我们的肩头。

　　要爱惜这个警醒，
　　要爱惜这个运命，
　　不要到危险过去，

　　那些分歧的街衢
　　又把我们吸回，
　　海水分成河水。

冯至专门为这首诗加了个脚注："敌机空袭警报时，昆明的市民都躲到郊外。"这其实是这首诗中隐去的"特殊的'机缘'和'对象'"。读者（尤其是异时异地的读者）只有结合这个脚注读这一首诗，才能深切领会这首诗从特殊到一般的妙处。

　　从特殊到一般的第一种和第二种表现方式的区别在于诗人在写作时，是否从特殊中意识到一般。但无论是否意识到，其表现形式都是在特殊中寓有一般。因为即使诗人从特殊中意识到一般，这一般也不是直接说出的，而是通过特殊的意象暗示的。按照欢增在《韵光》中的说法，就是直接说出味的名称（如艳情、悲悯、暴戾、奇异、平静等），读者并不能真正品尝到味。读者对普遍的味的品尝，只能通过特殊的情由、情态和不定情。当然，这也不是说诗中绝对不能出现味的名称。欢增说："即使诗中出现味的名称，对味的领会也主要是依靠诗中对特殊的情由等等的描写。"（1.4 注疏）

冯至《十四行集》中的诗都是在特殊的意象中寓有普遍的情理。即使有的诗中道出了主题，如第十三首《歌德》中点明了"死和变"的哲理，也使用了"平静"味的名称，但诗中充分提供了它们所寄寓的特殊的意象。正是冯至对从特殊到一般这种创作方法的纯熟运用，使《十四行集》保持着永久的生命力。《十四行集》写于抗战时期的 1941 年，而在抗战结束后的 1948 年，冯至重读这部诗集时，面对当时的现实景象，"仍然要情不自禁地说出一句"：

    你们在深夜吠出光明。

仍然"要说出这迫切的祈求"：

    给我狭窄的心
    一个大的宇宙！

由于特殊中寓有一般，《十四行集》中诸如"深夜"和"光明"、"狭窄的心"和"大的宇宙"这类意象，都是意味深长而超越时空的。它们适用于历史和现实，也适用于未来；适用于民族和社会，也适用于个人。可以说，这是文学史上千古流传、常读常新的优秀诗歌的共同特征。

梵语诗学抓住了诗美的三个要素：庄严、味和韵。庄严属于外在的语言美，味和韵属于内在的感情美和意蕴美。而感情和意蕴通过语言暗示，因此，外在美和内在美是相辅相成的。本文依据梵语诗学提出的这三个要素，对冯至《十四行集》中的部分诗歌作了一点粗浅的分析，一是想说明古今中外的诗美理论是相通的，二是想告诉亲爱的读者朋友：冯至的《十四行集》是值得你我细细地品味的。

（原载《中国现代文学研究丛刊》1994 年第 2 期）

后　　记

我早在1991年出版《印度古典诗学》后，就准备接着从事比较诗学研究。当时，我也已经尝试撰写了两篇论文：《印度古典诗学和西方现代文论》和《禅和韵——中印诗学比较之一》[①]。后一篇《禅和韵》的副标题是"中印诗学比较之一"，自然应该起码还有之二和之三。然而，我的这项研究没有继续下去，因为出于工作需要，我于1993年接受了另一项学术任务，主持集体翻译印度史诗《摩诃婆罗多》。

《摩诃婆罗多》和《罗摩衍那》并称为印度两大史诗。《罗摩衍那》已经由季羡林先生译出，而《摩诃婆罗多》的规模更为宏大，是一部"百科全书"式的史诗，译成汉语约四百万字。这样，我们这个翻译团队分工合作，历时十年，才完成全书翻译，于2005年由中国社会科学出版社出版。闻名世界的印度两大史诗汉语全译本能在我们师生两代手中得以完成，这无疑是中印文化交流史上值得庆幸的一件大事。

在完成《摩诃婆罗多》翻译后，我回到已经放下很久的中印古代诗学比较研究。这项研究的预期成果分为两部分：一是译出一批梵语诗学名著，二是写出一部中印古代诗学比较研究专著。于是，

[①] 这篇论文的主要内容已经纳入本书第八章《韵论》中，故而没有收入本书附录。

我先后译出十种梵语诗学名著，其中六种是全译，四种是选译，结集为《梵语诗学论著汇编》，作为《东方文化集成丛书》之一，于2008年由昆仑出版社出版。

然后，我着手准备撰写中印古代诗学比较研究专著。我阅读了许多中国古代文学理论原著，以及前辈学者的研究著作，同时也阅读了中国和印度古代文化史方面的著作。我先对中印古代的历史文化背景进行思考，撰写了三篇中印文化传统比较的论文：《神话和历史》、《宗教和理性》和《语言和文学》。因为中印古代诗学根植于各自的文化土壤，加深对中印古代文化传统的理解，可以说是进行中印古代诗学比较的基础研究。

而正当我的中印古代诗学比较即将进入正题时，我的研究工作重心又不由自主地出现了转移。因为在2009年，中国社会科学院接受了国家社科基金重大委托项目"梵文研究和人才队伍建设"。为此，中国社会科学院成立了梵文研究中心执行这个项目，并任命我为中心主任。

在培养人才方面，梵文研究中心开设了一个为期三年的梵文班。我承担了第二和第三学年的教学任务。在三年教学期满后，学员们又要求继续学习巴利文。考虑到巴利文和梵文是亲缘语言，学会梵文后，比较容易学习巴利文，于是我又为学员们讲授了一学期的巴利文。同时，结合梵文和巴利文教学，我们也编撰了一个系列的梵文和巴利文教材，这也是为中国梵文和巴利文学科的长远发展而应该做的基础工作。

在梵文研究方面，我主持《梵汉佛经对勘丛书》和《梵语文学译丛》两个项目。我满怀热情投身其中，完成和出版了多部梵汉佛经对勘和梵语文学名著翻译。确实，专心致志埋头工作，不会觉得时间在身边流动。转瞬之间，又经历了十年。在这期间，我也惦记着我的梵语诗学研究，常常在项目完成阶段性成果后，抽时间对

《梵语诗学论著汇编》中原先选译的梵语诗学著作进行补译。这样，我断断续续完成了《梵语诗学论著汇编》（增订本），于2019年由中国社会科学出版社出版。

  我见到这两大卷的增订本，顿时激发我重返中印古代诗学比较研究这个课题的愿望。于是，我抓紧完成手头的一项工作后，于这年年底开始，集中精力撰写《梵汉诗学比较》。因为已经有前期的文献资料积累，而且，过去也先行对梵语诗学的基本范畴做过梳理，有现成的文字稿，这次写作的重点是在中国古代文学理论方面，虽然整个写作过程并不轻松，但也还算顺利。现在终于完稿，了却了十多年来萦绕心头的宿愿，自然也是深感欣慰的。

   结缘梵语属偶然，
   钟情汉语志不改。
   梵汉诗学喜相逢，
   互照互鉴添光彩。

黄宝生
2020年9月